INHALT

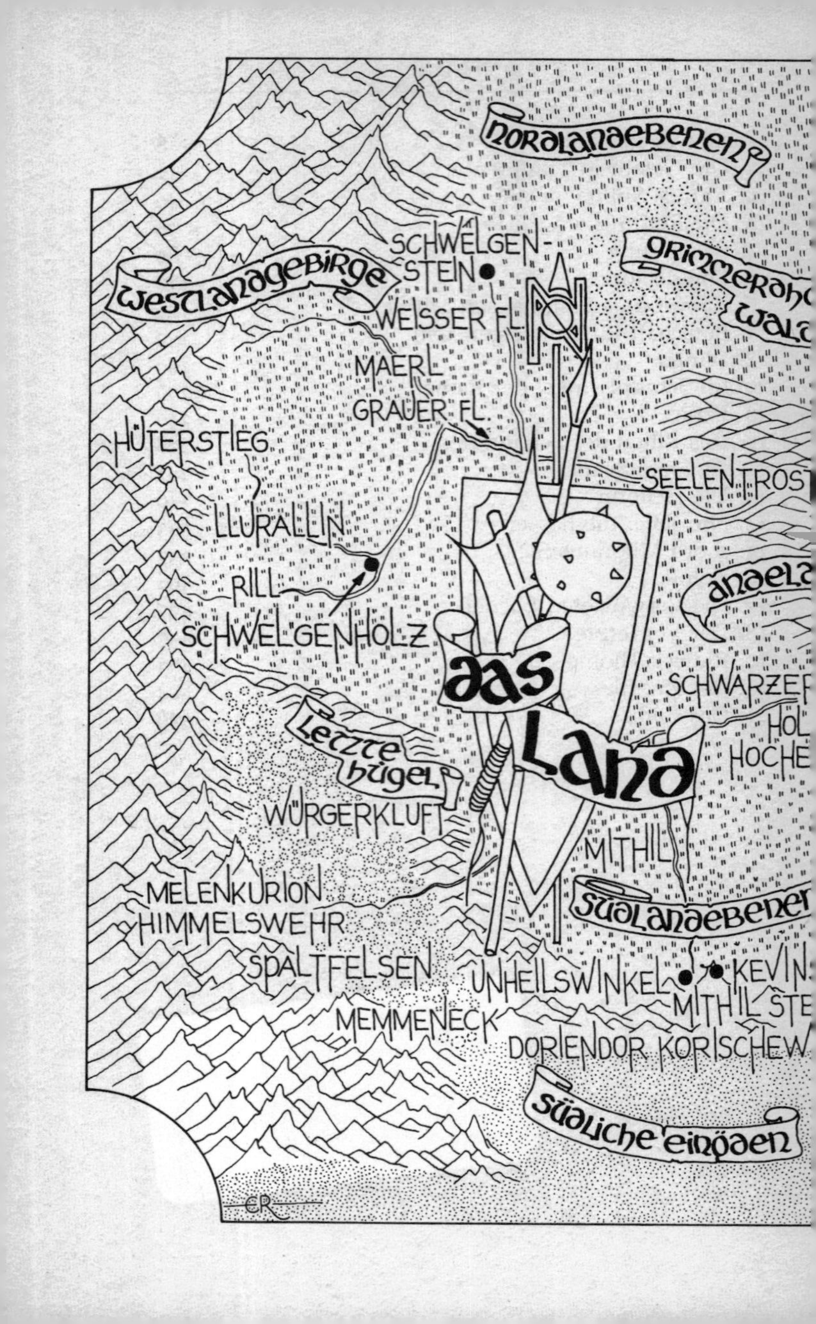

Nordlandebenen
Westlandgebirge
Schwelgen-
stein
Grimmerdh
Wald
Weisser Fl.
Maerl
Grauer Fl.
Hüterstieg
Seelentrost
Llurallin
Rill
Andela
Schwelgenholz
Das
Land
Schwarze
Hol
Hoche
Letzte
Hügel
Würgerkluft
Mithil
Melenkurion
Himmelswehr
Südlandebene
Spaltfelsen
Unheilswinkel
Kevin
Mithil Ste
Memmeneck
Dorlendor Korischew
Südliche Einöden
CR

NORDLANDHÖHEN
HERZELEID
RIESENWALD
SARANGRAVE SENKE
GROSSER SUMPF
DONNERBERG
UNFLATEL
VERWÜSTETE EBENEN
MEER DER SONNENGEBURT
LANDBRUCH
ZERSPELLTE HÜGEL
KOLOSS
MORINMOSS WALD
LANDWANDERER
WANDERLUST-FURT
FOULS HORT
TRÜMMERSCHWEMME
EBENEN VON RA
MENSCHENHEIM
SÜDLANDRÜCKEN

Was zuvor geschah

Thomas Covenant ist ein zufriedener, erfolgreicher Autor, bis eine zunächst unbemerkte Infektion die Amputation von zwei Fingern erfordert. Dann eröffnet ihm sein Arzt, daß er an Lepra leidet. Die Erkrankung wird in einem Leprosorium zum Stillstand gebracht, aber als er nach Hause zurückkehrt, ist er ein Ausgestoßener. Seine Frau hat sich von ihm scheiden lassen, und in ihrer aus Unwissenheit entstandenen Furcht meiden ihn die Nachbarn. Er wird zu einem einsamen, verbitterten Paria. In einem Akt der Auflehnung sucht er dennoch eines Tages die Ortschaft auf. Dort wird er kurz nach der Begegnung mit einem seltsamen Bettler von einem Polizeiwagen angefahren. Desorientierung überkommt ihn. Er erlangt in einer merkwürdigen Welt das Bewußtsein wieder, wo die boshafte Stimme eines Lord Foul ihm eine Botschaft des Unheils an die Lords des Landes aufträgt. Ein junges Mädchen namens Lena findet Covenant hoch oben auf einem Berg, auf dem Kevinsblick, und nimmt ihn mit in ihr Elternhaus. Man empfängt ihn dort als den sagenhaften Helden Berek Halbhand, und sein Ehering aus Weißgold gilt als Talisman großer Macht. Lena behandelt ihn mit einem Heilerde genannten Schlamm, der anscheinend seinen Aussatz heilt. Diese plötzliche Heilung ist mehr, als er verkraften kann, und indem er die Gewalt über sich verliert, vergewaltigt er Lena. Trotzdem rettet ihre Mutter Atiaran ihn vor der Rache Triocks, Lenas Liebhaber, und erklärt sich bereit, ihn nach Schwelgenstein zu führen, dem Sitz der Lords. Sie erzählt ihm vom einstigen Krieg zwischen den Alt-Lords und Foul, der in jahrtausendelanger Schändung des Landes gipfelte.

Covenant kann sich mit dem Land nicht abfinden, wo man Stein und Holz durch Magie Wärme und Licht spenden läßt. Er wird zum Zweifler, weil er es nicht wagt, in der wachsamen Disziplin nachzulassen, deren ein Leprakranker bedarf, um zu überleben. Für ihn ist das Land lediglich eine Flucht seines verwirrten, möglicherweise vom Delirium heimgesuchten Verstandes.

Durch die Hilfe eines freundlichen Riesen gelangt Covenant nach Schwelgenstein. Dort erkennen die Lords ihn als einen der ihren an und nennen ihn Ur-Lord. Sie sind entsetzt, als er ihnen Lord Fouls Botschaft ausrichtet, die besagt, daß ein bösartiger Höhlenschrat den überlegen machtvollen Stab des Gesetzes in seinen Besitz gebracht hat. Sie verfügen nicht einmal noch über die mächtigen Gaben der Alt-Lords, die Foul dennoch zu überwinden vermochte. Von Alt-Lord Kevins Sieben Kreisen des Wissens kennen sie bloß einen. Sie müssen den Stab erringen, der sich in den Höhlen unterm Donnerberg befindet. Covenant zieht mit ihnen, begleitet von Bannor, einem der Bluthüter, die vor langen Zeitaltern einen Schwur ablegten, die Lords zu schützen. Das Aufgebot wendet sich unter wiederholten Anschlägen von Lord Fouls Schergen nach Süden und erreicht die Ebenen von Ra, wo die Ramen den Ranyhyn dienen, den großen Freilandpferden. Die Ranyhyn beugen sich der Macht von Covenants Ring, und er trägt ihnen auf, eines der Pferde solle Lena alljährlich einen Besuch abstatten.

Dann reiten die Lords weiter zum Donnerberg. Nach zahlreichen Zusammenstößen mit bösartigen Geschöpfen und Schwarzer Magie entreißt Hoch-Lord Prothall dem Höhlenschrat Seibrich Felswürm den Stab. Als Covenant die Kräfte seines Rings einsetzt — ohne überhaupt zu wissen, wie —, gelingt die Flucht. Während die Lords fliehen, verflüchtigt sich rings um Covenant das seltsame Land. Als er wieder zur Besinnung kommt, geschieht es ein paar Stunden nach seinem Verkehrsunfall in einem Krankenhausbett. Er leidet unverändert an Leprose, und seine Auffassung, daß er von jenem Land nur geträumt hat, scheint sich zu bestätigen. Er wird aus dem Krankenhaus entlassen und kehrt heim.

Aber einen Monat später treibt seine Vereinsamung ihn in einen Nachtklub, wo eine Sängerin ihn Berek nennt. Ehe er sie zur Rede stellen kann, nötigt ihn der übereifrige Sheriff zum Gehen. Danach ruft seine geschiedene Frau ihn an, aber bevor er zu antworten vermag, macht er einen Fehltritt und wird durch den Sturz bewußtlos. Wieder ist er in dem befremdlichen Land — doch sind dort inzwischen vierzig Jahre verstrichen. Elena ist nun Hoch-Lord, Tochter Covenants und Lenas. Sie hegt jedoch keine bösen Absichten, und es entwickelt sich zwischen ihnen ein herzliches Verhältnis. Doch die Lords sind voller Verzweiflung. Foul hat den Weltübel-Stein entdeckt, einen Quell gewaltiger übeltätiger Macht; nun bereitet er seinen Angriff vor. Das Heer der Lords — befehligt von Hile Troy, der allem Anschein nach von Covenants ›realer‹ Erde stammt — erweckt den Eindruck, als sei es zu klein, um die Bedrohung abwehren zu können.

Eine Truppe aus Bluthütern und Lords bricht nach *Coercri* auf, der Stadt der Riesen, um für den Krieg Verbündete zu gewinnen. Aber dort müssen sie feststellen, daß Foul die Riesen ausgerottet hat — alle bis auf drei, deren Körper von Wütrichen übernommen worden sind, den bösen Geistern von Fouls urzeitlichen Stellvertretern. Die Bluthüter und Lords werden von einem Riesen-Wütrich attackiert, können ihn — zumindest seine leibliche Daseinsform — jedoch erschlagen. Unglücklicherweise bemächtigen sich die Bluthüter des Stücks vom Weltübel-Stein, das der Wütrich mit sich trug, um es den Lords zu bringen.

Einige andere Lords suchen Schwelgenholz auf, eine Stadt in einem riesigen Baum, wo man in Kevins Lehre unterweist. Hile Troy, begleitet von Lord Mhoram, bricht von dort aus auf und führt sein Heer südwärts. In einem verzweifelten Versuch der Verteidigung stellt er sich Lord Fouls Streitmacht entgegen, die unterm Befehl eines anderen Riesen-Wütrichs steht. Troy muß einen fluchtartigen Rückzug einleiten. Schließlich zieht er sich zurück zur Würgerkluft, wo der letzte Rest der vorzeitlichen beseelten Bäume unter der Obhut Caerroil Wildholz', eines mächtigen Forstwärtels, sein Dasein fristet. Wildholz rettet die Überbleibsel von Troys Armee und vernichtet den Feind. Er knüpft den Wütrich auf, drangsaliert ihn und zwingt seinen bösen Geist zum Verlassen der Riesen-Gestalt.

Unterdessen hat Elena Covenant und ihre Bluthüter zum geheimnisumwitterten *Melenkurion* Himmelswehr gebracht, einem hohen Berg in der Nähe der Würgerkluft. Ihr Führer ist Amok, ein sonderbarer Diener von Kevins Lehre, dazu imstande, sie in die uralten Geheimnisse einzuweihen. Man findet einen Weg ins Herz des Berges, wo Amok altert und vergeht. Elena trinkt, indem sie alle flehentlichen Bitten Covenants mißachtet, der davon abrät, vom Wasser, das Amok ihr gezeigt hat. Dadurch eignet sie sich die Macht des Gebots an. Vermessen beschwört sie den Geist Lord Kevins und gebietet ihm, Foul zu vernichten. Aber Foul überwältigt Kevins Schatten mühelos; Kevin wendet sich gegen Elena und den Stab des Gesetzes, tötet sie zuletzt.

Covenant und Bannor entkommen über einen Fluß, der zum Berg hinausschießt. Covenant ist krank vor Selbstabscheu und Kummer, gibt sich die Schuld an Elenas Tod. In der Würgerkluft treffen sie Troy und Lord Mhoram. Caerroil Wildholz schickt Mhoram heim, Hile Troy dagegen verwandelt er in einen Baum, um ihn zu seinem Forsthüter-Lehrling zu machen. Und Covenant verschwindet wiederum aus dem Land.

Er erlangt das Bewußtsein in seinem Haus zurück. Sein Leib leidet wieder an Leprose, seine Stirn ist durch einen Sturz verletzt. Und nun muß er sich der Erkenntnis stellen, daß seine Unfähigkeit das Land der Verwüstung preisgegeben, es ohne einen Großteil des Heers und beraubt um die Macht des Stabes des Gesetzes zurückgelassen hat.

Das ist eine kurze Zusammenfassung von ›Lord Fouls Fluch‹, Band 1 (HEYNE-BUCH Nr. 06/3740), sowie ›Die Macht des Steins‹, Band 2 (HEYNE-BUCH Nr. 06/3795), der Chronik von Thomas Covenant dem Zweifler.

1

Die Gefahr in Träumen

Thomas Covenant sprach im Schlaf. Zeitweise wußte er, was er tat; Bruchstücke seiner Stimme durchdrangen schwach, wie Andeutungen von Unschuld, seinen Stupor. Aber er konnte sich nicht aufraffen — die Schwere seiner Erschöpfung war zu groß. Er faselte daher wie schon Millionen von Menschen vor ihm, ob gesund oder krank, ob wahr oder falsch. Doch in seinem Fall war niemand da, um zuzuhören. Wäre er der letzte lebende Träumer gewesen, er hätte nicht einsamer sein können. Als das schrille Verlangen des Telefons ihn aufschreckte, erwachte er mit einem Aufheulen. Nachdem er sich im Bett kerzengerade aufgesetzt hatte, konnte er einen Moment lang nicht das Telefon und seine eigenen klanglosen Schreckenslaute unterscheiden; beides hallte durch den Nebel in seinem Kopf wider wie die Geräuschkulisse einer Folterkammer. Dann klingelte das Telefon erneut. Es trieb ihn schweißig aus dem Bett, zwang ihn dazu, wie ein menschliches Wrack ins Wohnzimmer zu schlurfen, nötigte ihn zum Abheben des Hörers. Seine gefühllosen, von der Krankheit kalten Finger betasteten das schwarze Plastik, und als er den Hörer endlich in den Griff bekam, hielt er ihn an seinen Kopf wie eine Pistole. Er wußte nicht, was er hineinsagen sollte, also wartete er benommen, daß die Person am anderen Ende der Leitung zu sprechen begänne.

»Mr. Covenant?« fragte eine unsichere Frauenstimme. »Thomas Covenant?«

»Ja«, bestätigte er leise, dann verstummte er, vage überrascht von all den Dingen, die er mit diesem einen Wörtchen als wahr anerkannt hatte.

»Ah, Mr. Covenant«, sagte die Stimme. »Hier ist Megan Roman.« Als er sich nicht äußerte, sprach sie mit einem Anflug von Schärfe weiter. »Ihre Anwältin. Erinnern Sie sich?« Aber er entsann sich nicht; er hatte keine Ahnung von irgendwelchen Anwälten. Nebel der Benommenheit verwirrten alle Bindeglieder seiner Erinnerung. Trotz der blechernen Verzerrtheit der Telefonverbindung klang ihre Stimme entfernt vertraut; aber er erkannte sie nicht. »Mr. Covenant«, fügte sie hinzu, »ich bin jetzt seit zwei Jahren Ihre Rechtsanwältin. Was ist los mit Ihnen? Sind Sie wohlauf?«

Die Vertrautheit ihrer Stimme beunruhigte ihn. Er wollte sich nicht daran erinnern, wer diese Frau war. »Mit mir hat das nichts zu tun«, murmelte er stumpfsinnig.

»Soll das ein Witz sein? Hätte ich nichts mit Ihnen zu tun, ich hätte Sie nicht angerufen. Ginge es nicht um Ihre Angelegenheiten, würde ich mich nicht damit befassen.« Gereiztheit und Mißbehagen schrammten durch ihren Tonfall.

»Nein.« Er mochte sich nicht erinnern. In seinem eigenen Interesse bemühte er sich um eine klare Entgegnung. »Das Gesetz hat mit mir nichts zu schaffen. Sie hat's gebrochen. Auf jeden Fall, ich . . . Mich geht's nichts an.«

»Sie sollten sich lieber damit abfinden, daß es Sie was angeht. Und Sie hören mir besser mal zu. Ich weiß nicht, was mit Ihnen nicht in Ordnung ist, aber . . .«

Er unterbrach sie. Er stand zu dicht davor, sich an die Stimme zu entsinnen. »Nein«, sagte er nochmals. »Mich bindet es nicht. Ich stehe . . . außerhalb. Daneben. Es betrifft mich nicht. Das Gesetz ist . . .« Für einen Moment schwieg er, forschte in seinem geistigen Dunst nach dem, was er sagen wollte. ». . . nicht das Gegenteil von Bosheit.« Da erkannte er die Stimme wider Willen doch. Er erkannte sie trotz der immateriellen Fehlerträchtigkeit der Telefonverbindung. Elena. Der Verdruß seiner Niederlage nahm ihm jede Widerstandskraft.

». . . wovon Sie reden«, sagte sie. »Ich bin Ihre Rechtsanwältin, Megan Roman. Und wenn Sie glauben, das Gesetz beträfe Sie nicht, dann sollten Sie mir wirklich besser gut zuhören. Deshalb rufe ich nämlich an.«

»Ja«, sagte er hoffnungslos.

»Passen Sie mal auf, Mr. Covenant!« Sie lockerte ihrem Ärger nun die Zügel. »Ich bin nicht unbedingt gern Ihre Anwältin. Bloß beim Gedanken an Sie bekomme ich schon eine Gänsehaut. Aber ich habe noch nie einen Klienten im Stich gelassen, und ich will nicht gerade mit Ihnen den Anfang machen. Nun reißen Sie sich mal ein bißchen zusammen und hören Sie zu.«

»Ja.« Elena? Innerlich stöhnte er auf. *Elena? Was habe ich dir angetan?*

»Na schön. Die Situation ist folgendermaßen. Diese . . . unglückliche Eskapade, die Sie sich geleistet haben . . . am Samstagabend . . . dadurch ist die Lage zum Siedepunkt gebracht worden. Es . . . Mußten Sie denn in einen Nachtklub gehen, Mr. Covenant? Ausgerechnet in einen Nachtklub?«

»Ich habe mir nichts Böses gedacht.« Ihm fiel keine andere Antwort zu seiner Rechtfertigung ein.

»Naja, jetzt ist's passiert. Sheriff Lytton ist jedenfalls deswegen auf die Palme gebracht. Sie haben ihm etwas geliefert, womit er gegen Sie etwas unternehmen kann. Am Sonntagabend und dem heutigen Vormittag hat er mit einer Menge Leute hier in der Gegend gesprochen. Und die Leute, mit denen er sich unterhalten hat, haben ihrerseits mit anderen Leuten geredet. Heute mittag ist der Gemeinderat zusammengetreten. Mr. Covenant, wahrscheinlich wäre es nicht soweit gekommen, wäre nicht noch Ihr vorheriger Besuch im Ort allgemein so gut im Gedächtnis hängengeblieben. Darüber ist schon viel geklatscht worden, aber im großen und ganzen hatte man sich inzwischen wieder abgeregt. Nun ist alles von neuem aufgerührt worden. Die Leute wollen, daß irgend etwas getan wird. Der Gemeinderat beabsichtigt, ihnen diesen Wunsch zu erfüllen. Unsere skrupulösen Kirchturmspolitiker möchten Ihren Grundbesitz in einen neuen Landschaftsnutzungsplan einbeziehen. Das Gelände der Haven Farm soll künftig zu einem Industriegebiet gehören. Wohnbauten werden dann dort verboten sein. Sobald das abgewickelt ist, kann man Sie zum Wegziehen zwingen. Wahrscheinlich werden Sie einen anständigen Preis für die Farm erhalten — aber Sie dürften in unserem Bezirk keinen anderen Flecken zum Niederlassen finden.«

»Es ist meine Schuld«, sagte er. »Ich hatte die Macht und wußte nicht, wie ich sie anwenden sollte.« Seine Knochen staken bis ins Mark voller altem Haß und Tod.

»Was? Hören Sie mir eigentlich zu? Mr. Covenant, Sie sind mein Klient — was immer sich daraus ergeben mag. Ich habe nicht die Absicht, tatenlos zuzuschauen, wie man so etwas mit Ihnen anstellt. Krank oder nicht, Sie haben dieselben Bürgerrechte wie jeder andere. Und es gibt Gesetze, die den Privatbürger vor . . . Verfolgung schützen. Wir können uns wehren. Ich möchte, daß Sie . . .« Gegen das blecherne Hintergrundrauschen in der Leitung konnte er vernehmen, wie sie nun allen Mut aufbot. »Ich möchte, daß Sie in mein Büro kommen. Noch heute. Wir werden uns mit der Sachlage eingehend beschäftigen — eine Anfechtung der Entscheidung in die Wege leiten, dagegen klagen . . . irgend etwas. Wir werden den Fall mit sämtlichen Weiterungen diskutieren und unser Vorgehen planen. Einverstanden?«

Das Bewußtsein eines vorsätzlichen Risikos, das aus ihrem Ton sprach, drang einen Moment lang zu ihm durch. »Ich bin Lepraleidender«, sagte er. »Ich bin unberührbar.«

»Man wird Sie am Ohr aus Ihrem Haus ziehen, wenn's keine andere Möglichkeit gibt! Verdammt, Covenant — anscheinend begreifen Sie gar nicht, was hier los ist. Sie sollen Ihr Heim verlieren. Dagegen kann man einschreiten — aber Sie sind der Klient, und ich kann nichts ohne Sie unternehmen.«

Aber ihre Heftigkeit überforderte seine Bereitschaft zur Aufmerksamkeit. Undeutliche Erinnerungen an Elena durchschwirrten ihn. »Das ist eine schlechte Antwort«, sagte er. Geistesabwesend senkte er den Hörer von seinem Ohr und legte ihn zurück auf die Gabel. Für lange Zeit stand er da und starrte den schwarzen Apparat an. Irgend etwas in dessen unabänderlichen, abgründig pechschwarzen Umrissen erinnerte ihn daran, daß sein Kopf schmerzte. Irgend etwas von Bedeutung war ihm widerfahren.

›Sonntagabend‹, hörte er in seinem Kopf, als sei es das erste Mal, die Rechtsanwältin sagen. *›Am heutigen Vormittag.‹* Steif drehte er sich um und lenkte seinen Blick zur Wanduhr. Zuerst konnte er sie nicht scharf ins Auge fassen; sie schien zurückzustarren, als müsse er erblinden. Doch zu guter Letzt gelang es ihm, die Zeit abzulesen. Die nachmittägliche Sonne draußen vor den Fenstern bestätigte sie. Er hatte über dreißig Stunden geschlafen. *Elena?* dachte er. Elena konnte nicht am Telefon gewesen sein. Elena war tot. Seine Tochter war tot. Durch seine Schuld. Seine Stirn fing an zu pochen. Der Schmerz durchzuckte seinen Verstand wie harsches, grelles Licht. Er zog den Kopf ein, als sei das ein erfolgversprechender Versuch, ihm auszuweichen.

Elena hatte nicht einmal existiert. Es hatte sie nie gegeben. Er hatte alle diese Sachen nur geträumt. *Elena!* stöhnte er innerlich auf. Er wandte sich ab und latschte schlaff zurück zu seinem Bett. Mit seinen Bewegungen verfärbte der Nebel in seinem Hirn sich karmesinrot.

Als er das Schlafzimmer betrat, riß er beim Anblick seines Kissens die Augen auf; er blieb stehen. Der Kopfkissenbezug war mit schwarzen Flecken besudelt. Sie sahen aus wie Moder, irgendeine Art von Schwamm, der die weiße Reinheit des Leinens auffraß. Unwillkürlich hob er eine Hand an seine Stirn. Aber seine tauben Finger verweigerten ihm jede Aufklärung. Die Krankheit, die das ganze Innere seines Schädels zu beherrschen schien, begann ihn auszulachen. Seine leeren Eingeweide wanden sich vor Übelkeit. Er hielt sich die Stirn mit beiden Händen und schleppte sich ins Bad.

Im Spiegel überm Waschbecken erblickte er die Wunde in seiner Stirn. Für eine Sekunde sah er von sich selbst nichts außer seiner Verletzung. Sie sah nach Leprose aus, als verpresse ihm die Lepra mit unsichtbarer Hand auf seiner Stirn die Haut. Schwarz verkrustetes Blut klebte an den unregelmäßigen Rändern der Wunde, befleckte sein helles Fleisch wie ein tiefreichendes Gangrän; durch Risse in der dicken Kruste sickerten Blut und andere Flüssigkeit. Ihm war, als könne er die Infektion sich geradewegs durch den Schädel in sein Gehirn fressen fühlen. Sie beleidigte seinen Blick, als stänke sie bereits nach Leiden und gräßlichem Tod.

Er zitterte merklich, als er die Wasserhähne aufdrehte, um das Becken zu füllen. Während Wasser hineinrauschte, seifte er hastig seine Hände ein.

Aber als er an seinem Ringfinger locker den Ehering aus Weißgold stecken sah, verhielt er. Er besann sich auf die heiße Machtfülle, die das Metall in seinem Traum durchpulst hatte. Er konnte Bannor hören, den Bluthüter, der ihn am Leben gehalten hatte, wie er *›Rette Sie!‹* schrie, *›Du mußt!‹*, und sich selbst *›Ich kann's doch nicht!‹* antworten. Er konnte Hile Troys Aufschrei hören — *›Du Aussätziger! Du bist viel zu selbstsüchtig, um irgend jemanden außer dir selbst zu lieben!‹* Er zuckte zusammen, als er sich an den Hieb entsann, der ihm die Stirn aufschlug.

Elena war durch seine Schuld gestorben.

Sie hatte niemals existiert.

Sie war in eine Felsspalte gefallen, als sie verzweifelt gegen das Gespenst des verrückten Kevin Landschmeißers kämpfte, den sie selbst aus dem Grabe beschworen hatte. Sie war abgestürzt und gestorben. Der Stab des Gesetzes ging verloren. Covenant hatte nicht einmal den kleinen Finger gerührt, um sie zu retten.

Sie hatte nicht einmal existiert. Er hatte sie nur im Traum geschaffen, während er bewußtlos dalag, nachdem er sich den Kopf am Kaffeetisch wundschlug.

Hin- und hergerissen zwischen zwei einander widerstreitenden Schrecken starrte er die Verletzung an, als sei sie ein gegen ihn gerichtetes Lamento, eine zweischneidige Denunziation. Aus dem Spiegel geiferte sie ihm entgegen, daß die Prophezeiung seines Leidens sich nun bewahrheiten werde. Mit einem Stöhnen stieß er sich vom Waschbecken ab und eilte zurück zum Telefon. Er befummelte den Apparat mit feuchten, eingeseiften Händen, mühte sich ab, die Nummer von Joans Eltern zu wählen. Womöglich befand sie sich bei ihnen. Sie war seine Frau gewesen; er verspürte das Bedürfnis, mit ihr zu reden. Doch als er die Nummer zur Hälfte gewählt hatte, legte er den Hörer wieder auf. In seiner Erinnerung konnte er sie keusch und daher unbarmherzig vor sich stehen sehen. Sie glaubte noch immer, er habe sich geweigert, mit ihr zu sprechen, als sie ihn am Samstagabend anrief. Sie würde ihm die Zurückweisung nicht verzeihen, die er ihr in seiner Hilflosigkeit angetan hatte. Wie hätte er ihr beibringen sollen, daß er der Vergebung bedurfte, weil er eine andere Frau in seinen Träumen hatte sterben lassen? Doch er brauchte irgend jemanden — irgendwen, dem er ›Hilf mir!‹ zuschreien konnte. Er hatte den Weg zum Ende eines Leprakranken bereits so weit beschritten, daß er sich allein nicht mehr zur Umkehr zu bringen vermochte.

Doch er konnte nicht einfach die Ärzte im Leprosorium anrufen. Sie würden ihn nach Louisiana zurückholen. Sie täten ihn behandeln, ihn von neuem disziplinieren, ihm Ratschläge erteilen. Sie würden ihn dem Leben wiedergeben, als sei seine Erkrankung alles, was zähle, als reiche Weisheit bloß bis durch die Haut — als wären Kummer, Zerknirschung und Grauen nichts als Illusionen, mit Spiegeln vollführte Tricks, irrelevant für Chrom, Porzellan und saubere, weiße, gestärkte Kliniklaken, fluoreszente Lichter. Sie würden ihn der Unwirklichkeit seiner Leidenschaft überlassen.

Er bemerkte, daß er heiser schnaufte und röchelte, als sei die Luft im Zimmer seinen Lungen zu ranzig. Er brauchte ... brauchte ...

Er wählte in konvulsivischer Anstrengung, rief die Auskunft an und erfuhr die Rufnummer des Nachtklubs, den er am Samstagabend besucht hatte, um etwas zu trinken. Als er dort anrief, teilte die Frau, die ans Telefon ging, ihm mit gelangweilter Stimme mit, Susie Thurston trete nicht länger in dem Nachtklub auf. Ehe er überhaupt daran dachte, danach zu fragen, sagte ihm die Frau, wo die Sängerin ihr nächstes Engagement hatte.

Er setzte sich erneut mit der Auskunft in Verbindung und brachte anschließend ein Ferngespräch mit dem Etablissement zustande, wo Susie Thurston jetzt auftreten sollte. Die Telefonzentrale des anderen Nachtklubs verband ihn ohne irgendwelche

Fragen mit der Garderobe der Künstlerin. »Warum haben Sie das getan?« keuchte er schwerfällig drauflos, sobald er ihre gedämpfte, wie herrenlose Stimme vernahm. »Hat er Sie dazu angestiftet? Wie hat er das gemacht? Ich will wissen . . .«

Barsch unterbrach sie ihn. »Wer sind Sie? Ich habe keine Ahnung, wovon Sie reden, zum Teufel! Für wen halten Sie sich! Ich habe Ihnen gar nichts getan.«

»Am Samstagabend. Sie haben mir das am Samstagabend angetan.«

»Was mich betrifft, Bursche, könntest du Adam Riese sein. Ich habe dir nie was getan. Bleib mir vom Hals, ja? Laß mein Telefon in Ruhe.«

»Sie haben's am Samstagabend getan. Er hat Sie dazu angestiftet. Sie haben mich ›Berek‹ genannt.« Berek Halbhand — das war jener längst tote Held in seinem Traum. Die Menschen in diesem seinem Traum, die Bewohner des Landes, hatten geglaubt, er sei der wiedergeborene Berek Halbhand — es geglaubt, weil die Lepra ihn die beiden äußeren Finger seiner rechten Hand gekostet hatte. »Dieser alte, irre Bettler hat von Ihnen verlangt, mich ›Berek‹ zu rufen, und Sie haben's getan!«

Für einen ausgedehnten Moment blieb sie still, bevor sie antwortete. »Ach, Sie sind das. Sie sind dieser Knabe . . . von dem die Leute im Klub sagen, er sei ein Aussätziger.«

»Sie haben mich ›Berek‹ gerufen«, krächzte Covenant, als müsse er in der düsteren Atmosphäre des Hauses ersticken.

»Ein Aussätziger«, wiederholte sie leise. »Ach, zur Hölle! Ich hätte Sie versehentlich küssen können. Sie haben mich ganz schön reingelegt, Bursche. Sie sehen einem Freund von mir verflucht ähnlich.«

»›Berek‹«, stöhnte Covenant.

»Was, ›Be*rek*‹? Sie haben mich mißverstanden. ›Ber*rett*‹ hatte ich gerufen. Berrett Williams ist ein Freund von mir. Wir kennen uns schon lange. Ich habe viel von ihm gelernt. Aber er war ständig zu drei Vierteln besoffen. Er war sowieso mehr eine Art von Clown. Zu mir zu kommen und mir zuzuhören, ohne mir vorher was zu sagen, das ist so was, das würde echt zu ihm passen. Und Sie sahen genau wie . . .«

»Er hat Sie dazu gebracht. Der alte Bettler hat Ihnen das eingeredet. Er versucht, mich fertigzumachen.«

»Junge, Sie haben Ihre Lepra im Kopf. Ich kenne keine Bettler. Ich habe schon genug nichtsnutzige alte Kerle auf der Pelle. Sag mal, womöglich bist du Berrett Williams? Das klingt alles schwer nach einem seiner Scherze. Berrett, verdammt noch mal, wenn du mich hier aufziehst . . .«

In Covenants Innerm ballte sich von neuem Übelkeit zusammen. Er legte auf und krümmte sich über seinem Leib. Aber er war zu leer, um sich übergeben zu können; er hatte achtundvierzig Stunden lang nichts gegessen. Er tupfte sich mit gefühllosen Fingerkuppen Schweiß aus den Augen und rief erneut die Auskunft an. Der halb trockene Seifenschaum an seinen Fingern stach ihm in den Augen und brachte sie zum Tränen, während er die gewünschte Telefonnummer bekam und ein neues Ferngespräch in die Wege leitete. Als sich eine forsche militärische Dienststimme mit »Verteidigungsministerium!« meldete, blinzelte er durch die Feuchtigkeit, die seine Augen trübte wie Scham, und antwortete.

»Geben Sie mir bitte Hile Troy.« Auch Troy war in seinem Traum vorgekommen. Doch der Mann hatte darauf bestanden, er sei real, ein Bewohner der wirklichen Welt, kein Bestandteil von Covenants Alptraum.

»Hile Troy? Einen Moment, Sir.« Covenant hörte ein kurzes Umblättern von Seiten. »Sir«, sagte dann die Stimme, »hier ist kein Anschluß für jemanden mit diesem Namen verzeichnet.«

»Hile Troy«, wiederholte Covenant. »Er ist in einer Ihrer . . . Ihrer Denkzellen tätig. Er hatte einen Unfall. Falls er nicht tot ist, müßte er inzwischen wieder bei der Arbeit sein.«

Der militärischen Dienststimme kam etwas von ihrer Forschheit abhanden. »Sir, falls er hier tätig ist, wie Sie behaupten . . . dann dürfte er zum Geheimpersonal zählen. Ich könnte Sie nicht mit ihm verbinden, selbst wenn er in meinem Verzeichnis stünde.«

»Holen Sie ihn mir ans Telefon, sonst nichts«, stöhnte Covenant. »Er wird mit mir reden.«

»Wie lautet Ihr Name, Sir?«

»Er wird mit mir sprechen.«

»Kann sein, daß er's wird. Trotzdem muß ich Ihren Namen erfahren.«

»Oh, Hölle und Verdammnis!« Covenant wischte sich mit dem Handrücken die Augen. »Ich bin Thomas Covenant«, sagte er dann voller Niedergeschlagenheit.

»Sehr wohl, Sir. Ich verbinde mit Major Rolle. Möglicherweise kann er Ihnen weiterhelfen.«

Mit einem Knacken fuhr Stille in die Leitung. Im Hintergrund konnte Covenant am laufenden Band Klickgeräusche hören, wie das Ticken einer Totenuhr verschiedener Klopfkäfer. In seinem Innern stieg der Druck. Die Wunde an seiner Stirn pochte wie die Oszillationen eines Schreis. Krampfhaft drückte er den Hörer an den Kopf, mit dem anderen, freien Arm sich selbst, um Beherrschung bemüht. Als sich wieder etwas in der Leitung tat, konnte er sich kaum an einem Aufheulen hindern. »Mr. Covenant?« fragte eine höfliche, schmeichlerische Stimme. »Hier ist Major Rolle. Wir haben Schwierigkeiten, die Person ausfindig zu machen, die Sie zu sprechen wünschen. Unser Ministerium ist groß — Sie verstehen. Können Sie mehr nähere Angaben machen?«

»Der Name ist Hile Troy. Er ist in einer Ihrer Denkzellen tätig. Er ist blind.« Die Wörter zitterten zwischen seinen Lippen, als habe er Schüttelfrost.

»Blind, sagen Sie? Mr. Covenant, Sie haben einen Unfall erwähnt. Können Sie mir sagen, was mit diesem Hile Troy passiert ist?«

»Lassen Sie mich mit ihm reden. Ist er dort, oder nicht?«

Der Major zögerte. »Mr. Covenant«, meinte er dann, »wir haben in unserem Ministerium keine Blinden. Könnten Sie mir wohl die Quelle Ihrer Information nennen? Möglicherweise sind Sie das Opfer eines . . .«

Unvermittelt brüllte Covenant in äußerster Wut los. »Er ist aus dem Fenster gestürzt, als sein Apartment in Brand geriet, und ums Leben gekommen! Es hat ihn überhaupt nie gegeben!« Mit einem wüsten Ruck riß er das Telefonkabel aus der Wandbuchse, wirbelte herum und schleuderte den Apparat nach der Uhr an der Wand des Wohnzimmers. Das Telefon traf die Uhr und fiel danach zu Boden, als sei es unempfindlich gegenüber Gewalttätigkeiten, aber die Uhr sprang und zerbrach in Stücke. »Er ist seit Tagen tot! Es hat ihn niemals gegeben!« In seinem Wutanfall schlug er um sich und trat mit einem gefühllosen, gestiefelten Fuß den Kaffeetisch. Der Tisch kippte um, der Rahmen von Joans Bild brach auseinander, als es über den Teppich schlitterte. Er trat nochmals zu, zerschmetterte ein Tischbein. Dann warf er das Sofa um und stürzte sich an ihm vorüber auf die Bücherregale. Eins ums andere schleuderte er sie auf den Fußboden.

Innerhalb von Augenblicken hatte sich die peinlich genaue Leprakranken-Ordnung des Zimmers in ein gefährliches Chaos verwandelt. Ohne Zaudern stürmte er ins Schlafzimmer. Mit fahrigen Fingern klaubte er das Taschenmesser aus seiner Hose, klappte es auf und zerfetzte damit das blutbesudelte Kissen. Dann schob er das Messer zurück in seine Tasche, während die Federn sich wie ein Schnee der Schuld auf Bett und Kommoden senkten, und verließ das Haus mit einem Türknallen.

Im Laufschritt strebte er zur Hütte bei den Bäumen hinter der Haven Farm, hastete zu der ruhigen Bude, die sein Büro umfaßte. Wenn er von seinem Elend nicht sprechen durfte, konnte er vielleicht darüber schreiben. Während er den Weg entlanglief, zuckten ihm bereits die Finger danach, *Hilfe-Hilfe-Hilfe-Hilfe!* zu tippen. Doch als er den Schuppen erreichte, stellte er fest, daß es aussah, als sei er bereits dort gewesen. Die Tür war aus den Angeln gerissen, und drinnen lagen die verbeulten Bestandteile seiner Schreibmaschine inmitten der Fetzen seiner Akten und sonstigen Papiers. Die Stätte der Verwüstung war mit Exkrementen beschmiert, und die kleinen Räumlichkeiten stanken widerlich nach Urin.

Zuerst starrte er die Verheerungen an, als habe er sich bei einem in Amnesie vollbrachten Akt ertappt. Er konnte sich nicht daran erinnern, das getan zu haben. Und er wußte, er hatte es nicht getan; das war Wandalismus, ein Anschlag auf ihn, genau wie das Abbrennen der Ställe vor Tagen oder Wochen. Die unerwartete Zerstörung machte ihn fassungslos. Für einen unbestimmten Moment vergaß er, was er eben selbst im Haus angerichtet hatte. *Ich bin kein gewalttätiger Mensch,* dachte er dumpf. *Überhaupt nicht.*

Da schien der beengte Raum innerhalb der Hütte ihn von allen Wänden herab anzuspringen. Ein Gefühl des Erstickens befiel ihn, der Beklemmung. Zum drittenmal versuchte er, sich zu übergeben, und konnte es wieder nicht. Er keuchte zwischen zusammengebissenen Zähnen und floh in den Wald. Zunächst irrte er ziellos dahin, trieb das erschöpfte Gerüst seiner Knochen vorwärts in die Tiefe der Wälder, so schnell es ging, ohne eine Absicht zu verfolgen außer Flucht. Doch als der Sonnenuntergang sich auf die Hügel legte, die Pfade mit Dämmerung trübte, lenkte er seine Schritte zum Ort. Der Gedanke an Menschen leitete ihn wie eine Verlockung. Während er durch das Dämmerlicht des Frühlingsabends stolperte, stachen in seinem Herz alte, irrationale Aufwallungen von Hoffnung. In unregelmäßigen Abständen verspürte er die Überzeugung, schon der bloße Anblick eines offenen, von Vorwürfen freien Gesichts könne ihm neue Ruhe einflößen, die Ungeheuerlichkeit seiner Bürde wieder in seine Reichweite der Handhabbarkeit rücken. Aber zugleich fürchtete er den Anblick eines solchen Gesichts. Das implizite Urteil, das dessen Gesundheit ausspräche, müßte ihm unerträglich sein. Dennoch drängte er sich in ungleichmäßigen, ausbruchartigen Schüben erneuerter Anstrengungen durch den Wald vorwärts, wie eine Motte in halbbewußtem Trachten nach ihrer Opferung im Feuer. Er vermochte den kühlen Sirenenklängen der Menschen nicht zu widerstehen, der Anziehungskraft und der Schmerzlichkeit des gemeinsamen vergänglichen Blutes. *Hilfe!* Mit jedem Aufflammen grausamer Hoffnung entfuhr ihm ein Winseln. *Helft mir!*

Doch als er sich der Ortschaft näherte — als er hinter den verstreuten alten Häusern aus dem Wald trampelte, die das Geschäftszentrum der Kleinstadt wie ein Abwehrwall umgaben —, brachte er zuwenig Mut auf, um weiterzugehen. Die hell erleuchteten Fenster, beleuchteten Veranden und Zufahrten kamen ihm unpassierbar vor: er hätte zuviel Helligkeit, zuviel Entblößung überwinden müssen, um an irgendeine Tür zu gelangen, ganz egal, ob man ihn dort willkommen heißen mochte oder nicht. Die Nacht war die einzige Tarnung, die er für seine schreckliche Verletzlichkeit besaß. Er wimmerte aus Frustration und Sehnsucht, während er versuchte, sich zur Fortsetzung des Weges zu zwingen. Er schlich von Haus zu Haus, suchte nach einem, irgendeinem davon, das ihm eine schwache Aussicht auf Trost bot. Aber die Lichter wiesen ihn ab. Die bloße Ungehörigkeit dessen, sich nichtsahnenden Leuten in ihren eigenen Häusern aufzudrängen, verstärkte seine Furcht in solchem Maße, daß sie ihn zurückhielt. Er durfte sich den Männern und Frauen, die gesichert in diesem Licht lebten, nicht aufnötigen. Er konnte unmöglich die Last weiterer Opfer tragen.

Auf diese Art und Weise, indem er am Rande des Orts geduckt entlanggeisterte wie ein machtloses Gespenst, ein Unhold, vollauf unfähig, Schrecken einzujagen, umlauerte er eins ums andere die Häuser und entfernte sich zuletzt wieder in die Richtung, woher er gekommen war, kehrte auf seinen verschlungenen Pfaden zurück zur Haven Farm, einem trockenen Blatt vergleichbar, brüchig bis zur Grenze des Zerfalls, reif fürs Feuer.

Im Verlaufe der folgenden drei Tage war er mehrmals drauf

und dran, sein Haus niederzubrennen, es in Brand zu stecken — es zum Scheiterhaufen, zum Grab seiner Unreinheit zu machen. Und in etlichen weniger wilden Stimmungsanwandlungen lechzte er danach, sich einfach die Handgelenke aufzuschneiden — sich die Adern zu öffnen und das langwierige Elend seines Niedergangs abfließen zu lassen. Doch er konnte weder für die eine noch für die andere Handlung genug Entschlossenheit aufbieten. Im Hin- und Hergerissensein zwischen verschiedenen Schrecknissen hatte er anscheinend die Kraft zum Entscheiden verloren. Die geringe Willenskraft, welche ihm blieb, verwendete er darauf, sich Nahrung und Schlaf zu verweigern.

Er aß nichts, weil er schon einmal gefastet hatte und jener Hunger ihm dabei half, sich durch einen Wald von Selbsttäuschungen zum Begreifen des Scheußlichen, das er Lena, Elenas Mutter zugefügt hatte, zu tasten. Nun wollte er es wieder so halten; er beabsichtigte, das Gestrüpp aus Zurechtlegungen, Rechtfertigungen, Abschweifungen und Verteidigungen zu durchhauen und sich seinem Zustand unter den schlechtesten Bedingungen zu stellen. Falls ihm das mißlang, mußte jede Schlußfolgerung, zu der er kam, von Anfang an ein Betrug sein, so wie von Geburt an Elena, verursacht durch die Unzulänglichkeit seiner Aufrichtigkeit oder seines Einsehens.

Seinem knochentiefen Bedürfnis nach Schlaf jedoch widerstand er, weil er sich vor dem fürchtete, was ihm widerfahren mochte, falls er schlief. Er hatte gelernt, daß die Unschuldigen nie schlafen. Schuld beginnt in Träumen.

Keine dieser Entsagungen überforderte ihn. Die Übelkeit, die ständig in seiner Magengrube auf der Lauer lag, half ihm beim Abstandhalten von Nahrungsmitteln. Und die Fiebrigkeit seiner Last gönnte ihm keine Ruhe. Sie gab ihn nicht frei, schabte an ihm, als stäke er im Geschirr eines Jochs; sie schien auf eine wunde Stelle seiner Seele zu pressen. Wann immer ihn die Kärglichkeit seines Kraftquells bedrohte, stürmte er aus seinem Haus wie ein verirrter Wind und jagte durch die Hügel, die von Gehölz gesäumte Länge des Righters Creek hinauf und hinab. Und wenn er sich zu dieser gewaltsamen Übung nicht durchringen konnte, streckte er sich quer überm zerbrochenen Mobiliar des Wohnzimmers aus, damit er es, falls er einnickte, zu unbequem hatte, um in einen Schlaf zu versinken, der tief genug war zum Träumen.

Aber während des ganzen Verfahrens unternahm er nichts zur

Behandlung seiner Krankheit. Er vernachlässigte seine VBG — die Visuelle Beobachtung der Gliedmaßen, von der sein ganzer Kampf gegen die Leprose abhing — und andere Selbstschutzgewohnheiten, als hätten sie für ihn nicht länger irgendeine Bedeutung. Er verzichtete auf die Medizin, die einst die Ausbreitung seines Leidens zum Stillstand gebracht hatte. Seine Stirn eiterte; Kälte und Taubheit krochen langsam in den Nerven seiner Hände und Füße aufwärts. Er fand sich mit diesen Dingen ab, mißachtete die Gefahr. Ihm gebührte es so; er verdiente es. Nichtsdestoweniger verfiel er an jedem Abend in die gleiche todesmütige Stimmung. In der Düsternis des Dämmerlichts wuchs seine Sehnsucht nach Menschen bis ins Unerträgliche an; sie trieb ihn unter Zähneknirschen und mit Schaum vorm Mund nach draußen, in die Dunkelheit außerhalb des Lichtscheins aus den Häusern der Ortschaft. Abend um Abend machte er den Versuch, sich zur Tür so eines Heims, irgendeines solchen Heims zu wagen. Aber nie brachte er genug Mut auf, um sich den Lichtern zu nähern. Menschen, die sich nur einen Steinwurf weit von ihm entfernt aufhielten, blieben für ihn so unnahbar, als bewohnten sie eine andere Welt. Jeder Abend warf ihn zurück in die Umgebung der unvermindert harten Seiten seines Daseins in Schwäche — und das schmerzhafte Pochen, das ihm durch den ganzen Schädel pulste, während sich die Entzündung an seiner Stirn ausweitete.

Elena war durch seine Schuld umgekommen. Sie war seine Tochter gewesen, und er hatte sie geliebt. Und doch hatte er sie in den Tod gehen lassen.

Sie hatte niemals überhaupt existiert.

Er fand für diesen Widerspruch keine Lösung.

Dann zerbrach am Donnerstagabend die Gleichförmigkeit seines stetigen Herunterkommens. Während seines ohnmächtigen Umhergeisterns vernahm er plötzlich inmitten von Finsternis und Wind fremde Laute. Ein Ton schwoll und sank wie eine Stimme im Gebet, und zwischen dem, was wie Strophen klang, hörte er Singen. Durch ihre Körperlosigkeit im abendlichen Dunkel wiesen die zerfaserten Stimmen klagende Untertöne auf, als handle es sich um einen Aufruf zur Versammlung verdammter Seelen. Wortvorträge und Chor wechselten einander düster ab. Elena war Sängerin gewesen, Tochter einer Familie von Sangesfreudigen. Covenant tastete sich einen Weg durch den nächtlichen Rand der Ortschaft, folgte den herzzerreißend traurigen

Klängen der Musik. Er gelangte über die Häuser hinaus, umrundete den Ort und schritt die Landstraße hinunter, die zu der kahlen Wiese führte, wo die Gemeinde bei patriotischen Anlässen Aufmärsche veranstaltete. Ein paar Leute eilten dorthin, als seien sie spät dran, und Covenant mied sie, indem er sich abseits der Landstraße hielt. Als er die Veranstaltungswiese erreichte, sah er, daß man in ihrer Mitte ein riesiges Zelt aufgeschlagen hatte. Die Seiten des Zelts waren aufgerollt, so daß man unter dem Segeltuchdach den lebhaften Schein propangasgespeister Laternen erkannte.

Das Zelt war voller Menschen. Gerade ließen sie sich nach gemeinsamem Gesang wieder auf Bänke nieder, und währenddessen führten mehrere Platzanweiser Spätankömmlinge zu den letzten freien Sitzen. Die Bänke standen in dichten Reihen einem breiten Podium an der Vorderseite des Zelts zugewandt; dort saßen drei Männer hinter einer ungefügen Kanzel, und hinter ihnen stand ein behelfsmäßiger Altar, mit nachlässiger Hast aus Kiefernbrettern zusammengehämmert, kümmerlich geschmückt mit ein paar schiefen Kerzen und einem glanzlosen, verbeulten Kreuz aus Gold. Als die Besucher sich wieder auf die Bänke setzten, erhob sich einer der Männer auf dem Podium - ein untersetzter, fleischiger Mann in schwarzem Anzug und weißem Hemd — und betrat die Kanzel. »Laßt uns beten«, sagte er mit unwiderstehlich klangvoller Stimme. Alle Anwesenden neigten die Köpfe. Covenant hatte sich schon angeödet zum Gehen wenden wollen, aber die stille Zuversicht im Tonfall des Mannes hielt ihn zurück. Widerwillig hörte er zu, während der Mann, die Hände auf der Einfassung der Rednerkanzel gefaltet, leise betete. »Gütiger Jesus, unser Herr und Heiland, wir bitten Dich, schau herab auf die Seelen, die sich hier versammelt haben. Schau in diese Herzen, Herr — sieh den Schmerz und die Pein, die Einsamkeit und die Trauer . . . ja, und sieh die Sünde . . . und sieh den Hunger nach Dir in diesen Herzen. Tröste sie, Herr. Hilf ihnen und heile sie. Lehre sie in Deinem wahrhaftigen Namen den Frieden und das Wunder des Gebets. Amen.«

»Amen«, antworteten die Menschen gemeinsam.

Die Stimme des Mannes ließ Covenant keine Ruhe. Er hörte darin etwas, das nach Ehrlichkeit klang, nach schlichtem Mitgefühl. Es gab für ihn keine Gewißheit; das bißchen, was er von Ehrlichkeit verstand, schien er in Träumen gelernt zu haben. Aber er ging nicht. Statt dessen trat er umsichtig vor und ins

Licht, während die Leute die Köpfe vom Gebet hoben, traute sich gerade nahe genug ans Zelt, um die Schrift auf einem großen Schild lesen zu können, das man neben der Straße aufgestellt hatte. Der Text lautete:

OSTERHEIL-KREUZZUG
DR. B. SAM JOHNSON
ERNEUERER UND HEILSBRINGER
NUR HEUTE ABD. BIS SONNTAG

Auf dem Podium näherte sich nun ein anderer Mann der Kanzel. Er trug einen Priesterkragen und um den Hals ein silbernes Kreuz. Er schob sich eine dicke Brille auf die Nase und blickte mit einer Miene wie ein Honigkuchenpferd über die Besucher aus. »Ich freue mich wie ein Schneekönig«, sagte er, »heute Dr. Johnson und Matthew Logan hier zu haben. Sie sind landauf, landab bekannt für die überreichliche geistliche Labsal, die sie den spirituellen Bedürfnissen von Menschen wie uns spenden. Ich brauche Ihnen nicht zu sagen, wie sehr wir hier die Erneuerung brauchen — wie viele von uns es nötig haben, den heilsamen Glauben wiederzufinden, besonders jetzt in der Osterzeit. Dr. Johnson und Mr. Logan werden uns dabei helfen, in die unvergleichliche Gnade Gottes zurückzukehren.«

Der kleine, in Schwarz gekleidete Mann erhob sich erneut. »Vielen Dank, Sir«, sagte er. Der Priester zögerte, dann verließ er die Kanzel, als sei er fortgewiesen worden, unterbrochen schon am Anfang einer übermäßig langen Einleitung. »Meine Freunde«, sprach Dr. Johnson völlig reibungslos weiter, »hier ist mein lieber Bruder in Christus, Matthew Logan. Sie haben seinen wunder-, wundervollen Gesang vernommen. Nun wird er uns Gottes Heilige Schrift verkünden. Bruder Logan . . .«

Als er in die Kanzel trat, ragte Matthew Logans kraftvolle Gestalt sichtlich über Dr. Johnson auf. Obwohl er keinen Hals zu besitzen schien, befand sich der Kopf auf seinen breiten Schultern fast einen halben Meter höher als der seines Partners. Er blätterte sachkundig in einer schweren, schwarzen Bibel, die auf dem Pult der Kanzel lag, fand die gesuchte Stelle, und neigte zum Lesen den Kopf, als geschähe es gleichzeitig aus Ehrerbietung vor Gottes Wort. Er begann ohne Vorrede.

»›Hört ihr aber nicht auf mich und erfüllt nicht all diese Gebote, mißachtet ihr meine Satzungen und verabscheut euer Herz meine Vorschriften, so daß ihr nicht nach meinen Geboten handelt, sondern meinen Bund brecht, dann handle auch ich an euch entsprechend und lasse schreckliche Heimsuchungen über euch kommen: Schwindsucht und Fieber, welche die Augen zum Erlöschen und das Leben zum Schwinden bringen. Vergebens sät ihr den Samen aus; eure Ernte werden eure Feinde verzehren. Ich kehre mein Antlitz wider euch; ihr werdet geschlagen von euren Feinden, eure Hasser werden euch unterjochen; ihr flieht, ohne daß euch jemand verfolgt. Seid ihr mir auch dann noch ungehorsam, so will ich euch noch zusätzlich siebenfach für eure Sünden züchtigen! Ich zerbreche eure Stärke, auf die ihr so stolz seid, und mache den Himmel über euch wie Eisen und euren Boden wie Erz. Vergebens wird eure Kraft verbraucht, denn euer Land wird seinen Ertrag nicht mehr geben, und die Bäume auf dem Felde werden keine Früchte tragen. Leistet ihr mir auch dann noch Widerstand und wollt mir nicht gehorchen, so schlage ich euch weiter siebenmal für eure Sünden. Ich sende euch wilde Tiere, die eure Kinder rauben, euer Vieh zerreißen und eure Zahl vermindern, so daß eure Straßen veröden. Laßt ihr euch hierdurch nicht von mir warnen und widerstrebt ihr mir weiter, dann widerstrebe auch ich euch und schlage euch für eure Sünden siebenfach. Ich bringe über euch das Schwert, das Rache nehmen soll für den Bruch des Bundes; zieht ihr euch dann in eure Städte zurück, schicke ich die Pest in eure Mitte und gebe euch in die Hand eurer Feinde.‹«

Während Matthew Logan die Worte vortrug, fühlte sich Covenant von ihnen angelockt. Die Verheißung von Strafe griff ihm ans Herz; sie knurrte ihm entgegen, als habe sie seiner grauen, verhärmten Seele in einem Hinterhalt aufgelauert. Mit steifen Bewegungen näherte er sich wider Willen dem Zelt, als die Verfluchung ihn in ihren Bann zog. »›Wenn ihr mir daraufhin immer noch nicht gehorcht und mir weiter zuwiderhandelt, dann handle auch ich in meinem Grimm wider euch und züchtige euch meinerseits siebenfach für eure Sünden. Ihr werdet das Fleisch eurer Söhne essen und das Fleisch eurer Töchter verzehren. Ich zerstöre eure Opferhöhen und zermalme eure Sonnensäulen und werde eure Leichen auf die Leichen eurer Götzen werfen, und meine Seele wird vor euch Ekel empfinden. Eure Städte will ich in Trümmer verwandeln, eure Heiligtümer verwüsten und euren lieblichen Opferduft nicht mehr riechen. Ich selbst verwüste das Land, so daß sich darüber sogar eure Feinde entsetzen, die es in

Besitz nehmen. Euch aber will ich unter die Heidenvölker zerstreuen und hinter euch her das Schwert zücken; euer Land soll zur Wüste werden und eure Städte zu Trümmerhaufen. Dann wird das Land seine Sabbatjahre ersetzt bekommen die ganze Zeit hindurch, die es wüst liegt . . .‹«

Covenant bückte sich unter den Rand einer Segeltuchbahn und kam unversehens neben einem Platzanweiser im hinteren Teil des Zelts zum Vorschein. Der Platzanweiser betrachtete ihn argwöhnisch und machte keinerlei Anstalten, ihn an einen Platz zu führen. Hoch auf dem Podium am anderen Ende stand Matthew Logan wie ein erzürnter Patriarch, der den gesenkten, wehrlosen Häuptern drunten Vergeltung zumaß. Die Fluchdrohungen ballten in Covenants Innerm ein Unwetter zusammen, und er befürchtete, er müsse in Tränen ausbrechen, noch bevor sie endeten. Aber Matthew Logan ließ es beim Bisherigen bewenden und blätterte erneut in der Bibel. Als er die neue Stelle fand, las er gemäßigter weiter. »›Wer daher unwürdig dieses Brot ißt oder den Kelch des Herrn trinkt, der wird schuldig am Leibe und Blute des Herrn. Es prüfe ein jeder sich selbst, und so esse er von dem Brot und trinke aus dem Kelch. Denn wer unwürdig ißt und trinkt, der ißt und trinkt sich das Gericht, da er den Leib des Herrn nicht unterscheidet. Darum sind unter euch viele Schwache und Kranke und sind so manche entschlafen. Gingen wir mit uns selbst ins Gericht, würden wir nicht gerichtet werden. Werden wir aber gerichtet vom Herrn, dann erfahren wir Züchtigung, damit wir nicht mit dieser Welt verdammt werden.« Er klappte die Bibel zu und kehrte stur zurück zu seinem Stuhl.

Sofort sprang von neuem Dr. B. Sam Johnson auf die Füße. Er schien jetzt von neuen Kräften zu knistern; er konnte es kaum erwarten, wieder zu sprechen. Seine schlabbrigen Hamsterbakken schlotterten vor Erregung, als er sich an die Zuhörer wandte. »Meine Freunde, wie wunderbar ist das Wort Gottes! Wie rasch rührt es das Herz! Wie tröstlich ist es den Kranken, den Niedergedrückten, den Schwachen! Und wie leicht versetzt es auch den Reinsten unter uns in Beunruhigung! Hören Sie zu, meine Freunde! Lauscht den Worten der Offenbarung: ›Umsonst werde ich dem Dürstenden geben von der Quelle lebendigen Wassers. Der Sieger wird dies als Erbe erhalten, und ich werde ihm Gott sein, und er wird mir Sohn sein. Den Feiglingen aber und den Treulosen, den Unheiligen und Mördern, den Unzüchtigen und

Zauberern, den Götzendienern und allen Lügnern wird ihr Anteil sein im See, der von Feuer und Schwefel brennt; das ist der zweite Tod.‹ Wundervolle, wunderbare Worte Gottes! Hier können wir in einem kurzen Abschnitt zwei große Botschaften der Bibel vernehmen, das Gesetz und das Evangelium, das Alte und das Neue Testament. Zuerst hat Bruder Logan Ihnen aus dem Alten Testament vorgelesen, aus dem sechsundzwanzigsten Kapitel des Leviticus. Haben Sie ihn vernommen, meine Freunde? Haben Sie ihm mit ganzem Ohr Ihres Herzens gelauscht? Das ist die Stimme des Herrn, des Allmächtigen Gottes. Er ziert sich nicht und spricht eine deutliche Sprache, meine Freunde. Er klopft nicht bloß auf den Busch. Er versteckt die Dinge nicht hinter läppischen Bezeichnungen und leeren Redensarten. O nein! Wenn ihr sündigt, sagt Er, wenn ihr Mein Gesetz brecht, werde Ich euch schreckliche Heimsuchungen und Krankheiten bescheren. Ich werde das Land verwüsten und euch Seuchen und Pestilenz schicken. Und wenn ihr dann noch immer sündigt, werde Ich euch zu Menschenfressern und Krüppeln machen. ›Dann wird das Land seine Sabbatjahre ersetzt bekommen die ganze Zeit hindurch, die es wüst liegt . . .‹ Und wissen Sie, meine Freunde, wie das Gesetz lautet? Ich kann's für Sie im Wort der Offenbarung zusammenfassen. Man soll nicht feige, treulos oder unheilig sein. Ganz zu schweigen von Mord, Unzucht, Zauberei, Götzendienst und Lügen. Aber wir hier sind doch alle *anständige* Leute! *So etwas* tun wir doch nicht! Doch haben Sie jemals Furcht verspürt? Haben Sie schon einmal ein ganz kleines bißchen in Ihrem Glauben gewankt? Haben Sie sich irgendwann einmal nicht an Herz und Seele rein gehalten? ›Dann wird das Land seine Sabbatjahre ersetzt bekommen die ganze Zeit hindurch, die es wüst liegt . . .‹ Der Apostel Paulus nennt das Kind beim Namen. ›Darum‹, sagt er, ›sind unter euch viele Schwache und Kranke und sind so manche entschlafen.‹ Aber Jesus geht noch weiter. ›Weichet von mir, Verfluchte‹, sagt er, ›in das Ewige Feuer, das dem Teufel und seinen Engeln bereitet ist.‹ Vernehme ich aus Ihrer Mitte Widerspruch? Höre ich einige von Ihnen bei sich sagen, ›So gut kann niemand sein. Ich bin ein Mensch. Ich kann nicht perfekt sein.‹? Und mit Recht! Natürlich haben Sie recht. Aber das Gesetz Gottes gibt nichts um Ihre Entschuldigungen. Wenn Sie lahm sind, Arthritis haben, wenn Sie erblinden oder Ihr Herz schwächer wird, wenn Sie verkrüppelt sind oder Multiple Sklerose haben oder Diabetes oder unter irgendeinem der vielen anderen phantasievollen Namen für Sünde leiden, dann können Sie sicher sein, daß Gottes Fluch auf Ihnen ruht! Und wenn Sie gesund sind, wiegen Sie sich nicht in Sicherheit! Sie haben bloß Glück, daß Gott davon absieht, in seinem Grimm wider Sie zu handeln! Sie können nicht perfekt sein, meine Freunde. Und das Gesetz schert sich nicht darum, wieviel Mühe Sie aufgeboten haben. Statt sich einzureden, wie tapfer Sie's versucht hätten, hören Sie auf die Bibel. Das Alte Testament sagt glasklar: ›Der Aussätzige, auf den der Befund zutrifft, soll seine Kleider zerreißen, sein Haupthaar ungepflegt wachsen lassen, den Bart sich verhüllen und rufen: Unrein! Unrein!‹«

Er hatte seine Zuhörer jetzt fest im Griff. Der feierliche Hall seiner Stimme drängte alle zu einer aufgereihten Versammlung der Sterblichkeit und Schwachheit zusammen. Selbst Covenant vergaß sich, vergaß die Tatsache, daß er in diesem Segeltuchheiligtum ein Eindringling war; er hörte in der Predigt so viele persönliche Anklänge und Widerspiegelungen, daß er ihrem Einfluß nicht widerstehen konnte. Er war zu glauben bereit, er sei verflucht. »Ach, meine Freunde«, führte Dr. Johnson mit glattem Übergang weiter aus, »es ist ein finsterer Tag, wenn uns eine Krankheit ereilt, wenn Schmerz, Verstümmlung oder ein Trauerfall uns heimsuchen und wir nicht länger von uns behaupten können, wir seien rein. Aber ich habe mich noch nicht zum Evangelium geäußert. Erinnern Sie sich, daß Christus gesagt hat: ›Wer sein Leben verliert um meinetwillen, wird es finden.‹ Und Paulus hat gesagt: ›Werden wir aber gerichtet vom Herrn, dann erfahren wir Züchtigung, damit wir nicht mit dieser Welt verdammt werden.‹ Und Sie haben gehört, daß der Verfasser der Offenbarung sagt: ›Der Sieger wird dies als Erbe erhalten, und ich werde ihm Gott sein, und er wird mir Sohn sein.‹ Es gibt eine zweite Seite, meine Freunde. Das Gesetz ist nur die Hälfte von Gottes heiliger Botschaft. Die andere Hälfte heißt Züchtigung, Erbe, Vergebung, Heilung — die Gnade, die Gottes Gerechtigkeit gleichkommt. Muß ich Sie erst daran erinnern, daß der Sohn Gottes jeden heilte, der ihn darum bat? Sogar Aussätzige? Muß ich Ihnen in Erinnerung rufen, daß Er an einem Kreuz hing, aufgerichtet inmitten von Elend und Schmach, um für uns den Preis unserer Sünden zu entrichten? Muß ich Sie daran erinnern, daß die Nägel Ihm Hände und Füße durchbohrten? Daß die Lanze Seine Seite öffnete? Daß Er drei Tage lang tot war? Tot und in der Hölle? Meine Freunde, Er tat all das nur aus einem Grund. Er tat's, um für all unsere Tage der Feigheit, Treulosigkeit und Unreinheit zu büßen, damit wir das Heil finden. Und alles, was Sie tun müssen, um das Heil zu erlangen, ist — daran glauben, es anerkennen, und Ihn dafür lieben. Sie brauchen nur, wie jener Mann, dessen Kind besessen war, zu sagen: ›Ich glaube; hilf meinem Unglauben!‹ Fünf kurze Wörter, meine Freunde. Wenn sie von Herzen kommen, reichen sie aus, um das ganze Königreich der Gerechtigkeit zu erwerben.« Wie auf ein Stichwort hin stand in diesem Moment Matthew Logan auf und fing mit leiser Sopranstimme *Gott ruft dich heut durch Jesum Christ* an zu singen. Zu dieser Untermalung faltete Dr. Johnson seine Hände. »Meine Freunde«, rief er, »beten Sie mit mir.« Sofort senkten die Versammelten einmütig die Köpfe. Auch Covenant neigte sein Haupt. Aber in dieser Haltung brannte seine Stirnwunde in unerträglichem Maß. Er blickte wieder auf: »Schließen Sie die Augen, meine Freunde«, sagte gerade Dr. Johnson. »Schließen Sie sie vor Ihren Nachbarn, Ihren Kindern, Ihren Eltern und Lebensgefährten. Verschließen Sie sie jeder Ablenkung. Blicken Sie in Ihr Inneres, meine Freunde. Blicken Sie tief in Ihr Inneres und erkennen Sie das Übel, das dort verborgen liegt. Hören Sie die Stimme Gottes sagen: ›Gewogen und zu leicht befunden.‹ Beten Sie mit mir in Ihren Herzen. Süßer heiliger Jesus, Du bist unsere einzige Hoffnung. Nur deine Göttliche Gnade kann das Übel heilen, das unseren Mut zum Schwinden bringt, die Fasern unseres Glaubens mit Moder bedroht, uns in Deinen Augen besudelt. Nur Du allein kannst die Krankheit antasten, die den Frieden stört, und sie heilen. Wir entblößen Dir unsere Herzen, Herr. Hilf uns, den Mut für jene fünf schweren, schweren Wörtchen zu finden: ›Ich glaube; hilf meinem Unglauben!‹ Gütiger Herr Jesus, wir bitten Dich, schenk uns die Kraft, auf daß wir heil werden.« Ohne eine Atempause breitete er über der Versammlung seine Arme aus. »Spüren Sie Seinen Geist, meine Freunde?« fügte er hinzu. »Fühlen Sie ihn in Ihren Herzen? Empfinden Sie, wie der Finger Seiner Gerechtigkeit Ihre wunde Stelle in Leib und Seele berührt? Wenn ja, dann treten Sie vor und lassen Sie mich mit Ihnen für Ihr Heil beten.«

Er neigte in stummer Andacht den Kopf, während er auf die Reuigen wartete, die seinem Aufruf folgen mochten. Aber Covenant war bereits durch den Mittelgang unterwegs. Der Platzanweiser hatte eine vergebliche Bewegung gemacht, um ihn festzuhalten, aber er zog sich zurück, als mehrere Zuhörer aufschauten. Fiebrig stapfte Covenant durch die gesamte Ausdehnung des Zelts und erklomm die rohen, hölzernen Stufen aufs Podium, blieb erst vor Dr. Johnson stehen.

»Helfen Sie mir«, sagte er mit glänzenden Augen in heiserem Flüsterton.

Der Mann war noch kleiner, als er schon von unten aus dem Publikum wirkte. Sein schwarzer Anzug schimmerte abgewetzt, und das Hemd war vom langen Tragen zerknittert und schmuddlig. Er hatte sich seit längerem nicht rasiert; aus seinen Hamsterbacken und Wangen ragten zottige, borstige Stoppeln. Als Covenant vor ihn trat, zeigte sein Gesicht einen Ausdruck von Verunsicherung — beinah eine Miene des Erschreckens —, aber er maskierte ihn rasch mit Mildheit. »Dir helfen, mein Sohn?« meinte er mit gebremstem Wohlklang. »Nur Gott allein kann dir helfen. Aber ich will freudig mein Gebet mit dem Aufschrei jedes zerknirschten Herzens vereinen.« Er legte eine Hand nachdrücklich auf Covenants Schulter. »Knie nieder, mein Sohn, und bete mit mir. Laß uns den Herrn gemeinsam um Hilfe bitten.«

Covenant wollte hinknien, sich der gebieterischen Beeinflussung durch Dr. Johnsons Hand und Stimme unterwerfen. Doch seine Knie waren aus Dringlichkeit und Erschöpfung starr. Der Schmerz in seiner Stirn brannte wie Säure, die sich zu seinem Hirn durchfraß. Er spürte, daß er vollends zusammenbrechen müßte, wenn er niederkniete. »Helfen Sie mir«, flüsterte er noch einmal. »Ich kann's nicht ertragen.«

Angesichts von Covenants Widerstand nahm Dr. Johnsons Gesicht einen strengen Ausdruck an. »Bist du reumütig, mein Sohn?« wollte er würdevoll erfahren. »Hast du die wunde Stelle der Sündhaftigkeit in deiner Seele gefunden? Sehnst du dich wahrhaftig nach der Göttlichen Gnade des Allmächtigen Gottes?«

»Ich bin krank.« Covenant antwortete wie in einer Litanei. »Ich habe Verbrechen begangen.«

»Und bist du reuevoll? Kannst du jene fünf schwierigen Wörter mit aller aufrichtigen Pein deines Herzens sprechen?«

Unwillkürlich verkrampften sich Covenants Kiefer. »Hilf meinem Unglauben«, sagte er durch aufeinandergebissene Zähne, als quetsche er ein Wimmern hervor.

»Sohn, das ist zu wenig. Du weißt, daß es zu wenig ist.« Dr. Johnsons Strenge steigerte sich zu selbstgerechtem Vorwurf.

»Wage Gott nicht zu verspotten. Er wird dich für immer verstoßen. Glaubst du? Glaubst du an Gottes Heil?«

»Ich . . .« Covenant mühte sich ab, um seine Kiefer zu bewegen, aber seine Zähne blieben zusammen, als seien sie von seiner Verzweiflung verschweißt worden. »Ich glaube nicht.« Hinter ihm unterbrach Matthew Logan seinen Sopran. Die plötzliche Stille hallte in Covenants Ohren wie Hohn. »Ich bin ein Aussätziger«, wisperte er jämmerlich.

Er merkte an den neugierigen, erwartungsvollen Mienen in den vordersten Reihen des Publikums, daß man ihn nicht verstanden hatte, ihn nicht erkannte. Das überraschte ihn nicht; er spürte, daß er sich durch seine Verirrungen bis zur Unkenntlichkeit verändert hatte. Und selbst in seinen längst vergangenen Tagen der Gesundheit hatte er nie Umgang mit den gläubigeren Einwohnern der Ortschaft gepflegt. Dr. Johnson jedoch hatte ihn gehört. Seine Augen wölbten sich bedrohlich aus den Höhlen, und er antwortete so leise, daß selbst Covenant seine Entgegnung kaum mitbekam. »Ich weiß nicht, wer Sie dazu verleitet hat, aber Sie werden uns nicht ins Handwerk pfuschen.« Mit nur kaum merklicher Pause begann er wieder fürs Publikum im Zelt zu sprechen. »Armer Mann, Sie fantasieren. Diese Wunde ist entzündet, Sie müssen ja schweres Fieber haben.« Seine Rednerstimme troff über von Mitleid. »Du bereitest mir Kummer, mein Sohn. Es wird sehr kraftvoller Gebete bedürfen, um deinen Geist zu reinigen, so daß Gottes Stimme dich erreichen kann. Bruder Logan, würdest du diesen armen Kranken zur Seite führen und mit ihm beten? Falls Gott deinen Anstrengungen Seinen Segen erteilt und das Fieber von ihm nimmt, wird er vielleicht doch noch zur Reue finden.« Matthew Logans wuchtige Hände schlossen sich wie eiserne Reifen um Covenants Oberarme. Die Finger gruben sich in sein Fleisch, als sollten ihm die Knochen zermalmt werden. Logan drängte ihn vorwärts, trug ihn beinahe die Treppe hinab und vor den Reihen der Sitzbänke beiseite. »Meine Freunde«, rief hinter ihm Dr. Johnson, »wollen Sie mit mir für diese arme, gequälte Seele beten? Möchten Sie mit mir für ihr Heil singen und beten?«

»Noch nehmen wir die Geschichte nicht übel«, sagte Matthew Logan neben Covenants Ohr mit gedämpfter Stimme. »Aber wenn du dir noch mehr Störungen leistest, breche ich dir beide Arme.«

»Rühren Sie mich nicht an!« schnob Covenant. Die Behandlung, womit der Hüne ihn abfertigte, zapfte in ihm einen Quell des Zorns an, der lange versiegt gewesen war; er versuchte, sich Logans Umklammerung zu erwehren. »Nehmen Sie Ihre Hände weg!«

Da erreichten sie die Begrenzung des Zelts und duckten sich unterm Segeltuch hinaus in die Nacht. Mit mühelosem Schwung schleuderte Bruder Logan Covenant von sich; Covenant taumelte und fiel in den trostlosen Schmutz der Veranstaltungswiese. Als er aufblickte, sah er den hochgewachsenen Mann, die Fäuste in die Hüften gestemmt, wie einen dunklen Koloß zwischen sich und dem Licht im Innern des Zelts aufragen.

Unter Schmerzen raffte sich Covenant hoch, und das bißchen, was er noch an Würde besaß, gewissermaßen um seine Schultern, dann machte er sich auf und davon. Während er in die Finsternis schlurfte, hörte er die Leute *Menschen, die zu Jesus fanden* singen. »Herr«, kreischte einen Moment später eine bemitleidenswert kindische Stimme, »ich bin gelähmt! Bitte mach mich gesund!« Covenant sackte auf die Knie und würgte, ohne irgend etwas zu erbrechen. Einige Zeit verstrich, bis er sich wieder aufrappeln und dem grausigen Gesang entfliehen konnte.

Er wanderte längs der Hauptstraße heimwärts, trotzte den Ortsansässigen, indem er ihnen diese Möglichkeit einräumte, ihm weiteren Schmerz zuzufügen. Doch inzwischen waren alle Geschäfte geschlossen und die Straßen verlassen. Er marschierte wie ein Flecken Dunkelheit unterm hellgelben Schein der Straßenlaternen dahin, unter den hohen Riesenhäuptern, die die Säulen des Gerichtsgebäudes krönten und Menschen zu Zwergen machten, und gelangte unbehelligt ans jenseitige Ende der Ortschaft, in die Richtung zur Haven Farm.

Die drei Kilometer bis zu seinem Gehöft gingen herum wie alle seine Ausflüge — durchmessen in Bruchstücken, die der Rhythmus seiner Schritte bestimmte, ein robothafter Schleifrhythmus, dem Ticken eines überdrehten Uhrwerks ähnlich. Die Haupttriebfeder seiner Bewegungen war zu stark gespannt; sie arbeitete zu schnell, hastete dem Zerspringen entgegen. Aber in den Kräften, die ihn bewegten, war eine Veränderung eingetreten. Er hatte sich auf den Haß besonnen.

Wirr schmiedete er wüste Rachepläne, wälzte sie immer wieder durch seine Hirnwindungen, bis er zu guter Letzt die lange Zufahrt zur Haven Farm erreichte. Dort sah er im kalten Licht der Sterne neben seinem Briefkasten einen großen Sack stehen. Ein

Augenblick verstrich, bis ihm einfiel, daß der Sack Lebensmittel enthalten mußte; der Händler im Ort belieferte ihn zweimal wöchentlich, um gegen die Gefahr vorzubeugen, daß er seine Einkäufe womöglich in Person zu erledigen wünschte. Und gestern — am Mittwoch — war einer der Liefertage gewesen. Aber sein rücksichtsloses Fasten hatte ihn so beansprucht, daß er keinen Gedanken daran verschwendet hatte. Er packte den Sack, ohne sich mit der Frage aufzuhalten, warum er sich überhaupt die Mühe machte, und trug ihn auf der Zufahrt zum Haus.

Doch sobald er in der hellen Beleuchtung seiner Küche in den Sack schaute, kam ihm zu Bewußtsein, daß er sich inzwischen zum Essen entschlossen hatte. Rache erforderte Kraft; er konnte nichts tun, um es seinen Quälgeistern heimzuzahlen, wenn er zu schwach war, um sich auf den Beinen zu halten. Er holte aus dem Sack einen Beutel Korinthenbrötchen. Der Beutel war an der Seite säuberlich aufgeschnitten worden, aber er mißachtete den dünnen Schlitz. Er riß die Plastikumhüllung herunter und warf sie beiseite. Die Brötchen waren, weil sie sich über Nacht im Freien befunden hatten, trocken und hart. Er nahm eines und hielt es in der Handfläche, betrachtete es wie einen Schädel, den er aus irgendeinem alten Grab geraubt hatte. Der Anblick des Brots bereitete ihm Übelkeit. Ein Teil seines Innern verlangte nach einem reinlichen Hungertod, und ihm war, als könne er seine Hand nicht heben, seine Entscheidung, sich zu rächen, niemals in die Tat umsetzen. Wild riß er das Korinthenbrötchen an den Mund und biß hinein.

Ein scharfer Gegenstand geriet ihm zwischen oberen Gaumen und Unterlippe. Bevor er im Zubeißen nachlassen konnte, schnitt das Ding tief ein. Schmerz stach ihm ins Gesicht wie ein spitzer Scherben. Mit einem Keuchen ruckte er das Korinthenbrötchen wieder heraus. Es war mit Blut getränkt. Blut rann ihm wie Speichel übers Kinn. Als er das Korinthenbrötchen mit den Händen zerteilte, fand er darin eine Rasierklinge versteckt.

Zuerst war er viel zu erstaunt, um irgendwie zu reagieren. Das Vorhandensein der rostigen Klinge schien sein Begriffsvermögen zu übersteigen; er vermochte kaum zu glauben, daß wirklich Blut seine Hände beschmutzt hatte, ihm Blut vom Kinn auf den Fußboden tropfte. Wie betäubt ließ er das Korinthenbrötchen seinen Fingern entfallen. Dann wandte er sich ab und betrat die chaotische Trümmerstätte seines Wohnzimmers.

Unwiderstehlich zog Joans Bild seinen Blick an. Es lag mit dem

Foto nach oben unter den Überresten des Kaffeetischs, und das Glas des Rahmens wies ein Gespinst aus Rissen auf. Er schob den Tisch fort, hob das Bild auf. Hinter den Sprüngen lächelte Joan ihn an, als sei sie in einem Netzwerk der Sterblichkeit gefangen, ohne es zu ahnen.

Er begann zu lachen. Anfangs lachte er leise, steigerte sich jedoch bald zu irrem Heulen empor. Wasser rann ihm aus den Augen, als weine er Tränen, aber er lachte, er lachte, als müsse er platzen. Seine Ausbrüche von Gelächter verspritzten Blut auf seine Hände, Joans Bild und das verheerte Zimmer. Unvermittelt schleuderte er das Bild von sich und lief hinaus. Joan sollte nicht Zeugin seiner Hysterie werden. Unter wahnwitzigem Lachen stürmte er aus dem Haus und in den Wald, darauf bedacht, selbst wenn er nun vollends die Gewalt über sich verlor, es möglichst weit von der Haven Farm entfernt zum endgültigen Zusammenbruch kommen zu lassen.

Sobald er den Righters Creek erreichte, bog er ab und folgte dem Bach stromaufwärts zwischen die Hügel, fort von der gefährlichen Verlockung der Menschen, so schnell ihn seine gefühllosen, linkischen Füße trugen; die ganze Zeit über behielt er sein verzweifeltes Gelächter bei. Irgendwann im Laufe der Nacht machte er einen Fehltritt; und als er merkte, daß er am Erdboden lag, lehnte er sich an einen Baum, um für einen Moment zu verschnaufen. Sofort schlief er ein und erwachte erst, als ihm die Morgensonne voll ins Gesicht schien.

Eine Zeitlang erinnerte er sich nicht, wo er war oder wer. Das heiße, helle Licht der Sonne schien ihm das Gehirn auszubrennen; es flimmerte ihm dermaßen vor den Augen, daß er seine Umgebung nicht wahrnehmen konnte. Doch als er den schwachen, wortlosen Schrei der Furcht vernahm, begann er zu kichern. Er war zu schwach zu lautem Lachen, aber er kicherte vor sich hin, als sei ihm nichts anderes von seinem Innenleben verblieben. Der schwache Schrei wiederholte sich; davon angestachelt, brachte er ein kräftigeres Lachen zustande, und begann den Versuch, sich aufzurichten. Doch diese Anstrengung erforderte Kraft. Er mußte zu lachen aufhören, um Luft zu bekommen. An den Baum gestützt, schaute er umher, spähte durch die Blendwirkung der Sonne in die verwaschenen Umrisse des Waldes.

Nach und nach vermochte er wieder etwas zu erkennen. Er befand sich ziemlich hoch an einem Hügel mitten im Wald. Die

meisten Zweige und das Gesträuch strotzten bereits von frühlingshaft hellgrünen Blättern. Nur ein paar Meter entfernt rauschte der Righters Creek munter den steinigen Hang des Hügels hinab und verschwand wie ein spielerisch gewundener, silberner Pfad zwischen den Bäumen. Wegen der Felsigkeit des Untergrunds war ein Großteil des Hügels unterhalb von Covenants Standort von Buschwerk frei; nichts behinderte seine Sicht.

Ein merkwürdiger Farbfleck am Fuß des Hügels erregte seine Aufmerksamkeit. Mit etwas Mühe bekam er ihn in den Brennpunkt seines Augenlichts. Es handelte sich um ein Kleid, das hellblaue Kleid eines Kindes — eines kleinen Mädchens von vielleicht vier oder fünf Jahren. Es stand, halb Covenant zugedreht, mit dem Rücken am schwarzen, geraden Stamm eines hohen Baums. Es schien sich rücklings ins Holz pressen zu wollen, aber der gleichgültige Stamm gewährte keinen Einlaß. Nun schrie es ohne Unterbrechung, und die Schreie klangen in Covenants aufgewühltem Verstand wie flehentliche Anrufungen. Während des Schreiens starrte das Kind in unverhohlenem Entsetzen auf einen Fleck am Erdboden, einen halben bis drei Viertel Meter entfernt. Zunächst vermochte Covenant nicht zu erkennen, was es anstarrte. Doch dann unterschieden seine Ohren das leise dumpfe Rasseln, und da bemerkte er auch den unheilvollen, braunen Leib der Klapperschlange. Die Grubenotter lag weniger als einen Meter von den nackten Beinen des Mädchens entfernt zusammengerollt. Ihr Kopf wiegte sich hin und her, als suche sie die richtige Stelle zum Zupacken.

Covenant begriff nun das Entsetzen des Kindes. Ehe ihm ein Zuruf über seine blutverkrusteten Lippen kommen konnte, stieß er sich vom Baum ab und begann den Abhang hinunterzulaufen. Der Hügel schien sich unendlich hinzuziehen, und seine Beine waren beinahe zu schwach, um ihn hinabzubefördern. Bei jedem abwärtigen Satz gaben seine Muskeln nach, und jedesmal sackte er fast auf die Knie. Aber die Furcht des Mädchens, der er sich nicht verweigern konnte, hielt ihn aufrecht. Er übersah die Schlange. Sein Blick haftete unverrückbar auf den nackten Schienbeinen des Kindes, und er konzentrierte sich voll auf die Wichtigkeit dessen, es zu erreichen, ehe sich die Fangzähne der Klapperschlange in das Fleisch bohrten. Die übrige Gestalt des Mädchens hatte er nur verschwommen im Blickfeld, als existiere es für ihn nur im Zusammenhang mit der Gefährdung. Mit jedem schrillen Aufschrei flehte es ihn um Eile an.

Aber er achtete nicht darauf, wohin seine Füße traten. Bevor er die Hälfte des Abstands überwunden hatte, stolperte er — flog kopfüber hangabwärts, purzelte und rollte über rauhe Felsen. Für einen Augenblick gelang es ihm, sich mit den Armen zu schützen. Aber dann prallte sein Kopf auf eine größere steinerne Fläche am Hügel. Er schien in den Fels zu stürzen, als vergrabe er sein Gesicht in Dunkelheit. Die harte Oberfläche schien über ihn hinwegzuschwappen wie eine Woge; ihm war, als könne er fühlen, wie er tief in das steinerne Wesen der Felsen fiel.

Nein! schrie er innerlich. *Nein! Nicht jetzt!*

Er lehnte sich mit jedem Jota seiner Kraft auf. Aber es war zuviel für ihn. Er versank, als ertränke er im Stein.

2

Variols Sohn

Hoch-Lord Mhoram saß tief im Herzen Schwelgensteins in seinen persönlichen Gemächern. Die schmucklosen, aus dem Fels des Berges gehauenen Wände, die ihn umgaben, waren von kleinen Gefäßen voller Glutgestein in den Ecken der Räumlichkeit behaglich beleuchtet, und der unaufdringliche Duft frisch aufgebrochener Erde, der den dank der Lehre gluterfüllten Steinen entströmte, umwob ihn mit Behaglichkeit. Dennoch vermochte er den widernatürlich frühen Winter zu spüren, der sich übers Land gelegt hatte. Trotz der wackeren Herdfeuer, die die Glutsteinmeister und Allholzmeister der Herrenhöh überall entfacht hatten, sickerte merklich bittere Kälte in den Granit der Bergfeste ein.

Hoch-Lord Mhoram fühlte diesen Frost. Er verspürte seinen Einfluß in der materiellen Verfassung der großen, von Riesen geschaffenen Festungsstadt. Auf fast unterbewußter Ebene kauerte sich Schwelgenstein wider die Kälte zusammen.

Die ersten natürlichen Anzeichen der Wende vom Winter zum Frühling waren um einen vollen Monddurchgang zu spät aufgetreten. Nur vierzehn Tage blieben bis zur Frühlingsmitte, und noch klammerte sich Eis ans Land. Im Umkreis des keilartig herausgebildeten Tafelbergs der Herrenhöh lag wenig Schnee; die Luft war für Schnee zu kalt. Sie umwallte Schwelgenstein in einem böigen, ungewöhnlichen Ostwind, der das Vorgebirge mit einer dünnen Schneeschicht bedeckte, alle Fenster der Herrenhöh fingerdick verfrostete und den See zu Füßen der Schleierfälle mit Eis zum Erstarren brachte. Mhoram mußte nicht erst die Bosheit riechen, die mit dem Wind übers Land wehte, um seinen Ursprung zu erkennen. Er kam von Ridjeck Thome, Fouls Hort.

Während der Hoch-Lord da allein in seinen Gemächern saß, die Ellbogen auf den steinernen Tisch, das Kinn in eine Handfläche gestützt, war er sich des Windes bewußt, der durch den Hintergrund seiner Gedanken fauchte. Vor zehn Jahren hätte er behauptet, so etwas sei unmöglich; man könne die natürliche Ordnung des Wetters im Lande nicht derartig stören. Sogar vor fünf Jahren, nachdem er Zeit gehabt hatte, den Verlust des Stabes des Gesetzes zu bewerten und immer wieder nochmals zu bewerten, hätte er bezweifelt, daß der Weltübel-Stein Lord Foul solche Macht verleihen könne. Aber heute verstand er mehr davon, wußte er es besser.

Hoch-Lord Elenas Kampf mit dem toten Kevin Landschmeißer hatte vor sieben Jahren stattgefunden. In jenem Ringen mußte der Stab des Gesetzes vernichtet worden sein. Mit dem Schwinden der Stützkraft des Stabes, die ihm für die natürliche Ordnung der Erde innegewohnt hatte, war der verderbenbringenden Macht des Verächters ein großes Hemmnis aus dem Wege geräumt. Und das Gesetz des Todes war gebrochen worden; Elena hatte den Alt-Lord Kevin aus seinem Grabe herbeibeschworen. Mhoram vermochte die schrecklichen Folgen jenes Eingriffs nicht einmal in ihren Ansätzen abzusehen.

Er blinzelte, und seine goldfleckigen Augen richteten ihren Blick auf die Skulptur, die eine Armlänge entfernt von der glatten Klinge seiner Nase auf dem Tisch stand. Das Bein, woraus das Kunstwerk bestand, glänzte im Schein des Glutgesteins weißlich. Es handelte sich um eine ›Markkneterei‹, das letzte der von Elena gefertigten *Anundivian-jajña*-Werke. Der Bluthüter Bannor hatte das Stück gerettet und es Mhoram ausgehändigt, als sie sich in der Würgerkluft auf dem Galgenhöcker wiedertrafen. Es war eine mit feinen Einzelheiten versehene Büste, das Abbild eines hageren, abgehärmten, undurchschaubaren Gesichts, dessen Züge angespannt waren von prophetischem Wirken. Nachdem Mhoram und die Überlebenden des Kriegsheers aus der Würgerkluft nach Schwelgenstein zurückgekehrt waren, hatte Bannor ihm die Geschichte des beinernen Bildwerks erzählt. Der Bluthüter hatte sich sogar ungewöhnlich ausführlich dazu geäußert. Seine gewohnte Bluthüter-Zurückhaltung war beinahe der Weitschweifigkeit gewichen; und diese Ausführlichkeit des Berichts hatte Mhoram eine erste Vorstellung von der grundlegenden Veränderung vermittelt, die in dem Bluthüter vorgegangen war. Und dessen Erzählung hatte ihrerseits — dadurch schloß sich der Kreis — eine große Änderung in Mhorams Leben ausgelöst. Durch eine merkwürdige, eigene innere Folgerichtigkeit hatte sie der Befähigung des Hoch-Lords zum Sehertum ein Ende bereitet. Er war im Großrat der Lords nicht länger Seher und Orakel. Wegen dem, was er erfahren hatte, erhaschte er in seinen Träumen keine weiteren Einblicke in die Zukunft, ersah im Tanzen der Flammen keine neuen Schemen ferner Ereignisse. Das geheime Wissen, das er wie eine unwillkürliche Eingebung aus dem ›Markkneterei‹-Bildwerk bezogen hatte, blendete das Augenlicht seines Sehertums.

Noch mehr war ihm dadurch widerfahren. Es hatte ihn mit mehr Hoffnung und zugleich Furcht erfüllt, als er jemals zuvor empfunden hatte. Und es entfremdete ihn teilweise von den anderen Lords; in gewisser Hinsicht war er von allen Bewohnern Schwelgensteins entfremdet worden. Wenn er durch die Gänge der Festung schritt, konnte er dem Mitgefühl, Schmerz, Zweifel und der Verwunderung in ihren Blicken anmerken, daß sie sein Abrücken wahrnahmen, seine freiwillige Absonderung. Stärker jedoch litt er unter der Kluft, die zwischen ihm und den anderen Lords entstand — Callindrill, Faers Gemahl, Matins Tochter Amatin, Groyles Sohn Trevor und Loerja. Tevors Gemahlin. Bei all ihrer gemeinsamen Arbeit, ihrem alltäglichen Zusammenwirken, sogar dem Verschmelzen des Geistes, einer der herausragenden Gaben der Neuzeit-Lords, war er dazu gezwungen, diese grausame Einheit von Hoffnung und Furcht fortzuschließen, ihnen sein Wissen vorzuenthalten. Denn er hatte ihnen sein Geheimnis nicht anvertraut. Er hatte es ihnen verschwiegen, obwohl er für sein Schweigen keine andere Rechtfertigung als seine Sorge besaß.

Rein gefühlsmäßig, so schrittweise, daß er den Ablauf des Erkennens kaum zu erfassen vermochte, hatte Elenas ›Markkneterei‹-Bildwerk ihn das Geheimnis des Rituals der Schändung gelehrt.

Er hatte das Empfinden, daß in dieser Erkenntnis genug an Hoffnung und Furcht für ein ganzes Leben lag. Irgendwo hinten in seinem Bewußtsein glaubte er, daß Bannor ihm dies Wissen mitzuteilen beabsichtigte, doch dazu außerstande gewesen war, es unumwunden auszusprechen. Sein Bluthüter-Eid hatte Bannor in vielerlei Beziehung Schranken auferlegt. Doch während des einzigen Jahrs seiner Dienstzeit als Blutmark hatte er deutlicher als jeder Bluthüter vor ihm seine Besorgtheit ums Überdauern der Lords zum Ausdruck gebracht. Bei der Erinnerung daran krampfte sich Hoch-Lord Mhoram unwissentlich zusammen. Das Geheimnis, das er nun hütete, war auf mehr als eine Weise teuer bezahlt worden.

Seine Einsicht berechtigte zur Hoffnung, weil es die Frage nach dem grundsätzlichen Mangel beantwortete, der die neuen Lords seit ihrem Anbeginn verdrossen hatte — seit jenen Tagen, da sie von den Riesen den Ersten Kreis des Wissens von Kevins

Lehre entgegennahmen und den Friedensschwur leisteten. Nutzte er sie, so verhießen die damit verbundenen Kenntnisse die Erschließung der Macht, die trotz äußerster Anstrengungen vieler wechselnder Geschlechter von Lords und von Schülern an der Schule der Lehre in den Kreisen des Wissens versiegelt geblieben waren; sie verhießen die volle Meisterung von Kevins Lehre. Sie mochte womöglich sogar Ur-Lord Thomas Covenant enthüllen, wie er die wilde Magie in seinem Ring aus Weißgold verwenden konnte.

Aber Mhoram hatte entdeckt, daß dasselbe, das Kevins Lehre solche Macht verlieh, um Gutes zu tun, nicht minder Macht zum Anrichten von Schlechtem gab. Hätte Kevin, Loriks Sohn, nicht genau jene besondere Eigenart von Macht besessen, er wäre dazu außerstande gewesen, des Landes Schändung zu vollziehen.

Falls Mhoram nun sein Wissen weiterreichte, sähe sich kein Lord, der möglicherweise das Ritual der Schändung von neuem durchzuführen wünschte, dem Zwang unterworfen, dabei überhaupt noch auf gefühlsmäßigen Argwohn gegenüber allem Lebenden zu bauen. Jenes Wissen an sich verletzte bereits den Friedensschwur. Zu seinem Grausen hatte Mhoram die Erkenntnis erlangt, daß der Friedensschwur selbst die grundlegende Blindheit war, die Unzulänglichkeit, welche die Lords der Neuzeit daran hinderte, zum Kern von Kevins Lehre vorzudringen. Als die ersten neuen Lords — und mit ihnen das ganze Land — den Friedensschwur ablegten, ihr höchstes Trachten und ihre tiefste Hingebung ausdrückten, indem sie aller Gewalt, allen zerstörerischen Leidenschaften, sämtlichen menschlichen Gelüsten nach Mord, Verwüstung und Geringschätzung abschworen, als sie sich mit diesem Schwur an Pflichten banden, da hatten sie sich, ohne es zu ahnen, für die grundsätzliche Lebenskraft der Macht ihrer Alt-Lords unempfänglich gemacht. Daher fürchtete sich Hoch-Lord Mhoram davor, sein Geheimnis mit jemandem zu teilen. Es schenkte dem Eingeweihten eine Kraft, die er nur anzuwenden vermochte, wenn er zugleich das allerwichtigste Versprechen seines Lebens brach. Es versah ihn mit einer Waffe, die nur von jemandem eingesetzt werden konnte, der seiner Verzweiflung Tür und Tor weit geöffnet hatte.

Und die Versuchung, diese Waffe zu benutzen, müßte stark sein, wenn nicht gar unwiderstehlich. Mhoram bedurfte keiner hellseherischen Träume, um die Gefahr vorauszusehen, die Lord

Foul der Verächter für die Verteidiger des Landes vorbereitete. Er konnte sie im frostigen Wintersturm fühlen. Und er wußte, daß gegen Trothgard schon der Angriff lief. Die Belagerung Schwelgenholz' zeichnete sich ab, während er hier in seinen nur ihm vorbehaltenen Gemächern hockte und mürrisch ein ›Markkneterei‹-Bildwerk anstarrte. In seinem eigenen Mund konnte er die Verzweiflung kosten, die Hoch-Lord Kevin ins Kiril Threndor und zum Ritual der Schändung getrieben hatte. Macht war gefährlich und voller Tücken. War sie zu gering, um die Absichten ihres Verwenders zu bewerkstelligen, so kehrte sie sich gegen jenen, dessen Hände sie hielten. Hoch-Lord Elenas Schicksal hatte nur die Lehre bekräftigt, die ihnen schon Kevin Landschmeißers Scheitern vorgegeben hatte. Ihm war viel mehr Macht zugeeignet gewesen, als die neuen Lords sich jemals erhoffen durften, nachdem nun der Stab des Gesetzes dahin war; aber all seine Macht hatte nichts anderes bewirkt als seine unentrinnbare Verzweiflung und die Verwüstung des Landes. Mhoram befürchtete, andere ebenfalls dieser Bedrohung auszusetzen, wenn er sein Geheimnis verriet. Die Vorstellung, daß er selbst in dieser Gefahr schwebte, entsetzte ihn schon zur Genüge.

Doch das Verschweigen von Wissen widersprach jedem einzelnen Wesenszug seiner Persönlichkeit. Er hegte den festen Glauben, daß das Vorenthalten von Wissen sowohl den, der es verweigerte, wie ebenso jenen, dem er es verschwieg, tief erniedrigte. Indem er sein Geheimnis für sich behielt, machte er es Callindrill, Amatin, Trevor und Loerja sowie sämtlichen Lehrwarten und Schülern des Stabwissens unmöglich, in sich selbst die Kraft zu finden, sich der Schändung zu verschließen; er erhob sich fälschlich in den Rang eines Richters, der sie gewogen hatte und als zu leicht befunden. Aus eben diesem Grund — diesem seinen Glauben — hatte er sich vor zehn Jahren nachdrücklich gegen die Entscheidung des Großrats gewandt, Hile Troy die elterliche Herkunft Elenas zu verschweigen. Dieser Beschluß hatte Troys Gewalt über das eigene Schicksal eingeschränkt. Doch wie sollte er, Mhoram, die Verantwortung tragen können, die es bedeuten müßte, sein Geheimnis mit anderen zu teilen, wenn diese Offenheit zur Verheerung des Landes führen mochte? Das Furchtbare sollte lieber durch den Verächter geschehen als durch einen Lord.

»Herein«, rief er sofort, als er plötzlich von seiner Tür ein Pochen hörte. Er erwartete eine Nachricht, und vom Klang des Anklopfens wußte er, um wen es sich bei dem Ankömmling handelte. Er blickte nicht von seiner andächtigen Betrachtung der Skulptur auf, als Streitmark Quaan das Gemach betrat und am Tisch verharrte. Doch blieb Quaan stumm, und Mhoram spürte, daß der alte Streitmark darauf wartete, angeblickt zu werden. Mit insgeheimem Seufzen hob Hoch-Lord Mhoram das Haupt. Er las von Quaans durch Alter und Sonne verwittertem Angesicht ab, daß die Nachricht nicht so ausgefallen war, wie sie gehofft hatten.

Mhoram bot Quaan keinen Platz an; er sah dem Streitmark an, daß er es vorzog, zu stehen. Sie hatten in der Vergangenheit oft genug beisammengesessen. Nach all den Erfahrungen, die sie gemeinsam hatten, waren sie alte Gefährten — wenngleich Quaan, der zwanzig Jahre jünger war als Mhoram, zwanzig Jahre älter wirkte. Und der Hoch-Lord empfand Quaans freimütige, kriegerhafte Offenheit immer wieder als Aufmunterung. Quaan war ein Gefolgsmann des Schwertwissens und kannte daher keinerlei Verlangen nach irgendwelchen Geheimnissen des Stabwissens. Seinen siebzig Jahren zum Trotz trug Quaan die Abzeichen seines Amtes voller Stolz: die gelbe Brustplatte mit der zweifachen, geschrägten Kennzeichnung in Schwarz, den gelben Stirnreif und das Schwert mit dem Griff aus Ebenholz. Seine knorrigen Hände baumelten ihm stets an den Seiten, als wolle er im nächsten Augenblick zu den Waffen greifen. Doch heute zeugten seine hellen Augen von Beunruhigung.

»Nun, mein Freund?« wandte Mhoram sich an ihn, indem er den Blick des Streitmarks fest erwiderte.

»Hoch-Lord«, sagte Quaan mit plötzlicher Überstürztheit, »die Mitglieder der Schule der Lehre sind eingetroffen.« Mhoram sah, daß der Streitmark noch mehr zu vermelden hatte. Seine Augen ersuchten Quaan stumm, er möge weitersprechen. »Die Bücherei und die Beurkundungen des Wissens sind schadlos angelangt. Alle Lehrwarte und Schüler haben den Weg von Trothgard bis hier sicher zurücklegen können«, kam Quaan der Aufforderung nach. »Alle dortigen Gäste und jene Menschen, die infolge des Marsches von Satansfausts Heer durch die Mittlandebenen heimatlos geworden sind, haben sie zu uns begleitet, um Schutz zu suchen. Schwelgenholz wird belagert.«

Er verstummte wieder. »Welche Kunde«, fragte Mhoram gefaßt, »bringen die Lehrwarte von jenem Heer?«

»Es ist . . . riesig, Hoch-Lord. Es überschwemmt das Tal der

Zwei Flüsse wie eine Sturmflut. Der Riesen-Wütrich Satansfaust trägt . . . die gleiche Übelmacht bei sich, die wir Markschänder in der Schlacht von Doriendor Korischew aufbieten sahen. Er hat die Furten an den Flüssen Rill und Llurallin ohne Mühe gemeistert. Schwelgenholz wird vor seinem Ansturm bald fallen.«

Der Hoch-Lord ließ seinem Ton ein gewisses Maß strengen Nachdrucks einfließen, um Quaans Sorge entgegenzuwirken. »Wir sind früh genug gewarnt worden, Streitmark. Als der Riesen-Wütrich und seine Horden nördlich der Ebenen von Ra den Landbruch erklommen, haben uns die Ramen Bescheid gesandt. Infolgedessen hat die Schule der Lehre sich vorbereiten können.«

Quaan klammerte eine Faust um den Griff seines Schwertes. »Lord Callindrill ist in Schwelgenholz zurückgeblieben«, sagte er. Mhoram zuckte zusammen, als er diese unerfreuliche Überraschung vernahm. »Er ist im Willen geblieben, die Baumstadt zu verteidigen. Bei ihm befinden sich fünf Scharen unterm Befehl von Schwertwart Amorine. Ferner Schwertwissen-Weiser Drinishok und Stabwissen-Weise Asuraka.«

Nachdem er den ersten Schrecken über diese Neuigkeit verwunden hatte, verengten sich in des Hoch-Lords goldgefleckten Augen die Regenbogenhäute mit bedrohlichem Ausdruck. »Streitmark, der Großrat hatte geboten, daß Schwelgenholz nur von jenen des *Lillianrill* verteidigt werden sollte, die es nicht ertragen könnten, vorm Feind von dort zu weichen. Der Großrat hat befohlen, daß der Endkampf um das Land hier stattfinden soll . . .« — er schlug mit der Handfläche auf den Tisch —, »wo wir für unser Leben den höchstmöglichen Preis erfechten können.«

»Du und ich, wir befinden uns nicht zu Schwelgenholz«, antwortete Quaan rundheraus. »Wer dort hätte Lord Callindrill den Befehl zu geben vermocht, auf seine Absicht zu verzichten? Amorine könnte es nicht — das weißt du. Die beiden sind durch den Blutzoll, den sie in Doriendor Korischew entrichten mußten, einander verbunden. So konnte sie ihn ebensowenig allein lassen. Auch konnte sie nicht die Unterstützung der Weisen ausschlagen.« Seine Stimme hatte zu Amorines Rechtfertigung einen scharfen Tonfall angenommen, doch er verstummte, als Mhoram mit einer fahrigen Gebärde alle Fragen der Meinungsverschiedenheit fortwies. Für eine Weile bewahrten beide Schweigen. Der Hoch-Lord spürte eine heftige Vorahnung von

Gram, aber er verdrängte die Anwandlung. Sein Blick schweifte zurück zu der Büste auf dem Tisch.

»Ist die Kunde Faer, Callindrills Gemahlin, ausgerichtet worden?« wollte er leise wissen.

»Corimini, Ältester an der Schule der Lehre, hat sich unverzüglich zu ihr begeben. Callindrill hat unter ihm gelernt, und Corimini kennt das Paar seit vielen Jahren. Er ersucht um Nachsicht, weil er nicht zuerst dem Hoch-Lord die Ehre erweist.«

Mhoram überging die Entschuldigung mit einem achtlosen Achselzucken. Das Unvermögen, sich mit Callindrill zu verständigen, bereitete ihm Schmerz. Er befand sich sechs Tagesritte weit von Schwelgenholz entfernt. Und er konnte sich nicht der Ranyhyn bedienen. Des Verächters Heer hatte Schwelgenstein wirksam von den Ebenen von Ra abgeschnitten; jeder Ranyhyn, der einem Rufe folgte, würde nahezu mit Gewißheit erschlagen und aufgefressen. Der Hoch-Lord konnte nichts tun außer warten — und hoffen, daß Callindrill und seine Mitstreiter von Schwelgenholz flohen, bevor Satansfaust sie dort einschloß. Zweitausend Krieger des Kriegsheers, dessen Schwertwart, zwei der Obersten an der Schule der Lehre, ein Lord — das wäre ein gräßlicher Preis für Callindrills Heldenmut. Doch schon während er diese Erwägungen anstellte, begriff Mhoram, daß Callindrill nicht aus bloßer Kühnheit so handelte. Der Lord vermochte sich einfach nicht mit der Vorstellung abzufinden, daß Schwelgenholz womöglich untergehen mußte. Mhoram hoffte insgeheim, Satansfaust werde den Riesenbaum stehen lassen — ihn nicht zerstören, sondern für eigene Zwecke benutzen. Callindrill dagegen hegte keine derartige Hoffnung. Seit jener Schwäche, die er während der Schlacht von Doriendor Korischew zeigte, hatte er sich stets als Mann gefühlt, der in seinen Pflichten als Lord ehrlos versagte, dem es mißlungen war, sich der Herausforderung, welche des Landes Notstand bedeutete, zu stellen. Er hatte sich als Feigling betrachtet. Und nunmehr griff man Schwelgenholz an, das wunderbarste aller Werke der neuen Lords. In seinem Innern seufzte Mhoram nochmals und berührte das Bein der ›Markkneterei‹ behutsam mit den Fingern. In der Tiefe seines Bewußtseins schmiedete er an seiner Entscheidung.

»Quaan, mein Freund«, sann er laut voller grämlichem Grimm, »was haben wir innerhalb von sieben Jahren erreicht?«

Als sei das ein Stichwort zur Beendigung des förmlichen Teils der Unterhaltung, nahm Quaan auf einem Stuhl Mhoram gegenüber Platz und ließ seine regelmäßigen Schultern um ein winziges Stückchen sinken. »Wir haben uns mit allen verfügbaren Mitteln auf eine Belagerung Schwelgensteins vorbereitet. In gewissem Umfang haben wir das Kriegsheer wiederhergestellt — aus den zehn verbliebenen Scharen sind fünfundzwanzig geworden. Die Bewohner der Mittlandebenen haben wir nach hier verbracht und sie somit Satansfausts Zugriff entzogen. Nahrung, Waffen und Vorräte haben wir gelagert. Der Graue Schlächter wird mehr aufzubieten haben müssen als eine Sturmflut von Urbösen und Höhlenschraten, um uns zu schlagen.«

»Er hat mehr aufzubieten, Quaan.« Mhoram strich noch immer mit den Fingern über das so sonderbar aufschlußreiche Angesicht der *Anundivian-jajña*-Büste. »Und wir haben die Bluthüter verloren.«

»Nicht durch unsere Schuld.« Der Schmerz, den Quaan um diesen Verlust empfand, flößte seiner Stimme Entrüstung ein. Länger als jeder andere Krieger im Lande hatte er Seite an Seite mit den Bluthütern gefochten. »Zu jenem Zeitpunkt, als wir Korik und seine Bluthüter mit ihrem Auftrag zur Wasserkante sandten, konnten wir nicht wissen, daß der Graue Schlächter gegen die Riesen mit dem Weltübel-Stein vorzugehen gedachte. Wir vermochten nicht zu ahnen, daß Korik einen Wütrich erschlagen würde und versuchen, ein Bruchstück besagten Steins uns zu bringen.«

»Wir konnten's nicht ahnen«, wiederholte Mhoram mit hohler Stimme. Das Ausbleiben seiner Seherträume war eigentlich, so betrachtet, kein großer Schaden. Trotz der zahllosen Schrecknisse, die er in seinen Gesichten geschaut hatte, war es ihm versagt worden, Lord Fouls Angriff auf die Riesen vorauszusehen oder zu ahnen. »Mein Freund, entsinnst du dich noch daran, was Bannor uns über dies Kunstwerk erzählt hat?«

»Hoch-Lord . . .?«

»Er hat erzählt, daß Elena, Lenas Tochter es nach dem Vorbild Thomas Covenants schuf, des Zweiflers und Weißgoldträgers — und daß Ur-Lord Covenant es irrtümlich für das Angesicht eines Bluthüters hielt.« Ferner hatte Bannor berichtet, daß Covenant ihn dazu zwang, Elena den Namen der Macht des Siebten Kreises zu verraten, damit sie die Voraussetzung erfüllte, derer es bedurfte, sich dieser Macht nahen zu können. Im Augenblick jedoch interessierte Mhoram nur die Ähnlichkeit, die Hoch-Lord Elena in ihre ›Markkneterei‹ eingearbeitet hatte. Das war der Ansatz gewesen, wovon aus er zu seinem geheimen Wissen gelangte. »Sie war eine echte Kunstmeisterin der Bein-Bildwerkerei. Sie hätte eine solche Täuschung niemals unwissentlich ermöglicht.« Quaan hob bloß die Schultern.

Mhoram lächelte angesichts des Streitmarks Mangel an Bereitschaft, über seine Zuständigkeit hinaus Meinungen zu äußern. »Mein Freund«, sagte er, »ich sah die Ähnlichkeit sogleich, verstand sie jedoch nicht zu deuten. Ahanna, Hannas Tochter, erleuchtete meinen Geist. Obschon sie nicht die Bein-Bildwerkerei beherrscht, besitzt sie doch das Auge eines Künstlers. Sie erkannte die Bedeutung, die Elena darin zum Ausdruck brachte. Die Ähnlichkeit, Quaan, besteht darin, daß sowohl Ur-Lord Thomas Covenant wie auch der Bluthüter Bannor für das Leben vollkommene Lösungen fordern. Bei den Bluthütern war's ihr Eid. Sie verlangten von sich entweder einen tadellosen, von Makeln unbefleckten Dienst oder wollten lieber gar nicht dienen. Und der Zweifler besteht darauf . . .«

»Er beharrt darauf«, sagte Quaan verdrossen, »daß seine Welt Wirklichkeit sei, unsere dagegen nicht.«

Ein neues Lächeln linderte Mhorams Düsterkeit und wich. »So ein Verlangen nach vollkommenen Lösungen ist gefahrvoll. Auch Kevin wünschte nur Sieg oder Untergang.«

Der Streitmark erwiderte finster Mhorams Blick, ehe er antwortete. »Dann ruf den Zweifler nicht von neuem, Hoch-Lord. Er würde das Land verwüsten, um seine ›wirkliche‹ Welt zu bewahren.«

Mhoram hob die Brauen, während er Quaan musterte, und verkniff seine krausen Lippen. Er wußte, daß der Streitmark Covenant nie getraut hatte, aber in dieser Zeit der Krisis wog jeder Zweifel noch schwerer und ließ sich noch weniger ausräumen. Doch bevor er etwas entgegnen konnte, klopften die Knöchel einer Hand dringlich an seine Tür. »Hoch-Lord«, rief die gepreßte Stimme eines Wächters. »Hoch-Lord, komm rasch!« Unverzüglich stand Mhoram auf und eilte zur Tür. Unterwegs streifte er seine ganze bisherige Versonnenheit ab und widmete seine Sinneswahrnehmung geballt der Gegenwart Schwelgensteins, forschte nach der Ursache von des Wächters Beunruhigung.

Quaan erreichte die Tür einen Schritt vor ihm und stieß sie auf. Mhoram betrat hastig den hellen, runden Innenhof. Die gesamte hohe Höhle des Innenhofs war durch den blaßgelben Lichtschein, der aus dem steinernen Boden drang, klar ausgeleuchtet, aber Mhoram brauchte nicht erst zu den Erkern aufzublicken, die aus den Höhlenwänden ragten, um zu sehen, warum ihn der Wächter gerufen hatte. Inmitten des unverlöschlichen Lichts aus dem Fußboden stand Lord Amatin, den Rücken den eigenen Gemächern zugekehrt, als sei Amatin zu ihm auf dem Wege gewesen, als das Schreckliche geschah. In den Händen hielt sie den *Lomillialor*-Stab zur Fernverständigung, welchen die Schule der Lehre vor sieben Jahren Schwelgenstein zur Verfügung gestellt hatte. Vorm hellen Untergrund wirkte sie wie ein dunkler Schatten, und in ihren Händen brannte das Hehre Holz ohne Flammen, als habe sich an einem Ofen ein Spalt aufgetan. Kleine Schwärme kalter Funken prasselten aus dem Holz. Sofort begriff Mhoram, daß sie eine Botschaft von jemandem empfing, der den anderen Fernverständigungsstab in Schwelgenholz benutzte, wer das auch sein mochte. Er entnahm dem Dreibein neben seiner Tür seinen langen, mit Eisen beschuhten Stab und strebte zu Amatin hinüber. Aus eigener Erfahrung wußte er, daß das Übermitteln oder Entgegennehmen von *Lomillialor*-Botschaften eine Aufgabe war, die ungemein anstrengte. Amatin mußte seinen Beistand brauchen. Sie war körperlich nicht allzu stark und sich dessen bewußt; als die Lords die Nachricht vom Vorrücken von des Verächters Heer erhielten, hatte sie die Verantwortung für Schwelgenholz an Callindrill abgetreten — sie war ihr zuvor aufgrund ihrer tiefen Liebe zur Lehre übertragen worden —, weil sie glaubte, es fehle ihr am bloßen leiblichen Durchhaltevermögen, um für längere Zeit entsprechende Belastungen ertragen zu können. In ihrer schmalen, kindlichen Gestalt und ihren ernsten Augen staken jedoch eine Aufnahmefähigkeit von Wissen, eine hingebungsvolle Bereitschaft zum Lernen, denen kein anderer Lord gleichkam. Oft hatte der Hoch-Lord gedacht, daß sie bessere Voraussetzungen besaß, sein Geheimnis zu entdecken, als jeder andere Einwohner des Landes, und dennoch war die Wahrscheinlichkeit, daß sie es tat, viel geringer.

Nunmehr, wie sie sich gegen den lichten Fußboden des Innenhofs abzeichnete, wirkte ihre Gestalt auf Mhoram mager und gebrechlich — wie ein Abklatsch, ein Schatten, geworfen von der Macht in ihren Händen. Sie bebte am ganzen Leibe, und sie hielt den *Lomillialor*-Stab auf Armeslänge, als wolle sie möglichst weiten Abstand von ihm bewahren, ohne ihn jedoch loszulassen. Noch ehe Mhoram sie erreichte, begann sie zu sprechen.

»Asuraka«, keuchte sie. »Asuraka spricht.« Ihre Stimme

schwankte wie ein Zweig in starkem Wind. »Satansfaust! Feuer. Feuer! Der Baum! Ach!« Während sie die Wörter hervorröchelte, starrte sie in äußerstem Grauen Mhoram an, als könne sie durch seine Gestalt Flammen an den Stämmen Schwelgenholz' lecken sehen.

Mhoram blieb in Reichweite des Hehren Holzes stehen und stemmte seinen Stab auf den Fußboden wie ein Feldzeichen. »Halte aus, Amatin!« sagte er mit scharfer, heller Stimme, um ihre Gebanntheit zu durchdringen. »Ich vernehme dich.«

Sie zog den Kopf ein, als wolle sie dem ausweichen, was sie sah, und Wörter sprudelten ihr abgehackt von den Lippen, als habe jemand einen schweren Felsbrocken in die stillen Wasser ihrer Seele geschleudert. »Feuer! Die Rinde brennt. Das Holz brennt. Der Stein! Flammen verzehren Blätter, Wurzeln, Fasern. Callindrill kämpft. Kämpft! Schreie . . . die Krieger schreien. Die Südhalle brennt! Ach, du mein Heim!«

Erbittert klammerte Mhoram eine Faust um die Mitte des *Lomillialor*-Stabes. Die Kraftfülle, mit der die Botschaft eintraf, versetzte ihm vom Haupt bis zu den Füßen einen Ruck, aber er packte das glatte Holz mit aller Gewalt und zwang ihm seinen Willen auf. Dadurch drang er zu Amatin vor, stärkte sie; und mit ihrer Unterstützung vermochte er den Kraftstrom, der das Hehre Holz durchfloß, für einen Augenblick umzukehren. »Flieht!« knirschte er hervor, indem er sich gegen den Andrang von Asurakas Gefühlen durchsetzte.

Die Stabwissen-Weise hörte ihn. »Fliehen?« rief sie durch Amatins Lippen zurück. »Wir können nicht fliehen! Unter uns liegt Schwelgenholz im Sterben. Wir sind eingeschlossen. Alle äußeren Äste brennen. Zwei Stämme stehen bis zu den Wipfeln in Flammen. Schreie! Schreie. Lord Callindrill hält die *Viancome* und kämpft. Der mittlere Stamm ist entflammt. Das Flechtwerk der *Viancome* brennt. Callindrill!«

»Wasser!« Durch den Fernverständigungsstab schrie Mhoram auf Asuraka ein. »Ruft die Flüsse! Flutet das Tal!« Für eines Augenblicks Dauer versiegte die Übermittlung, als habe Asuraka ihren Stab aufgegeben. »Asuraka«, rief Mhoram unterdrückt, aber eindringlich. »Stabwissen-Weise!« Er fürchtete, sie könne ins Feuer gestürzt sein. Als sie sich erneut meldete, spürte man nicht nur die Entfernung, sondern auch ihre Trostlosigkeit.

»Lord Callindrill hat die Flüsse gerufen . . . schon längst. Satansfaust lenkte die Fluten beiseite. Er . . . den Weltübel-

Stein . . .« Ein neuer Tonfall des Schreckens suchte die schwache Stimme heim, die zwischen Amatins Lippen bebte. »Er hat den alten Tod des Kurash Plenethor erneut heraufbeschworen. Zerschmetterte Felsen, Blut, Gebein und verbrannte Erde barsten durch den Grund ans Tageslicht. Mit altem Unrat hat er um Schwelgenholz Schanzen errichtet und die Wasser fortgeleitet. Wie ist so etwas möglich? Ist denn die Zeit zerspellt? Mit einem Streich seines Steins hat er Jahrhunderte heilsamen Wirkens zunichte gemacht . . .« Plötzlich verkrampfte sich Amatins Haltung, und ihr entfuhr ein schriller Aufschrei. »Callindrill!«

Im nächsten Augenblick verstummte das *Lomillialor.* Alle Kraft entschwand ihm wie einem vom Blitz erschlagenen Vogel. Lord Amatin taumelte, sank fast auf die Knie. Mhoram ergriff Amatin am Unterarm und stützte sie, so daß es ihr gelang, auf den Beinen zu bleiben. In der unvermittelten Stille wirkte der Innenhof so leblos und kalt wie eine Gruft. Die Luft schien vom Nachhall des Grams durchflockt zu werden, als schlügen lautlos schwarze Schwingen. An Mhorams Faust, die seinen Stab gepackt hielt, zeigten sich aus Verkrampftheit weiß die Knöchel. Dann schauderte Amatin zusammen, gewann ihre Fassung wieder.

Der Hoch-Lord trat zurück und bemerkte nun die anderen Leute im Innenhof. Ehe er sie sah, spürte er ihre Anwesenheit. Einige Schritte weit hinter ihm stand Quaan, und ringsum, am Rande der erleuchteten Bodenfläche, hielten sich mehrere Wächter auf. Hinter den Brustwehren der Erker an den Höhlenwänden befand sich eine Handvoll furchtsamer Zuschauer. Aber der Hoch-Lord beachtete sie alle nicht, sondern wandte sich nach links, wo Corimini, Ältester an der Schule der Lehre, mit Faer stand, Callindrills Gemahlin. Der Älteste hielt Faer mit seinen runzligen Greisenhänden an den Schultern. Tränen schimmerten unter seinen schweren Lidern, und aus Kummer schlotterte sein langer weißer Bart. Faers gutmütig-derbes Antlitz dagegen war starr und bleich wie eine Bein-Bildwerkerei. »Also ist er tot, Hoch-Lord?« erkundigte sie sich gedämpft.

»›Tod erntet die Schönheit der Welt‹«, gab Mhoram zur Antwort.

»Er ist in den Flammen umgekommen.«

»Satansfaust ist ein Wütrich. Er haßt alles Grün, das nur sprießen mag. Ich war närrisch, zu hoffen, Schwelgenholz möge verschont bleiben.«

»Verbrannt«, wiederholte sie.

»Ja, Faer.« Er fand keine Worte, um die Pein in seinem Herzen in genügendem Maße auszudrücken. »Er hat gefochten, um Schwelgenholz zu retten.«

»Hoch-Lord, es gab Zweifel in ihm . . . hier.« Sie wies auf ihren Busen. »Er hatte sich selbst vergessen.«

Mhoram hörte die Wahrheit in ihrer Stimme. Doch er konnte ihre wortkarge Feststellung nicht hinnehmen. »Vielleicht. Aber er vergaß nicht das Land.«

Mit leisem Aufstöhnen wandte sich Lord Amatin ab, eilte zutiefst erschüttert zurück in die eigenen Gemächer. Faer schenkte ihr keine Beachtung. »Ist dergleichen möglich?« fragte sie, ohne Mhorams durchdringenden Blick zu erwidern.

Er wußte keine Antwort auf diese Frage. Statt dessen äußerte er sich so, als habe sie Asurakas Aufschrei wiederholt. »Das Gesetz des Todes ist gebrochen worden. Wer kann jetzt noch sagen, was möglich ist und was nicht?«

»Schwelgenholz«, stöhnte Corimini. Seine Stimme zitterte aus Alter und Trauer. »Er ist tapfer gestorben.«

»Er hatte sein Selbst vergessen.« Faer befreite sich aus des Ältesten Händen, als hätte sie keine Verwendung für seinen Trost. Sie kehrte dem Hoch-Lord den Rücken und begab sich in steifer Haltung in ihre Gemächer zurück. Gleich darauf folgte Corimini ihrem Beispiel, blinzelte vergeblich gegen seine Tränen an.

Es kostete Mhoram Mühe, den Griff um seinen Stab zu lokkern, seine verkrampften Finger wieder zu regen. Mit festentschlossenem Vorsatz fällte er seine Entscheidung. Seine Lippen waren hart gestrafft, als er sich an Quaan wandte. »Ruf den Großrat zusammen!« ordnete er in einem Ton an, als erwarte er vom Streitmark einen Widerspruch. »Ferner lade die Lehrwarte sowie alle *Rhadhamaerl* und *Lillianrill* ein, die teilzunehmen wünschen! Wir dürfen nicht länger säumen.«

Quaan unterlief bezüglich Mhorams Ton kein Irrtum. Er entbot dem Hoch-Lord einen zackigen Gruß und begann den Wachen Anweisungen zuzubrüllen. Mhoram wartete nicht darauf, daß der Streitmark seine Befehlserteilung beendete. Er nahm seinen Stab mit der Rechten, überquerte die helle Bodenfläche des Innenhofs und betrat den Korridor, welcher die Gemächer der Lords vom Rest Schwelgensteins trennte. Er nickte den Posten am jenseitigen Ende des Korridors zu, verweilte jedoch nicht, um die Fragen, die stumm in ihren Mienen geschrieben standen, zu beantworten. Wem immer er begegnete, alle hatten die Erschütterung von Schwelgensteins gewohntem Wesen bereits gespürt, und in ihren Augen glomm Besorgnis. Aber er mißachtete sie. Sie sollten ihre Antworten früh genug erhalten. In ernster Stimmung begann er durch die Stockwerke der Herrenhöh zur Klause hinaufzusteigen.

Rundherum entstand ein Hasten und Rennen, während sich die Kunde von Asurakas Nachricht in den Mauern der Stadt verbreitete. Die übliche Geschäftigkeit des Lebens, die den Fels durchpulste, den Takt im Dasein der Einwohner zum Einklang zusammenfaßte, wich dem Eindruck einer Gleichgerichtetheit, als erzählte Schwelgenstein selbst den Menschen, was geschehen war und was zu tun sei. Auf genau diese Art und Weise hatte das Berggestein das Leben der Bewohner während etlicher Geschlechterfolgen und Jahrhunderte regeln helfen.

Tief in seinem schmerzerfüllten Herzen wußte Mhoram, daß auch diesen Felsen ein Ende beschert werden konnte. In all den Zeitaltern, seit Schwelgenstein stand, war es nie belagert worden. Lord Foul jedoch gebot über genug Macht. Er konnte diese wuchtigen, starken Wälle niederreißen, des Landes letztes Bollwerk in einen Trümmerhaufen verwandeln. Und recht bald würde er sich daranmachen, es zu versuchen. Das zumindest hatte Callindrill vollauf begriffen. Die Zeit für verzweifelte Wagnisse war angebrochen. Und der Hoch-Lord fühlte sich zum Bersten voll von all dem Unheil, das Satansfaust im Verlaufe des ausgedehnten Marschs, begonnen bei Ridjeck Thome, schon angerichtet hatte. Auch Mhoram hatte sich daher nun für ein Wagnis entschieden.

Er hoffte, den Umstand, daß das Gesetz des Todes gebrochen worden war, dem Lande zum Vorteil gedeihen lassen zu können.

Er merkte, daß er sich unwillkürlich sputete, doch er wußte, daß er auf die anderen zu warten hatte, sobald er sich in der Klause befand. Die Dringlichkeit seiner Entscheidung trieb ihn vorwärts. Aber als ihn aus einem Nebengang mit einem Grußwort Trell anrief, blieb er augenblicklich stehen und wandte sich zur Seite, um den hünenhaften Glutsteinmeister näher kommen zu lassen. Trell, Atiarans Gemahl, besaß Vorrechte, die Mhoram nicht leugnen und denen er auch nicht ausweichen konnte. Trell trug die gebräuchliche Tracht eines Steinhauseners — auf seine hellbraunen Beinkleider hing ein kurzes Gewand mit dem Zeichen seiner Familie, einem weißen Laubmuster, in die Schultern gewoben — und hatte die breite, kraftvolle Gestalt, welche die

Bewohner der Steindörfer auszeichnete; während jedoch die Steinhausener gewöhnlich kleinwüchsig waren, fiel Trell durch seinen hohen Wuchs auf. Er erweckte den Eindruck ungeheurer körperlicher Kräfte, den die Tatsache, daß er große Geschicklichkeit in den *Rhadhamaerl*-Fertigkeiten vorzuweisen wußte, zusätzlich unterstrich. Er nahte sich dem Hoch-Lord gesenkten Hauptes, in scheuer Haltung, doch Mhoram war sich darüber im klaren, daß keine Verlegenheit Trell dazu veranlaßte, die Blicke anderer Menschen zu meiden. Hinter der dichten Zottigkeit seines roten, stark angegrauten Bartes und der vierschrötigen Grobheit seiner Gesichtszüge lauerten andere Erklärungen. Wider Willen erschauderte Mhoram, als habe der Winterwind seinen Weg durch ganz Schwelgenstein bis in sein Herz gefunden.

Wie die anderen *Rhadhamaerl* hatte auch Trell sein gesamtes Leben dem Dienst an den Steinen verschrieben. Aber wegen Thomas Covenant hatte er Gemahlin, Tochter und Enkelin verloren. Sieben Jahre zuvor hatte ihn der bloße Anblick Covenants dazu gebracht, den Fels der Herrenhöh zu beschädigen; er grub seine Finger in den Granit, als wäre er nichts als zäher Lehm. Er wich den Blicken seiner Mitmenschen aus, um die einander widerstreitenden Gefühle von Haß und Trauer zu verheimlichen, die sich in ihm stauten. Für gewöhnlich blieb er für sich, sonderte sich in den Steinwerkstätten der Herrenhöh von allem ab. Doch nun sprach er den Hoch-Lord mit einem Gebaren mürrischer Entschlossenheit an. »Du gehst zur Klause, Hoch-Lord«, sagte er; trotz seiner ernsten Miene schwang in seiner Stimme ein sonderbarer Anklang von Bittstelligkeit mit.

»Ja«, erwiderte Mhoram.

»Warum?«

»Trell, Atiarans Gemahl, du bist für des Landes Not nicht taub. Du weißt, warum.«

»Tu's nicht«, sagte Trell ausdruckslos.

Sachte schüttelte Mhoram das Haupt. »Du weißt, ich muß diesen Versuch wagen.«

Trell überging die Feststellung mit einem eckigen Zucken seiner Schultern. »Tu's nicht!« wiederholte er.

»Trell, ich bin Hoch-Lord des Großrates der Lords von und zu Schwelgenstein. Ich muß tun, was immer ich zu tun vermag.«

»Du wirst . . . das Ende Elenas, der Tochter meiner Tochter . . . damit schmähen.«

»Schmähen?« Trells Behauptung verblüffte den Hoch-Lord. Er

hob die Brauen und wartete darauf, daß der Glutsteinmeister sich näher äußere.

»Freilich!« bekräftigte Trell. Seine Stimme klang unbeholfen, als habe er im Laufe des langen, dumpfen, unterirdischen Singens der Weisen des *Rhadhamaerl*-Dienstes seine Vertrautheit mit der menschlichen Sprache abgelegt; überdies wirkte er, als müsse er ein Verlangen zum Losbrüllen unterdrücken. »Meine Gemahlin Atiaran pflegte zu sagen ... zu sagen, es liege ... in der Verantwortung der Lebenden, das Opfer der Toten mit seiner Rechtfertigung zu versehen. Andernfalls hätte ihr Tod keinen Sinn. Du wirst den Sinn leugnen, den Elena ihrem Tode gab. Du darfst ihre Niederlage nicht ... *dadurch* gutheißen.«

Mhoram vernahm Wahrheit aus Trells Worten. Sein Entschluß mochte durchaus als Anerkennung einer Verdientheit von Elenas Ende unterm *Melenkurion* Himmelswehr aufgefaßt werden, oder zumindest als Hinnahme; und das wäre ein Brokken, den Trell in seiner Trübsal schwer zu schlucken vermöchte. Möglicherweise erklärte diese Aussicht die ansatzweise spürbare Furcht, die er hinter Trells Äußerungen ahnte. Aber Mhorams Pflicht gegenüber dem Lande ließ ihm wenig Spielraum. »Ich muß den Versuch wagen«, betonte er auf eine Art, die Trell zu keinerlei Mißverständnissen verleiten konnte. »Hoch-Lord Elena«, fügte er dann nachsichtiger hinzu, »hat das Gesetz des Todes gebrochen. Was gibt's da also überhaupt noch gutzuheißen?«

Trells Blick schweifte über die Wände, mied das Gesicht des Hoch-Lords, und seine klobigen Hände drückten sich an seine Hüften, als müsse er darauf achten, daß er nicht unversehens zuschlug — als könne er nicht sicher sein, was seine Fäuste anstellten, wenn er sie nicht achtsam unten beließ. »Liebst du das Land?« fragte er mit erstickter Stimme. »Du wirst es in den Untergang stürzen.« Jetzt erwiderte er Mhorams Blick, und in seinen geröteten Augen schimmerte feuchte Glut. »Besser wär's gewesen, ich hätte ...« — plötzlich rissen sich seine Fäuste von seinen Seiten los, krachten vor seiner Brust aneinander, und er krümmte die Schultern wie ein Würger — »... meine Tochter Lena bei ihrer Geburt zermalmt.«

»Nein!« widersprach Mhoram leise, aber mit Nachdruck. »Nein.« Es verlangte ihn danach, die Arme um Trell zu schlingen, den Glutsteinmeister irgendwie zu trösten. Aber er wußte nicht, wie er Trells verstrickungsreiche Bürde entwirren sollte; er war nicht einmal dazu imstande, sich aus seiner eigenen geheimen Zwickmühle zu befreien. »Halte den Frieden, Trell«, mahnte er mit unterdrückter Stimme. »Gedenke des Friedensschwurs.« Ihm fiel nichts anderes ein, das er hätte sagen können.

»Frieden?« wiederholte Trell, heftig aus Hohn oder Gram. Er schien den Hoch-Lord nicht länger zu sehen. »Atiaran hat an den Frieden geglaubt. Aber es gibt keinen Frieden.« Unsicher wandte er sich von Mhoram ab und entschwand in den Seitengang, aus dem er gekommen war.

Für ein längeres Weilchen blickte der Hoch-Lord den Gang hinab, ihm nach. Pflichtgefühl und Vorsicht rieten ihm, einige Krieger abzustellen, die auf den Glutsteinmeister achtgeben sollten. Doch er empfand es als untragbar, Trell mit einem solchen Beweis des Mißtrauens zu quälen; so eine Beurteilung mochte auch den letzten Halt von Trells Selbstbeherrschung endgültig schwächen. Und er, Mhoram, hatte schon Männer und Frauen gekannt, die über einen derartigen Grimm, wie Trell ihn hegte, zum Schluß doch noch obsiegten. Allerdings hatte der Glutsteinmeister nicht wie ein Mann gewirkt, der aus dem Schutt seines alten Lebens neues Heil aufzubauen verstand. Mhoram ging eine ernste Gefahr ein, wenn er nicht in irgendeiner Beziehung Maßnahmen ergriff. Als er seinen Weg zur Klause fortsetzte, drückte ihn die Last seiner Verantwortung schwer. Er fühlte sich der Vielfalt von Bedrohnissen, an denen er trug, nicht gewachsen.

Die Lords kannten nichts, was in ihren Kräften stand, um den überlangen, rauhen Winter zu verscheuchen, der das Land in Fesseln hielt.

Er strebte einen langen, von Fackeln erleuchteten Korridor entlang, erstieg eine Wendeltreppe und gelangte zu einem Eingang der Klause, den die Lords allein zu benutzen pflegten. Auf der Schwelle blieb er stehen, um die Zahl der Menschen zu schätzen, die sich bereits zur Beratung versammelt hatten. Gleich darauf hörte er, wie hinter ihm Lord Amatin die Treppe erklomm. Er wartete auf Amatin. Als sie den Treppenabsatz erreichte, sah er rote Ränder um ihre Augen, und ihr Mund war zu einem Ausdruck verkrampfter Hoffnungslosigkeit verzogen. Er fühlte sich versucht, nun mit ihr zu reden, doch beschloß dann, sich statt dessen vor der ganzen Ratsversammlung mit ihren Empfindungen auseinanderzusetzen. Sollte er jemals sein Geheimnis enthüllen müssen, so wollte er zumindest vorher den

Boden bereiten. Mit einem stillen Lächeln des Mitgefühls öffnete er ihr die Tür und folgte ihr in die Klause.

Von der Pforte schritten er und Amatin die Stufen zur Tafel der Lords hinunter, die unterhalb der abgestuften Sitzreihen der hohen, runden Ratskammer stand. Vier große, dank der Lehre entflammte *Lillianrill*-Fackeln, über den Sitzreihen in die Wälle eingelassen, und eine offene Grube voller Glutgestein am Mittelpunkt der Räumlichkeit, unter- und zugleich innerhalb der wie ein Hufeisen gebogenen, weiten Tafel der Lords gelegen, erhellten den Saal. Am äußeren Rand der Tafel befanden sich steinerne Sitze für die Lords und etwaige besondere Gäste, einwärts und zur Grube mit dem Glutgestein zugewandt; der hochlehnige Platz des Hoch-Lords war am einen Ende der Tafel aufgestellt. Auf der Fußbodenebene der Klause, gleich neben der Grube mit Glutgestein, stand ein runder, steinerner Tisch, aus dessen Mitte ein bis zur Hälfte hineingebohrtes, kurzes Schwert aus Silber ragte. Das war das *Krill* Loriks, das noch immer dort stak, wohin Covenant es vor sieben Jahren gerammt hatte. Seither war von den Lords kein Mittel zu seiner Entfernung gefunden worden. Sie hatten es in der Klause untergebracht, auf daß jeder, der danach den Wunsch verspürte, das *Krill* zu begutachten, es ungehindert tun könne. Aber nichts hatte sich geändert — ausgenommen der Stein von klarem Weiß, um den Griff und Stichblatt geschmiedet waren; als Mhoram und Callindrill aus der Tiefe der Würgerkluft zurückkehrten, fanden sie den Edelstein erloschen und glanzlos vor. Das heiße Feuer, welches Covenant in ihm entfacht hatte, war verschwunden.

Der Tisch mit dem *Krill* stand in der Nähe der Grube wie ein Mahnmal des Versagens der Lords, aber Mhoram hielt seine Gedanken davon fern. Er brauchte keine Umschau vorzunehmen, um zu erfahren, wer bereits in der Klause anwesend war; die makellose Klangtreue der Halle trug selbst das unbedeutendste Geräusch, auch das leiseste Wort an seine Ohren. In der vordersten Reihe der Zuhörerbänke, über und hinter der Tafel der Lords, saßen Krieger, Scharwarte des Kriegsheers, die die früheren Plätze der Bluthüter belegten. Die beiden Herdwarte — Glutsteinmeister Tohrm und Allholzmeister Borillar — saßen mit Streitmark Quaan an ihren rechtmäßigen Plätzen hinter dem Hoch-Lord, allerdings weit oben in den Sitzreihen. Eine Anzahl von Lehrwarten hatte sich in mehreren Reihen oberhalb der Tafel niedergelassen; der Staub ihrer Flucht klebte noch an ihnen, und auch ihre

Ermüdung ließ sich ihnen ansehen, aber die Nachricht vom Fall der Baumstadt hatte sie zu sehr aufgewühlt, als daß sie diese Beratung versäumt hätten. Ferner waren buchstäblich alle *Lillianrill* der Herrenhöh zur Stelle. Das Niederbrennen eines Baumes griff die Allholzmeister ans Herz, und sie blickten dem Hoch-Lord aus schmerzerfüllten Augen entgegen.

Als Mhoram seinen Platz erreichte, setzte er sich zunächst nicht. Während Lord Amatin seinen Stuhl an der rechten Seite der Tafel aufsuchte, verspürte Mhoram eine Aufwallung von Pein, als sein Blick auf den Sitz fiel, den nun eigentlich Lord Callindrill hätte einnehmen müssen. Und er konnte die erinnerte Gegenwart anderer erahnen, die schon den Sessel des Hoch-Lords belegt hatten: in der Neuzeit waren die Lords Variol, Prothall, Osondrea und Elena es gewesen, unter den Alt-Lords Kevin, Lorik und Damelon. Die persönliche Größe und der Mut eines jeden von ihnen machte ihn demütig, verdeutlichte ihm, was für eine unerhebliche Gestalt er war, die doch derartige Verluste, solche Pflichten ertragen sollte. Er stand am Rande zum Untergang des Landes, ohne Variols Weitsicht, Prothalls asketische Kraft, Osondreas harte Unnachgiebigkeit oder Elenas Feuer der Leidenschaft zu besitzen; und er verfügte über zuwenig Kraft, um sich nur mit dem schwächsten Lord im ungünstigst zusammengesetzten Großrat, dem Kevin, Lorik, Damelon oder gar Berek, Herz der Heimat und Lord-Zeuger, vorgesessen haben mochte, vergleichen zu können. Und doch vermochte keiner der übrigen Lords an seine Stelle zu treten. Amatin fehlte es an körperlicher Zähigkeit. Trevor zweifelte an seinen eigenen Fähigkeiten; er fühlte sich seinen Mit-Lords unterlegen. Und Loerja sah sich hin- und hergerissen zwischen ihrer Liebe zum Lande und ihrem Wunsch, die eigene Familie zu schützen. Mhoram wußte, daß sie mehr als einmal kurz davor gestanden hatte, ihn um die Entbindung von ihren Lordschaftspflichten zu ersuchen, damit sie mit ihren Töchtern in die verhältnismäßige Sicherheit des Westlandgebirges fliehen dürfte.

Durch den Verlust Callindrills war Hoch-Lord Mhoram noch einsamer denn je zuvor geworden.

Er mußte sich regelrecht dazu zwingen, seinen steinernen Sessel zurechtzurücken und sich niederzusetzen. In innerer Einkehr, mit der Sammlung all seiner Seelenstärke beschäftigt, harrte er der Ankunft Trevors und Loerjas. Schließlich öffnete man ihm gegenüber das Hauptportal zur Klause, und die beiden

Lords kamen dort die breiten Stufen herab, führten in ihrer Mitte den Ältesten Corimini herein. Er bewegte sich mit langsamer Umständlichkeit, als ob das Ende Schwelgenholz' ihn um die letzte Geschmeidigkeit seiner Sehnen gebracht, ihn der Gnade seines Alters ausgeliefert hätte; Trevor und Loerja stützten ihn behutsam. Sie halfen ihm zu einem Platz an der Tafel, an Amatins Seite, dann umrundeten sie die Tafel und nahmen ihre Sitze zur Linken des Hoch-Lords ein. Sobald sie saßen, entstand in der Klause Ruhe. Alles Reden verstummte, und nach einem kurzen Scharren von Füßen und Zurechtrutschen herrschte im behaglichen gelben Schein der Fackeln und des Glutgesteins Stille. Mhoram konnte nichts außer dem Sauggeräusch gedämpften Atmens hören. Langsam schaute er in die Runde der Tafel, ließ seinen Blick über die Reihen der Zuhörer schweifen. Alle Augen in der Halle waren auf ihn gerichtet. Er straffte sich, legte seinen Stab auf die Tafel und stand auf. »Freunde und Diener des Landes«, sprach er mit fester Stimme, »seid willkommen im Großrat des Lords. Ich bin Mhoram, Variols Sohn, Hoch-Lord durch des Großrates Beschluß. Herber Verdruß bedrängt uns, und wir müssen Maßnahmen ergreifen. Doch zuvor müssen wir die Lehrwarte von der Schule der Lehre willkommen heißen. Corimini, Ältester an besagter Schule, fühle dich mit all deinen Gefährten in der Herrenhöh daheim. Du hast die ruhmreiche Schule von Kevins Lehre wohlbehalten nach Schwelgenstein verbracht. Wie können wir dich ehren?«

Wacklig erhob sich Corimini, als wolle er den Gruß des Hoch-Lords erwidern, aber sein verschleierter Blick bezeugte, daß er geistig woanders weilte. »Faer . . .«, begann er mit zittriger Greisenstimme. »Faer bat mich, das Fehlen Callindrills, ihres Gemahls, zu entschuldigen. Er kann nicht an der Ratsversammlung teilnehmen.« Abirrung schlich sich in seinen Tonfall, und seine Stimme verklang, als habe er vergessen, was er zu sagen beabsichtigte. Langsam verloren seine Gedanken vollends den Bezug zu seiner Umgebung. Während er da vorm Großrat stand, schien jene Wirkungskraft der Lehre, die ihn so lange vor den Folgen des Alterns behütete, ihn zu fliehen. Gleich darauf setzte er sich wieder, murmelte sinnlos vor sich hin, suchte in seinem Verstand wie ein Mensch, der eine Sprache zu verstehen sich abmüht, die er vergessen hat. Endlich fand er ein einzelnes Wort. »Schwelgenholz . . .« Er wiederholte es mehrmals, versuchte es zu begreifen. Leise fing er an zu weinen.

Tränen brannten auch in Mhorams Augen. Mit einem raschen Wink sandte er zwei Lehrwarte an Coriminis Seite, auf daß sie ihm beistünden. Sie hoben ihn von seinem Platz und trugen ihn zwischen sich die Stufen zu den hohen, hölzernen Flügeln des Portals hinauf. »Bringt ihn zu den Heilern!« gebot Mhoram mit belegter Stimme. »Findet Frieden für ihn! Er hat dem Lande mit Mut, Hingabe und Weisheit während längerer Jahre gedient, als jeder andere Lebende.«

Die Lords standen auf, und mit ihnen taten alle übrigen Anwesenden in der Klause es ebenso. Gemeinsam schlugen sich alle auf die Brust, wo das Herz saß, dann streckten sie Corimini in der altüberlieferten Art und Weise des Grußes die Handflächen entgegen. »Heil dir, Corimini, Ältester an der Schule der Lehre«, riefen sie. »Friede sei mit dir!«

Die beiden Lehrwarte brachten Corimini aus der Klause, und das Portal fiel hinter ihnen zu. Bekümmert nahmen die Versammelten wieder Platz. Die Blicke, welche die anderen Lords Mhoram zuwarfen, zeugten von stummer Klage. »Das ist ein böses Omen«, sagte Loerja mit gepreßter Stimme.

Mit strenger Hand riß sich Mhoram zusammen. »In diesen Zeiten sind alle Omen böse. Im Land geht die Bosheit um. Aus diesem Grund sind wir Lords. Das Land bräuchte uns nicht, wären nicht Übel gegen es tätig.«

»Wenn das der Sinn unseres Daseins ist«, entgegnete Amatin, ohne Mhoram anzuschauen, »dann erfüllen wir ihn nicht.« Zorn und Pein verliehen ihrem Tonfall Trotzigkeit. Sie hatte ihre Handflächen auf die steinerne Platte der Tafel gelegt, als wolle sie sie in den Stein drücken, hielt ihren Blick starr auf sie geheftet. »Von allen Lords hat nur Callindrill die Hand erhoben, um Schwelgenholz zu verteidigen. Er ist an meiner Stelle in den Flammen gestorben.«

»Nein!« fuhr der Hoch-Lord sofort auf. Er hatte gehofft, diese Angelegenheit unter günstigeren Voraussetzungen vorm Großrat abhandeln zu können, doch nun, da ihm Amatin zuvorgekommen war, konnte er nicht ausweichen. »Nein, Lord Amatin. Du darfst die Verantwortung für den Tod Callindrills, Faers Gemahl, nicht auf deine Schultern bürden. Er ist durch seinen freien Willen an seiner von ihm selbst gewählten Stelle gefallen. Als du glaubtest, nicht länger der Lord zu sein, der sich am besten eigne, Schwelgenholz zu hüten, hast du deine Annahme vorm Großrat ausgesprochen. Der Großrat hat deine Ansicht zur Kenntnis genommen und Lord Callindrill gebeten, dich davon zu entlasten. Gleichzeitig entschied der Großrat, daß die Verteidiger des Landes sich nicht in einem aussichtslosen, verlustreichen Kampf um Schwelgenholz verzetteln sollten.« Während er sprach, machte die Straffheit rund um seine Augen den Anwesenden deutlich, wie schwer diese Entscheidung gefallen war, wie bitterlich schwer. »Die Stätte unserer Schule der Lehre war nicht für den Krieg geschaffen worden und ließ sich infolgedessen schlecht schützen. Im Interesse des ganzen Landes beschloß der Großrat also, unsere Kräfte zu schonen und sie zum besten Nutzen hier zusammenzuziehen. Callindrill . . .« Für einen Augenblick schwand alle Glaubwürdigkeit aus seiner Stimme. »Lord Callindrill, Faers Gemahlin, hat sich anders entschieden. Dich trifft daran keinerlei Schuld.« Er sah den Widerspruch in ihren Augen und beeilte sich, um ihn im voraus zu beantworten. Er wollte nicht, daß sie ihn aussprach. »Des weiteren sage ich, daß wir frei von Schuld sind, was die Mittel und Wege angeht, die wir gebrauchen, zu denen wir uns entschlossen haben, um das Land zu verteidigen, sei's in Weisheit oder aus Torheit, mögen sie zu Sieg oder Niederlage führen. Wir sind nicht die Schöpfer der Erde. Nicht wir bestimmen ihr letztes Ende. Wir zählen zur Schöpfung, wie das Land selbst. Man kann uns für nichts zur Rechenschaft ziehen außer der Tadellosigkeit unseres Dienstes. Wenn wir zur Verteidigung des Landes unsere größte Weisheit und unsere äußerste Kraft aufbieten, kann keine Stimme Vorwürfe wider uns erheben. Leben oder Tod, Wohl oder Übel, Sieg oder Zerstörung — wir sind nicht dazu berufen, sie zu enträtseln. Mag der Schöpfer auf das Verhängnis, das seine Schöpfung bedroht, die Antwort geben.«

Hitzig starrte Amatin ihn an, und er spürte, wie sie den mittlerweile so entfremdeten, geheimen Ort in seinem Herzen zu ertasten versuchte. »Dann gibst du Callindrill die Schuld?« meinte sie kaum lauter als im Flüsterton. »In seinem Tod liegt keine ›größte Weisheit‹.«

Die Irrigkeit ihrer Anstrengung, ihn mißzuverstehen, schmerzte den Hoch-Lord, aber er erteilte ihr eine unverblümte Antwort. »Du bist nicht taub für meine Worte, Lord Amatin. Ich habe Callindrill, Faers Gemahl, wie einen Bruder geliebt. Ich besitze weder die Weisheit, die Kraft, noch den Willen, ihm irgendwelche Schuld zuzuschieben.«

»Du bist der Hoch-Lord. Was gibt dir deine Weisheit ein?«

»Ich bin der Hoch-Lord«, bestätigte Mhoram unumwunden. »Ich habe keine Zeit, um Schuld zuzumessen.«

Unvermittelt beteiligte sich Loerja daran, ihn abzufragen. »Und wenn's keinen Schöpfer gibt? Oder er die Schöpfung sich selbst überläßt?«

»Wer sollte dann vorhanden sein, um uns zu maßregeln? Dann versehen wir unser Leben selbst mit Sinn. Wenn wir dem Land ohne Makel bis zur äußersten Grenze unseres Vermögens dienen, was könnten wir noch mehr von uns verlangen?«

»Den Sieg, Hoch-Lord«, erwiderte Trevor. »Wenn wir unterliegen, wird das Land selbst uns anklagen. Es wird eine Ödnis sein. Wir sind seine letzten Beschützer.«

Der Nachdruck dieser Entgegnung traf Mhoram hart. Er bemerkte, daß es ihm nach wie vor an Mut dazu mangelte, rundheraus zu erwidern: *Besser Niederlage als Schändung.* Statt dessen bemühte er sich, das Widerwort zurückzuweisen. »Die letzten Beschützer, Lord Trevor?« meinte er mit verzerrtem Lächeln. »Nein. Noch hausen die *Haruchai* in der Weite ihrer Berge. Auf ihre Weise kennen sie den Namen der Erdkraft besser als jeder Lord. Noch leben Ramen und Ranyhyn. Noch leben viele Menschen der südlichen und nördlichen Ebenen. Viele Freischüler gibt's noch. Da ist noch Caerroil Wildholz, Forstwärtel der Würgerkluft. Und irgendwo hinterm Meer der Sonnengeburt liegt das Heimatland der Riesen . . . ja, und der *Elohim* und *Bhrathair,* von denen die Riesen zu singen pflegten. Sie alle werden sich Lord Fouls Griff nach dem Erdenrund widersetzen.«

»Aber das Land, Hoch-Lord, unser Land! Es wird verloren sein. Der Verächter wird's vom einen bis zum anderen Ende verwüsten.«

»Bei der Sieben!« brauste Mhoram sofort heftig auf. »Nicht solange ein Fünkchen Liebe oder Glauben bleibt!«

Sein Blick bohrte sich in Trevors Augen, bis das Aufbegehren des Lords nachließ. Dann wandte er sich erneut Loerja zu. Doch er sah in ihr die quälende Furcht um ihre Töchter am Werk, und er nahm davon Abstand, ihre zwiespältigen Gefühle anzurühren. Er lenkte seinen Blick hinüber zu Amatin und erkannte mit Erleichterung, daß viel von ihrer Bitternis sie verlassen hatte. Sie musterte ihn mit einem Ausdruck von Hoffnung. Irgend etwas mußte sie in ihm entdeckt haben, dessen sie bedurfte. »Hoch-Lord«, sagte sie leise, »du hast einen Weg ersonnen, wie wir wider das Unheil einzuschreiten vermöchten.«

Der Hoch-Lord nahm sich noch stärker als bisher zusammen. »Es gibt einen Weg.« Er hob das Haupt und wandte sich mit den folgenden Worten an sämtliche in der Klause Anwesenden. »Meine Freunde, der Wütrich Satansfaust hat Schwelgenholz gebrandschatzt. Nun ist Trothgard in seiner Hand. Bald wird er gegen uns ziehen. Nur wenige Tage kann's noch dauern, bis die Belagerung Schwelgensteins beginnt. Wir dürfen nicht länger säumen.« Das Gold in seinen Augen fing an zu flackern, als er seine Schlußfolgerung aussprach. »Wir müssen versuchen, den Zweifler ins Land zu rufen.«

Daraufhin erfüllte vollkommene Stille die Klause. Mhoram spürte, wie ihm von den Sitzreihen Schwingungen der Erregung, Überraschung und Sorge entgegenwallten. Über die Schulter bemerkte er Streitmark Quaans leidenschaftlichen Einspruch. Aber er wartete wortlos, bis Loerja sich dazu aufraffte, das Wort zu ergreifen. »Das ist unmöglich. Der Stab des Gesetzes ist verloren worden. Wir verfügen über keine Mittel zu einer solchen Herbeirufung.« Die sanfte Klangfarbe ihrer Stimme vermochte deren harten Hauptstrang kaum zu kleiden.

Doch Mhoram wartete weiter, schaute die anderen Lords an, ob sie zu Loerjas Behauptung Stellung beziehen mochten. »Aber zugleich«, sagte nach einem ausgedehnten Weilchen Trevor so bedächtig, als zögere er noch, »ist das Gesetz des Todes gebrochen worden.«

»Und wenn der Stab vernichtet ist«, ergänzte ihn rasch Amatin, »muß die Erdkraft, welchselbige er enthielt, die in ihm zusammengeballt war, wieder dem Lande zugeflossen sein. Vielleicht ist sie uns infolgedessen noch zugänglich.«

»Und wir müssen den Versuch wagen«, sagte Mhoram. »Der Zweifler ist unvermeidlich mit dem Schicksal des Landes verbunden, ob zum Wohl oder zum Übel. Wenn er nicht hier weilt, kann er das Land nicht verteidigen.«

»Oder nicht zerstören!« raunzte Quaan.

Bevor Mhoram darauf eingehen konnte, sprang Herdwart Borillar auf. »Der Zweifler wird das Land retten«, platzte er heraus.

»Dein blindes Vertrauen mutet befremdlich an, Herdwart«, brummte Quaan.

»Er wird's retten«, versicherte Borillar, als verblüffe ihn die eigene Verwegenheit. Vor sieben Jahren, als er Covenant begegnete, war er der jüngste Allholzmeister gewesen, der je das Amt eines Herdwarts angetreten hatte. Er war sich damals seiner Unerfahrenheit unangenehm bewußt gewesen, und noch immer verspürte er Hochachtung — eine Tatsache, die seinen Gefährten und Herdwart-Kollegen Tohrm belustigte. »Als ich dem Zweifler erstmals gegenübertrat, war ich jung und schüchtern . . . furchtsam.« Tohrm grinste über die unausgesprochene Behauptung, Borillar sei nicht länger jung und schüchtern. »Ur-Lord Covenant hat sich wie ein Freund mit mir unterhalten.«

Borillar setzte sich wieder, nun vor Verlegenheit errötet. Doch außer Tohrm lächelte niemand, und Tohrm hatte bekanntlich sein Lächeln nicht in der Gewalt. Es drückte lediglich heitere Zuneigung aus, keinen Spott. Die Festigkeit von Borillars Überzeugung schien alle in der Klause zurechtzuweisen, die Bedenken hegten. Als von neuem Lord Loerja sprach, geschah es in verändertem Ton. Loerja musterte den jungen Herdwart aufmerksam. »Wie sollen wir . . .«, meinte sie, »diesen Versuch beginnen?«

Mhoram nickte Broillar zum Dank würdevoll zu, dann wandte er sich erneut an die Lords der Tafelrunde. »Ich werde die Herrufung einleiten. Sollten meine Kräfte nachlassen, unterstützt mich.« Stumm nickten die Lords. Mit einem letzten Blick ins Rund der Klause nahm Mhoram wieder Platz, neigte sein Haupt und öffnete seinen Geist, um ihn mit den anderen Lords zu vereinen.

Er tat es in dem Bewußtsein, einen Teil seines Ichs absondern zu müssen, um zu verhindern, daß Trevor, Loerja und Amatin sein Geheimnis erkannten. Er wagte viel. Er benötigte die Ermunterung, die Gemeinsamkeit von Kraft und Zuspruch, die mit einer vollständigen Verschmelzung zustandekamen; aber jede persönliche Schwäche mochte das Wissen entblößen, das er hütete. Und während der Geistesverschmelzung konnten seine Mit-Lords wahrnehmen, daß er etwas vorenthielt. Aufgrund dessen war der Ritus sehr anstrengend. Jede ihrer geistigen Vereinigungen erschöpfte ihn außerordentlich, weil er sein Geheimnis nur bewahren konnte, indem er Mut spendete, statt sich welchen spenden zu lassen. Aber er glaubte an die Geistesverschmelzung. Von allen Kenntnissen der neuen Lords gehörte nur diese ihnen allein; den gesamten Rest verdankten sie Kevin Landschmeißers Kreisen des Wissens. Und bei vollkommener Handhabung bot ihr Verschmelzen des Geistes das Wohl und das Herz jedes einzelnen der Lords zur Stärkung aller anderen auf. Solange der Hoch-Lord einen Pulsschlag von Leben besaß, noch das geringste Quentchen Kraft, konnte er sich der Verschmelzung nicht verweigern.

Schließlich endete die Verbindung. Zuerst fühlte sich Mhoram kaum stark genug, um länger auf den Beinen zu bleiben; die Bedürfnisse der übrigen Lords und ihre Sorge um ihn drückten seine Schultern wie eine unnatürliche Last. Aber er kannte sich selbst gut genug, um zu wissen, daß er auf irgendeine Weise gar nicht die Fähigkeit zum Aufgeben besaß. Statt dessen stak in ihm eine Neigung zu vollkommenen Taten, die ihm Furcht einflößte, sobald er an das Ritual der Schändung dachte. Nach einem Augenblick des Verschnaufens erhob er sich und packte seinen Stab. Er trug ihn wie eine Standarte, als er die Tafel umrundete und die wenigen Stufen zur tiefsten Ebene der Klause mit der Grube voller Glutgestein hinabschritt.

Als Mhoram sie betrat, gesellte sich aus den Sitzreihen herab Tohrm zu ihm. Die Augen des Glutsteinmeisters glitzerten vor Erheiterung, und er grinste. »Du wirst weit ausschauen müssen«, sagte er, »um den Zweifler erspähen zu können.« Er zwinkerte dem Hoch-Lord zu, als zöge er ihn auf. »Die Kluft zwischen den Welten ist finster, und Dunkelheit macht das Herz bang. Ich werde für mehr Helligkeit sorgen.«

Der Hoch-Lord lächelte und dankte; lebhaft eilte der Herdwart an den Rand der Grube. Er beugte sich über das Glutgestein und schien im selben Augenblick alle anderen Menschen innerhalb der Klause zu vergessen. Ohne den Zuschauern noch einen Blick zu widmen, begann er leise zu singen. In jener dunklen, kiesigen Sprache, die nur denen bekannt war, welche miteinander das *Rhadmamaerl*-Wissen teilten, trug er den Glutsteinen eine Beschwörung vor, schürte, entfachte sie mit seinen Worten zu stärkerer Glut, sprach ihre innere Kraft an. Der goldrote Glanz der Steine schimmerte in seinem Antlitz wie eine Erwiderung. Bald darauf konnte Mhoram ihre Leuchtkraft zunehmen sehen. Die rötliche Schattierung wich aus dem Goldton; letzteres entfaltete eine größere Reinheit, glomm heißer, heller. Der Duft frischer Erde machte sich verstärkt in der ganzen Klause bemerkbar. Stumm erhoben sich die drei anderen Lords an ihren Plätzen, und sämtliche anderen Versammelten taten es ihnen gleich, um wortlos ihre Achtung vor dem *Rhadhamaerl* und der Erdkraft zum Ausdruck zu bringen. Vor aller Augen wuchs der Leuchtschein aus der Grube an, bis zuletzt Tohrm selbst im Licht fadenscheinig wirkte. Mit langsamer, feierlicher Geste erhob Hoch-Lord

Mhoram seinen Stab, hielt ihn in Stirnhöhe waagerecht zwischen seinen beiden Fäusten. Das Lied, welches er zur Herbeirufung des Zweiflers verwenden wollte, begann ihm durch den Kopf zu gehen, als er seine Gedanken auf die Kraft seines Stabes lenkte. Einen um den anderen schloß er die in der Klause Versammelten von seinem Sinnen aus, danach auch die Klause. Er ließ sein Ich in des Stabes gerades, glattes Holz einfließen, bis ihm nichts anderes noch bewußt war als das Lied und das Licht — und die grenzenlose Bedeutungsfülle der Erdkraft, die das gewaltige Berggestein ringsherum wie Lava durchwallte. Dann vereinte er so viele ihrer Ströme, wie er in seines Stabes Händen verbinden konnte, und leitete ihre Schwingungen durchs Gefüge und Gewebe Schwelgensteins auswärts. Er sang, während er auf ihrem Pulsen hinaus in die Schichten der Gesamtheit alles Vorhandenen schweifte.

»Wilde Magie, gedrückt in jeden Stein,
harrt weißen Goldes, das sie freiläßt oder bändigt,
Goldes, von seltenem Erz, fremd dem Schoß des Landes,
unbeherrscht, unbezähmt, ungemäßigt
durchs Gesetz, wonach das Land entstanden . . .
vielmehr Grundstein, Achse, Angelpunkt
der Wirrnis, woraus Zeit geschaffen . . .«

Der Pulsschlag der Erdkraft beförderte sein Ich durch den Übelwind, so daß sein Geist unter den Böen von Bosheit erschauderte; doch sein Bewußtsein durchquerte ihn rasch, trieb über alle Luft, alles Holz und Wasser und allen Stein hinaus, bis er durch das wesenseigentümliche Gespinst der Wirklichkeit an sich zu sinken schien. Er verlor den Überblick, während er für eine Weile ohne jeglichen Bezugspunkt durch Raum und Zeit taumelte. Er fühlte, daß er über die Grenzen der Schöpfung hinausschwebte. Aber Lied und Licht gaben ihm Halt, sicherten die Festigkeit seines Gemüts. Binnen kurzem richteten seine Gedanken sich wie ein Kompaß auf den Polarstern des Weißgolds.

Dann erhaschte er eine Wahrnehmung von Thomas Covenants Ring. Eine Täuschung war unmöglich; des Zweiflers Gegenwart umgab den schlichten Reif wie eine Aura, band und versiegelte seine Macht. Und die Aura selbst floß über von Unruhe. Hoch-Lord Mhoram strebte zum Aufenthaltsort der Wesenheit und begann erneut zu singen.

»Sei getreu, Zweifler –
Antworte dem Ruf!

Das Leben ist der Spender:
Tod endet alles.
Das Wort heischt Wahrheit,
Und Übel weichen,
Bleibt wahr das Wort.

Doch Fluch der Seele,
Die Vertrauen bricht,
Fluch falschen Dienern,
Dank der Verderbens Schwärze
Alles überschattet.

Sei getreu, Zweifler –
Antworte dem Ruf!
Sei getreu!«

Er erfaßte Covenant mit seinem Gesang und machte sich an die Rückkehr zur Klause. Die Wirksamkeit des Liedes erleichterte seine seelische Last beträchtlich, befreite in ihm neue Kräfte, die es ihm ermöglichten, schneller zu sich selbst zurückzukehren. Als er die Augen wieder der Helligkeit öffnete, die sein Blickfeld ins Flimmern brachte, sank er fast auf die Knie. Plötzlich suchte ihn Ermattung heim; ihm war irgendwie ausgezehrt zumute, als habe sich seine Seele über eine zu große Entfernung hinweggereckt. Für ein Weilchen stand er bloß kraftlos da, vergaß sogar das Singen. Doch die anderen Lords hatten das Lied aufgegriffen, und statt seiner Kräfte vollendeten ihre Stäbe die Herrufung.

Als seine Augen wieder uneingeschränkt sehen konnten, erblickte er Thomas Covenant, Zweifler und Weißgoldträger, sah ihn halbstofflich vor sich im Licht stehen. Aber seine Erscheinung kam nicht näher, der Körper verfestigte sich nicht. Covenant blieb am Rande der körperlichen Gegenwart; er verweigerte den Übergang. »Nicht jetzt!« schrie er mit so schwacher Stimme, daß man an ihr Ertönen kaum glauben mochte. »Laßt mich!«

Der Anblick von des Zweiflers Leid erschreckte Mhoram. Covenant litt Hunger, er bedurfte verzweifelt dringlich ausgiebiger Erholung, und seine Stirn wies eine tiefe, ernst zu nehmende, nichtsdestoweniger jedoch unbehandelte Wunde auf. Sein gan-

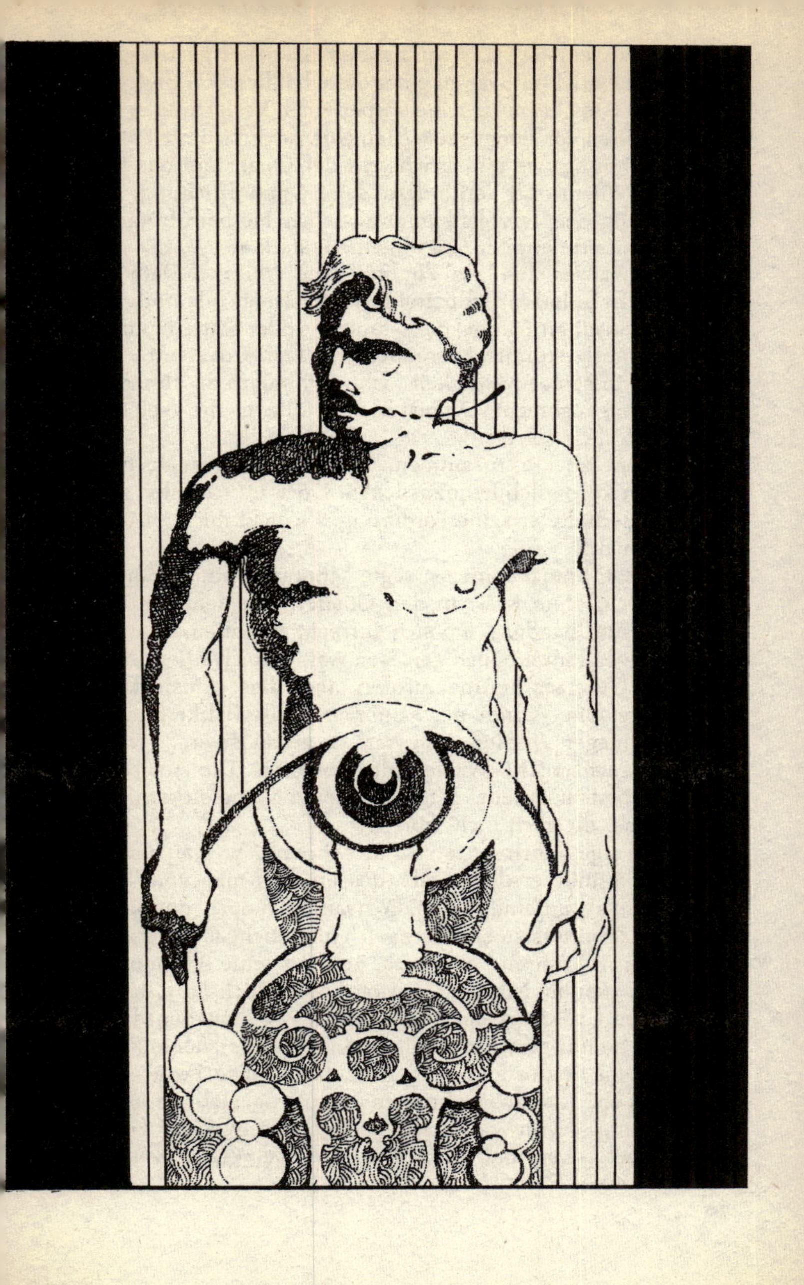

zer Leib war entstellt und mißhandelt, als sei er gesteinigt worden, und sein Mund war an einer Seite häßlich von Blut verkrustet. Doch wie übel auch seine körperlichen Verletzungen waren, sie verblaßten vor seiner seelischen Not. Er verströmte Entsetzen und Ablehnung wie einen Schweiß der Qual, und das Glosen feuriger Willenskraft verhinderte seine Verstofflichung. Wie er sich derartig der Vervollständigung seiner Herbeirufung widersetzte, erinnerte er Mhoram ungemein stark an *Dukkha,* den armen Wegwahrer, den Lord Foul mit dem Weltübel-Stein so vielen Martern unterworfen hatte. Er widerstrebte, als nötigten die Lords ihn in einen Tümpel des Grauens, voller Säuren und Gifte.

»Covenant!« stöhnte Mhoram auf. »Ach, Covenant!« Er befürchtete, in seiner Mattigkeit nicht verhindern zu können, daß er in Tränen ausbrach. »Du bist in der Hölle. Deine Welt ist eine Hölle. Laß dich befreien!«

Covenant zuckte zusammen. Die Stimme des Hoch-Lords schien ihn körperlich heimzusuchen. Doch im nächsten Augenblick wiederholte er seine Forderung. »Schickt mich zurück! Sie braucht mich!«

»Auch wir brauchen dich«, sagte Mhoram matt. Er fühlte sich schwächlich, ohne Kraft in den Gliedern, als fehle es ihm an Muskeln und Bändern, um sich aufrecht zu halten. Nun begriff er, warum es ihm möglich gewesen war, den Zweifler ohne den Stab des Gesetzes herüberzurufen, aber diese Einsicht bekam ihm, als sei eine Wunde des Kummers in die Flanke seines Wesens geschlagen worden. Ihm war, als zerflösse er.

»Sie braucht mich!« wiederholte Covenant. Die Anstrengung des Sprechens ließ neues Blut aus seinem Mund sickern. »Mhoram, kannst du mich nicht hören?«

Diese Frage rührte an etwas in Mhoram. Er war der Hoch-Lord; er konnte, er durfte sich dessen, was man von ihm forderte, nicht als unfähig zeigen. Er zwang sich dazu, den fiebrigen Blick des Zweiflers zu erwidern. »Ich höre dich, Zweifler«, gab er zur Antwort. Während er sprach, gewann seine Stimme wieder an Stärke. »Ich bin Mhoram, Variols Sohn, Hoch-Lord durch Beschluß des Großrates der Lords. Auch wir brauchen dich. Ich habe dich zu uns gerufen, damit du uns beistehst, der letzten und größten Not des Landes entgegenzutreten. Die Prophezeiung, die einst Lord Foul uns zu bringen dir auftrug, steht vor ihrer Bewahrheitung. Wenn wir unterliegen, wird er in seiner Hand die Macht über Leben und Tod halten, und die Welten werden für alle Zeit eine Hölle sein. Ur-Lord Covenant, hilf uns! Ich bin's, Mhoram, Variols Sohn, der dich darum anfleht.«

Seine Worte versetzten Covenants Erscheinung in Unruhe. Er taumelte beim Klang von Mhorams Stimme, duckte und wand sich. Aber sein erbitterter Widerwille erlahmte nicht. »Ich sage dir doch«, schrie er, sobald er wieder mehr Fassung besaß, »sie braucht mich! Die Klapperschlange wird sie beißen! Wenn ihr mich jetzt zu euch holt, kann ich ihr nicht helfen.«

Beiläufig wunderte sich Mhoram darüber, daß Covenant seiner Herrufung so entschlossenen Widerstand entgegenzusetzen vermochte, ohne die Macht seines Rings aufzubieten. Doch diese Fähigkeit zur Verweigerung stimmte mit Mhorams geheimem Wissen überein. Hoffnung und Furcht rangen im Hoch-Lord miteinander, und es kostete ihn Mühe, seiner Stimme einen gleichmäßigen Klang zu verleihen. »Covenant, mein Freund — ich bitte dich, hör mich an! Vernimm des Landes Not aus meiner Stimme. Wir können dich nicht zwingen. Du besitzt das Weißgold — du hast die Macht, uns zu widerstreben. Das Gesetz des Todes bindet dich nicht. Bitte vernimm meine Worte. Wenn du unverändert darauf bestehen willst, nicht zu kommen, nachdem du mich angehört hast, dann . . . werde ich die Herbeirufung rückgängig machen. Ich werde . . . ich werde dir verraten, wie du dein Weißgold benutzen kannst, um dich uns zu versagen.«

Erneut schrak Covenant unterm Andrang von Mhorams Stimme zurück. Doch als er sich von neuem zusammenriß, wiederholte er seine Forderung nicht. »Beeil dich!« verlangte er statt dessen. »Das ist meine einzige Chance — die einzige Chance, einer Wahnvorstellung zu entrinnen, ist an ihrem Anfang. Ich muß dem Kind helfen.«

Hoch-Lord Mhoram raffte seine ganze Persönlichkeit zusammen, bot all seine Liebe für und Furcht um das Land auf, legte sie in seine Stimme. »Ur-Lord, sieben Jahre sind verstrichen, seit wir gemeinsam auf dem Galgenhöcker standen. In diesen Jahren haben wir einige unserer Verluste ausgleichen können. Aber seit . . . seit der Stab des Gesetzes abhanden gekommen ist, verfügt der Verächter über viel mehr Handlungsfreiheit. Er hat ein neues Heer aufgestellt, so groß wie das Meer, und ist erneut wider uns ins Feld gezogen. Er hat bereits Schwelgenholz zerstört. Der Wütrich Satansfaust hat Schwelgenholz niedergebrannt und Lord Callindrill erschlagen. Schon in wenigen Tagen wird die Belagerung der Herrenhöh beginnen. Doch damit ist die Aufzählung unserer Nöte beileibe nicht abgeschlossen. Vor sieben Jahren hätten wir Schwelgenstein womöglich für etliche Jahreszeiten hintereinander gegen jedweden Gegner halten können. Sogar ohne den Stab des Gesetzes hätten wir uns wacker zu verteidigen vermocht. Aber — mein Freund, vernimm meine Kunde! — wir haben die Bluthüter verloren.«

Covenant wankte, als bedränge ihn ein Steinschlag, aber Mhoram ließ sich nicht beirren.

»Als Korik und andere Bluthüter in unserem Auftrag zu den Riesen an der Wasserkante ritten, kosteten große Übel die Lords Hyrim und Shetra das Leben. Als sie . . .« Mhoram zögerte. Er entsann sich an Covenants Freundschaft mit dem Riesen Slazherz Schaumfolger. Er brachte es nicht über sich, Covenant mit der Nachricht vom blutigen Untergang der Riesen zu martern. »Als sie nicht länger dabei waren, um besser zu raten, machten Korik und zwei Gefährten ein Bruchstück des Weltübel-Steins zu ihrer Beute. Sie erkannten nicht dessen Gefährlichkeit. Die drei Bluthüter nahmen das Stück mit, in der Absicht, es zur Herrenhöh zu bringen. Aber der Weltübel-Stein ist ein grausiger Fremdkörper im Lande. Die drei Bluthüter waren nicht gewarnt — und der Stein machte sie zu seinen Sklaven. Unter seine Herrschaft geraten, brachten sie das Bruchstück nach Fouls Hort. Sie glaubten, sie könnten den Verächter damit bekämpfen. Doch in Wahrheit machte er sie zu seinen Spießgesellen.« Auch diesmal verzichtete Mhoram darauf, das Geschehen vollständig wiederzugeben. Er meinte, Covenant nicht sagen zu können, daß der Bluthüter-Eid durch den Bruch vom Gesetz des Todes auf zersetzerische Weise unterlaufen worden war — oder daß das edle Metall der Bluthüter-Treue in entscheidendem Umfang litt, als Covenant Bannor zwang, den Namen der Macht des Gebots zu verraten. »Dann . . .« Noch immer krümmte sich Mhoram unwillkürlich zusammen, wenn er sich daran erinnerte, was sich ereignet hatte. »Dann schickte er die drei aus, um Schwelgenstein von ihnen angreifen zu lassen. Korik, Sill und Doar zogen durchs Land, grünes Feuer in den Augen und Verderbnis in ihren Herzen. Sie töteten viele Bauern und Krieger, ehe wir verstanden, was mit ihnen geschehen war. Sodann gingen Blutmark Bannor sowie die Bluthüter Terrel und Runnik hin, um mit den dreien zu kämpfen. Sie erschlugen ihre vormaligen Kameraden Korik, Sill und Doar und brachten ihre Leichen zur Herrenhöh. Dadurch fanden wir heraus, daß . . .« — Mhoram schluckte beschwerlich — ». . . daß Lord Foul jedem der drei die beiden letzten Finger der rechten Hand abgetrennt hatte.« Covenant schrie gequält auf, aber Mhoram schuf mit heiserer Stimme unmißverständliche Klarheit. »Er verstümmelte die drei Bluthüter in einer Art, die sie dir ähnlich machte.«

»Hör auf!« stöhnte Covenant. »Hör auf! Ich kann's nicht ertragen!«

Dennoch sprach der Hoch-Lord weiter. »Als Blutmark Bannor sah, wie Korik und seine Begleiter trotz ihres Eides verderbt worden waren, gaben er und mit ihm alle anderen Bluthüter ihren Dienst auf. Sie kehrten zurück in die Bergheimat der *Haruchai.* Er nannte zur Begründung, sie seien von der Verderbnis überwunden worden und könnten daher nicht länger irgendeinen Eid halten. Mein Freund, ohne die Bluthüter, ohne den Stab des Gesetzes, ohne gewaltiges Heer oder die starke Hand von Verbündeten müssen wir mit Gewißheit unterliegen. Zwischen Lord Fouls Raubgier und uns steht jetzt nur noch die wilde Magie.«

Als Mhoram verstummte, schauten Covenants Augen so trostlos drein wie eine Wildnis. Die Hitze seines Fiebers schienen ihm Tränen unmöglich zu machen. Sein Widerstand kam zeitweilig zum Erliegen, und fast wäre seine Erscheinung vollends in der Klause verstofflicht. Doch da hob er den Kopf und sah andere Erinnerungen. Seine Weigerung lebte von neuem auf; er wich zurück, bis er in der Helligkeit des Glutgesteins beinahe aufging. »Mhoram, ich kann nicht«, sagte er so fern und schwach, als ersticke er. »Es geht nicht. Die Schlange . . . Das Mädchen ist ganz allein. Ich bin für das Kind verantwortlich. Niemand außer mir ist da, um ihm zu helfen.«

Mhoram spürte einen Ausbruch von Zorn, als gegenüber, hoch droben in den Sitzreihen, Quaans altbekannte Abneigung gegen Covenant sich in Worten niederschlug. »Bei der Sieben!« brauste der Streitmark auf. »Er wagt von Verantwortung zu reden!« Quaan hatte erleben müssen, wie er alterte, immer mehr außerstande dazu geriet, dem Lande zu helfen, während dagegen Covenant weder alterte noch handelte. Er sprach mit dem Gespür eines Kriegers für den Tod, aus der Gesinnung des Kriegers, der es für vernünftig erachtete, ein paar Leben zu opfern, um viele zu retten. »Covenant, du bist für uns verantwortlich!«

Der Zweifler litt unter Quaans Stimme ebenso wie zuvor unter Mhorams, aber er wandte sich dem Streitmark nicht zu. Statt dessen erwiderte er schmerzlich Mhorams Blick. »Ja, ich weiß«, antwortete er. »Ich weiß. Ich bin . . . verantwortlich. Aber das Kind braucht mich. Es ist sonst niemand da. Und es ist ein Bestandteil meiner Welt, der realen Welt. Ihr . . . seid mir weniger real. Ich kann jetzt nichts für euch tun.« Sein Gesicht zuckte krampfhaft, und sein Widerstand wuchs, bis er davon überzuquellen schien wie von Schmerz. »Mhoram, wenn ich nicht zu dem Mädchen zurückkehre, muß es sterben.«

Die verzweifelte Leidenschaftlichkeit von Covenants Drängen drohte Mhoram zu zerreiben. Unbewußt biß er sich auf die Lippen, darum bemüht, mit körperlichem Schmerz die Last seiner gegensätzlichen Gefühle in den Griff zu bekommen. Sein ganzes Leben, all seine vieljährige Hingabe schienen sein Inneres zerreißen zu wollen. Seine Liebe zum Lande verlangte von ihm, die Auseinandersetzung mit dem Zweifler auszutragen, nun zu kämpfen, als müsse er um den Besitz von des Zweiflers Seele ringen. Aber aus demselben Springquall seiner selbst erhob sich eine entgegengesetzte Auffassung, die Überzeugung, es sei falsch, die Selbständigkeit Covenants anzugreifen. Eine Zeitlang zögerte der Hoch-Lord, gefangen in diesem Widerspruch. Dann hob er bedächtig das Haupt und sprach gleichermaßen zu den Menschen in der Klause wie auch zu Thomas Covenant.

»Niemand darf dazu gezwungen werden, den Verächter zu bekämpfen. Man widersteht ihm aus freiem Willen oder gar nicht. Zweifler, ich lasse dich scheiden. Du wendest dich von uns ab, um Leben in deiner Welt zu bewahren. Die Achtung eines solchen Beweggrunds kann uns nicht übel gedeihen. Und sollte Finsternis auf uns fallen, so bleibt doch des Landes Schönheit. Wenn wir ein Traum sind und du der Träumer, dann ist das Land unzerstörbar, denn du wirst es nicht vergessen. Sei ohne Furcht, Ur-Lord Thomas Covenant. Geh in Frieden!« Er spürte ein Aufwallen von Widerspruch bei Lord Loerja und anderen Zuschauern, aber er schritt mit einer gebieterischen Gebärde dagegen ein. Einer nach dem anderen minderten die Lords die Kraft ihrer Stäbe, während Tohrm den Glanz der Glutsteine auf sein vorheriges Maß zurückdämmte. Covenants Erscheinung begann zu verblassen, als löse er sich auf im Abgrund jenseits des Bogens der Zeit. Da besann sich Hoch-Lord Mhoram auf sein Versprechen, das Geheimnis der wilden Magie zu enthüllen. Er wußte nicht, ob Covenant ihn noch hören konnte. »*Du* bist das Weißgold«, flüsterte er der im Schwinden begriffenen Gestalt zu.

Im nächsten Augenblick sah er, daß der Zweifler vollends fort war. Jeglicher Eindruck von Kraft und Widerstand hatte die Luft verlassen, und das Glutgestein glomm wieder in seiner Helligkeit gewohnten Umfangs. Erstmals seit dem Anfang der Herbeirufung sah Mhoram wieder die Umrisse und Gesichter der Menschen rings um ihn. Aber die Sicht blieb nicht lange klar. Tränen trübten sie, und er stützte sich matt auf seinen Stab, als könne nur dessen hartes Holz ihn noch auf den Beinen halten. Die merkwürdige Leichtigkeit, mit der er den Zweifler hatte herrufen können, bereitete ihm tiefen Kummer. Er allein hätte ohne den Stab des Gesetzes dazu außerstande sein sollen, Covenant zu rufen; dennoch war ihm Erfolg beschieden gewesen. Er wußte, warum. Covenant war für die Herrufung so anfällig gewesen, weil er dem Tode geweiht war.

»Hoch-Lord«, hörte er durch seinen Gram Trevor sagen, »das *Krill* . . . der Edelstein des *Krill* hat wieder geleuchtet. Er lohte, genau wie damals, als der Zweifler es in die Tischplatte rammte.«

Mhoram blinzelte seine Tränen fort. Er trat an den Tisch, stützte sich dabei schwerfällig auf seinen Stab. In der Mitte des Tisches ragte Loriks *Krill* wie ein schiefes Grabkreuz empor — so dunkel und glanzlos, als entbehre es jeder Empfänglichkeit für Licht. Eine Aufwallung von Trauer überwältigte Mhoram. Mit einer Hand packte er das silberne Schwert am Griff. Flüchtig flakkerte ein blaues Flämmchen durch den Edelstein und erlosch. »Nun leuchtet es nicht mehr«, stellte er matt fest.

Dann verließ er die Klause und suchte die Heilige Halle auf, um für Covenant, Callindrill und das Land zu singen.

3

Die Rettung

Ein eisiger Wind blies durch Covenants Seele, als er sich aus der Tiefe der Felsen emporkämpfte. Er durchkühlte ihn, als wäre das Mark in seinen Knochen einer Ausdünstung von blankem Eis ausgesetzt worden — grausig und irgendwie zynisch, durchzogen von jenem schwachen, aber abgründigen grünen Greuel, das die Antithese alles blühenden Grüns war. Doch langsam wich der Wind von ihm, verschwand in eine andere Dimension. Er spürte den Stein zusehends bewußter. Die Undurchdringlichkeit des Granits verdichtete sich wieder; immer mehr verstärkte sich der Eindruck, er müsse ersticken. Er fuchtelte mit Armen und Beinen, strampelte sich ab, um an die Oberfläche zu gelangen. Doch einige Zeit lang war er sich nicht einmal sicher, ob seine Gliedmaßen sich überhaupt bewegten. Dann begann ein Aufprall nach dem anderen seine Gelenke zu schmerzen. Er spürte in den Knien und Ellbogen, daß er auf einen harten Untergrund einschlug und -trat. Er wuchtete mit seinen Gliedern gegen den Abhang. Durch die dumpfen Klatsch- und Patschgeräusche, die er verursachte, hörte er Wasser rauschen. Irgendwo hinter ihm schien die Sonne. Ruckartig hob er den Kopf.

Zuerst vermochte er sich nicht zu orientieren. Lebhaft plätscherte ein Bach durch sein Blickfeld; zunächst war ihm, als starre er von oben hinein, und der Hang unter seinem Leib verlaufe in unmöglich gewinkelter Schräge. Aber dann erkannte er, daß sein Blick nicht abwärts gerichtet war; er lag der Länge nach quer am Abhang. Die Hügelkuppe befand sich rechts über ihm, während es zu seiner Linken weiter bergab ging. Er drehte den Kopf, um nach dem Mädchen und der Schlange Ausschau zu halten.

Seine Augen fanden keinen Brennpunkt. Irgend etwas von heller Färbung glänzte vor seinem Gesicht und verhinderte, daß er hangabwärts spähen konnte. »Mister?« meinte neben ihm eine helle Kinderstimme. »Sind Sie noch da, Mister? Sie sind hingefallen.« Er begriff, daß er zu weit in die Ferne zu sehen versuchte. Mühsam schraubte er seinen Blick zurück in seine unmittelbare Nähe, und zu guter Letzt sah er, daß er aus einem Abstand von nur wenigen Zentimetern ein nacktes Schienbein anstierte. Im Sonnenschein glänzte es so hell und glatt, als sei es mit Chrisam gesalbt worden. Doch es zeigte bereits eine leichte Schwellung. Und in der Mitte dieser Schwellung befanden sich zwei kleine, rote Wunden, einem doppelten Nadelstich ähnlich. »Mister?« wiederholte das Kind. »Sind Sie wach? Die Schlange hat mich gebissen. Mein Bein tut weh.«

Der frostige Winter, den er hinter sich gelassen hatte, schien ihn aus der Tiefe seines Bewußtseins einzuholen. Er begann zu zittern. Aber er zwang sich dazu, die Kälte zu mißachten, seine ungeteilte Aufmerksamkeit den beiden Bißwunden zu widmen. Ohne seinen Blick davon abzuwenden, setzte er sich auf. Seine Prellungen meldeten sich schlagartig mit Beschwerden, seine Stirn pochte gräßlich, aber er ignorierte alle Schmerzen, tat sie ab, als hätten sie mit ihm nichts zu schaffen. Mit zittrigen Händen zog er das kleine Mädchen näher. *Schlangenbiß,* dachte er benommen. *Wie behandelt man Schlangenbisse?*

»Alles ist gut«, sagte er und verstummte. Seine Stimme klang beunruhigend unsicher, und seine Kehle fühlte sich zu ausgedörrt an, als daß er sie in der Gewalt hätte haben können. Er schien keine wirklich tröstlichen Worte zu kennen. Schwerfällig schluckte er und drückte die magere Gestalt des Mädchens an seine Brust. »Alles ist gut. Du wirst davonkommen. Ich bin ja da. Ich helfe dir.«

Die Äußerungen klangen sogar in seinen Ohren grotesk — als seien sie ohne Sinn, kämen sie von einem Strolch. Der Schnitt in seiner Lippe und dem Gaumen behinderte seine Aussprache. Aber auch darauf achtete er nicht. Er fand nicht den Mut, um sich über derartige Dinge aufzuregen. Eine fiebrige Verschwommenheit durchglühte seine Gedanken, und es kostete ihn alle Kraft, sich ihrer zu erwehren, sich darauf zu besinnen, wie man Schlangenbisse behandelte. Er starrte die Bißstellen an, bis es ihm einfiel. *Die Durchblutung abbinden,* sagte er zu sich selbst, als sei er ein Dummkopf. *Einschneiden. Das Gift heraussaugen.* Er gab sich einen Ruck und begann zu handeln, suchte nach seinem Taschenmesser. Sobald er es gefunden hatte, warf er es neben sich auf den Erdboden und forschte in den Schutthalden seines Gehirnes nach irgend etwas, womit er das Bein abbinden könne. Sein Gürtel nutzte nichts, weil er ihn nicht fest genug anziehen konnte. Das Kleid des Mädchens hatte keinen Gürtel. Die Schuhsenkel sahen zu kurz aus.

»Mein Bein tut weh«, sagte es kläglich. »Ich will zu meiner Mami.«

»Wo ist sie denn?« nuschelte Covenant.

»Da hinten.« Das Kind wies ungefähr bachabwärts. »Weit weg. Papi hat mich verhauen, und da bin ich weggelaufen.«

Mit einem Arm hielt Covenant das Mädchen umfangen, damit es sich nicht plötzlich verdrückte und durchs Rennen die Ausbreitung des Gifts beschleunigte. Mit seiner freien Hand zerrte er am Schnürriemen seines linken Stiefels. Aber der Riemen war stark ausgefranst und zerriß. *Hölle und Verdammnis!* stöhnte Covenant innerlich auf. Er brauchte zu lang. Mit bebenden Fingern begann er an seinem rechten Schnürsenkel zu fummeln. Schließlich gelang es ihm, ihn intakt herauszuziehen. »So, alles klar«, sagte er undeutlich. »Ich . . . ich muß den Biß behandeln. Erst einmal muß ich das Bein abbinden . . . damit sich das Gift nicht ausbreitet. Dann muß ich einen kleinen Schnitt in dein Bein machen. Dadurch kann das Gift herausfließen, und dann läßt auch der Schmerz nach.« Er bemühte sich, sehr ruhig zu sprechen. »Bist du heute tapfer?«

»Papi hat mich verhauen, und ich habe nicht geheult«, erwiderte das Kind feierlich. »Ich bin weggelaufen.« Von dem vorherigen Entsetzen war seiner Stimme nichts mehr anzumerken.

»Braves Kind«, brabbelte Covenant. Er durfte nicht länger bummeln; die Schwellung der Bißwunde hatte mittlerweile merklich zugenommen, und eine leichte, schwärzliche Färbung hatte das helle Fleisch bereits zu verdunkeln begonnen. Er wikkelte seinen Schnürriemen oberhalb des Knies um das verletzte Bein. »Stell dich auf das andere Bein, damit das hier ganz locker hängst.« Als das Mädchen gehorchte, zog er den Riemen straff an, bis es vor Schmerz ein leises Keuchen ausstieß. Anschließend verknotete er den Riemen. »Braves Mädchen«, sagte er nochmals. »Du bist heute wirklich sehr tapfer.« Mit unsicheren Händen nahm er sein Taschenmesser und klappte es auseinander. Einen Moment lang schrank er vor dem Gedanken zurück, dem Mädchen einen Schnitt zufügen zu müssen. Er schlotterte viel zu stark; die Wärme des Sonnenscheins konnte die Kälte in seinen Gliedmaßen kein bißchen lindern. Aber die geschwollenen Bißstellen ließen ihm keine Wahl. Behutsam hob er das Kind an und setzte es auf seinen Schoß. Mit seiner Linken brachte er das Bein bis auf zwanzig, fünfundzwanzig Zentimeter unter sein Gesicht. In seiner rechten Hand mit den zwei Fingern und dem Daumen, ihren restlichen Gliedern, packte er sein Taschenmesser.

»Wenn du nicht hinschaust, merkst du's vielleicht gar nicht«, sagte er und hoffte, daß er nicht log.

Das Mädchen benahm sich, als genüge die bloße Gegenwart eines Erwachsenen, um alle Furcht zu vertreiben. »Ich habe keine Bange«, sagte es. »Heute bin ich unheimlich tapfer.« Doch als Covenant den Oberkörper drehte, so daß seine rechte Schulter sich zwischen das Gesicht des Mädchens und das verletzte Bein schob, krallte das Kind die Hände in sein Hemd und preßte das Gesicht an ihn.

›*Wir haben die Bluthüter verloren*‹, hörte er im Hintergrund seiner Gedanken Mhoram sagen. *Die Bluthüter verloren. Verloren.* Stumm stöhnte er auf. *Ach, Bannor! War es denn so schlimm?*

Er biß die Zähne aufeinander, bis ihm die Kiefer schmerzten und seine Stirnwunde wüst pochte. Die Pein verlieh seinem Gemüt eine gewisse Festigkeit. Sie hielt seinen Verstand beisammen wie ein durch sein Gehirn gebohrter Spieß, nötigte ihn dazu, das Problem der Bißwunde zu beheben.

Mit einer abrupten Bewegung nahm er zwei Einschnitte vor, schnitt ein X in die Schwellung zwischen den beiden roten Bißstellen. Das Kind stieß einen gedämpften Schrei aus und verkrampfte sich, klammerte sich heftig an seinen Rücken. Im ersten Moment glotzte er entsetzt den kräftigen roten Blutschwall an, der aus dem Schnitt über das helle Bein rann. Dann ließ er das Messer fallen, als habe er sich daran verbrannt. Er packte das Bein mit beiden Händen, senkte seinen Mund auf den Biß und fing an zu saugen. Die Notwendigkeit, seine Lippen über das Schienbein zu legen, verursachte einen heißen Schmerz in seiner Mundverletzung, und sein Blut vermischte sich mit dem des Mädchens, das aus dem dunklen Fleck der Schwellung quoll. Aber auch darum scherte er sich nicht. Mit aller Kraft saugte er an dem kreuzförmigen Einschnitt. Als ihm die Luft ausging, knetete er das Bein, darum bemüht, möglichst viel Blut zum Schnitt zu pressen. Danach saugte er weiter.

Ein Schwindelgefühl, das zudem Übelkeit erregte, bemächtigte sich seines Kopfs, und alles rundum schien um ihn zu kreiseln. Er hörte zu saugen auf, weil er befürchtete, er könne in Ohnmacht sinken. »Alles klar«, schnaufte er. »Ich bin fertig. Du wirst durchkommen.« Ein Moment verstrich, bis ihm auffiel, daß das Kind an seinem Schulterblatt lehnte und leise wimmerte. Hastig wandte er sich um, nahm es in die Arme. »Du wirst es schaffen«, wiederholte er mit schwerfälliger Zunge. »Ich bringe dich jetzt zu deiner Mami.« Insgeheim bezweifelte er, daß er die Kraft zum Aufstehen habe, gar nicht davon zu reden, daß er das Mädchen auch bloß ein Stückchen weit tragen könne.

Aber er war sich darüber im klaren, daß es unverändert einer ärztlichen Behandlung bedurfte; es war schwerlich denkbar, daß er das Gift völlig entfernt hatte. Und auch der von ihm beigebrachte Einschnitt mußte von einem Arzt behandelt werden. Das Kind konnte sich seine Schwäche nicht leisten. Mit einer Anstrengung, die ihn alle Kraft kostete, raffte er sich mühselig hoch und stand für einen Moment am Abhang, als müsse er gleich wieder der Länge nach hinfallen. Das Kind in seinen Armen rotzte jämmerlich. Er fühlte sich nicht dazu in der Lage, es anzusehen, aus Furcht, es könne seinen Blick voller Vorwurf erwidern. Er starrte den Hang hinunter, während er innerlich darum rang, sich selbst durch gutes Zureden oder herbe Ermahnungen in einen Zustand der Verläßlichkeit zu bringen.

»Ihr Mund blutet ja«, sagte das Kind durchs Weinen.

»Ja, ich weiß«, murmelte Covenant. Aber dieser Schmerz war nicht ärger als die Qual in seiner Stirn, die Pein seiner Prellungen. Das alles war nur Schmerz. Er würde vorübergehen; bald mußte er unterm Leichentuch seiner Leprose verschwinden. Das Eis in seinen Knochen vermittelte ihm den Eindruck, als breite sich die Taubheit seiner Hände und Füße schon zügig aus. Schmerz war keine Rechtfertigung für Schwäche.

Langsam lockerte er ein Knie, ließ sein Gesicht sich nach vorn verlagern. Wie eine schlecht gehandhabte Marionette wankte er den Hang hinab. Bis er den Baum erreichte — er stand gerade und schwarz da wie ein Schild, das auf die Stätte verwies, wo das Mädchen gebissen worden war —, wäre er dreimal fast gestürzt. Seine Stiefel wollten ihn zu Fall bringen; ohne die Schnürriemen hatten seine Füße darin keinen festen Halt, und jeder Schritt, den sie taten, geschah unter Behinderungen. Er lehnte sich einen Moment lang an den Baum, um zu verschnaufen. Dann schüttelte er die Stiefel ab. Er brauchte sie nicht. Seine Füße waren zu gefühllos, um zu spüren, welche Schäden ihnen das Barfußgehen zufügen mochte.

»Fertig?« keuchte er. »Wir gehen jetzt los!« Er war sich jedoch nicht einmal sicher, ob er irgendeinen Laut hervorbrachte. Inmitten des Fiebers, das seine Gedanken umwölkte, kam er schließlich zu der Auffassung, daß das Leben schlecht beschaffen sei; Bürden gelangten auf die Schultern der falschen Leute. Aus irgendeinem obskuren Grund glaubte er, daß er an Bannors Stelle eine andere Antwort auf Koriks ›Verderbtheit‹ gefunden hätte. Dagegen wäre Bannor den körperlichen Anforderungen der Aufgabe, das Kind zu retten, vielfach gewachsen gewesen.

Da fiel ihm auf, daß Mhoram ihm in Verbindung mit Koriks Auftrag keinerlei Neuigkeiten über die Riesen an der Wasserkante berichtet hatte. Diese Erkenntnis löste eine Assoziation aus, und ein Erinnerungsbild des Galgenhöckers durchdrang seinen geistigen Nebel. Ein Riese baumelte am Galgen des Forstwärtels. Was war aus den Riesen geworden? Er stierte wortlos umher, als ob die Bäume, der Bach und das kleine Mädchen auf seinen Armen ihm Erstaunen einflößten, stieß er sich von dem schwarzen Baum ab und begann am Righters Creek entlangzutappen, ungefähr in die Richtung zur Ortschaft. Unterwegs zwang er seine verkrusteten Lippen auseinander, um laut »Hilfe!« zu rufen.

Das Kind hatte erwähnt, seine Eltern seien »weit weg«, aber er hatte keinerlei Ahnung, welche Vorstellungen es sich von Entfernungen machte. Er wußte nicht, ob seine Eltern irgendwo in der Nähe des Creek waren, oder nicht. Er wußte nicht einmal, wie weit er sich von der Haven Farm befand; die gesamte vergangene Nacht glich einer offenen Wunde in seiner Seele. Doch das Ufer des Bachs bot auf dem Weg zum Ort die sicherste Orientierungsmöglichkeit, und ihm fiel nichts Besseres ein, als sich daran zu halten. Das Mädchen litt ständig stärkere Schmerzen. Sein Bein war jedesmal schwärzer, wenn er es ansah, und das Mädchen krampfte sich bei jedem seiner steilen, holprigen Schritte zusammen und wimmerte. In Abständen stöhnte es und rief nach seinen Eltern, und dann krächzte er jedesmal mit so brüchiger Stimme, daß es wie das Meckern eines Ziegenbocks klang, sein »Hilfe!« dazu. Aber seine Stimme hatte weder Autorität noch Kraft; sie verschwand hinter ihm im Schweigen wie eine Fehlgeburt. Und die Anstrengung des Rufens verschlimmerte die Verletzung seines Mundes. Bald spürte er, daß seine Lippen schwollen wie das Bein des Mädchens, sich strafften und dunkel verfärbten, von Schmerz strotzten. Er drückte das Mädchen fester an sich und röchelte mit grimmiger, trostloser Halsstarrigkeit »Hilfe! Helft mir!«

Allmählich brachte der Sonnenschein ihn ins Schwitzen. Der Schweiß brannte auf seiner Stirn, bis es ihm vor den Augen zu flimmern anfing. Aber die Kälte in seinen Knochen blieb davon unberührt. Er schlotterte immer noch stärker. Schwindelanfälle störten sein Gleichgewicht, und er torkelte durch den Wald, als wehe ihn ein böiger Wind dahin. Wenn er auf einen spitzen Stein oder Zweig trat, bohrte er sich nachdrücklich genug in seine nackten Fußsohlen, um ihm Schmerzen zu bereiten. Mehrmals gaben seine Gelenke unvermittelt nach, und er sackte auf die Knie. Aber jedesmal riß die dunkle Wunde, die er trug, ihn wieder hoch, trieb ihn weiter, während seine verquollenen Lippen »Helft mir!« nuschelten.

Die Schwellung seines Mundes schien sich über sein Gesicht auszubreiten wie ein Tumor. Bei jedem Mal, wenn ihm der Untergrund einen Stoß versetzte, schienen sich von dort aus glutheiße Speere in seinen Schädel zu rammen. Mit der Zeit merkte er, daß selbst sein Herz ins Flattern geriet, zwischen jedem Schlag zitterte, während es sich abmühte, um die Strapazen durchzustehen. Der geistige Dunst seines Fiebers verdichtete sich dermaßen, daß er zeitweilig, in Momenten seltsamer Anwandlungen, schon befürchtete, er habe das Augenlicht verloren. Schlangengift mußte durch die offene Wunde in seinem Mund ihm ins Blut gelangt sein. In der Verwaschenheit seines Blickfelds schrak er vorm Glitzern zurück, womit der Bach den Sonnenschein widerspiegelte; doch wenn der Creek durch schattiges Gelände floß, sah er so kühl und heilsam aus, daß er sich kaum noch daran hindern konnte, hineinzuwanken und sein Gesicht ins schmerzstillende Naß zu tauchen.

Aber die ganze Zeit hindurch war er dazu außerstande, vom geraden Weg abzuweichen, den ihm der Verlauf des Ufers vorschrieb. Sollte es ihm nicht gelingen, für das Mädchen Hilfe zu finden, dann war alles, was er bis jetzt für es getan hatte, umsonst gewesen, verlor es seinen Sinn. Er konnte nicht aufgeben. Die Verletzung des Kindes duldete keine Unfähigkeit seiner Art. In dem nackten Schienbein sah er zuviel von seinem für ihn verlorenen Sohn Roger. Trotz der Nägel der Qual, die ihn peinigten, stapfte er weiter vorwärts.

Dann hörte er aus der Ferne Rufen, als ob Menschen nach jemandem schrien, der ihnen abhanden gekommen war, und mit einem Ruck verharrte er, stand auf steifen Beinen unsicher da und versuchte, sich zu orientieren. Aber er schien seinen Kopf nicht länger unter Kontrolle zu haben. Er wackelte unbrauchbar auf seinem Hals, als habe das Gewicht der Schwellung ihn gelokkert, und Covenant mußte sich damit abfinden, daß er nicht in die Richtung zu blicken vermochte, woher die Rufe erschollen. »Mami«, wimmerte das Mädchen auf seinen Armen in kläglichem Ton, »Papi . . .«

Er bemühte sich, seinen straffen schwarzen Schmerz das Wörtchen *Hilfe* aussprechen zu lassen. Aber kein Ton kam über seine Lippen. Er rang seinen Stimmbändern gewisse Äußerungen ab. »Helft mir!« Er brachte sie nicht lauter als geflüstert zustande. Laute wie von heiserem Schluchzen schüttelten ihn, aber er konnte nicht unterscheiden, ob sie von ihm kamen oder von dem Mädchen. Schwächlich und fast ohne etwas zu sehen streckte er die Arme aus, hob das Kind nach vorn, als böte er es den Rufern an.

Eine weibliche Stimme schälte sich heraus, Worte ließen sich verstehen. »Karen! Hier ist sie! Da drüben! O Karen! Mein Kind!« Durch Laub und Zweige lief jemand auf ihn zu; es klang, als sause ihm aus den Tiefen seines Fiebers die Klinge eines Wintersturms entgegen. Endlich vermochte er die Leute zu erkennen. Eine Frau kam eine Anhöhe heruntergelaufen, und ein Mann folgte ihr aufgeregt. »Karen!« schrie die Frau.

Das Kind streckte der Frau die Händchen entgegen. »Mami!« schluchzte es. »Mami!«

Einen Moment später verschwand das Gewicht schlagartig aus Covenants Armen. »Karen!« stöhnte die Frau, als sie das Kind an sich drückte. »Ach, mein Kleines! Wir haben uns so um dich gesorgt. Warum bist du fortgelaufen? Bist du wohlauf?« Sie sah Covenant nicht an, als sie ihn ansprach. »Wo haben Sie sie gefunden? Sie ist heute früh weggelaufen, und wir haben uns schon halb zu Tode geängstigt. Wir zelten ein Stück von hier entfernt.« Sie fügte das hinzu, als seien besondere Erläuterungen erforderlich. »Dave hat am Karfreitag frei, und da sind wir ins Grüne gefahren. Wir hätten nie gedacht, daß sie wegläuft.« Der Mann holte sie jetzt ein, und sie wandte sich wieder an das Kind. »Oh, du böses, unartiges Mädchen! Bist du wohlauf? Laß mal schauen!« Das Mädchen schluchzte vor Schmerz und auch Erleichterung immer weiter, als die Frau es auf Armlänge von sich hielt, um seinen Zustand zu begutachten. Sofort bemerkte die Frau den Schnürriemen, die Schwellung und den Einschnitt. Sie stieß einen unterdrückten Aufschrei aus und richtete ihren Blick erstmals auf Covenant. »Was ist passiert?« erkundigte sie sich. »Was haben Sie mit ihr gemacht?« Plötzlich verstummte sie. Ein Ausdruck von Entsetzen verzerrte ihr Gesicht. Sie wich zurück zu dem soeben eingetroffenen Mann und zeterte auf ihn ein. »Dave! Das ist dieser Aussätzige! Dieser Covenant!«

»Was?« keuchte der Mann. Man hörte regelrecht, wie selbstgerechte Entrüstung in ihm hochschwappte. »Du Lump!« schnauzte er feindselig und kam auf Covenant zu.

Covenant erwartete, der Mann werde ihn schlagen; ihm war, als könne er den Hieb wie aus großer Ferne heranrauschen hören. Während er versuchte, ihm entgegenzusehen, kam er aus dem Gleichgewicht, taumelte einen Schritt rückwärts und plumpste schwerfällig auf den Hintern. Rote Pein flutete sein Blickfeld. Als seine Sicht sich wieder klärte, empfand er Überraschung, weil er keine Tritte erhielt. Aber der Mann stand ein paar Meter entfernt, die Fäuste geballt, und versuchte, nicht zu zeigen, daß er sich vorm Näherkommen fürchtete. Covenant gab sich Mühe, zu sprechen, um zu erklären, daß das Mädchen unverändert Hilfe benötigte. Doch ein ausgedehnter Moment der Benommenheit verstrich, bevor er wieder dazu in der Lage war, Wörter über seine Lippen zu quetschen. »Schlangenbiß«, sagte er dann in einem Ton absoluter Gleichgültigkeit, der in krassem Gegensatz zu seinem Aussehen stand. »Grubenotter. Besorgen Sie ärztliche Hilfe.«

Diese Anstrengung erschöpfte seine Kräfte; mehr brachte er nicht hervor. Er verfiel in Schweigen, saß still da, als warte er darauf, jeder Hoffnung bar, von einer Lawine begraben zu werden. Der Mann und die Frau begannen sich in den Hintergrund seiner Wahrnehmung zu verflüchtigen, an Festigkeit zu verlieren, als ob sie sich in der Säure seiner Entkräftung auflösten. »Eine Schlange hat mich gebissen, Mami«, hörte er undeutlich das Kind jammern. »Mein Bein tut weh.«

Ihm fiel auf, daß er noch gar nicht das Gesicht des Mädchens gesehen hatte. Aber die Chance war vorbei. Er hatte sich mit Schlangengift im Blut körperlich überfordert. Nach und nach ging er in einen Schockzustand über. »Na schön, Mhoram«, murmelte er schlaff. »Komm und hol mich! Es ist vorbei.«

Er wußte nicht, ob er laut sprach. Er hörte sich selbst nicht. Der Boden unter ihm hatte sich zu kräuseln begonnen. Wellen rollten durch die Anhöhe, brandeten gegen das kleine Floß aus hartem Untergrund, auf dem er saß. Er klammerte sich daran fest, solang es sich machen ließ, aber die erdene See war zu rauh. Bald verlor er seine Balance und kippte rücklings ins Innere des Erdbodens wie in ein unausgehobenes Grab.

4

Belagerung

Zwölf Tage nachdem die letzten verkohlten Stümpfe Schwelgenholz' von Glut verzehrt, zu Asche und unter Füßen zertrampelt worden waren, führte der Wütrich Satansfaust, die Rechte Hand des Grauen Schlächters, sein riesiges, schauriges Heer vor die steinernen Tore Schwelgensteins. Er zog langsam näher, obwohl seine Horden loszutoben versuchten wie angeleinte Wölfe; er bändigte das Wutschnauben der Urbösen, Höhlenschrate und sonstigen Kreaturen, die er befehligte, weil er Wert darauf legte, daß alle Bewohner Trothgards und des Landstrichs zwischen Schwelgenholz' und den Nordlandebenen genug Zeit erhielten, um in der Herrenhöh Schutz zu suchen. Das tat er, weil er wünschte, alle Menschen, die er umzubringen beabsichtigte, an einem Platz versammelt zu haben. Jeder Zuwachs an Menschen mußte das Durchhaltevermögen der Festung schwächen, weil man ihre Vorräte um so schneller aufzehren würde. Und zusammengedrängte Menschenmengen waren für das Grauen, das er brachte, weit anfälliger als ausgebildete Krieger oder gar Lords.

Er hegte keine Zweifel am Erfolg der Belagerung. Sein Heer war weniger gewaltig als jenes, das sein Bruder *Moksha*-Markschänder in der Würgerkluft verloren hatte. Um die bereits eroberten Gegenden besetzt halten zu können, hatte er dutzendfach Tausende seiner Geschöpfe längs des Flusses Landwanderer, überall im Tal, das die Südgrenze Andelains ausmachte, sowie in den Mittlandebenen zurückgelassen. Aber der Verächter hatte im vorangegangenen Feldzug kaum mehr als ein Drittel seiner gesamten Streitkräfte abschreiben müssen. Und statt Wölfe, *Kresch* und nicht minder unberechenbarer Greifen hatte Satansfaust mehr von den lehrenkundigen, auf ihre rohe Weise tüchtigen, schwarzen, augenlosen Urbösen sowie mehr jener mörderischen Wesen dabei, die Lord Foul im Großen Sumpf, dem Lebensverschlinger, sowie in der Sarangrave-Senke, den Verwüsteten Ebenen und in den Gehölzen der Trümmerschwemme geschaffen hatte — herangezüchtet und durch die Gewalt des Weltübel-Steins geistig unterworfen. Zudem konnte sich der Riesen-Wütrich auf eine Macht stützen, von der die Lords zu Schwelgenstein nicht einmal die geringste Vorstellung besaßen. Daher war er durchaus gewillt, seinen Aufmarsch zu verzögern, um den endgültigen und nicht wiedergutzumachenden Fall der Feste um so deutlicher zu beschleunigen.

Dann scholl in der Morgenfrühe des zwölften Tages aus den Reihen seiner Horden ein Aufheulen bis an den Himmel empor, als sie den ersten Ausblick auf den Tafelberg Schwelgensteins bekamen. Tausende seiner Wesen begann wie wahnsinnig durch die Vorhügel zur Festung zu stürmen, aber er gebot ihnen mit der Peitsche seiner Macht Einhalt. Er lenkte sein Heer mit seiner grünen Geißel und wendete für die Annäherung den ganzen Tag auf, brachte seine Scharen in Stellung. Als die letzte Helligkeit des Tages dem Dunkel der Nacht wich, hatte sein Heer das gesamte Vorgebirge Schwelgensteins eingeschlossen, vom westlichsten Rand des Südwalls bis zu den Klippen des Plateaus im Nordwesten. Das Heerlager umgab die Festungsstadt in weitgeschwungener, gerundeter Anlage, riegelte sie ab gegen Flucht und Verstärkung, machte Streifzüge zur Nahrungsbeschaffung ebenso unmöglich wie die Anlieferung von Vorräten und auch die Entsendung von Boten zu unbekannten Verbündeten. Und am Abend schlemmte Satansfaust und fraß Fleisch von Gefangenen, die man während des langwierigen Marschs vom Landbruch bis nach Schwelgenstein gemacht hatte.

Wäre in Schwelgenstein jemand dazu imstande gewesen, durch die zusammenhängende Masse von Wolkenbänken zu spähen, welche nun fortwährend überm Lande die Stirn runzelten, er hätte erkennen können, daß dies der Abend vor dem in der nächtlichen Mitte des Frühlings fälligen Mondwechsel war; des Verächters widernatürlicher Winter hatte das Land seit zweiundvierzig Tagen in seinen Krallen. Satansfaust hatte sich haargenau an die Maßgaben gehalten, die sein Herr und Meister ihm für den Feldzug durchs Oberland erteilt hatte.

Am folgenden Morgen ging er den Wachturm anschauen, der an der Keilspitze von Schwelgenstein langgestreckten Wällen emporragte. Er schenkte der wohldurchdachten Arbeit der Riesen, die sich in der Anordnung all der Eckwarten, Erker, Laufgänge und Zinnen an den glatten, aus den Wänden der Klippen gehauenen Wälle niederschlug. Jener Teil seines Innenlebens, den dieser Anblick hätte nachdenklich machen können, war längst vom Wütrich, der den Leib des Riesen bewohnte, ausgelöscht worden. Ohne den Wällen oder den Kriegern, die hinter den befestigten Brustwehren bereitstanden, einen zweiten Blick zu widmen, stapfte er um den Vorsprung, den die Festung im

Vorgebirge bildete, bis er an der südöstlichen Seite an die großen steinernen Torflügel des Turms gelangte — zum einzigen Eingang der Herrenhöh. Es wunderte ihn nicht, als er das Tor offenstehen sah. Obwohl die den Riesen eigene Leidenschaft zur Steinmetzerei aus seinem Blut verdrängt worden war, besaß er eine Kenntnis der Festung. Er wußte, daß diese wuchtigen, miteinander verzahnten Torflügel sich auf ein Gebot hin schließen konnten, solange sie unversehrt blieben, und jeden gefangensetzen, der den Stollen unter dem Turm betrat. Im Tunnel wären die Angreifer dann Gegenschlägen aus Verteidigungsscharten im Dach des Durchgangs schutzlos ausgeliefert. Und jenseits des Tunnels lagen nichts als ein weiteres, noch stärkeres Tor und ein Hof, nur zum Himmel hin offen. In den Turm selbst konnte man nur über Laufstege, die mit dem Hauptbau der Feste in Verbindung standen, sowie durch zwei schmale Pforten vom Hof aus gelangen. Die Herrenhöh war ein gutgebautes Werk. Der Riesen-Wütrich nahm die Herausforderung der geöffneten Torflügel nicht an.

Statt dessen stellte er sich gerade nahe genug vorm Turm auf, um der fähigsten Schützen zu spotten, und begann mit einer Stimme zu den steinernen Wällen hinaufzurufen, die von Bosheit und abartigem Vergnügen überfloß. »Heil euch, ihr Lords! Ehrbare Lords! Zeigt euch, ihr Herrlein! Gebt's auf, euch in euren untauglichen Bauten zu verstecken, und redet mit mir! Schaut! Ich komme mit Wohlwollen zu euch, um die Übergabe entgegenzunehmen.« Er erhielt keine Antwort. Der Turm, nur halb so hoch wie der Hauptbau dahinter, blieb mit seinen Fenstern, Scharten und Zinnen so stumm, als sei er unbewohnt. Gewinseltes Knurren ging durch die Reihen von Satansfausts Heer, als seine Geschöpfe nach der Gelegenheit hechelten, das offene Tor zu bestürmen. »Hört mich an, kleine Lords!« brüllte er. »Ihr seht die Arme all meiner Gewalt um euch geschlungen. Euer Leben liegt in meiner Hand. Es gibt für euch keine Hoffnung, wenn ihr euch und all eure Untertanen nicht der Gnade Lord Fouls des Verächters unterwerft.« Höhnisches Kläffen seiner Urbösen begleitete seine Aufforderung, und Satansfaust grinste. »Sprecht, ihr Lördchen! Sprecht oder sterbt!«

Einen Augenblick später erschienen auf der Höhe des Turms zwei Gestalten. Eine war ein Krieger, die andere jedoch ein Lord in blauem Gewand, den Satansfaust sofort wiedererkannte. Zuerst achteten die beiden nicht auf den Riesen. Sie traten an den

Fahnenmast und hißten gemeinsam das Banner des Hoch-Lords, die himmelblaue Fahne des Großrates. Erst als sie trotzig im eisigen Wind flatterte, begaben sie sich an die Brustwehr und blickten auf Satansfaust herab. »Ich höre dich!« schnauzte der Lord. »Ich vernehme deine Worte, Wütrich *Samadhi.* Ich kenne dich, Sheol Satansfaust. Und du kennst mich. Ich bin Mhoram, Variols Sohn, Hoch-Lord durch des Großrates Beschluß. Weiche, Wütrich! Nimm deine üblen Horden mit. Du hast mich berührt. Du weißt, daß ich mich nicht schrecken lasse.«

Bei der Erinnerung, auf die Mhoram ansprach, glitzerte Wut in den Augen des Riesen, aber er legte eine Hand auf sein unterm Wams verborgenes Bruchstück des Weltübel-Steins und widmete Mhoram eine spöttische Verbeugung. »Ich kenne dich, Mhoram«, gab er zur Antwort. »Als ich im Irrgarten von Kurash Qwellinir Hand an dich legte, erkannte ich dich. Du warst zu verblendet durch Torheit und Unwissenheit, um einsichtig zu sein und zu verzweifeln. Daher habe ich dir das Leben geschenkt — damit du zu besserer Erkenntnis gelangst. Bist du noch immer blind? Fehlen dir Augen, um zu ersehen, daß dein schmähliches Ende von meiner Hand so fest wie der Bogen der Zeit steht? Hast du das Schicksal der Riesen vergessen? Der Bluthüter? Im Namen des Verächters, ich werde dich zweifelsfrei zerschmettern, wo immer du dich verkriechen magst!«

»Leeres Geschwätz«, erwiderte Mhoram. »Mit Worten ist Tapferkeit leicht — aber es dürfte dir schwerfallen, sie unter Beweis zu stellen. *Melenkurion abatha!* Weiche, Wütrich! Kehr zurück zu deinem verworfenen Herrn und Meister, ehe der Schöpfer die Geduld verliert und euch Vergeltung ohne Ende spüren läßt!«

Heiser lachte der Riese. »Täusche dich nicht mit Lügen, Winzling von Lord! Der Bogen der Zeit müßte bersten, führte der Schöpfer einen Streich gegen uns — und dann hätte Lord Foul, der Verächter, Satansherz und Seelenpresser, Verderbnis und Reißer, freie Hand im gesamten Kosmos! Sollte der Schöpfer wider uns zu handeln wagen, werden meine Brüder und ich seine Seele verschlingen! Gib auf, du Narr! Lerne die Schmach der Demütigung ertragen, solange Unterwerfung noch dein Leben retten möchte. Vielleicht wird's dir erlaubt, mir als mein Leibsklave zu dienen.«

»Niemals«, rief stolz der Hoch-Lord. »Niemals werden wir uns dir beugen, solang im Lande noch ein Herz voll Glauben schlägt. Noch ist die Erdkraft stark genug, um dir zu widerstehen. Wir werden forschen, bis wir die Mittel und Wege entdeckt haben, um dich, deinen Meister, alle sein Gezücht und seine Werke zu vernichten. Deine Siege sind ohne Sinn, solang eine Seele genug Atem hat, um ihre Stimme wider dich zu erheben.« Er schwang seinen Stab überm Kopf, so daß in der Luft blaues Feuer tanzte. »Weiche, Wütrich *Samadhi! Melenkurion abatha! Duroc minas mill khabaal!* Wir werden uns niemals unterwerfen!«

Unter ihm zuckte Satansfaust vor der Gewalt seiner Worte zurück. Aber schon im folgenden Augenblick sprang er wieder vorwärts, klaubte unter seinem Wams das Bruchstück des Weltübel-Steins hervor. Und mit der Faust, in der es rauchte, schleuderte er eine Entladung smaragdgrüner Gewalt hinauf zum Hoch-Lord. Gleichzeitig lösten sich Hunderte seiner Geschöpfe aus den Schlachtreihen und stürmten auf das geöffnete Tor zu.

Doch Mhoram wehrte den Anschlag mit seinem Stab ab, lenkte die grüne Gewalt hoch über sein Haupt empor, wo seine glutvolle blaue Kraft sie rasch verzehrte. Dann zog er sich von der Brustwehr in Deckung zurück. »Schließt das Tor«, rief er über die Schulter Streitmark Quaan zu. »Die Schützen sollen alle Wesen töten, die bis in den Hof gelangen. Mit diesem Gegner dürfen wir keine Nachsicht kennen.«

Quaan befand sich bereits auf der Treppe hinab in die verzweigten Gänge des Festungsturms, brüllte unterwegs Befehle, während er rannte, um das Scharmützel zu beobachten. Mhoram spähte nach unten, um sich dessen zu vergewissern, daß Satansfaust nicht durchs Tor eingedrungen war, dann eilte er Quaan hinterdrein.

Vom höchsten Laufsteg überm Hof herab schenkte er dem Gefecht vorübergehende Beachtung. Starke Holzheimer-Bogenschützen überschütteten von den Befestigungen beiderseits des Festungshofs das Getümmel der hereingewimmelten Lebewesen mit Pfeilen, und aus dem Stollen hallte Waffenklang. Der Kampf würde in kurzer Frist vorbei sein. Indem er wegen des Blutvergießens mit den Zähnen knirschte, überließ Mhoram die Beendigung des Scharmützels Quaans fähiger Anleitung und überquerte den hölzernen Laufsteg zum Hauptbau, wo seine Mit-Lords ihn erwarteten. Als er die düsteren Blicke Trevors, Loerjas und Amatins sah, befiel ihn plötzlich Schwäche. Satansfausts Drohungen kamen der Wahrheit so nah! Er und seine Gefährten waren, selbst wenn sie sich der paar Geheimnisse und aller Kräfte bedienten, die sie besaßen, zu gering für die gestellte Aufgabe. Und er war der Lösung der Schwierigkeit seines insgeheimen Wissens nicht näher als an jenem Tag, da er Thomas Covenant rief und wieder gehen lassen mußte. Er seufzte, ließ seine Schultern sinken. »Nie hätte ich geglaubt«, sagte er, um seine Ermattung zu begründen, »daß es selbst auf der ganzen Erde so viele Urböse gäbe.« Aber die Äußerung drückte nur einen weniger bedeutenden Teil dessen aus, was er empfand. Und er konnte sich keine Schwäche leisten. Er war der Hoch-Lord. Trevor, Loerja und Amatin litten an eigenen Mängeln, hatten eigene Bedürfnisse, denen er sich nicht verschließen durfte; mit der inneren Zerrissenheit seines Herzens hatte er ihnen bereits genug geschadet. Er straffte sich und berichtete, was er vom Wütrich und Lord Fouls Heer gehört und gesehen hatte.

»Du hast den Wütrich *Samadhi* zurechtgewiesen, Hoch-Lord«, meinte Amatin mit verzerrtem Lächeln, als er wieder schwieg. »Das war eine kühne Tat.«

»Ich wünschte ihn nicht mit dem Eingeständnis zu ermuntern, wie sicher er sich seiner Sache dünken darf.«

Bei dieser Entgegnung zeugte Loerjas Blick von Verunsicherung. »Kann er denn so sicher sein?« fragte sie gequält.

Mhoram zeigte neue Härte. »Es gibt für ihn keine Sicherheit, solange es Herz und Bein und Erdkraft hat, um ihm zu widerstreben. Ich räume lediglich ein, daß ich nicht weiß, wie wir ihn bekämpfen sollen. Doch soll er meine Unwissenheit selbst feststellen.«

Wie schon häufig in der vergangenen Zeit, versuchte Loerja von neuem, ihm sein geheimgehaltenes Wissen zu entlocken. »Aber du hast Loriks *Krill* berührt und es zum Leben erweckt. Deine Hand erzeugte in dem Edelstein einen blauen Funken. Liegt darin keine Hoffnung? Die Sagen überliefern, daß Lorik Übelzwingers *Krill* wider die Drohung der Dämondim Gewaltiges bewirkte.«

»Einen Funken, ja«, antwortete Mhoram. Selbst in der Abgesondertheit seines geheimen Wissensschatzes fürchtete er die seltsame Kraft, die ihn dazu befähigt hatte, den milchigen Edelstein am *Krill* zu beleben. Ihm ermangelte es am Mut, den Quell dieser Kraft zu erklären. »Was könnten wir damit erreichen?«

Loerjas Miene spiegelte daraufhin eine Fülle von Forderungen und Einsprüchen wider, aber ehe sie irgend etwas davon zum Ausdruck bringen konnte, lenkte ein Zuruf aus dem Festungshof die Aufmerksamkeit der Lords abwärts. Inmitten der Leichen stand Streitmark Quaan auf den Pflastersteinen. Als er Mhoram sah, hob er das Schwert zu einem stummen Gruß. Mhoram erwiderte den Gruß, um Quaans Sieg zu würdigen. Dennoch vermochte er seine Stimme nicht von einem Unterton des Kummers freizuhalten, als er weitere Anordnungen erteilte. »Wir haben das erste Blut dieser Belagerung vergossen. So müssen selbst jene, die gegen das Übel streiten, den Opfern des Übels Leid antun. Bringt die Leichname in die Hochlandhügel und verbrennt sie mit läuterndem Feuer, auf daß ihr Fleisch seine Unschuld in der Asche zurückerlangen mag. Sodann verstreut die Asche über den Schleierfällen, um dem Land ein Zeichen zu geben, daß wir des Verächters Schlechtigkeit verabscheuen, nicht die Sklaven, die er sich geschaffen hat, damit sie seinen Übelzwecken dienen.« Der Streitmark schnitt ein finsteres Gesicht, dagegen abgeneigt, seine Feinde mit so würdigen Ehren zu bedenken. Trotzdem gab er ohne Verzug entsprechende Befehle, um Mhorams Willen in die Tat umsetzen zu lassen. Mhoram ließ seine Haltung von neuem ermatten und wandte sich wieder den anderen Lords zu. »Der Riese weiß«, sagte er, um weiterem Drängen zuvorzukommen, »daß er diese Wälle nicht mit Schwertern und Spießen bezwingen kann. Aber er wird nicht müßig bleiben und warten, bis Hunger ihm die Arbeit abnimmt. Er giert zu sehr nach Blut. Er wird uns auf die Probe stellen. Wir müssen auf alles vorbereitet sein. In diesem Turm müssen wir beständig auf der Hut sein, um jeder Gewalt zu begegnen, die er gegen uns aufbieten mag.«

»Ich bleibe im Turm«, sagte Lord Trevor, der bereitwillig jede Verantwortung zu übernehmen pflegte, für die er sich in ausreichendem Maße befähigt fühlte.

Mit einem Nicken nahm Mhoram das Angebot an. »Ruf einen von uns, sobald du ermüdest. Und ruf uns alle, sobald Satansfaust zu handeln beginnt. Wir müssen ihn am Werk sehen, um zu entscheiden, wie wir uns seiner erwehren.« Er wandte sich an einen Krieger, der in der Nähe stand. »Streitwart, gib den Herdwarten Tohrm und Borillar Nachricht. Ersuche die Allholz- und Glutsteinmeister der Herrenhöh, sich an der Wache der Lords zu beteiligen. Sie müssen dabeisein, wenn wir die Möglichkeiten unserer Verteidigung beraten.« Der Krieger grüßte und stapfte markig davon. Mhoram legte eine Hand auf Trevors Schulter und drückte sie für einen flüchtigen Augenblick. Dann verließ er den Balkon, nachdem er ein letztes Mal an den vom Winter gezeichneten Himmel aufgeschaut hatte, und suchte seine Gemächer auf.

Er tat es in der Absicht, sich Ruhe zu gönnen, aber Elenas Bein-Bildwerk, das nach wie vor unerbittlich auf seinem Tisch stand, gewährte sie ihm nicht. Die Büste besaß das leidenschaftliche, gekränkte Antlitz eines Mannes, der als Prophet auserwählt ist, aber seinen Auftrag gänzlich mißversteht — statt frohen Ohren Worte der Hoffnung zu predigen, wie ihm vertrauensvoll zugemutet worden war, brachte er seine Zeit damit zu, Weh und den Rückfall in die Wildnis zu verheißen. Während er das Kunstwerk betrachtete, mußte sich Mhoram daran erinnern, daß Covenant sich dem Lande verweigert hatte, um in seiner Welt ein Kind zu retten. Diese Fähigkeit des Zweiflers, Zehntausenden von Leben seinen Beistand zu versagen — und sogar dem Lande selbst, um ein einziges Leben zu schützen —, das war ein Vermögen, über das sich kein leichtes Urteil fällen ließ. Mhoram glaubte durchaus, daß gewichtige Dinge durch nur ein Leben aus ihrem Gleichgewicht gebracht werden konnten. Doch im Augenblick schien das Kunstwerk von abgeirrtem Vorsatz zu strotzen, bewohnt zu sein von all jenen Menschen, die sterben mußten, damit ein junges Mädchen lebe.

Während er diese Zusammenfassung von Covenants Bestimmung musterte, widerfuhr Hoch-Lord Mhoram erneut jene Aufwallung von Heftigkeit, die es ihm ermöglicht hatte, in Loriks *Krill* einen Funken auszulösen. Ein gefährlicher Blick trat in seine Augen, und er riß die Skulptur an sich, als wolle er sie anschreien.

Doch dann kräuselten seine hart verpreßten Lippen sich wieder, und er seufzte über sich selbst. In seinem Angesicht spiegelten sich gegensätzliche Bestrebungen wider, als er sich aufmachte, um das *Anundivian-jajña*-Werk hinab in die Halle der Geschenke zu tragen; dort stellte er es an einen Ehrenplatz hoch auf eine der ungefügen, wurzelartigen Säulen der Höhle. Anschließend kehrte er zurück in seine Gemächer und schlief.

Auf Trevors Veranlassung hin weckte man ihn kurz nach der Mittagsstunde. Sofort fiel sein traumloser Schlummer von ihm ab, und er verließ seine Gemächer, bevor der junge Krieger, der ihn verständigen kam, ein zweites Mal anklopfen konnte. Er hastete aus der Tiefe Schwelgensteins zu den Befestigungen überm Tor des Hauptbaus, wo er zufällig Herdwart Tohrm begegnete. Gemeinsam eilten sie hinüber zum Turm und erklommen die

Treppe zu dessen Zinnen. Droben trafen sie Trevor, Loerjas Gemahl, sowie Streitmark Quaan und Herdward Borillar an.

Quaan stand zwischen dem Lord und dem Herdwart wie ein Ankerplatz ihrer unterschiedlichen Anspannung. Trevors ganzes Gesicht war aus Beunruhigung fahl und verkniffen, und Borillars Hände bebten infolge einer Mischung aus Sorge und Entschlossenheit an seinem Stab; Quaan jedoch stand mit verschränkten Armen da und schaute mit finsterer Miene bewegungslos hinab, als sei ihm die Fähigkeit abhanden geraten, von irgend etwas überrascht zu werden, das Diener des Grauen Schlächters taten. Als der Hoch-Lord sich zu den dreien gesellte, deutete der alte Streitmark mit einem sonnengebräunten, muskulösen Arm nach unten, und sein ausgestreckter Zeigefinger wies Mhorams Augen wie in einer Geste der Anklage eine Zusammenrottung von Urbösen vorm Tor des Festungsturms.

Die Urbösen befanden sich innerhalb der Pfeilschußweite, aber eine Reihe rotäugiger Höhlenschrate sorgte mit hölzernen Schutzschilden dafür, daß die Geschosse, die Quaans Krieger dann und wann aus den Scharten des Turms hinübersandten, sie nicht behelligten. Hinter dieser Deckung bauten die Urbösen irgend etwas. Sie arbeiteten ungemein schnell, und das Werk in ihrer Mitte nahm rasch Gestalt an. Bald erkannte Mhoram, daß sie ein Katapult bauten. Trotz der frostigen Eisigkeit von Fuls üblem Wind begannen seine Hände, die den Stab hielten, zu schwitzen. Er spürte, wie er sich immer mehr zusammenkrampfte, während die Urbösen dicke Taue um die an Zahnrädern eingerasteten Winden am hinteren Teil der Apparatur schlangen, die Taue am starren Wurfarm befestigten und mit schwarzem Flackern ihrer Kraft am Ende des Wurfarms ein unheilvolles Gefäß aus Eisen anbrachten, und er bereitete sich mit all seinem Wissen und seiner Macht auf das Kommende vor. Ihm war fraglos klar, daß die Angreifer keineswegs bloß Steine auf Schwelgenstein zu schleudern beabsichtigten.

Die Dämondim-Abkömmlinge betätigten sich ohne jegliche Unterweisung durch Satansfaust. Er schaute aus einiger Entfernung zu, unternahm jedoch nichts und schwieg. Zwei Dutzend Urböse kletterten auf dem Katapult herum — verbesserten es und strafften seine Taue, machten es einsatzfertig —, und Lord Mhoram wunderte sich grimmig darüber, daß sie ohne Augen so gut zu bauen verstanden. Aber sie zeigten keinerlei Bedarf an Augenlicht; ihre Nasen halfen ihnen nicht weniger genau als Augen, ihre Umgebung zu unterscheiden. Binnen kurzer Zeit stand vor Schwelgensteins Turm das fertige Katapult, bereit zum Einsatz.

Daraufhin erscholl ein Chor von Gebell aus dem Lager, und eine Hundertschaft von Urbösen kam herangestürzt, schwärmte zu der Apparatur. An deren beiden Seiten fanden sich vier Dutzend zu zwei Keilen zusammen, stellten sich dabei so auf, daß ihre Lehrenkundigen, die stets die Spitze machten, an den Winden standen. Unter Verwendung ihrer eisernen Stäbe begannen die beiden Lehrenkundigen die Zahnräder zu drehen, spannten dadurch die Taue und holten den Wurfarm des Katapults langsam abwärts. Die Geschöpfe wirkten neben der Apparatur zwergenhaft, aber indem sie ihre Kraft in den Keilen zusammenfaßten, vermochten sie die Winden zu drehen und den Wurfarm zu senken. Und während sie das taten, sammelten sich auch die restlichen Urbösen der Hundertschaft und bildeten einen großen Keil gleich hinterm Katapult. Vorm Hintergrund der reglosen Schneelandschaft wirkten sie wie eine riesige Speerspitze, die aufs Herz der Herrenhöh zielte.

Beiläufig bemerkte Mhoram, daß nun Lord Amatin neben ihm stand. Er schaute sich nach Loerja um und sah sie auf einem Balkon des Hauptbaus stehen. Er winkte ihr zum Zeichen seines Einverständnisses; sollte irgendein Unheil den Festungsturm zerstören, ging Schwelgenstein nicht aller Lords verlustig. Dann sah er mit forschend hochgezogenen Brauen Quaan an, und als der Streitmark nickte, um zu bekunden, daß seine Krieger auf alle, auch die unvermutetsten Befehle gefaßt seien, widmete Hoch-Lord Mhoram seine Aufmerksamkeit wieder den Urbösen.

Während sie den Wurfarm des Katapults herabwanden, kniete sich Glutsteinmeister Tohrm an die Brustwehr, breitete die Arme aus und drückte Handflächen an die sanfte Krümmung des Walls. Mit gedämpfter, fremdartiger Stimme begann er dem Stein ein Lied granitener Härte zu singen.

Dann erreichte der Wurfarm den Winkel der größten Spannkraft. Er zitterte, als drohe er zu zersplittern, und er schien sich geradezu nach dem Turm zu recken. Sofort sicherte man ihn mit eisernen Haken. Das große Wurfgefäß befand sich nun in Brusthöhe unmittelbar vorm Lehrenkundigen an der Spitze des dritten, stärksten Keils. Dieser Lehrenkundige hieb seinen Stab an das Gefäß, so daß ein Klirren aufhallte. Kraft durchströmte Dutzende schwarzer Schultern; während der Lehrenkundige sich mit dem Gefäß zu befassen begann, ballte sich in seinem Keil gewaltige Macht zusammen. Eine dicke, zähe Flüssigkeit, ätzkräftig wie Säure, die Feuerstein und Hartholz ebenso zerfressen konnte wie Fleisch, ergoß sich mit dunklem Schillern aus seinem Stab ins Gefäß. Der Hoch-Lord hatte bereits mit ansehen müssen, wie sich menschliche Leiber in Asche verwandelten, als geringfügige Spritzer dieser Flüssigkeit sie trafen. Er drehte sich um und wollte Quaan warnen, aber der alte Streitmark bedurfte keiner Warnung. Auch er hatte schon Krieger durch die Dämondim-Säure sterben sehen. Ehe Mhoram den Mund aufzutun vermochte, brüllte Quaan auf der Treppe seine Befehle in den Turm hinunter, wies die Krieger an, sich von allen ungeschützten Fenstern und Befestigungen zu entfernen.

An Mhorams Seite begann Lord Amatins schmale Gestalt im Wind zu beben. Amatin hielt vor sich ihren Stab umklammert, als versuche sie, damit die Kälte fernzuhalten.

Langsam füllte der Lehrenkundige das Wurfgefäß mit Flüssigkeit. Sie brodelte und sprudelte wie schwarze Lava, spie mitternachtschwarze Funken in die Luft; aber das Können des Lehrenkundigen bändigte sie, hielt ihre finstere Gewalt beisammen, hinderte sie daran, das Katapult zu zerstören. Schließlich war das Gefäß voll. Die Urbösen verloren keine Zeit. Unter heiserem, kampfwütigem Aufschreien schlugen sie die Haken beiseite, die den Wurfarm hemmten. Heftig schoß der Wurfarm vorwärts und prallte wuchtig und dumpf gegen den Block an seinem Anschlag. Ein schwarzer Klumpen von Säure, so groß wie ein Steinhausener, flog durch die Luft und krachte einige Dutzend Armlängen unterhalb der höchsten Zinnen gegen den Festungsturm. Als die Säure den Stein berührte, ging sie in Glut auf. In leuchtschwacher Entflammung brannte sie am Felsgestein wie das Glosen einer dunklen Sonne. Tohrm schrie vor Pein, und unter Mhorams Füßen heulte der Stein vor Schmerz. Der Hoch-Lord sprang vorwärts. Trevor und Amatin an seinen Seiten, löste er blaues Lord-Feuer aus seinem Stab und ließ es auf die Säure hinabschießen. Die Stäbe der drei Lords loderten kraftvoll, um die Säure zu bekämpfen. Und da die Urbösen deren Wirkungskraft nicht verstärken konnten, zerstob sie innerhalb weniger Augenblicke — fiel vom Wall, als bestünde sie nur aus verklumptem Haß, und versengte den Erdboden, ehe ihr Lohen erlosch. Sie hinterließ im Stein eine langgestreckte Narbe der Zersetzung. Doch sie hatte den Wall nicht durchdrungen.

Mit einem Aufstöhnen taumelte Tohrm von der Brustwehr zurück. Schweiß rann ihm übers Angesicht und vermengte sich mit seinen Tränen, so daß Mhoram nicht feststellen konnte, ob der Glutsteinmeister aus Schmerz, Kummer oder Zorn weinte. *»Melenkurion abatha«,* rief Tohrm mit erstickter Stimme. »Ach, Schwelgenstein!«

Schon kurbelten die Urbösen wieder an ihrem Katapult, um es für einen neuen Wurf vorzubereiten.

Einen Augenblick lang fühlte sich Mhoram hilflos und wie betäubt. Mit derartigen Katapulten mochten so viele Tausende von Urbösen durchaus dazu imstande sein, die Herrenhöh Stück um Stück niederzureißen, sie in einen leblosen Trümmerhaufen zu verwandeln. Aber dann rührte sich in ihm wieder sein Gespür für geeignete Abwehrmaßnahmen. »Diese Würfe dürfen die Feste nicht treffen«, rief er Trevor und Amatin in strengem Ton zu. »Steht mir bei! Wir werden ein Wehrfeuer errichten.« Während die beiden anderen Lords sich links und rechts von ihm entfernten, um die Ausdehnung des Wehrwerks möglichst weit zu gestalten, begriff er jedoch bereits, daß diese Vorkehrung nicht genügen konnte. Drei Lords mochten genug sein, um bei ein paar Angriffen den ärgsten Schaden abzuwenden, aber sie vermochten keinen Ansturm von fünfzehn- oder zwanzigtausend Urbösen zurückzuschlagen. »Tohrm«, rief Mhoram in scharfem Tonfall. »Borillar!« Herdwart Tohrm schickte sogleich um weitere Glutsteinmeister. Borillar dagegen zögerte, sah sich um, als störe die Dringlichkeit der Lage die Klarheit seiner Gedanken, verberge vor ihm das eigene Wissen. »Bewahre Umsicht, Allholzmeister«, sprach Mhoram mit fester Stimme. »Katapulte sind aus Holz.«

Schlagartig fuhr Borillar herum und stürzte davon. »Schützen!« schrie er, als er an Streitmark Quaan vorbeirannte. Er rief hinüber zum Hauptbau. »Allholzmeister! Bringt *Lor-liarill*! Wir brauchen Pfeile!«

Innerhalb bedrohlich kurzer Frist hatten die Urbösen ihre Apparatur von neuem wurfbereit gemacht und füllten soeben wieder das Gefäß mit schwarzer Ätzflüssigkeit. Sie lösten den nächsten Wurf aus, kaum daß Tohrms zur Verstärkung eingetroffenen *Rhadhamaerl* Stellung bezogen hatten, um den Stein zu festigen. Auf Mhorams Weisung handelten die Lords wider den Säureklumpen, der durch die Luft heransauste, noch ehe er den Turm treffen konnte. Ihre Stäbe warfen im Weg der Säure eine

Wand aus Feuer empor. Die Brühe traf das Hindernis mit einer Gewaltsamkeit, die das Wehrfeuer zerriß. Die schwarze Säure durchschlug das Hemmnis der Lords und prallte gegen den Wall des Festungsturms. Aber sie hatte viel von ihrer Kraft verloren. Als sie den Stein berührte, waren Tohrm und die anderen Glutsteinmeister dazu imstande, ihr zu widerstehen. Sie zerspritzte an der Kraft, die sie im Fels heraufbeschworen, fiel unter heftigem Flackern auf den Untergrund, hinterließ dabei schwarze Schmierstreifen am Wall, richtete jedoch keinen ernsthaften Schaden an.

Tohrm wandte sich zum Hoch-Lord und erwiderte Mhorams Blick. Heißer Zorn und hitzige Erregung röteten das Gesicht des Herdwarts, doch er entblößte seine Zähne zu einem Grinsen, das für die weitere Verteidigung Schwelgensteins viel Gutes verhieß.

Dann stießen drei von Quaans Bogenschützen zu den Lords, dichtauf gefolgt von zwei Allholzmeistern. Die Schützen waren hochwüchsige Holzheimer; die schlanken Gestalten der Krieger wirkten irgendwie mit der Stärke ihrer Bogen unvereinbar. Streitmark Quaan führte sie zu Borillar und fragte, was sie tun sollten. Borillar nahm von den Allholzmeistern sechs lange, dünne Pfeile entgegen. Trotz ihres ungemein geringen Durchmessers waren sie mit fein herausgearbeiteten Zeichen verziert, ihre vorderen Enden scharf zugespitzt; hinten wiesen sie kleine, braune Federn auf. Der Herdwart händigte jedem Bogenschützen zwei davon aus. »Das ist *Lor-liarill«,* erklärte er unterdessen, »jenes seltene Holz, das die Riesen der Wasserkante, wenn sie's für Ruder und Kiele verwendeten, ›Güldenfahrt‹ nannten. Sie . . .«

»Wir sind Holzheimer«, sagte barsch die Frau, welche die Schützen anführte. »Das *Lor-liarill* ist uns vertraut.«

»Dann zielt gut!« entgegnete Borillar. »Mehr sind gegenwärtig nicht vorbereitet. Beschießt zuerst die Höhlenschrate.«

Die Frau blickte Quaan an, ob er für sie weitergehende Befehle habe, doch er winkte sie und die anderen Schützen stumm zur Brüstung. Mit sachkundiger Geschmeidigkeit, legten die drei Schützen Pfeile an die Sehnen, spannten die Bogen und nahmen das Katapult ins Ziel. Mittlerweile hatten die Urbösen mit ameisenhafter Geschäftigkeit den Wurfarm wieder eingeholt und füllten von neuem sein eisernes Gefäß. »Jetzt schießt!« gebot Quaan mit zusammengebissenen Zähnen.

Gemeinsam schwuppten drei Bogensehnen. Sofort rissen die zur Verteidigung des Katapults eingesetzten Höhlenschrate die

Schutzschilde hoch und fingen die Pfeile auf. Doch im selben Augenblick, als die Geschosse sich ins Holz bohrten, loderten aus ihnen Flammen empor. Die Wucht ihres Einschlags lohte Glut über die Schutzschilde, überschüttete die Höhlenschrate mit entflammten Bruchstücken und Splittern des Holzes. Die geistig schlichten, schlaksigen Kerle kreischten vor Überraschung und Schmerz, ließen die Schutzschilde fahren und ergriffen vorm Feuer die Flucht. Unverzüglich schossen die Bogenschützen noch einmal. Ihre Pfeile pfiffen durch die Luft und trafen den Wurfarm des Katapults gleich unterhalb vom Gefäß. Augenblicklich ging das *Lor-liarill* in Flammen auf, setzte den schwarzen Sud in Brand. In plötzlichem Auflohen zersprengte die in der Flüssigkeit zusammengeballte Kraft das Katapult, verstreute brennendes Holz in alle Richtungen. Zwei Dutzend Urböse und mehrere Höhlenschrate kamen um, der Rest kroch oder rannte außer Pfeilschußweite, überließ die Trümmer der Apparatur dem Feuer.

Mit einem herben Lächeln der Begeisterung wandte sich die Holzheimerin an Borillar. »Die *Lillianrill* machen gewaltige Pfeile, Herdwart«, merkte sie an.

Borillar bemühte sich, gleichmütig zu wirken, als sei er alle Tage solche Erfolge gewohnt, aber er mußte zweimal schlucken, bevor er seine Stimme wiederfand. »So möchte man meinen«, bestätigte er.

Hoch-Lord Mhoram legte in einer Geste der Belobigung eine Hand auf des Herdwarts Schulter. »Allholzmeister, steht uns mehr vom *Lor-liarill* zur Verfügung, um solche Pfeile zu fertigen?«

Borillar nickte würdevoll wie ein alter Recke. »Wir haben mehr. All jene Kiele und Ruder aus Güldenfahrt, die wir für die Riesen gebaut haben, bevor . . . Das Holz kann anderweitig verwendet werden.«

»Laß die Allholzmeister ohne Verzug ans Werk gehen«, ordnete Mhoram versonnen an.

Mit breitem Lächeln trat Tohrm zu Borillar. »Herdwart, du hast mich überboten«, sagte er in spöttelndem Ton. »Die *Rhadhamaerl* werden nicht ruhen, ehe sie einen Weg entdeckt haben, um deinem Triumph gleichzukommen.« Als er das hörte, wich Borillars Gleichmut einer Miene offener Freude. Arm in Arm verließen er und Tohrm den Festungsturm; die übrigen Allholz- und Glutsteinmeister folgten. Nachdem Quaan ein paar kurze Worte des Lobes geäußert hatte, verbeugten sich die Bogenschützen und gingen ebenfalls. Der Streitmark und die drei Lords blieben unter sich auf dem Turm zurück, wechselten untereinander düstere Blicke.

Zu guter Letzt sprach Quaan aus, was in ihren Gesichtern geschrieben stand. »Das war nur ein kleiner Sieg. Man kann uns mit größeren Katapulten beschießen, außerhalb der Reichweite unserer Pfeile aufgestellt. Stärkere Urbösen-Keile könnten genug Kraft zusammenballen, um unsere Wälle zu brechen. Falls man mehrere Katapulte gleichzeitig einsetzt, dürften wir unsere liebe Not haben, lediglich die ersten Salven abzuwehren.«

»Und noch hat der Weltübel-Stein nicht seine Stimme wider uns erhoben«, sprach Mhoram gedämpft. Er konnte die Kraft, die das Wehrfeuer durchschlagen hatte, noch in seinen Handgelenken und Ellbogen kribbeln spüren. »Außer . . .«, fügte er nachträglich hinzu, »in diesem rauhen Wind und Winter.«

Für ein Weilchen verschmolz er seinen Geist mit Trevor und Amatin, teilte seine Kraft mit ihnen, erinnerte sie an ihre eigenen inneren Quellen der Stärke. »Ich bin vom Blute der Holzheimer«, sagte schließlich mit einem Seufzen Lord Amatin. »Ich werde Herdwart Borillar bei der Herstellung dieser Pfeile unterstützen. Die Arbeit wird langwierig sein, und viele *Lillianrill* haben andere Aufgaben zu erfüllen.«

»Und ich werde Tohrm aufsuchen«, sprach Trevor. »Ich besitze keine Kenntnisse, die dem Wissen der *Rhadhamaerl* gleichen. Doch mag's sein, daß sich im Glutgestein ein Mittel gegen dies flüssige Dämondim-Übel entdecken läßt.«

Mhoram billigte ihre Absichten wortlos, legte seine Arme um die zwei Lords und drückte sie. »Ich werde hier auf dem Turm Wache halten«, sagte er, »und Loerja rufen, wenn ich ermüde.« Als sich die Lords entfernten, schickte er auch Quaan vom Turm, damit er seine Krieger auf die Arbeit vorbereiten konnte, mit der gerechnet werden mußte, falls die Wälle Schäden davontrugen. Der Hoch-Lord stand zuletzt allein auf dem Turm und schaute auf das dunkle Lager von Satansfausts Horden aus — stand unter dem trotzigen Banner, das der scharfe Wind schon ausgefranst hatte, das eherne Ende seines Stabes fest auf den Stein gesetzt, beobachtete den Feind, der die Feste eingeschlossen hielt, als läge der Ausgang der Belagerung ausschließlich in seiner, der Hand des Hoch-Lords.

In der grauen Dämmerung, während der Abend heraufzog,

bauten die Urbösen ein neues Katapult. Außerhalb der Pfeilschußweite erstellten sie eine stärkere Maschine, die dazu imstande war, ihre verflüssigte Kraft über den weiteren Abstand zu befördern. Aber Hoch-Lord Mhoram rief keine Hilfe auf den Turm. Als der schwarze Auswurf der Verderbnis in die Höhe flog, war er länger als zuvor unterwegs; er befand sich länger außerhalb des Einflußbereichs seiner Erzeuger. Mhorams blaues Feuer zuckte ihm auf dem höchsten Punkt seines Fluges entgegen. Der Glutblitz des Lord-Feuers fuhr in den Säureklumpen, nahm ihm die Wucht und bewirkte, daß er weit vorm Ziel auf den Erdboden stürzte. Er klatschte harmlos, wenngleich mit wütigem Brodeln, auf den Untergrund, und brannte in den gefrorenen Dreck ein Loch von krankhaftem Aussehen, vergleichbar einer Grube zur Feuerbestattung.

Die Urbösen zogen sich zurück, begaben sich zwischen die greulichen Wachfeuer, die im ganzen Heerlager für jene der mißratenen Wesen entfacht worden waren, die Licht brauchten. Nach einiger Zeit rieb sich Mhoram die aus Anspannung entstandene Starre aus der Stirn und ließ Lord Loerja seinen Platz einnehmen.

Im Laufe der trüben Nacht bauten die Urbösen in sicherer Entfernung drei weitere Katapulte und schoben sie dann näher, um Schwelgenstein von neuem zu beschießen. Diesmal jedoch sparte man den Turm aus. Mit zwei Katapulten bewarf man die Wälle des Hauptbaus von Norden her, mit einer Apparatur aus dem Süden. Aber jedesmal konnten die Verteidiger der Festung rasch genug eingreifen, um schlimmere Wirkungen zu verhindern. Das Kraftaufgebot der Lehrenkundigen, während sie die Maschinen spannten und luden, emanierte merklich bis hinauf zu den Zinnen und warnte die Festung rechtzeitig vor jeder weiteren Attacke. In Bereitschaft befindliche Bogenschützen mit neuen Pfeilen aus *Lor-liarill* eilten zur Abwehr an die bedrohten Stellen der Festung. Sie verschafften sich Helligkeit, indem sie in der Nähe der Katapulte Pfeile in die Erde schossen; im verräterischen Feuerschein der Flammen gelang es ihnen, zwei der Katapulte auf die gleiche Weise wie die erste Apparatur zu zerstören. Die dritte Maschine blieb allerdings außer Schußweite; man bewarf mit ihr den Südwall aus einer Stellung, die Loerja vom Turm herab nicht bekämpfen konnte. Dennoch vermochte man auch diese Anstrengungen des Gegners zu vereiteln. Aufgrund einer plötzlichen Eingebung gebot der Scharwart, der die Bogenschützen befehligte, seinen Leuten, ihre Pfeile auf die abgeschossenen Säureklumpen zu zielen. Die Schützen jagten in rascher Folge ein Dutzend Pfeile in die zähflüssige Masse, und so schafften sie es, sie aufzulösen, so daß sie in schwächlichen Bröckchen gegen den Stein spritzte und ihn kaum schädigte.

Glücklicherweise kam es in dieser Nacht zu keinen weiteren Angriffen. Sämtliche neuen *Lor-liarill*-Pfeile waren bereits aufgebraucht worden, und es dauerte seine Zeit, das schwierige Werk der Anfertigung weiterer derartiger Geschosse zu vollenden. Auch am nächsten Tag blieben Angriffe aus, doch beobachteten die Wächter, daß die Urbösen in der Ferne immer mehr Katapulte bauten. Keinerlei Feindseligkeiten erfolgten wider Schwelgenstein, bis in bitterkalter Finsternis die Mitternacht anbrach. Dann gellte der Alarm durch die Festungsstadt, scheuchte die Verteidiger von ihrer Arbeit fort oder aus ihrer Ruhe. Im vom Wind gezausten Lichtschein in die froststarre Erde verschossener Pfeile, die brannten wie Fackeln, sahen die Lords, Allholzmeister, Glutsteinmeister, Krieger und Lehrwarte, wie man knapp außerhalb der Reichweite der Bogenschützen zehn Katapulte in Stellung zerrte.

Befehle hallten durch das steinerne Gefüge der Feste. Männer und Frauen hasteten an ihre Plätze. Binnen kurzem stand gegenüber jedem Katapult ein Lord oder eine Gruppe von Verteidigern in Bereitschaft. Während die Urbösen die Wurfgefäße füllten, machte sich Schwelgenstein auf den Anprall feindlicher Gewalten gefaßt.

Als Satansfaust ein dumpfig-grünes Leuchtzeichen gab, löste man die zehn Katapulte aus. Der Abwehrkampf ließ ganz Schwelgenstein in vielen lichten Erscheinungen umrißhaft aufglühen, warf soviel grelles orangenes, gelbes und blaues Feuer auf die Wälle, daß der gesamte Tafelberg in der Dunkelheit leuchtete wie ein Brandzeichen des Trotzes. Vom Turm herab verschleuderten Mhoram und Amatin gemeinsam Blitze blauen Lord-Feuers und sorgten dafür, daß zwei Säureklumpen wirkungslos verpufften.

Vom Tafelberg Schwelgensteins aus nutzten die Lords Trevor und Loerja den Vorteil ihrer Höhe und unterstützten die beiden Lords auf dem Turm, wehrten jeder eines der Klumpengeschosse ab, so daß sie am Erdboden ausbrannten. Herdwart Borillars *Lor-liarill*-Pfeile wehrten zwei weitere ab. Gruppen von Lehrwarten, gewappnet mit einem Stück *Orkrest,* das ihnen Herdwart Tohrm übergeben hatte, sowie einem von Lord Amatin zur Verfügung gestellten *Lomillialor*-Stab, richteten starke feurige Wehren auf, die zweien der Geschosse einen Großteil ihrer Wirkung raubten und verhinderten, daß sie irgendeinen Schaden taten, der sich nicht hätte wiedergutmachen lassen. Glutsteinmeister kümmerten sich um die zwei letzten Würfe der Urbösen.

Mit einem seiner Zunftgenossen hatte sich Tohrm auf einen Balkon begeben, der sich unmittelbar gegenüber von einem Katapult befand. Sie standen beiderseits eines großen Bottichs voller Glutgestein und sangen ein dunkles *Rhadhamaerl*-Lied, das ihr vergängliches Fleisch langsam in Einklang mit dem anwachsenden Leuchten des Glutgesteins brachte. Während die Urbösen das Wurfgefäß ihrer Maschine füllten, rammten Tohrm und seine Mitarbeiter ihre Arme in die glutvollen Kiesel, schoben an den Rändern des Bottichs ihre durch die Macht ihres Wissens geschützten Hände unter die Steine. So warteten sie inmitten der goldenen Hitze, sangen ihr erdiges Lied, bis die Urbösen das Katapult auslösten und die Säure heraufgeflogen kam. Im letzten Augenblick schleuderten dem schwarzen Auswurf zwei Armvoll Glutsteine entgegen. Die beiden gegensätzlichen Ballungen von Kraft prallten nur ein paar Klafter über ihren Häuptern zusammen, und die Heftigkeit des Zusammenpralls warf die beiden Männer der Länge nach auf den Balkon. Die nasse Ätzkraft der Säure verwandelte die Kiesel augenblicklich in Asche, doch andererseits verbrannte die *Rhadhamaerl*-Macht in den Steinen die Säure ohne jedwede Rückstände, ehe bloß ein Tropfen Tohrm, seinen Gefährten oder Schwelgenstein treffen konnte.

Das andere Paar Glutsteinmeister hatte geringeren Erfolg. Die beiden Männer verspäteten sich bei ihrem Einsatz, und infolgedessen verzehrten ihre Kiesel nur die Hälfte der Säure. Die zwei Männer starben in flüssigem Feuer, das einen breiten Bereich des Balkons zerstörte.

Doch statt den Beschuß fortzusetzen, noch mehr Säureklumpen zu schleudern, um die Befestigungsanlagen der Herrenhöh zu schwächen, ließen die Urbösen ihre Katapulte stehen und zogen sich zurück — anscheinend zufrieden mit dem, was sie nunmehr über Schwelgensteins Wehrhaftigkeit herausgefunden haben mochten. Hoch-Lord Mhoram beobachtete ihren Rückzug mit Verwunderung in seiner Miene und eisiger Furcht in seinem Herzen. Zweifelsfrei waren die Urbösen nicht durch die Stärke der Verteidigung abgeschreckt worden. Wenn Satansfaust sich nun zu einem anderen Vorgehen entschloß, dann gewiß, weil er die Schwächen Schwelgensteins ausgelotet und einen besseren Weg zu deren Ausnutzung ersonnen hatte.

Am folgenden Morgen sah Mhoram die Vorbereitungen zu Satansfausts neuer Absicht in vollem Gang, aber zwei Tage lang vermochte er sie nicht zu durchschauen. Die Scharen des Wütrichs rückten den Wällen Schwelgensteins näher, bezogen kaum hundert Klafter entfernt Stellung, gafften den Tafelberg an, als rechneten sie damit, die Verteidiger könnten ihnen bereitwillig in die Mäuler springen. Die Urbösen wieselten zwischen den blutgierigen Wesen umher und ordneten sie zu etlichen Dutzend von Keilen, deren Spitzen allesamt auf Schwelgensteins Herz deuteten. Und hinter ihnen stand Satansfaust auf einem geräumigen Flecken kahlen Untergrunds und zückte erstmals offen sein Stück des Weltübel-Steins. Aber er leitete keinen Ansturm ein, veranlaßte keinen Schlag gegen die Herrenhöh, gab ihr keine Gelegenheit zum Zurückschlagen. Vielmehr ließen sich seine Geschöpfe auf Hände und Knie nieder und stierten Schwelgenstein bloß an wie hungrige Raubtiere. Die Lehrenkundigen der Urbösen senkten die Spitzen ihrer Stäbe zur Erde und stimmten ein rauhkehliges Geheul an, womöglich eine Beschwörung, dessen schaurige Töne der böige Wind in mißtönenden Fetzen empor zur Herrenhöh wehte. Und der Wütrich *Samadhi,* auch Sheol und Satansfaust genannt, drückte seine Pranke um sein Bruchstück des Weltübel-Steins, so daß Dampf aufwallte wie von Eis, auf das Glut fällt.

Während Mhoram die Vorgänge im Augenmerk behielt, spürte er an allen Seiten rings um die Festung das Zusammenfließen übler Gewalten; die Emanationen dieser Machtanwendung erhitzten allmählich trotz der Eiseskälte des Windes seine Wangen. Doch darüber hinaus trafen die Belagerer keine Maßnahmen. Sie blieben in der geschilderten Weise in ihrer Anordnung, die Mienen mörderisch, als schwelgten sie in Gedanken im Blut ihrer Opfer.

Mit qualvoller Langsamkeit begann ihr Tun auf den Untergrund des Vorgebirges eine Wirkung auszuüben. Aus dem flakkerfreien grünen Glanz von Satansfausts Stein breitete sich zu des Riesen Füßen in Dreck und Erde eine schale, smaragdgrüne Färbung aus. Der Fleck vergrößerte sich kreisförmig, pochte im Erdreich wie ein Eiterherd, bildete dann geschlängelte Ausläufer, die sich wie grüne Adern durch den Grund Schwelgenstein näherten. Mit jedem heftigen Pulsschlag verlängerten sich diese Auswüchse, verzweigten sich, bis sie die Rücken der hingekauerten Horden erreichten. Daraufhin sickerte krankhaftes Rot, durchsetzt mit grünlichen Blüten, aus den in die Erde gebohrten Stäben der Lehrenkundigen. Genau wie Satansfausts Smaragdgrün verbreitete sich das kränkliche Rot im Boden wie ein Netzwerk von Adern oder Wurzelsträngen eines Wehs. Es schimmerte durch die graue Eisschicht auf der Erde, ohne sie zum Schmelzen zu bringen, und mit jedem Pochen von *Samadhis* Hauptgewalt dehnte es sich mit aus, bis ganz Schwelgenstein umringt war vom Pulsen zahlloser Adern.

Ihr Netz wuchs sehr langsam und unheilvoll; am Abend war das rot-grüne Übel erst um ein paar Schritte über die Füße der Urbösen hinaus vorwärtsgekrochen; und nach der in düsterer Gespenstigkeit verfärbten Dunkelheit der langen Nacht befanden sich die Verästelungen der Adern gerade auf halber Strecke zu den Wällen. Doch ihr Näherrücken war unaufhaltsam und gewiß. Mhoram vermochte kein Abwehrmittel zu ersinnen, weil er nicht wußte, um was es sich handelte.

Während der beiden nächsten Tage erfaßte ein übermächtiges Gefühl der Bedrohtheit ganz Schwelgenstein. Die Menschen begannen im Flüsterton zu reden. Männer und Frauen irrten von einem in den anderen Winkel, als befürchteten sie, der Stein ihrer Stadt selbst könne sich gegen sie kehren. Kinder wimmerten unerklärlich vor sich hin und erschraken beim Anblick sonst vertrauter Gesichter. Eine erstickende Stimmung von Bangen und Ratlosigkeit lag auf der ganzen Stadt wie die ausgebreiteten Schwingen eines aufbäumenden Geiers. Doch Mhoram verstand nicht, was man Schwelgenstein antat, bis der Abend des dritten Tages anbrach. Zufällig nahte er sich Streitmark Quaan ungesehen und ungehört, und als seine Hand an Quaans Schulter rührte, fuhr der Streitmark in panikartigem Schrecken zurück und tastete nach seinem Schwert. Als er den Hoch-Lord schließlich erkannte, verdunkelte aschgraues Elend seine Gesichtszüge, und er bebte wie ein überforderter Neuling des Kriegshandwerks.

Da begriff Mhoram in plötzlicher Einsicht und mit einem Aufstöhnen, in welcher Gefahr Schwelgenstein schwebte. Die Angst vorm Unbekannten war nur die Oberfläche dieser Gefährdung. Als er seine Arme um Quaans ins Schlottern geratene Gestalt schlang, sah er, daß die rot-grünen Adern aus Kraft im Untergrund keine gewaltsame Bedrohung bedeuteten; vielmehr dienten sie zur Beförderung des reinen gefühlsmäßigen Gehalts von des Verächters Bosheit — einem unmittelbaren Angriff auf den Willen der Festung. Sie waren ein gegen das Gewebe von Schwelgensteins Widerstandsvermögen und Mut gerichtetes Zersetzungsmittel. Dadurch breitete sich im Herzen der Herrenhöh Grausen wie eine tödliche Krankheit aus. Unterm Einfluß dieser gräßlichen Aderstränge begannen in der Stadt Kühnheit und Tapferkeit dahinzuschmelzen.

Es gab keine Gegenwehr. Die *Lillianrill* und *Rhadhamaerl* entfachten im Innern der Mauern große wärmende Feuer. Die Lehrwarte sangen mit Stimmen, die völlig gegen ihren Willen zitterten, schwungvolle Lieder von Heldenmut und Sieg. Das Kriegsheer übte sich im Gebrauch der Waffen und in seiner Einsatzbereitschaft, bis die Krieger zu schlaff und matt waren, um sich noch zu ängstigen. Die Lords eilten durch die Stadt wie blaue Raben, trugen das Licht der Ermutigung, des Zuspruchs und der Unnachgiebigkeit hin, wo immer sie sich zeigten, vom grauen Tag bis in die schwarze Nacht und von neuem in des Tages Grau. Die Festung blieb nicht müßig. Während die Zeit sich durch ihre von Zaghaftigkeit gedehnte Dauer schleppte, ihre skeletthafte Runde mit nahezu hörbarem Klappern fleischloser Knochen durchmaß, tat man alles, was getan werden konnte. Die Lords strebten nur noch mit entflammten Stäben dahin, auf daß ihr heller himmelblauer Schein der Zersetzung von Schwelgensteins Gemütsstärke. Nichtsdestotrotz beherrschte das geäderte, blutige Übel im Untergrund die Stadt immer grausamer, vervielfachte die Zudringlichkeit seiner Einflußnahme. Die Bösartigkeit von zehnmal zwanzigtausend abgrundtief schlechten Herzen unterdrückte jedes Aufbegehren.

Bald schien das Felsgestein des Tafelbergs selbst in stummem Grauen zu winseln. Nach fünf Tagen sperrten sich einige Familien in ihren Behausungen ein und weigerten sich, wieder herauszukommen; in der Stadt unterwegs zu sein, ängstigte sie in nicht länger erträglichem Maß. Andere Bewohner flohen in die scheinbare Sicherheit des Hochlands. In den Küchen brachen irrsinnige Auseinandersetzungen aus, weil dort jeder Koch oder Küchengehilfe sich in urplötzlichen Anwandlungen von Panik ein Messer greifen konnte. Um diese Vorfälle zu unterbinden, ließ Streitmark Quaan sämtliche Küchen und Speisesäle durch je ein Fähnlein Krieger überwachen. Aber obwohl er sie schindete, als säße ihm ein schauerliches Gespenst des Grauens im Nacken und triebe ihn dazu an, vermochte er nicht einmal seine Krieger gegen die Panikstimmung zu feien. Zuletzt sah er sich dazu gezwungen, diese schwerwiegende Tatsache dem Hoch-Lord zu berichten.

Nachdem er ihn angehört hatte, begab sich Mhoram zu seinem Wachdienst auf den Turm. Droben stand er allein in der Nacht, die sich nicht minder schwer als das Geröll der Verzweiflung um seine Schultern zu legen schien, starrte hinab zur gleichmäßig smaragdgrünen Abscheulichkeit des Steins, zum kränklich rotgrün geäderten Feuer — und bändigte die eigene kalte Bangigkeit tief im Schweigen seines Herzens. Wäre er nicht ohnehin so verzweifelt gewesen, er hätte aus Mitgefühl für Kevin Landschmeißer geweint, dessen Zwangslage er nun in einer Schärfe ersah, die ihm bis auf der Seele Bein schnitt.

Einige Zeit später — nachdem die Finsternis sich mit ihrer Kälte zur Eisigkeit von Lord Fouls Winter gesellt hatte und die Wachfeuer des Heerlagers im Vergleich zur unübersehbaren, aufdringlichen Bekundung der Gier des Wütrichs *Samadhi* nach Mord zu bloßen Fünkchen abgebrannt waren — betrat Loerja, Trevors Gemahlin, den Festungsturm, brachte mit sich einen kleinen Topf voller Glutgestein, den sie, wo sie sich niederließ, vor sich stellte, so daß sein Glanz ihr verhärmtes Antlitz erhellte. Die Aufwärtsgekehrtheit ihres Angesichts verdunkelte ihre Augen mit Schatten, aber Mhoram konnte dennoch erkennen, daß sie wund waren von Tränen.

»Meine Töchter . . .« Sie schien an ihrer Stimme zu ersticken. »Meine Kinder . . . sie . . . Du kennst sie, Hoch-Lord.« Sie sprach, als flehe sie ihn an. »Sind sie nicht Kinder, auf die Eltern stolz sein können?«

»Sei getrost stolz«, antwortete Mhoram leise. »Eltern und Kinder dürfen aufeinander stolz sein.«

»Du kennst sie, Hoch-Lord«, beharrte sie. »Meine Freude an ihnen war stets groß genug, um zu schmerzen. Sie . . . Hoch-Lord, sie wollen nicht länger essen. Sie scheuen die Speisen . . . sie glauben, die Nahrung sei vergiftet. Dies Übel macht sie irre.«

»Es macht uns alle irre, Loerja. Aber wir müssen aushalten.«

»Wie denn aushalten? Ohne Hoffnung . . .? Hoch-Lord, besser wär's, ich hätte keine Kinder geboren.«

Gefaßt und mit Nachsicht beantwortete Mhoram eine andere, unausgesprochene Frage. »Wir können nicht hinausziehen, um das Übel zu bekämpfen. Wenn wir diese Mauern verlassen, sind wir vertan. Es gibt für uns kein anderes Bollwerk. Wir müssen hier ausharren.«

»Hoch-Lord«, verlangte Loerja mit von Tränen erstickter Stimme, »ruf den Zweifler!«

»Ach, Schwester Loerja, das kann ich nicht tun. Du weißt, daß ich's nicht tun kann. Du weißt ebenso, daß ich richtig entschied, als ich Thomas Covenant für die Anforderungen seiner eigenen Welt freigab. Welche Torheiten auch den getreulichen Lauf meines Lebens verwunden gemacht haben mögen, diese Entscheidung war nicht von Torheit bestimmt.«

»Mhoram!« bedrängte sie ihn mit schwerer Zunge.

»Nein. Bedenke, Loerja, worum du ersuchst. Dem Zweifler lag daran, in seiner Welt ein Leben zu retten. Doch dort verstreicht die Zeit anders. Siebenundvierzig Jahre ist's her, daß er erstmals nach Schwelgenstein kam, doch ist er unterdessen nicht einmal um drei Monde gealtert. Vielleicht sind nur Augenblicke seit seiner letzten Herbeiberufung vergangen. Riefe ich ihn jetzt erneut, vielleicht hinderte ich ihn damit von neuem daran, das kleine Kind zu retten, das seiner Hilfe bedarf.«

Bei der Erwähnung des Kindes verzerrte plötzlich Verdruß Loerjas Miene. »Ruf ihn!« fauchte sie. »Was bedeuten mir seine namenlosen Kinder? Bei der Sieben, Mhoram! Ruf . . .!«

»Nein.« Mhoram unterbrach sie, aber seine Stimme verlor nicht an Sanftmut. »Das werde ich nicht tun. Er muß die Freiheit haben, sein Schicksal selber zu bestimmen — das ist sein Recht. Wir dagegen haben nicht das Recht, ihn . . . Nein, nicht einmal des Landes allerärgster Notstand könnte eine solche Tat rechtfertigen. Er hat das Weißgold. Laß ihn ins Land kommen, wenn und wann er's wünscht! Ich werde die eine wahrhaft kühne Tat meines in Unklugheit geführten Lebens nicht leugnen.«

Loerjas Ärger verflog so rasch, wie er sie befallen hatte. Sie rang die Hände überm Glutgestein, als habe sogar die Hoffnung auf Wärme sie längst geflohen. »Meine Jüngste . . .«, stöhnte sie. »Jolenid . . . kaum mehr als ein Kind . . . heute abend erschrak sie bei meinem Anblick.« Mühsam hob sie ihre feuchten Augen dem Hoch-Lord entgegen. »Wie sollen wir durchhalten?« flüsterte sie.

Obwohl sein Herz mit ihr weinte, erwiderte Mhoram ihren Blick. »Der andere Weg führt zur Schändung.« Während er die wüste Trostlosigkeit ihrer Miene musterte, fühlte er seine eigene innere Not sich aufbäumen, ihn bedrängen, sein gefährliches Geheimnis zu teilen. Für eines Augenblicks Dauer, während der Pulsschlag ihm unterm Druck seiner Anspannung durch die Schläfen wummerte, war er sich darüber im klaren, er würde Loerja antworten, wenn sie ihn nun nochmals danach fragte. »Macht ist ein furchtbar Ding«, sagte er mit leiser, gepreßter Stimme, um sie zu warnen.

Ein Ansatz von Hoffnung trat wie Funken in ihre Augen. Unsicher erhob sie sich, brachte ihr Gesicht dicht an seines und forschte darin. Die ersten sachten Berührungen einer Geistesverschmelzung zapften sein Bewußtsein an; aber was sie in ihm sah oder spürte, hielt sie von einer Vertiefung dieser Verständigung zurück. Sein kalter Zweifel erstickte das in ihren Augen aufgekeimte Licht, und sie wich von ihm. »Nein, Mhoram«, sprach sie mit brüchiger Stimme, die einen schwachen Anklang von Bitterkeit besaß. »Ich werde nicht fragen. Ich vertraue dir oder keinem. Du wirst sprechen, wenn dein Herz bereit ist.«

Unter Mhorams Lidern glomm Dankbarkeit. »Du bist mutig, Schwester Loerja«, bemerkte er mit verzerrtem Lächeln.

»Nein.« Sie nahm ihren Topf voll Glutgestein und wandte sich zum Gehen. »Wenngleich ihnen dafür keine Schuld anzulasten ist, machen meine Töchter mich feige.« Ohne sich noch einmal umzuschauen, ließ sie den Hoch-Lord in der schaurigen Nacht allein.

Mhoram drückte den Stab an seine Brust, drehte sich um und stellte sich wieder dem unverfälschten grünen Glanz aus dem Stein des Wütrichs. Als sein Blick auf den greulichen Schimmer fiel, rückte er seine Schultern gerade, straffte seine Haltung, so daß er aufrecht stand, als sei er ein Merkmal für die Unversehrtheit von Schwelgensteins Fels, ein Zeuge.

5

Lomillialor

Das Gewicht der Sterblichkeit, das Covenant bedrückte wie eine Gruft, schien ihn immer tiefer in den festen Untergrund zu pressen. Er spürte, daß er zu atmen aufgehört hatte — daß der Stein und das Erdreich, durch welche er sank, ihn von aller Luftzufuhr abschnitten —, aber der Luftmangel quälte ihn nicht; er verspürte kein Bedürfnis nach der schweißigen Arbeit des Atmens. Unaufhaltsam sank er tiefer, ohne daß er sich regte, wie ein Mann, der seinem Schicksal entgegentrieb. Rings um ihn verwandelte sich die dunkle Erde langsam in Nebel und Kälte. Sie verlor nichts von ihrer Festigkeit, ihrer luftlosen Schwere, aber ihre Beschaffenheit unterzog sich einer Veränderung, wandelte sich nach und nach, ganz allmählich zu einem pechschwarzen Nebel, so massiv und unauflöslich wie die Tiefe aus Granit. Zugleich nahm die Kälte zu. Winter, Dunst und Kälte umwoben ihn wie Grabtücher.

Ihm fehlte das Zeitgefühl, aber irgendwann bemerkte er im Nebel das Wehen eines eisigen Windes. Er befreite ihn ein wenig vom Druck, lockerte ihm das Totenhemd. Dann zeigte sich in einiger Entfernung ein schroffer Riß. Durch diesen Spalt sah er einen unendlichen Nachthimmel, bar jeglicher Sterne. Aber er sah jenseits der Öffnung einen Streifen grünen Lichts schimmern, so kalt und zugleich verführerisch wie der grausigste Smaragd. Der bewölkte Spalt schwebte durch den Wind, bis er sich über Covenant befand; da erkannte er hinter den schweren Wolken einen vollen Mond, der im Griff einer grünen Gewalt leuchtete, ein smaragdgrünes Rund, das Entartung durchs Firmament verstrahlte. Das kranke, grüne Licht begann an ihm zu zerren. Als der Spalt, der es entblößte, über ihm weiter und davon in die Ferne trieb, fühlte er, daß die Wirkung nicht ausblieb. Die Macht, der Herrschaftsanspruch, die von diesem Mond ausgingen, ließen sich nicht mißachten; Covenant begann im Sog der Spalte willenlos mitzuschweben.

Aber da machte sich eine andere Kraft bemerkbar. Für einen Moment meinte er, er könne Duft nach den Säften eines Baums riechen, und durch die Kälte erreichten ihn Bruchstücke von Gesang. *»Sei getreu . . . Antworte . . . Fluch der Seele . . .«* Er klammerte sich an diese Fetzen, und ihre starke Anziehungskraft verankerte ihn. Die Düsternis des Nebels schloß sich rings um ihn wieder, und er sank in die Richtung, woher das Lied ertönte.

Nun verdichtete sich unter ihm die Kälte, so daß ihm war, als schwebe er auf einer Unterlage abwärts, während der Wind über ihn hinwegwehte. Er fühlte sich zu ausgekühlt, um sich zu regen, und nur die Wahrnehmung von Luft in seinem Brustkorb verriet ihm, daß er wieder atmete. Seine Rippen und das Zwerchfell waren tätig, pumpten automatisch Luft in seine Lungen und hinaus. Dann bemerkte er im Nebel eine andere Veränderung. Die verhangene, feuchte, windige Nacht nahm eine zusätzliche Dimension an, erhielt eine äußere Begrenzung; sie erweckte den Eindruck, als hafte sie lediglich an ihm, während die restliche Welt im Sonnenlicht läge. Trotz der Verhangenheit erkannte er jenseits des eisigen Windes Andeutungen von Helligkeit. Und die kalte Fläche unter ihm ließ sich immer härter spüren, bis ihm zumute war, als ruhe er auf einem Katafalk, bedeckt mit der persönlichen Dunkelheit eines Hügelgrabs. Dort verließ ihn das vertraute Lied. Für einige Zeit vernahm er nichts außer dem Säuseln des Windes und dem rauhen Schnaufgeräusch, das sein Atem erzeugte, der sich durch seine geschwollenen Lippen und den ebenso verunstalteten Gaumen einen Weg bahnte. Er erstarrte langsam vor Kälte, ging eine eisige Gemeinschaft mit dem Stein unter seinem Rücken ein.

Dann hörte er in seiner Nähe eine Stimme keuchen. »Bei der Sieben! Wir haben's vollbracht.« Die Stimme klang nach Mattheit und seltsam tonlos, vereinsamt. Nur das Gesäusel des Windes unterstützte ihren Anspruch auf Existenz; ohne diese Hilfe hätte der Sprecher im unüberschaubaren Äther unter den Sternen allein sein können.

Eine heitere Stimme voll froher Erleichterung antwortete. »Ja, mein Freund. Dein Wissen dient uns glanzvoll. Wir haben uns nicht vergeblich drei Tage lang abgemüht.«

»Mein Wissen und deine Stärke. Und Hoch-Lord Mhorams *Lomillialor.* Doch schau ihn an! Er ist verwundet und krank.«

»Habe ich dir nicht gesagt, daß auch er leidet?«

»Das hast du«, bestätigte die freudlose Stimme. »Und ich habe gesagt, ich hätte ihn töten sollen, solang ich dazu die Gelegenheit hatte. Doch all mein Handeln mißrät. Da, auch diesmal . . . der Zweifler ist meinem Ruf gefolgt, aber er liegt im Sterben.«

»Mein Freund«, erwiderte der zweite Sprecher im Tonfall mäßigen Einspruchs, »du . . .«

»Dies ist ein von Übeln umwallter Ort«, unterbrach ihn der andere. »Wir können ihm hier nicht helfen.«

Covenant fühlte Hände an seinen Schultern. Er versuchte, seine Augen zu öffnen. Zuerst konnte er nicht erkennen; die Helligkeit des Sonnenlichts wusch jede Wahrnehmung aus seinen Augen. Aber dann geriet irgend etwas zwischen ihn und die Sonne. Im plötzlichen Schatten blinzelte er die Verwaschenheit fort, die seine Sicht behinderte. »Er erwacht«, stellte die erste Stimme fest. »Wird er mich wiedererkennen?«

»Vielleicht nicht. Du bist nicht mehr jung, mein Freund.«

»Besser wär's, er tät's nicht«, meinte der Mann leise. »Er müßte glauben, ich wollte nun Erfolg erzwingen, wo ich bislang gescheitert bin. Solch ein Mensch weiß, was Vergeltung heißt.«

»Du urteilst unrecht. Ich habe ihn näher kennengelernt. Siehst du nicht, wie groß sein Bedürfnis nach Barmherzigkeit ist?«

»Ich seh's. Und auch ich kenne ihn. Ich habe siebenundvierzig Jahre lang mit dem Namen Thomas Covenant in meinen Ohren gelebt. Ihm widerfährt soeben Barmherzigkeit, ob er's begreifen mag oder nicht.«

»Wir haben ihn aus seiner Welt geholt, in der zu sein er ein Recht besitzt. Nennst du das Barmherzigkeit?«

»Ich nenn's Barmherzigkeit«, antwortete der andere Sprecher mit harter Stimme.

Ein Moment verstrich, dann seufzte der andere. »Nun wohl. Zudem hätten wir uns nicht anders entscheiden können. Ohne ihn muß das Land vergehen.«

»Barmherzigkeit?« krächzte Covenant. In seinem verquollenen Mund pochte es fürchterlich.

»Jawohl«, behauptete der über ihn gebeugte Mann. »Wir geben dir eine neue Möglichkeit, das Übel zu zerschlagen, das du tatenlos hast über das Land kommen lassen.«

Allmählich erkannte Covenant, daß der Mann das kantige Gesicht und die breiten Schultern eines Steinhauseners besaß. Schatten verdunkelte die Gesichtszüge, aber in die Schulterteile seiner dicken, pelzbesetzten Kleidung war ein merkwürdiges Muster aus gekreuzten Blitzen gewoben — ein Muster, das Covenant schon einmal irgendwo gesehen hatte. Aber er war noch zu benommen von Schrecken und Umnachtung, als daß er sich zu erinnern vermocht hätte.

Er unternahm einen Versuch, sich aufzusetzen. Der Mann half ihm, stützte ihn, bis er saß. Einen Moment lang schweifte Covenants Blick umher. Er sah, daß er sich auf einer runden, von einer niedrigen Mauer eingefaßten steinernen Terrasse befand. Hinter der Brüstung war nichts zu sehen außer dem Himmel. Der kalte, blaue Abgrund schien seinen Blick zu bannen, als wolle er ihn anlocken; er sprach auf gerissene Weise seine innere Leere an. Es kostete ihn Mühe, seine Augen wieder dem Steinhausener zuzuwenden.

Aus dem veränderten Blickwinkel sah er Sonnenschein das Gesicht des Mannes erhellen. Mit seinem grauschwarzen Haar und den verwitterten Wangen wirkte er wie ein Mittsechziger, aber seine wesentlichste Eigenschaft war nicht das Alter. Sein Gesicht hinterließ einen Eindruck von Widersprüchlichkeit. Sein Mund war hart verkrampft und bitter, als habe er so lange saures Brot gegessen, daß er den Geschmack von Süße vergessen hatte, doch seine Augen waren in feine Faltenwürfe der Anrufung gebettet, als habe er lange Jahre damit zugebracht, himmelwärts zu blicken und die Sonne anzuflehen, sie möge ihn nicht blenden. Er war ein Mann, der eine schwere Kränkung erlitten und an den Folgen nicht leicht getragen hatte.

Als wären seine Äußerungen erst jetzt durch den Nebel zu ihm vorgedrungen, hörte Covenant den Mann *›Ich hätte ihn töten sollen‹* sagen. Ein Mann mit einem Muster gekreuzter Blitze an den Schultern hatte einmal versucht, Covenant umzubringen — aber Atiaran, Trells Frau, war ihm in den Arm gefallen. Sie hatte an den Friedensschwur gemahnt. »Triock?« Covenant röchelte heiser. »Triock?«

Der Mann hielt Covenants schmerzlichem, durchdringendem Blick unerschüttert stand. »Ich habe dir verheißen, daß wir uns wiedersehen.«

Hölle, stöhnte Covenant insgeheim auf. *Hölle und Verdammnis!* Triock hatte Lena geliebt, Atiarans Tochter, ehe Covenant ihr begegnete. Er wollte mühselig aufstehen. Aber in der rauhen Kälte wollten seine geschundenen Muskeln ihn nicht in die Höhe stemmen; die Anstrengung brachte ihn fast um die Besinnung. Aber Triock half ihm, und auch von hinten stand ihm jemand bei. Endlich stand er tattrig da, klammerte sich hilflos an Triock, auf dessen Unterstützung angewiesen, und schaute über die Brustwehr aus. Die steinerne Plattform ragte in die leere Luft empor, als schwebe sie am Himmel, treibe im Sausen der Winde. In der Richtung, wohin Covenant blickte, konnte er bis zum fernsten Horizont sehen, aber dort gab es nichts als ein graues Wolkenmeer, eine dichte Ballung von Formlosigkeit, die über die Erde dahinwallte wie ein Leichentuch. Er wankte einen Schritt näher zur Brüstung und sah, daß die hohe Flut aus Wolken alles unter ihm bedeckte. Die Terrasse befand sich einige hundert Meter über den Wolken, als sei sie der einzige Gegenstand in der Welt, auf den die Sonne noch schien. Zur Linken allerdings ragte ein zerklüftetes Vorgebirge aus dem grauen Wolkenmeer. Und als er seinen Blick über die Schulter an dem Mann vorbeilenkte, der ihm von hinten Halt gewährte, sah er an jener Seite ein weiteres Vorgebirge; eine senkrechte Felswand geriet in sein Blickfeld, und beiderseits davon erstreckten sich Bergketten, bis sie in der Ferne zwischen den Wolken verschwanden.

Er stand wieder auf dem Kevinsblick, der steinernen Säule, die irgendwo unter ihm — außer Sicht — schräg aus der Felswand ragte. Im ersten Moment war er zu verdutzt, um ein Schwindelgefühl zu empfinden. Damit hatte er nicht gerechnet; er hatte erwartet, wieder nach Schwelgenstein gerufen zu werden. Wer außer den Lords sollte im Lande die Macht besitzen, um ihn zu rufen? Als er Triock kennenlernte, war der Mann Viehhirt gewesen, kein Gelehrter. Wer außer dem Verächter konnte so eine Herrufung möglich machen?

Da packte ihn der Anblick des Abgrunds mit ganzer Heftigkeit, und ein Schwindelanfall nahm seinen Beinen die letzte Kraft. Ohne die Hände, die ihn hielten, wäre er über die Brüstung gekippt und in die Tiefe gestürzt. »Bewahre Ruhe, mein Freund«, munterte Triocks Begleiter ihn auf. »Ich laß dich nicht fahren. Ich habe deine Abneigung gegen Höhen keineswegs vergessen.« Der Mann zog Covenant von der Mauer zurück, hielt ihn dabei mühelos aufrecht.

Covenants Kopf wackelte kraftlos auf seinen Schultern, aber sobald die Felsplattform aufhörte, sich um ihn zu drehen, zwang er sich dazu, seinen Blick auf Triock zu richten. »Wie?« stieß er schwerfällig hervor. »Wer . . . Woher hast du die Macht?«

Triocks Lippen verzogen sich zu einem harten Lächeln. »Habe ich nicht gesagt«, wandte er sich an seinen Begleiter, »er würde an Vergeltung denken? Noch heute glaubt er, ich könnte um seinetwillen meinen Schwur brechen.« Dann kehrte er die Bitterkeit seines Mundes gegen Covenant. »Zweifler, verdient hast du Vergeltung. Der Verlust Hoch-Lord Elenas hat . . .«

»Friede, mein Freund«, fiel ihm der andere Mann ins Wort. »Er leidet fürs erste Pein genug. Erzähl ihm jetzt keine traurigen Geschichten. Wir müssen ihn an einen Ort bringen, wo wir ihn pflegen können.«

Erneut betrachtete Triock Covenants Wunden. »Ja.« Er seufzte matt. »Vergib mir, Zweifler. Ich habe siebenundvierzig Jahre lang mit Menschen gelebt, die dich nicht vergessen können. Sei getrost — wir werden dich vor Schädigung schützen, so gut wir's vermögen. Und wir werden deine Fragen beantworten. Doch zuvor müssen wir diese Stätte verlassen. Hier sind wir entblößt. Der Graue Schlächter hat viele Augen, und manche davon mögen die Kraft bemerkt haben, mit der wir dich riefen.« Er versteckte einen glatten hölzernen Stab unter seinem Mantel, ehe er sich von neuem an seinen Begleiter wandte. »Steinbruder, kannst du den Zweifler die Treppe hinabtragen? Ich habe Stricke, falls du welche brauchst.«

Sein Begleiter lachte gleichmütig. »Mein Freund, ich bin ein Riese. Seit meiner ersten Seereise zur Zeit meiner Mannwerdung haben meine Füße ihr Gespür für Felsen nicht verloren. Thomas Covenant ist in meinen Händen sicher.«

Ein Riese? dachte Covenant benommen. Erstmalig bemerkte er die ungewöhnliche Größe der Hände, die ihn stützten. Sie waren doppelt so groß wie seine. Ohne Mühe drehten sie ihn um, hoben ihn hoch, als besäße er kein Gewicht. Und da blickte er ins Gesicht Salzherz Schaumfolgers auf.

Der Riese schien sich, seit Covenant ihn das letzte Mal gesehen hatte, nicht wesentlich verändert zu haben. Sein früher kurzer, eisengrauer Bart war länger und silbriger, und tiefe Sorgenfalten durchzogen seine Stirn, an der man noch schwach die Narbe von jener Verwundung sah, die er während des Gefechts ums Holzheim Hocherhaben erlitten hatte; aber unterm wuchtigen Bollwerk seiner Stirn funkelten seine tiefsitzenden Augen noch immer wie Edelsteine der Begeisterung, und seine Lippen kräuselten sich zu einem leicht verzerrten Lächeln des Willkommens. Als Covenant ihn ansah, konnte er an nichts anderes denken als die Tatsache, daß er sich damals nicht von dem Riesen verabschiedet hatte, als sie sich in der Verräterschlucht trennen mußten. Schaumfolger hatte sich als Freund erwiesen — und er hatte ihm die Freundschaft nicht einmal in dem Maß gedankt, daß er sich zu einem Abschiedswort aufraffte. Vor Scham nahm er seinen Blick von Schaumfolgers Gesicht. Er musterte die eichenhaft knorrige Gestalt des Riesen. Dabei stellte er fest, daß die Beinkleider und das Wams, beide aus dickem Leder, die der

Riese zu tragen pflegte, zerrissen waren und zerfranst, und unter vielen Rißstellen sah man Narben von zahlreichen Auseinandersetzungen, manche alt, manche neueren Datums. Die neueren Narben schmerzten Covenant, als besäße sein eigenes Fleisch sie. »Schaumfolger«, krächzte er, »es tut mir leid.«

»Friede, mein Freund«, erwiderte der Riese nachsichtig. »All das ist vorüber. Verurteile dich nicht selbst.«

»Hölle und Verdammnis . . .!« Covenant vermochte seine Schwäche nicht zu überwinden. »Was ist mit dir passiert?«

»Ach, das ist eine lange Geschichte, voll mit Randerzählungen und Abschweifungen, so wie wir Riesen es lieben. Ich hebe sie auf, bis wir dich an einen Ort gebracht haben, wo wir dir helfen können. Du bist schlecht genug dran, um mit dem Tod selbst Geschichten auszutauschen.«

»Du hast Verwundungen davongetragen«, sagte Covenant. Aber die Eindringlichkeit in Schaumfolgers Augen hinderte ihn am Weiterreden.

»Schweig, Zweifler!« befahl der Riese mit gespielter Strenge. »Ich habe nicht die Absicht, an dieser Stätte traurigen Geschichten zuzuhören.«

Behutsam bettete er Covenants wunden Körper in seine Arme. »Folge mir achtsam, Steinbruder!« sagte er dann zu Triock. »Unser Werk hat erst begonnen. Solltest du stürzen, es dürfte mich Mühe kosten, dich zu erhaschen.«

»Gib auf dich selbst acht!« antwortete Triock schroff. »Ich bin Stein gewohnt — sogar derartig kalten Stein.«

»Nun wohl. Dann wollen wir uns sputen, so gut es geht. Wir haben viel erduldet, um so weit zu kommen, du und ich. Nun dürfen wir den Ur-Lord nicht aufs Spiel setzen.« Ohne eine Antwort abzuwarten, begann er die grob aus dem Fels gehauene Treppe des Kevinsblicks hinabzusteigen.

Covenant drehte sein Gesicht zum Brustkorb des Riesen. Der Wind hatte einen hellen, vereinsamten Klang, während er an der Felswand vorbeiblies und Schaumfolger umwehte: er erinnerte Covenant daran, daß der Kevinsblick mehr als tausend Meter überm Vorgebirge stand. Doch Schaumfolgers Herz schlug mit aufrichtiger Zuversicht, und seine Arme fühlten sich an, als seien sie von unzerbrechlicher Härte. Bei jedem Abwärtsschritt durchfuhr ihn ein schwacher Ruck, als hätte sich sein Fuß mit der steinernen Stufe verschweißt gehabt. Und Covenant hatte nicht einmal noch genug Kraft, um sich zu fürchten. Wie betäubt ließ er sich von dem Riesen die Treppe hinuntertragen, bis das Geräusch des Windes anschwoll und Schaumfolger Schritt um Schritt ins kalte Wolkenmeer hinabstieg. Innerhalb weniger Momente verschwand der Sonnenschein, als habe er sich unwiederbringlich verflüchtigt. Der Wind nahm eine frostige, trockene, schneidende Schärfe an, als sei er zu eisig, um von Feuchtigkeit gemildert zu werden. Covenant und Schaumfolger bewegten sich durch trübe, jeder Aussicht beraubte Luftschichten abwärts, so eiskalt wie polarer Dunst — wie Wolken, die so dicht und gebieterisch waren wie eine um die Welt geschlossene Faust. Unter ihrem Druck fühlte er Eispartikel sein Rückgrat herauf zum letzten Hort der Lebenswärme kriechen.

Endlich erreichten die drei das Felssims am Fuß der Treppe des Kevinsblicks. Neben ihnen klaffte düster der Abgrund, während sich Schaumfolger nach rechts wandte und das Sims entlangstrebte, aber er trat so sicher auf, als besäße er keinen Begriff vom Fallen. Und bald darauf verließen sie die Klippe und begannen dem Pfad durch die Berge zu folgen. Kurz danach wich die letzte Anspannung aus Covenants Bewußtsein. In seinem Innern entfaltete sich Schwäche wie eine Lilie auf einem Begräbnis, und der Nebel lullte ihn in ein schlaffes, schlummerhaftes Dösen. Für einige Zeit merkte er nicht, wohin Schaumfolger seine Schritte lenkte. Ihm war, als verströme er sein Lebensblut einfach in die graue Luft. Eine Trägheit wie der Friede eines Eisgestades umgab sein Herz. Er verstand nicht länger, wovon Schaumfolger redete, als der Riese leise, aber eindringlich dem Steinhausener zurief. »Triock, sein Leben schwindet. Wir müssen ihm jetzt helfen, oder wir können ganz darauf verzichten.«

»Ja«, stimmte Triock zu. Er begann irgendwem herrische Anweisungen zu erteilen. »Bringt Decken und Glutgestein! Er braucht Wärme.«

»Das wird nicht genügen. Er ist krank und verletzt. Er bedarf der Heilung.«

»Das sehe ich«, schnauzte Triock. »Ich bin nicht blind.«

»Was also vermögen wir zu tun? Ich weiß da keinen Rat. Wir Riesen kennen keine Mittel gegen Kälte. Wir leiden unter ihr so gut wie gar nicht.«

»Reib seine Gliedmaßen. Laß ihm von deiner Stärke zufließen. Ich muß nachdenken.«

Irgend etwas begann Covenant roh zu kneten und zu massieren, aber das Eis in ihm blieb davon unberührt. Unklar wunderte er sich, warum Schaumfolger und Triock ihn nicht schlafen lassen wollten.

»Gibt's hier keine Heilerde?« fragte der Riese.

»Einst gab's welche«, antwortete Triock aus einigem Abstand. »Lena ... Lena hat ihn an eben diesem Ort geheilt, als ... als er sich erstmals im Land aufhielt. Aber ich bin kein *Rhadmamaerl* ... ich verstehe die geheimen Düfte und Kräfte der Erde nicht wahrzunehmen. Und man sagt, die Heilerde habe sich ... in die Tiefe unter der Erde zurückgezogen ... sei gewichen, um sich vorm Übel zu verbergen, das übers Land gekommen ist. Oder der Winter habe sie verdorben. Jedenfalls können wir ihn auf diese Weise nicht behandeln.«

»Wir müssen ihm beistehen. Seine Knochen selbst erstarren vor Kälte.«

Covenant fühlte, wie man ihn bewegte, ihn in Decken wickelte. Im Hintergrund seiner Betäubung bemerkte er das freundliche gelbe Licht von Glutgestein. Das gefiel ihm; er meinte, besser ruhen zu können, wenn der graue Nebel nicht alles ringsum beherrschte.

»Es könnte möglich sein«, sagte Triock nach einer Weile des Schweigens in unsicherem Tonfall, »daß die Kraft des Hehren Holzes ihm hilft.«

»Dann geh ans Werk!« drängte ihn der Riese.

»Ich bin kein Allholzmeister. Ich besitze keine *Lillianrill*-Kenntnisse ... Ich habe mich nur, nachdem Hoch-Lord Mhoram mir das *Lomillialor* geschenkt hatte, ein Jahr lang an der Schule der Lehre über das Wichtigste aufklären lassen ... Ich vermag nicht über seine Kraft zu gebieten.«

»Nichtsdestoweniger mußt du den Versuch wagen.«

Triock widersprach. »Die wahrheitsprüfende Eigenschaft des Hehren Holzes könnte erst recht das letzte Fünkchen Leben in ihm auslöschen. Womöglich vermöchte er die Wahrheitsprobe nicht einmal zu bestehen, wäre er heil und gesund.«

»Ohne den Versuch wird er gewißlich sterben.«

Triock brummte unterdrückt. »Ja«, pflichtete er dann grimmig bei. »Ja, Steinbruder. Du bist weitsichtiger als ich. Halt das Leben in ihm fest. Ich muß Vorbereitungen treffen.«

Kummervoll sah Covenant den gelben Lichtschein ins Grau ringsum zurückweichen. Er wußte nicht, wie er diesen Verlust verkraften sollte. Im natürlichen Gleichgewicht des Landes besaß eine trübe Erbsensuppe von Nebel eigentlich nicht das Recht,

den Glanz von Glutgestein zu verdrängen. Es gab also nicht länger Heilerde. *Keine Heilerde,* vergegenwärtigte er sich mit unvermuteter Betroffenheit. Sein Kummer schlug um in Ärger. *Hölle und Verdammung!* murrte er stumm. *Das kannst du nicht machen, Foul. Das lass' ich mir nicht bieten.* Der Haß, der ihn eine Nacht zuvor und in einer anderen Welt erfüllt hatte, begann sich nun wieder einzustellen. Mit der Kraft des Zorns riß er die Augen auf.

Über ihm stand Triock. Der Steinhausener hielt seinen *Lomillialor*-Stab wie einen Spieß, den er zwischen Covenants Augen zu rammen beabsichtigte. Das weiße Holz glomm warm in seinen Händen, und es dampfte inmitten der kalten Luft. Ein Geruch nach Holzsäften gesellte sich zum erdhaften Duft des Glutgesteins. Während er Worte murmelte, die Covenant nicht verstand, senkte Triock den Stab, bis er die Entzündung und das Fieber seiner Stirn berührte.

Zunächst empfand er bei dieser Berührung überhaupt nichts; das *Lomillialor* pulsierte wirkungslos auf seiner Wunde, als sei sie dafür unempfänglich. Doch dann spürte er etwas von einer anderen Seite. Ein eigentümlicher, heißer Schmerz durchbrach das Eis in seiner linken Handfläche, breitete sich von dem Ehering aus, den er trug. Der Schmerz versetzte ihm einen Stich, dann bewegte er sich durchs Handgelenk aufwärts. Er marterte ihn, als reiße er ihm nicht nur die Kälte, sondern auch das Fleisch von den Knochen, aber zugleich bereitete die Pein ihm eine Art wilden Vergnügens. Bald war sein ganzer linker Arm durch die Folter neu belebt. Unterm Einfluß der Erwärmung machten sich auch seine Quetschungen wieder bemerkbar, kehrten vom Tode zurück.

Als der Griff des Eises so weit gebrochen worden war, begann es auch an anderen Stellen seines Körpers zu weichen. Die Wärme der Decken erreichte seine geprellten Rippen. Die Gelenke seiner Beine fingen an zu pochen, als habe man sie mit Tritten wiederbelebt. Innerhalb einiger Momente entsann sich seine Stirn ihrer Wundheit.

Dann nahm Triock das Ende des Hehren Holzes von seiner Stirn und senkte sie auf die straffe, schwarze Schwellung seiner Lippen. Sofort schoß äußerste Qual in ihm empor, und er ergab sich ihr, stürzte sich hinein wie in eine Wohltat.

Sein Bewußtsein kehrte langsam zurück, aber als er die Augen aufschlug, merkte er deutlich, daß sein Zustand sich etwas gebessert hatte. Seine Wunden waren zwar nicht geheilt — sowohl seine Stirn wie auch sein Mund schmerzten so stark, als stäken darin Dornen, und sein Körper fühlte sich von all den blauen Flecken wund an —, aber wenigstens fraß die eisige Kälte nicht länger an seinen Knochen. Die Schwellung seiner Lippen war ein bißchen zurückgegangen, und er konnte wieder besser sehen, als hätte man die Linsen seiner Augen geputzt. Doch er verspürte insgeheimen Kummer über die Gefühllosigkeit seiner Hände und Füße. Seine abgestorbenen Nerven hatten diesmal nicht die Gesundheit wiedererlangt, die ihm bei Aufenthalten im Lande schon zur Gewohnheit geworden war. Aber er lebte; er befand sich im Land; er hatte Schaumfolger gesehen. Er verschob es auf einen anderen Zeitpunkt, seine Nerven zu beklagen, und schaute umher.

Er lag in einem kleinen, öden Tal zwischen den Bergen hinter dem Kevinsblick. Während seiner Besinnungslosigkeit hatte das Wolkenmeer, das alles verschleierte, sich etwas gelichtet, so daß man einige Dutzend Meter weit sehen konnte, und leichter Schneefall erfüllte die Luft wie mit Gewisper. Eine fingerdicke Schneeschicht bedeckte ihn bereits. Irgend etwas in der Tonlage des Schneegeflüsters vermittelte ihm den Eindruck, es sei Spätnachmittag. Aber Zeit interessierte ihn nicht sonderlich. Er war schon einmal in diesem Tal gewesen; mit Lena.

Seine Erinnerung kontrastierte stark mit dem, was er ringsherum sah. Damals war das Tal ein stiller, grasbewachsener Ort gewesen, gesäumt mit Kiefern, die wie riesenhafte Wächter seine Ruhe hüteten, und durch seine Mitte war ein munterer Bach geflossen. Doch jetzt zeigte sich unter der Schneeschicht, die langsam wuchs, nur kahle, wüste Erde. Ein stärkerer Winter, als ihnen zuträglich war, hatte die zum Bersten und Splittern gebracht, aller Schönheit entblößt; und statt Wasser durchmaß Eis das Tal wie ein Striemen, eine schon vernarbte Schramme.

Covenant fragte sich schmerzlich, wie lange dies Wetter dauern werde. Die Implikationen dieser Frage ließen ihn zusammenschaudern, und er raffte seine müde Gestalt in eine Sitzhaltung hoch, damit er sich näher zum Topf mit dem Glutgestein beugen könne. Währenddessen sah er drei Personen in einiger Entfernung um einen zweiten solchen Topf sitzen. Eine davon beobachtete seine Regung und sagte etwas zu den anderen. Sofort erhob sich Triock und kam zu Covenant. Er kauerte sich vorm Zweifler nieder und musterte ihn in würdevollem Ernst. »Du warst beklagenswert krank«, meinte er schließlich. »Meine

Kenntnisse der Lehre reichen nicht aus, um dich zu heilen. Aber ich sehe, daß du nicht länger im Sterben liegst.«

»Du hast mich gerettet«, sagte Covenant so wacker, wie er es durch den Schmerz in seinem Mund und in seiner Erschöpfung konnte.

»Vielleicht. Ich bin mir nicht sicher. Die wilde Magie hat in dir gewirkt.« Covenant starrte ihn an. »Es hatte den Anschein«, ergänzte Triock, »als löse das *Lomillialor* im Weißgold deines Rings etwas aus. Mit dieser Macht stehst du außerhalb jeder Wahrheitsprobe, der ich dich unterziehen könnte.«

Mein Ring, dachte Covenant dumpf. Aber er war noch nicht darauf eingestellt, sich mit dieser Vorstellung zu befassen. »Du hast mich gerettet«, wiederholte er statt dessen. »Es gibt Dinge, die ich erfahren muß.«

»Laß sie warten. Du mußt jetzt essen. Du hast seit vielen Tagen keine Speise zu dir genommen.« Er sah sich um, spähte durch das Schneetreiben. »Salzherz Schaumfolger bringt dir *Aliantha*«, sagte er. Covenant hörte schwere Schritte den gefrorenen Erdboden überqueren. Einen Moment später kniete sich mit stillem Lächeln Schaumfolger an seine Seite. Er hatte beide Hände voller nahrhafter Schatzbeeren.

Covenant betrachtete die *Aliantha.* Ihm war, als habe er vergessen, wozu sie gut waren; er hungerte schon so lange, daß der Hunger wie ein Teil von ihm zu seinem Dasein gehörte. Doch er konnte das Angebot im freundlichen Lächeln des Riesen nicht ausschlagen. Langsam streckte er eine taube Hand aus und nahm eine Schatzbeere. Als er sie durch seine Lippen in den Mund schob und auf sie biß, schien der tangartig salzige, zugleich pfirsichähnliche Geschmack all seine Gründe zum Fasten zu widerlegen. Und als er schluckte, fühlte er sich rasch von Nährkraft durchströmt. Er spie den Kern in seine Handfläche und warf ihn, als vollzöge er ein Ritual, über die Schulter. Dann begann er schnell und gefräßig wie ein Wolf zu essen. Er hörte erst auf, als Schaumfolgers Hände leer waren. Mit einem Seufzen, als wünsche er mehr, warf er den letzten Kern hinter sich. Der Riese nickte beifällig und ließ sich in bequemerer Stellung neben dem Glutgestein nieder.

Triock folgte seinem Beispiel. »Das werde ich bestimmt nicht vergessen«, sagte Covenant leise, als er merkte, daß sie ihn beide musterten. Ihm fiel nichts anderes ein, um seine Dankbarkeit auszudrücken.

Triock runzelte verkniffen die Stirn. »Droht er uns?« wollte er von Schaumfolger wissen.

Die kavernenhaften Augen des Riesen forschten in Covenants Gesicht. »Der Zweifler pflegt sich verdrehter Redewendungen zu bedienen«, sagte er mit mattem Lächeln. »Er droht nicht ... er droht uns nicht.«

Covenant verspürte eine Aufwallung grimmigen Danks für Schaumfolgers Verständnis. Er versuchte, das Lächeln zu erwidern, aber die Straffheit seiner Lippen hinderte ihn daran. Er krampfte sich bei dieser vergeblichen Anstrengung zusammen, hüllte sich dann enger in die Decken. Er ahnte hinter den Fragen, die er zu stellen hatte, einen Abgrund schauriger Antworten. Aber er wußte nicht einmal richtig, wie er sie stellen sollte. Triocks verbitterter Mund und Schaumfolgers Narben standen zwischen ihm und seinen beiden Rufern; er befürchtete, er könne Schuld an dem haben, was sie ihm erzählen würden, wenn er seine Fragen stellte. Und doch mußte er die Antworten haben, mußte wissen, wo er stand. In seinem Innern formten sich erste Ansätze von Absichten. Er konnte nicht vergessen, wie dies Tal aussah, als er es zum erstenmal gesehen hatte. Und Mhoram hatte ihn um Hilfe angefleht.

»Ich habe nicht damit gerechnet, hier anzukommen«, begann er sich unsicher vorzutasten. »Ich dachte, Mhoram riefe mich zurück. Aber selbst ihm fehlt der Stab des Gesetzes. Wie ... wie hast also du's geschafft?«

Triock antwortete in betont sachlicher Weise. »Während des letzten Feldzugs besuchte Mhoram, Variols Sohn, Seher und Orakel im Großrat der Lords, vor der Schlacht gegen den Wütrich Markschänder das Steinhausen Mithil. Damals schenkte er mir den *Lomillialor*-Stab, den ich heute verwendet habe ... heute und in den vergangenen drei Tagen. Aufgrund dieses Geschenks reiste ich zur Schule der Lehre, um die Verwendungszwecke des Hehren Holzes zu erlernen. Dort erfuhr ich von Hoch-Lord Elenas Niederlage ... Ich ...« Er schwieg für einen Moment, um seine Leidenschaft erneut zu unterdrücken. »In den folgenden Jahren«, berichtete er dann weiter, »harrte ich darauf, daß sich der Sinn von Hoch-Lord Mhorams Geschenk enthülle. Während dieser Zeit kämpfte ich mit meinen Gefährten gegen die Landverheerer des Grauen Schlächters. Dann stieß der Riese Salzherz Schaumfolger zu uns, und wir fochten gemeinsam in den Südlandebenen. Derweil sich der Winter immer härter aufs Land legte, griffen wir den Gegner an, flohen und griffen erneut an, fügten dem übermächtigen Feind an Schaden zu, soviel wir konnten. Doch dann erreichte uns die Kunde, daß Schwelgenholz gefallen ist . . . daß man das erhabene Schwelgenstein selbst belagert. Wir ließen vom Kampf ab und kehrten zurück zum Steinhausen Mithil, zum Kevinsblick. Drei Tage lang bemühten wir uns mit Hoch-Lord Mhorams *Lomillialor,* Slazherz Schaumfolgers großer Stärke und meinem an der Schule der Lehre erworbenen Wissen, und am Ende ist's uns gelungen, dich wieder ins Land zu holen. Das war kein leichtes Werk.«

Triocks herbe Stimme schlug aus Covenants Verstand Fünkchen der Verzweiflung. »Aber wie?« fragte er, um ihnen widerstehen zu können, bis er dazu imstande war, damit fertig zu werden. »Ich dachte, nur der Stab des Gesetzes . . .«

»Die Niederlage Hoch-Lord Elenas hat vielerlei ins Wanken gebracht«, erwiderte Triock. »Das Land hat noch längst nicht alle Folgen jenes Übels zu spüren bekommen. Der Stab hat gewisse Machtmittel zu gebrauchen erlaubt, andere dagegen eingeschränkt. Nun sind diese Grenzen aufgehoben. Fühlst du nicht die Bösartigkeit dieses Winters?«

Covenant nickte mit Pein in den Augen. Seine Verantwortlichkeit für Elenas Ende quälte ihn und veranlaßte ihn zu einer anderen Art der Fragestellung.

»Das erklärt mir nicht, warum du's getan hast. Nach Lena . . . und Elena . . . und Atiaran . . .« Er brachte es nicht über sich, deutlicher zu werden. »Und allem anderen . . . Du hast weniger Grund als jeder andere auf der Welt, mich zurückzuwünschen. Sogar Trell . . . Schaumfolger kann vielleicht vergessen, aber du kannst es nicht. Würdest du's noch deutlicher denken, könnte ich's riechen.«

Bitterkeit verpreßte Triocks Kiefer, aber seine Antwort kam scharf und unumwunden, als habe er sie sich lange genug zurechtgelegt. »Aber Schaumfolgers Gegenwart erklärt's dir überzeugend. Des Landes Not überzeugt. Die Bedeutung, welche dir die Lehrwarte beimessen, mag dich überzeugen. Und noch immer lebt Lena, Atiarans Tochter, im Steinhausen Mithil. In ihren letzten Jahren sprach Atiaran, Trells Gemahlin, oft davon, daß es die Pflicht der Lebenden sei, dem Opfer der Toten einen Sinn zu verleihen. Ich jedoch wünsche den Opfern der Lebenden einen Sinn zu geben. Nach . . . dem Unheil, das du über Lena gebracht hast . . . Sie verbarg sich, auf daß ihr Leid verborgen bliebe und du unbehelligt den Lords deine Prophezeiung überbringen könntest. Ihr Opfer verlangt einen Sinn, Zweifler.«

Trotz seiner Vorbehalte, trotz seiner Erwartung von Feindseligkeit und Racheplänen, glaubte Covenant Triock. Elena hatte ihn gewarnt, ihn darauf hingewiesen, wozu Triock fähig sei. Nun fragte er sich, wo der Mann seine Kraft gefunden haben mochte. Triock war ein Viehhirt ohne irgendwelchen Ehrgeiz gewesen. Das Mädchen, das er liebte, war vergewaltigt worden, und die uneheliche Tochter war herangewachsen und hatte sich in den Täter verliebt. Doch wegen dieser beiden war er an die Schule der Lehre gegangen, hatte gefährliches Wissen erworben, das er eigentlich nicht wollte, zu dem er keine Neigung besaß. Er war ein Guerillakämpfer des Landes geworden. Und jetzt hatte er infolge der gebieterischen Notsituation und des Landes und seines eigenartigen, grobschlächtigen Begriffs von Barmherzigkeit Covenant geholt. »Du hast deinen Friedensschwur gehalten«, murmelte er schwerfällig. *Auch dafür,* dachte er, *bleibe ich dir etwas schuldig, Foul.*

Unvermittelt stand Triock auf. Die Falten rings um seine Augen dominierten seinen Gesichtsausdruck, während er Covenant musterte. »Was wirst du tun?« erkundigte er sich mit gedämpfter Stimme.

»Frag mich später.« Covenant schämte sich, weil er Triocks Blick nicht standhalten konnte. »Ich bin noch nicht soweit.« Unwillkürlich legte er die rechte Hand über seinen Ring, entzog ihn allen Blicken.

»Es bleibt Zeit«, bemerkte Schaumfolger leise. »Du hast ungemein stark Erholung nötig.«

»Entscheide dich bald«, sagte Triock. »In der Morgendämmerung müssen wir aufbrechen.« Dann entfernte er sich durch den zunehmenden Schneefall zu seinen beiden Gefährten am zweiten Gefäß voller Glutgestein.

»Er ist ein guter Mann«, sagte Schaumfolger mit unterdrückter Stimme. »Vertrau ihm.«

Oh, ich vertraue ihm, dachte Covenant. *Was bleibt mir anderes übrig?* Trotz der Wärme seiner Decken begann er wieder zu schlottern. Als er sich noch näher ans Glutgestein beugte, bemerkte er den sorgenvollen Ausdruck von Schaumfolgers Gesicht. »Ich weiß noch immer nicht«, sagte er hastig, um irgendwelchen Äußerungen der Fürsorglichkeit zuvorzukommen, die ihn daran erinnern mochten, wie wenig er die Aufmerksamkeit des Riesen verdiente, »was mit dir passiert ist. Die Riesen waren ... Ich habe keine Ahnung, was aus ihnen geworden ist. Und du ... Auf dich hat man ausgiebig eingedroschen.« Er unternahm einen ernsthaften Versuch, Näheres von Schaumfolger zu erfahren. »Ich will dir mal was Komisches sagen. Ich habe mich gesorgt, was du ... was du nach dem, was in der Verräterschlucht geschehen war, tun würdest. Ich habe befürchtet, du könntest zu deinem Volk heimkehren und ... und es dazu überreden, das Kämpfen aufzuhören, den Kampf einzustellen. Wie findest du das? Habe ich dir endlich einmal etwas erzählt, das dich zum Lachen bringt?«

Aber er sah allzu deutlich, das war nicht der Fall. Schaumfolger senkte den Kopf, bedeckte sein Gesicht mit einer Hand. Für einen Moment verkrampften sich seine Schultern, als müsse er das harte innere Gerüst seiner Erscheinung mit den Fingern zu einer Haltung zurechtzerren, die er auf andere Weise nicht mehr zustandebrachte. »Freude ist in den Ohren, die hören«, sagte er mit einer Stimme, die unter der Hand dumpf klang. »Meine Ohren sind zu voll vom Lärm des Tötens gewesen.« Dann hob er den Kopf, und seine Miene war gefaßt. Nur eine wulstige Fältelung zwischen seinen Augen zeugte von seiner Gekränktheit. »Ich bin noch nicht bereit, darüber zu lachen. Wäre ich zum Lachen fähig, ich bräuchte mich von Seelenpressers Geschöpfen nicht so ... nicht so gehetzt zu fühlen.«

»Schaumfolger«, murmelte Covenant erneut, »was ist aus dir geworden?«

Der Riese vollführte mit beiden Händen eine Geste der Hilflosigkeit, als fiele ihm keine Möglichkeit ein, seine Erlebnisse zu erzählen. »Mein Freund, ich bin geworden, was du hier siehst. Das ist eine Geschichte, die selbst mein Vermögen übersteigt, und ich bin ein Riese — wenngleich du dich vielleicht entsinnst, daß ich bei meinem Volk als ungewöhnlich wortkarg galt. Stein und See! Covenant, ich weiß nicht, was ich sagen soll. Du weißt, wie ich während der Suche nach dem Stab des Gesetzes gekämpft habe. Als sich Damelon Riesenfreunds Prophetie an meinem Volk erfüllte, erkannte ich, daß ich in diesem Kampf nicht nachlassen konnte. Ich hatte Schläge ausgeteilt und vermochte darin nicht wieder innezuhalten. So verließ ich die Wasserkante, um dem Lande mit diesem meinen dunklen Drange zu dienen. Doch ich begab mich nicht zu den Lords. In meinen Gedanken spottete die große, unvergleichliche Schönheit Schwelgensteins meiner, der von Riesen geschaffenen Feste Herrenhöh. Ich mochte nicht in ihren hehren Hallen stehen, während Seelenpressers Geschöpfe das Land verwüsteten. Aus diesem Grund kämpfte ich weiter, verbrachte meine Tage mit Menschen, die kämpften. Zwischen den Nordlandhöhen und den letzten Hügeln versetzte ich dem Widersacher meine Schläge. Als ich Thulers Sohn Triock und seinen Gefährten begegnete, als ich erfuhr, daß er ein Glied des Hehren Holzes besitzt, einen Abkömmling des Einholzbaumes, aus dem der Stab des Gesetzes gemacht war — da schloß ich mich ihnen an. Auf diese Art und Weise erlangte ich meine Narben, und nun bin ich hier.«

»Du bist zu lange unter Menschen gewesen«, murrte Covenant. »Du hast mir so gut wie gar nichts erzählt. Was . . .? Wie . . .? Ich weiß nicht mal, wo ich mit meinen Fragen anfangen soll.«

»Dann fang nicht an, mein Freund. Schlaf.« Schaumfolger hob eine Hand und berührte behutsam Covenants Schulter. »Auch du bist zu lange unter Menschen . . . unter Menschen anderer Art gewesen. Du bedarfst vieler Tage der Ruhe, und ich fürchte, daß du sie nicht erhalten wirst. Du mußt schlafen.«

Zu seiner Überraschung stellte Covenant fest, daß er fähig war zum Schlafen. Aus den Decken und dem Schein des Glutgesteins sickerte ihm warme Schläfrigkeit in den Körper, ging von den *Aliantha* in sein Blut über. Morgen würde er besser wissen, welche Fragen er stellen mußte. Er streckte sich am kalten Untergrund aus und zog sich die Decken über die Ohren. »Wie lange«, fragte er, als Schaumfolger ihm die Decken zurechtschob, »wird der Winter noch dauern?«

»Friede, mein Freund«, lautete Schaumfolgers Antwort. »Des Landes Frühling hätte vor drei Monden keimen müssen.«

Ein eisiges Schaudern durchfuhr Covenant. *Hölle und Verdammnis, Foul!* knirschte er innerlich. *Hölle und Verdammung!* Aber in seiner zusammengekauerten Stellung konnte er seiner schon zu lang anhaltenden Übermüdung nicht widerstehen. Fast im Handumdrehen schlief er ein, während er *Hölle und Verdammnis, Pest und Hölle!* dachte.

Er lag in rotem, blindem Schlummer, bis ihm irgendwann im Dunkeln danach war, als ob Stimmen ihn in gewissem Umfang weckten. Er lauschte in seiner körperlosen Mattigkeit, während sie über ihm sprachen, als sei er nur ein hingestreckter Leichnam.

»Du hast ihm wenig von der Wahrheit mitgeteilt«, sagte Triock.

»Er leidet Pein genug für ein Herz«, gab Schaumfolger zur Antwort. »Wie könnte ich's ihm sagen?«

»Er muß es wissen. Er ist verantwortlich.«

»Nein. Dafür ist er nicht verantwortlich.«

»Dennoch muß er Bescheid wissen.«

»Sogar Stein kann brechen, wenn man ihm zuviel zumutet.«

»Ach, Steinbruder. Wie wirst du dich rechtfertigen, sollte er sich wider das Land wenden?«

»Friede, mein Freund. Martere mich nicht. Ich weiß längst, daß es keine Rechtfertigung gibt.«

Covenant lauschte, ohne etwas zu begreifen. Als die Stimmen wieder aus seinem Bewußtsein wichen, sank er in wilde Träume von stärksten Vorsätzen und höchster Wiedergutmachung.

6

Kampf ums Steinhausen Mithil

Zu guter Letzt schüttelte Schaumfolger ihn wieder wach. Der Riese rüttelte an seiner Schulter, bis er aus seinen Decken in die Dunkelheit hochschrak. Im schwachen Lichtschein halb bedeckter Glutstein-Gefäße konnte er sehen, daß es zu schneien aufgehört hatte, aber bis zum Anbruch der morgendlichen Dämmerung blieb noch einige Zeit. Die Nacht staute schwarze Luft im Tal.

Er ließ sich zurück zwischen die Decken sinken. »Geh!« nuschelte er kraftlos. »Laß mich schlafen!«

Schaumfolger schüttelte ihn erneut. »Erhebe dich, Ur-Lord. Du mußt nun essen. Wir werden bald aufbrechen.«

»Dämmerung«, krächzte Covenant. Die straffe Wundheit seiner Lippen verursachte ein Brabbeln, als habe die Taubheit seiner Hände und Füße auf seine Zunge übergegriffen. »In der Dämmerung, hat er gesagt.«

»Jeurquin meldet Feuerschein beim Steinhausen Mithil, in der Richtung der Südlandebenen. Das werden keine Freunde sein — im Süden wagen kaum noch Menschen des Nachts Feuer zu entzünden. Und irgend jemand steigt vom Steinhausen zu uns herauf. Wir können hier nicht bleiben. Erhebe dich!« Er setzte Covenant auf, drückte ihm eine Flasche und eine Schüssel in die Hände. »Iß!«

Verschlafen trank Covenant aus der steinernen Flasche und stellte fest, daß sie Wasser enthielt, so eiskalt wie geschmolzener Schnee. Der kühle Trunk erhöhte schlagartig seine Wachheit. Zittrig tastete er in die Schüssel. In ihr befanden sich Schatzbeeren und ungesäuertes Brot. Hastig begann er zu essen, um die Kälte des Wassers in seinem Magen zu lindern. »Wenn diese Leute ... was immer sie sein mögen ... Plünderer ...«, meinte er zwischen einigen Bissen. »Wenn sie in diese Gegend kommen ... sind wir hier nicht sicher?«

»Vielleicht sind wir's. Aber die Steinhausener werden um ihre Heimstätten kämpfen. Es sind Triocks Dorfgenossen. Wir müssen ihnen beistehen.«

»Können sie sich nicht einfach in den Bergen verstecken ... bis die Marodeure wieder abziehen?«

»So haben sie sich in der Vergangenheit schon mehrmals verhalten. Aber das Steinhausen Mithil ist schon etliche Male überfallen worden. Die Steinhausener sind des Schadens überdrüssig, der ihren Heimen dabei zugefügt worden ist. Diesmal wollen sie sich wehren.«

Covenant aß die Schüssel leer und zwang sich zu einem langen Zug aus der Flasche. Die Eisigkeit des Wassers schmerzte in seiner Kehle. »Ich bin kein Krieger.«

»Ich entsinne mich«, sagte Schaumfolger mit zweideutigem Lächeln, als stimme seine Erinnerung mit Covenants Behauptung nicht überein. »Wir werden dafür sorgen, daß du keinen Schaden nimmst.« Er nahm Flasche und Schüssel und tat sie in einen großen Ledersack; dann brachte er daraus eine schwere Schaffelljacke zum Vorschein und reichte sie Covenant. »Die wird dir von Nutzen sein — obschon es heißt, daß keine Kleidung und keine Flamme dieses Winters Kälte vollauf bannen könne.« Covenant schlüpfte in die Jacke. »Ich bedaure«, fügte der Riese hinzu, »daß ich dir kein besseres Schuhzeug geben kann, aber die Steinhausener tragen ausschließlich Sandalen.« Er entnahm dem Sack ein Paar Sandalen aus dickem Leder und händigte sie Covenant aus.

Als Covenant die Decken zur Seite warf, sah er zum erstenmal, was er mit seinen Füßen angestellt hatte. Von den Zehen bis zu den Fersen waren sie zerschrammt und geprellt; geronnenes, verkrustetes Blut klebte in Klumpen an ihnen, und an den Knöcheln hingen die Reste seiner Socken wie läppische Fetzen eines Scherzartikels. Aber er spürte keinen Schmerz; die Taubheit seiner Nerven reichte tiefer als diese Verletzungen. »Keine Aufregung«, krächzte er, als er sich die Überreste der Socken von den Füßen zog. »Ist ja bloß Lepra.« Er riß die von Schaumfolger hervorgeholten Sandalen an sich, rammte seine Füße hinein und verknotete hinter seinen Fersen die Bänder. »Irgendwann in nächster Zeit werde ich wohl herausfinden, wozu ich mir überhaupt die Mühe mache, meine Knochen zu schützen.« Aber er wußte, warum er es tat; seine im Entstehen begriffenen Absichten erforderten es. »Du solltest mal meine Welt besuchen«, brummte er, nur halb zum Riesen gewandt. »Sie ist schmerzfrei. Du wirst nichts spüren.«

In diesem Moment rief Triock herüber. Rasch erhob sich Schaumfolger.

Als sich Covenant von den Decken hochraffte, nahm Schaumfolger sie und stopfte sie in seinen Sack. Mit dem Sack in der einen, den Topf voller Glutgestein in der anderen Hand, ging er mit Covenant zu dem Steinhausener.

Triock stand mit drei Gefährten in der Nähe des schmalen Hohlwegs, der aus dem Tal führte. Sie unterhielten sich mit gedämpften, eindringlichen Stimmen, bis Schaumfolger und Covenant sich zu ihnen gesellten. »Steinbruder«, sagte Triock eilig, »unsere Späher sind aus den Ebenen zurückgekehrt. Slen berichtet, daß . . .« Plötzlich verstummte er; sein Mund verzog sich zu einem sardonischen Lächeln. »Um Vergebung«, sagte er. »Ich habe das Mindestmaß an Höflichkeit mißachtet. Ich muß bekanntmachen.« Er drehte sich einem seiner Gefährten zu, einem gedrungenen alten Mann, der in der Kälte heiser atmete. »Slen, Terass' Gemahl, hier ist Ur-Lord Thomas Covenant, Zweifler und Weißgoldträger. Zweifler, hier siehst du Slen, den hervorragendsten Koch in den ganzen Südlandebenen. Seine Gemahlin Terass gehört im Steinhausen Mithil dem Kreis der Ältesten an.« Slen entbot Covenant einen Gruß, den dieser linkisch erwiderte, als ob das Dampfen seines Atmens und die Gefühllosigkeit seiner Hände sein letztes bißchen Würde sabotierten. Dann wandte sich Triock zu seinen zwei anderen Begleitern. Es handelte sich um einen Mann und eine Frau, die einander wie Zwillinge ähnelten. Sie besaßen ein kämpferisches Aussehen, als seien sie vertraut mit nächtlichem Blutvergießen und Töten, und ihre braunen Augen zwinkerten Covenant an, als gehörten ihre Augäpfel Menschen, die um die Fähigkeit gekommen waren, überrascht zu sein. »Hier siehst du Jeurquin und Quirrel«, stellte Triock sie vor. »Vom ersten Tag an, da man das Land angriff, haben wir gemeinsam gegen den Feind gefochten. Zweifler, als der Riese und ich erstmals von der Belagerung Schwelgensteins vernahmen, waren wir dabei, mit einer großen Horde von des Grauen Schlächters Geschöpfe inmitten der Südlandebenen zu scharmützeln. Sofort setzten wir uns ab und verwischten sorgsam unsere Spuren, auf daß man uns nicht folge, und ließen Späher zurück, um die Horde unter Beobachtung zu halten. Nun sind die Späher zu uns gestoßen und vermelden, daß die Horde uns zunächst ohne Erfolg gesucht hat. Vor zwei Tagen jedoch schlug sie urplötzlich eilends die Richtung zum Mithiltal ein.« Er legte eine grimmige Pause ein. »Der Feind muß die Machtentfaltung unseres Wirkens auf dem Kevinsblick gespürt haben«, sagte er dann. »*Melenkurion!* Eines jener Wesen muß dafür Augen haben.«

»Deshalb sind wir hier nicht länger sicher«, sagte Schaumfolger zu Covenant. »Falls sie wahrhaftig die Macht des Hehren Holzes geschaut haben, werden sie weder rasten noch ruhen, bis es ihnen gelungen ist, es für den Seelenpresser zu erbeuten — und den Besitzer zu erschlagen.«

Slen hustete eine Dampfwolke aus. »Wir müssen fort. Bei Tagesanbruch wird man angreifen.«

Mit nachdrücklichem Nicken stimmte Triock ihm zu. »Wir sind bereit.« Er blickte Schaumfolger und Covenant an. »Zweifler, wir müssen zu Fuß gehen. Die Zeit des Reisens auf den Rükken von Rössern ist für das Land vorüber. Fühlst du dich dazu imstande?«

Covenant tat die Frage mit einem Achselzucken ab. »Es ist ein bißchen spät, jetzt darüber nachzudenken, wozu ich imstande bin und wozu nicht. Schaumfolger kann mich mühelos tragen, falls ich für euch zu langsam bin.«

»Nun wohl.« Triock hüllte sich fester in seinen Mantel, dann nahm er den Topf mit Glutgestein und hielt ihn über den Kopf, so daß er voraus in den Hohlweg leuchtete. »Dann laßt uns ziehen.«

Quirrel eilte den anderen zügig in die Finsternis des Hohlwegs voran, und Triock schloß sich ihr an, gefolgt von Slen. Auf einen Wink des Riesen hin folgte Covenant Slen. Hinter ihm kam Schaumfolger mit dem zweiten Gefäß voll Glutsteine, und Jeurquin machte für die Gruppe die Nachhut.

Noch bevor er sich zwanzig Meter weit den Hohlweg hinabgeschleppt hatte, sah Covenant ein, daß er unverändert zu schwach war zum Marschieren. Mattigkeit hemmte seine Muskeln, und die geringe Kraft, die er inzwischen wieder besaß, brauchte er, um gegen die Kälte durchzuhalten. Zunächst hegte er die feste Entschlossenheit, trotz seiner Schwäche weiterzugehen. Aber zu dem Zeitpunkt, als er sich die halbe Strecke des Felsspalts hinaufgekämpft hatte, der auf den Berghang oberhalb des Steinhausens Mithil mündete, war ihm endgültig klar, daß er den Weg nicht ohne Unterstützung fortsetzen konnte. Wenn er die Absicht verwirklichen wollte, die im Hintergrund seines Bewußtseins verwaschen Gestalt gewann, mußte er lernen, Hilfe anzunehmen. Er lehnte sich gegen den Fels, atmete schwer. »Schaumfolger!«

Der Riese beugte sich zu ihm herab. »Ja, mein Freund?«

»Schaumfolger . . . ich schaff's nicht allein.«

»Ich auch nicht«, erwiderte Schaumfolger und lachte leise.

»Mein Freund, es gibt Trost ... in mancher Gefährtenschaft.« Ohne Mühe hob er Covenant auf seine Arme, trug ihn so, daß er halb saß und nach vorn schauen konnte. Obwohl er nur einen Arm brauchte, um Covenants Gewicht zu tragen, gab er den Topf voller Glutsteine in Covenants Hände. Die behagliche Helligkeit der Kiesel enthüllte, daß Schaumfolger breit lächelte. »Dergleichen ist für mich gefährlich«, sagte er. »Es ist möglich, daß Nützlichsein zu einer gefahrvollen Gewohnheit mißrät.«

»Das könnte von mir sein«, murmelte Covenant in barschem Ton. Schaumfolgers Lächeln verbreiterte sich zu einem Grinsen. Aber Triock warf ihnen mit düsterer Miene einen Blick der Warnung zu, und der Riese enthielt sich jedes weiteren Kommentars.

Einige Augenblicke später bedeckte Triock sein Glutgestein. Auf ein Nicken Schaumfolgers tat Covenant das gleiche. Der Riese brachte das steinerne Gefäß in seinem Sack unter. Ohne verräterisches Licht erklomm die Gruppe den weithin einsehbaren Berghang hoch überm Mithiltal. Unterm schweren Dunkel der Nacht konnte man nichts sehen — außer fernen Feuern, die glommen wie Funken in kaltem schwarzem Schwamm. Covenant vermochte nicht abzuschätzen, in welcher Entfernung die Feuer brannten. »Es ist eine große Horde«, sagte jedoch Schaumfolger mit gepreßter Stimme. »Sie wird das Steinhausen in der Morgendämmerung erreichen, wie Slen angekündigt hat.«

»Dann müssen wir uns sputen«, meinte Triock schroff. Er wandte sich nach links und stapfte mit achtloser Schnelligkeit den Kamm des Höhenzugs entlang. Der Riese eilte ihm sofort hinterdrein, und dank seiner langen Schritte blieb er hinter Triocks Geschwindigkeit nicht zurück. Bald verließen sie den Felskamm und überquerten mehr oder weniger steile Hänge, über welche sie talwärts gelangten. Covenant bemerkte, daß er allmählich dichtere Luft atmete. Mit der Wärme des Glutstein-Topfes an seiner Brust fühlte er sich mit der Zeit etwas kräftiger. Er versuchte, sich darauf zu besinnen, wie dieser Pfad im Frühling auszusehen pflegte, aber jegliche diesbezügliche Erinnerung blieb aus; er konnte den Eindruck trostloser Kahlheit, der ihn aus der Nacht anödete, nicht überwinden. Er spürte, daß er, könnte er jetzt die schonungslosen Felsen des Berges sehen, die aufgenötigte Leblosigkeit des Vorgebirges, die geborstenen Baumstämme, oder den Mithil voller Eis, entsetzt wäre. Doch er war noch nicht wieder reif für neues Entsetzen.

Vorn begann Triock zu laufen. Das Rucken und Schaukeln

von Schaumfolgers Laufschritt schüttelte Covenant andere Gedanken aus dem Kopf, und er fing an, sich ernsthaft auf die stockfinstere Nacht zu konzentrieren. Er merkte, indem er grotesk die Lider verkniff, daß er sein Sehvermögen der Dunkelheit ein wenig anpassen konnte; anscheinend besannen sich seine Augen auf die ihnen im Land eigene Klarsichtigkeit. Während Schaumfolger mit ihm den Pfad hinabhastete, konnte er links die hohen, düsteren Umrisse der Berge emporragen sehen, rechts die Tiefe des Tals. Nach einer Weile erhaschte er verschwommene, helle Glanzlichter auf dem von Eis knorrigen Fluß. Dann erreichte der Pfad das Ende des Tals und verlief in weit geschwungenem Bogen zum Mithil. Als Schaumfolger die Biegung durchmessen hatte, sah Covenant hinter den Berggipfeln im Osten den ersten Schimmer der Morgendämmerung.

Die Gruppe beeilte sich noch mehr. Während morgendliches Licht in die Luft sickerte, konnte Covenant unter Schaumfolgers Füßen schemenhaft Schneeklümpchen aufspringen sehen. Schaumfolgers laute, starke Atemzüge beherrschten sein Gehör, aber von hinten hörte er in unregelmäßigen Abständen, wie sich der Fluß unter scharfem Knacken und Ächzen gegen das Gewicht der eigenen eisigen Erstarrung stemmte. Er begann das Bedürfnis zu verspüren, von den Armen des Riesen zu steigen, entweder um sich von dessen Hast abzusondern, oder um dem Drängen seiner eigenen Unruhe nachzugeben.

Plötzlich verlangsamte Quirrel ihr Tempo und blieb stehen. Triock und Schaumfolger holten sie ein und trafen sie im Gespräch mit einer anderen Steinhausenerin an. »Triock, die Dörfler sind bereit«, flüsterte die Frau eilig. »Feinde kommen näher. Es sind viele, aber die Kundschafter haben keine Höhlenschrate oder Urböse bemerkt. Wie sollen wir sie bekämpfen?«

Während sie sprach, sprang Covenant auf den Erdboden. Er stampfte mit den Füßen auf der Stelle, um die Durchblutung seiner Knie zu beschleunigen, dann trat er näher zu Triock, um mitzubekommen, was man besprach. »Jemand unter ihnen muß besondere Augen haben«, erwiderte Triock. »Sie trachten nach dem Hehren Holze.«

»Das meinen auch die Ältesten.«

»Wir werden es verwenden, um sie anzulocken. Ich bleibe auf dieser Seite des Steinhausens, so daß sie alle Häuser durchsuchen müssen, um mich zu finden. Die Häuser werden ihre Kräfte zersplittern und sie voneinander trennen. Das Steinhausen selbst und der Vorteil der Überraschung werden uns eine große Hilfe sein. Die Leute sollen sich an dieser Seite verbergen, hinter den Mauern der äußeren Bauten. Geh!«

Die Frau drehte sich um und rannte zum Steinhausen. Triock folgte langsamer, erteilte unterwegs Quirrel und Jeurquin Anweisungen. Covenant schloß sich an, Schaumfolger neben sich, und überlegte, wie er das liebe Leben behalten könne, wenn der Kampf ausbrach. Triock war anscheinend fest davon überzeugt, daß die Marodeure es auf das *Lomillialor* abgesehen hatten, aber Covenant hatte andere Vorstellungen. Er fühlte sich dazu imstande, ohne weiteres zu glauben, daß dieser Bande von Fouls Kreaturen an ihm und dem Weißgold lag.

Er keuchte hinter Triock eine Anhöhe hinauf, und als sie die Hügelkuppe überquerten, erhielt er Ausblick auf die gedrungene Anlage des steinernen Dorfes. Im kränklichen Morgenlicht konnte er im groben die runde Anordnung der Steinhäuser erkennen; die unregelmäßigen, zumeist nur mit einem Geschoß und Flachdächern versehenen Bauten standen dem freien Zentrum zugewandt, dem Versammlungsplatz der Dorfbewohner. In der Ferne, nahe beim Zugang ins Tal, glommen die Fackeln der Marodeure. Sie bewegten sich rasch, als hätten ihre Träger schon den Duft der Beute in ihren Nüstern. Triock verharrte einen Moment lang und spähte durchs trübe Grau der Dämmerung hinüber. »Sollte mir auch dies mißraten«, sagte er zu Schaumfolger, »überlasse ich das Hehre Holz und den Zweifler deiner Obhut. Du mußt vollbringen, was ich nicht vermag.«

»Es darf nicht mißlingen«, gab Schaumfolger zur Antwort. »So etwas dürfen wir nicht geschehen lassen. Was könnte ich an deiner Stelle tun?«

Triock wies mit einer ruckartigen Gebärde seines Kinns auf Covenant. »Ihm verzeihen.« Ohne eine Entgegnung abzuwarten, eilte er im Laufschritt den Hügel hinunter.

Covenant stürmte los, um ihn einzuholen, aber seine gefühllosen Füße schlitterten so unsicher durch den Schnee, daß er zu langsam blieb. Er gelangte erst am Fuß der Anhöhe zu Triock. Dort packte Covenant ihn am Arm, hielt ihn auf und keuchte ihm seinen Dampfatem ins Gesicht. »Vergib mir nicht. Füge dir meinetwegen nicht noch mehr Gewalt zu. Gib mir bloß eine Waffe, damit ich mich verteidigen kann.«

Triock schlug Covenants Hand von seinem Arm. »Eine Waffe, Zweifler?« schnauzte er. »Nimm deinen Ring!« Doch im nächsten Moment errang er die Selbstbeherrschung zurück, unterdrückte seine Bitterkeit. »Covenant«, sagte er leise, »vielleicht werden wir beide, du und ich, eines Tages einander begreifen.« Er griff unter seinen Mantel, zog einen langen, steinernen Dolch und reichte ihn Covenant so feierlich, als wären sie Kameraden. Dann lief er weiter, um sich zu den Dörflern zu gesellen, die überstürzt am Rande der Ortschaft Deckung suchten, um sich in den Hinterhalt zu legen.

Covenant betrachtete das Messer, als sei es eine getarnte Giftschlange. Für einen Augenblick wußte er nicht, was er tun sollte; nun hatte er eine Waffe, aber er konnte sich ihren Gebrauch nicht vorstellen. Er hatte schon andere Messer von zweischneidiger Bedeutung besessen. Ratlos blickte er zu Schaumfolger auf, doch die Aufmerksamkeit des Riesen galt anderen Dingen. Er starrte versonnen dem Feuerschein entgegen, der näherrückte, und in seinen Augen stak ein heißer, enthusiastischer Glanz, als male er sich Gemetzel aus oder erinnere sich an welche. Innerlich duckte sich Covenant. Er drehte das Messer zwischen den Händen, und fast entschloß er sich dazu, es wegzuwerfen; aber dann öffnete er plötzlich seine Jacke und schob die Klinge in seinen Gürtel. »Was jetzt?« fragte er, um Schaumfolgers starren Blick aus der Ferne abzulenken. »Bleiben wir einfach hier stehen, oder sollen wir im Kreis umherlaufen?«

Der Riese schaute ihn mit einem Ruck an, und seine Miene verfinsterte sich. »Sie kämpfen um ihre Heime«, sagte er bedrohlich. »Wenn du keinen Beistand leisten kannst, verzichte zumindest darauf, sie zu verhöhnen.« Mit herrischer Geste entfernte er sich zwischen die nächsten Häuser.

Covenant stöhnte infolge der ungewohnten Strenge des Riesen auf und folgte ihm ins Steinhausen. Die Mehrzahl der Bewohner befand sich inzwischen außer Sicht und hatte sich hinter den Häusern am Dorfrand versteckt. Allem Anschein nach schenkten sie Covenant keine erhöhte Beachtung, und er strebte hinter Schaumfolger an ihnen vorüber, als sei er unterwegs, um in ihrer Falle für die Marodeure den Köder abzugeben. An der Rückseite eines mehr zum Ortsinnern hin gelegenen Hauses blieb Schaumfolger stehen. Wie die meisten Häuser besaß es ein Flachdach; die steinernen Mauern reichten dem Riesen gerade bis unter das Kinn. Als Covenant zu ihm trat, packte er den Zweifler und hob ihn mit mühelosem Schwung auf das Dach. Covenant landete mit dem Gesicht im Schnee. Er spuckte, erhob sich auf die Knie und drehte sich verärgert nach dem Riesen um. »Da oben wirst du sicherer sein«, sagte Schaumfolger. »Ich gebe dort auf dich acht.« Er deutete auf ein Nachbarhaus. »Duck dich! Sie sind fast hier.« Instinktiv streckte Covenant sich bäuchlings aus.

Wie auf ein Zeichen entstand ringsherum bedrücktes Schweigen. Außer dem mäßigen, flatterhaften Pfeifen des Windes ertönte kein Laut im ganzen Steinhausen. Er fühlte sich auf dem Dach unangenehm schutzlos. Aber selbst diese geringe Höhe machte ihn schwindlig; er war dazu außerstande, wieder hinabzuspringen, sogar nur nach unten zu schauen. Hastig rutschte er auf Abstand vom Dachrand, erstarrte schlagartig, als er das Geräusch hörte, das er verursachte. Obwohl der Schnee seine Bewegungen dämpfte, klangen sie in der Stille nach Verrat. Für eine Weile brachte er keinen Mut zur beabsichtigten Drehung auf. Er fürchtete, an der anderen Seite könnten ihn grausame Gesichter spöttisch anglotzen.

Aber langsam ließ das Pochen der Anspannung in seinen Schläfen nach. Er begann über sich selbst zu fluchen. Während er mit ausgebreiteten Armen und Beinen auf dem Dach lag, wandte er sich allmählich in die Richtung zum Dorfplatz in der Mitte des Orts.

Im Tal warf der Fackelschein blutroten Glanz in die Luft unter dem dichten Grau der Wolken. Die Wolken schlossen jeden anderen Anblick des Himmels vollkommen aus, und unter ihrem eisigen Gewicht dämmerte der Tag fahl und freudlos herauf wie in untröstlichem Gram. Bei dieser Aussicht grauste es Covenant mehr als inmitten der schwarzen Nacht. Noch viel deutlicher als vom Kevinsblick aus konnte er nun erkennen, daß diese unablässige schleierartige Trübheit widernatürlich war, eine Entgleisung — ein von Lord Foul in irrsinnigster Bosheit geschaffenes Leichentuch. Und die Macht, die dahinter stak, flößte ihm Grauen ein. Lord Foul besaß die Kraft, um die grundlegende Ordnung der Erde zu stören. Es konnte ihn kaum ein Fingerschnippen kosten, einen lebensuntüchtigen Lepraleidenden zu zermalmen. Alle Absichten, ihn daran zu hindern, waren bloß geistlose Aufschneidereien.

Covenants Hand tastete nach dem Messer, als erinnere ihn dessen steinerne Schneide an Standhaftigkeit, straffe die Vertäuung seines Durchhaltevermögens. Doch entferntes Klirren, im Wind unklar unterscheidbar, scheuchte alle anderen Gedanken aus seinem Bewußtsein. Nachdem er für einen kurzen Moment die Ohren gespitzt hatte, begriff er, daß er die Marodeure näherkommen hörte. Er begann zu zittern, als er merkte, daß sie sich keinerlei Mühe gaben, leise zu sein. Das ganze Tal lag offen vor ihnen, und sie benahmen sich mit der gierigen Selbstsicherheit einer Übermacht; sie zogen unter Waffengeklirr am Fluß entlang, warnten die Steinhausener vor jeder Gegenwehr. Vorsichtig rutschte Covenant in eine günstigere Position, die es ihm erlaubte, über den Dachrand zu spähen. Seine Muskeln bebten, aber er biß die Zähne zusammen, preßte sich flach in den Schnee und starrte mit so eindringlicher Konzentration durch die trübe Luft zur Mitte des Dorfes, daß sein Kopf schmerzte.

Bald darauf hörte er kehlige Rufe und das Scharren von Eisen an Stein, als die Marodeure sich daranmachten, die ersten Häuser zu durchsuchen. Aber noch konnte er nichts sehen; die anderen Dächer der Ortschaft versperrten die Sicht. Er versuchte, möglichst flach zu atmen, damit seine dunstige Ausatmung nicht sein Blickfeld vernebelte oder sein Versteck verriet. Als er den Kopf drehte, um in die anderen Richtungen zu schauen, fiel ihm auf, daß seine Fäuste jede eine Handvoll Schnee umklammerten und zusammenpreßten. Er entkrampfte die Hände, zwang seine Finger zur Lockerung und legte die Handflächen ausgestreckt auf den Stein, so daß er bereit war zum Aufspringen.

Das lautstarke Eindringen verbreitete sich auf der anderen Seite des Dorfes und begann sich zum Zentrum zu verlagern, bewegte sich ungefähr parallel zum Fluß durch den Ort. Statt das Steinhausen zu umzingeln und die Bewohner einzuschließen, zogen die Marodeure es vor, das Dorf gemächlich zu durchkämmen; sie hatten auf das Moment eines möglich gewesenen überraschenden Überfalls von vornherein verzichtet und gingen so vor, daß die Dorfbewohner dazu genötigt sein mußten, zum engeren Ende des Tals zu flüchten. Für diese Taktik konnte sich Covenant keinen anderen Grund vorstellen als Selbstvertrauen und Geringschätzung. Die Marodeure wollten die Einwohner erst in der Falle am Ende des Mithiltals schnappen, auf diese Weise das Metzeln hinauszögern und die Vorfreude verlängern. So bösartige Sicherheit konnte Furcht erregen, doch Covenant verspürte eine gewisse Erleichterung. Das war kein Vorgehen, mit dem sich zweifelsfrei erwarten ließ, etwas angeblich so Mächtiges wie Weißgold zu erbeuten.

Aber nicht lange, und er fand eine andere Erklärung. Während er seine Augen anstrengte, um das dämmrige Licht zu durchdringen, gewahrte er urplötzlich auf der anderen Seite der Ortschaft ein scharfes Aufblitzen grünen Lichts. Es dauerte nur eine Sekunde lang, und anschließend erfüllte ein Mahlen wie von fernem Donnergrollen die Luft, ein dumpfes, dunkles Geräusch, als rieben Felsklötze aneinander. Aber es erschreckte ihn so sehr, daß er beinah auf die Füße sprang, um zu schauen, was sich ereignete. Er bremste sich jedoch, als er die ersten Kreaturen das Zentrum des Steinhausens betreten sah.

Die meisten waren im großen und ganzen menschenähnlich. Ihre sonstigen Eigenschaften jedoch waren wie zermartert, grotesk ausgeprägt, als habe irgendeine übermächtige Faust sie bei der Geburt gepackt und bis zur Unkenntlichkeit entstellt. Augen saßen falsch, waren deformiert; Nasen und Münder beulten klobig Haut aus, die verzerrt wirkte wie zwischen starken Fingern gepreßter Lehm; und in manchen Fällen sickerte aus dem gesamten Fleisch an Schädel und Gesicht Flüssigkeit, als sei der ganze Kopf eine eitrige Wunde. Der Rest ihrer Leiber war nicht weniger mißraten. Einige hatten auf wahnwitzige Weise verkrümmte Rücken, andere besaßen zusätzliche Arme oder Beine, während wieder andere den Kopf zwischen den Schulterblättern oder sogar mitten auf dem Brustkorb trugen. Eine Eigenheit war ihnen allerdings gemeinsam: sie alle stanken nach Perversheit, als sei sie das Lebensblut ihrer Existenz; Haß auf alles, das gesund und gerade war, machte ihre Blicke scheel. Nackt bis auf Verpflegungsbeutel und Gurte für ihre Waffen kamen sie unter Knurren und Seibern auf den freien Platz im Zentrum des Steinhausens Mithil gestapft. Dort warteten sie, bis Zurufe ihrer Kumpane ihnen mitteilten, daß sie die vordere Hälfte des Dorfes unter Kontrolle hatten. Daraufhin stieß eine hünenhafte Gestalt mit knotigem Gesicht und drei muskulösen Armen grob einen an die hinter ihr befindlichen Marodeure gerichteten Befehl aus. Sofort betrat eine weitere Gruppe den Dorfplatz und brachte drei scheußliche Wesen mit, die sich von allen anderen Kreaturen merklich unterschieden.

Diese drei Lebewesen waren so blind und haarlos, als seien sie von Urbösen gezeugt worden, aber sie wiesen weder Ohren noch Nasen auf. Ihre kleinen Köpfe saßen ohne Hals auf immens breiten, wuchtigen Schultern. Aus Schenkeln, die so klobig waren wie Schweinsköpfe, ragten kurze Beine, die Stützbalken glichen, und ihre dicken Arme waren so lang, daß sie bis auf den

Erdboden baumelten. Von den Schulterhöhlen bis zu den Fingerspitzen waren die Innenseite dieser Arme mit Saugnäpfen bedeckt. Alle drei schienen sie sich in Covenants Blickfeld zu kräuseln, als wären sie mit soviel schlechter Macht ausgestattet, daß seine unverdorbenen Augen ihre Umrisse nicht angrenzen konnten. Auf einen diesbezüglichen Befehl führten Marodeure das Trio zu einem Haus am Rande des Dorfplatzes. Dort stellte man sie an drei Ecken auf, und unverzüglich drückten sie sich dagegen, breiteten ihre Arme zur größten Spannweite aus und packten den Stein mit ihren Saugnäpfen. Mit dumpfem Dröhnen begann sich zwischen ihnen Energie zu ballen. Ihre Kraftentfaltung umschlang das Haus, zog sich langsam darum zusammen wie eine Schlinge.

Covenant beobachtete das Treiben in äußerstem Entsetzen. Nun verstand er die Taktik der Marodeure; die Bande griff so an, wie sie diese drei Scheusale am besten abschirmen und beschützen konnte. Während sich ein miefiger Geruch nach Rosenöl ausbreitete, erhöhten die drei ihren Kraftaufwand, ihre energetische Gewalt wuchs und umschloß das Haus immer fester, röhrte laut, bis er darin einen Strang von Grün entstehen und rings ums Haus laufen sehen konnte, seine Mauern mit unerbittlicher Wut einschnüren. Er dachte daran, den Steinhausenern etwas hinabzurufen, sie vor der Gefahr zu warnen. Aber sein Mund war vor Grauen ausgedörrt und starr. Er merkte kaum, daß er sich auf Hände und Knie erhoben hatte, um die Vorgänge besser mitansehen zu können.

Sekunden verstrichen. Spannung knisterte in der Luft, als der Stein des Gebäudes unter dem Druck lautlos zu schreien anfing. Covenant starrte hinüber, als flehe der stumme Stein ihn persönlich um Hilfe an. Dann explodierte die energetische Schlinge in einem Ausbruch greller grüner Gewalt. Das Haus brach einwärts nieder, stürzte ein, bis alle seine Räume und die Einrichtung unter Trümmern begraben lagen. Die drei Wesen traten zurück und tasteten ringsum nach mehr Stein, den sie zerdrücken konnten.

Unvermittelt schrie eine Frau — stieß einen heiseren Schrei des Zorns aus. Covenant hörte ihre Schritte zwischen den Häusern hallen. Er sprang auf die Füße und sah unter dem Dach, worauf er stand, flüchtig eine weißhaarige Frau vorbeirennen, die mit beiden Fäusten ein langes Messer umklammerte. Innerhalb eines Augenblicks war sie am Haus vorbei und lief zum Zentrum des Steinhausens.

Sofort folgte er ihr. Mit zwei raschen Schritten schwang er sich wie ein Bündel haltloser Knochen hinüber zum benachbarten Dach. Drüben geriet er aus dem Gleichgewicht, fiel und schlitterte durch den Schnee fast bis über die jenseitige Dachkante. Aber er fing sich ab und wich zurück, um einen Anlauf für den Sprung aufs nächste Dach zu nehmen. Von dort aus sah er die Frau auf den Dorfplatz stürmen. Ihr Aufschrei hatte die Marodeure gewarnt, aber nichtsdestotrotz waren sie nicht auf das Tempo gefaßt, mit dem sie sich auf sie warf. Als sie in ihre Mitte stürzte, rammte sie das lange Messer mit aller Kraft bis ans Heft in die Brust der dreiarmigen Kreatur, die die Zerstörung angeordnet hatte. Im nächsten Moment packte ein anderes Wesen ihr Haar und riß sie zurück. Sie mußte das Messer loslassen und torkelte außerhalb von Covenants Sicht vor einem anderen Haus nieder. Marodeure machten Anstalten, mit erhobenen Schwertern gegen sie vorzugehen.

Covenant sprang aufs nächste Dach. Diesmal blieb er in der Balance, als er ankam, überquerte das steinerne Dach im Laufschritt und sprang erneut. Dann plumpste er hin und rutschte übers Dach des Hauses, das die Frau seiner Sicht entzog. Er konnte nicht anhalten; er besaß längst zuviel Schwung. Inmitten einer Wolke pulvrigen Schnees schlitterte er über die Dachkante hinaus und schlug neben der Frau hart am Boden auf.

Der Aufprall machte ihn benommen. Doch sein unvermutetes Erscheinen verdutzte die Angreifer, und die am nächsten befindliche Kreatur schrak um mehrere Schritte zurück und fuchtelte zur Abwehr wild mit dem Schwert, als wäre da nicht nur Covenant, sondern eine ganze Gruppe von Kriegern. Unterdessen schüttelte sich Covenant rote Nebelschleier aus den Augen und raffte sich unter Japsen wieder hoch. Die Marodeure schwangen ihre Waffen, duckten sich kampfbereit. Sobald sie jedoch erkannten, daß lediglich ein einziger und außerdem halb betäubter Mann sie bedrohte, knirschten einige von ihnen rohe Flüche hervor, während andere gehässig zu lachen begannen. Mehrere von ihnen steckten ihre Waffen weg und traten näher, indem sie höhnisch übertriebene Vorsicht zeigten, um Covenant und die Alte zu ergreifen. Andere Kreaturen grölten spöttisch aus heiseren Kehlen, und weitere kamen heran, um zu sehen, was sich abspielte.

Covenants Blick huschte in alle Richtungen und suchte nach einem Fluchtweg. Aber er fand keinen; er und die Frau standen allein gegen mehr als zwei Dutzend der mißratenen Geschöpfe. Der Atem der Marodeure färbte sich in der kalten Luft nicht weiß. Obgleich sie nichts trugen, das ihr Fleisch vor der Kälte geschützt hätte, fühlten sie sich allem Anschein nach entsetzlicherweise in diesem widernatürlichen Winter sehr wohl. Sie näherten sich, als wollten sie Covenant und die Frau bei lebendigem Leibe verschlingen.

Die Frau fauchte ihnen Ausdrücke des Abscheus entgegen, aber er beachtete sie nicht. Er konzentrierte sich voll auf ein etwaiges Entkommen. Eine seltsame Erinnerung zupfte an seinem Verstand. Ihm fiel eine Gelegenheit ein, als Mhoram sogar kraftloses Weißgold zu nutzen gewußt hatte. Als die Kreaturen unter verächtlichem Johlen zupacken wollten, zeigte er plötzlich seinen Ring vor und sprang einen Schritt nach vorn. »Zurück, ihr Schweinehunde!« brüllte er. »Sonst ramme ich euch auf der Stelle ungespitzt in den Boden!«

Entweder war es sein Aufbrüllen oder der Anblick des Rings, auf jeden Fall erschraken sie und taumelten einige Schritte rückwärts, grabschten nach ihren Waffen. In diesem Moment packte Covenant die Frau an der Hand und nahm Reißaus. Er zerrte die Alte mit sich um die Ecke des Hauses und lief vom Dorfplatz weg, so schnell er konnte. Doch dann entglitt die Frau seinem Halt; mit seiner halb entfingerten Hand vermochte er sie nicht richtig festzuhalten. Aber sie floh nun mit eigener Kraft. Innerhalb eines Augenblicks holte sie ihn ein und ergriff ihn am Arm, lenkte ihn um die nächste Ecke zu den versteckten Steinhausenern.

Die Marodeure setzten mit Wutgebrüll zur Verfolgung an. Doch als sie in die Gasse zwischen den Häusern stürmten, sprang von einem Dach Schaumfolger und warf sich ihnen geduckt entgegen wie ein Rammbock. Beiderseits von Häusern eingezwängt, konnten sie ihm nicht ausweichen; er rannte sie geradewegs über den Haufen, drosch die Nächststehenden nieder und prügelte den Rest zurück zum Zentrum des Steinhausens. Zugleich führten Triock, Quirrel und Jeurquin ein Dutzend Steinhausener über die Dächer zur Mitte des Dorfes. In der Verwirrung, die die Attacke des Riesen stiftete, fielen die Verteidiger über die Marodeure her wie ein Hagel von Schwertern und Spießen. Weitere Dorfbewohner kamen aus ihrer Deckung geeilt, um die Kreaturen anzugreifen, die noch in Häusern stöberten. Binnen weniger Augenblicke tobte im ganzen Steinhausen ein heftiger Kampf. Doch Covenant blieb nicht stehen; er zog die Frau mit und floh an den letzten Häusern vorbei. Danach beschleunigte er seine Schritte noch stärker, in der Absicht, so schnell wie möglich talaufwärts zu laufen. Aber Slen fing ihn ab. »Närrin!« schnauzte Slen unter heiserem Geröchel die Frau an. »Nun hast du vollends den Verstand verloren.« Dann zerrte er an Covenants Ärmel. »Komm, komm!«

Covenant und die Frau folgten ihm auf einem unkenntlichen Pfad fort vom Fluß und zwischen die Hügel zu Füßen der Berge. Ein paar hundert Meter entfernt, oberhalb des Dorfes, gelangten sie zu einer Anhäufung von Felsklötzen, den uralten Resten eines gewaltigen Steinschlags von der Höhe der Berge. Slen beschritt zwischen den Felsbrocken einen verwickelten Weg, und bald erreichten sie eine geräumige, bestens verborgene Höhle. Am Höhleneingang standen mehrere Steinhausener auf Wache, und drinnen waren die Kinder, Greise oder Siechen der Ortschaft um Gefäße mit Glutgestein zusammengerückt.

Covenant fühlte sich versucht, auch in die Höhle zu kriechen, um an ihrer Sicherheit teilzuhaben. Doch in der Nähe des Höhleneingangs war ein hoher, schräger, oben recht großflächig abgeflachter Haufen von Gestein aufgetürmt. Er drehte sich um und kletterte hinauf, wo er feststellte, daß er von dieser Erhöhung aus das Steinhausen sehen konnte. Die weißhaarige Frau klomm hinter ihm mühelos ebenfalls herauf; dann standen sie nebeneinander und überschauten den Kampf ums Steinhausen Mithil.

Die Höhe seines Ausgucks verblüffte Covenant. Ihm war nicht aufgefallen, daß sie eine solche Steigung überwunden hatten. Ein Schwindelgefühl schien seine Füße plötzlich auf schlüpfrige Art unsicher zu machen, und er zuckte vor dem abwärtigen Ausblick zurück. Einen Moment lang war ihm, als ob sich das Tal um ihn drehte. Er vermochte nicht zu glauben, daß er noch vorhin über Dächer hinweggehüpft war; der bloße Gedanke an eine derartige Fahrlässigkeit schien ihn ums Gleichgewicht zu bringen, der Gnade von Höhenunterschieden auszuliefern. Doch die Frau stützte ihn, gab ihm Halt. Und sein dringliches Bedürfnis, das Gefecht zu beobachten, half ihm dabei, sich gegen das Schwindelgefühl zu behaupten. Indem er, sich dessen nur halb bewußt, an die Schulter der Frau geklammert stand, zwang er sich dazu, seinen Blick nach unten zu lenken.

Zunächst verschleierte die von Wolken umschlungene Trübnis des neuen Tages seinen Augen das Kampfgeschehen, hinderte ihn daran, zu erkennen, was im Ort passierte. Aber als er sich verstärkt konzentrierte, gelang es ihm, den Riesen zu erspähen. Schaumfolgers Gestalt ragte aus dem Getümmel im Zentrum des Steinhausens. Er wütete gewaltig unter den Marodeuren, wo es ihm gefiel, und warf sich von der einen an die andere Stelle. Indem er seine kräftigen Fäuste wie Dreschflegel schwang, hieb er überall Kreaturen nieder, schleuderte sie mit Schlägen beiseite, die wuchtig genug wirkten, um Köpfe abzureißen. Allerdings war er ihnen ernsthaft unterlegen, was das zahlenmäßige Verhältnis anging. Obwohl seine Beweglichkeit jede Absicht der Marodeure vereitelte, vereint gegen ihn vorzugehen, waren sie überdies bewaffnet, er dagegen nicht. Während Covenant das Gewimmel beobachtete, gelang es etlichen der Kreaturen, ihn allmählich zu einem der Steinbrecher abzudrängen.

Der leise, freudige Ton, den die Frau neben Covenant ihrer Stimme verlieh, durchdrang seine sorgenvolle Stimmung auf ärgerliche Weise. »Thomas Covenant, ich danke dir«, sagte sie. »Mein Leben ist dein.«

Schaumfolger! schrie Covenant stumm auf. »Was?« Er bezweifelte, daß die Frau überhaupt etwas gesagt hatte. »Ich will dein Leben nicht. Zum Teufel, was ist eigentlich in dich gefahren, plötzlich derartig loszurennen?«

»Du bist unfreundlich«, sagte sie ruhig. »Ich habe auf dich gewartet. Ich habe deine Ranyhyn geritten.«

Er erfaßte die Bedeutung ihrer Äußerung nicht. »Dort unten wird Schaumfolger deinetwegen womöglich abgeschlachtet.«

»Ich habe dein Kind geboren.«

Was? Ohne Warnung trafen ihre Worte ihn ins Gesicht wie Eiswasser. Er riß seine Hand von ihrer Schulter, trat auf dem Gestein ruckartig um ein, zwei Schritte zurück. Der Wind schlug um und trug zerzausten Kampflärm an seine Ohren, doch er hörte ihn nicht. Zum erstenmal sah er die Frau an.

Anscheinend war sie eine Mittsechzigerin — auf jeden Fall alt genug, um seine Mutter sein zu können. Falten aussichtsloser Hoffnung kennzeichneten ihre helle Haut rund um die blauen Adern ihrer Schläfen, und das Haar war nicht länger dicht, sondern bedeckte ihr Greisenhaupt wie Flaum. Er sah in der offenen Erwartung ihres Mundes nichts, was er kannte, nichts in der knochigen Hagerkeit ihres Körpers, ihren runzligen Händen. Ihre Augen besaßen einen sonderbaren, geweiteten, vom Fokus abgeirrten Blick wie von Geistesverwirrung. Aber trotz aller Mißlichkeit ihres Blicks standen ihre Augen auffällig weit auseinander, so wie bei jenen zwei Frauen, die sie für sich als Mutter und Tochter beanspruchte. Und in die Schultern ihres langen, blauen Gewandes war ein weißes Laubmuster gewoben.

»Erkennst du mich nicht, Thomas Covenant?« fragte sie nachsichtig. »Ich habe mich nicht verändert. Alle wünschen sie, ich möge mich ändern — Triock und mein Vater Trell und der Kreis der Ältesten. Sie wünschen alle, ich solle mich ändern. Aber ich ändere mich nicht. Wirke ich verändert?«

»Nein«, röchelte Covenant. Mit einem üblen, sauren Geschmack im Mund begriff er, daß er vor Lena stand, der Frau, die er mit seiner Wollust beleidigt hatte, der Mutter jener Frau, der er mit seiner Liebe Gewalt antat — der Nutznießerin jenes Handels mit den Ranyhyn, den er ausmachte, als er die großen Pferde mit seinen falschen Geschäftchen kränkte. Trotz ihres Zorns, den sie vorhin gezeigt hatte, sah sie zu alt, zu gebrechlich aus, um berührt werden zu können. Er quetschte die Wörter heraus, als würden sie ihn entsetzen. »Keine . . . Veränderung.«

Sie lächelte erleichtert. »Ich bin froh, das zu vernehmen. Stets war ich bestrebt, getreu zu sein. Geringeres verdient der Zweifler nicht.«

»Verdient . . .«, krächzte Covenant hilflos. Der Kampflärm aus dem Steinhausen Mithil schmähte ihn erneut. »Hölle und Verdammnis . . .!«

Er nötigte sich dazu, ihren Blick zu erwidern, und langsam wich ihr Lächeln einer Miene der Betroffenheit. Sie trat vorwärts, hob eine Hand. Er wollte zurücktreten, aber er hielt still, als ihre Fingerkuppen sachte seine Lippen berührten, dann kühl eine Linie um die Wunde an seiner Stirn beschrieben. »Du bist verletzt worden«, sagte sie. »Wagt's der Verächter, dich in deiner Welt anzugreifen?«

Er hatte das Gefühl, sie vor seiner Person warnen zu müssen; die Störung im Brennpunkt ihres Blicks bewies für seine Begriffe, daß sie durch ihn gefährdet war. »Atiarans Ansicht erweist sich als richtig«, flüsterte er hastig. »Das Land verkommt, und es ist meine Schuld.«

Ihre Finger streichelten ihn, als versuche sie, mit Zärtlichkeit ein finsteres Stirnrunzeln zu glätten. »Du wirst das Land retten. Du bist der Zweifler — der neue Berek Halbhand unseres Zeitalters.«

»Ich kann überhaupt nichts retten ... Ich kann nicht einmal den Leuten dort unten helfen. Schaumfolger ist mein Freund, und ich kann ihm nicht helfen. Triock ... Triock stünde alles zu, was ich für ihn tun könnte, aber ich kann nichts ...«

»Wäre ich ein Riese«, unterbrach sie ihn mit plötzlichem Ungestüm, »ich bräuchte in einem solchen Kampf keinen Beistand. Und Triock ...« Unvermutet stockte sie, als wäre sie auf eine unerwünschte Wahrnehmung dessen gestoßen, was Triock für sie bedeutete. »Er ist Viehhirt ... genügsam ... Er wünscht ... Aber ich bin unverändert. Er ...«

Covenant beobachtete starren Blicks die Qual, die ihr Gesicht verzerrte. Für einen Moment schienen ihre Augen dicht davor zu stehen, sich zu normalisieren, und ihre Stirn legte sich unterm Eindruck grausamer Tatsachen in harte Falten. »Covenant?« wisperte sie schmerzlich. »Zweifler?«

»Ja, ich weiß«, nuschelte Covenant wider Willen. »Ihm wär's recht, käme er ums Leben.« Er streckte die Arme aus und umarmte sie so zärtlich, wie er es zustandebrachte.

Sofort umschlang sie ihn, klammerte sich krampfhaft an ihn, während in ihrem Innern eine Krise ihren Höhepunkt fand und nachließ. Doch selbst während er ihr an Trost spendete, soviel er aufzubringen vermochte, schaute er hinunter zum Steinhausen. Das Geschrei und Gebrüll und Waffengeklirr überlagerte seine zerrissenen Emotionen, den Widerstreit seines Schreckens vor Lena und seines Mitgefühls für sie. Als sie zurücktrat, kostete es ihn alle Mühe, sich dem Glück zu stellen, das in ihren verirrten Augen leuchtete. »Ich bin so froh ... Dein Anblick freut meine Augen. Ich bin treu geblieben ... habe danach gestrebt, deiner würdig zu sein. Ach, du mußt deine Tochter kennenlernen. Sie wird dich mit Stolz erfüllen.«

Elena! stöhnte Covenant innerlich auf. *Sie haben ihr verschwiegen, daß ... Sie begreift nicht ... Hölle und Verdammnis.*

Einen Moment lang stand er fassungslos wie betäubt da und litt bloß unter seiner Hilflosigkeit, seiner Unfähigkeit, irgend etwas zu sagen. Doch dann befreite ihn rauhes Brüllen, das vom Steinhausen heraufscholl, aus seiner Verlegenheit. Als er nach unten schaute, sah er in der Dorfmitte Leute ihre Spieße und Schwerter in die Höhe recken. Überlebende Marodeure flüchteten um ihr Leben in die Richtung der Ebenen. Eine Handvoll Verteidiger verfolgte sie unbarmherzig, hetzte die Kreaturen, um möglichst vielen die Flucht zu vereiteln.

Unverzüglich begann Covenant, durch die Felsen wieder zum Dorf hinabzusteigen. Er hörte Lena eine Siegesmeldung Slen und den anderen Steinhausenern am Höhleneingang zurufen, aber er wartete auf niemanden. Er rannte aus den Hügeln abwärts, als sei er selber auf der Flucht — vor Lena oder seiner Furcht um Schaumfolger, er wußte nicht, vor was. So schnell, wie es im Schnee möglich war, ohne auszugleiten, eilte er zum Steinhausen Mithil zurück.

Doch als er zwischen die Häuser lief und unter zerhauene Leichname stolperte, blieb er mit schleppenden Schritten stehen. All der Stein und Schnee rings um ihn waren mit Blut bespritzt — mit hellen Fleischfetzen, mit dicken Schlieren rotgrauer Körperflüssigkeiten, angemodert von Streifen krankhaften Grüns. Inmitten der Überreste von Lord Fouls Kreaturen lagen da und dort Steinhausener, manche regelrecht in Stücke gerissen. Aber die perversen Gesichter und Gestalten der Kreaturen waren es, die Covenants Aufmerksamkeit beanspruchten. Selbst im Tode stanken sie nach der Entartung, die ihr Erzeuger an ihnen praktiziert hatte, und sie entsetzten ihn stärker als Urböse, *Kresch* oder verfärbte Monde. Sie waren so vollständig Opfer von Fouls Verachtung. Ihr Anblick und ihr Geruch drehte ihm den Magen um. Er sank im aufgewühlten Schnee auf die Knie und erbrach sich, als wolle er sich verzweifelt von der Verwandtschaft mit diesen Kreaturen läutern.

Unterdessen holte Lena ihn ein. Als sie ihn sah, stieß sie einen unterdrückten Aufschrei aus und umschlang ihn mit den Armen. »Was ist dir?« stöhnte sie. »Ach, Geliebter, du bist krank.«

Ihr Gebrauch des Wortes *›Geliebter‹* traf ihn wie aus der Tiefe von Elenas verschollenem Grab geschleuderte Säure. Es trieb ihn trotz seiner Wackligkeit auf die Füße hoch. Lena versuchte, ihm zu helfen, aber er schob ihre Hände zurück. »Rühr mich nicht an!« schrie er ihr ins sorgenvolle Gesicht. »Nicht!« Mit fahriger Ruckhaftigkeit deuteten seine Hände auf die Leichen ringsum. »Das sind Aussätzige. Aussätzige wie ich. Das ist es, was Foul aus allem machen will.« Sein Mund zuckte beim Sprechen, als teilten die Wörter mit ihm die Galle seiner Übelkeit.

In der Nähe sammelten sich mehrere Steinhausener. Unter ihnen befand sich Triock. Seine Hände waren rot von Blut, Blut rann aus einer Wunde längs seines Kinns, doch als er sprach, klang seine Stimme bloß noch bitterer und härter. »Es führt zu nichts, zu sagen, daß man sie zu dem gemacht hat, was sie sind.

Sie vergießen Blut . . . sie verheeren . . . sie zerstören. Man muß ihnen in den Arm fallen.«

»Sie sind wie ich.« Covenant wandte sich Triock zu, keuchte und japste, als wolle er dem Steinhausener an die Gurgel springen. Aber als er aufblickte, sah er hinter Triock Schaumfolger stehen. Der Riese hatte ein grausiges Ringen durchgestanden. Seine Armmuskeln bebten aus Überanstrengung und Ermattung. Sein ledernes Wams hing ihm in Fetzen von den Schultern, und auf seiner ganzen Brust sah man scheußliche rote Stellen — verursacht von den Saugnäpfen eines der Steinbrecher. Aber ein Ausdruck satter Zufriedenheit kennzeichnete seine tiefsitzenden Augen, und die Überbleibsel eines wüsten Grinsens klebten noch an seinen Lippen. Covenant rang in der blutgetränkten Luft des Steinhausens um Atem. Schaumfolgers Anblick löste in ihm eine Reaktion aus, die außerhalb seiner Kontrolle stand. »Hol deine Leute zusammen!« keuchte er Triock zu. »Ich habe entschieden, was ich tun werde.«

Die Härte von Triocks Mund blieb unvermindert, aber sein Blick war ein bißchen sanfter, als er in Covenants Miene las. »Solche Entscheidungen können nun durchaus noch ein wenig länger warten«, entgegnete er unfreundlich. »Wir haben gegenwärtig andere Aufgaben. Wir müssen Steinhausen Mithil reinigen . . . unseren Heimatort von dieser Verschmutzung säubern.« Er drehte sich um und ging.

Binnen kurzem befanden sich alle Dorfbewohner, die dafür gesund oder kräftig genug waren, bei der Arbeit. Zunächst begruben sie ihre gefallenen Bekannten und Verwandten ehrenvoll in Felshöhlen hoch am Osthang des Tals. Nachdem diese traurige Pflicht getan war, sammelten sie alle Leichen von Kreaturen ein und beförderten ihre zerhauenen, zerdroschenen Reste über die Brücke ans Westufer des Mithil. Dort entfachten sie einen Scheiterhaufen, der einem großen Feuer zur Warnung aller Marodeure in den Südlandebenen glich, schürten die Glut unter den toten Wesen, bis sogar das Gebein sich in weiße Asche verwandelt hatte. Danach kehrten sie zurück ins Steinhausen. Mit sauberem Schnee schrubbten sie es von seinen Rändern bis zum Mittelpunkt, bis von den Wällen der Häuser und dem Untergrund, worauf das Dorf stand, jede Spur von Blut und Eingeweiden fortgewaschen war.

Covenant half ihnen dabei nicht. Nach seinen jüngsten Kraftakten fühlte er sich für derartige Tätigkeiten zu schwach. Dennoch empfand er eine neue Art von Kälte, er fühlte sich aufgerichtet und leidenschaftlich, schwer vom neuen Granit seiner Absichten.

Er ging mit Lena, Slen und dem Kreis der Ältesten zum Flußufer und unterstützte sie dort beim Behandeln der Wunden von Steinhausenern. Er wusch und verband Verletzungen, entfernte Splitter zerbrochener Waffen, amputierte zermalmte Finger und Zehen. Als sogar die Ältesten abschlafften, nahm er die blauheiße Klinge und brannte damit die Wunden auf Schaumfolgers Brustkorb und Rücken aus. Seine Finger bebten bei dieser Verrichtung, und seine Halbhand hielt den Griff des Messers nur unstet, aber er drückte Glut in die eichenharten Muskeln des Riesen, bis er sämtliche wunden Stellen, die von den Saugnäpfen zurückgeblieben waren, gesengt hatte.

Schaumfolger tat einen langen, aus Schmerz zittrigen Atemzug.

»Ich danke dir, mein Freund«, sagte er. »Das ist wohltätiges Feuer. Du hast es ein wenig dem *Caamora* vergleichbar gemacht.« Doch Covenant warf die Klinge beiseite, ohne zu antworten, und ging seine Hände in die eisigen Wasser des Mithil tauchen. Während der gesamten Zeit schwoll in ihm immer mehr ein tiefempfundener Zorn, umfing seine Seele langsam wie ein Klettergewächs, das allmählich verwildert, und klomm einem Zustand geistiger Wildheit entgegen.

Später, nachdem alle Verwundeten behandelt worden waren, bereiteten Slen und die Ältesten für das ganze Dorf ein Mahl. Die Dörfler saßen in der wiederhergestellten Reinlichkeit des Dorfplatzes beisammen und aßen heißen, wohlschmeckenden Eintopf, dazu ungesäuertes Brot, Käse und Trockenobst. Auch Covenant nahm am Essen teil. Im Verlauf der ganzen Mahlzeit bediente Lena ihn wie eine Magd. Aber er hielt den Blick gesenkt, starrte den Erdboden an, um ihrem und ebenso allen anderen Gesichtern zu entgehen; er wollte sich von dem in seinem Innern angelaufenen Prozeß nicht ablenken lassen. Mit kühler Entschlossenheit aß er jedes Stückchen Nahrung, das man ihm anbot. Er brauchte Kräfte zur Verwirklichung seiner Absichten. Noch während des Essens leitete Triock neue Maßnahmen zum Schutz des Steinhausens ein. Er schickte wieder Späher in die Ebenen, entwickelte ansatzweise Pläne zur Abwehr weiterer Attacken, ersuchte um Freiwilligenmeldungen, damit man die Kunde von den Steinbrecher-Wesen den nächsten Nachbarn des

Steinhausens bringen könne, dreißig Längen entfernt. Dann erst widmete er sich endlich der Frage von Covenants Entscheidung.

Jeurquin und Quirrel setzten sich an Triocks Seiten, ehe er sich an die Dorfbewohner wandte. Ehe er anfing, schaute er hinüber zu Schaumfolger, der nahebei stand. Gleichgültig bemerkte Covenant, daß der Riese anstatt seines zerrissenen Wamses jetzt einen ärmellosen Überwurf aus Schafpelz trug. Das Kleidungsstück ließ sich nicht auf seiner Brust schließen, bedeckte jedoch immerhin Rücken und Schultern, wie eine Weste. Er nickte zur Antwort auf Triocks stumme Frage. »Nun denn, laßt uns beginnen«, sagte Triock in schroffem, sardonischem Tonfall. »Wir haben uns zur Genüge verschnauft. Meine Freunde, hier ist Ur-Lord Thomas Covenant, Zweifler und Weißgoldträger. Zum Wohl oder Übel haben der Riese und ich ihn ins Land geholt. Ihr kennt die Kunde, die sich im Lande verbreitet hat, seit vor siebenundvierzig Jahren der Zweifler zum erstenmal vom Kevinsblick herab ins Steinhausen Mithil kam. Ihr seht, daß er Ähnlichkeit besitzt mit Berek Halbhand, dem Herz der Heimat und Lord-Zeuger, und mit sich den Talisman der wilden Magie trägt, die den Frieden stört. Ihr kennt das uralte Lied, worin es heißt:

›. . . mit einem Wort aus Wahrheit oder Trug
kann er die Erde verwüsten oder retten,
denn er ist wirr im Geist und dennoch heil,
ohn' Herz und doch voll Leidenschaft,
verloren und zugleich gefunden.‹

Nun weilt er unter uns, auf daß alle diese Prophezeiungen sich erfüllen mögen. Meine Freunde, ein Segen im Kleid eines Übels kann nichtsdestotrotz Schlechtes zum Guten wenden. Verräter in trügerischem Gewand dagegen bleiben allzeit verflucht. Ich weiß nicht, ob wir mit unserer Tat für das Land Überleben oder Untergang bewirkt haben. Doch viele wackere Herzen haben im Namen des Zweiflers einen Grund zur Hoffnung erblickt. Die Lehrwarte an der Schule der Lehre haben Omen von Gutem selbst in den finstersten Übelwerken gesehen, die mit Covenants Namen verbunden sind. Und es hieß unter ihnen, daß insbesondere Hoch-Lord Mhoram in seinem Vertrauen niemals auch nur im mindesten erschüttert werden kann. Jeder von euch muß seinen eigenen Glauben wählen. Ich zieh's vor, an das Vertrauen des Hoch-Lords zu glauben.«

»Ich ebenso«, ergänzte Schaumfolger ruhig. »Ich kenne sowohl Mhoram, Variols Sohn, wie auch Thomas Covenant.«

Omen, alle Wetter! zeterte Covenant bei sich. *Vergewaltigung und Verrat.* Er spürte, daß Lena sich innerlich sammelte, um irgendeine, voraussichtlich ähnliche Erklärung abzugeben. Um das zu verhindern, rappelte er sich selber auf, Wut im Blick. »Und das ist nicht alles«, krächzte er. »Tamarantha, Prothall, Mhoram und wer nicht noch alles sind zu der Auffassung gelangt, der Schöpfer, oder wer sonst letzten Endes die Verantwortung tragen mag, habe mich speziell auserwählt. Wenn ihr könnt, findet darin Trost. Laßt euch nicht davon abschrecken, daß das bloß eine andere Ausdrucksweise dafür ist, daß ich selbst mich auserwählt habe. Diese Vorstellung ist an sich gar nicht so abwegig. Schöpfer sind die hilflosesten Personen überhaupt. Sie müssen Unerträgliches durchstehen — mit Werkzeugen arbeiten, die so stumpf, mißraten und nichtsnutzig sind wie ich. Glaubt mir, es wäre leichter, die Welt einfach niederzubrennen, sie unschuldig und rein oder wenigstens zu lebloser Asche zu machen. Kann sein, daß es genau das ist, was ich jetzt anfange. Wie könnte ich auf andere Weise . . .?« Mit einiger Mühe unterbrach er seine Ausführungen. Er hatte den grundsätzlichen Zweifel, mit dem er das Land betrachtete, bereits oft genug ausgesprochen; es gab keinen besonderen Anlaß, nun noch einmal zu unterstreichen, daß er darin nur eine wahnhafte Illusion sah, hervorgerufen durch seine abgrundtiefe Leprakranken-Lebensuntüchtigkeit. Er war über die Notwendigkeit solcher Klarstellungen längst schon hinaus. Nun mußte er sich den Konsequenzen stellen. Um einen Anfang zu machen, griff er auf einen Nebenaspekt dessen zurück, was sein Herz bewegte. »Hat einer von euch kürzlich eine Lücke in den Wolken gesehen . . . irgendwann . . . vor vielleicht zwei Tagen?«

Triocks Haltung verkrampfte sich. »Wir haben eine bemerkt«, sagte er barsch.

»Und den Mond gesehen?«

»Es war ein Vollmond.«

»Er war grün!« schnauzte Covenant. Seine Heftigkeit ließ seine geschwollene Lippe platzen, und ein Blutrinnsal sickerte sein Kinn hinab. Mit gefühllosen Fingern wischte er das Blut ab, bezog Standfestigkeit aus dem steinernen Antlitz seiner Bestimmung. »Macht nichts«, redete er weiter, ohne die Blicke der Steinhausener zu beachten. »Macht euch nichts draus. Hört zu!

Ich will euch verraten, was wir tun werden. Ich werde euch sagen, was ihr unternehmen müßt.« Er erwiderte Triocks Blick. Triocks Lippen waren vor Anspannung weiß, und seine Augen wirkten eingesunken, als schauderten sie vor dem Anblick zurück, der sich ihnen bot. Finster starrte Covenant hinein. »Ihr müßt einen Weg finden, Mhoram mitzuteilen, daß ich da bin.«

Im ersten Moment glotzte Triock ihn entgeistert an. Dann straffte er sich, als wolle er Covenant anzuschreien beginnen. Schaumfolger, der das sah, griff ein. »Ur-Lord, weißt du, was du verlangst? Schwelgenstein liegt dreihundert Längen weit entfernt. Selbst in den besten Zeiten vermochte nicht einmal ein Riese die Hehren Hallen der Herrenhöh in weniger als fünfzehn Tagen zu erreichen.«

»Und es wimmelt in den Ebenen von Landverheerern!« brauste Triock auf. »Ein starker Haufe vermöchte sich innerhalb von zwanzig Tagen von hier bis dorthin durchzuschlagen, wo der Schwarze Fluß und der Mithil sich vereinen. Doch jenseits — in den Mittlandebenen — liegen die mörderischen Heerscharen des Grauen Schlächters und beherrschen alle Landstriche zwischen Andelain und den Letzten Hügeln. Nicht einmal mit zwanzigtausend Kriegern könnte ich mir in zwei- oder auch zehnmal fünfzig Tagen nur den Weg bloß bis zum Seelentrostfluß erzwingen.«

»Ich gebe keinen verdammten Pfifferling um . . .«, begann Covenant.

»Ferner kannst du nicht auf Unterstützung durch die Ranyhyn bauen«, fiel ihm ausdruckslos Quirrel ins Wort. »Die Geschöpfe des Grauen Schlächters schätzen das Fleisch der Ranyhyn als Leckerbissen. Man würde die Ranyhyn fangen und fressen.«

»Das ist mir egal!« schäumte Covenant. »Es schert mich nicht, was ihr für möglich oder unmöglich haltet. Hier ist sowieso alles unmöglich. Wenn wir jetzt nicht endlich damit loslegen, das Unmögliche zu vollbringen, wird's bald zu spät sein. Und Mhoram muß Bescheid wissen.«

»Warum?« Noch immer knisterte Groll in Triocks Stimme, aber er hielt Covenant nun unter wachsamer Beobachtung, musterte ihn genau, als könne er hinter Covenants plötzlicher Streitbarkeit irgendein Übel keimen sehen.

Unter Triocks Blick schämte sich Covenant zu sehr vor dem Geständnis, daß er sich bereits einem Hilfegesuch Mhorams verweigert hatte. Er ahnte, daß die Steinhausener so ein Bekenntnis mit äußerster Empörung aufnähmen. »Weil's für ihn einen Unterschied ausmachen wird«, gab er statt dessen zur Antwort. »Wenn er weiß, wo ich bin — wenn er weiß, was ich mache —, dann wird das für ihn einen Unterschied bedeuten. Er wird dann wissen, wie er zu handeln hat.«

»Was sollte er beginnen können? Schwelgenstein wird von einem Heer belagert, das so unbezwingbar ist wie die Wüste. Hoch-Lord Mhoram und der ganze Großrat sind in der Herrenhöh Gefangene. Sogar wir sind weniger hilflos als sie.«

»Triock, du begehst einen großen Fehler, wenn du annimmst, Mhoram sei hilflos.«

»Der Zweifler spricht wahr«, sagte Schaumfolger. »Variols Sohn ist ein Mann mit vielerlei Vermögen. Zahlreiche Dinge, die unmöglich dünken, sind ihm möglich.«

Daraufhin betrachtete Triock seine Hände; dann nickte er nachdrücklich. »Ich vernehme deine Worte. Der Hoch-Lord muß benachrichtigt werden. Dennoch ersehe ich nicht, wie das bewerkstelligt werden könnte. Viele Dinge, die Riesen und Weißgoldträger als möglich erachten, bleiben für mich undurchführbar.«

»Du hast einen *Lomillialor*-Stab«, knirschte Covenant. »Die Stäbe sind hergestellt worden, um eine Verständigung über große Entfernungen hinweg zu gewährleisten.«

Triock stöhnte vor Erbitterung auf. »Ich hab's schon erwähnt, mir mangelt's an Wissen. So etwas kann ich nicht. Ich habe an der Schule der Lehre das Wissen der Fernverständigung nicht erlernt.«

»Dann lern's jetzt! Hölle und Verdammnis! Hast du erwartet, daß alles glatt abläuft?! Lern's!« Covenant wußte, daß er Triock ungerecht behandelte, aber die Dringlichkeit seiner Absichten kannte weder Rücksicht noch Schwäche.

Triock sah Covenant für einen ausgedehnten Moment kummervoll an, und seine Hände zuckten aus Ratlosigkeit und Gereiztheit. Doch dann flüsterte Quirrel ihm etwas zu, und seine Augen weiteten sich hoffnungsvoll. »Vielleicht«, meinte er leise. »Vielleicht ist's machbar.« Er bemühte sich um neue Festheit und zwang seinem Gesicht einen in gewissem Umfang ruhigen Ausdruck auf. »Man erzählt . . .« Er schluckte schwerfällig. »Man erzählt, daß in den Bergen, welche die Südlandebenen von der Würgerkluft trennen, ein Freischüler haust. Seit . . . seit vielen Jahren geht unsichere Kunde von einem solchen Freischüler in den Dörfern des Südens um. Es heißt, er erforsche den langsamen Atem der Berge, oder schaue fortwährend über die Würgerkluft aus, um den *Melenkurion* Himmelswehr zu ergründen . . . oder er lebe in so hohen Gefilden, um die Sprache des Windes zu lernen. Falls es diesen Freischüler gibt — und so wir ihn zu finden verstehen —, mag's sein, daß er das Hehre Holz auf jene Weise verwenden kann, wozu ich außerstande bin.«

Unruhe der Erregung ging durch den Kreis der Umstehenden, während er diesen Gedanken vortrug. Triock nahm einen tiefen Atemzug und nickte seinen Gefährten zu. »Ich werde versuchen, ihn zu finden.« Dann floß in seine Stimme wieder ein sardonischer Unterton ein. »Sollte mir auch das mißlingen, werde ich zumindest wissen, daß ich mit aller Kraft danach getrachtet habe, deine Entscheidung zu unterstützen. Zweifler, welche Nachricht soll ich Hoch-Lord Mhoram und dem Großrat der Lords zu Schwelgenstein übermitteln?«

Covenant schaute zur Seite, hob sein Gesicht zum bleiernen Himmel. Im Tal hatte wieder Schneefall eingesetzt; der Wind trieb Schneegestöber heran, Schwaden gefrorener Augenblicke vergleichbar, das den trüben Tag zusätzlich verdüsterte. Die Schneeflocken wirkten irgendwie verfrüht, als hätten sie bloß einen schweren Schneesturm anzukündigen. Covenant beobachtete sie einen Moment lang, wie sie aufs Steinhausen herabgaukelten. Dabei war er sich Triocks Frage jedoch peinlich bewußt. Sie forderte ihn heraus bis zum Äußersten, provozierte den noch unerprobten Eifer seiner Vorsätze. Und er fürchtete sich davor, sie zu beantworten. Er befürchtete, sich selbst Dinge aussprechen zu hören, die absolut verrückt klangen. Als er seinen Blick wieder auf die wartenden Steinhausener senkte, wich er, um zunächst seinen Mut zu untermauern, mit einer Gegenfrage aus. »Schaumfolger, was ist aus deinem Volk geworden?«

»Mein Freund?«

»Sag mir, was aus den Riesen geworden ist.«

Schaumfolger wand sich angesichts von Covenants finsterem Blick. »Ach, Ur-Lord, solche Geschichten sind hier und jetzt fehl am Platze. Sie sind sehr lang zu erzählen und eignen sich daher eher für eine andere Zeit. Die Gegenwart ist allzu stark voll Drängen.«

»Sag's mir!« fauchte Covenant. »Hölle und Verdammung, Schaumfolger — ich will alles wissen! Ich *muß* . . . alles erfahren, jede verfluchte scheußliche Einzelheit, die Foul . . .«

Unerwartet unterbrach Triock ihn. »Die Riesen sind in ihre Heimat jenseits des Meers der Sonnengeburt zurückgekehrt.«

Covenant wirbelte herum, wandte sich Triock zu. Die Lüge in dessen Auskunft war so offenkundig, daß sie Covenant den Atem verschlug, und die Steinhausener rundum gafften Triock verdutzt an. Aber Triock erwiderte Covenants entgeisterten Blick ohne ein Wimpernzucken. Die Wunde an seinem Kinn betonte seine Entschiedenheit. »Wir haben den Friedensschwur geleistet«, sagte Triock mit harter, gleichmäßiger Stimme, die durch Covenants oberflächliche Schroffheit zu der Wut vordrang, die in seinem Innern wuchs. »Verlang nicht von uns, daß wir deinen Haß nähren. Solche Leidenschaften werden dem Lande nicht dienlich sein.«

»Etwas anderes habe ich nicht!« schleuderte Covenant ihm erstickt entgegen. »Kapierst du nicht? Ich habe nichts anderes zu bieten. Nichts! Das ganz allein muß genügen.«

»Einen derartigen Widersacher kann man nicht mit Haß bekämpfen«, sagte Triock ernst, beinahe traurig. »Ich weiß es. Ich hab's in meinem Herzen gespürt.«

»Hölle und Verdammnis, Triock, halt *mir* keine Predigten! Ich bin's ein für allemal satt, Opfer zu sein. Ich bin's leid, unterwürfig oder wenigstens mucksmäuschenstill durch die Gegend zu latschen und überall bloß den Kopf hinzuhalten. Ich werde mich jetzt gegen diese Schweinerei zur Wehr setzen.«

»Warum?« erkundigte sich Triock mit gepreßter Stimme. »Wofür gedenkst du zu kämpfen?«

»Bist du blind und taub?« Covenant schlang die Arme um seinen Brustkorb, als müsse er sich zurückhalten. »Ich hasse Foul. Ich habe die Nase endgültig voll von diesem . . .«

»Nein, ich bin weder blind noch taub. Ich sehe und höre, daß du zu kämpfen beabsichtigst. Doch wofür willst du kämpfen? Es dürfte in deiner eigenen Welt genug geben, um deinen Haß zu beanspruchen. Zur Zeit aber weilst du im Lande. Wofür beabsichtigst du zu kämpfen?«

Hölle und Verdammnis! wetterte Covenant lautlos. *Wieviel verlangst du eigentlich von mir?* Doch Triocks Frage brachte ihn dazu, sich auf sich selbst zu besinnen. *›Ich hasse Foul‹,* hätte er antworten können, *›weil er dem Lande dies und jenes zufügt.‹* Aber das würde klingen, als leugne er seine Verantwortung, und er war zu ergrimmt, um seiner Verurteilung zu widersprechen. Gleichfalls war er zu sehr verärgert, um Triock irgendeine tröstliche Antwort zu geben. »Ich werde es für mich selbst tun«, erwiderte er mit brüchiger Stimme. »Damit ich wenigstens an mich selbst glauben kann, bevor ich vollends den Verstand verliere.«

Diese Entgegnung brachte Triock zum Schweigen, und einen Moment später ergriff Schaumfolger das Wort. »Mein Freund, was wirst du mit deiner Leidenschaft anfangen?«

Allmählich fiel der Schnee immer dichter. Die Flocken tanzten wie Falter der Verschleierung durch Covenants Blickfeld, und die Anstrengung, die ihn sein wutentbranntes Starren kostete, ließ seine noch unverheilte Stirn pochen, als entstünden in seinem Schädel Risse. Aber er gab nicht nach, konnte jetzt nicht nachgeben. »Jemandem wie Foul kann man nur eine einzige Antwort erteilen.« Doch trotz seines Zorns vermochte er Schaumfolgers Blick nicht zu erwidern.

»Welche Antwort?«

Unwillkürlich krümmten sich Covenants Finger zu Klauen. »Ich werde Fouls Hort über seinem eigenen Kopf einstürzen lassen.« Er hörte die Überraschung und Ungläubigkeit der Steinhausener, achtete jedoch nicht darauf. Seine Aufmerksamkeit galt Schaumfolger. »Hast du gelernt«, wollte der Riese wissen, »wie du das Weißgold nutzen kannst?«

»Ich werde einen Weg finden«, antwortete Covenant mit soviel eindringlicher Überzeugungskraft, wie er nur aufbieten konnte. Als er es aussprach, glaubte er daran. Haß mußte genügen. Foul vermochte ihn ihm nicht zu nehmen, ihn nicht zu ersticken, nicht vom Ziel abzulenken. Er, Thomas Covenant, war ein Aussätziger; er allein im ganzen Lande besaß für diese Aufgabe die moralischen Erfahrungen, die Konditionierung. Er schaute zwischen Schaumfolger und Triock hin und her. »Ihr könnt mir helfen«, sagte er zu beiden gleichzeitig, »oder nicht.«

»Ich werde dir nicht dabei helfen«, erteilte Triock ihm rundheraus eine Absage. »Ich will versuchen, Hoch-Lord Mhoram die Kunde zu übermitteln, daß du da bist — aber ich wünsche nicht an dieser Beleidigung des Friedens teilzuhaben.«

»Es ist die wilde Magie, Triock«, sagte Schaumfolger, als ob er für Covenant bitten müsse, »die wilde Magie stört den Frieden. Du kennst das Lied. Das Weißgold steht außerhalb aller Schwüre.«

»Dennoch will ich meinen halten. Ohne den Friedensschwur hätte ich den Zweifler vor siebenundvierzig Jahren erschlagen. Laß ihn das anerkennen und gib auch du dich zufrieden!«

»Ich vernehme deine Worte, mein Freund«, sagte der Riese leise. »Du bist des Landes würdig, dem du dienst.« Dann wandte er sich an Covenant. »Ur-Lord, erlaube mir, dich zu begleiten. Ich bin ein Riese — mag sein, daß ich dir von Nutzen bin. Und ich ... mich verlangt danach, dem Seelenpresser, den meinesgleichen stets so verabscheut hat, härtere Schläge als bisher zu versetzen. Und ich kenne die Gefahr. Ich habe die Art und Weise gesehen, wodurch wir zu dem werden, was wir hassen. Gib mir deine Erlaubnis.«

Bevor Covenant antworten konnte, sprang Lena auf. »Gestatte auch mir, deine Begleiterin zu sein«, rief sie erregt.

»Lena ...!« protestierte Triock.

Sie beachtete ihn nicht. »Es ist mein Wunsch, dich zu begleiten. Ich habe so lange auf dich gewartet. Ich habe danach gestrebt, deiner würdig zu sein. Ich bin Mutter eines Hoch-Lords und habe Ranyhyn geritten. Ich bin jung und stark. Ach, ich sehne mich danach, an deiner Seite zu sein. Gib mir deine Einwilligung, Thomas Covenant!«

Unterdrückt brauste zwischen den Häusern der Wind, wehte Covenant den Schnee ins Gesicht wie eine Ausdünstung. Die Flocken zupften eisig an seinen wunden Lippen; nichtsdestoweniger nickte er angesichts der Wirrnis zahlloser Flocken beifällig. Ein anständiger Schneefall würde seine Spuren bedecken. Der Schnee dämpfte alle Laute im Dorf, und als er den Mund öffnete, schien er zu sich selbst zu sprechen. »Dann laßt uns aufbrechen«, sagte er. »Ich habe Schulden zu begleichen.«

7

Botschaft für Schwelgenstein

Obwohl seine Kiefer sich nur mit sichtlichem Schmerz jeden weiteren Widerspruch verkniffen, erteilte Triock die Anweisungen, derer es bedurfte, und mehrere seiner Gefährten machten sich eilends daran, für Covenant, Schaumfolger und Lena Vorräte zusammenzustellen. Im Augenblick empfand er die Erteilung dieser Anweisungen als die härteste Aufgabe, die er jemals verrichtet hatte. Daneben verblaßte sogar das Maß an Zurückhaltung, das es ihn gekostet hatte, Covenant siebenundvierzig Jahre lang unverfolgt zu lassen. Die Mühe, dank derer sich Covenant nun erneut im Lande befand, verlor ihre Bedeutung. Das Verlangen Lenas, Atiarans Tochter, den Zweifler zu begleiten, hatte all die langen Jahre von Triocks Hingabe in Staub und Unsinn verwandelt, all seine aufopferungsvolle Liebe war verschwendet gewesen.

Doch er konnte es ihr nicht untersagen — er vermochte es nicht, obwohl dergleichen seinem Entscheidungsbereich unterlag. Er gehörte dem Kreis der Ältesten des Steinhausens Mithil an, und gemäß alter Steinhausen-Bräuche waren Eheschließungen und sogar lange Reisen abhängig von der Zustimmung der Ältesten. Überdies war er rechtmäßig anerkannter Befehlshaber der Verteidigung von Steinhausen Mithil. Er hätte Lena einfach befehlen können, daheim zu bleiben, und könnte er vernünftige Gründe nennen, wäre ihm die Unterstützung aller Steinhausener sicher.

Seine Gründe waren vernünftig. Lena war alt, wirr im Kopf. Sie mochte für Covenants Absichten hinderlich sein; es kam möglicherweise nochmals dazu, daß sie, wie erst heute, sein Leben gefährdete. Sie selbst mußte durch all die Feinde zwischen dem Steinhausen Mithil und Fouls Hort gefährdet werden. Covenant war der Mann, der die Schuld an ihrem Zustand trug, der Mann, der ihren Lebensweg dauerhaft fehlbestimmt hatte. Und er, Triock, Thulers Sohn — er liebte sie.

Aber er gab die erforderlichen Weisungen. Nie hatte er Lena in einer Art und Weise geliebt, die ihn dazu befähigt hätte, über sie Macht auszuüben. Einst war er dazu bereit gewesen, für sie seinen Friedensschwur zu brechen, doch nun hatte er ihn ihretwillen während fast seines ganzen Lebens gehalten. Äußerstes hatte er geleistet, um ihre Tochter so aufzuziehen, daß sie freiblieb von Scham und Groll. Jetzt war's zu spät, um sich dem Preis einer Liebe zu verweigern, der er sich bereits so uneingeschränkt aufgeopfert hatte.

Sobald diese neue Prüfung ausgestanden war, fühlte er sich etwas ruhiger. Tief in seinem Herzen glaubte er, daß jede Hoffnung, die für das Land in Thomas Covenant liegen mochte, von dessen Wiedersehen mit Lena abhing. Aber noch verbitterte ihn die Tatsache, daß er Covenant nicht ebenfalls begleiten, nicht mit ihm ziehen konnte, um auf Lena achtzugeben. Er hatte eine eigene Aufgabe zu erfüllen, eine Aufgabe, von ihm selbst gutgeheißen und übernommen. Durch die sehnsüchtige Verkrampfung seiner Kiefer sagte er sich, daß er sich auf Salzherz Schaumfolger verlassen müsse.

Mit einer heftigen Bewegung wischte er grauen Schnee aus seinen Augen und schaute den Riesen an. Schaumfolger erwiderte seinen Blick und kam herüber. »Sei getrosten Herzens, mein Freund«, riet er. »Du weißt, ich bin kein gedankenloser Bundesgenosse. Ich werde alles, was ich kann, für beide tun.«

»Laß große Umsicht walten«, sagte Triock durch seine zusammengebissenen Zähne. »Die Augen, welche uns auf dem Kevinsblick beim Werk sahen, sind noch offen. Dieser Kampf hat sie nicht geschlossen.«

Schaumfolger erwog diese Äußerung für eine Weile. »Wenn das wahr ist«, meinte er dann, »bist du's, der größte Vorsicht walten lassen muß. Du wirst dein Hehres Holz mit in die Fährnisse der Südlandebenen tragen.«

Triock zuckte die Achseln. »Hehres Holz oder Weißgold — wir alle müssen auf der Hut sein. Ich kann keinen meiner Leute mit dir schicken.«

Der Riese nickte zum Einverständnis. »Ich täte ablehnen«, sagte er, »wolltest du mir welche anbieten. Du wirst jedes Schwert brauchen. Die Berge, in denen du den Freischüler aufzuspüren gedenkst, sind viele Längen weit fort, und mancherorts wirst du dir den Weg erkämpfen müssen.«

Triock preßte seine Zähne so gewaltsam aufeinander, daß seine Stimme einem heiseren Fauchen glich. »Ich werde niemanden außer Quirrel und Jeurquin mitnehmen.« Schaumfolger wollte Einspruch erheben, aber Triock kam ihm zuvor. »Ich bedarf der Schnelligkeit, die nur mit wenigen Begleitern möglich ist. Und Steinhausen Mithil ist nun ernstlich bedroht. Erstmalig haben wir uns offen gegen die Landverheerer gewehrt. Mit der Kraft, die wir auf dem Kevinsblick eingesetzt, und dem eindeutigen Sieg, den wir hier erfochten haben, steht nun außer Frage fest, daß wir nicht bloß irgendwelche bewaffneten Landstreicher sind, die sich in verlassenen Bauten verstecken. Wir haben unser Steinhausen verteidigt und damit gezeigt, daß wir ein nicht unterworfenes Volk sind. Deshalb wird der Feind eine Horde wider uns aussenden, gegen die jene, welche wir zerschlagen haben, bedeutungslos sein dürfte. Nein, Steinbruder . . .« Er beschloß seine Ausführungen voller Grimm. »Jede kampffähige Faust muß bleiben, um zu halten, was wir errungen haben — es sei denn, der Gegner kommt über das Steinhausen wie eine Sturmflut, so daß nicht ein Haus überdauert.«

Nach einem langen Augenblick des Schweigens seufzte Schaumfolger. »Ich vernehme deine Worte. Ach, Triock — dies sind fürwahr schwere Zeiten. Ich werde leichter Ruhe finden, wenn mein Freund Mhoram, Variols Sohn, davon Kunde erhalten hat, was wir unternehmen.«

»Du glaubst, mir wird Erfolg beschieden sein?«

»Wem sonst, wenn nicht dir? Du bist tüchtig und gelehrig, du kennst Ebenen und Berge — und die Landverheerer. Du hast dich in die Notwendigkeit dieser Aufgabe gefügt, obwohl deine Füße danach trachten, andere Pfade zu beschreiten. Doch jene, die dem Verlangen ihres Herzens folgen, schweben in der Gefahr weit tückischerer Irrungen und Wirrungen. In mancherlei Beziehung ist's daher besser, die eigenen Seelenwünsche anderen Händen zu überantworten.« Schaumfolger sprach versonnen, als wäge er seine und Triocks Lage gegeneinander ab. »Du kannst die Botschaft unbefangen übermitteln.«

»Und noch ein Segen wird mir zuteil«, ergänzte Triock mit einem Mundvoll unbeabsichtigter Gehässigkeit. »Die Last der Barmherzigkeit verlagert sich auf deine Schultern. Mag sein, du vermagst sie müheloser zu tragen.«

Schaumfolger seufzte erneut, dann lächelte er nachsichtig. »Ach, mein Freund, ich verstehe nichts von Barmherzigkeit. Dafür bedarf ich ihrer selbst viel zusehr.«

Der Anblick von Schaumfolgers Lächeln des Bedauerns gab Triock den Wunsch ein, er vermöchte dem, was der Riese äußerte, zu widersprechen. Doch er begriff das verwickelte Knäuel aus Verlust und Reue, das Schaumfolgers Bürde war, nur allzu gut. So schwieg er und lächelte zurück, soweit dergleichen ihm möglich war, und entbot Schaumfolger aus tiefstem Herzen einen Gruß. Dann ging er seine eigenen Vorbereitungen zum Aufbruch treffen.

Binnen kurzem packte er Decken, einen zusätzlichen Mantel, einen kleinen, irdenen Topf voller Glutgestein sowie einen Vorrat an Dörrfleisch, Käse und Obst zusammen, ferner besorgte er sich ein neues Messer, um jenes zu ersetzen, das er Covenant überlassen hatte; er tat alles in einen Rucksack. Es beanspruchte nur ein paar Augenblicke, sein Schwert zu wetzen und den *Lomillialor*-Stab unterm Mantel sicher im Gürtel seines Gewandes unterzubringen.

Als er zum Dorfplatz des Steinhausens zurückkehrte, fand er dort Covenant, Schaumfolger und Lena bereits fertig zum Losziehen vor. Lena hatte ihre wenigen Habseligkeiten ebenfalls in einen Rucksack gepackt; Schaumfolger trug die Vorräte für alle drei in seinem ledernen Sack, leichthin über die Schultern geworfen; und Covenants wundes Angesicht wies einen Ausdruck von Angelegentlichkeit oder Gereiztheit auf, als hindere ihn nur Schmerz in seinem Mund daran, Klagen der Ungeduld vorzutragen. Triock erhaschte in seiner Miene eine flüchtige Einsicht in die Schwächlichkeit von Covenants so laut beschworenem Haß. Er wirkte nicht wie eine beharrliche Leidenschaft. Triock erschauderte. Eine argwöhnische Ahnung flüsterte ihm ein, daß Thomas Covenants Entschlossenheit oder Leidenschaft unzureichend seien.

Aber er behielt diese Erwägung für sich, als er Schaumfolgers letzten Abschiedsgruß erwiderte. Es gab nichts, das er hätte sagen können. Und einen Augenblick später waren der Riese und seine zwei Begleiter zwischen den Häusern nordwärts entschwunden. Schnee füllte ihre Fußabdrücke auf und bedeckte sie, bis es im Steinhausen Mithil nicht länger irgendwelche Spuren ihres Aufenthalts zu geben schien.

»Laßt auch uns aufbrechen«, wandte er sich rauh an Jeurquin und Quirrel. »Wir müssen das Tal verlassen, solang's schneit.«

Seine zwei Gefährten nickten, ohne irgendwelche Fragen zu stellen. Ihre Mienen waren ausdrucksarm; sie ähnelten Menschen, denen das Kämpfen alle anderen Gedanken ausgetrieben hatte, und trugen ihre kurzen Spieße, als sei das Töten von Feinden ihr einziges Interesse. Das Paar versah Triock mit einer bestimmten Art von Gelassenheit. Für die beiden war er kein Besitzer eines Hehren Holzes, kein Träger von Bürden, die einem

Lord den Rücken gebeugt haben mochten. Für sie war er nur ein Mann, der für das Land focht, so gut er's konnte, ohne ehrgeizig nach Weisheit oder Prophetie zu streben. Das war für einen Viehhirten in Kriegszeiten die rechte Tätigkeit, und sie war ihm willkommen.

Gegürtet mit der Bereitschaft seiner Gefährten, begab er sich zu den übrigen Ältesten und besprach eine kurze Zeitlang mit ihnen die Vorbereitungen von Steinhausen Mithil auf künftige Überfälle. Dann ließ er sein Heim in ihrer Obhut zurück und ging wieder hinaus in den Schnee, als erfülle er damit die Hauptpflicht seines Daseins.

Jeurquin und Quirrel an seinen Seiten, verließ er das Dorf auf dem Pfad nach Norden und überquerte mit ihnen ohne die geringste Verstohlenheit die Brücke zur Westseite des Tals. Er wollte eine beträchtliche Strecke zurücklegen, solange es noch schneite, und deshalb schlug er den leichtesten Weg ein, bis sie ans Ende jener sichelgleich geschwungenen Bergkette gelangten, welche die Westwand des Mithiltals ausmachte. An dieser Stelle wich er von der Landstraße ab und begann ins Vorgebirge zu steigen, das sich unterm Zipfel der Bergkette erstreckte. Er hatte die Absicht, die Gipfel im Westen und Süden fast bis zum Unheilswinkel zu überqueren, dann nach Nordwesten abzubiegen und die Richtung zu dem gesonderten Höhenrücken einzuschlagen, der die Südlandebenen von der Würgerkluft schied. Ihm war vollauf klar, daß sie nicht geradewegs westwärts ziehen konnten. Im offenen Gelände der Ebenen müßten sie mit Gewißheit auf Landverheerer stoßen, und wenn das geschah, dorthin flüchten, wohin der Feind ihn hetzte. Darum zog er die zerklüftete Hügellandschaft vor. Der höhergelegene Landstrich bot sowohl den Vorteil, den Gegner besser beobachten, wie auch den, sich leichter vor ihm verbergen zu können.

Und doch, so sah er ein, während er durch den Schnee aufwärtsstapfte, fürchtete er die gefällte Entscheidung. Durch die Hügel würden sie zwanzig Tage brauchen, um die Berge jenseits des Unheilswinkels zu erreichen; zwanzig Tage, die sie verloren, ehe die Suche nach dem Freischüler überhaupt beginnen konnte. In derselben Zeit mochten Covenant und seine Begleitung bis zum Landbruch oder gar darüber hinaus gelangen. Dann traf vielleicht jede Kunde, die man dem Hoch-Lord möglicherweise übermittelte, zu spät ein; unter Umständen war Covenant sodann für keine Hand außer der Klaue des Grauen Schlächters noch erreichbar. Mit dieser Sorge in seinem Herzen begann Triock den mühsamen Weg zur Durchquerung des Vorgebirges.

Er und seine Gefährten hatten die erste windgeschützte Stelle jenseits der Sichelgestalt des Gebirgszuges gefunden, als spät am Nachmittag der Schneefall endete. Dort befahl er eine Rast. Statt die Gefahr einzugehen, daß man sie — braune Gestalten vorm grauen Schneematsch — womöglich erspähte, ließ er lagern und duldete es, daß die übergroße Müdigkeit, die ihn begleitete, seit er zum Kämpfer geworden war, ihn in den Schlaf lullte.

Irgendwann nach Anbruch der Dunkelheit weckte ihn Jeurquin. Sie zogen weiter, kauten Streifen von Dörrfleisch, um ihren Gliedmaßen eine gewisse Wärme zu sichern, und spülten sich mit Mündernvoll des ungenießbaren Schnees das Salz aus den Kehlen. In der von Wolken vervollkommneten Finsternis kamen sie nur langsam voran. Und mit jeder Länge entfernten sie sich weiter von den Hügeln, die sie am besten kannten. Nach einer mühseligen, vergeblichen Anstrengung, einen verschneiten Hang zu erklimmen, verwünschte Triock die trostlose Muschel des Himmels und geleitete die Gefährten abwärts, auf weniger beschwerliches Gelände näher bei den Ebenen.

Während eines Großteils der Nacht durchquerten sie die niedrigeren Bereiche der Hügel, doch als die morgendliche Dämmerung herankroch, stiegen sie um des Vorteils willen wieder höher. Sie kämpften sich aufwärts, bis sie einen Kamm von Anhöhen betraten, von wo aus sie einen längeren Abschnitt der bereits zurückgelegten Strecke einzusehen vermochten. Dort rasteten sie erneut. Derweil des Tages Grau die Nacht lichtete, öffneten sie die Gefäße mit Glutgestein — es erzeugte keinen Rauch — und bereiteten eine warme Mahlzeit. Danach warteten sie, bis der Wind all ihre Spuren verweht hatte. Anschließend legten sie die Reihenfolge ihres Wachdienstes fest und schliefen.

Auf diese Art und Weise verfuhren sie zwei weitere Tage lang. Abends verließen sie die Höhen, sobald es dunkelte, zogen in den ausgedehnten Nächten unverdrossen weiter, stiegen in der Morgendämmerung wieder in höhergelegene Gefilde hinauf, um warm zu essen und zu schlafen; und im Verlauf dieser drei Tage sahen sie keinerlei Anzeichen irgendwelchen Lebens, bemerkten sie weder Menschen noch Tiere, weder Freund noch Feind, nirgendwo — sie waren inmitten dieser kalten, grauen Welt und ihrem vereinsamten Wind allein. Sie trotteten im Schnee dahin wie verkrüppelt, strebten durch die zerschundene

Einsamkeit zum Unheilswinkel. Ausgenommen unvorhersehbare scharfe oder gedämpfte Geräusche ihrer eigenen Bewegungen, hörten sie nichts außer dem Knacken von überdehntem Eis und das Schrammen des Windes, den die schroffen Hügel, für ihre Ohren deutlich wahrnehmbar, vielfältig brachen.

Doch in der dämmrigen Morgenfrühe des vierten Tages sahen sie, während sie darauf harrten, daß der Wind langsam ihre Fußabdrücke verwehe, über eine Bodenfalte des Hügels unterhalb ihres Standorts etwas von häßlicher mattgelber Färbung schwärmen und herauf in ihre Richtung kommen. Triock zählte ein Rudel von zehn Tieren.

»Kresch!« stieß Jeurquin gepreßt hervor.

Quirrel nickte. »Auf der Pirsch nach uns. Sie müssen während der Nacht gegen den Wind unserer Fährte gefolgt sein.«

Triock schauderte zusammen. Die fürchterlichen gelben Wölfe waren den Bewohnern der Südlandebenen kaum vertraut; bis vor ein paar Jahren hatten die *Kresch* hauptsächlich in den Landstrichen nördlich der Ebenen von Ra gelebt, von wo aus sie die Nordlandebenen heimzusuchen pflegten, solange sie kein Ranyhyn-Fleisch erbeuten konnten. Viele Tausende von ihnen waren in der Schlacht am Unheilswinkel ausgemerzt worden. Doch sie hatten ihre Zahl rasch wieder vermehren können, und nun machten sie jeden Teil des Landes unsicher, in dem nicht länger die Hand der Lords waltete. Triock hatte noch nie gegen *Kresch* kämpfen müssen, aber schon gesehen, was sie anzurichten vermochten. Vor einem Jahr hatte ein großes Rudel die gesamte Einwohnerschaft von Steinhausen Gleam in den Kristallhügeln ausgelöscht, in der Nähe der Stelle, wo der Mithil und der Schwarze Fluß zusammenströmten. Als Triock durchs menschenleere Dorf schritt, hatte er nichts gefunden als zerfetzte Kleidung und Knochensplitter. *»Melenkurion!«* knirschte er unterdrückt, als er die Schnelligkeit der gelben Wölfe schätzte. »Wir müssen eilends höher hinauf.«

Während seine Begleiter ihre Bündel schnürten, hielt er über das Gelände Ausschau, ob sich irgendeine Möglichkeit zur Flucht oder ein Schutz finden ließ; doch trotz ihrer rauhen Beschaffenheit zeigten die Höhen und Hänge nichts, was für die Wölfe unbegehbar sein konnte, und so weit von Steinhausen Mithil entfernt, kannte Triock keine zur Verteidigung geeigneten Höhlen oder Talkessel.

Er wandte sich aufwärts. Gefolgt von Quirrel und Jeurquin,

schlug er über einen Höhenrücken die Richtung zu den Bergen ein.

Im Windschatten des Höhenzugs lag der Schnee weniger hoch. Sie kamen mit geschwindem Klettern und Klimmen rasch voran und dabei der nächsten Bergwand näher. Aber sie ragte steil und kahl aus einem Abhang empor und verwehrte jeden Ausweg. Erst als die westliche Hälfte des Tals neben dem Höhenrücken zum Berg hinaufführte, kehrte sich Triock nach rechts und lief hangabwärts, pflügte sich durch den angesammelten Schnee hinüber zum höheren Untergrund auf der anderen Seite.

Bevor er und seine Begleiter dort angelangten, kreuzten hinter ihnen die ersten *Kresch* den Hügelkamm und stießen ein wüstes Geheul aus. Ihr Jaulen holte Triock ein wie ein Keulenschlag zwischen seine Schulterblätter. Er verharrte, sah die Wölfe kaum fünfhundert Klafter entfernt wie gelben Tod über die Anhöhen hasten.

Ihr Anblick bereitete ihm eine Gänsehaut, und seine vor Kälte steifen Wangen zuckten, als wolle er aus Furcht die Zähne blekken. Ohne ein Wort drehte er sich um und setzte den Aufstieg fort, warf seinen Körper durch den Schnee, bis sein Pulsschlag hämmerte und er von seinen eigenen Keuchern umhüllt zu sein schien. Als er die Höhe des Abhangs erreichte, blieb er lange genug stehen, um seine Sicht zu klären, und begutachtete das Gelände, das vor ihnen lag. Jenseits dieser Verwerfung des Vorgebirges fiel der Untergrund in weitem Halbkreis, der an die Berge selbst grenzte, steil in ein tiefes Tal ab. Das Tal verengte sich schlauchartig und war mit den Ebenen nur durch einen schroffen Hohlweg an seiner Nordseite verbunden. Es bot Triocks forschendem Blick keinerlei Hoffnung. Aber zu Füßen der Berge lehnte eine Halde von Felsbrocken jenseits eines schmalen Felssimses, das entlang der Mündung des Tals verlief, Überrest eines alten Steinschlags. Triock lenkte seine Aufmerksamkeit hinüber, um zu prüfen, ob die Felsklötze sich auf dem Weg übers Sims erreichen ließen.

»Geht!« drängte Quirrel mit gedämpfter Stimme. »Ich werde sie hier aufhalten.«

»Mit zwei Spießen und einem Schwert«, schnaufte Triock zur Entgegnung. »Anschließend wären wir noch zwei gegen sieben. Lebendig bist du mir lieber.« Er hob einen Zeigefinger. »Wir müssen über das Felssims zu jenem Gesteinshaufen. Dort können wir uns der *Kresch* von erhöhter Stelle aus erwehren.«

Von neuem begann er zu laufen, bewegte seine müden Beine so schnell wie möglich; Quirrel und Jeurqin folgten ihm auf den Fersen. Sobald sie sich auf dem unebenen Untergrund befanden, wo die Höhe mit der Felswand verschmolz, erkletterten sie mühsam das Sims.

Auf dem Gesims zauderte Triock. Die Mündung des Tals war bedeckt mit Schnee, und es ließ sich nicht absehen, wieviel von dem, was er verhüllte, fester Fels war; doch hinter ihnen kamen die *Kresch* unter Geheul hangaufwärts — es blieb keine Zeit, um den Schnee zur Seite zu scharren. Er biß die Zähne zusammen, drückte sich an die Klippe und schritt hinaus auf das Sims.

Seine Füße spürten die Glätte auf dem Sims. Unterm Schnee lag Eis auf dem Stein. Aber im Laufe dieses widernatürlichen Winters hatte er sich an Eis gewöhnt. Er bewegte sich mit kurzen, wohlüberlegten Schritten, frei von Hast, sorgte dafür, daß er nicht ausrutschte. Innerhalb von nur Augenblicken waren auch Quirrel und Jeurqin auf dem Sims, und er hatte schon die halbe Strecke zurückgelegt.

Plötzlich hallte von den Gipfeln über der Klippe ein dumpfer Knall herab, als brächen alte, morsche Knochen. Ein Ruck durchfuhr das Felssims. Triock suchte an der Felswand Halt für seine Hände und fand keinen. Er und seine Gefährten waren auf beiden Seiten zu weit von sicherem Stand entfernt.

Einen Augenblick später barst das Sims unter ihrem Gewicht. Wie Steine in einer Lawine purzelten sie die steile Seite des Tals hinunter.

Triock kauerte sich im Fallen zusammen, so daß er den Kopf auf die Knie preßte, und bemühte sich, so reibungslos wie möglich hinabzurollen. Der Schnee milderte den anfänglichen Aufprall, doch andererseits gab er sofort unter ihm nach und verhinderte, daß sein Sturz endete oder wenigstens verlangsamte. Ihm blieb nichts anderes übrig, als sich zu schützen, so gut es ging, und den fortgesetzten Sturz zu erdulden. Mit ihm rutschte weiterer Schnee ins Tal, gelöst durch den Zusammenbruch des Simses, verlieh Triock noch mehr Schwung, als wolle er ihn auf den Grund des Tals schleudern. In wildem Schwindelgefühl verlor er jeden Überblick, wie weit er fiel oder noch von der Talsohle entfernt war; als er endlich auf ebenen Boden schlug, raubte ihm die Wucht des Aufpralls erst einmal den Atem, und er blieb wie betäubt liegen, während sich Schnee auf ihn häufte.

Für eine Weile lag er benommen unterm Schnee, aber indem

der Schwindel aus seinem Kopf schwand, begann er sich zu erholen. Er raffte sich auf Hände und Knie hoch. Er keuchte und widersetzte sich der Dunkelheit, die sein Blickfeld durchgaukelte wie Schwärme von Fledermäusen, die seinem Angesicht entgegenstürzten. »Quirrel!« krächzte er. »Jeurquin!«

Mit gewisser Mühe erkannte er, daß in einigem Abstand Quirrels Bein aus dem Schnee ragte. Dahinter lag Jeurquin auf dem Rücken ausgestreckt. Ein blutiger Riß auf seiner Wange verunstaltete die marmorne Blässe seines Gesichts. Keiner von beiden regte sich.

Plötzlich hörte Triock das Patschen von Pfoten. Ein grausiges Heulen, das einem Fanfarenstoß des Sieges glich, ließ seinen Blick von Quirrel und Jeurquin hinauf zum Hang an der Talseite rucken. Die *Kresch* kamen in wildester Blutgier herabgestürmt. Sie hatten sich einen flacheren, weniger verschneiten Teil des Hügelkamms gesucht und sausten in räuberischer Besessenheit abwärts, auf ihre gefallenen Opfer zu. Den Rudelführer trennten kaum noch ein Dutzend Klafter von Triock.

Er handelte unverzüglich. Seine Kampferfahrungen machten sich bemerkbar, und er bereitete sich zur Gegenwehr vor, ohne nachzudenken oder zu zögern. Er zückte sein Schwert, raffte sich empor, stellte sich dem ersten Wolf aufrecht entgegen. Mit entblößten Fängen und roter Glut in den Augen sprang das Tier nach seiner Kehle. Er duckte sich, vollführte eine Drehung und bohrte ihm das Schwert in den Bauch. Der Wolf flog an ihm vorüber und klatschte in den Schnee, blieb reglos liegen, als habe seine rote Blutspur ihn aufgespießt. Doch mit seinem Schwung hatte er Triock das Schwert aus der von Kälte steifen Faust gerissen.

Der Steinhausener erhielt keine Gelegenheit, sich wieder seiner Waffe zu bemächtigen. Schon setzte der zweite Wolf zum Sprung an.

Triock tat einen Satz zur Seite, so daß das Tier über ihn hinwegsprang, überschlug sich und kam wieder auf die Füße, in seinen Händen den *Lomillialor*-Stab. Der Stab war beileibe nicht als Waffe gedacht; seine Hersteller an der Schule der Lehre hatten dies Stück Hehren Holzes für andere Zwecke angefertigt. Aber die Kraft, welche darin wohnte, konnte Glut erzeugen, und Triock verfügte über keine andere Möglichkeit mehr zu seiner Verteidigung. Indem er in jener merkwürdigen Sprache, mit der ausschließlich die *Lillianrill* vertraut waren, rief er die entspre-

chende Beschwörung, schwang das Hehre Holz über seinem Haupt und hieb es dem nächsten Wolf mitten auf den Schädel.

Als der Schlag traf, schoß aus dem Stab eine Stichflamme, als sei er mit Pech getränkt, und das gesamte Fell des Wolfs fing so rasch Feuer wie Zunder. Die Flamme des Stabes erlosch augenblicklich wieder, aber Triock schrie ihn an und schwang ihn wider einen *Kresch*, der ihm gegen den Brustkorb zu springen suchte. Erneut loderte der Stab auf. Der Wolf brach im Geprassel von Flammen tot zusammen.

Triock erschlug noch einen und wieder einen. Aber mit jedem Ausbruch, jeder unvorgesehenen Anwendung von des Hehren Holzes Macht erschöpfte er seine Kräfte. Nachdem vier *Kresch* vor ihm im Schnee schwelten, ging sein Atem in ungleichmäßigen Stößen, Klüfte der Erschöpfung zerspellten sein Blickfeld, und die Ermattung machte seine Gliedmaßen schwer, als hinderten ihn eiserne Fesseln. Die fünf restlichen Wölfe umkreisten ihn in bösartigem Grimm.

Er vermochte sie keinesfalls alle zugleich abzuwehren. Ihre gelben Pelze wallten wie gehässige Schmierstreifen durch seine Sicht; ihre gräßlichen roten Augen blitzten ihn über ihren feuchten Mäulern und riesigen Fangzähnen an. Für einen Augenblick schwand ihm jeder Kampfesmut.

Da traf ihn unversehens von hinten ein wuchtiges Gewicht geballter Wut und warf ihn der Länge nach mit dem Gesicht in den zertrampelten Schnee. Der gewaltsame Anprall lähmte ihn nahezu, und das Gewicht auf seinem Rücken hielt ihn nieder. Ihm blieb nichts mehr übrig, als unter den über seinem Nacken befindlichen Reißzähnen die Schultern einzuziehen.

Aber das Gewicht bewegte sich nicht. Es ruhte so still wie der Tod auf seinen Schulterblättern.

Triocks Finger umklammerten noch immer das *Lomillialor.* Mit einem verkrampften Ruck wälzte er sich zur Seite, kippte den schwerpelzigen Wolf von seinem Rücken. Das Tier besudelte ihn mit Blut — mit Blut, das unmittelbar hinter einem Vorderlauf aus dem Leib pochte, wo ein Spieß stak. Ein paar Schritte entfernt lag ein zweiter, gleichfalls von einem Spieß niedergestreckter *Kresch.*

Die letzten drei Wölfe umsprangen Quirrel, suchten sie mit Finten zu verwirren. Sie stand über Jeurquin, schwang unter Verwünschungen ihr Schwert. Triock raffte sich hoch. Gleichzeitig begann sich Jeurquin ebenfalls wieder zu rühren, strengte sich an, um auf die Beine zu kommen. Trotz der Wunde an seiner

Schläfe tasteten seine Hände unwillkürlich nach seinem Schwert. Als sie das sahen, zögerten die Wölfe.

Im selben Augenblick riß Triock einen Spieß aus dem Wolfskadaver, der ihm am nächsten lag, und schleuderte ihn mit einer Kraft, die plötzliche Siegesgewißheit ihm eingab, einem anderen *Kresch* zwischen die Rippen.

Jeurquin war noch unsicher auf den Füßen, aber es gelang ihm, einen Wolf mit einem etwas ungelenken Schwerthieb wenigstens zu verwunden. Auf drei Beinen schleppte sich das Tier beiseite, doch er setzte ihm nach, holte es ein und spaltete ihm den Schädel.

Der letzte *Kresch* hatte bereits die Flucht ergriffen. Allerdings floh er nicht mit Gewinsel und eingezogener Rute wie ein geprügelter Köter; vielmehr jagte er schnurstracks zum engen Ausgang des Tals, als wisse er genau, wo sich Verbündete aufhielten, und habe die Absicht, sie zu verständigen. »Quirrel!« keuchte Triock. Sie handelte sofort. Sie löste mit einem Ruck einen Spieß aus einem gefällten Wolf. Feinfühlig wog sie den kurzen Schaft in ihrer Handfläche, tat drei kurze Schritte und warf ihn dem fliehenden *Kresch* hinterdrein. Der Spieß beschrieb einen so hohen Bogen, daß Triock befürchtete, er werde zu knapp fallen, doch dann kippte das Geschoß steil ab und traf den Wolf in den Rükken. Das Tier brach zusammen, wälzte sich mehrmals im Schnee und schlug um sich, dann zitterte es bloß noch, und schließlich lag es still.

Verschwommen bemerkte Triock, daß seine Atemzüge in ein rauhes Schluchzen übergingen. Er fühlte sich so abgekämpft, daß er kaum noch den *Lomillialor*-Stab zu halten vermochte. Als Quirrel zu ihm kam, schlang er seine Arme um sie, sowohl um Kraft von ihr zu beziehen, wie auch um seine Dankbarkeit und Gefährtenschaft auszudrücken. Auch sie umarmte ihn, aber nur flüchtig, als bereite die Geste ihr Verlegenheit. Dann begaben sie sich zu Jeurquin.

Wortlos untersuchten und behandelten sie Jeurquins Wunde. Unter anderen Umständen hätte Triock die Verletzung als unerheblich betrachtet; sie war sauber und oberflächlich, der Knochen unbeeinträchtigt. Nichtsdestoweniger bedurfte Jeurquin eigentlich einiger Zeit zum Ausruhen, um die Heilung beginnen zu lassen — doch Triock hatte keine Zeit. Seine Verpflichtung, die Botschaft zu übermitteln, war nun dringlicher denn je zuvor.

Er äußerte sich nicht dazu. Während Quirrel ein Mahl zubereitete, sammelte er ihre verstreuten Waffen ein, dann begrub er die toten *Kresch* und das im Kampf vergossene Blut unter Haufen grauen Schnees. Bei näherer Begutachtung konnte dadurch nicht verborgen bleiben, was sich zugetragen hatte, aber Triock hoffte, daß ein Gegner, der zufällig am Rande des Tals vorüberkam, keinen Anlaß zu genauerem Anschauen erkennen werde. Sobald das getan war, aß er und sammelte langsam neue Kräfte; unterdessen huschte sein Blick unablässig durchs Tal, als erwarte er, unversehens könnten aus dem Erdboden Urböse oder schlimmere Gefahren zum Vorschein kommen. Doch zu guter Letzt festigte sich seine Miene wieder zum gewohnten Ausdruck des Mißmuts. Er nahm auf Jeurquins Verletzung keine Rücksicht; rundheraus erklärte er seinen Begleitern, er habe sich dafür entschieden, das Vorgebirge zu verlassen und waghalsig geradewegs westwärts weiterzuziehen, in die Richtung der Berge, wo er den Freischüler zu finden hoffte. Bei diesem Wagnis lag die einzige Möglichkeit eines Gelingens in ihrer Geschwindigkeit.

Nachdem sie ihre Vorräte wieder verpackt und die Waffen gesäubert hatten, verließen sie das Tal im Laufschritt durch den nördlich gelegenen Ausgang.

Um der Schnelligkeit willen zogen sie fortan des Tags weiter. Indem sie Jeurquin halb mitzerrten, stapften Triock und Quirrel gen Westen, durch von eisigem Wind durchfegtes Flachland auf die östlichsten Ausläufer der Berge zu. Triock hoffte auf Schnee, damit er ihre Fährte verberge.

Gegen Ende des folgenden Tages erspähten sie erstmals Anzeichen des großen Unwetters, das in alle Himmelsrichtungen Dutzende von Längen weit überm Vorland des Unheilswinkels schwebte. Im Norden dieses Engpasses in den Bergen trafen die uralte trockene Hitze der Südlichen Einöden und des Grauen Schlächters Winter aufeinander, und das Ergebnis bestand aus einem gewaltigen Gewitter, das sich wie ein Strudel zwischen den Bergen umherwälzte, die es im Süden und Westen einzwängten. Seine Randbereiche verhehlten die Gewalten, die im Innern tobten, aber selbst aus dem Abstand einer Tagesreise erkannte Triock Andeutungen eines Wirbelsturms. Winde kreisten über dem Landstrich und schrammten die Erde, als wollten sie deren Gebein bloßlegen; Schnee fiel so dicht wie das Dunkel der Nacht; die Luft war so kalt, daß sie das Blut selbst in den wärmsten Stellen des Herzens gefrieren lassen mochte. Das Unwetter lag unmittelbar auf Triocks Weg.

Dennoch führte er Quirrel und Jeurquin noch einen Tag lang in diese Richtung, eilte mit ihnen geradewegs auf die Mitte des Wetters zu, bis die äußeren Winde an seiner Kleidung zu zerren begannen und der erste Schnee gegen seine dem Wind zugekehrte Körperseite trieb. Mittlerweile befand sich Jeurquin in schlechter Verfassung — Blut sickerte wie ein Ausfluß durchs überanspruchte Gewebe seiner Narbe, und der gewöhnlich unerschütterliche Kern seiner Willenskraft war zersetzt worden und brüchig, ähnlich wie ein angesägtes Tau. Aber Triock ließ sich nicht beirren. Er durfte es sich nicht leisten, dem Unwetter auszuweichen, sich nach Norden zu wenden, zur Mitte der Südlandebenen, um es zu umgehen. Am ersten Abend nach der Auseinandersetzung mit den Kresch hatte er im Nordosten Feuerschein gesehen. Man verfolgte sie. In der darauffolgenden Nacht hatte er sie aufmerksam beobachtet und festgestellt, daß sie auf geradem Wege näher rückten, und zwar mit beunruhigender Schnelligkeit. Irgendein Gegner hatte wiederum seine Verwendung des *Lomillialor* gespürt. Irgendein Feind kannte nun seine Fährte und folgte ihr wie wachsende Wut.

»Wir können sie nicht abhängen«, merkte Quirrel grimmig an, während sie sich unterm Maul des Unwetters zusammenkauerten, um zu rasten und zu essen. Triock schwieg. *›Wenn wir jetzt nicht endlich damit loslegen‹,* hörte er in seiner Erinnerung Covenant schimpfen, *›das Unmögliche zu vollbringen, wird's bald zu spät sein. Das Unmögliche zu vollbringen . . .‹* Gleich darauf schnupperte Quirrel im Wind. »Und der Ruch in diesem Wetter mißfällt mir. Das riecht nach einem regelrechten Schneesturm . . . einem scharfen Wind, stark genug, um uns das Fleisch von den Knochen zu fetzen.«

Das Unmögliche, wiederholte Triock bei sich. ›Ich bin geboren worden, um Vieh zu hüten‹ hätte er dem Zweifler erwidern sollen. ›Ich bin nicht der Mann, um Unmögliches zu vollbringen.‹ Er war alt, müde und bar jeder Weisheit. Er hätte Lena und die übrigen Bewohner des Steinhausens in die Sicherheit tief im Innern des Südlandrückens bringen sollen, eine Erneuerung der einstigen Verbannung vorziehen, anstatt zu dulden, daß ein absonderlicher Fremdling ganz Steinhausen Mithil seinen gräßlichen Zwecken unterordnete.

»Wir müssen uns trennen«, sagte Quirrel, ohne ihn anzuschauen.

»Trennen«, stöhnte Jeurquin mit hohler Stimme.

»Wir müssen die Verfolger von deiner Fährte ablenken, sie irreführen . . . das hier irreführen . . .« Zornig spie Quirrel in den Wind. »Dann vermagst du dich gen Westen durchzuschlagen.«

Das Unmögliche. Die beiden Wörter wiederholten sich in Triocks Denken immerzu wie eine ausgeleierte Gebetsmühle.

Quirrel hob den Blick und sah ihm offen ins Angesicht. »Wir müssen's.«

»Müssen's«, bekräftigte Jeurquin.

Triock blickte Quirrel an, und die Fältchen rings um seine Augen zuckten, als habe sogar die Haut seines Angesichts Furcht. Für ein Weilchen mahlten seine Kiefer stumm. Dann verzerrte sich seine Miene. »Nein.« Quirrel straffte sich, um mit Nachdruck zu widersprechen, aber er kam ihr mit seiner Begründung zuvor. »Damit wäre nichts gewonnen. Sie folgen nicht unserer Fährte — so rasch wäre ihnen das gar nicht möglich. Ihr könnt sie nicht ablenken. Sie folgen dem Hehren Holze.«

»Das kann nicht sein«, erwiderte sie ungläubig. »Ich spür's nicht einmal auf Armeslänge.«

»Du hast für seine Macht keine Sinne. Würden wir uns trennen, stünde ich allein gegen die Verfolger.«

»Trennen«, stöhnte Jeurquin erneut.

»Nein!« Zorn füllte Triocks Mund. »Ich brauche euch.«

»Ich halte dich auf«, entgegnete der Verwundete in matter Schicksalsergebenheit. Sein Gesicht war bleich und schlaff, von Reif umrahmt, mutlos.

»Kommt!« Triock sprang wie in äußerster Tatkraft auf, klaubte hastig seine Vorräte zusammen und schwang sich den Rucksack auf die Schultern, dann stapfte er durch den Wind davon, weiter aufs Herz des Unwetters zu. Er schaute sich nicht um. Doch nach einer Weile gesellte sich zur Rechten Quirrel zu ihm, und links kam Jeurquin angetaumelt. Gemeinsam kämpften sie sich vorwärts in den Schneesturm.

Noch ehe sie nur eine Länge zurückgelegt hatten, mußten sie sich gegen Wind und Schnee stemmen, die wirkten, als fiele die erzürnte Luft mit feinen, granitharten Splittern von Frost über sie her. Schnee trieb ihnen ins Gesicht, und der Wind zerrte an ihrer Kleidung, als sei sie dünner als ein Schleier. Nach einer weiteren Länge schwand des Tages Helligkeit; das immer dichtere Schneetreiben fegte sie aus der Luft. Quirrel versuchte, durch Aufdekken eines Glutgestein-Topfs ein wenig Licht zu spenden, doch der Wind packte die Glutsteine und riß sie aus ihrem Gefäß, verstreute sie wie ein kurzes Aufglänzen einer Faustvoll Edelsteine aus Quirrels Händen. Als sie verweht waren, konnte Triock kaum noch Quirrels geduckte, verwaschene Gestalt neben sich erkennen; Quirrel fror zu sehr, um das geschehene Mißgeschick nur zu verfluchen. Als sie verharrten, um den Topf zu öffnen, war Jeurquin zusammengesackt, und nun war er schon fast völlig vom Schnee begraben. Voraus vermochte Triock einen ersten Eindruck vom wüsten Heulen und Toben des eigentlichen Unwetters zu erspähen, nicht länger so durch äußere Winde verborgen, den Wirbel- oder Schneesturm, wie er mit aller Macht der Gewalten toste, aus denen er bestand.

Die Wucht dieser Naturgewalten traf Triocks Sinne wie der Einsturz eines ganzen Berges. Während er mühselig ausspähte, ersah er, daß sich darin nichts befand, was noch aufrecht war, kein Tier und kein Mensch, kein Riese, weder Baum noch Stein. Die Strudel der Winde hatten längst alles niedergemacht, was sich jemals über den zerschabten Untergrund zu erheben gewagt haben mochte. Schließlich mußte Triock seine Augen mit den Händen schützen. *Unmöglich* war ein zu schwaches Wort zur Kennzeichnung der Aufgabe, durch diesen Sturm zu gehen. Aber das war ihre einzige Gelegenheit, sich der Verfolger zu entledigen. Mit aller Kraft, die er aufbieten konnte, richtete er Jeurquin wieder auf und half dem Verletzten beim Weiterwanken.

Schwarzer Wind und scharfer Schnee fuhren auf ihn herab, wuchteten auf ihn nieder, fegten von der Seite heran, um ihm die Beine wegzureißen. Die Kälte blendete ihn, betäubte seine Ohren, erfüllte ihn mit Benommenheit; er bemerkte, daß er seine Begleiter nicht verlor, nur weil sich Quirrel ans Rückenteil seines Mantels klammerte und Jeurquin in immer spürbarerer Hilflosigkeit mit seinem Gewicht gegen ihn lehnte. Aber ihm schwanden selbst die Kräfte, und er konnte dagegen nichts unternehmen. Er vermochte kaum noch zu atmen; der Wind brauste mit solcher Wildheit an ihm vorbei, daß er nur gänzlich unzureichende Schnaufer tun konnte. Jeurquins Gewicht wirkte bald untragbar. Mit hölzern ruckhaften Bewegungen verharrte er. Aus schlichtem, unerfüllbarem Bedürfnis nach einer Atempause schob er Jeurquin von sich, zwang ihn dazu, aus eigenen Kräften aufrecht zu bleiben. Jeurquin torkelte, wankte ein paar Schritte weit durch den Wind und verschwand urplötzlich aus der Sicht — verschwand so spurlos, als habe ihn der Schlund des Ungewitters schlagartig verschlungen.

»Jeurquin!« schrie Triock. »Jeurquin!«

Er sprang seinem Gefährten nach und fuchtelte, tastete wie besessen nach ihm. Für einen Augenblick konnte er eine verschwommene Gestalt knapp außerhalb seiner Reichweite dahintreiben sehen. »Jeurquin!« Doch da war sie bereits wieder weg, vom wüsten Wehen in die Ferne zerstoben wie eine Handvoll brüchigen Laubs.

Er lief hinterdrein. Er war sich kaum noch Quirrels Griff an seinem Mantel bewußt oder des Sturms, der seinen Rücken peitschte, ihn südwärts scheuchte, fort von seinem Ziel. Die Furcht um Jeurquin verdrängte jeden anderen Gedanken aus seinem Geist. Auf einmal war er nicht länger der Überbringer unüberbringbarer Botschaften an die Lords. Mit einer heftigen Aufwallung verwandelte er sich wieder in den einfachen Mann Triock, Thulers Sohn, den einstigen Viehhirten, dem es unmöglich war, einen Freund im Stich zu lassen. Er rannte mit dem Wind und suchte Jeurquin, als hinge davon sein Seelenheil ab.

Aber der Schnee traf seinen Rücken wie eine zur Marter ausgedehnte Tracht Prügel; der Wind heulte und kläffte ihm in die Ohren, lockerte die Vertäuung seiner Gemütsfestigkeit; die Eiseskälte fraß ihm die Kraft aus dem Leib, schwächte ihn, als gefriere ihm im wahrsten Sinne des Wortes in den Adern das Blut. Er war dazu außerstande, Jeurquin zu finden. Er mußte in der Dunkelheit unbemerkt an seinem Freund vorübergelaufen sein, oder Jeurquin hatte irgendwo genug Kräfte aufgebracht, um sich von neuem gegen den Sturm durchzusetzen; oder der Verwundete war zusammengebrochen und bereits vom Schnee zugedeckt. Triock rief ihm nach, lief hin und her, kämpfte sich, während er mit den Armen umhertastete, durch die Trübnis, aber nirgendwo begegnete er irgend etwas anderem als nur immer wieder dem Wind. Als er sein Haupt Quirrel zudrehen wollte, stellte er fest, daß bereits fingerdick Eis auf seinen Schultern haftete, seinen Hals starr hemmte, als sei er festgefroren. Der eigene Schweiß geriet auf ihm zu einer Eisschicht. Er vermochte der Wucht des Sturms nicht zu widerstehen. Wenn er nicht, wie qualvoll auch immer, im Wind weiterwankte, würde er stürzen und sich nie wieder erheben.

Er stapfte weiter, bis er Jeurquin, Covenant und alle Botschaften vergessen, alles vergessen hatte, ausgenommen die Bewegung seiner Schritte und Quirrels starren Griff an seinem Mantel. Er besaß keine Vorstellung, wohin er seine Schritte lenkte; er strebte nirgends hin, nur weiter im Wind, immerzu mit dem Wind.

Allmählich gewann der Sturm rings um ihn an Lautlosigkeit, während eine harsche Schneekruste seine Ohren zufror. Achtlos legte er eine Länge um die andere zurück. Als er unerwartet auf schrägen Untergrund gelangte, fiel er auf Hände und Knie. Eine Woge von Taubheit und Gleichgültigkeit durchschwappte ihn, als schösse sie ihm vom Biß des Frostes in seine Hände und Füße empor in den Leib.

Irgend etwas schüttelte sein Haupt, etwas schlug von der Seite auf sein Haupt ein. Zuerst schützte ihn das Eis, aber dann löste es sich mit einem reißenden Schmerz, als sei damit sein Ohr abgebrochen. Erneut drang das Geheul von Winddämonen auf ihn ein, und fast hätte er Quirrels Rufen nicht gehört. ». . . die Hügel! Ins Vorgebirge! Hinunterklettern! Deckung suchen!«

Er war ein alter Mann, zu alt für solche Mühen.

Ein starker Steinhausener und Viehhirt war er, und er hatte nicht die Absicht, einen sinnlosen Erfrierungstod zu sterben. Er raffte sich auf, kämpfte sich empor.

Schwächlich mit dem Rücken in den wütigen Wind gelehnt, erstieg er den zerklüfteten Hang. Undeutlich fiel ihm auf, daß sowohl der Wind wie auch das Schneetreiben nun schwächer waren; aber nach wie vor konnte er nichts sehen: der Sturm selbst war mittlerweile von Nacht umhüllt. Sobald der Abhang zu steil war, als daß der Rückenwind ihn noch beim Aufstieg hätte unterstützen können, wandte er sich nach der Seite, wo er ihm den geringsten Widerstand entgegenbrachte, und setzte den Weg fort, humpelte blindlings durch kniehohen Schnee, ließ sich vom Sturm führen, wohin er wollte.

Doch trotz Nacht und Unwetter nahmen seine Sinne langsam Felswände wahr, die hoch emporragten. Der Sturm verlor seine gleichmäßige Wut, zerfledderte zu kalten Böen und Windstößen, und Triock wankte zwischen engen, kahlen, fast senkrechten Klippen hinab in ein Tal. Aber die Erlösung von der Gewalt des Unwetters schien für ihn zu spät zu kommen. Die Talsohle lag unter hüfthohem grauen Schnee, und er war längst zu erschöpft, um sich noch mit viel Erfolg hindurchzupflügen. Außerdem mußte er von neuem einen Gefährten stützen: Quirrel hing an seinen Schultern wie am Ende befindliche Sterblichkeit. Bald konnte er nicht weiter. Er sackte in eine Schneewehe. »Feuer«, keuchte er in den Schnee. »Brauchen . . . Feuer.«

Aber seine Hände waren zu erstarrt, seine Arme zu stark von Eis starr. Er konnte seinen *Lomillialor*-Stab nicht zur Hand nehmen, und er hätte ihm wahrscheinlich ohnehin nicht länger eine Flamme entlocken können. Quirrel hatte ihr Glutgestein längst verloren. Und seines befand sich im Rucksack. Das war nicht anders, als wäre es ebenfalls dahin; er war nicht dazu in der Lage, die Gurte von seinen Schultern zu streifen. Er versuchte, Quirrel zu wecken, jedoch vergeblich. Die untere Hälfte ihres Gesichts war mit einer Eiskruste überzogen, und ihre Lider flatterten, als läge sie in einem Krampfzustand. »Feuer«, röchelte Triock heiser. Er schluckte und vermochte es nicht zu verhindern. Enttäuschung und Ermattung überwältigten ihn; der Schnee türmte sich auf ihn, als solle es in alle Ewigkeit so weitergehen.

Tränen froren ihm die Augen zu, und als es ihm gelang, sie wieder aufzureißen, sah er eine gelbe Flamme näher flackern. Benommen stierte er ihr entgegen. Sie waberte und tanzte heran, als ob sie auf dem Docht einer unsichtbaren Kerze schwebe, bis sie seinem Gesicht so nah war, daß er die Wärme, die sie verbreitete, auf seinen Augäpfeln spürte. Aber sie besaß keinen Docht. Sie hing vor seinem Gesicht in der Luft und flackerte eindringlich, als wolle sie ihm etwas mitteilen.

Er konnte sich nicht regen; er fühlte, daß Eis und Erschöpfung seine Glieder bereits an den Untergrund gefroren hatten. Aber als er seinen Blick von der Flamme nahm, sah er drei oder vier Flammen mehr, die ihn und Quirrel umgaukelten. Eine Flamme berührte ihre Stirn, wie um ihre Aufmerksamkeit zu erregen. Als ihr der Erfolg versagt blieb, lohte sie leicht auf, und danach entfernten sämtliche Flammen sich zugleich, huschten durchs Tal davon. Triock sah ihnen nach, als seien sie seine letzte Hoffnung.

Dann überkam ihn die Kälte wie ein unwiderstehlicher Schlaf, und ihm begann die Besinnung zu entgleiten. Nicht dazu imstande, sich irgendwie zu helfen, sank er geistiger Nacht entgegen. Kälte, Schnee und Tal wichen, verwaschene Angesichter traten an ihre Stelle — Lena, Elena, Atiaran, Trell, Salzherz Schaumfolger, Thomas Covenant. Sie alle musterten ihn mit stummem Zuspruch, ermahnten ihn, er möge etwas unternehmen. Falls er versagte, hätte ihr Tod keinerlei Sinn. »Vergebt mir«, hauchte er, besonders an Covenant gewandt. »Vergebt mir!«

»Vielleicht werde ich's«, entgegnete eine seltsam ferne

Stimme. »Es dürfte mir nicht leichtfallen — ich schätze diese Zudringlichkeit nicht. Doch du trägst ein außergewöhnliches Zeichen mit dir. Ich sehe, daß es meine Aufgabe ist, dir zumindest Beistand zu leisten.«

Mühsam kehrte Triock seinen Blick erneut zur Seite. Über seinem Haupt war die Luft hell vom Wallen etlicher Flammen, jeweils nicht größer als seine Hand. Und zwischen ihnen stand ein hochgewachsener Mann, nur in ein langes Gewand in der Farbe von Granit gekleidet. Er erwiderte Triocks Blick unbeholfen, als sei er's nicht gewohnt, sich mit anderen als den eigenen Augen zu befassen. Aber als Triock »Hilfe!« krächzte, gab er rasch und nachsichtig Antwort. »Ja, ich werde dir helfen. Keine Sorge.«

Mit entschlossenen Bewegungen kniete er nieder, öffnete Triocks Mantel und Wams und legte ihm eine warme Handfläche auf die Brust. Leise sang der Mann bei sich, und währenddessen spürte Triock, wie ihm ein Schwall von Hitze zufloß. Augenblicklich beruhigte sich sein Pulsschlag; seine Atemzüge legten ihre Krampfhaftigkeit ab; mit wundersamer Schnelligkeit kehrte die Fähigkeit zum Regen zurück in seine Gliedmaßen. Dann wandte sich der Mann ab, um Quirrel beizustehen. Als Triock inmitten der Flämmchen wieder auf eigenen Beinen stand, hatte sie das Bewußtsein zurückerlangt.

Nun erkannte er die Natur dieser Flammen; einige der freudigsten und auch der traurigsten Sagen des Landes berichteten von ihnen. Sie waren Flammengeister. Als er sein Haupt vom Eis freischüttelte, vernahm er durchs Fauchen des Windes Bruchstücke ihres hellen, wie kristallenen Gesangs, eine Weise wie das Singen von makellosem Quarz. Sie umtanzten ihn, als ob sie ihm Fragen stellten, die er niemals verstehen oder gar beantworten können würde, und ihr Reigen übte eine besänftigende Wirkung aus, so daß er wie verzaubert in ihrer Mitte stand.

Der Hüne lenkte ihn ab, indem er Quirrel beim Aufstehen half. Umgeben von den Flammengeistern, stützte er sie, als sie sich hochraffte, hielt sie, bis sie wieder aus eigenen Kräften stehen konnte. Danach schaute er einen Augenblick lang unbehaglich zwischen ihr und Triock hin und her. Allem Anschein nach überlegte er, ob er es verantworten konnte, sie nun sich selbst zu überlassen, auf weiteren Beistand zu verzichten. Aber er fällte seine Entscheidung fast ohne Verzug. Das entlegene Brüllen des Wirbelsturms schwoll auf und nieder, als wolle irgendein gieriges Sturm-Ungeheuer sich Zugang ins Tal verschaffen. Es schauderte ihn. »Kommt!« sagte er. »Fouls Winter ist nichts für Fleisch und Blut.«

»Du bist ein Freischüler«, platzte Triock heraus, als der Mann sich umdrehte und zum oberen Ende des Tals wandte.

»Ja. Dennoch, ich helfe euch.« Seine Stimme verflog, sobald er sprach, im flatterhaften Wind. »Einst war ich Holzheimer. Des Waldes Hand ruht auf mir. Und ihr . . .« — er furchte mit Nachdruck voraus durch den Schnee, als spräche er bloß zu sich selbst, so rücksichtslos, als wäre er bereits so lang ohne menschliche Gesellschaft gewesen, daß er vergessen hatte, auf welche Art und Weise gewöhnliche Menschen einander lauschten — ». . . tragt *Lomillialor* bei euch.«

Triock und Quirrel eilten ihm nach. Seine Schritte waren stark, kannten keine Müdigkeit, aber indem sie seinem Pfad durch die Schneewehen folgten, die er aufwarf, konnten sie Anschluß halten. Die Flammengeister erhellten ihren Weg zu Klängen kristallklarer Weisen, bis Triock war, als schweife er durch einen Zipfel Andelains, eine geisterhaft flüchtige Entstehung von reinem Licht und herzlicher Wärme inmitten der widernatürlichen Bosheit des Grauen Schlächters. Im ermutigenden Gegaukel der Flammengeister gelang es ihm, sich über seine große Ermüdung hinwegzusetzen und auf das Lied zu achten, das der Freischüler sang.

»Allein und ohne Freund,
Ohne Band und allein,
Trink vom Entsagungs-Kelch bis zur Neige,
Bis Einsamkeit kam, nur um zu scheiden,
Und Verständigung ist Schweigen —
Mußt doch sein
Ohne Freund und Band,
Allein.«

Langsam gelangten sie hinauf zum Ende des Tales. Ein hoher Haufen von Felstrümmern versperrte den Ausgang, aber der Freischüler geleitete sie auf einem ungemein verschlungenen Pfad mitten durch diese Halde von Felsbrocken. Dahinter betraten sie einen öden Hohlweg, der sich nach und nach über ihren Häuptern schloß, bis sie durch eine pechschwarze Höhle strebten, begleitet nur vom Flackern der Flammengeister. Einige Zeit später schloß die gewundene Länge der Höhle all den Wind und

Winter zur Gänze aus. Rings um Triock und Quirrel nahm die Wärme zu, taute ihre Kleidung ab, so daß sie stark triefte. Und voraus ließ sich schließlich neue Helligkeit erspähen.

Dann erreichten sie das Ende der Höhle, das Heim des Freischülers. Die Höhle erweiterte sich zu einer großen Felskammer, und ihr gesamtes Inneres schwelgte in Licht und Klängen, weil Dutzende von Flammengeistern durch die Luft tänzelten und leuchteten. Manche schwebten im Mittelpunkt der Kammer, andere hingen in der Nähe der schwarzen Höhlenwände, wie um im Widerschein der wabenartigen Steinschichten Inschriften zu enthüllen. Der Boden bestand aus rohem Granit, aus dem grobe Erhebungen und Flächen aufragten, die der Freischüler offenbar als Sitzgelegenheiten, Tische und Schlaflager benutzte. Die Wälle und die Decke der Felshöhle jedoch waren schwarz wie Obsidian, zugleich aber gekennzeichnet durch ungleichmäßige Flächen, die spiegelten wie zahllose Splitter eines zerbrochenen Spiegels, in denen das Licht der Flammengeister den Betrachter geblendet hätte, wäre der Stein nicht so schwarz gewesen. In dieser ihrer Beschaffenheit war die Felskammer behaglich und rief allerlei Empfindungen wach; sie wirkte wie der rechte Ort für einen Seher, um die ins Herz eines Berges geprägte Schrift zu lesen.

Triock und Quirrel legten ihr Gepäck am Zugang der Felskammer ab, ebenso ihre Mäntel, um ihre vom Eis steife untere Kleidung der Wärme auszusetzen. Danach erst widmeten sie ihrem Retter die ersten ungetrübten Blicke. Sein Haupt war kahl, abgesehen von einem weißen Haarkranz an seinem Hinterkopf, sein Mund unter einem zottigen weißen Bart verborgen. Seine Augen saßen in so dichtem runzligen Gefältel, daß es schien, er habe etliche Geschlechterfolgen lang damit zugebracht, unbegreifliche Mitteilungen anzublinzeln; und die Verhutzeltheit seiner Haut bestätigte den Eindruck hohen Alters so sehr, wie die aufrechte, rüstige Haltung seiner Gestalt ihn leugnete. Nunmehr erkannte Triock, daß sein Gewand einmal weiß gewesen sein mußte. Es hatte seine Färbung stumpfen Granits infolge langer Jahre enger Berührung mit den Höhlenwänden erhalten.

Im eigenen Heim beunruhigte die Gegenwart der Steinhausener ihn anscheinend noch mehr. Seine Augen streiften sie mit Blicken voller Bangigkeit und Bestürzung — jedoch nicht, als hielte er sie für böse, sondern eher, als mißtraue er ihrer Ungeschicklichkeit, als ob sein Dasein in zerbrechlichen Stücken am

Fußboden ausgebreitet läge und von ihren Füßen zertreten werden könne.

»Ich habe wenig Nahrung«, sagte er, während er die Pfützen betrachtete, die Triock und Quirrel hinterließen. »Selbst Essen . . . Ich habe dafür kaum Zeit.« Aber dann glitt der Schatten einer alten Erinnerung über sein Angesicht — der Erinnerung daran, daß die Menschen des Landes ihre Gäste anders zu behandeln pflegten. Plötzlich verspürte Triock die Überzeugung, daß der Freischüler in dieser Höhle schon gehaust hatte, bevor er, Triock, auf die Welt kam. »Ich bin dergleichen nicht gewohnt«, sagte der Freischüler, als fühle er sich zu einer Erläuterung bewogen. »Ein Leben ist zuwenig. Aber als ich ersah, daß ich den Flammengeistern meinen Beistand nicht verweigern konnte . . . Mir ging viel Zeit verloren. Sie lohnen's mir, so gut sie's vermögen, aber so viel, viel . . . Wie soll ich die Vervollkommnung meines Werks noch erleben können? Ihr kostet mich viel. Die Speise an sich kommt mich teuer zu stehen.«

Während Triock sich inmitten des weiträumigen Rachens der Höhle zu erholen begann, kam ihm die Nachricht an die Lords wieder in den Sinn, und sein Angesicht straffte sich zur gewohnheitsmäßig finsteren Miene. »Der Graue Schlächter kommt uns alle teuer zu stehen«, erwiderte er voller Grimm.

Diese Feststellung verunsicherte den Freischüler sichtlich. »Ja«, murmelte er. Hastig bückte er sich, nahm eine große Flasche mit Wasser und ein zugedecktes Gefäß voller trockener Früchte. »Nehmt«, wandte er sich an Triock, als er ihm beides reichte, »soviel ihr braucht. Ich habe . . . ich habe manche Taten des Verächters mitangesehen. Hier.« Mit fahriger Geste wies er auf die Wälle seiner Wohnhöhle.

Das Steingefäß enthielt nur ein paar Früchte, aber Triock und Quirrel teilten sie sich. Während er seinen Anteil verzehrte, fühlte sich Triock schon erheblich wohler. Die geringe Menge an Nahrung genügte seinem Hunger nicht im entferntesten, aber seine Haut schien die Nährkraft genauso aufzusaugen wie die Wärme, die vom Lichtschein der Flammengeister ausging. Und die Helligkeit der Flämmchen beeinflußte ihn anscheinend auch auf andere Weise. Allmählich wich die Frostkälte aus seinen Fingern, Zehen und Ohren; Blut und Wohlbefinden begannen sie von neuem zu durchströmen, als seien sie mit Heilerde behandelt worden. Selbst die gewohnte Bitterkeit, die in seinem Gaumen nach Galle schmeckte, schien nachzulassen.

Die Aufgabe jedoch, die er hatte, stand mit aller Klarheit vor ihm. Sobald er davon überzeugt war, daß Quirrel wieder ein gewisses Durchhaltevermögen besaß, bat er sie, eine Strecke weit in den Felsstollen zurückzukehren und Wache zu halten. »Sollten wir sogar bis an diese Stätte verfolgt werden?« meinte sie bedrückt.

»Wer kann das sagen?« Der Freischüler hörte allem Anschein nach nicht zu. »Wir brauchen dieses Freischülers Hilfe«, fügte er deshalb hinzu. »Doch fürchte ich, er wird sich nicht leicht von irgend etwas überzeugen lassen. Wir dürfen hier nicht, noch ehe wir die Übermittlung der Botschaft überhaupt versucht haben, überrascht werden.«

Quirrel nickte, offenbar von seiner Umsicht angetan, obwohl sie eindeutig die Auffassung vertrat, durch den Wirbelsturm habe niemand sie verfolgen können. Ohne zu zögern, nahm sie ihren Mantel und die Waffen und entfernte sich durch den Stollen der Höhle, bis sie hinter der ersten Biegung außer Sicht geriet. Der Freischüler sah ihr nach, in seinem Angesicht eine stumme Frage.

»Sie wird Wache halten, derweil wir uns besprechen«, gab Triock Auskunft.

»Brauchen wir eine Wache? In diesen Bergen gibt's keine üblen Geschöpfe ... in diesem Winter. Tiere bleiben fern.«

»Feinde verfolgen mich«, sagte Triock. »Ich trage an meinem eigenen Übel ... und des Landes Not.« Doch hier schwand ihm der Mut, und er verstummte. Erstmals begriff er die Ungeheuerlichkeit dessen, was er erlebte. Er befand sich von Angesicht zu Angesicht mit einem Freischüler, sah mit eigenen Augen Flammengeister. In dieser Höhle erkundete der Freischüler, umgaukelt von den Flämmchen, die seine einzige Gesellschaft waren, verborgenes Wissen, das womöglich sogar die Lords in Staunen versetzt hätte. Ehrfurcht entstand in Triock; die eigene Keckheit erschreckte ihn. »Freischüler ...«, murmelte er, »Diener des Wissens ... ich störe dich nicht leichtsinnig. Du bist mir über. Nur die Größe der Not drängt mich zu ...«

»Ich habe dein Leben gerettet«, fiel der Freischüler ihm barsch ins Wort. »Von anderen Nöten weiß ich nichts.«

»Dann muß ich dir davon berichten.« Triock nahm sich ein Herz. »Der Graue Schlächter«, begann er, »verheert das Land ...«

Der hochgewachsene Mann ließ ihn wiederum nicht weiterreden. »Ich kenne mein Werk. Ich bin dem Ritus der Freischülerweihe unterzogen worden, als Tamarantha an der Schule der Lehre Stabwissen-Weise war, alles andere schert mich nicht, und ich weiß davon nichts. Ausgenommen das Eindringen der Flammengeister ... mit dieser einen Ausnahme ... weil ich mich ihnen nicht verwehren konnte ... ist mein kärgliches Fleisch diesem Ort gewidmet, auf daß ich mein Werk verrichten kann und sehen, was noch nie zuvor Augen geschaut haben. Sonst weiß ich nichts ... nein, nicht einmal, was die Flammengeister aus Andelain vertrieb, wenngleich sie von Urbösen erzählen und ... Solche Reden stören.«

Triock empfand Erstaunen. Ihm war unbekannt gewesen, daß Tamarantha, Variols Gemahlin, einmal als Stabwissen-Weise an der Schule der Lehre gewirkt hatte; das mußte gewesen sein, Jahrzehnte bevor man zu Schwelgenstein Prothall zum Hoch-Lord erkor. Dieser Freischüler mußte den Geschehnissen im Lande bereits seit vier- oder fünfmal zwanzig Jahren seine Beachtung entzogen haben. »Freischüler«, erkundigte er sich ehrfürchtig mit schwerer Zunge, »was ist dein Werk?«

Eine Grimasse des Widerwillens gegen lange Erklärungen verzerrte des Mannes Angesicht. »Worte ... Ich rede nicht darüber. Worte sind schwach.« Unvermittelt trat er zur Wand und berührte eine der kleinen steinernen Flächen so behutsam, als wolle er sie streicheln. »Stein lebt. Siehst du's? Du bist ein Steinhausener — kannst du's erkennen? Ja, er lebt ... lebt und nimmt wahr. Spürt und fühlt. Alles, was auf der Erde oder in ihrem Innern geschieht, das wird vom Erdenfelsen gesehen ... geschaut.« Während er sprach, befiel ihn entzückte Begeisterung. Trotz seiner Unbeholfenheit vermochte er, sobald er erst einmal angefangen hatte, nicht wieder aufzuhören. Er lehnte sich dicht an die Höhlenwand, bis er tief ins flache Schwarz des Steins zu starren schien. »Aber das ... das Verfahren ... der Ablauf des Schauens ist langsam. Leben wie meines sind von sinnloser Flüchtigkeit ... Zeit! ... Zeit! ... sie vergeht, indem das Geschaute sich ausbreitet ... von den äußeren Oberflächen einwärts. Doch die Dauer dieser Zeit ist unterschiedlich. Manche Gesteinsadern geben ihre Wahrnehmungen den Wurzeln der Berge innerhalb von Jahrtausenden weiter. Andere brauchen Tausende von Jahrtausenden. Hier ...« Er wies rundum, ohne von dem Fleck zu weichen, wo er stand. »Hier kann man die ganze uralte Geschichte des Landes erblicken. Jene können's, deren Aufgabe es ist, dergleichen zu sehen. In diesen zahllosen Flächen und Kanten sind Wahrnehmungen all dessen versteinert, was sich jemals im Land ereignet hat. Von *allem!* Mein Werk besteht daraus, es zu erkennen ... seine Ordnung zu begreifen ... es zu bewahren ... so daß das ganze Leben des Landes einstmals bekannt sein wird.« Ein Beben leidenschaftlicher Erregung durchzitterte den Atem des Freischülers, während er sprach. »Seit dem Kommen der Flammengeister habe ich meine Aufmerksamkeit dem Schicksal des Einholzwaldes geschenkt. Ich habe geschaut, wie er vom ersten Keimen seines Samens zum Einstückbaum heranwuchs. Ich habe sein Erwachen gesehen ... war Zeuge seines bewußten Waltens ... der friedvollen Gemeinschaft seines weitverzweigten Bewußtseins, das die ganze Weite des Landes umspannte. Ich habe gesehen, wie Forstwärtel zur Welt kamen, wie man sie erschlug. Ich habe den Koloß am Wasserfall seine Wehr errichten sehen. Des Waldes Hand ruht auf mir. Da ...« Seine Hände berührten die Fläche, die er anstarrte, als sei der Stein gesättigt mit Schmerz. »Ich sehe Menschen mit Äxten ... Menschen des Erdbodens mit Klingen aus des Erdbodens Bein ... Ich sehe sie hauen und hacken ...!« Seine Stimme zitterte merklich. »Ich bin Holzheimer. In diesem Stein erblicke ich die Schändung von Bäumen. Du bist Steinhausener. Du trägst ein seltenes Stück von Hehrem Holze bei dir, kostbares *Lomillialor.«* Plötzlich wandte er sich vom Fels ab und trat mit einer Aufwallung wie fieberhafter Eindringlichkeit vor Triock, in seinem alten Angesicht fast Verzweiflung. »Gib es mir!« bat er. »Es wird mir helfen, mehr zu schauen.« Er kam näher, bis seine begierigen Hände nahezu Triocks Brust berührten. »Mein Leben ist diesem Fels nicht gewachsen.«

Triock brauchte weder nachzudenken noch irgendwelche Fragen zu stellen. Selbst wenn Convenant persönlich ihm im Nakken gesessen hätte, er wäre dazu außerstande gewesen, anders zu handeln; einem Freischüler konnte er nicht mehr mißtrauen als einem Lord. Ohne Zögern brachte er den Stab des Hehren Holzes zum Vorschein und händigte ihn dem Hünen aus. »Die Widersacher, die mich verfolgen«, sagte er dann in aller Ruhe, »trachten nach dem *Lomillialor.* Ich habe dir eine gefährliche Gabe gemacht.«

Der Freischüler schien ihn nicht zu hören. Als sich seine Finger um das Holz schlossen, sanken ihm die Lider herab, und ein Beben ging durch seine Gestalt; er schien die einzigartige Kraft des Hehren Holzes durch seine Hände zu trinken. Aber dann kehrte er seine Aufmerksamkeit wieder auswärts. Mit mehreren tiefen Atemzügen gewann er seine Fassung wieder; endlich vermochte er Triock ruhig ins Angesicht zu blicken.

»Gefährlich«, sagte er. »Ich vernehme deine Worte. Du hast von des Landes Not gesprochen. Brauchst du Beistand gegen deine Feinde?«

»Ich muß eine Nachricht übermitteln.« Urplötzlich brodelte sein dringliches Anliegen in Triock empor. »Krieg herrscht im ganzen Land!« sprudelte er hervor. »Der Stab des Gesetzes ist erneut verloren, das Gesetz des Todes ist gebrochen worden. Steinhausen Mithil ist von Wesen angegriffen worden, die Stein brechen können. Schwelgenstein wird belagert. Ich muß . . .!«

»Ich vernehme deine Worte«, wiederholte der hünenhafte Mann. Seine vorherige Unbeholfenheit war gewichen; der bloße Besitz des Hehren Holzes schien ihn zuversichtlich und tüchtig zu machen. »Keine Sorge. Ich sehe ein, daß ich dich weiterhin unterstützen muß. Sprich aus, wessen du bedarfst!«

Mit beträchtlicher Mühe raffte sich Triock zu äußerster Selbstbeherrschung auf. »Du hast die Kunde der Flammengeister vernommen«, sagte er mit rauher Stimme. »Sie haben zu dir von Urbösen gesprochen . . . und von Weißgold. Der Weißgoldträger ist ein Fremder im Land, und nun ist er zurückgekehrt. Die Lords haben davon keine Kenntnis. Sie müssen's erfahren.«

»Ja.« Der Freischüler hielt Triocks heißem Blick stand. »Und wie?«

»An der Schule der Lehre hat man dies Hehre Holz so geschaffen, daß man sich durch seinen Gebrauch über große Entfernungen hinweg verständigen kann. Aber in solchem Wissen bin ich ungelehrt. Ich bin Steinhausener, und meine Hände sind im Umgang mit Holz unkundig. Ich . . .«

Doch der Freischüler nahm Triocks Erklärung mit einem Wink seiner Hand zur Kenntnis. »Wer zu Schwelgenstein«, fragte er, »vermag derartige Botschaften zu empfangen?«

»Hoch-Lord Mhoram.«

»Ich kenne ihn nicht. Wie kann ich ihn erreichen? Ich vermag keine Worte an ihn zu richten, wenn er mir unbekannt ist.«

»Er ist der Sohn Tamaranthas, Variols Gemahlin«, antwortete Triock aufgrund einer Eingebung, die er der Dringlichkeit seines Auftrags verdankte. »Du hast Tamarantha gekannt. Der Gedanke an sie wird dich zu ihm leiten.«

»Ja«, stimmte der Freischüler versonnen zu. »Das ist möglich. Ich habe . . . ich habe sie nicht vergessen.«

»Vermelde dem Hoch-Lord, daß Thomas Covenant ins Land zurückgekehrt ist und danach trachtet, den Grauen Schlächter anzugreifen. Sag ihm, Thomas Covenant hat geschworen, Fouls Hort zu zerstören.« Als er das hörte, weiteten sich die Augen des Freischülers. »Die Botschaft muß unverzüglich übermittelt werden«, ergänzte Triock. »Ich bin verfolgt worden. Ein Wirbelsturm ist für Augen, die das Hehre Holz in meinen Händen erspähen konnten, kein Hemmnis.«

»Ja«, bestätigte der Hüne abermals. »Nun wohl — ich werde beginnen. Vielleicht kann ich damit dieser Störung ein Ende bereiten.«

Er wandte sich ab, als verscheuche er Triock aus seinen Gedanken, und begab sich in den Mittelpunkt seiner Wohnhöhle. Er drehte sich ihrem Eingang zu und versammelte die Flammengeister um sich, so daß er von Helligkeit umflutet dastand; den *Lomillialor*-Stab hob er mit beiden Händen in Augenhöhe vors Antlitz. Ruhig fing er zu singen an — eine feinfühlige, fast wortlose Weise, die fremdartig klang wie eine Übertragung, eine Umsetzung des Flammengeister-Liedes in menschliche Töne. Er schloß die Augen, als er zu singen anhob, und legte das Haupt in den Nacken, bis seine Stirn empor zur Höhlendecke wies. »Mhoram«, murmelte er, wenn er den Gesang unterbrach, »Sohn Variols und Tamaranthas. Öffne dein Herz und höre mich!«

Triock starrte ihn an, voller Spannung, wie von einem Zauber gebannt.

»Tamaranthas Sohn, Mhoram . . . Öffne dein Herz!« Langsam begann in der Mitte des glatten Stabes eine Kraftballung zu schimmern.

Im nächsten Augenblick vernahm Triock hinter sich Schritte. Irgend etwas an ihnen, ein Eindruck von Tod und Abartigkeit, erregte schlagartig seine Aufmerksamkeit, ließ ihn zum Höhleneingang herumwirbeln. »Gib's auf!« kratzte eine Stimme von der Schartigkeit geborstenen Steins. »Er kann dir sein Herz nicht öffnen. Er ist von unserer Macht umschlossen und wird nie wieder jemandem sein Herz auftun.« Ein Stück weit im Innern der Felskammer stand Jeurquin; in seinen Augen flackerte Wahnsinn.

Sein Anblick brachte Triock außer Fassung. Die hartgefrorene Kleidung war Jeurquin teilweise heruntergerissen, und wo sein Fleisch entblößt war, hing seine Haut in erfrorenen Fetzen. Der

Wirbelsturm hatte ihm Antlitz und Hände bis aufs Bein wundgescheuert. Aber kein Blut drang aus seinen Wunden. Auf seinen Armen trug er Quirrel. Ihr Haupt baumelte schief vom gebrochenen Hals.

Als er Jeurquin sah, schrak der Freischüler zurück, als werde auf ihn eingedroschen — torkelte rückwärts, taumelte an die entgegengesetzte Höhlenwand, starrte den Eindringling in stummem Entsetzen an. Kreischend ergriffen die Flammengeister allesamt die Flucht.

»Jeurquin . . .« Tod und Übel, die von dem Mann ausgingen, verschlugen Triock schier den Atem. Er röchelte den Namen, als müsse er daran ersticken. »Jeurquin?«

Jeurquin lachte in abgehackten, scheußlichen Lauten. In mit diebischer Freude vermengter Wüstheit ließ er Quirrel auf den steinernen Boden fallen und trat näher. »Endlich begegnen wir uns«, krächzte er Triock an. »Diese Begegnung hat mich viel Mühe gekostet. Ich glaube, ich werde dich für diese Mühe büßen lassen.«

»Jeurquin?« Während er schwankte, wo er stand, begriff Triock, daß der Mann tot sein müßte; die Verletzungen, die er im Wirbelsturm erlitten hatte, waren zu schwer, als daß jemand sie hätte überleben können. Aber dennoch wohnte irgendeine lebendige Gewalt in ihm, irgendein räuberisches Etwas, das dem Tod trotzte, ihn bewegte wie eine Puppe. Er glich einem fleischgewordenen Alptraum.

Da überwand der Freischüler seinen Schrecken und sprang vorwärts. Er schwang das *Lomillialor* wie eine Waffe. »Wütrich *Turiya!*« schrie er heiser. »Baumfeind! Ich kenne dich — ich habe dich gesehen. *Melenkurion abatha!* Verlaß diese Stätte! Deine Berührung beleidigt die Erde selbst.«

Jeurquin zuckte beim Klang der machtvollen Worte zusammen. Aber sie machten auf ihn keinen nachhaltigen Eindruck. »Besser ist's, wie ich tote Füße zu haben, als so ein Tor zu sein wie du«, höhnte er. »Ich schätze, ich werde diese Stätte nicht verlassen, ehe ich von deinem Blut gekostet habe, Freischüler-Nichtsnutz. Wie rasch du dein Leben für nichts hingibst! Nun wirst du's mir geben.«

Der Freischüler wich nicht. »Ich werde dir nichts geben als dies *Lomillialor* zu spüren, um dich der Wahrheitsprobe zu unterziehen. Auch du hast Grund zur Furcht davor, Wütrich *Turiya.* Das Hehre Holz wird dich bis ins Innerste versengen.«

»Narr!« Der Wütrich lachte auf. »Du sitzt schon so lang in diesem Loch, daß du dir nicht länger darüber im klaren bist, was Macht bedeutet.« Furchtlos kam er auf die beiden Männer zu.

Mit einem scharfen Aufschrei schüttelte Triock Betäubung und Grauen ab. Er riß das Schwert aus der Scheide und stürzte dem Wütrich entgegen. Jeurquin warf ihn ohne Anstrengung zur Seite, so daß er rücklings an die Höhlenwand torkelte und mit dem Hinterkopf gegen sie stieß. Dann begann *Turiya* mit dem Freischüler zu kämpfen.

Pein durchschoß Triock, flutete seinen Geist mit Blut. Kaltes Weh raste in seiner Brust, wo ihn der Hieb des Wütrichs getroffen hatte. Doch einige Augenblicke lang vermochte er der Besinnungslosigkeit noch zu widerstehen, sich hochzuraffen. Gequält beobachtete er das Hin und Her des Ringens zwischen *Turiya* und dem Freischüler, beide ans Hehre Holz gekrallt. Da heulte der Wütrich voller Siegesgewißheit auf. Blitze aus krankhaft rot-grünen Kräften fuhren die Arme des Freischülers hinauf und zerrissen ihm die Brust.

Als Triock ins Dunkel der Bewußtlosigkeit sank, hatte der Wütrich sein Opfer bereits zu zerstückeln begonnen. Dabei lachte er unablässig.

8

Winter

Von Schnee umwirbelt, als ob um ihn greifbarer Nebel walle, verließ Thomas Covenant in Begleitung Salzherz Schaumfolgers und Lenas, Atiarans Tochter, Steinhausen Mithil. Das Gefühl der Zielstrebigkeit spornte ihn an — er hatte das Empfinden, all seine vielschichtige Wut endlich auf einen wirksamen Zweck gerichtet zu haben —, und er nahm den nordwärtigen Weg über die mit Schnee behäufte Landstraße so ungeduldig, als wäre er sich seiner nach wie vor unverheilten Stirn und Lippe nicht mehr bewußt, ebensowenig des beeinträchtigten Zustands seiner Füße und seiner Müdigkeit. Er stemmte sich beim Voranschreiten in den Wind wie ein Fanatiker.

Aber es ging ihm schlecht; es war unmöglich, für längere Zeit die Täuschung aufrechtzuerhalten, es gehe ihm gut. Schneeflokken umwehten ihn wie feine graue Schnipsel von Lord Fouls Bösartigkeit, darauf bedacht, ihm die Wärme seines Lebens zu entziehen. Und er fühlte sich durch Lenas Gegenwart belastet. Die Mutter Elenas, seiner Tochter, stapfte stolz an seiner Seite dahin, als sei es für sie eine Ehre, ihn zu begleiten. Ehe er nur eine halbe Länge in die Richtung der Talmündung zurückgelegt hatte, schlotterten ihm die Knie, und sein Atem fauchte unregelmäßig über seine wunden Lippen. Er sah sich dazu gezwungen, stehenzubleiben und zu verschnaufen.

Schaumfolger und Lena musterten ihn ernst und sorgenvoll. Doch sein zuvor gefaßter Vorsatz, Hilfe anzunehmen, galt ihm nichts mehr; er war zu verdrossen, um sich tragen zu lassen wie ein Kind. Mit einer Grimasse lehnte er das taktvolle Angebot in Schaumfolgers Augen ab. Der Riese befand sich selbst in keiner allzu vorteilhaften Verfassung — seine Wunden schmerzten —, und er verstand allem Anschein nach die Beweggründe hinter Covenants Weigerung. »Mein Freund«, erkundigte er sich ruhig, »kennst du den Weg . . .« — er zögerte, als suche er nach einer möglichst kurzen Bezeichnung — ». . . den Weg nach Ridjeck Thome, Fouls Hort?«

»In dieser Beziehung muß ich mich auf dich verlassen.«

Schaumfolger runzelte die Stirn. »Ich kenne den Weg — ich habe ihn meinem Herzen jenseits alles Vergessens eingeprägt. Sollten wir jedoch getrennt werden . . .«

»Wenn wir getrennt werden, habe ich keine Chance«, erwiderte Covenant leise, aber in ätzender Schärfe. Er wünschte, er könne den Unterton von Leprose aus seiner Stimme fernhalten, aber die Krankheit war viel zu weit in ihm herangereift, um sich unterdrücken zu lassen.

»Trennung?« mischte sich vorwurfsvoll Lena ein, ehe Schaumfolger antworten konnte. »Wer spricht von Trennung? Schweig von so etwas, Riese. Wir werden keine Trennung dulden. Ich habe Treue bewahrt . . . ich werde mich nicht von ihm trennen oder trennen lassen. Du bist alt, Riese. Du entsinnst dich nicht länger daran, wie in der Liebe das Leben Leben schenkt — andernfalls tätest du nicht von Trennung sprechen.«

Auf irgendeine Weise drehten ihre Worte am tiefsitzenden Messer von Schaumfolgers Pein. »Alt, ja.« Doch im nächsten Moment zwang er ein verzerrtes Lächeln auf seine Lippen. »Und du bist ganz und gar zu jung für mich, schöne Lena.«

Covenant wand sich innerlich — für beide. *Habt Erbarmen mit mir!* stöhnte er stumm. *Habt Erbarmen!* Er wollte den Marsch fortsetzen, stolperte aber gleich darauf über irgendeine Unebenheit unterm Schnee der Landstraße. Lena und Schaumfolger griffen von beiden Seiten zu und bewahrten ihn vor einem Sturz. Er blickte zwischen ihnen hin und her. »Schatzbeeren. Ich brauche *Aliantha.«*

Schaumfolger nickte und entfernte sich zielstrebig, als ob seine Riesen-Instinkte ihm genau verrieten, wo er die nächsten Schatzbeeren finden konnte. Lena jedoch bewahrte ihren Griff um Covenants Arm. Sie hatte die Kapuze ihres Mantels nicht über den Kopf gezogen, und ihr weißes Haar hing an ihr wie wäßriger Schnee. Sie schaute Covenant ins Gesicht, als habe sie nach seinem Anblick seit jeher geschmachtet.

Er ertrug ihre Musterung, so lang es ihm möglich war; dann löste er seinen Arm behutsam aus ihren Fingern. »Wenn ich diese Geschichte überleben will«, meinte er, »muß ich lernen, allein meinen Mann zu stehen.«

»Warum?« fragte sie. »Alle wollen dir bereitwillig helfen — und niemand ist bereitwilliger als ich. Du hast in deinem Alleinsein bereits genug gelitten.«

Weil ich alles bin, was ich habe, antwortete er, ohne es auszusprechen. Es entsetzte ihn, wie sehr sie seiner bedurfte.

Als er nichts äußerte, senkte sie ihren Blick für einen Moment, vom Fieber in seinen Augen; und als sie wieder aufschaute, leuchtete in ihnen die Überzeugung von einem guten Einfall. »Ruf die Ranyhyn!«

Die Ranyhyn?

»Sie werden zu dir kommen. Auf dein Gebot kommen sie zu mir. Kaum vierzig Tage ist's her, seit mich zuletzt ein Ranyhyn aufgesucht hat. Sie erscheinen jedes Jahr ...« Ihre Stimme stockte, und sie schaute ringsum über den Schnee aus, eine Erinnerung an Furcht in ihrer Miene. »... beim letzten Vollmond der Frühlingsmitte.« Ihre Stimme sank herab, bis Covenant sie kaum noch hören konnte. »In diesem Jahr wollte des Winters Kälte nicht aus meinem Herzen weichen. Das Land vergaß den Frühling ... vergaß ihn ... der Sonnenschein ließ uns im Stich. Ich habe befürchtet ... befürchtet, daß nie wieder ein Ranyhyn käme ... daß all meine Träume töricht seien. Doch der Hengst kam. In seinem Fell waren Schnee und Schweiß gefroren, Eiszapfen hingen ihm vom Maul. Sein Atem dampfte, als er mich hieß, auf seinen Rücken zu steigen. Aber ich dankte ihm nur aus tiefstem Herzen und sandte ihn heim. Er brachte Gedanken an dich, die von solcher Art waren, daß ich mich nicht dazu bewogen fühlte, ihn zu reiten.« Ihr Blick war wieder von seinem Gesicht abgeschweift, und nun verstummte sie, als habe sie vergessen, warum oder wovon sie redete. Doch als sie den Kopf hob, sah Covenant ihr altes Gesicht voller Tränen. »O mein Geliebter«, sagte sie leise, »du bist geschwächt und leidest. Ruf die Ranyhyn und reite, wie du's verdienst.«

»Nein, Lena.« Er konnte die Art von Hilfe, welche ihm die Ranyhyn bieten würden, nicht annehmen. Er hob eine Hand und wischte ihr mit linkischen Bewegungen die Tränen fort. Seine Finger spürten nichts. »Ich habe einen Handel mit ihnen abgeschlossen. Ich habe nie etwas anderes gemacht als schlechten Handel.«

»Schlecht?« wiederholte sie, als sei sie verblüfft. »Du bist Thomas Covenant der Zweifler. Wie könnte irgendeine deiner Taten schlecht sein?«

Weil ich Verbrechen begangen habe. Aber er vermochte auch das nicht laut auszusprechen. Statt dessen reagierte er, als habe sie den Prüfstein seines Grimms berührt. »Hör zu, ich weiß nicht, für wen oder was du mich heute hältst ... vielleicht denkst du immer noch, ich sei Berek Halbhand. Ich bin aber nicht er — ich bin überhaupt kein Held. Ich bin nichts als ein heruntergekommener Lepraleidender, und ich gehe jetzt daran, diese Sache zu erledigen, weil es mir zum Halse heraushängt, ständig bloß herumgeschubst zu werden. Ich werde mit oder ohne deine Begleitung mit diesem Übelstand Schluß machen, und daran kann mich kein wie auch geartetes Gesocks hindern, das mir in die Quere gerät. Ich werd's auf meine Weise tun. Wenn du nicht laufen willst, dann kehr um, geh nach Haus!« Bevor sie eine Chance zu einer Entgegnung erhielt, wandte er sich um, schon beschämt, und da sah er neben sich kummervoll Schaumfolger stehen. »Und noch was«, fügte er hinzu, fast ohne Atem zu holen. »Ich habe jetzt auch endgültig deine verflixte Weinerlichkeit satt. Entweder erzählst du mir die Wahrheit über das, was passiert ist, oder du hörst damit auf, den Rüssel hängen zu lassen.« Er unterstrich den letzten Halbsatz, indem er dem Riesen die Schatzbeeren aus den Händen grabschte. »Hölle und Verdammnis! Ich habe jetzt wirklich von dieser ganzen Angelegenheit die Nase gestrichen voll.« Er starrte hinauf ins Gesicht des Riesen und stopfte sich *Aliantha* in den Mund, kaute sie mit einem Gebaren streitbarer Hilflosigkeit.

»Ach, mein Freund«, seufzte Schaumfolger gedämpft, »dieser Weg, den du dir vorgenommen hast, ist ein Wasserfall. Ich weiß es aus meinem Innern. Du wirst im Handumdrehen an den Abgrund gelangen und dich in Tiefen schleudern lassen müssen, aus denen es keine Rettung gibt.«

Erneut berührte Lenas Hand Covenants Arm, aber er schüttelte sie ab. Er konnte sie nicht ansehen. »Du hast mir nicht die Wahrheit gesagt«, meinte er, während er Schaumfolger noch ins Gesicht stierte. Dann drehte er sich um und stapfte durch den Schnee davon. In seiner Wut konnte er es sich nicht verzeihen, daß er dazu unfähig war, zwischen Haß und Gram zu unterscheiden.

Schatzbeeren, die ihm sowohl Schaumfolger als auch Lena suchten, hielten ihn für den längsten Teil des Nachmittags auf den Beinen. Aber das Tempo seiner Schritte blieb mäßig und wechselhaft. Schließlich versagten seine Kräfte, als Schaumfolger ihn von der Landstraße und ostwärts ins Hügelland jenseits der Talmündung führte. Inzwischen war er zu erschöpft, um sich darüber Gedanken zu machen, daß der Schneefall endete. Er schlurfte einfach in den Windschatten einer Anhöhe und streckte sich aus, um zu schlafen. Später, in Momenten der Halbwachheit, merkte er, daß der Riese ihn trug, doch er war zu müde, um sich daran zu stören.

Kurz nach der Morgendämmerung erwachte er, im Gesicht eine angenehme Wahrnehmung von Wärme, in der Nase den Geruch warmen Essens. Als er die Augen aufschlug, sah er in der Nähe Schaumfolger über einem Topf voller Glutsteine kauern und eine Mahlzeit zubereiten. Sie lagerten in einem schmalen Hohlweg. Der bleigraue Himmel lastete auf ihnen wie ein Sargdeckel, aber die Luft war frei von Schnee. Neben ihm lag Lena in tiefem Erschöpfungsschlaf.

»Sie ist nicht länger jung«, sagte Schaumfolger leise. »Und sie ist fast bis in die Morgenfrühe gelaufen. Laß sie schlafen!« Mit einer knappen Geste wies er rundum durch den Hohlweg. »Hier wird man uns schwerlich leicht entdecken können. Wir sollten hier bleiben, bis es Abend wird. Es ist günstiger, ziehen wir bei Nacht weiter.« Er lächelte matt. «Ausgiebige Rast kann uns nicht schaden.«

»Ich will nicht rasten«, nörgelte Covenant, obwohl er sich infolge seiner anhaltenden Überanstrengung abgestumpft fühlte. »Ich will vorwärts.«

»Gönn dir Ruhe!« entgegnete Schaumfolger gebieterisch. »Du wirst schneller vorankommen, wenn dein Zustand sich bessert.«

Widerwillig fügte sich Covenant. Es fehlte ihm an Energie zum Widerstand. Wenn er auf das Mahl wartete, begutachtete er sich selbst. Innerlich fühlte er sich gefestigter; einiges von seiner Selbstbeherrschung war zurückgekehrt. Die Schwellung seiner Lippe war weiter zurückgegangen, und seine Stirn wirkte nicht mehr fiebig. Die Infektion in seinen geschundenen Füßen schien sich nicht weiter auszudehnen. Aber seine Hände und Füße waren so taub, als ob der Frost ihm die Glieder nach und nach abgefressen hätte. Über den Knöcheln seiner Handgelenke und in den Wölbungen seiner Fußsohlen bestand noch eine minimale Empfindsamkeit, aber die Taubheit hatte sich im wesentlichsten in seinen Knochen verankert. Zuerst versuchte er, sich einzureden, die Gefühllosigkeit habe tatsächlich die Kälte zur Ursache; aber er wußte es selbstverständlich besser. Sein Augenlicht zeigte ihm deutlich, daß es nicht das Eis war, was seine Glieder gefühllos machte.

Seine Lepra war in Ausbreitung begriffen. Unter Fouls Vorherrschaft — unterm bösen, grauen Winter — besaß das Land keine Kraft, um ihm Gesundheit zu schenken.

Traumgesundheit! Stets hatte er gewußt, daß es sich um eine

Lüge handelte, weil Leprose unheilbar war, denn tote Nerven regenerierten nicht; daß die zuvor erlebte Lebendigkeit seiner Finger und Zehen ein unwiderleglicher Beweis dafür war, daß er es beim Land mit einem Traum zu tun hatte, einem Wahngebilde. Doch das Fehlen dieser Gesundheit brachte ihn nun aus dem Gleichgewicht, verdroß die geheime, lebensgierige Aufsässigkeit der Gegebenheiten seines Fleischs. *Nichts dergleichen mehr,* vergegenwärtigte er sich dumpfen Sinnes, während er in seine Innenwelt gaffte. Nun war er auch dessen beraubt worden. Diese Grausamkeit empfand er härter, als er ertragen zu können glaubte.

»Covenant?« fragte Schaumfolger sorgenvoll. »Mein Freund . . .?«

Covenant glotzte den Riesen an, und da erschütterte eine weitere Erkenntnis sein Gemüt. Schaumfolger war ihm nah. Aber er konnte — den ruhelosen Kummer ausgenommen, der hinter den Augen des Riesen saß — von Schaumfolgers innerer Verfassung nichts erkennen, nicht feststellen, ob sein Begleiter wohlauf war oder krank, recht oder schlecht. Sein sonst im Lande jedesmal vorhanden gewesenes Durchblickvermögen, seine geschärfte Sicht, war diesmal beeinträchtigt, wie verkrüppelt. Er hätte geradesogut in seiner eigenen, so blinden, oberflächlichen, undurchschaubaren Welt sein können.

»Covenant?« wiederholte der Riese.

Für eine Weile überstiegen diese Tatsachen Covenants Verstand. Er überprüfte seine Beobachtung — ja, er konnte das unausrottbare Verderben sehen, wie es sich in seiner schaurigen Abartigkeit zu seinen Handgelenken herauffraß, dem Herzen entgegen. Er meinte, er könne das potentielle Gangrän in seinen Füßen schon riechen. Er spürte die Reste des Gifts in seinen Lippen, das unterdrückte Fieber in seiner Stirn. Er konnte Anzeichen von Lenas Alter wahrnehmen, von Schaumfolgers Trauer. Er schmeckte die Bosheit, die diesen Winter übers Land fegte. All das war er fraglos festzustellen imstande. Und zweifelsfrei hatte er die Übelkeit der Marodeure im Steinhausen Mithil gesehen. Doch das war keine besondere Leistung. Das alles war so deutlich ausgeprägt, daß selbst ein Kind es bemerken konnte. Alles andere jedoch blieb ihm im wesentlichen unzugänglich. Er konnte nicht Schaumfolgers Stimmung ersehen, nicht Lenas Wirrnis. Die Beharrlichkeit, die in den steinigen Hängen über ihm hätte offenkundig sein müssen, blieb für ihn unerkennbar.

Sogar dies einzigartige Geschenk, das er schon zweimal vom Land empfangen hatte, war ihm diesmal versagt worden.

»Schaumfolger . . .« Er konnte nur mit Mühe verhindern, daß er stöhnte. »Es kommt nicht wieder. Ich kann nicht . . . in diesem Winter . . . Es kommt nicht wieder.«

»Sei getrost, mein Freund. Ich vernehme deine Worte. Ich . . .« Ein verzerrtes Lächeln kräuselte seine Lippen. »Ich habe gesehen, welche Wirkung dieser Winter auf dich hat. Vielleicht solltest du froh sein, weil du nicht zu erkennen vermagst, welche Wirkung er auf mich ausübt.«

»Welche denn?« krächzte Covenant.

Schaumfolger zuckte die Achseln, als wolle er eine Bürde abschütteln. »Bisweilen . . . wenn ich mich zu lang ungeschützt in diesem Wind aufhalte . . . dann merke ich, daß ich mich nicht länger auf diese oder jene ungemein bedeutsamen Riesen-Erzählungen besinnen kann. Mein Freund, Riesen pflegen gewöhnlich keine Geschichten zu vergessen.«

»Hölle und Verdammnis . . .« Covenants Stimme zitterte krampfhaft. Aber weder begann er zu schimpfen noch befreite er sich von seinen Decken. »Sieh zu, daß das Essen fertig wird«, brabbelte er. »Ich muß was in den Bauch kriegen.« Er mußte Nahrung zu sich nehmen, weil er Kraft brauchte. Seine Absichten erforderten Kraft.

Für ihn war es keine Frage, was er zu tun hatte. Er war darauf festgelegt, als sei seine Leprose ein eisernes Geschirr. Und die Hände, welche die Zügel hielten, waren in Fouls Hort daheim.

Er aß den Eintopf, den Schaumfolger ihm reichte, zwar zittrig, aber mit festem Vorsatz. Danach lehnte er sich in den Decken zurück, als strecke er sich auf einer Totenbahre aus, zwang sich zur Ruhe, zum Stillsein und Kräftesammeln. Als die warme Mahlzeit und der erhebliche Rückstand an Schonung, den er sich schuldete, ihn dem Schlaf entgegendösen ließ, schlummerte er bald ein, den düsteren, grimmigen Blick noch an den trostlosen, grauen, von Wolken verhangenen Himmel gerichtet.

Gegen Mittag erwachte er von neuem und sah, daß Lena noch immer schlief. Aber sie lag nun an ihn gedrängt, lächelte schwächlich ihre Träume an. Schaumfolger hielt sich nicht länger in der Nähe auf.

Covenant spähte umher und bemerkte den Riesen weiter oben, fast am Ende des Hohlweges, wo er Wache hielt. Er winkte, als er Covenants Blick sah. Covenant löste sich umständlich von

Lena und stieg aus seinen Decken. Er befestigte die Sandalen sicher an seinen tauben Füßen, rückte seine Jacke zurecht und gesellte sich zum Riesen.

Er erkannte, daß er von Schaumfolgers Standort herab über das Gebiet unterm Zugang des Hohlwegs ausblicken konnte. »Wie weit sind wir gelangt?« erkundigte er sich nach kurzem Schweigen in ruhigem Tonfall. Sein Atem dampfte, als sei sein Mund voller Qualm.

»Wir haben die nördlichste Spitze dieses Vorgebirges umrundet«, gab Schaumfolger zur Antwort. Er nickte über seine linke Schulter. »Der Kevinsblick liegt hinter uns. Durch diese Hügel können wir binnen drei weiterer Nächte die Ebenen von Ra erreichen.«

»Dann sollten wir losziehen«, brummte Covenant. »Ich hab's eilig.«

»Übe dich in Geduld, mein Freund. Wir gewinnen nichts, wenn wir aus Hast Landverheerern in die Arme laufen.«

Covenant schaute umher. »Lassen die Ramen den Ranyhyn Plünderer so nahe kommen?« wollte er wissen. »Ist irgendwas mit ihnen passiert?«

»Vielleicht. Ich habe nicht mit ihnen in Verbindung gestanden. Aber die Ebenen unterliegen ständiger Bedrohung auf der ganzen Länge von Wanderlust und Landwanderer. Und die Ramen bringen jedes Opfer, um die großen Rösser zu schützen. Mag sein, ihre Zahl ist zu gering, um auch in diesen Hügeln Wache zu halten.«

Covenant fand sich mit dieser Erläuterung ab, so gut er sich dazu imstande fühlte. »Schaumfolger«, fragte er, »was ist aus all deiner für euch Riesen typischen Redseligkeit geworden? Du hast mir nicht verraten, was dir wirklich solche Sorgen macht. Geht's um diese ›Augen‹, die gesehen haben sollen, wie ihr, du und Triock, mich gerufen habt? Jedesmal, wenn ich dir eine Frage stelle, reagierst du, als hättest du plötzlich Maulsperre.«

»Ich habe ein rauhes Leben geführt«, sagte Schaumfolger mit einem Ansatz zum Lächeln. »Der Klang meiner Stimme schmeichelt mir nicht länger so wie einst.«

»Wirklich?« nölte Covenant. »Ich habe schon Schlimmeres gehört.«

»Vielleicht«, meinte Schaumfolger leise. Näher äußerte er sich jedoch nicht.

Die Zurückhaltung des Riesen provozierte Covenant regelrecht dazu, ihm noch mehr Fragen zu stellen, die eigene Unwissenheit irgendwie zu beheben. Er war sicher, daß es sich um große Dinge drehte, daß die Fakten, die er über das Unheil des Landes noch nicht kannte, eine immense Bedeutung besaßen. Aber er erinnerte sich an die Methode, mit der er auf dem Spaltfelsen-Plateau dem Bluthüter Bannor Informationen aus der Nase gezogen hatte. Er konnte nicht die Konsequenzen vergessen, die sich daraus ergaben. Er ließ Schaumfolger seine Geheimnisse.

Unten im Hohlweg begann sich Lenas Schlummer unruhig zu gestalten. Er schauderte zusammen, als er sah, wie sie sich hin und her warf, gepreßt wimmerte. Ein Impuls drängte ihn, zu ihr zu eilen, um zu verhindern, daß sie sich dabei die alten, morschen Knochen brach; aber er widerstand der Anwandlung. Er durfte sich nicht leisten, was alles sie ihm bedeuten wollte.

Doch als sie aufschrak, wie eine Rasende rundum starrte, ihn von ihrer Seite verschwunden sah, als sie einen durchdringenden Schrei ausstieß, als sei sie verlassen worden — da war er schon den Hohlweg hinab unterwegs, auf halber Strecke zu ihr. Da sah sie ihn. Sie sprang aus den Decken und lief ihm entgegen, warf sich in seine Arme. Sie klammerte sich so fest an ihn, daß seine Schultern ihr Schluchzen dämpften.

Mit seiner rechten Hand — die übriggebliebenen Finger waren so taub und unbrauchbar, als wären sie längst amputiert — streichelte er ihr dünnes, weißes Haar. Er gab sich Mühe, sie auf tröstliche Art und Weise in den Armen zu halten, um seinen Mangel an Worten des Trostes auszugleichen. Allmählich errang sie die Fassung wieder. Als er die Festigkeit seiner Umarmung lockerte, trat sie zurück. »Vergib mir, Geliebter«, bat sie mit erstickter Stimme. »Ich fürchtete, du hättest mich verlassen. Ich bin schwach und töricht, sonst hätte ich nicht vergessen, daß du der Zweifler bist. Du verdienst größeres Vertrauen.« Schwerfällig schüttelte Covenant den Kopf, als wünsche er alles abzustreiten, wisse aber nicht, wie — oder nicht, wo er anfangen sollte. »Doch ich könnt's nicht ertragen, ohne dich zu sein«, fügte sie hinzu. »In tiefer Nacht, wenn Kälte meine Brüste packt und ich sie nicht länger abzuweisen vermag — und der Spiegel lügt mich an, will mir einreden, ich sei für dich nicht unverändert geblieben! —, habe ich mich an die Verheißung deiner Wiederkunft geklammert. Nie habe ich gewankt, o nein! Vielmehr habe ich gelernt, daß ich's nicht ertragen kann, ohne dich zu sein . . . nicht noch einmal. Es hat mich dazu gebracht — ich konnte es eben nicht ertragen! —, mich allein in die Nacht hinauszuschleichen und mich in Schlupfwinkeln zu verbergen, als müsse ich mich schämen ... Nie wieder.«

»Nie wieder«, flüsterte Covenant. Nun konnte er in ihrem alten Gesicht deutlich Elena erkennen, so schön und einsam, daß seine Liebe zu ihr sein Herz marterte. »Solang ich mit dieser Sache beschäftigt bin ... werde ich nirgends ohne dich hingehen.«

Aber sie schien nur seine Einschränkung, nicht sein Versprechen zu hören. »Mußt du einstmals wieder fort?« wollte sie erfahren, Besorgnis in der Miene.

»Ja.« Die Starre seines Mundes machte ihm das Reden schwer; er konnte nichts sagen, ohne seine noch frischen Narben neu aufzureißen. »Ich gehöre nicht in diese Welt.«

Sie keuchte unter seinen Worten auf, als habe er ihr Messerstiche versetzt. Sie senkte mit einem Ruck den Blick von seinem Gesicht. »Wieder!« stieß sie heiser hervor. »Ich kann's nicht ... kann's nicht ... O Atiaran, meine Mutter! Ich liebe ihn. Ich habe mein Leben ohne Bedauern hingegeben. Als ich jung war, sehnte ich mich danach, dir an die Schule der Lehre zu folgen ... so stolze Erfolge zu verzeichnen, daß du hättest sagen können: ›Hier in meiner Tochter sieht man den Sinn meines Daseins.‹ Mich verlangte danach, mich mit einem Lord zu vermählen. Aber ich habe ...« Unvermittelt ergriff sie das Vorderteil von Covenants Jacke mit beiden Händen, zog sich dicht vor ihn, heftete ihren Blick mit äußerster Eindringlichkeit in seine Miene. »Thomas Covenant, willst du mit mir die Ehe schließen?« Entsetzt stierte Covenant sie an. Das Erregende ihres Einfalls brachte sie vollends in Fahrt. »Laß uns die Ehe schließen! O mein Liebster, das vermöchte mich aufzurichten. Dann könnte ich jede Härte ertragen. Wir brauchen die Einwilligung der Ältesten nicht — ich habe viele Male von meinen Wünschen zu ihnen gesprochen. Ich kenne den Ritus, die feierlichen Gelübde ... ich kann dich unterweisen.«

Sie flehte ihn an, ehe Covenant irgendeine Kontrolle über sein Mienenspiel bekam. »Ach, Zweifler! Ich habe deine Tochter geboren. Ich habe die Ranyhyn geritten, die du mir geschickt hast. Gewartet habe ich ...! Sicherlich ist die Tiefe meiner Liebe zu dir zur Genüge bewiesen. Geliebter, nimm mich zur Gemahlin! Weise mich nicht ab!«

Ihre Bitte veranlaßte ihn dazu, sich innerlich zu winden, und er fühlte sich grotesk und unrein. In seiner Qual hätte er ihr am liebsten schroff den Rücken gekehrt, um davonzustapfen. Ein Teil seines Innern brauste bereits auf: *Du bist verrückt, Alte! Deine Tochter ist es, die ich liebe.* Aber er nahm sich zusammen. Die Schultern krampfhaft eingezogen wie ein Würger, um die Heftigkeit seiner insgeheimen Reaktionen zu meistern, packte er Lenas Handgelenke und löste ihre Hände von seiner Jacke. Er hielt sie so hoch, daß sich seine Finger in ihrer Augenhöhe befanden. »Sieh dir meine Hände an!« schnauzte er. »Schau dir die Finger an!« Wilden Blicks betrachtete Lena sie. »Schau dir die Krankheit an, die darin steckt! Sie sind nicht bloß kalt — sie sind krank, durch Erkrankung gefühllos, fast die ganzen Handflächen. Das ist meine Krankheit.«

»Du bist mir verschlossen«, antwortete sie verzweifelt.

»Das ist Lepra, sag' ich dir! Sie ist da, selbst wenn du dafür blind bist — sie ist da. Und es gibt nur eine Möglichkeit, wodurch auch du sie dir zuziehen kannst. Längerer Kontakt. Wenn du lange genug in meiner Nähe bleibst, kann sie dich auch befallen. Und Kinder . . . Was wäre eine Ehe ohne Kinder?« Er konnte die Leidenschaftlichkeit seines Einspruchs nicht länger aus seiner Stimme fernhalten. »Kinder sind noch anfälliger. Sie bekommen sie leichter . . . Kinder und . . . alte Leute. Wenn ich das nächstemal aus dem Lande verschwinde, mußt du zurückbleiben, und die einzige Hinterlassenschaft, für die ich dir garantieren kann, wäre meine Leprose. Dafür wird Foul hundertprozentig sorgen. Zu allem anderen wäre ich zum Schluß auch noch für die Verpestung des ganzen Landes verantwortlich.«

»Thomas Covenant . . . Geliebter . . .«, wisperte Lena. »Ich flehe dich an. Weigere dich nicht!« Tränen überschwemmten ihre Augen, Ergebnis einer selbstquälerischen Anstrengung, sich so zu sehen, wie sie war. »Sieh, ich bin gebrechlich und voll des Makels. Weder bin ich's wert, noch besitze ich genug Mut, um mich allein zu bewahren. Ich habe alles gegeben . . . Bitte, Thomas Covenant.« Bevor er es verhindern konnte, fiel sie auf die Knie. »Ich bitte dich . . . beschäme mich nicht in meines ganzen Lebens Augen!«

Seine zornige Gegenwehr war ihr nicht gewachsen. Er riß sie von den Knien empor, als wolle er ihr das Rückgrat brechen, aber dann hielt er sie behutsamer fest, versuchte allen Sanftmut, zu dem er fähig war, in seine Miene zu legen. Einen Moment lang

hatte er das Gefühl, in seinen Händen den Beweis dafür zu halten, daß er — nicht Lord Foul — die Verantwortung für das Elend des Landes trug. Und diese Verantwortung konnte er nicht übernehmen, wenn er nicht zugleich Lena abwies. Sie verlangte von ihm, daß er vergaß ...

Er wußte, daß Schaumfolger ihn beobachtete. Aber auch wenn überdies Triock, Mhoram und Bannor hinter ihm gestanden hätten, wären selbst Trell und Atiaran zur Stelle gewesen, seine Antwort wäre nicht anders ausgefallen.

»Nein, Lena«, sagte er leise. »Ich liebe dich nicht auf die richtige Weise ... Meine Liebe ist nicht die richtige Art von Liebe, um dich zu heiraten. Ich würde dich damit nur täuschen. Du bist schön ... wunderschön. Kein anderer Mann würde warten, bis du ihn fragst. Aber ich bin der Zweifler, verstehst du? Ich bin aus einem ganz bestimmten Grund hier.« Ein mißliches Zucken seiner Lippen war alles, was er von einem Lächeln zustande brachte. »Berek Halbhand«, beendete er seine Absage, »hat seine Königin auch nicht geheiratet.«

Seine Äußerung erfüllte ihn mit Selbstabscheu. Er spürte, daß er ihr eine Lüge auftischte, die schlimmer war als die Täuschung einer Ehe — hatte das Gefühl, daß jeder Trost, den er ihr zu bieten versuchte, nichts anderes sein konnte als eine Schmähung der ernsten Wahrheit. Doch sobald sie begriff, was er sagte, bemächtigte sie sich der Idee augenblicklich, nahm sie begierig an. Sie blinzelte in aller Hast ihre Tränen fort, und der Ausdruck ihrer herben Mühe, ihre Wirrnis in Grenzen zu halten, wich aus ihrer Miene. Statt dessen legte sich der Anflug eines scheuen Lächelns auf ihre Lippen. »Dann bin ich deine Königin, Zweifler?« fragte sie im Tonfall beträchtlicher Verwunderung.

Rauh drückte Covenant sie an sich, damit sie die Wüstheit nicht bemerke, die seine Erscheinung fürchterlich verkrampfte und entstellte. »Natürlich.« Er stieß seine Antwort aus, als sei sie zu kloßig für seine schmerzlich eingeschnürte Kehle. »Keine andere wäre dessen würdig.«

Er hielt sie fest, halb in der Befürchtung, sie werde zusammenbrechen, wenn er sie losließ, aber nach einem ausgedehnten Moment machte sie sich ihrerseits aus seiner Umarmung frei. »Wir wollen's dem Riesen sagen«, meinte sie mit einem Blick, der ihn an die Quicklebendigkeit ihrer Jugend erinnerte, und in einem Ton, als habe sie etwas bekanntzugeben, das mehr wäre als ein Betrug.

Gemeinsam drehten sie sich um und klommen Arm in Arm den Hohlweg hinauf zu Salzherz Schaumfolger.

Als sie ihn erreichten, sahen sie, daß sein bollwerkhaftes Gesicht noch naß war vom Weinen. Graues Eis glänzte auf seinen Wangen, hing in seinem steifen Bart, als sei er mit Perlen durchflochten. Er hatte die Hände gefaltet und die Arme fest um seine Knie geschlungen. »Schaumfolger«, sagte Lena überrascht, »dies ist ein Augenblick des Glücks. Warum weinst du?«

Seine Hände ruckten empor, um das Eis wegzukratzen, und als es fort war, lächelte er ihr mit erstaunlicher Zärtlichkeit zu. »Du bist schlichtweg zu schön, als daß ich ungerührt bleiben könnte, meine Königin«, gab er unterdrückt zur Antwort. »Du bist mir über.«

Sie strahlte vor Freude über seine Entgegnung. Für einen Moment errötete ihre Greisinnenhaut jugendhaft, und sie erwiderte den Blick des Riesen mit Vergnügen in den Augen. Dann besann sie sich auf etwas. »Doch ich bin spät dran. Ich habe geschlafen, und ihr habt nichts gegessen. Ich muß ein Mahl für euch bereiten.« Beschwingt machte sie kehrt und hüpfte nahezu den Hohlweg hinab, auf dem Weg zu Schaumfolgers Vorräten.

Der Riese schaute zum eisigen Himmel auf, dann richtete er seinen Blick in Covenants abgehärmtes Gesicht. Seine Augen glitzerten in ihren tiefen Höhlen sehr scharf, als begreife er, was Covenant durchgestanden hatte. »Glaubst du nun an das Land?« fragte er ebenso gedämpft wie vorher zu Lena.

»Ich bin der Zweifler. Ich ändere mich nicht.«

»Glaubst du nicht?«

»Ich werde . . .« Covenants Schultern krampften sich zusammen. »Ich werde Lord Foul, diesen gottverdammten Verächter, ein- für allemal austilgen. Genügt dir das nicht?«

»Oh, mir genügt's«, erwiderte Schaumfolger in plötzlicher, heftiger Erregung. »Ich wünsche mir nicht mehr. Aber für dich genügt es nicht. Woran glaubst du? Woraus besteht dein Glaube?«

»Keine Ahnung.«

Schaumfolger begutachtete von neuem die Wetterverhältnisse. Seine buschigen Brauen überschatteten seine Augen, doch sein Lächeln wirkte grämlich, beinahe hoffnungslos. »Das ist's, was mir Sorge bereitet.«

Covenant nickte wie zur Zustimmung.

Nichtsdestotrotz — hätte sich Lord Foul in diesem Moment

vor ihm blicken lassen, wäre er, Thomas Covenant, Zweifler und Lepraleidender, sofort an den Versuch gegangen, dem Verächter mit den bloßen Händen das Herz auszureißen.

Er mußte herausfinden, wie er das weiße, wilde, magische Gold anwenden konnte.

Aber er fand keine Antworten in dem Mahl, das Lena für ihn und Schaumfolger kochte, auch nicht im grauen Rest des Nachmittags, den er ans Glutgestein gekauert zubrachte, während Lena schläfrig an ihm lehnte, ebensowenig im schmalen, kränklichen Dämmerlicht, das seinem Warten zu guter Letzt zum Ende verhalf. Während Schaumfolger sie ostwärts aus dem Hohlweg führte, hatte Covenant das Empfinden, nichts zu begreifen außer dem Wind, der ihn durchfuhr wie Groll gegen die Unzulänglichkeit des Sonnenscheins, über den Mangel an Wärme. Und danach erhielt er nicht die Zeit, um weiter darüber nachzudenken. Seine volle Aufmerksamkeit galt der Aufgabe, täppisch durch die mächtigen Hügel zu stolpern.

Der Marsch war für ihn mühselig. Das Ringen seines Körpers um Genesung von den Wunden und Erholung von seinem allgemeinen Erschöpfungszustand verzehrte seine Kräfte, und die bittere Kälte tat das ihre dazu. Er konnte nicht sehen, wohin er seine Füße setzte, Fehltritte nicht verhindern, nicht vermeiden, daß er fiel und sich an gleichgültigen Felsen und Steinen blaue Flecken holte. Trotzdem hielt er durch, blieb hinter Schaumfolger, bis sich der Schweiß auf seiner Stirn in Eis verwandelte, seine Kleidung sich mit schmutzigem Eis verkrustete. Seine Entschlossenheit hielt ihn aufrecht. Nach einiger Zeit war er auf unklare Weise sogar darüber froh, daß seine Füße gefühllos waren, denn infolgedessen konnte er nicht die Schäden spüren, die er sich selbst zufügte. Ihm fehlte jede Wahrnehmung von Zeit oder Vorwärtsgelangen; er maß die Zeit in Verschnaufpausen, ihm unerwartet aus der Dunkelheit von Schaumfolger in die Hand gedrückten *Aliantha*. Solche Dinge stärkten ihn. Schließlich unterließ er es jedoch, sich immer wieder Eis von Nase und Lippen zu schaben, von seiner Stirn und dem Fanatiker-Bart; er duldete, daß die graue Kälte sein Gesicht in Beschlag nahm wie eine Maske, als solle er zu einem Geschöpf des Winters werden. Und er stolperte Schaumfolger hinterdrein.

Als Schaumfolger endlich stehenblieb – kurz vorm Anbruch der Morgendämmerung –, sackte Covenant einfach in den Schnee und schlief ein.

Später weckte ihn der Riese zum Frühstück, und er sah Lena neben sich schlafen, zum Schutz gegen die Kälte zusammengekauert. Ihre Lippen wiesen eine schwache bläuliche Färbung auf, und ab und zu schauderte es ihr, als sei es für sie unmöglich, Wärme zu finden. In ihren Gesichtszügen und dem eher zaghaften Auf und Ab ihres Atmens mit offenem Mund erkannte man jetzt deutlich die Jahre. Vorsichtig weckte Covenant sie und sorgte dafür, daß sie warme Nahrung zu sich nahm, bis das Blau der Kälte aus ihren Lippen wich und die Adern in ihren Schläfen weniger kraß hervortraten. Dann hüllte er sie trotz ihres Widerspruchs in Decken und streckte sich an ihrer Seite aus, bis sie wieder schlief.

Einige Zeit später erhob er sich, um das eigene Frühstück zu beenden. Er schätzte ihren bisherigen Weg und kam zu der Mutmaßung, der Riese müsse mindestens in den drei letzten Tagen und Nächten ohne Rast ausgekommen sein. »Ich sag' dir Bescheid«, meinte er daraufhin mit auffälliger Plötzlichkeit, »wenn ich nicht mehr wach bleiben kann.« Er nahm das Gefäß mit dem Glutgestein und ging eine windgeschützte Stelle suchen, die sich eignete, um Wache zu halten. Er setzte sich nieder und beobachtete, wie Tageslicht in die Luft sickerte, als quelle Eiter aus dem Gewebe einer alten Narbe.

Spät am Nachmittag wachte er auf und stellte fest, daß Schaumfolger neben ihr saß und Lena in kurzer Entfernung ein Mahl zubereitete. Er schrak kerzengerade empor, fluchte bei sich. Aber seine Gefährten hatten anscheinend keine Nachteile durch sein Versagen einstecken müssen. Schaumfolger erwiderte seinen Blick mit einem Lächeln. »Keine Sorge, mein Freund«, sagte er. »Wir sind sicher genug gewesen — obwohl ich große Müdigkeit verspürt und bis zur Mittagsstunde geschlafen habe. Nördlich von uns ist ein Wildwechsel, und manche Spuren sind frisch. Wild wäre nicht in dieser Gegend geblieben, täten hier Landvermesser ihr Unwesen treiben.«

Covenant nickte. Sein Atem erhob sich in die Kälte wie weißer Dampf. »Schaumfolger«, murmelte er, »ich hab's unwahrscheinlich satt, so verflucht hinfällig zu sein.«

Am folgenden Abend jedoch fiel ihm das Marschieren leichter. Trotz des Anwachsens der Taubheit in seinen Händen und Füßen war ein gewisses Maß seiner alten Kräfte wiedergekehrt. Und indem Schaumfolger ihn und Lena immer wieder ostwärts führte, wichen die Berge in den Süden zurück, und die Hügellandschaft verlor an Zerklüftetheit. Aufgrund dessen konnte er besser mithalten.

Doch gleichzeitig ergab sich daraus, wenngleich die veränderte Geländebeschaffenheit eine Erleichterung bedeutete, ein anderes Problem. Der Schutz vorm Wind war geringer, und häufig mußten sie geradewegs zwischen die Zähne von Lord Fouls Winter stapfen. Im Wind schienen sich selbst seine untersten Kleidungsstücke in Eis zu verwandeln, und er bewegte sich, als reibe ihm ein Büßerhemd die Brust wund.

Dennoch blieb ihm am Ende des Nachtmarsches soviel Energie übrig, daß er die erste Wache übernahm. Der Riese hatte sich dafür entschieden, in einer kleinen Mulde zu lagern, im Osten durch eine flache Anhöhe geschützt; und sobald ihre Mahlzeit verzehrt war, Schaumfolger und Lena sich zum Schlaf ausstreckten, bezog Covenant Wache unter einer abgestorbenen, knorrigen Lärche knapp unterhalb der Kuppe des Hügels. Von dort besaß er Ausblick über seine Begleiter, die ruhten, als ob sie ihm Vertrauen schenkten. Er war fest dazu entschlossen, sie nicht noch einmal zu enttäuschen.

Aber er wußte — konnte sich dieser Einsicht nicht verschließen —, daß er der falsche Mann war für derartige Pflichten. Die wintrige Abstumpfung seiner Sinne nagte an ihm wie Vorzeichen eines Unheils, als müsse sein Unvermögen, Gefahr zu sehen, zu riechen, zu hören, zwangsläufig Gefahr herbeilocken. Und er irrte sich nicht. Obwohl er wach blieb, fast ständig sogar im Zustand erhöhter Wachsamkeit — obwohl der Tag bereits angebrochen war, die Luft mit kaltem, grauen Gries erfüllte —, bemerkte er nichts, ehe es zu spät war.

Er hatte gerade einen Rundgang um die Hügelkuppe beendet, die Umgebung der Anhöhe beobachtet und war zu der Lärche zurückgekehrt, um sich wieder in ihrem Schutz hinzusetzen, da ahnte er eine Bedrohung. Irgendeine Feindseligkeit wehte im Wind mit; die Atmosphäre über der Mulde war urplötzlich ungeheuer angespannt. Im nächsten Moment erhoben sich aus dem Schnee rings um Schaumfolger und Lena dunkle Gestalten. Sie griffen schon an, als er einen Warnruf auszustoßen versuchte.

Er fuhr hoch, rannte hinunter zur Mulde. Drunten kaum Schaumfolger auf die Knie und schleuderte dunkelbraune Gestalten beiseite. Mit einem gedämpften Schrei des Zorns leistete Lena ihren Bedrängern, die sie in ihren Decken niederdrückten, heftigen Widerstand. Doch bevor Covenant zu ihr gelangen konnte, gab jemand ihm von hinten einen Hieb, und er stürzte der Länge nach in den Schnee.

Zwar wälzte er sich sofort herum, kam auf die Füße, aber unverzüglich umschlangen zwei Arme oberhalb der Ellbogen seinen Brustkorb, drückten ihm die eigenen Arme an den Leib. Er wehrte sich, warf sich von der einen zur anderen Seite, aber sein Gegner war viel zu stark; er vermochte die Umklammerung nicht zu sprengen. »Bleib ruhig«, sagte ihm da eine ausdruckslose, fremdartige Stimme ins Ohr, »oder ich breche dir den Rücken!«

Seine Hilflosigkeit erbitterte Covenant bis zur Weißglut. »Dann brich ihn!« keuchte er zwischen seinen Atemzügen, während er unverändert Gegenwehr leistete. »Aber laß sie in Frieden!« Lena setzte sich zur Wehr wie eine Rasende, schrie laut vor Zorn und Unmut, weil es ihr nicht gelang, sich dem Zugriff ihrer Bedränger zu entziehen. »Schaumfolger!« brüllte Covenant mit heiserer Stimme.

Aber er mußte voller Schrecken und Bestürzung feststellen, daß der Riese gar nicht mehr kämpfte. Seine Angreifer wichen zurück, und er saß reglos da, musterte mit würdevollem Ernst den Mann, der Covenant gepackt hielt. Vor Verdruß erschlaffte Covenant.

Roh zerrten die Angreifer Lena aus ihren Decken in die Höhe. Sie hatten ihr bereits die Hände mit Stricken gefesselt. Noch immer leistete sie Widerstand, nun jedoch bloß noch in der Absicht, zu Covenant zu laufen.

Da öffnete Schaumfolger den Mund. »Gib ihn frei!« sagte er mit gleichmäßiger, bedrohlicher Stimme. »Stein und See!« fügte der Riese hinzu, als sich der Druck der Arme um Covenant nicht lockerte. »Du wirst's bereuen, solltest du ihm ein Leid getan haben! Erkennst du mich nicht?«

»Die Riesen sind tot«, sagte neben Covenants Ohr die leidenschaftslose Stimme. »Nur Riesen-Wütriche sind geblieben.«

»Laßt mich los!« fauchte Lena. »Oh, seht ihn doch an, ihr Narren! *Melenkurion abatha!* Ist er ein Wütrich?« Doch Covenant verstand nicht zu unterscheiden, ob sie Schaumfolger oder ihn meinte.

Der Mann, der ihn umklammerte, beachtete sie nicht. »Wir haben genug gesehen . . . ich habe Herzeleid gesehen. Ich war dort und habe das Werk der Wütriche geschaut.«

Schatten ballten sich in Schaumfolgers Augen zusammen, aber seine Stimme schwankte nicht. »So mißtrau mir, wenn du's willst. Aber sieh ihn an, wie Lena, Atiarans Tochter, dir rät. Er ist Thomas Covenant.«

Ruckartig rissen die kraftvollen Arme Covenant herum. Er stand vor einem gedrungenen, wuchtig gebauten Mann mit gleichgültigem Blick und herrischer Miene. Der Mann trug nichts als ein kurzes, dünnes Gewand aus Kalbsleder, als könne die eisige Kälte ihm nichts anhaben. In verschiedenerlei Beziehung hatte er sich im Vergleich zu früher verändert; seine Brauen hoben sich nun völlig weiß von seiner braunen Haut ab; sein Haar war zu tupferreichem Grau gealtert; und tiefe Falten verliefen über seine Wangen bis über die Mundwinkel hinab, wie die Erosion der Zeit. Aber nichtsdestotrotz erkannte Covenant ihn.

Es war der Bluthüter Bannor.

9

Im Schlupfwinkel der Ramen

Sein Anblick brachte Covenant vollends außer Fassung. Flinke, lehmbraune Gestalten, manche in helle Gewänder gekleidet, um sich der Schneelandschaft anzupassen, kamen näher, als wollten sie sich von Covenants Identität überzeugen. »Der Ring-Than . . .!« murmelten einige in gepreßtem Tonfall. Er bemerkte sie kaum. »Aber Mhoram hat doch gesagt . . .«

Mhoram hatte gesagt, die Lords hätten die Bluthüter verloren.

»Ur-Lord Covenant . . .« Bannor neigte den Kopf, deutete eine knappe Verbeugung an. »Vergib mir den Irrtum. Du bist gut verkappt.«

»Verkappt?« Covenant hatte keinerlei Vorstellung, was Bannor meinen mochte. Mhorams Kummer hatte zu überzeugend geklungen. Benommen senkte er den Blick, als erwarte er, daß an Bannors rechter Hand zwei Finger fehlten.

»Eines Steinhauseners Jacke. Sandalen. Einen Riesen zum Begleiter.« Bannors gleichgültiger Blick haftete in Covenants Gesicht. »Und du stinkst nach Entzündung. Nur dein Äußeres ist erkennbar.«

»Erkennbar . . .« Covenant konnte nicht verhindern, daß er das Wort wiederholte, einfach nur deshalb, weil Bannor es zuletzt geäußert hatte. Er rang um Beherrschung. »Warum bist du nicht bei den Lords?« krächzte er hervor.

»Der Eid verfiel der Verderbnis. Wir dienen den Lords nicht mehr.«

Covenant starrte ihn an, als sei diese Antwort reiner Unsinn. Verwirrung vernebelte seinen Verstand. Hatte Mhoram irgend etwas davon erwähnt? Er merkte, daß ihm die Knie bebten, als wanke unter ihm der Erdboden. *›Dienen den Lords nicht mehr‹*, wiederholte er im Geiste, von Unverständnis geplagt. Er wußte nicht, was das heißen sollte.

Aber dann drang die Unruhe von Lenas fortwährendem Widerstand zu ihm durch. »Ihr habt ihm ein Leid angetan«, keuchte sie wutentbrannt. »Laßt mich frei!«

Covenant unternahm verstärkte Anstrengungen, sich zusammenzureißen. »Laß sie in Frieden!« sagte er zu Bannor. »Hast du nicht kapiert, wer sie ist?«

»Spricht der Riese die Wahrheit?«

»Was? Ob er was?« Angesichts dieses unfaßlichen Argwohns befiel Covenant beinahe neuer Stupor. Aber um Lenas willen tat er einen tiefen Atemzug und hielt durch. »Sie ist die Mutter Hoch-Lord Elenas«, schnauzte er. »Sag deinen Leuten, sie sollen sie gehen lassen!«

Bannor schaute an Covenant vorbei und Lena an. »Die Lords haben von ihr gesprochen«, sagte er versonnen. »Sie vermochten sie nicht zu heilen.« Er zuckte andeutungsweise mit den Achseln. »Sie konnten vielerlei Dinge nicht heilen.«

Ehe Covenant erneut antworten konnte, gab der Bluthüter seinen Begleitern ein Zeichen. Einen Moment später stand Lena an Covenants Seite. Von irgendwo unter ihrem Kleid brachte sie ein Steinmesser zum Vorschein und hob die Klinge zwischen Bannor und Covenant. »Wenn du ihm ein Leid zugefügt hast«, schäumte sie in höchstem Zorn, »wird deine Haut den Preis zahlen, Alter.«

Der Bluthüter ließ seine Brauen emporrutschen. Covenant langte nach ihrem Arm, um sie von unbedachten Handlungen zurückzuhalten, aber er war noch viel zu fassungslos, als daß ihm irgendeine Methode eingefallen wäre, wie er sie hätte besänftigen, wieder beruhigen können. »Lena«, murmelte er ratlos, »Lena . . .« Als sich Schaumfolger zu ihnen gesellte, flehten Covenants Augen den Riesen um Unterstützung an.

»Ach, meine Königin«, sagte Schaumfolger leise. »Gedenke deines Friedensschwurs!«

»Friede!« brauste Lena mit brüchiger Stimme auf. »Sprich zu ihnen von Frieden. Sie haben sich am Zweifler vergriffen.«

»Aber sie sind nicht unsere Feinde. Sie sind Ramen.«

Ruckartig hob sie ihr Gesicht voll Unglauben zum Riesen. »Ramen? Die Hüter der Ranyhyn?«

Auch Covenant schaute sich verdutzt um. Ramen? Unbewußt hatte er mit aller Selbstverständlichkeit unterstellt, daß es sich bei Bannors Begleitung ebenfalls um Bluthüter handelte. Die Ramen waren den Bluthütern insgeheim immer abgeneigt gewesen, weil so viele Ranyhyn den Tod fanden, als sie Bluthüter ins Gefecht trugen. Ramen und Bluthüter zusammen? Unter ihm schien der Erdboden spürbar zu wanken. Nichts war so, wie er glaubte; alles im Lande, so hatte es den Anschein, mußte ihn erstaunen oder entsetzen, falls man ihm die Wahrheit mitteilte.

»Ja«, antwortete Schaumfolger auf Lenas Frage. Und nun erkannte Covenant die Ramen selbst wieder. Acht davon, Männer und Frauen, umstanden ihn. Sie waren hagere, flinke Menschen, die die scharfgeschnittenen Gesichter von Jägern besaßen, und ihre Haut war durch viele Jahre des unablässigen Aufenthalts im Freien so tief gebräunt, daß selbst dieser Winter sie nicht aufzuhellen vermochte. Abgesehen von den unzureichenden Kleidungsstücken, die zur Tarnung dienten, trugen sie genau jene Ramen-Tracht, an die sich Covenant noch entsann — kurze Hemden und Blusen, die Arme und Beine entblößt ließen, und ihre Füße waren nackt. Sieben von ihnen wiesen die charakteristischen Merkmale von Seilträgern auf — gestutztes Haar, Seil um die Hüften —, während der achte Ramen dadurch, daß sein langes, schwarzes Haar mit einer zum Nahkampf verwendbaren Kordel zu einem Zopf verschlungen war, sowie durch einen kleinen, aus gelben Blumen geflochtenen Kranz auf seinem Scheitel anzeigte, daß er im Rang eines Mähnenhüters stand.

Doch sie hatten sich verändert. Sie glichen nicht den Ramen, die er vor siebenundvierzig Jahren kennengelernt hatte. Die offenkundigste Veränderung sah er in ihrer Haltung ihm gegenüber. Während seines ersten Aufenthalts im Lande hatten sie ihn in ehrfürchtigem Respekt betrachtet. Er war der Ring-Than gewesen, den hundert Ranyhyn gegrüßt hatten. Doch jetzt musterten ihre stolzen, ernsten Gesichter ihn voller Schroffheit, unter der mit Mühe gemäßigter Zorn lauerte, als hätte er durch irgendeine unaussprechliche Perfidität ihre Ehre verletzt.

Aber das war nicht die einzige Veränderung, die in ihnen stattgefunden hatte. Während er die kompromißlosen Blicke rings um sich erforschte, kam ihm eine bedeutsamere Abweichung zu Bewußtsein, irgend etwas, das er nicht recht zu definieren verstand. Vielleicht verriet ihr Auftreten weniger Zuversicht oder Stolz; womöglich waren sie schon so oft angegriffen worden, daß sie eine gewohnheitsmäßige Abwehrhaltung einnahmen; möglicherweise erlaubte das Verhältnis von sieben Seilträgern zu einem Mähnenhüter — statt drei oder vier zu eins, wie es hätte sein müssen — auf schwere Verluste unter ihren Führern zu schlußfolgern, den Mittlern der Ranyhyn-Kenntnisse. Was auch die Ursache war, sie wirkten gehetzt, zeichneten sich durch einen Anflug von so etwas wie innerer Zersetzung aus, als ob in ihrem Unterbewußtsein ein Ghoul am Gebein ihres Muts nagte. Plötzlich empfand Covenant, wie er sie so ansah, die Überzeugung, daß sie Bannors Gegenwart duldeten — ja, ihm sogar folgten —, weil sie nicht länger selbstsicher genug waren, um einem Bluthüter die kalte Schulter zu zeigen. Einen Moment später merkte er, daß Lena etwas zu ihnen sagte, nunmehr nicht im Zorn, sondern voller Verwirrung. »Warum habt ihr uns überfallen? Vermögt ihr den Zweifler nicht zu erkennen? Erinnert ihr euch nicht länger der Steinbrüder des Landes? Könnt ihr nicht sehen, daß ich Ranyhyn geritten habe?«

»Geritten!« schnauzte der Mähnenhüter.

»Meine Königin«, merkte Schaumfolger gedämpft an, »Ramen pflegen nicht zu reiten.«

»Und was die Riesen anbetrifft«, ergänzte der Mann, »so sind sie Verräter.«

»Verräter?« Covenants Pulsschlag wummerte in seinen Schläfen, als stünde er zu dicht an einem im Schnee verborgenen Abgrund.

»Zweimal haben Riesen Fangzahns mörderische Heere nördlich der Ebenen von Ra ins Land geführt. Diese ›Steinbrüder‹ haben Aberdutzende von Tausendschaften mit Fängen und Klauen mitgebracht, um das Fleisch von Ranyhyn reißen zu lassen. Schau!« Mit blitzschnellem Ruck zerrte er die Kordel aus seinem Haar und hielt sie vor sich hin, gestrafft wie zum Würgen. »Die Seile aller Ramen sind schwarz von Blut.« Seine Knöchel spannten sich, als wollte er den Riesen anfallen. »Menschenheim ist verlassen. Ramen und Ranyhyn sind zerstreut. Riesen!« Wieder stieß er das Wort aus, als ob dessen Geschmack auf seiner Zunge ihn anwidere.

»Du aber kennst mich«, wandte sich Schaumfolger an Bannor. »Du weißt, daß ich keiner der drei bin, die den Wütrichen verfielen.«

Bannor zuckte ausdruckslos die Achseln. »Zwei von den dreien sind tot. Wer kann sagen, wo diese Wütriche geblieben sind?«

»Ich bin ein Riese, Bannor«, beharrte Schaumfolger im Tonfall guten Zuredens, als sei diese Tatsache der alleinige Beweis seiner Glaubwürdigkeit. »Ich war's, der Thomas Covenant erstmals nach Schwelgenstein brachte.«

Bannor blieb unbeeindruckt. »Wie kommt's dann, daß du am Leben bist?«

Daraufhin trat in Schaumfolgers Augen ein Glitzern von Qual. »Ich weilte nicht in *Coercri* . . . als meines Volkes Jahre an der Wasserkante ein Ende fanden.«

Der Bluthüter hob die Brauen, lenkte jedoch noch immer nicht ein. Im nächsten Moment begriff Covenant, daß die Beseitigung dieser festgefahrenen Situation bei ihm lag. Er befand sich keineswegs in der Verfassung, um sich mit solchen Problemen zu beschäftigen, aber er sah ein, daß er irgend etwas dazu sagen mußte. Er gab sich einen inneren Ruck und wandte sich an Bannor. »Du kannst nicht behaupten, dich nicht an mich zu entsinnen. Wahrscheinlich verursache ich dir Alpträume, auch wenn du niemals schläfst.«

»Ich kenne dich, Ur-Lord Covenant.« Bannors Nasenflügel bebten bei seiner Antwort, als sei der Geruch nach Krankheit ihm höchst zuwider.

»Ihr kennt mich auch«, sagte Covenant mit erhöhter Eindringlichkeit zu dem Mähnenhüter. »Euer Volk nennt mich Ring-Than. Die Ranyhyn haben sich vor mir aufgebäumt.«

Der Mähnenhüter wich Covenants herausforderndem Blick aus, und einen Moment lang beherrschte die Gehetztheit seines Gesichtsausdrucks sein Mienenspiel wie der Anfang einer Tragödie. »Wir sprechen nicht vom Ring-Than«, sagte er ruhig. »Die Ranyhyn haben ihre Wahl getroffen. Es gebührt uns nicht, die Entscheidungen der Ranyhyn in Frage zu stellen.«

»Dann verpißt euch!« Covenant hatte nicht die Absicht, zu schreien, aber er stak zu voll mit namenlosen Ängsten, um Zurückhaltung üben zu können. »Laßt uns zufrieden! Hölle und Verdammnis! Wir haben schon ohne euch genug Ärger am Hals.«

Sein Ton weckte den Stolz des Mähnenhüters. »Warum bist du gekommen?« wollte der Mann in strengem Ernst wissen.

»Ich bin nicht ›gekommen‹. Mir liegt überhaupt nichts daran, hier zu sein.«

»Was für eine Absicht verfolgst du?«

»Ich habe die Absicht«, entgegnete Covenant mit einer Stimme, die von verhängnisvollen Andeutungen strotzte, »Fouls Hort einen kleinen Besuch abzustatten.«

Seine Antwort ließ die Seilträger zusammenzucken, und sie atmeten mit Zischlauten durch aufeinandergebissene Zähne aus. Auch die Hände des Mähnenhüters zuckten an seiner Waffe.

Für einen Moment weitete ein Aufflackern wilden Verlangens Bannors Augen. Aber sofort stellte sich seine gleichmütige Leidenschaftslosigkeit wieder ein. »Ur-Lord«, sagte er, nachdem er einen Blick mit dem Mähnenhüter gewechselt hatte, »du und deine Gefährten, ihr müßt uns begleiten. Wir werden euch an einen Ort bringen, wo mehr Ramen euch ihre Gedanken widmen können.«

»Sind wir eure Gefangenen?« erkundigte sich Covenant finster.

»Ur-Lord, in meiner Gegenwart wird niemand eine Hand gegen dich erheben. Aber diese Angelegenheiten bedürfen gründlicher Erwägung.«

Covenant starrte angestrengt in Bannors Ausdruckslosigkeit, dann wandte er sich an Schaumfolger. »Was hältst du davon?«

»Diese Behandlung mißfällt mir«, sagte Lena dazwischen. »Salzherz Schaumfolger ist ein wahrer Freund des Landes. Meine Mutter Atiaran hat von allen Riesen voller Freude gesprochen. Und du bist der Zweifler, der Weißgoldträger. Sie zeigen ein geringes Maß an Achtung. Laß uns gehen und unseres Weges ziehen.«

»Die Ramen sind nicht blind«, antwortete Schaumfolger beiden. »Bannor ist nicht blind. Mit der Zeit werden sie klarer sehen. Und ihre Hilfe ist's wert, daß man danach trachtet.«

»Na schön«, brummte Covenant. »Ich bin sowieso kein guter Kämpfer.« Unfreundlich wandte er sich wieder an Bannor. »Wir gehen mit euch. Ganz egal, was hier los ist . . .« — er machte diese Ergänzung um all dessen willen, was zwischen ihm und dem Bluthüter geschehen war —, »du hast mir viel zu oft das Leben gerettet, als daß ich jetzt anfangen könnte, Mißtrauen gegen dich zu entwickeln.«

Bannor vollführte vor Covenant eine weitere andeutungsweise Verbeugung. Sofort rief der Mähnenhüter den Seilträgern ein paar Befehle zu. Zwei von ihnen entfernten sich im Lauf nordostwärts, zwei andere begaben sich nach den Seiten auf Spähdienst, während der Rest aus Verstecken rund um die Mulde kleine Rucksäcke einsammelte. Covenant schaute zu und staunte erneut darüber, wie mühelos und schnell sie mit der Umgebung verschmelzen konnten. Sogar ihre Fußspuren schienen vor seinen Augen zu verschwinden. Zum Zeitpunkt, als Schaumfolger seinen Ledersack gepackt hatte, waren um die Mulde und darin alle Anzeichen ihrer Anwesenheit von ihnen beseitigt worden. Alles wirkte so beschaulich, als sei nie jemand hier gewesen.

Nicht lange, und Covenant marschierte zwischen Lena und Schaumfolger in dieselbe Allgemeinrichtung, wohin die beiden

Läufer verschwunden waren; der Mähnenhüter und Bannor gingen stramm voraus, und die drei restlichen Seilträger kamen zum Schluß, als seien sie Wächter. Der Abmarsch erfolgte unbefangen, als habe niemand Furcht vor Feinden. Aber zweimal sah Covenant, als er sich umblickte, wie die Seilträger all ihre Spuren vom eiskalten Untergrund und aus den grauen Schneewehen tilgten.

Das Vorhandensein von drei allzeit bereiten Würgestricken in seinem Rücken verstärkte noch seine Verwirrung. Trotz seiner langen Erfahrungen mit Feindseligkeiten aller Art war er innerlich auf so einen Argwohn seitens der Ramen nicht gefaßt gewesen. Es mußten eindeutig wichtige Ereignisse eingetreten sein — Geschehnisse, von denen er keine Vorstellung hatte. Seine Unwissenheit vermittelte ihm den starken Eindruck, daß das Schicksal des Landes einem Höhepunkt der Krise entgegenstrebte, einer fundamentalen Verwicklung, in der seine eigene Rolle noch nebelhaft war, unklar. Man verschwieg ihm Tatsachen. Dies Gefühl warf einen Zweifel auf die ganze harte Entschiedenheit seiner Absichten, als seien sie nur auf trägen Treibsand gebaut. Die Notwendigkeit bestand, daß er Fragen stellte, Antworten erhielt. Aber die wortlose Drohung dieser drei Ramen-Seile machte ihn nervös. — Und Bannor . . .? Er vermochte seine Fragen nicht in Worte zu fassen, nicht einmal für sich selbst.

Außerdem war er müde. Er war die ganze Nacht lang marschiert und hatte seit dem gestrigen Nachmittag nicht geschlafen. Seit seiner erneuten Versetzung ins Land waren erst vier Tage verstrichen. Während er sich abmühte, um das Tempo mithalten zu können, sah er ein, daß es ihm an Kraft fehlte, um sich zum Nachdenken zu konzentrieren.

Lena befand sich in keinem besseren Zustand. Obwohl sie gesünder war als er, machte ihr das Alter zu schaffen, und sie war keine Gewaltmärsche gewohnt. Allmählich spürte er seine Sorge um sie genauso stark wie seine Müdigkeit. Als sie schließlich wiederholt gegen ihn torkelte, sagte er rundheraus zu Bannor, daß sie rasten müßten.

Sie schliefen bis mitten in den Nachmittag hinein, marschierten danach weiter und legten erst spät am Abend eine neue Rast ein. Und am nächsten Morgen brachen sie wieder auf, noch bevor es dämmerte. Aber Covenant und Lena ging es inzwischen besser. Das Essen, mit dem die Ramen sie versorgten, war warm und nahrhaft. Und kurz nachdem graues, trübes Tageslicht in die bedrückte Luft eingeflossen war, erreichten sie die Randzonen der Hügellandschaft und gerieten in Sichtweite der Ebenen von Ra. An dieser Stelle wandten sie sich nach Norden, blieben im unebenen Gelände der Ausläufer des Vorgebirges, statt sich in die bleiche, vom Winter zerfressene Weite der Ebenen hinauszuwagen. Dennoch kamen sie gut voran. Mit der Zeit erholte sich Covenant in ausreichendem Maß, um mit dem Fragenstellen anzufangen.

Wie gewohnt fiel ihm die Unterhaltung mit Bannor schwer. Die undurchdringbare Leidenschaftslosigkeit des Bluthüters spottete seiner Bemühungen, so daß er aus reinem Frust oft bösartig oder verärgert reagierte; eine solche Mäßigkeit wirkte auf verdrießliche Weise immun gegen jedes Werturteil — schien die Antithese der Leprose zu sein. Nun hatten die Bluthüter allesamt die Lords im Stich gelassen, Schwelgenstein den Rücken gekehrt, ihre Weigerung gegenüber dem Tod aufgegeben. Ohne sie mußte die Herrenhöh fallen. Doch andererseits war Bannor hier, lebte und betätigte sich unter Ramen. Als Covenant nun begann, seine Fragen zu äußern, geschah es nicht länger mit dem Gefühl, den Mann zu kennen, an den er sie richtete.

Bannor beantwortete seine ersten, sehr vorsichtigen Erkundigungen, indem er Covenant mit den Ramen bekanntmachte — der Mähnenhüter hieß Kam, die drei Seilträger nannten sich Whane, Lal und Puhl — und ihm versicherte, sie würden ihren Bestimmungsort am Abend des folgenden Tages erreichen. Er erklärte, daß diese Gruppe von Ramen für die Aufgabe verantwortlich war, am westlichen Rand der Ebenen von Ra zu patrouillieren und Landverheerer frühzeitig zu entdecken; Covenant und seine Begleiter waren zufällig bemerkt worden, nicht durch Aufspüren. Als Covenant nach Reumut fragte, der Mähnenhüterin, die vor sieben Jahren die Nachricht vom Einmarsch Markschänders und seines Heers nach Schwelgenstein gebracht hatte, gab Bannor unumwunden die Auskunft, sie sei kurz nach ihrer Heimkehr verstorben. Danach allerdings mußte Covenant wieder um jede Antwort ringen, an der ihm lag.

Zu guter Letzt fand er doch keine elegante Formulierung für seine wichtigste Frage. »Ihr habt die Lords verlassen«, maulte er Bannor plump an. »Warum bist du hier?«

»Der Eid war gebrochen. Wie hätten wir bleiben können?«

»Sie brauchen euch. Sie könnten euch gar nicht dringender brauchen.«

»Ur-Lord, ich sage dir, der Eid war gebrochen worden. Viele Dinge sind zerbrochen worden. Du warst dabei. Wir konnten nicht ... Ur-Lord, ich bin nun alt. Ich, Bannor, Blutmark der Bluthüter, bedarf der Speisung und des Schlafs. Obschon ich in Bergen zur Welt kam, dringt mir diese Kälte bis ins Bein. Ich bin als Schwelgensteins Diener nicht länger tauglich ... nein, und auch nicht als Diener des Lords, auch wenn sie nicht Hoch-Lord Kevin gleichen, der ihnen vorausging.«

»Und weshalb bist du dann hier? Warum bist du nicht einfach nach Hause zurückgekehrt und hast alles vergessen?«

Schaumfolger zuckte bei Covenants Tonfall zusammen, aber Bannor antwortete unverdrossen: »Das war meine Bestrebung ... als ich die Herrenhöh verließ. Aber ich mußte einsehen, ich konnte nicht vergessen. Zu viele Ranyhyn hatte ich geritten. Des Nachts sah ich sie vor mir ... sie liefen durch meine Träume wie klarer Himmel und Reinheit. Hast du sie nicht selber geschaut? Dem Glauben eines Bluthüters ohne Eid und Todestrotz mußten sie über sein. Deshalb bin ich wiedergekehrt.«

»Nur weil du so an den Ranyhyn hängst? Du läßt die Lords und Schwelgenstein und alles andere in Blut und Hölle untergehen, aber du bist zurückgekommen, weil du nicht darauf verzichten konntest, Ranyhyn zu reiten?«

»Ich reite nicht.« Covenant starrte ihn nur an. »Ich bin zurückgekehrt, um am Wirken der Ramen teilzuhaben. Einige wenige *Haruchai* — wie viele, das weiß ich nicht —, empfanden ebenso wie ich. Ein paar. Wir haben Kevin am Anbeginn seines Ruhms gekannt und vermochten nicht zu vergessen. Terrel ist hier, auch Runnik. Und andere. Wir lehren die Ramen unsere Fertigkeiten und lernen von ihnen das Hüten der großen Rösser. Mag sein, wir lernen's, mit unserem Versagen Frieden zu schließen, ehe wir sterben.«

›Frieden zu schließen‹, stöhnte Covenant inwendig auf. Die Schlichtheit der Erklärung, die ihm der Bluthüter abgab, erschütterte ihn. All jene Jahrhunderte der Makellosigkeit und Schlaflosigkeit waren nun auf nichts als das hinausgelaufen.

Er stellte Bannor keine weiteren Fragen; ihm grauste vor den Antworten.

Für den Rest des Tages löste er sich von seinen Vorsätzen. Trotz der Fürsorge und Kameradschaft, die ihm Schaumfolger und Lena entgegenbrachten, schritt er zwischen ihnen in mürrischer Insichgekehrtheit aus. Bannors Äußerungen hatten sein

Herz beklommen gemacht. Und am Abend schlief er auf dem Rücken ein, die Augen himmelwärts, als bezweifle er, jemals wieder die Sonne zu sehen.

Aber am darauffolgenden Morgen besann er sich. Kurz nach Anbruch der Helligkeit begegnete Mähnenhüter Kams Gruppe einem anderen Seilträger. Der Mann war unterwegs zum Rand der Ebenen und trug in seinen Händen zwei kleine Sträuße gelber Blumen. Der graue Wind ließ ihre zarten Blütenblätter bemitleidenswert schlottern.

Nachdem er Mähnenhüter Kam begrüßt hatte, entfernte er sich ein Stück weit ins Flachland, rief in einer Sprache, die Covenant nicht verstand, irgend etwas schrill in den Wind. Er wiederholte den Ruf, dann wartete er mit ausgestreckten Händen, als böte er die Blumen dem Wind an.

Kurz darauf kamen aus der Deckung von dürrem Gesträuch am Rande eines gefrorenen Wasserlaufs zwei Ranyhyn, ein Hengst und eine Stute. Der Hengst trug zahlreiche, noch frische Kratzwunden von Klauen an seiner Brust, und die Stute erweckte einen erschlafften, ausgehöhlten Eindruck, als habe sie ein Fohlen verloren. Beide waren fast bis aufs Skelett abgemagert; Hunger hatte den Stolz aus ihren Schultern und Hinterbeinen verdrängt, ihre Rippen hervortreten lassen, ihren ausgelaugten Muskeln ein jämmerlich nacktes Aussehen verliehen. Sie wirkten, als seien ihnen schon die eigenen Köpfe zu schwer. Doch sie wieherten dem Seilträger zu. In unsicherem Trab kamen sie heran und begannen die Blumen, die er ihnen anbot, unverzüglich zu verzehren. Mit drei Bissen waren sie fort. Rasch tätschelte der Mann die Pferde, dann wandte er sich mit Tränen in den Augen ab.

Wortlos händigte Mähnenhüter Kam dem Seilträger das zerzauste Kränzchen von seinem Kopf aus, so daß jeder der beiden Ranyhyn noch einen Bissen mehr bekam. »Das ist *Amanibhavam,* das heilsame Kraut der Ebenen von Ra«, erläuterte er Covenant in barschem Ton. »Es ist ein zähes Gewächs, auch dieser Winter erwürgt's nicht so leicht, wie's dem Reißer recht wäre. Es wird ihr Leben bewahren . . . für einen weiteren Tag.« Während er sprach, starrte er Covenant voller Groll ins Gesicht, als sei das Elend dieser zwei Pferde die Schuld des Zweiflers. »Er ist zehn Längen weit gewandert«, fügte er mit eckigem Nicken hinüber zum Seilträger hinzu, »um ihnen dies bißchen Nahrung zu verschaffen.« Wieder beherrschte die gehetzte Zerrüttetheit seine Miene; er sah aus wie das Opfer eines Fluchs. Kummervoll drehte er sich um und setzte den Weg nordwärts fort, am Rande der Ebenen entlang.

Covenant hatte sich besonnen; er hatte keinerlei Mühe, sich seine Absichten zu vergegenwärtigen. Als er sich dem Mähnenhüter anschloß, schritt er aus, als bekämpfe er die Gefühllosigkeit seiner Füße mit Zorn.

Im Laufe des Tages sahen sie einige weitere Ranyhyn. Zwei davon waren unverletzt, aber alle mager, schwach, entmutigt. Sie alle hatten auf dem Weg zum Hungertod schon eine weite Strecke zurückgelegt.

Ihr Anblick belastete Lena sehr schwer. In dieser Beziehung gab es in ihren Sinneswahrnehmungen keinerlei Unregelmäßigkeiten, keine Verzerrung, keine Unrichtigkeit. Der Anblick zehrte an ihr. Während die Zeit verstrich, sanken ihre Augen unter den Brauen ein, als ob sie versuchte, sie in ihren Höhlen zu verbergen, und rundherum entstanden dunkle Ringe, Blutergüssen ähnlich. Sie schaute spröde drein, als sei sogar Covenant in den Hintergrund ihrer Sicht gerückt — als sähe sie nichts als die hervorstehenden Rippen und fleischlosen Gliedmaßen von Ranyhyn.

Covenant hielt während des Marschs ihren Arm, führte und stützte sie, so gut er dazu imstande war. Nach und nach verlor die Müdigkeit für ihn ihre Bedeutung; selbst der schneidend scharfe Wind, der durch die Ebenen direkt auf ihn zuwirbelte, schien nicht länger wichtig zu sein. Er stapfte hinter Kam dahin wie ein entfesselter Prophet, zum Zwecke gekommen, die Ramen nach seinem Willen zu lenken.

Im Verlauf des Nachmittags trafen sie auf erste Vorposten ihres Ziels. Urplötzlich traten vor ihnen zwei Seilträger aus einem verdorrten Gestrüpp von Akaziensträuchern und grüßten Mähnenhüter Kam in der den Ramen eigenen Art, indem sie beide Hände ohne Waffen in Kopfhöhe hoben und die offenen Handteller vorzeigten. Kam erwiderte ihre Verbeugung und besprach sich in gedämpftem, zum Teil geflüsterten Ton kurz mit den beiden, dann winkte er Covenant, Lena und Schaumfolger zum Zeichen, daß sie ihm weiterhin folgen sollten. »Meine Seilträger haben nur drei andere Mähnenhüter ausfindig machen können«, sagte er zu ihnen, als sie wieder zwischen die Hügel stiegen. »Aber vier werden genug sein.«

»Genug wofür?« wollte Covenant erfahren.

»Die Ramen werden eine von vier Mänenhütern gefällte Entscheidung anerkennen.«

Covenant erwiderte Kams Blick mit Festigkeit. Einen Moment später wandte sich der Mähnenhüter mit seltsam mutlosem Gebaren ab, als sei ihm gerade wieder eingefallen, daß Covenants Vorrechte von den Ranyhyn stammten. Er führte die Gruppe nun in merklicher Eile in höhere Gefilde, den grauen Wind harsch im Rücken.

Sie klommen über zwei steile Felshänge hinweg und erhielten oberhalb davon einen Ausblick über ein Panorama der Ebenen von Ra. Das hartgefrorene, weite Flachland lag in mißlichem Zustand unter ihnen, wie versengt vom grauen Schnee des Winters, wirkte verkommen und leblos. Aber Mähnenhüter Kam ignorierte den traurigen Anblick und kletterte eilig weiter. Er geleitete seine Begleitung von den Höhenrücken der felsigen Hänge in ein Tal, das zwischen zerklüfteten Hügeln und Hügelkuppen ausgezeichnet verborgen lag. Das Tal war weitgehend windgeschützt, und an seinen Seiten wuchsen Pflanzungen zierlicher, noch unreifer *Amanibhavam.* Jetzt entsann sich Covenant auch an etwas, das er bei seinem vorherigen Aufenthalt in den Ebenen von Ra gehört hatte: dies Kraut, für Pferde von einzigartiger heilkräftiger Wirkung, war für Menschen giftig.

Abgesehen von diesen Beeten gab es im Tal nichts außer drei abgestorbenen, dickichtartigen Gestrüppen an verschiedenen Stellen des steilsten Abhangs. Mähnenhüter Kam kletterte direkt hinauf zum dichtesten Gesträuch. Als sie sich näherten, traten ihnen aus dem Gehölz vier Seilträger entgegen. Sie erweckten einen verkrampften, schwächlichen Eindruck, und dadurch fiel Covenant auf, wie jung sie noch waren; selbst die beiden älteren Mädchen wirkten, als sei ihnen die Seilweihe viel zu früh aufgedrängt worden. Nervös begrüßten sie Kam, und sobald er ihre Verbeugung erwidert hatte, traten sie beiseite und gaben den Weg ins Gehölz frei.

Covenant folgte Bannor ins Gestrüpp und sah gleich darauf, daß sich dahinter im Abhang ein schmaler Felsspalt befand. Der Spalt klaffte ohne sichtbares oberes Ende; seine höheren Bereiche waren so verwunden, daß Covenant sie nicht einzusehen vermochte. Unter seinen Füßen dämpfte eine Schicht von feuchtem, toten Laub seine Schritte; er strebte zwischen den kalten steinernen Wänden der Spalte lautlos wie ein Schatten dahin. Geruch nach Alter und Moder drang in seine Nase, als faulten die aufgeschichteten Blätter schon seit Generationen in dem Spalt, und trotz ihrer Feuchtigkeit spürte Covenant eine gewisse Wärme von ihnen aufsteigen. Niemand sprach ein Wort. Lenas eiskalte Finger mit seiner tauben Hand umklammert, hielt er an Bannor Anschluß, während sie dem unregelmäßigen Zickzackverlauf der Spalte durch den Fels folgten.

Schließlich blieb Mähnenhüter Kam stehen. »Wir betreten nunmehr die geheime Stätte einer Ramen-Zuflucht«, sagte er leise, als Covenant ihn einholte. »Sei gewarnt, Ring-Than. Finden wir kein Vertrauen zu dir und deinen Gefährten, werdet ihr diesen Ort nicht wieder verlassen. In den ganzen Ebenen von Ra und den Hügeln ringsherum ist dies unsere letzte Zuflucht. Einmal standen den Ramen mehrere solche Stätten verborgener Zuflucht zur Verfügung. Dort behandelten die Mähnenhüter die beklagenswerten Wunden von Ranyhyn und unterwiesen Seilträger in den geheimen Riten der Mähnenweihe. Doch nach und nach ist ein jedes solches Versteck ...« — Kam warf Covenant einen finsteren Blick zu — »... dem Feind offenbar geworden. Obschon wir mit unserer äußersten Umsicht und Geschicklichkeit darauf bedacht waren, sie zu beschirmen, haben *Kresch,* Urböse, Höhlenschrate, übles Fleisch jedweder Mißgestalt, all unsere versteckten Zufluchten gefunden und sie verwüstet.« Er musterte den Ring-Than, als suche er nach irgendeinem verräterischen Anzeichen, das Covenant als den Verräter entlarven mochte. »Wir werden dich hier in Gewahrsam behalten ... wir werden deine Begleiter töten ... ehe wir an diesem Ort Verrat dulden.«

Ohne Covenant die Chance zu einer Entgegnung zu geben, wandte er sich auf dem Absatz um und stapfte durch eine weitere Biegung der Felsspalte.

Covenant blieb hinter ihm, finster die Stirn gerunzelt. Jenseits der Biegung gerieten sie in eine große Felskammer. Darin war es düster, aber man konnte so gut sehen, daß er dazu imstande war, an den Wänden mehrere Ranyhyn zu unterscheiden. Sie fraßen von spärlichen Bündeln Gras, und in diesem umschlossenen Hohlraum verursachte der scharfe Geruch von *Amanibhavam* ihm ein Schwindelgefühl. Alle Ranyhyn waren verletzt — manche so schwer, daß sie kaum stehen konnten. Einer hatte im Kampf eine Hälfte des Gesichts verloren, ein anderer blutete noch aus einem grausamen Schnittmuster von Kratzwunden, seiner Flanke mit fürchterlichen Krallen beigebracht; zwei andere hatten gebrochene Beine, die schlaff unter ihren Leibern hingen, und aus dem Fell ragten grausige Knochensplitter.

Während er sie aus verhärmter Miene anstarrte, bemerkten sie ihn. Eine Bewegung der Unruhe erfaßte sie, mühselig hoben sie die Köpfe, richteten sanfte, kummervolle Augen auf ihn. Für einen ausgedehnten Moment betrachteten sie ihn, als müßten sie Furcht verspüren, wären jedoch zu schwer in Mitleidenschaft gezogen, um sich noch zu fürchten. Doch dann versuchten sogar die Pferde mit den gebrochenen Beinen, sich qualvoll vor ihm aufzubäumen.

»Hört auf! Aufhören!« Covenant merkte kaum, daß er laut stöhnte. Seine Hände zuckten und fuchtelten vor seinem eigenen Gesicht, als wolle er eine scheußliche Vision verscheuen. »Ich kann's nicht ertragen.«

Mit festem Griff packte Bannor ihn am Arm und zog ihn mit sich durch einen Gang in einen anderen unterirdischen Hohlraum. Nach ein paar Schritten versagten seine Beine ihm den Dienst. Aber Bannor fing ihn auf, hielt ihn aufrecht. Mit nutzlosen Fingern an die Schultern des Bluthüters geklammert, zerrte er sich um die eigene Achse, bis er mit Bannor von Angesicht zu Angesicht stand. »Warum?« keuchte er in Bannors ausdruckslose Miene. »Warum haben sie das getan?«

Bannors Gesicht und Stimme enthüllten nichts. »Du bist der Ring-Than. Sie haben dir Gelöbnisse abgelegt.«

»Gelöbnisse . . .« Covenant fuhr sich mit der Hand über die Augen. Gelöbnisse von Ranyhyn hinkten wie Schindmähren durch seine Erinnerung. »Hölle und Verdammnis!« Mühsam stieß er sich von Bannor ab. An die Felswand gelehnt, ballte er seine zittrigen Hände zu Fäusten, als wolle er daraus Standhaftigkeit herauspressen. Seine Finger lechzten nach der Gurgel des Verächters. »Sie gehören getötet!« polterte er los. »Man sollte ihre Qual beenden! Wie könnt ihr so grausam sein?«

»Geschieht's so in deiner Welt, Ring-Than?« schnauzte Mähnenhüter Kam zurück.

»Sie sind Ranyhyn«, gab Bannor an seiner Stelle in gleichmäßigem Tonfall Antwort. »Laß dich nicht herbei, ihnen Güte anzutragen. Wie könnte irgendein Mensch für sie die Entscheidung zwischen Pein und Tod fällen?«

Als er das hörte, streckte Schaumfolger einen Arm aus und berührte in einer Geste des Respekts Bannors Schulter. Covenants Kiefermuskeln zuckten, als er die schroffen Erwiderungen, die ihm auf der Zunge lagen, zu Schweigen zerbiß. Er beobachtete die Geste des Riesen, drehte den Kopf und schaute trübsinnig zu Schaumfolger auf. Sowohl der Riese als auch Bannor waren vor siebenundvierzig Jahren Zeugen seines Handels mit den Ranyhyn gewesen, als die großen Pferde sich erstmals vor ihm aufgerichtet hatten; Bannor, Schaumfolger, Mhoram und Quaan mochten die letzten Überlebenden der damaligen Suche nach dem Stab des Gesetzes sein. Aber sie waren genug. Sie konnten ihm Vorwürfe machen. Die Ramen konnten Vorwürfe gegen ihn erheben. Noch wußte er gar nicht alle die Dinge, für die sie gegen ihn Vorwürfe erheben konnten.

Sein Ehering lag locker um seinen Ringfinger; er hatte an Gewicht verloren, und das Weißgold hing an ihm, als sei es ohne Bedeutung. Er brauchte seine Macht. Ohne Macht wagte er nicht einmal Mutmaßungen über die Fakten anzustellen, die man ihm vorenthielt.

Unvermittelt trat er vor Kam, stieß dem Mähnenhüter einen steifen Finger mitten auf die Brust. »Hölle und Verdammnis«, knirschte er in Kams starre Miene, »wenn ihr das bloß aus Stolz macht, hoffe ich, daß euch dafür der Teufel holt und euch im tiefsten Pfuhl vergammeln läßt. Ihr hättet sie in den Süden bringen können, in die Berge . . . ihr hättet ihnen das ersparen können. Stolz ist eine ungenügende Entschuldigung.«

Wieder verdüsterte etwas wie der Schatten eines Ghouls Kams Blick. »Mit Stolz hat's nichts zu tun«, sagte er leise. »Die Ranyhyn mochten nicht gehen.«

Ohne es zu wollen, glaubte Covenant ihm. Er konnte nicht anzweifeln, was er in dem Mähnenhüter sah. Er trat zurück, straffte seine Schultern, atmete tief ein. »Dann wär's besser, ihr helft mir. Vertraut mir, ob euch's recht ist oder nicht. Ich hasse Foul genauso wie ihr.«

»Das mag sein«, entgegnete Kam, indem er seinen würdevollen Ernst wiedergewann. »Wir werden, was dich anbetrifft, nicht wider die Ranyhyn handeln. Ich habe gesehen . . . Ich hätte so etwa niemals geglaubt, wär's nicht vor meinen eigenen Augen geschehen. Sich aufzurichten! Verwundet wie sie sind! Du brauchst uns nicht zu fürchten. Mit deinen Gefährten verhält's sich anders. Der Frau . . .« — er unternahm eine Anstrengung, maßvoller zu sprechen — »mißtraue ich nicht. Ihre Liebe zu den Mähnen steht ihr im Antlitz geschrieben. Dieser Riese jedoch . . . er wird seine Untadeligkeit unter Beweis stellen müssen.«

»Ich vernehme deine Worte, Mähnenhüter«, sagte Schaumfolger ruhig. »Ich werde, so wohl ich's vermag, deinem Argwohn mit Achtung begegnen.«

Kam erwiderte den Blick des Riesen, dann schaute er hinüber zu Bannor. Gleichgültig hob der Bluthüter die Schultern. Kam nickte und ging weiter durch die Felskluft voraus.

Bevor er folgte, ergriff Covenant wieder Lenas Hand. Sie ließ den Kopf gesenkt, und er konnte ihre Augen nicht sehen, nur die dunklen Stellen darunter. »Sei tapfer«, sagte er so sanft, wie es ihm möglich war. »Vielleicht kommt alles gar nicht so schlimm.« Sie schwieg dazu, aber als er sie mit sich zog, duldete sie es. Er sorgte dafür, daß sie an seiner Seite blieb, und nach kurzer Zeit traten sie am jenseitigen Ende aus dem Durchgang.

Die Felsspalte mündete in ein versteckt gelegenes Tal, das nach der Enge seines ungewöhnlichen Zugangs sehr weiträumig wirkte. Kahle, schroffe, fast senkrechte Felswände ragten über der ebenen Talsohle aus festgetrampeltem Lehm an einen schmalen Streifen abendlichen Himmels empor. Das Tal war lang und tief; seine gewundene Ausdehnung besaß ungefähr die Form eines S. Auf der anderen Seite klaffte ein zweiter Spalt im Fels. Haufen von Steinklötzen und geborstene Felssäulen lehnten verschiedentlich an den Wällen des Talkessels, und in den Ecken und Nischen dieser gewaltigen steinernen Trümmer, gegen Schneefall geschützt, standen Zelte der Ramen — nomadenhafte Heime einzelner Familien. In der Weitläufigkeit des Canyons schienen es erbärmlich wenige zu sein.

Mähnenhüter Kam hatte seine Ankunft mit einem lauten Ruf bekanntgegeben, als er das Tal betrat, und als Covenant und Lena aufholten, kamen ihnen von den Zelten bereits Dutzende von Ramen entgegen. Covenant fühlte sich betroffen, als er bemerkte, daß sie alle Kams gehetztes Betragen teilten. In scharfem Kontrast zu den Ranyhyn wiesen sie keine Anzeichen von Unterernährung auf. Die Ramen waren für ihre Geschicklichkeit als Jäger bekannt, und allem Anschein nach war es einfacher, genug Fleisch für sie selbst als genug Futter für die Pferde zu besorgen. Nichtsdestoweniger hatten sie zu leiden. Alle unter ihnen, die nicht noch Kinder waren oder irgendwie behindert, befanden sich mindestens im Rang von Seilträgern, doch selbst Covenants ungeübten Augen und oberflächlichem Blick fielen auf, wie unreif manche für ihre Aufgaben wirkten, für das Risiko, das Seilträger auf sich nehmen mußten. Diese Feststellung bestätigte seinen Verdacht, daß das Volk der Ramen in gefährlichem Umfang zusammengeschrumpft war, entweder durch Krieg oder Winter. Und sie alle zeichneten sich durch die gleiche Ruhelosigkeit, die gleichen Merkmale von Drangsal wie Kam aus, als fänden sie keinen Schlaf, weil Grauen ihre Träume vergällte.

Jetzt erkannte Covenant intuitiv, was dahinter stak. Sie allesamt, sogar die Kinder, sahen sich verfolgt von der furchtbaren Vision einer Ausrottung der Ranyhyn. Sie befürchteten, Sinn und Zweck ihres ganzen Volkes könne binnen kurzem völlig aus dem Lande verschwinden. Immer hatten die Ramen ausschließlich für die Ranyhyn gelebt, und nun glaubten sie, bloß noch lange genug zu überdauern, um die Ranyhyn aussterben zu sehen. Solange sich die großen Pferde weigerten, die Ebenen von Ra zu verlassen, stand es außerhalb ihrer Macht, dies absehbare Ende abzuwenden. Nur ihr kämpferischer Trotz und ihr Stolz hinderten sie am Verzweifeln.

Sie empfingen Covenant, Lena und Schaumfolger mit Schweigen und hohlen Blicken. Lena schien sie kaum zu bemerken, während Schaumfolger eine Verbeugung nach Ramen-Art vollführte, und Covenant ahmte sein Beispiel nach, obwohl diese Begrüßung allen seinen Ring entblößte.

Etliche Seilträger begannen beim Anblick des Weißgoldes zu murmeln. »Dann ist's also doch wahr«, sagte grimmig ein Mähnenhüter. »Er ist wiedergekehrt.« Als Kam erzählte, was die verletzten Ranyhyn getan hatten, schraken einige von ihnen in schmerzlichem Staunen zurück, während andere verärgert unter sich munkelten. Trotzdem verbeugten sie sich nun ausnahmslos vor Covenant; die Ranyhyn hatten sich vor ihm aufgerichtet, und deshalb konnten die Ramen ihm ihr Willkommen nicht verweigern.

Danach entfernten sich die Heimständigen — jene Ramen, die zu jung, zu alt oder sonstwie daran gehindert waren, als Seilträger tätig zu sein —, und die drei Mähnenhüter, die Kam bereits erwähnt hatte, traten näher, um vorgestellt zu werden. Sobald ihre Namen genannt waren, wandte sich Mähnenhüter Jain, die Frau, die schon vorhin so grimmig dahergeredet hatte, barsch an Kam. »War's nötig, den Riesen einzulassen?«

»Er ist mein Freund«, sagte Covenant unverzüglich. »Und Bannor weiß, wem er trauen kann, auch wenn ein Bluthüter zu dickköpfig ist, um so was laut auszusprechen. Ohne Salzherz Schaumfolger wäre ich nicht hier.«

»Du erweist mir zuviel der Ehre«, meinte Schaumfolger auf kauzige Weise.

Die Mähnenhüter erwogen Covenants Worte, als besäßen sie mehrere Bedeutungen. »Salzherz Schaumfolger hat mit Hoch-Lord Prothall, Ur-Lord Covenant und Mähnenhüter Lithe an der Suche nach dem Stab des Gesetzes teilgenommen«, sagte Bannor. »Zu jener Zeit war er des Vertrauens vollauf würdig. Doch seither habe ich mancherlei Vertrauenswürdigkeit der Verderbnis anheimfallen sehen. Vielleicht ist nichts von jener alten Treue des Riesengeschlechts geblieben.«

»Das glaubst du doch selber nicht«, zeterte Covenant.

Bannor hob die Brauen. »Hast du Herzeleid geschaut, Ur-Lord? Hat Salzherz Schaumfolger dir mitgeteilt, was sich im Heim der Riesen an der Wasserkante zutrug?«

»Nein.«

»Dann hattest du's zu eilig mit deinem Vertrauen.«

Covenant straffte die Zügel seiner Selbstbeherrschung. »Und warum erzählst du mir nichts davon?«

»Das ist nicht meine Aufgabe. Nicht ich habe mich erboten, dich nach Ridjeck Thome zu führen.«

Covenant wollte widersprechen, aber Schaumfolger mahnte ihn zur Geduld, indem er ihm eine Hand auf die Schulter legte. Trotz der einander widerstreitenden Emotionen, die die Stirn des Riesen knotig wirken ließen, bedrohlich in seinen höhlenhaften Augenhöhlen schwelten, klang seine Stimme ruhig. »Ist's bei den Ramen Sitte«, fragte er, »ihre Gäste nach einem langen Marsch hungrig in der Kälte herumstehen zu lassen?«

Kam spie auf den Boden. »Nein, das ist bei uns keine Sitte«, erwiderte Mähnenhüter Jain mit gepreßter Stimme. »Seht dort!« Die Frau nickte hinüber zum Ende des Canyons, wo sich die Heimständigen unterm Überhang einer geborstenen steinernen Säule an einem großen Feuer betätigten. »Das Mahl wird bald bereitet sein. Es gibt *Kresch*-Fleisch, aber ihr könnt's bedenkenlos verzehren. Es ist viele Male gekocht worden.« Dann nahm sie Lena am Arm. »Komm! Der Anblick der Ranyhyn hat dir Leid verursacht. Du teilst unseren Schmerz. Wir werden tun, was wir können, um dich aufzurichten.« Sie führte Lena zum Feuer.

Innerlich brodelte es in Covenant vor lauter Frust und Erbitterung, aber er konnte der Wärme des Lagerfeuers nicht widerstehen; er bedurfte ihrer viel zu stark. Seine Fingerspitzen und die Knöchel seiner Finger machten — über ihre krankhafte Taubheit hinaus — einen frostgeschädigten Eindruck, und was seine Füße anging, so war ihm klar, daß er mit Blutvergiftung und Wundbrand rechnen mußte, wenn er sie nicht bald behandelte. Die Mühsal der Selbstbeherrschung marterte ihn, aber er folgte Lena und Jain ans Feuer. So gefaßt wie er konnte, bat er einen Heimständigen um heißes Wasser, um ein Fußbad zu nehmen.

Das Fußbad verhalf ihm trotz der Gefühllosigkeit in den Gliedmaßen zu einer gewissen Erleichterung. Das heiße Wasser unterstützte die Wärme des Feuers dabei, die Kälte aus seinen Knochen zu tauen. Und seine Füße waren nicht so schwer mitgenommen, wie er befürchtet hatte. Beide waren durch Infektion angeschwollen, aber sie befanden sich nicht in schlimmerer Verfassung als vor einigen Tagen. Aus irgendeiner Ursache widersetzte sich sein Fleisch der Krankheit mit bemerkenswerter Hartnäckigkeit. Er war heilfroh, als er feststellte, daß er nicht in unmittelbarer Gefahr schwebte, die Füße zu verlieren.

Kurze Zeit später war das Essen fertig. Kams sieben Seilträger setzten sich mit überkreuzten Beinen ums Feuer, ferner die vier Mähnenhüter, Bannor, Schaumfolger, Lena und Covenant; die Heimständigen teilten getrocknete, brüchige Pisangblätter als Teller aus. Covenant sah sich plötzlich zwischen Lena und Bannor sitzen. Ein Lahmer, der unablässig etwas in seinen Bart brabbelte, servierte den dreien Gulasch und warme Winterkartoffeln. Covenant schätzte die Vorstellung, *Kresch* zu essen, nicht besonders — er erwartete, das Fleisch werde widerwärtig schmecken und zäh sein —, aber tatsächlich war es unter Verwendung kräftiger Gewürze so ausgekocht worden, daß es bloß noch einen leicht bitteren Geschmack aufwies. Vor allem jedoch war es warm. Sein Hunger nach Wärme schien unersättlich zu sein. Er aß, als sähe er lange Tage kalter Spärlichkeit voraus.

Und nicht ganz ohne Grund. Ohne Hilfe waren er und seine Begleiter nicht dazu in der Lage, sich bis Fouls Hort ausreichend mit Nahrung zu versorgen. Ihm war, als könne er sich daran entsinnen, irgendwann einmal gehört zu haben, daß in den Verwüsteten Ebenen keine *Aliantha* gediehen. Die Feindseligkeit der Ramen war für ihn in mehr als nur einer Beziehung unglücklich.

Er sah ein, daß er, obwohl er sich davor fürchtete, dieser feindseligen Haltung auf den Grund gehen mußte.

Er erhoffte sich vom Essen ein Mittel gegen seine Furcht, aber während er noch kaute und nachdachte, unterbrach ein Fremder,

der unversehens den Schlupfwinkel betrat, seine Überlegungen. Der Mann kam am jenseitigen Ende in den Canyon und dann auf direktem Wege zielbewußt herüber ans Feuer, zu den Männern und Frauen, die darum beisammensaßen. Seine Kleidung ähnelte entfernt der Tracht der Ramen; sein dünnes Hemd, die Hose und sein Umhang bestanden aus dem gleichen Material, das sie zu verwenden pflegten. Aber er trug den Umhang auf eine Weise, die seine Bewegungsfreiheit stärker einschränkte, als ein Ramen es geduldet hätte. Und er führte keinerlei Seile oder Kordeln mit. Statt irgendeinen Würgestrick, wie ihn die Ramen vorzogen, besaß er einen kurzen Spieß, den er wie einen Wanderstab hielt; und in seinem Gürtel stak ein spitzer, hölzerner Stock.

Trotz der Direktheit, mit der er herankam, erregte er den Eindruck, als müsse er dazu mißbehagliche Überwindung aufbringen, als sähe er irgendeinen Anlaß, aus dem die Ramen ihn anfeinden könnten. Sein Blick ruckte furchtsam rundum, zuckte von den Dingen zurück, die er sah, statt darauf zu verweilen.

Dennoch haftete an ihm ein Anschein von Blutigkeit, den sich Covenant nicht zu erklären wußte. Er war sauber, unverletzt; weder Spieß noch Stock zeigten irgendwelche Anzeichen kürzlicher Benutzung. Aber irgend etwas in ihm sprach von Blut, Töten und Gier. Als der Mann das Lagerfeuer erreichte, merkte Covenant, daß sämtliche Ramen still an ihren Plätzen kauerten — sich nicht rührten, nicht aßen, den Ankömmling nicht anschauten. Er war ihnen in einer Beziehung bekannt, die ihnen Kummer bereitete.

»Eßt ihr ohne mich?« fragte der Mann im nächsten Moment in aggressivem Ton. »Ich muß ebenfalls essen.«

Mähnenhüter Jain hob den Blick nicht vom Erdboden. »Du weißt, du bist willkommen. Nimm bei uns Platz oder an dich, was du an Speisung brauchst!«

»Bin ich so willkommen? Wo bleiben die Gesten und Worte des Grußes? Pah! Ihr seht mich nicht einmal an!«

Aber als Kam unter seinen von Zorn verengten Brauen den Blick zu ihm hob, zuckte der Mann zusammen und schaute zur Seite.

»Du hast Blut getrunken«, sagte Jain leise.

»Ja!« schnauzte der Mann. »Und das stört euch«, haspelte er hastig weiter. »Ihr begreift nichts. Wäre ich nicht der beste Läufer und Ranyhyn-Hüter in den Ebenen von Ra, ihr tätet mich auf der Stelle erschlagen, ohne euch viel um eure Versprechungen zu scheren.«

»So rasch vergessen wir unsere Versprechen nicht«, murmelte Kam finster.

Der Ankömmling beachtete Kams Äußerung nicht. »Ich sehe Gäste in eurer Mitte. Der Ring-Than selbst. Und ein Riese . . .« Er nölte in ätzend-spöttischem Ton. »Falls meine Augen mich nicht täuschen. Sind auch Wütriche hier willkommen?«

Es überraschte Covenant, daß Bannor antwortete, ehe Jain oder Kam etwas entgegnen konnten.

»Das ist Salzherz Schaumfolger.«

Der fremdartige Zungenschlag des Bluthüters besaß einen sonderbaren Unterton von Nachdrücklichkeit, als versuche er, auf eine entscheidende Tatsache aufmerksam zu machen.

»Salzherz Schaumfolger!« wiederholte der Mann voller Hohn. Aber er mied den Blick des Riesen. »Dann habt ihr bereits die Gewißheit, daß er ein Wütrich ist.«

»Wir sind im ungewissen«, widersprach Kam.

Der Mann achtete wieder nicht darauf. »Und der Ring-Than . . . der Schinder der Rösser. Wütet er ebenfalls? Er nimmt seinen rechtmäßigen Platz ein . . . zur Rechten eines Bluthüters. Welch ein stolzes Festmahl — all die grausamsten Widersacher der Ranyhyn beisammen. Und willkommen!«

»Auch du bist willkommen.« Jains Tonfall klang nun härter. »Setz dich zu uns — oder nimm, was du an Essen brauchst, und geh!«

Eine Heimständige trat widerwillig zu dem Mann, in den Händen ein Blatt mit Speisen. Grob nahm er es entgegen. »Ich werde gehen. Ich höre, daß eure Herzen euren Worten widersprechen. Ich bin weder stolz noch willkommen genug, um mit solchen Gästen zu essen.« Sarkastisch machte er auf dem Absatz kehrt und stapfte in die Richtung davon, woher er sich eingefunden hatte. Wenige Augenblicke später verließ er den Schlupfwinkel mit gleicher Plötzlichkeit wie bei seiner Ankunft.

Covenant starrte ihm nach, ohne irgend etwas zu verstehen, dann musterte er die Mähnenhüter und erwartete irgendeine Erklärung. Aber sie saßen nur da und starrten ihr Essen an, als könnten sie weder seinem noch untereinander den eigenen Blikken standhalten. Anscheinend begriff auch Schaumfolger nicht, was der Zwischenfall bedeutete. Lena hatte offenbar nichts bemerkt; sie war an ihrem Platz halb eingeschlafen. Covenant wandte sich an Bannor.

Der Bluthüter nahm Covenants Frage unbefangen auf, beantwortete sie mit dem gleichen leidenschaftslosen Nachdruck. »Das ist Pietten.«

»Pietten«, wiederholte Covenant bitter.

»Pietten!« kam es wie ein schwerfälliges Echo über Schaumfolgers Lippen.

»Er und die Heer Llaura sind vom Aufgebot, das den Stab des Gesetzes suchte, beim Kampf am Holzheim Hocherhaben gerettet worden. Entsinnst du dich? Llaura und dem Knaben Pietten war etwas angetan worden, das . . .«

»Ich erinnere mich«, unterbrach Covenant ihn grämlich. »Die Urbösen hatten irgend etwas mit ihnen angestellt. Sie waren der Köder in der Falle, die man uns gestellt hatte. Sie . . . sie . . .« Die Erinnerung erfüllte ihn mit Entsetzen. Llaura war auf fürchterliche Weise für die Zwecke der Urbösen mißbraucht worden, und all ihr großer Mut war zuwenig gewesen, um zu überwinden, was man ihr zugefügt hatte. Und der Junge, Pietten — auch das Kind war mißbraucht worden.

»Wir haben sowohl Heer Llaura als auch Pietten in die Ebenen von Ra und nach Menschenheim gebracht«, besann sich Schaumfolger, während Covenant mit seinem Verdruß rang; er entsann sich daran, daß der Riese Pietten auf den Armen getragen hatte. »Dort haben die Ramen auf Ersuchen des Ring-Thans — und meine Bitte — Llaura und Pietten in ihre Obhut genommen.«

Bannor nickte. »Das ist das Versprechen, wovon er redete.«

»Und Llaura?« fragte Covenant matt.

»Sie starb, als Pietten noch jung war. Das Leid, das ihr zugefügt worden war, beschnitt ihre Jahre.«

»Und Pietten?« hakte Schaumfolger nach. »Was haben die Urbösen damals mit ihm gemacht?«

Mähnenhüter Kam brach sein Schweigen zu einem Murmeln. »Er ist irrsinnig.«

»Aber er ist der beste Läufer und Ranyhyn-Hüter in den Ebenen von Ra, genau wie er gesagt hat«, ergänzte Jain grimmig.

»Er dient den Ranyhyn«, fügte Bannor hinzu. »Er widmet sich ihnen so uneingeschränkt wie ein Mähnenhüter. Aber . . .« Einen Moment lang suchte er nach der richtigen Ausdrucksweise. »Seine Liebe ist voller Wildheit. Er . . .«

»Er mochte den Geschmack von Blut«, fiel Covenant ihm ins Wort. In seiner Erinnerung sah er Pietten — damals kaum älter als vier Jahre — im scharlachroten Schrein des entarteten Mannes. Pietten hatte sich die Hände im blutigen Gras beschmiert, und er leckte sich die Finger und lächelte dabei.

Bannor nickte.

»Er leckt die Wunden der Ranyhyn, um sie zu reinigen!« entfuhr es Kam voller Grausen.

»Wegen seiner großen Geschicklichkeit im Umgang mit den Ranyhyn sowie aufgrund des zur Zeit der Suche nach dem Stab des Gesetzes abgelegten Versprechens teilen die Ramen mit ihm ihre Lebensart und ihr Wirken«, erläuterte Bannor weiter. »Aber wegen seiner Wildheit ist er gefürchtet. Deshalb haust er abseits. Und er verhält sich zu den Ramen so schändlich, als hätten sie ihn verfemt.«

»Aber er kann kämpfen«, meinte einen Moment später Jain mit leiser Stimme. »Ich habe gesehen, wie sein Speer drei *Kresch* tötete, die einen Ranyhyn aufs äußerste bedrängten.«

»Er kämpft«, murmelte Kam. »Er ist wahnsinnig.«

Covenant holte tief Luft, als versuche er, Mut einzuatmen. »Und wir sind dafür verantwortlich ... Schaumfolger und ich. Wir haben ihn euch übergeben, deshalb tragen wir die Verantwortung. Ist es das?«

Beim Klang seiner Stimme regte sich Lena wieder, blinzelte träge. »Nein, mein Freund«, sagte Schaumfolger.

»Die Ranyhyn haben dich auserwählt«, antwortete dagegen Mähnenhüter Jain in düsterem Tonfall. »Wir verlangen nicht von dir, daß du sie rettest.«

»Wenn du's wünschst«, fügte Kam hinzu, »kannst du das Stolz nennen. Die Ranyhyn rechtfertigen jeglichen Stolz.«

»Und die Verantwortung liegt bei mir«, sagte Schaumfolger so voller Pein, daß Covenant war, als bekäme er davon Ohrenschmerzen. »Die Schuld ist mein. Denn nach dem Kampf am Holzheim Hocherhaben — als alle Teilnehmer der Suche nach dem Stab des Gesetzes wußten, daß dem Knaben irgendein unbeschreibliches Leid angetan worden war — war ich's, der ihm die Heilerde verweigerte, die schlimme Folgen hätte verhüten können.«

Auch daran erinnerte sich Covenant. Befallen von Mitleid für all die von ihm erschlagenen Höhlenschrate, hatte Schaumfolger den letzten Rest der Heilerde verwendet, um die Qualen einer dieser Kreaturen zu lindern, statt Pietten zu behandeln. »Du hast ihn nicht *verweigert«,* widersprach er der Selbstverurteilung des Riesen. »Du ...«

»Ich habe ihn nicht gegeben.« Schaumfolgers Entgegnung war endgültig wie ein Axthieb.

»Oh, Hölle und Verdammnis!« Covenant schaute in die Runde, forschte nach irgendeinem Weg, um die Situation in die Hand zu bekommen. Aber er fand keinen.

Unbeabsichtigt hatte er Lena aufgeschreckt. »Geliebter«, fragte sie, während sie sich straffte, »was hat nicht seine Ordnung?«

Mit gefühllosen Fingern nahm Covenant ihre Hand. »Mach dir keine Sorgen. Ich versuche bloß, endlich herauszufinden, was hier los ist.«

»Meine Königin . . .« Schaumfolger wischte sich den Mund, stellte die Blätter, auf denen man ihm die Mahlzeit gereicht hatte, zur Seite und stand auf. Er trat neben das Feuer, ragte hoch über die Ramen auf. »Meine Königin, wir stehen vor der Schwierigkeit, daß die Ramen mir mißtrauen. Sie haben ihrer Achtung vor dir, Lena, Atiarans Tochter, Ausdruck verliehen, und sie erkennen Ur-Lord Thomas Covenant an, Zweifler und Ring-Than. Mir jedoch mißtrauen sie.«

Lena blickte zu ihm auf. »Dann sind sie Narren«, kommentierte sie würdevoll.

»Nein.« Schaumfolger lächelte matt. »Wahr ist's, daß ich als Gast im Menschenheim weilte und gemeinsam mit Mähnenhüter Lithe an der Suche nach dem Stab des Gesetzes teilgenommen habe. Und es ist wahr, daß der Bluthüter Bannor mich gekannt hat. Wir schlugen uns gemeinsam im Kampf am Holzheim Hocherhaben. Aber sie sind keine Narren. Sie haben durch Riesen Unheil gelitten, und man muß ihrem Argwohn mit Achtung begegnen.« Er wandte sich an die vier Mähnenhüter. »Doch wenngleich ich eurem Zweifel Verständnis entgegenbringe, ist er schwer zu ertragen. Mein Herz drängt mich, diesen Ort zu verlassen, an dem man mir nicht traut. Es fiele euch nicht leicht, mich aufzuhalten. Aber ich bleibe. Mein Verstand rät mir, mich an meinen Freund Covenant zu wenden. Vielleicht vermöchte er euch zu überzeugen, so daß ihr mir vertraut. Aber ich nehme davon Abstand. Es liegt bei mir selbst, euch zu überzeugen. Ich will bestrebt sein, euren Zweifel auszuräumen — damit die Feinde des Verächters, Seelenpressers und Fangzahns unter sich nicht uneins sind. Fordert zum Beweis meiner Glaubhaftigkeit, was immer euch als tauglich und angemessen dünkt.«

Die Mähnenhüter schauten einander mit scharfen Blicken an, und Covenant spürte, wie sich die Spannung in der Atmosphäre, die am Lagerfeuer herrschte, noch verstärkte. Das Gesicht des Riesen war ominös ruhig, als habe er eine persönliche Krise erkannt und wisse, wie er ihr begegnen konnte. Covenant jedoch verstand gar nichts. Die Feindseligkeit der Ramen löste in ihm nach wie vor nichts anderes aus als Befremden. Zu gerne wäre er aufgesprungen, um den Riesen in Schutz zu nehmen.

Er hielt sich zurück, weil er sich damit abfinden mußte, daß Schaumfolger seine Glaubwürdigkeit selbst unter Beweis zu stellen beabsichtigte — und weil es ihn faszinierte, bang darauf zu warten, wie der Riese das tun werde.

Nach wortloser Abstimmung mit den anderen Mähnenhütern erhob sich Jain und verharrte auf der anderen Seite des Feuers, gegenüber dem Riesen. Unaufgefordert trat Bannor zu ihr. Für einen ausgedehnten Moment musterten die beiden den Riesen. »Salzherz Schaumfolger«, sagte schließlich Jain, »der Reißer ist tückisch in seiner Bosheit. All seine verborgenen Listen aufzudecken, erfordert ein Geschick, das seiner Tücke gleichkommt. Die Ramen kennen keine derartigen Fertigkeiten. Wie ist's uns möglich, dich auf die Probe zu stellen?«

»Befragt mich nach meiner Vergangenheit«, empfahl Schaumfolger sachlich. »Ich war dem von Riesen erbauten *Coercri* fern, als die Wütriche ihre Hand nach meinesgleichen ausstreckten. Seit jener Zeit streife ich durchs Land, bekämpfe den Feind ... erschlage Landverheerer. Ich habe zur Verteidigung ihrer Heime an der Seite von Steinhausenern gefochten. Ich ...«

»Sie hatten Geschöpfe dabei, die Stein brechen«, sagte Lena in unvermittelter Heftigkeit dazwischen. »Ihre großen, grausigen Arme zerbrachen unsere Häuser zu Trümmern. Ohne die Stärke des Riesen wäre kein Stein auf dem anderen geblieben.«

»Lena.« Covenant hätte am liebsten Beifall geklatscht, ihre Würdigung des Riesen bekräftigt, aber er veranlaßte sie zur Zurückhaltung, drückte ihren Arm, bis sie ihren ärgerlichen Blick auf ihn richtete. »Er braucht deine Hilfe nicht«, sagte er, als befürchte er, die Entschiedenheit ihrer Miene könne die zierlichen Knochen ihres Gesichts brechen. »Er kann selbst für sich sprechen.«

Langsam verwandelte sich ihr Ärger in Kummer. »Warum martern sie uns? Auch wir sinnen darauf, die Ranyhyn zu schützen. Die Ranyhyn vertrauen uns.«

Covenant tröstete sie, so gut er dazu fähig war. »Sie haben leiden müssen. Sie brauchen für sich selbst Antworten.«

»Ferner habe ich an der Rückholung Thomas Covenants ins Land mitgewirkt«, zählte Schaumfolger weiter auf. »Er säße nun nicht in der Absicht hier, dem Lande seinen Beistand zu gewähren, hätte ich nicht nach besten Kräften dazu beigetragen.«

»Das genügt nicht«, erwiderte Jain streng. »Niemals täte der Reißer zögern, eine Anzahl seiner Geschöpfe zu töten, um dadurch einen höheren Plan zu verwirklichen. Vielleicht hast du an der Herrufung mitgewirkt und den Steinhausenern geholfen, damit das Weißgold in Fangzahns Hände falle.«

»Und du hast das Schicksal Herzeleids verschwiegen.« Bannors Stimme klang gedämpft, introvertiert, als äußere er einen sehr bedenklichen Sachverhalt.

Doch Schaumfolger tat diese Einwände mit einem Rucken seines wuchtigen Schädels ab. »Dann verwerft meine Vergangenheit — vergeßt die Narben, mit denen die Gefahr mein Fleisch bedeckt hat. Es ist möglich, daß ich ein Werkzeug des Verächters bin. Erforscht also, was ihr in mir seht. Schaut mich an. Vermeint ihr wahrhaftig, in mir könne ein Wütrich verborgen sein?«

»Wie sollen wir darauf antworten?« hielt ihm leise Jain entgegen. »Wir haben dich nie heil gesehen.«

Schaumfolger wandte sich an Bannor, konfrontierte den Bluthüter mit seiner Frage.

»Riese«, sagte Bannor in nüchternem, gleichmäßigem Tonfall, »du erweckst keinen heilen Eindruck. In diesem Winter sind vielerlei Dinge schleierhaft — aber du wirkst nicht heil. In dir steckt eine Begierde, die ich nicht zu begreifen vermag. Sie besitzt den Ruch der Verderbnis.«

Die Mähnenhüter nickten in nachdrücklicher Zustimmung.

»Bannor!« stieß Schaumfolger unterdrückt, aber eindringlich hervor. Für einen Moment schwand seine krampfhafte Ruhe, und eine Aufwallung von Gram kennzeichnete flüchtig seine gesamte Erscheinung. »Verdamme mich nicht mit so kurzen Worten. Mag sein, ich bin Pietten allzu ähnlich. Ich habe Schläge ausgeteilt, die ich nicht ungeschehen machen kann, und ich kann sie auch künftig nicht vermeiden. Und du hast gesehen . . . Das Blut von Riesen ist über mein Haupt gekommen.«

›Das Blut von Riesen?‹ stöhnte Covenant insgeheim. *Schaumfolger!*

Im nächsten Augenblick hatte Schaumfolger sich wieder voll in der Gewalt. »Aber du hast mich gekannt, Bannor. Du vermagst zu ersehen, daß ich nicht die Absicht habe, dem Verächter zu dienen. Nie könnte ich's . . .!« Die Worte kamen mit fast wildem Nachdruck über seine Lippen.

»Ich habe dich gekannt«, bestätigte Bannor unumwunden. »Doch in welcher Hinsicht kenne ich dich heute?«

Die Hände des Riesen zuckten, als wolle er mit Tätlichkeiten reagieren, aber er bewahrte seine Gefaßtheit. Ohne den Blick von Bannor zu wenden, kniete er am Feuer nieder. Selbst auf den Knien war er noch größer als Bannor oder Mähnenhüter Jain. Seine Muskeln spannten sich, als er sich vorbeugte, und der orangerote Feuerschein erzeugte in den dunklen Höhlen seiner Augen bedrohliche Glanzlichter. »Du kennst das *Caamora,* Bannor«, sagte er gepreßt, »der Riesen rituelles Feuer des Grams. Du kennst seine Qual. Ich bin unvorbereitet — dies ist kein Zeitpunkt für einen solchen Ritus. Aber ich werde nicht nachlassen, bis du mich anerkannt hast, Bluthüter Bannor.« Er erwiderte unverändert Bannors Blick, als er beide Fäuste in die heißeste Glut des Lagerfeuers rammte.

Die Seilträger keuchten bei diesem Anblick erschrocken auf, und die anderen Mähnenhüter sprangen hoch, gesellten sich zu Jain. Covenant folgte ihrem Beispiel, als habe der Riese ihn am Kragen emporgezerrt.

Schaumfolger war aus Pein erstarrt. Obwohl die Flammen sein Fleisch nicht verzehrten, marterten sie ihn in gräßlichem Maße. An seiner Stirn traten die Muskeln hervor und zuckten, als wollten sie ihm den Schädel auseinanderreißen; an seinem Hals zeichneten sich Stränge wie Kabel ab; Schweiß rann wie Blut über seine vom Feuer erhitzten Wangen; seine Lippen entblößten seine Zähne zu einem weißen Fletschen. Aber sein Blick wankte nicht. In seiner Bedrängnis hielt er der Zumutung dieser Folter stand.

Bannor betrachtete ihn mit einem Ausdruck herrischer Gleichgültigkeit in seiner fremdartigen Miene.

Die Seilträger waren entsetzt. Entgeistert starrten sie Schaumfolgers Hände an. Voller Furcht und Unbehagen beobachteten die Mähnenhüter Bannor und den Riesen, versuchten die Auseinandersetzung des Willens zwischen den beiden zu ermessen. Lena jedoch stieß einen gedämpften Schrei aus und verbarg ihr Gesicht an Covenants Schulter.

Auch Covenant mochte Schaumfolgers Qualen nicht mitansehen. Er trat zu Bannor. »Laß es gut sein!« fauchte er dem Bluthüter ins Ohr. »Erkenn ihn an! Hölle und Verdammnis! Bannor, du verfluchter Eigensüchtler! Du bist so überheblich, du magst nach dem Versagen der Bluthüter nicht zugestehen, daß irgendwo noch ein kleines bißchen Treue existiert. Ihr oder gar nichts, das ist eure Devise. Aber er ist ein Riese, Bannor!« Bannor rührte sich nicht, aber an seinem Kinn bebte ein Muskel. »Hat dir Elena nicht gelangt?!« knirschte Covenant. »Willst du aus ihm *auch noch* einen Kevin machen?«

Einen Moment lang waren Bannors weiße Brauen zu einem schroffen Stirnrunzeln zusammengezogen. »Vergib mir, Salzherz Schaumfolger«, sagte er dann mit tonloser Stimme. »Ich vertraue dir.«

Schaumfolger nahm die Hände aus dem Feuer. Sie waren im Schmerz erstarrt, und er preßte sie an seine Brust, ächzte in heiseren Lauten.

Bannor wandte sich Covenant zu. Irgend etwas an seiner Haltung veranlaßte Covenant, sich unwillkürlich zu ducken, als sei damit zu rechnen, daß der Bluthüter ihn schlug. »Auch du hast das Ende Hoch-Lord Elenas mitverschuldet«, sagte er mit brüchiger Stimme. »Du hast uns dazu genötigt, den ungenannten Namen zu nennen. Doch du hast dir die Last selbigen Namens nicht aufgebürdet. Daher kam es dazu, daß das Gesetz des Todes gebrochen worden ist und Elena fiel. Ich habe damals keine Vorwürfe gegen dich erhoben, und ich verzichte auch nun darauf. Eines allerdings will ich dir sagen: Ur-Lord Covenant, sei auf der Hut! Du hältst zuviel Unglück in deinen unheilvollen Händen.«

»Das weiß ich«, murmelte Covenant. Er zitterte so heftig, daß er beide Arme um Lena schlingen mußte, um Halt zu haben. »Ich weiß es. Das ist das einzige, was ich wirklich ganz genau weiß.« Er vermochte Schaumfolger nicht anzusehen; er fürchtete die Pein des Riesen, sorgte sich, Schaumfolger könne ihm sein Eingreifen verübeln. Statt dessen klammerte er sich an Lena, bis seine Reaktion auf die vorangegangene Belastung in Wut mündete.

»Aber ich habe jetzt endgültig genug von allem.« Seine Stimme verriet ein Übermaß an Groll, aber das war ihm egal. Er brauchte ein Ventil für seine angestaute Erbitterung. »Ich bin nicht mehr daran interessiert, irgendwen um Hilfe zu bitten. Ich werde euch nun *sagen,* was zu tun ist. Mähnenhüterin Lithe hat versprochen, die Ramen würden ausführen, was ich will. Ihr gebt viel um Versprechen — also haltet euch dran! Ich wünsche Verpflegung, soviel wir tragen können! Ich wünsche Führer, die uns auf schnellstem Weg zum Landbruch bringen! Ich wünsche Späher zur Begleitung, die uns durch die Zerspellten Ebenen bringen!« Worte purzelten rascher über seine Lippen, als er sie bändigen konnte. »Falls Schaumfolger Schaden genommen hat ... beim Satan, dann werde ich euch dazu bringen, daß ihr's ihm wiedergutmacht!«

»Warum wünschst du dir nicht den Mond?« murmelte Mähnenhüter Kam.

»Führ mich nicht in Versuchung!« Hitzige Zurechtweisungen brannten wie Lava in seiner Kehle; er wirbelte herum, als wolle er Feuer auf die Mähnenhüter speien. Aber ihre gehetzten Blicke bremsten ihn. Sie hatten seinen Zorn nicht verdient. Wie Bannor und Schaumfolger waren sie Opfer des Verächters — Opfer der Dinge, die er, Thomas Covenant, unterlassen hatte, die für das Land zu tun er nicht bereit oder unfähig gewesen war. Wieder war ihm, als wanke unter ihm die Erde.

Er gab sich mit großer Mühe einen Ruck und wandte sich erneut an Bannor, erwiderte den gealterten Blick des Bluthüters. »Was mit Elena geschehen ist, war nicht im geringsten deine Schuld«, sagte er leise. »Sie und ich ... wir haben das zusammen verbrochen. Oder ich hab' ihr das angetan.« Damit drehte er sich um und wollte zu Schaumfolger.

Aber unterwegs packte Lena ihn am Arm, schwang ihn herum. Er hatte sich für sie zusammengerissen, doch ohne auf sie zu achten; nun zwang sie ihn dazu, sie anzuschauen. »Elena ... meine Tochter ... was ist ihr widerfahren?« Schrecken flackerte in ihren Augen. Im nächsten Moment bearbeitete sie verzweifelt mit verkrümmten Fingern seine Brust. »Was ist ihr zugestoßen?« Covenant starrte sie an. Er hatte sie halb vergessen, sich nicht daran erinnern wollen, daß sie nichts von Elenas Schicksal wußte. »Er hat gesagt, sie sei gefallen!« schrie sie auf ihn ein. »Was hast du ihr angetan?«

Er hielt sie auf Armlänge, wich zurück. Plötzlich war alles viel zuviel für ihn. Lena, Schaumfolger, Bannor, die Ramen — er konnte eine so komplexe Situation nicht handhaben. Er drehte seinen Kopf Schaumfolger zu, achtete nicht auf Lena, schaute in verschwommener Hoffnung auf Beistand hinüber zum Riesen. Aber Schaumfolger bemerkte Covenants beklommenes, stummes Flehen nicht einmal. Er befaßte sich noch mit den eigenen Schwierigkeiten, bemühte sich darum, seine steifen Finger wieder beweglich zu machen. Covenant senkte den Kopf, wandte sich notgedrungen wieder Lena zu, als wäre sie eine Mauer, an der er sich den Schädel einzurennen habe.

»Sie ist tot«, sagte er mit klobiger Zunge. »Durch meine Schuld — ohne mich wäre sie nicht in so einen Schlamassel geraten. Ich habe sie nicht retten können, weil ich keine Ahnung hatte, wie.«

Hinter sich hörte er Rufen, aber es hinterließ bei ihm keinen nachhaltigen Eindruck. Er musterte Lena. Sie erfaßte die Bedeutung seiner Worte nur langsam. »Tot«, wiederholte sie mit hohlem Klang. »Schuld.« Während Covenant sie betrachtete, schien in ihren Augen das Licht ihres Bewußtseins zu schwinden und zu erlöschen.

»Lena«, stöhnte er. »Lena!«

Ihr Blick sah ihn nicht. Sie starrte ausdruckslos vor sich hin, als sei ihre Seele in ihrem Innern durch Entleerung zusammengesackt.

Das Rufen hinter ihm ertönte lauter. »Wir sind entdeckt!« keuchte in der Nähe eine Stimme. »Urböse und Höhlenschrate . . .! Die Wächter sind erschlagen worden.«

Die Dringlichkeit in der Stimme drang zu ihm vor. Fassungslos drehte er sich um. Eine junge Seilträgerin, der vor Furcht fast die Zähne klapperten, stand vor Bannor und den Mähnenhütern. In ihrem Rücken, am Zugang des Schlupfwinkels, kämpfte man bereits. Covenant konnte das Schreien und Ächzen eines erbitterten Nahkampfs durch die Schlucht hallen hören.

Im nächsten Moment kam dicht an dicht eine ganze Horde von Höhlenschraten in den Canyon gestürmt. In den kraftvollen, spatelförmigen Händen schwangen die Kreaturen große Schwerter. Unter schrillem Gebrüll griffen sie die Ramen an.

Ehe Covenant irgendwie zu reagieren vermochte, packte Bannor ihn und Lena an den Armen, zerrte das Paar zum jenseitigen Ende des Tals. »Flieht!« drängte er sie mit Nachdruck, während er sie handgreiflich zur Eile antrieb. »Der Riese und ich werden verhindern, daß man euch verfolgt. Wir werden euch einholen, so schnell es geht. Flieht gen Norden und wendet euch beizeiten ostwärts!« Die Klippen rückten enger zusammen, bis Covenant und Lena an der Mündung jener zweiten Felsspalte standen, die durch die Hügel verlief. Bannor schob sie in die Richtung der schwarzen Kluft. »Sputet euch! Haltet euch zur Linken!« Dann war er verschwunden, um sich ins Gefecht zu stürzen.

Halb unbewußt überzeugte sich Covenant davon, daß Triocks

Messer noch in seinem Gürtel stak. Ein Teil von ihm verspürte den Wunsch, Bannor nachzulaufen, sich ebenso wie Bannor in die Selbstvergessenheit der Schlacht zu werfen, Vergebung zu erringen.

Grob ergriff er Lenas Arm und zog sie mit sich in den Spalt.

10

Paria

Nach der ersten Biegung verschwand die Helligkeit der Lagerfeuer hinter ihnen außer Sicht, und er konnte absolut nichts mehr sehen. Lena bewegte sich in seinem Griff wie eine Marionette, als sei sie seelenlos und abhängig. Es wäre ihm lieber gewesen, sie hätte sich aus eigener Kraft an ihm festgehalten, damit er beide Hände frei gehabt hätte; aber als er ihre Finger um seinen Arm schloß, rutschten sie einfach wieder ab. Er war dazu gezwungen, sich ausschließlich mit der Linken vorwärtszutasten und Lena mit seiner verstümmelten Rechten mitzuziehen. Die Gefühllosigkeit in seinen Extremitäten vermittelte ihm den Eindruck, als könne er jeden Moment den Kontakt zu ihr verlieren.

Das Geschrei verfolgte sie durch den Spalt, erhöhte Laut um Laut seinen Drang zur Eile. Erbittert fluchte er vor sich hin, wehrte sich gegen das Anschwellen von Hysterie und Panik.

Als sich die Felsspalte gabelte, wandte er sich zur linken Abzweigung. Nach wenigen Schritten war der Spalt so schmal, daß er sich seitwärts hindurchzwängen und Lena an der Hand hinterherzerren mußte. Etwas später begann die Kluft sich zu neigen. Bald war das Gefälle so stark, daß das modrige Laub und der Lehm des Untergrunds stellenweise unter ihren Füßen ins Rutschen gerieten. Schließlich ging sie über in einen Tunnel. Der Fels schloß sich über ihren Köpfen, während sich zugleich der Erdboden wieder in die Horizontale legte, bis die steinerne Decke so tief hing, daß Covenant sich ducken mußte, um sich nicht den Schädel anzuschlagen. Die vollkommene Finsternis des Stollens beunruhigte ihn; ihm war zumute, als taste er sich blindlings hinab in die Eingeweide der Erde, fürchtete bei jedem Schritt, der Weg könne ihn in einen Abgrund führen. Aus dem Canyon war nichts mehr zu hören; sein eigenes lautes Tappen und Scharren beherrschte seine Ohren. Dennoch blieb er nicht stehen. Das Drängen der gebotenen Eile, der Druck des herzlosen Steins, der über seinem Nacken lastete, trieben ihn immer weiter.

Nach wie vor war Lena kein Zeichen einer Erholung anzumerken. Sie stolperte dahin, bewegte sich nur infolge des tätlichen Zwangs, den er ausübte, stieß ständig an die Wand des Tunnels, schrammte daran entlang; doch ihr Arm in seinem Griff war schlaff. Er konnte sie nicht einmal noch atmen hören. Er schleifte sie mit wie ein schwachsinniges Kind. Zu guter Letzt endete der Tunnel. Urplötzlich verschwand der Stein, und Covenant taumelte in ein Dickicht. Die Äste und Zweige peitschten ihn, als sei er ihr Erzfeind. Seine Augen mit dem Unterarm schützend, pflügte er sich hindurch, bis er ins Freie gelangte, in den Zähnen des Windes schwitzend.

Die Nacht war so schal und finster, daß es kaum schlimmer hätte sein können. Aber im Gegensatz zur pechschwarzen Dunkelheit im Tunnel konnte er die Umgebung immerhin unterscheiden, wenn auch undeutlich. Er und Lena standen unter einem hoch emporragenden Felshang. Gesträuch und Gestrüpp bedeckten einen Großteil des Geländes zu Füßen des Abhangs; darunter neigte sich kahler Untergrund bis hinab zu den Ebenen von Ra.

Er verharrte im Wind, der so scharf wie eine Sichel schnitt, und versuchte die Situation zu durchdenken. Der Tunnel war an dieser Seite durch Dickicht und Gehölz gut getarnt, aber nichtsdestoweniger mußten die Ramen hier Posten aufgestellt haben. Wo waren sie? Er sah niemanden und hörte nichts als den Wind. Er fühlte sich versucht zu rufen, aber die eisige Leere der Nacht schreckte ihn ab. Falls die Ramen unterlagen, war es für die Marodeure kein Problem, ihm durch den Tunnel zu folgen; Höhlenschrate und Urböse konnten solche Stollen auch im Finstern ohne Umstände bewältigen. Womöglich lauerten bereits Urböse irgendwo im Dickicht.

›*Nach Norden, dann ostwärts*‹, hatte Bannors Empfehlung gelautet. Er wußte, es galt die Flucht so schnell wie möglich fortzusetzen. Aber er verfügte über keinerlei Proviant — keine Lebensmittel, keine Decken, nichts zum Feuermachen. Selbst wenn man sie nicht verfolgte, konnten sie kaum darauf hoffen, daß sie inmitten dieser Kälte überlebten. Wenn Bannor und der Riese nicht in Kürze zu ihnen stießen, waren er und Lena erledigt.

Doch Bannor hatte versichert, sie würden sie einholen. *Zu spät,* redete er sich ein, um seine Entschlußkraft zu stabilisieren, *es ist zu spät, um sich jetzt noch Sorgen um die Durchführung des Unmöglichen zu machen. Vom Anfang an war alles völlig unmöglich. Aber nur immer weiter. Zumindest erst einmal fort aus diesem Wind.*

Er rückte Lena an seine linke Seite, schlang den Arm um sie und schlug durch die widernatürlichen Wallungen des Winters die nördliche Richtung ein.

Er beeilte sich, so sehr er konnte, stützte Lena, schaute sich häufig furchtsam über die Schulter um, für den Fall, daß man sie verfolgte. Sobald er links in den Hügeln eine Bresche bemerkte, sah er sich vor einer schwierigen Entscheidung: Bannor und Schaumfolger würden ihn erheblich leichter aufspüren können, wenn er am Rande der Ebenen blieb, aber wenn er den Weg durch die Berge nahm, war die Chance größer, daß sich Schutz und *Aliantha* finden ließen. Nach einem Moment qualvollen Überlegens entschied er sich für die Berge. Er mußte auf die waidmännische Fährtensuchergeschicklichkeit seiner Freunde bauen; an erster Stelle galt seine Sorge Lena.

Er klomm mühselig die Bresche hinauf, mußte seine Begleiterin halb tragen. Sobald die ersten Höhenkuppen hinter ihnen lagen, entdeckte er ein kleines Tal, das nordwärts führte und sie in gewissem Umfang vorm Wind schützte. Aber er verzichtete vorerst auf einen Halt; er fühlte sich noch nicht weit genug vom Tunnel entfernt. Statt dessen führte er Lena durch das Tal und danach in die jenseitige Berglandschaft.

Unterwegs bemerkte er rein zufällig einen ziemlich zerzausten *Aliantha*-Strauch. Er trug nur ein paar Beeren, doch die bloße Tatsache seines Vorhandenseins in dieser Gegend ermutigte Covenant etwas. Er aß zwei Beeren und versuchte, den Rest Lena zu geben. Aber weder sah sie die *Aliantha,* noch hörte sie sein gutes Zureden; all ihre Sinne waren wie abgeschaltet.

Folglich verzehrte er auch die übrigen Schatzbeeren selbst, damit sie nicht verschwendet seien, dann geleitete er Lena zum Tal hinaus. Für längere Zeit ließ sich kein leichter Weg durch die Berge entdecken. Er bemühte sich, in allgemein nördlicher Richtung zu bleiben, suchte nach entsprechenden Tälern oder Pfaden, aber das Terrain wollte ihn hartnäckig nach Osten lenken, hinab in die Ebenen. Nun fror ihm im Bart wieder der Schweiß, und langsam erstarrte im eisigen Wehen des Windes seine Muskulatur. Wenn ein Windstoß Lena direkt traf, schauderte sie zusammen. Schließlich nahm die Notwendigkeit, ihr dagegen irgendeinen Schutz zu bieten, in seinen Überlegungen einen gebieterischen Charakter an. Als er unten im Ödland einen besonders dunklen Schatten erspähte, der nach so etwas wie einem Einschnitt im Gelände aussah, kehrte er den Höhenzügen den Rücken und stieg hinunter.

Er hatte sich nicht getäuscht. Es handelte sich um einen trockenen Wasserlauf mit steilen Wänden. Stellenweise waren seine

Seiten über drei Meter hoch. Über eine unebene Halde führte er Lena in die einem Wadi ähnliche Rinne und in den Windschutz der jenseitigen Wand, setzte sie dort rücklings gegen die erstarrten Lehmschichten. Angestrengten Blicks betrachtete er sie inmitten der Düsternis, und ihre Verfassung bereitete ihm äußerste Beunruhigung. Mittlerweile zitterte sie unablässig; ihre Haut war kalt und klamm. Ihr Gesicht spiegelte keinerlei Erkennen wider, kein Bewußtsein davon, wo sie war oder was mit ihr geschah. Kräftig massierte er ihre Handgelenke, aber ihre Gliedmaßen blieben schlaff, als habe die Kälte aus ihren Knochen das Mark verdrängt. »Lena!« rief er, dann nochmals und lauter: »Lena!« Sie gab keine Antwort. Matt lehnte sie an der Lehmwand, als sei sie dazu entschlossen, lieber zu erfrieren, als sich mit der Tatsache abzufinden, daß der Mann, den sie liebte, ein Mörder war. »Lena!« flehte er sie grob an. »Zwing mich nicht dazu! Ich möcht's nicht wieder tun!«

Sie reagierte nicht. Das unregelmäßige Ächzen und Röcheln ihres Atems gab keinen Anhaltspunkt, dem sich hätte entnehmen lassen, daß sie ihn gehört hatte. Sie sah so zerbrechlich aus wie Porzellan. Eine scheußliche Grimasse verunstaltete sein Gesicht, als er seine Halbhand schwang und sie zum zweitenmal in seinem Leben heftig ins Gesicht schlug.

Ihr Kopf sackte zur Seite, wandte sich wieder ihm zu. Einen Moment lang bebte der Atem in ihren Lungen, und ihre Lippen zitterten, als schmerze die Luft in ihrem Mund. Dann zuckten ihre Hände ihm plötzlich entgegen wie Klauen. Ihre Fingernägel gruben sich rund um seine Augen ins Fleisch seines Gesichts. Sie hielt ihn auf diese Weise fest, quetschte seine Augen, drauf und dran, sie ihm auszureißen.

Eine grausame Aufwallung von Furcht, die ihm den Magen umdrehte, ließ ihn zusammenzucken. Aber er schrak nicht zurück. »Du hast meine Tochter Elena umgebracht«, sagte sie mit nahezu irrer Stimme.

»Ja.«

Ihre Finger strafften sich stärker. »Ich könnte dich blenden.«

»Ja.«

»Fürchtest du dich nicht?«

»Ich fürchte mich.«

Ihre Finger spannten sich noch stärker. »Warum wehrst du dich dann nicht?« Ihre Fingernägel preßten Blut aus seiner linken Wange.

»Weil ich mit dir reden muß ... über das, was mit Elena passiert ist. Ich muß dir erzählen, was sie getan hat ... und was ich getan habe ... und warum. Du wirst mir nicht zuhören, wenn du dich nicht dazu entschließt ...«

»Und ich werde dir ganz und gar nicht zuhören!« Ihre Stimme zitterte vor Kummer. Wütend riß sie die Hände zurück und gab ihm den Hieb zurück, schlug ihm mit aller Kraft auf die Wange. Die Ohrfeige trieb ihm Wasser in die Augen. Als er es fortgeblinzelt hatte, sah er, daß sie ihr Gesicht mit beiden Händen bedeckte, um zu verhindern, daß sie laut schluchzte.

Unbeholfen schlang er seine Arme um sie. Er traf auf keinen Widerstand. Er drückte sie fest an sich, während sie weinte, und nach einer Weile drehte er ihren Kopf, legte ihr Gesicht an seine Jacke. Doch bald verkrampfte sich ihre Haltung, und sie ging auf Abstand. Sie wischte sich die Augen, wandte ihr Gesicht seitwärts, als schäme sie sich einer momentanen Schwäche. »Ich will von dir keinen Trost, Zweifler. Du warst ihr kein Vater. Es ist eines Vaters Sache, seine Tochter zu lieben, und du hast sie nicht geliebt. Du solltest meine Gebrechlichkeit und meine Trauer nicht falsch auslegen — ich werde nicht vergessen, was du getan hast.«

Covenant preßte die Arme um seinen Leib, um seinem Schmerz Fassung zu verleihen. »Ich möchte nicht, daß du vergißt.« In diesem Moment hätte er gerne seine Augen verloren, wäre es ihm durchs Leid der Blindheit möglich geworden, zu weinen. »Ich will nicht, daß irgend jemand irgend etwas vergißt.« Aber er war innerlich zu verödet für Tränen; das Wasser, das sein Blickfeld verschwommen machte, kam nicht von Herzen. Schroff raffte er sich auf. »Komm! Wir erfrieren, wenn wir nicht auf den Beinen bleiben!«

Bevor sie reagieren konnte, hörte er hinter sich Füße auf den Untergrund patschen. Er wirbelte herum, fuchtelte mit den Fäusten, um einen etwaigen Angriff abzuwehren. Eine dunkle Gestalt stand ihnen gegenüber im Wadi. Sie war in einen Umhang gehüllt; er vermochte ihre Umrisse nicht zu unterscheiden. Aber sie hielt in der Rechten wie einen Stab einen Speer.

»Pah!« blökte die Gestalt. »Ihr hättet fünfmal ums Leben kommen können, wäre nicht ich in der Nähe gewesen, um auf euch achtzugeben.«

»Pietten?« meinte Covenant verdutzt. »Was treibst denn du hier?« Lena stand an seiner Seite, jedoch ohne ihn zu berühren.

»Ihr seid ebenso töricht wie tölpelhaft«, schalt Pietten. »Ich habe sofort erkannt, daß ihr von den Ramen keinen Schutz erwarten dürft. Daher habe ich diese Aufgabe selbst übernommen. Welche Narrheiten mögen euch wohl dazu bewogen haben, euch in ihre Hände zu begeben?«

»Wie ist der Kampf verlaufen?« In Covenant quollen Fragen empor. »Was ist aus Bannor und Schaumfolger geworden? Wo sind sie?«

»Kommt!« schnauzte der Holzheimer. »Das Wurmgezücht ist nicht weit entfernt. Wir müssen uns beeilen, wenn ihr das Leben zu behalten wünscht.«

Covenant starrte ihn an. Piettens Benehmen machte ihn nervös. Für einen Moment mahlte er sinnlos mit den Kiefern. »Was ist aus Bannor und Schaumfolger geworden?« wiederholte er dann mit einem Anklang von Verzweiflung in seiner Stimme.

»Ihr werdet sie nicht wiedersehen.« Piettens Ton verriet Geringschätzung. »Ihr werdet nichts je wieder zu sehen bekommen, wenn ihr mir nicht ohne Verzug folgt. Ihr habt keine Verpflegung und entbehrt jeglichen Geschicks. Bleibt hier, und ihr werdet tot sein, ehe ich eine Länge zurückgelegt habe!« Ohne eine Entgegnung abzuwarten, wandte er sich ab und stapfte durchs Wadi davon.

Covenant zögerte unentschlossen, während gegensätzliche Befürchtungen in ihm miteinander rangen. Er mochte Pietten nicht trauen. *Er trinkt Blut!* schrien seine Instinkte laut. *Foul hat irgend etwas mit ihm angestellt, und er trinkt Blut!* Andererseits jedoch waren er und Lena allein viel zu hilflos. Allein kamen sie nicht durch. Er gab sich einen Ruck, nahm Lena beim Arm und folgte Pietten.

Der von den Ramen aufgezogene und ausgebildete Holzheimer ließ Covenant und Lena aufholen, legte anschließend aber einen Schritt vor, der Covenant daran hinderte, irgendwelche weiteren Fragen an ihn zu richten. In eiligem Tempo führte er die beiden nordwärts, aus dem Wadi hinaus in die Ebenen, hastete dahin wie jemand, der ein klares Ziel vor Augen hat. Als sie Anzeichen von Ermüdung zeigten, ging er gereizt *Aliantha* suchen. Ihm selbst dagegen war keinerlei Müdigkeit anzumerken; er bewegte sich stark und sicher, schwelgte nachgerade in der geschmeidigen Reibungslosigkeit seiner Schritte. Und von Zeit zu Zeit grinste er Covenant und Lena höhnisch an, amüsierte sich über ihre deutliche Unterlegenheit.

Sie folgten ihm wie aufgrund eines Zaubers, als hätten ihre extreme Notlage und der rauhe Winter ihr Schicksal unweigerlich mit ihm verknüpft.

Trotzig bemühte sich Covenant ums Schritthalten, und neben ihm kämpfte sich Lena vorwärts, wies jeden seiner Versuche zurück, ihr zu helfen. Ihre neue, so grimmige Selbständigkeit schien ihr Kraft zu schenken; sie schaffte zügig fast zwei Längen, ehe sie wieder zu ermatten begann. Danach allerdings verließen die Kräfte sie um so schneller.

Covenant fühlte sich selbst gründlich erschöpft, aber er verspürte ein tiefempfundenes Verlangen, ihr beizustehen. Als sie das drittemal torkelte und nur mit Mühe auf den Füßen bleiben konnte, wandte er sich an Pietten. »Wir müssen rasten«, rief er atemlos durch den Wind. »Wir brauchen einen Unterschlupf und ein Feuer.«

»Du bist nicht sonderlich zäh, Ring-Than«, spottete Pietten. »Warum fürchten so viele Menschen dich?«

»So können wir auf keinen Fall weiter.«

»Wenn ihr hier bleibt, werdet ihr erfrieren.«

»Das ist mir klar!« brüllte Covenant unter fürchterlicher Anstrengung. »Willst du uns nun helfen oder nicht?«

Piettens Stimme klang merkwürdig verschmitzt, als er antwortete. »Jenseits vom Fluß werden wir sicherer sein. Es ist nicht mehr weit.« Ehe Covenant Fragen hinzufügen konnte, setzte er den Marsch eilends fort.

Covenant und Lena unterzogen sich wohl oder übel der Mühsal, ihm weiterhin zu folgen, und nach einiger Zeit stellten sie fest, daß er die Wahrheit gesagt hatte. Bald gelangten sie an das Ufer eines Flusses, der aus den Hügeln dunkel ostwärts floß. Er lag herrisch auf ihrem Weg wie ein Strom aus schwarzem Eis, aber Pietten sprang ohne Zögern hinein und watete gradewegs ans andere Ufer. Die Strömung war stark, aber das Wasser reichte nirgends bis über die Knie.

Unter Fluchen sah Covenant ihm nach. Sein Erschöpfungszustand vervielfachte sein Mißtrauen; in seinem Innern heulte die instinktive Vorsicht des Leprakranken wie ein wundes Tier. Er kannte diesen Fluß nicht, vermutete jedoch, daß sie sich an der Wanderlust-Furt befanden, folglich an der Nordgrenze der Ebenen von Ra. Er befürchtete, daß Bannor und Schaumfolger nicht erwarteten, er werde in die Ebenen gehen — vorausgesetzt, sie lebten noch.

Aber er besaß unverändert keine Wahl. Der Holzheimer bot ihnen die einzige Chance.

»Wollt ihr zurückbleiben?« höhnte Pietten vom anderen Ufer herüber. »Bleibt und sterbt!«

Hölle und Verdammnis! knirschte Covenant bei sich, packte Lenas Arm und hielt sie entgegen ihren trotzigen Versuchen, sich ihm zu entziehen, fest, dann stieg er übers Ufer hinunter und in den Fluß.

Seine Füße spürten die eisige Kälte des Wassers nicht, aber in seinen Waden glühte sie wie ein betäubendes Feuer. Als er zehn Meter weit gewatet war, taten ihm die Knie weh, als ob der Fluß ihm die Beine zerfetze. Er versuchte, ihn schneller zu durchqueren, aber die Geschwindigkeit der Strömung und die Unebenheit des Flußbetts brachten ihn immer wieder ins Schwanken und Taumeln. Er klammerte sich an Lenas Arm und furchte sich durchs Wasser, den Blick aufs jenseitige Ufer geheftet. Als er aus dem Fluß ans andere Ufer torkelte, schmerzten seine Beine, als wären sie zerschmettert worden. »Pietten, verfluchter Scheißkerl«, nuschelte er, »jetzt brauchen wir 'n Feuer!«

Spöttisch verbeugte sich Pietten. »Was immer du gebietest, Ring-Than.« Er machte auf dem Absatz kehrt und lief mühelos voraus zwischen die flachen Hügel nördlich des Flusses, als sei er ein Kobold, der ihnen zur Hölle voranhüpfe.

Covenant hinkte hinterdrein, und als er die Kuppe des nächstgelegenen Hügels überquerte, sah er, daß Pietten in der Mulde dahinter bereits ein Feuer entzündet hatte. In einem dürren Gestrüpp aus Sträuchern und Büschen knisterten Flammen. Während Covenant und Lena in die Mulde hinabstiegen, breitete sich das Feuer aus, loderte bedrohlich immer höher empor, indem es sich durch das abgestorbene Holz fraß, um sich griff.

In fieberhafter Eile hasteten sie hinunter. Noch in der letzten Sekunde gaben Lenas Beine nach, und sie fiel auf die Knie, als sei das die einzige Möglichkeit zu verhindern, daß sie sich in die Flammen stürzte. Und Covenant breitete vor der Hitze seine Arme aus, blieb erst unmittelbar am Rande des Feuers stehen, öffnete die Jacke, als ob er eine Vision umarme. Für längere Zeit sprachen sie nicht, taten nichts.

Doch als die Wärme das Eis soweit geschmolzen hatte, daß er sie auf der Stirn spürte, die Nässe aus seiner Kleidung zu dampfen begann, tat er einen Schritt rückwärts und schaute sich um. Pietten stierte ihn in unbarmherzigem Hohn scheel an.

Plötzlich fühlte sich Covenant wie in einer Falle; aus Gründen, die er nicht näher bezeichnen konnte, wußte er, daß er in Gefahr schwebte. Hastig blickte er hinüber zu Lena. Doch sie achtete auf nichts als die Wärme des Feuers. Widerwillig erwiderte er von neuem Piettens Blick. Er ähnelte dem starren von Schlangenaugen, versuchte ihn zu lähmen. Covenant begriff, daß er diesem Blick widerstehen mußte. »Das war verdammt blödsinnig von dir, ist dir das klar?« schimpfte er los. Mit einer ruckartigen Handbewegung wies er auf das Feuer. »Ein so großes Feuer muß ja noch über den Hügeln leuchten. Man wird uns sehen.«

»Ich weiß.« Pietten leckte sich die Lippen.

»Du weißt«, murmelte Covenant sarkastisch. »Hast du daran gedacht, daß so ein Feuer uns eine ganze Horde von Marodeuren an den Hals holen kann?!« Er schnob Pietten entrüstet an, aber sobald er diese Möglichkeit ausgesprochen hatte, empfand er wieder die Mulmigkeit von Furcht.

»Bist du nicht erfreut?« Pietten grinste boshaft. »Du hast Feuer befohlen — ich habe Feuer gemacht. Ist das etwa nicht die Art und Weise, wie Menschen dem Ring-Than ihre Untertänigkeit bekunden?«

»Und was, wenn wir angegriffen werden? Sie und ich, wir sind in keiner Verfassung, um uns herumzuschlagen.«

»Ich weiß.«

»Du weißt«, wiederholte Covenant. Er stotterte fast durchs Anschwellen seiner Bestürzung.

»Aber es werden keine Landverheerer kommen«, fügte der Holzheimer sofort hinzu. »Ich hasse sie. Pah! Sie töten Ranyhyn.«

»Wie meinst du das, es werden keine kommen? Du hast gesagt . . .« Covenant forschte in seinem Gedächtnis. »Sie wären nicht weit entfernt, hast du gesagt. Zum Teufel, wie kannst du erwarten, daß sie uns bei diesem Lichtschein übersehen?«

»Ich will nicht, daß man uns übersieht.«

»Was?« Die Befürchtung, die jetzt in Covenant Gestalt annahm, brachte ihn zu unbeherrschtem Schreien. »Hölle und Verdammnis! Rede so, daß es einen Sinn ergibt!«

»Ring-Than«, schnauzte Pietten zurück, »diese Nacht wird den Sinn meines ganzen Lebens erfüllen!« Schon im nächsten Moment befleißigte er sich wieder reiner Geringschätzung. »Ich will, daß man uns findet, ja! Ich will, daß man diesen Feuerschein sieht und kommt. Landfreunde . . . Diener der Rösser . . . pah!

Im Namen der Treue martern sie die Ranyhyn. Ich werde sie Treue lehren.« Covenant merkte, wie hinter ihm Lena aufsprang; er spürte, wie sie ihre Aufmerksamkeit Pietten widmete. In der Wärme des Feuers fiel auch ihm plötzlich auf, was sie aufmerksam gemacht hatte. Es war Blutgeruch. »Ich wünsche, daß mein Wohltäter, der Riese, und der Bluthüter Bannor droben auf dem Hügel stehen und Zeugen meiner Treue werden.«

»Du hast behauptet, sie seien tot!« stellte Lena ihn streng zur Rede. »Du hast gesagt, wir würden sie niemals wiedersehen.«

»Du warst es!« krächzte im gleichen Moment Covenant. Klarheit lockerte seine Verkrampfung. »Du hast es getan.« Im trügerischen Licht des Feuers erkannte er die ersten deutlichen Anzeichen des ihm bestimmten Schicksals. »Du bist derjenige, der all die Schlupfwinkel der Ramen verraten hat!«

Lenas Bewegung veranlaßte auch ihn zu sofortigem Handeln. Er war ihr um einen Schritt voraus, als sie Anstalten machte, sich auf Pietten zu stürzen. Aber Pietten war für sie zu schnell. Er hob seinen Speer, um jeden Angriff abzuwehren.

Covenant verharrte schlagartig. Er grapschte wie verrückt rundum und bekam Lena zu fassen, hinderte sie daran, sich auf Piettens Waffe zu spießen. Stumm widersetzte sie sich ihm für einen Augenblick höchster Wut, dann verhielt sie in seinem Griff. Ihr zerzaustes weißes Haar hing ihr ins Gesicht wie Fransen des Wahnwitzes. Grimmig schob Covenant sie hinter seinen Rücken.

Er schlotterte am ganzen Leib, zwang sich jedoch dazu, sich Pietten zuzuwenden. »Du willst, daß sie zusehen, wenn du uns umbringst.«

Pietten lachte mürrisch. »Verdienen sie's vielleicht nicht?« Seine Augen glitzerten, als Funken von Mordlust darin zu tanzen begannen. »Verlief's nach meinem Begehr, das ganze Volk der Ramen müßte sich rings um dieses Loch aufstellen und zusehen, die Verachtung schauen, die ich für ihresgleichen empfinde. Ranyhyn-Diener! Pah! Sie sind Ungeziefer!«

»Reißer!« fauchte Lena ihn aus heiserer Kehle an.

Mit seiner Linken sorgte Covenant dafür, daß sie hinter ihm blieb. »Du hast die Schlupfwinkel verraten ... allesamt hast du sie verraten. Du bist der einzige, der dafür in Frage kommt. Du hast die Posten getötet und den Marodeuren Zutritt verschafft. Kein Wunder, daß du nach Blut stinkst.«

»Mir behagt's.«

»Du hast die Ranyhyn verraten!« tobte Covenant. »Verwundete Ranyhyn sind abgeschlachtet worden!«

Daraufhin sprang Pietten ruckartig vorwärts, schwang in wutentbrannter Bösartigkeit seinen Spieß. »Hüte deine Zunge, Ring-Than!« brauste er auf. »Zweifle nicht meine Treue an. Ich habe aus Treue zur Genüge gekämpft — ich täte jedes lebende Wesen erschlagen, das sich an Ranyhyn zu vergehen wagt.«

»Das nennst du Treue? In dem Schlupfwinkel befanden sich verletzte Ranyhyn, und man hat sie abgeschlachtet.«

»Die Ramen haben sie umgebracht!« erwiderte Pietten in hitzigem Grimm. »Geschmeiß! Sie geben vor, den Ranyhyn zu dienen, aber sie bringen die Ranyhyn nicht in den Süden, nicht in Sicherheit. Ihnen schulde ich keine Treue.« Erneut versuchte Lena, Pietten anzuspringen, aber Covenant bändigte sie. »Sie sind wie ihr . . . und der Riese . . . und dieser Bluthüter! Pah! Ihr nährt euch vom Fleisch der Ranyhyn wie Schakale.«

Covenant brachte Lena dazu, ihn anzusehen. »Flieh!« zischte er ihr hastig im Flüsterton zu. »Lauf! Geh zurück über den Fluß! Du mußt versuchen, Bannor oder Schaumfolger zu finden! Du bist ihm egal. Er wird dich nicht verfolgen. Auf mich hat er's abgesehen.«

Pietten schwang erneut den Speer. »Einen Schritt zur Flucht«, knurrte er, »so werde ich den Ring-Than auf der Stelle töten und dich wie ein Wolf jagen und zur Strecke bringen.«

Die Drohung klang überzeugend. »Schon gut«, stöhnte Covenant an Lena gewandt. »Schon gut.« Mit finsterer Miene drehte er sich wieder Pietten zu. »Erinnerst du dich an gewisse Urböse, Pietten? Ans Holzheim Hocherhaben? Feuer und Urböse? Sie haben dich gefangengenommen? Entsinnst du dich?« Pietten starrte ihn an, Blitze in den Augen. »Sie haben dich gefangengenommen. Dann taten sie dir irgend etwas an. So wie Llaura. Erinnerst du dich an sie? Sie fügten ihr innerlich irgend etwas zu, so daß sie ihnen helfen mußte, den Lords eine Falle zu stellen. Je mehr sie versuchte, sich aus dieser Situation zu befreien, um so besser wirkte die Falle. Kannst du dich entsinnen? Genauso steht's mit dir. Sie haben dir inwendig etwas angetan, damit du . . . die Vernichtung der Ranyhyn herbeiführst. Hör mir mal gut zu! Foul wußte, als er diesen Krieg anfing, daß es ihm nicht gelingen würde, die Ranyhyn aus dem Weg zu räumen, wenn er nicht jemanden fand, der die Ramen hinterging. Deshalb hat er das mit dir gemacht. Er läßt dich genau das tun, was ihm in den Kram paßt, sonst nichts. Er benutzt dich, um die Ranyhyn auszurotten. Und wahrscheinlich hat er dir besondere Befehle bezüglich meiner Person erteilt. Was hat er dir gesagt, wie mit dem Ring zu verfahren ist?« Er schleuderte Pietten seine Vorwürfe mit aller Kraft entgegen. »Wie viele verfluchte Male bist du, seit dieser Winter angefangen hat, in Fouls Hort gewesen?«

Für einen Moment verloren Piettens Augen ihren Fokus. »Ich muß ihn ihm bringen«, murmelte er undeutlich. »Er wird ihn verwenden, um die Ranyhyn zu retten.« Aber bereits in der nächsten Sekunde loderte erneut eine wahre Weißglut von Zorn in ihm empor. »Du lügst! Ich liebe die Ranyhyn! Ihr seid die Schlächter, du und jenes Geschmeiß!«

»Das ist nicht wahr! Du weißt, daß es nicht stimmt!«

»Nicht?« Pietten lachte wie ein Verzweifelter. »Glaubst du, ich sei blind, Ring-Than? Ich habe viel gelernt . . . während ich durchs Land zog. Wähnst du, die Ramen hielten die Ranyhyn aus Liebe inmitten all dieser Gefahren zurück?«

»Sie können's nicht ändern«, antwortete Covenant. »Die Ranyhyn weigern sich, zu gehen.«

Pietten schien ihn nicht zu hören. »Glaubst du, die Bluthüter sind aus Liebe hier? Du bist ein Narr! Bannor weilt hier, weil er die Schuld am Tode so vieler Ranyhyn trägt, daß er zum Verräter geworden ist. Oh, er kämpft, gewiß . . . er hat immerzu gekämpft. Er giert nur noch danach, mitanzusehen, wie all seinem Kämpfen zum Trotz die Ranyhyn bis zum letzten Roß erschlagen werden, so daß seinem dunklen Drang Befriedigung widerfährt. Pah!«

Covenant wollte ihn unterbrechen und Widerspruch erheben, aber Pietten faselte unverdrossen weiter. »Vermeinst du, der Riese sei aus Liebe da? Du bist ein Tölpel, erkrankt an Leichtgläubigkeit. Schaumfolger treibt sich hier herum, weil er sein Volk verraten hat. Sämtliche Riesen, jeder einzelne, jeder Mann, jedes Weib, jedes Kind, sie alle ruhen tot und vermodert an der Wasserkante, weil er sie im Stich gelassen hat. Er floh, statt Gegenwehr zu leisten. Er besteht bis ins Bein aus Verrat, und er ist hier, weil er sonst nirgendwo andere finden kann, die er noch zu betrügen vermöchte. Alle seiner Art sind tot.«

Schaumfolger! schrie Covenant in beklommenem Schweigen auf. *Alle tot? Schaumfolger!*

»Und du, Ring-Than — du bist von allen der schlimmste. Du stehst sogar außerhalb meiner Verachtung. Du fragst, woran ich mich entsinne?!« Seine Speerspitze wob in der Richtung von Covenants Brust ein Muster wahnsinniger Wut. »Ich erinnere mich daran, daß die Ranyhyn sich vor dir aufgebäumt haben. Ich entsinne mich, daß ich versucht habe, dir in den Arm zu fallen. Aber du warst schon fest entschlossen, die Ranyhyn zu betrügen. Du hast sie an Versprechen gebunden — Versprechen, von denen du wußtest, sie könnten sie niemals brechen. Deshalb können die Ranyhyn sich nicht in den Schutz der Berge zurückziehen. Sie sind durch Gelöbnisse gefesselt, die du ihnen aufgezwungen hast, du! Du bist der wahre Schlächter, Ring-Than! Ich habe mein Leben für diese Gelegenheit gelebt, dich zu töten.«

»Nein«, keuchte Covenant. »Ich konnte so etwas nicht ahnen.« Doch er hörte den Wahrheitsgehalt in Piettens Anschuldigung. Wellen des Verbrechens schienen sich von ihm aus nach allen Seiten zu verbreiten. »Ich konnte es nicht ahnen.« *Bannor?* stöhnte er innerlich *Schaumfolger?* Ein orangefarbener Nebel wallte lebhaft durch sein Blickfeld wie die Ausdünstung von Schwefel. Wie sollte er soviel Unheil angerichtet haben? Er hatte doch nur überleben wollen — dem Rohgemisch von Selbstmord und Wahnsinn nichts anderes als das bloße Überleben entziehen. Die Riesen — genau wie Elena verloren! Und nun trieb die Entwicklung die Ranyhyn die gleiche blutige Straße entlang. *Schaumfolger? Habe ich dir das angetan?* Er wußte, er war hilflos, konnte in diesem Moment nicht einmal irgend etwas tun, um sich eines Speers zu erwehren. Aber er starrte in den Abgrund seiner Handlungen und vermochte den Blick nicht abzuwenden.

»Wir sind uns gleich«, flüsterte er, ohne zu wissen, was er redete. »Foul und ich sind uns gleich.«

Da bemerkte er, daß Hände an ihm rüttelten. Lena hatte ihn an der Jacke gepackt und schüttelte ihn so kräftig, wie sie konnte. »Ist das wahr?« schrie sie ihn an. »Sterben die Ranyhyn, weil du sie hast geloben lassen, mich in jedem Jahr zu besuchen?«

Er erwiderte ihren Blick. Feuerschein glomm darin; sie brachte ihn dazu, ein weiteres seiner Verbrechen zu erkennen. Trotz der Nöte, in die er dadurch zusätzlich geraten mußte, war er dazu außerstande, ihr die Wahrheit zu verschweigen.

»Nein.« Gram und Grauen schnürten ihm die Kehle ein. »Nur zum Teil . . . Wenn sie in die Berge gingen, könnten sie dich nach wie vor einigermaßen bequem erreichen. Ich . . . ich . . .« Seine Stimme quetschte sich kloßig ins Freie. »Ich habe sie versprechen lassen, mir zu helfen . . . falls ich sie jemals deswegen rufe. Ich hab's ausschließlich für mich getan.«

Pietten lachte.

Ein Schrei von Wut und Verzweiflung drang über Lenas Lippen. Mit einer Kraft, die nur Abscheu ihr verliehen haben konnte, stieß sie Covenant von sich, dann begann sie aus der Mulde zu laufen.

»Halt!« brüllte Pietten ihr nach. »Du kannst nicht entweichen.« Er fuhr herum, als sie fortlief, und folgte ihr, riß seinen Speer in die Höhe.

In genau dem Augenblick, als Pietten den Arm nach hinten schwang, um den Speer zu schleudern, griff Covenant ein. Er klammerte beide Fäuste um den Schaft, warf sich mit seinem Körpergewicht gegen Pietten und versuchte, ihm die Waffe zu entwinden. Infolge des Anpralls taumelte Pietten ein paar Schritte seitwärts. Wild rangen sie miteinander. Der Griff von Covenants Halbhand jedoch war zu schwach. Pietten entriß ihm den Spieß.

Covenant versuchte, Piettens Arme zu packen. Pietten stieß ihn mit dem stumpfen unteren Ende des Speers zurück und stach dann mit der Spitze nach ihm. Covenant sprang beiseite und entging dem Stoß. Aber er trat mit einem Fuß unglücklich auf, und der Knöchel gab unter der Last seines gesamten Gewichts nach.

Knochen knackten. Er hörte, wie sie sich unterm Fleisch verdrehten, während er hinsackte, hörte sich aufschreien. Schmerz schoß durch das Bein. Aber er wälzte sich sofort weiter, darum bemüht, Piettens Stößen mit dem Speer auszuweichen.

Als er auf dem Rücken lag, sah er Pietten über sich stehen, den Speer wie eine Pike mit beiden Händen erhoben.

Da fiel Lena über den Holzheimer her. Sie rammte ihre gebrechliche Gestalt mit solcher Wucht gegen ihn, daß er stürzte und den Speer verlor. Die Waffe blieb quer über Covenant liegen.

Er packte ihn und versuchte, sich mit seiner Hilfe aufzurichten. Doch der Schmerz in seinem Fußknöchel hielt ihn nieder, als sei sein Bein im Erdreich verankert. »Lena!« schrie er wild. »Nicht!«

Pietten schüttelte sie mit einem rohen Hieb seines Arms ab. Sie sprang auf und zog ein Messer aus ihrer Kleidung. Zorn verzerrte ihr zierliches Gesicht, als sie nach Pietten stach.

Er wich ihren Stichen aus, wich einen Moment lang hastig zurück, bis er sein Gleichgewicht wiedererlangt hatte. Dann grinste er gehässig. »Nicht!« kreischte Covenant.

Als Lena erneut angriff, fing Pietten ihre Faust, die das Messer hielt, zielsicher am Handgelenk ab und lenkte die Klinge zur Seite. Langsam drehte er ihren Arm, zwang sie hintenüber. Sie drosch mit ihrer freien Hand auf ihn ein, aber er behielt sie im Griff. Seiner Körperkraft war sie nicht gewachsen. Sie sank auf die Knie.

»Die Ranyhyn!« keuchte sie Covenant zu. »Ruf die Ranyhyn!«

»Lena!« Endlich kam Covenant unter Verwendung des Speers auf die Beine, aber sofort sackte er wieder zusammen; er kroch auf allen vieren vorwärts.

Bedächtig, aber unaufhaltsam bog Pietten Lena rückwärts, bis sie sich am Erdboden wand. Dann zog er den spitzen, hölzernen Dorn aus seinem Gürtel. Mit einem wüsten Stoß bohrte er ihn ihr in den Leib, spießte sie auf die gefrorene Erde.

Entsetzen durchdröhnte Covenants Hirn. Ihm war, als wäre er in derselben Sekunde zermalmt worden; Gram überwältigte ihn, und vorübergehend schwand ihm die Besinnung.

Als er die Augen aufschlug, stand Pietten vor ihm.

Pietten leckte Blut von seiner Hand.

Covenant versuchte, den Speer zu heben, aber Pietten entriß ihn seiner Faust. »Nun zu dir, Ring-Than«, rief er in regelrechtem Entzücken. »Nun werde ich dich töten. Auf die Knie mit dir . . . winsel mich an! Mach meine Träume wahr. Aber ich will anständig sein — ich werde dir eine letzte Möglichkeit lassen. Ich werde meinen Speer aus zehn Schritten Abstand werfen. Du kannst ausweichen . . . wenn dein Fuß es erlaubt. Versuch's! Du machst mir damit eine Freude.« Mit einem Grinsen, das einem Blecken der Zähne glich, tat er die erforderlichen Schritte, drehte sich um und wog den Speer in seiner Handfläche. »Wählst du nicht das Leben?« höhnte er. »Dann knie nieder! Dir ist Unterwürfigkeit kleidsam.«

Benommen, als wisse er nicht, was er tat, hob Covenant die zwei Finger seiner Rechten an den Mund und stieß einen schwachen Pfiff aus.

Augenblicklich erschien auf der Kuppe des Hügels ein Ranyhyn und kam herab in die Mulde galoppiert. Es handelte sich um einen jämmerlich abgehärmten Ranyhyn, durch den überlangen Winter so beeinträchtigt, daß nur das nußbraune Fell noch sein Knochengerüst zusammenzuhalten schien. Aber er lief in ununterdrücktem Stolz geradewegs auf Covenant zu.

Anscheinend sah Pietten ihn nicht kommen. Er befand sich in einer Art von persönlicher Trance, war exaltiert vom Blutvergießen. In höchster Versunkenheit bog er seinen Arm zurück, seinen Oberkörper so weit rückwärts, während die Leidenschaft des Tötens seine Muskeln dehnte — allem anderen gegenüber gleichgültig, schleuderte er den Speer wie einen Blitz der Vergeltung nach Covenants Herz.

Der Ranyhyn wechselte schlagartig die Richtung, rannte zwischen den zwei Männern hindurch, dann taumelte er und sank zusammen wie ein Sack voller loser Knochen. Als er sich auf der Flanke ausstreckte, sahen beide Männer den Speer aus seinem blutbesudelten Fell ragen.

Der Anblick suchte Pietten heim wie ein Anfall von Wahnsinn. Er stierte an, was er getan hatte, als sei es unvorstellbar, unerträglich. Die Schultern sanken ihm herab, seine Augen weiteten sich vor Fassungslosigkeit. Für das, was er erblickte, schienen ihm die Worte zu fehlen. Seine Lippen bebten über sinnlosem Wimmern, und die Muskeln seiner Kehle zuckten, als könne er nicht schlucken. Falls er Covenant heranKrauchen sah, ließ er sich nichts anmerken. Seine Arme baumelten an den Seiten, bis Covenant sich vor ihm auf einem Bein aufrichtete und ihm mit beiden Händen das spitze Steinhausener-Messer in die Brust rammte.

Covenant gab ihm den Stich wie zwei Handvoll Haß. Der eigene Schwung trieb ihn vornüber, und er kippte auf Piettens Leiche. Blut, das rings um die eingedrungene Klinge herausgesprudelt war, befleckte seine Jacke, machte seine Hände glitschig, besudelte sein Hemd. Aber er achtete nicht darauf. Dieser eine Stich schien all seinen Ingrimm verbraucht zu haben. Er wälzte sich von dem Leichnam und kroch hinüber zu Lena, schleifte seinen gebrochenen Fußknöchel nach wie einen Mühlstein der Qual.

Als er sie erreichte, stellte er fest, daß sie noch lebte. Die gesamte Kleidung auf ihrem Oberkörper war mit Blut getränkt, und sie hustete dünne Blutrinnsale über ihre Lippen; aber noch lebte sie. Er packte den Dorn, um ihn herauszuziehen. Aber als er ihn bewegte, entfuhr ihr vor Schmerz ein lautes Ächzen. Mühsam öffnete sie die Augen. Ihr Blick war klar, als sei sie nun endlich befreit von der Verwirrung, die ihr Leben bestimmt hatte.

Ein Moment verstrich, ehe sie Covenant erkannte; dann versuchte sie zu lächeln.

»Lena«, keuchte er. »Lena . . .«

»Ich liebe dich«, antwortete sie mit blutverquollener Stimme. »Ich bin unverändert.«

»Lena!« Er mühte sich ab, ihr Lächeln zu erwidern, aber der Versuch verzerrte sein Gesicht, als müsse er zu schreien anfangen.

Ihre Hand tastete nach ihm, berührte seine Stirn, als wolle sie sein Stirnrunzeln glätten. »Gib die Ranyhyn frei!« flüsterte sie.

Die Bitte nahm ihr die letzte Kraft. Sie starb mit Blut zwischen den Lippen.

Covenant starrte es an, als sei es ein Makel. Seine Augen blickten fiebrig drein, als wäre er innerlich versengt worden. Ihm gingen keine Begriffe durch den Kopf, aber er wußte, was geschehen war: Vergewaltigung, Verrat, jetzt auch noch Mord — er hatte all das verbrochen, jedes dieser Verbrechen verübt. Er hatte den nach dem Kampf am Holzheim Hocherhaben geleisteten Schwur gebrochen, den Vorsatz, nicht wieder zu töten. Für einen langen Moment betrachtete er seine gefühllosen Finger, als besäßen sie keinerlei Bedeutung. Nur das Blut an ihnen zählte. Schließlich wandte er sich von Lena ab. Wie der zersetzerische Wurm einer abartigen Leidenschaft kroch er hinüber zu dem Ranyhyn.

Schaum der Qual hing dem Ranyhyn am Maul, und seine Flanken hoben und senkten sich unter schauderhaftem Beben. Doch er sah Covenant ruhig entgegen, als verspüre er zum erstenmal im Leben keine Furcht vorm Weißgoldträger. Sobald Covenant zu ihm gelangte, kümmerte er sich unverzüglich um die Verletzung. Der Speer stak tief im Fleisch; zuerst bezweifelte er, daß es ihm gelingen werde, ihn herauszuziehen. Aber er zerrte mit beiden Händen daran, stemmte die Ellbogen dem Ranyhyn, der schwer schnaufte, in die Rippen. Schließlich konnte er den Schaft herausreißen. Blut pulste aus der Wunde, aber der Ranyhyn raffte sich hoch, stand auf wackligen, unsicher gespreizten Beinen da, drückte Covenant das Maul ans Gesicht, wie um ihm mitzuteilen, er werde überleben.

»Na schön«, murmelte Covenant, halb an sich selbst gewandt. »Hau ab! Zieh los . . . sag's den anderen! Unser Handel ist beendet! Kein Handel mehr! Kein . . .« Das Feuer brannte auf Glut und Asche herab, und seine Stimme verklang, als schwänden ihm zugleich die Kräfte. Mit dem Wind wehte düsterer Nebel heran und hielt in sein Inneres Einzug. Aber im nächsten Moment nahm er sich wieder zusammen. »Kein Handel mehr. Sag's ihnen!« Der Ranyhyn blieb; er wirkte, als sei er nicht dazu bereit, ihn zu verlassen. »Geh!« beharrte Covenant mit schwerfälliger Stimme. »Ihr seid frei. Du mußt es den anderen ausrichten! In ... im Namen *Kelenbhrabanals,* des Vaters aller Rösser. Geh!«

Beim Klang dieses Namens wandte sich der Ranyhyn gequält ab und schickte sich an, aus der Mulde zu hinken. Als er die Hügelkuppe erreichte, blieb er stehen und drehte sich noch einmal nach Covenant um. Einen Moment lang konnte Covenant sehen, wie er sich aufbäumte, dabei gegen das nächtliche Dunkel abzeichnete. Dann war er verschwunden.

Covenant wartete nicht, gönnte sich keine Rast. Er war darüber hinaus, noch nach dem Preis seines Handelns zu fragen. Er hob Piettens Speer auf und benutzte ihn als Stock, um sich auf den Beinen zu halten. Sein Fußknöchel loderte vor Schmerz, während er ihn über den Erdboden nachzog, aber er biß die Zähne zusammen und entfernte sich von der Feuerstelle. Sobald er sich außerhalb der Wärme befand, begann seine feuchte Kleidung wieder steifzufrieren.

Er hatte keine Ahnung, wohin er strebte, aber er war sich darüber im klaren, daß er weiter mußte. Mit jedem Atemzug, den er durch seine aufeinandergebissenen Zähne fauchte, raunte er *Haß,* als sei es ein Rätsel.

11

Das Ritual der Schändung

Nachdem Loerja ihn verlassen hatte, blieb Hoch-Lord Mhoram für den ganzen Rest der Nacht auf dem Turm. Er hielt sich warm, indem er sich von Zeit zu Zeit, um dem bitterkalten Wind zu trotzen, durch seinen Stab Kräfte von belebender Wirkung zufließen ließ, und beobachtete in stummem Grausen, wie die verästelten Adern der Bosheit im Erdreich Schwelgenstein entgegenpochten, als ob eine krankhafte, rot-grüne Lava in der Herrenhöh Beherztheit einsickere. Die Übelmacht, welche sich aus dem Stein des Wütrichs *Samadhi* sowie den Stäben der Urbösen verbreitete, erleuchtete die Nacht in schaurigem Glanz; in unregelmäßigen Abständen schossen heftig Funkengarben himmelwärts, wenn der Andrang im Fels des Vorgebirges Widerstand fand.

Trotz seiner Langsamkeit trennten nun bloß noch wenige Klafter das gierige Vordringen des Angriffs von Schwelgensteins Mauern. Durch seine Füße konnte Mhoram spüren, wie die Festung in lautloser Unbeweglichkeit stöhnte, als wünsche sie vor der gehässigen Drohung dieser Adern zurückzuweichen.

Aber nicht das war der Grund, warum Mhoram während der gesamten langen Nacht in der unerbittlichen Galligkeit des Winds ausharrte. Er hätte das Näherrücken der Bedrängnis überall in der Festung wahrnehmen können, nicht anders, als er keiner Augen bedurft hätte, um zu bemerken, wie dicht die Bewohner der Festungsstadt am Rande des Zusammenbruchs schlotterten. Er beobachtete das Geschehen, weil er nur aushalten konnte, wenn er sich Satansfausts Macht mit all seinen Sinnen gegenüber sah, sie in ihrer gesamten Entsetzlichkeit mit allen ihm verfügbaren Möglichkeiten wahrnahm.

Wenn dieser Anblick sich nicht in seinem Sichtbereich befand, schien das Grauen ihn aus dem Nichts anzufallen, sein Herz zu überschatten wie der Vorbote eines unverdienten Unglücks. Es machte seine Gedanken verworren, lähmte seine Empfindungen. Während er durch die Gänge Schwelgensteins schritt, sah er von unausgesprochenem Schrecken aschgraue Angesichter, hörte durchs unaufhörliche verbissene Murmeln und Schluchzen Kinder beim Auftauchen ihrer eigenen Eltern in äußerster Panik aufheulen, spürte die verkrampfte Erschöpfung in den Gemütern jener wenigen Tapferen, die bewerkstelligten, daß das Leben in der

Stadt weiterging — Quaans, der drei anderen Lords, des Großteils der Lehrwarte, *Lillianrill* und *Rhadhamaerl*. Dann vermochte er das heftige Leid seiner Ratlosigkeit kaum länger zu bändigen, kaum noch das Verlangen zu bezähmen, sich in seinem Grimm gegen seine Gefährten zu wenden, weil seine Hilflosigkeit ihm einzuflüstern versuchte, sie gäben ihm Schuld an des Landes Niedergang. In seinem Innern begann sich aufgewühlte Hoffnungslosigkeit Raum zu schaffen, sich in den Vordergrund zu drängen, in sein Pflichtbewußtsein einzuschleichen. Und von allen Lords wußte er allein, auf welche Weise man diese Hoffnungslosigkeit dazu bringen konnte, Früchte zu tragen.

Aber solang er allein auf dem Festungsturm stand und Satansfausts Heer unter sich sah, vermochte er in klaren Begriffen zu denken, besaß er darüber Klarheit, was man Schwelgenstein antat. Der Winter und die Belagerung hatten dann eine andere Bedeutung. Er fühlte sich frei von Schuld; er wußte, daß man niemandem einen Vorwurf daraus machen konnte, erwies er sich als gegen ein so unfaßliches Maß von Böswilligkeit unzureichend gewappnet. Zerstörung war leichter als Bewahrung, und wenn die Flut der Vernichtung hoch genug geschwappt war, durften bloße Männer und Frauen nicht verdammt werden, wenn sie darin scheiterten, das Blatt zu wenden. So war er dazu imstande, seiner eigenen Verlockung zum Vollzug der Schändung zu widerstehen. Seine Augen glommen angesichts der Bedrängnis, die da näherkroch, wie gelber Bernstein der Wut, aber er forschte insgeheim ohne Unterlaß nach Möglichkeiten der Abwehr. Jene Besonderheit dieser Art des Angriffs, die ihn am meisten beunruhigte, war seine gleichmäßige, allzeit unverminderte Stärke. Er konnte beobachten, daß die Urbösen ihren Anteil an Kraft so nachhaltig beizutragen vermochten, indem sie sich in mehreren Schichten betätigten, so daß jeder Keil und sein Lehrenkundiger in bestimmter Reihenfolge ausruhte. Und er wußte aus Erfahrung, daß Lord Fouls Macht — seine ungeheure Gewalt, die sich zudem des Weltübel-Steins bediente — fähig war, ganze Heere in Wahnwitz zu versetzen, sie zu größerer Wildheit anzutreiben, als vergängliches Fleisch verkraften konnte. Aber Satansfaust war nur ein einzelner Riese, besaß einen Leib aus sterblichem Fleisch, Bein und Blut. Nicht einmal ein Riesen-Wütrich hätte dazu in der Lage sein dürfen, eine so außergewöhnliche Anstrengung für so lange Zeit durchzuhalten.

Ferner hätte man erwarten können, daß *Samadhi* während seines Mitwirkens an diesem Angriff mindestens teilweise die Herrschaft über das Heer entglitt. Aber die gesamte riesenhafte Horde blieb dicht an dicht, Haufe neben Haufe, rings um Schwelgenstein kauern. Jedes einzelne der Geschöpfe richtete seine mordlüsterne Willenskraft gegen Schwelgenstein. Und der smaragdgrüne Quell von *Samadhis* Kraft flackerte kein einziges Mal auch nur im geringsten. Lord Foul unterstützte sein Heer und dessen Befehlshaber ganz eindeutig mit einer so unausdenklichen Machtfülle, daß sie Mhorams bisherige Vorstellungen von Macht weit überstieg. Außer im mutmaßlich hohen Preis dieses unablässigen Kraftaufwands sah Mhoram nirgendwo irgendeine Hoffnung für Schwelgenstein. Die Verteidiger mußten darauf hoffen und harren, daß Satansfausts Kräfte schwanden, ehe es zum Zusammenbruch kam. Schafften sie es nicht, die Bedrängnis des Wütrichs zu erdulden, solange sie immer währen mochte, dann war ihnen der Untergang sicher.

Als Mhoram im ersten, lächerlich trüben Grau der Morgendämmerung in den hohlen Fels und sein Netzwerk zahlreicher Gänge und Korridore zurückkehrte, lautete sein Entschluß, diese Standhaftigkeit durchzusetzen.

Die bedrückte, gedämpfte Woge von Panikstimmung, die ihm entgegenwallte, als er den Hauptgang ins Herz der Herrenhöh entlangstrebte, merzte seine Entschlossenheit fast wieder aus. Er spürte, wie Menschen hinter den Wällen beiderseits eines Weges mit den Zähnen knirschten. Aus einem entlegenen Säulengang drang Gebrüll an seine Ohren; zwei Häufchen von Einwohnern hatten sich zusammengerottet und fochten gegeneinander. Hinter einer Biegung überraschte er einen Haufen Hungriger beim Versuch, eines der Vorratslager auszurauben; etliche Menschen glaubten, die Köche der Speisesäle mischten ihnen zwecks künftiger Einsparungen Gift ins Essen.

Sein Groll loderte in ihm empor, und er sprang vorwärts, drauf und dran, sie in ihrer Torheit niederzuschmettern, wo sie lungerten. Doch ehe er sie erreichte, verfielen sie in Panik und flohen ihn wie einen übermächtigen Unhold. Als sie fort waren, standen nur noch zwei Krieger vorm Lagerraum, die wirkten, als wachten sie einer vorm anderen, statt gemeinsam über die Vorräte. Selbst diese zwei sahen Mhoram voller Unbehagen an.

Er meisterte seine Erregung, zwang ein Lächeln auf seine Lippen und sprach ein paar Worte der Ermutigung zu den Wächtern. Dann hastete er weiter.

Nun begriff er, daß Schwelgenstein sich auf dem Gipfelpunkt seiner Krisis befand. Um zu helfen, mußte er der Stadt mehr geben als gelegentliche Ausblicke zeitweiligen Zuspruchs. Voller Grimm sah er über die vielfältigen Nöte hinweg, die ungezählten Arten von Furcht, die sich seiner Wahrnehmung aufzudrängen versuchten. Während er durch Gänge und abwärts über Treppen weiter dahineilte, benutzte er seinen Stab, um Herdwart Tohrm und sämtliche Glutsteinmeister zu rufen. Er ließ dem Befehl seine ganze Autorität einfließen, damit möglichst viele *Rhadhamaerl* ihre Panik überwanden und seinem Ruf folgten.

Als er den hellen Fußboden des Innenhofs betrat, um den die Gemächer des Lords angeordnet lagen, spürte er eine flüchtige Anwandlung von Erleichterung, als er sah, daß Tohrm und ein Dutzend Glutsteinmeister sich bereits eingefunden hatten und weitere soeben eintrafen. Binnen kurzem standen mehr als zwanzig *Rhadhamaerl* — fast alle auf der Herrenhöh versammelten Meister des Steinwissens — auf dem erleuchteten Steinboden und erwarteten seine Worte.

Hoch-Lord Mhoram musterte die Männer, und der Anblick elendigen Kummers, den sie boten, führte dazu, daß er sich inwendig zusammenkrampfte. Sie waren Glutsteinmeister des *Rhadhamaerl* und litten unter der Marterung wie der Stein selbst. Doch dann nickte er ruckartig vor sich hin. Das war der richtige Ansatz, um zu beginnen; wenn er diese Männer davon überzeugen konnte, daß sie die Fähigkeit besaßen, Satansfausts Übel zu widerstehen, dann wären sie danach dazu imstande, die gleiche Einsicht dem Rest der Stadt zu vermitteln.

Mit einer Anstrengung, welche die Muskeln seines Angesichts ungemein beanspruchte, schenkte er ihnen ein Lächeln. Tohrm erwiderte das Lächeln mit einem verlegenen Grinsen, das jedoch sogleich wieder einer Miene der Anspannung wich.

»Glutsteinmeister«, hob Mhoram rauh an, »wir haben schon zuviel Zeit damit verloren, jeder für sich allein die Last dieses Übels zu tragen. Wir müssen unsere Kräfte vereinen, um uns besser verteidigen zu können.«

»Wir haben deine Befehle befolgt«, murmelte einer der Männer mürrisch.

»Das ist wahr«, entgegnete Mhoram. »Bisher haben wir alle nach bestem Vermögen unsere Kraft aufgeboten, um den Bewohnern Schwelgensteins Mut einzuflößen. Ihr habt eure *Rhadhamaerl*-Feuer prächtig leuchten lassen, wie ich's gebot. Aber nicht immer stellt Weisheit sich geschwind ein. Nun sehe ich mit anderen Augen. Ich habe genauer auf die Stimme der Herrenhöh gelauscht. Ich habe bemerkt, wie der Fels selbst wider dies Übel aufschreit. Und nun sage ich, wir müssen auf andere Art und Weise Widerstand leisten, wenn Schwelgenstein überdauern soll. Wir haben unsere Aufgabe mißverstanden. Das Land lebt nicht für uns — wir leben für das Land. Glutsteinmeister, ihr müßt eure Kenntnisse zur Verteidigung des Steins einsetzen. Hier, genau an dieser Stätte . . .« — mit dem beschienten Ende seines Stabs pochte er auf den erhellten Fußboden — »schlummern Kräfte, die womöglich nur ein *Rhadhamaerl* zu begreifen vermag. Verwendet sie zu unserem Nutzen. Bedient euch aller verfügbaren Kenntnisse — vollzieht hier gemeinsam, was euch ratsam dünken mag. Aber findet auf jeden Fall ein Mittel, um Schwelgensteins steinerne Eingeweide wider diese Bedrängnis zu versiegeln. Seine Einwohner werden sich des Gegners erwehren können, wenn nur Schwelgenstein selbst tapfer bleibt.«

Während er sprach, erkannte er, daß er diese Dinge schon längst hätte verstehen müssen. Aber die Furcht hatte sein Denken stumpf gemacht, so wie sie die Glutsteinmeister in der Beweglichkeit ihres Geistes eingeschränkt hatte. Und genau wie er begannen nun auch sie zu begreifen. Sie schüttelten ihre Benommenheit ab, hieben voller Tatendrang Fäuste in Handteller und blickten nicht mit Kleinmut, sondern mit Vorbereitungen in den Augen um sich. Tohrms Lippen zuckten in ihrem vertrauten Lächeln.

Ohne länger zu säumen, ließ Hoch-Lord Mhoram die Glutsteinmeister allein und ans Werk gehen. Beim Durchqueren des Gangs, der vom Innenhof führte, fühlte er sich wie jemand, der eine neue Magie entdeckt hatte.

Er lenkte seine Schritte zu einem der Hauptspeisesäle, dessen Oberkoch er als kleinen, feisten Mann kannte, der Speisen liebte und sich weder Ehrfurcht noch Zaghaftigkeit einzugestehen scheute; und diesmal sandte er unterwegs Rufe an die anderen Lords sowie Herdwart Borillars Allholzmeister aus. Amatin und Trevor antworteten auf gespannte Weise, und Borillar schickte nur ein halb ängstliches Zeichen der Bestätigung durch die Mauern. Doch ein längeres Weilchen verstrich, bevor sich Loerja meldete, und als er ihr Zeichen empfing, war es schlaff, als sei sie vor Kummer wie betäubt. Mhoram hoffte, daß das Wirken der *Rhadhamaerl* in Bälde merkliche Ergebnisse zeitigen werde, damit

Menschen wie Loerja nicht vollends den Mut verloren; er klomm durch die Stockwerke der Festung hinauf zu dem Speisesaal, als müsse er sich den Weg durch zähflüssige Bedrohnis pflügen.

Doch als er sich der Großküche näherte, sah er eine vertraute Gestalt in einen Nebengang huschen, offensichtlich darauf bedacht, ihn zu meiden. Er bog um die Ecke, hinter welcher der Mann verschwunden war, und stand sogleich von Angesicht zu Angesicht mit Trell, Atiarans Gemahl.

Der stämmige Mann wirkte wie im Fieber. Sein ergrauter Bart schien vor Hitze zu knistern, seine eingesunkenen Wangen waren gerötet, und seine stumpfen, ruhelosen Augen wichen Mhorams Blick aus, starrten nach allen Seiten, als könne er über ihre Richtung keine Gewalt ausüben. Er stand da, während Mhoram ihn musterte, als wolle er im nächsten Augenblick herumfahren und fortlaufen.

»Glutsteinmeister Trell«, sprach Mhoram ihn behutsam an, »die übrigen *Rhadhamaerl* sind gemeinsam wider diese Bedrängnis ans Werk gegangen. Sie brauchen auch deine Kraft.«

Trells Blick zuckte über Mhorams Antlitz wie eine Peitsche des Zorns. »Du wünschst Schwelgenstein schadlos zu bewahren, auf daß es den Zwecken des Verächters zur Verfügung steht.« Er erfüllte das Wort ›schadlos‹ mit solcher Bitterkeit, daß es wie ein Fluch klang.

Mhoram preßte die Lippen aufeinander, als er diese Anschuldigung vernahm. »Ich wünsche die Herrenhöh um ihrer selbst willen zu bewahren.«

Das Umherschweifen von Trells Blick zeichnete sich durch eine gewisse Unersättlichkeit aus, als befürchte er, demnächst zu erblinden. »Ich vermag nicht besonders fruchtbar mit anderen zusammenzuwirken«, sagte er gleich darauf in mattem Ton. Dann befiel ihn übergangslos, ganz plötzlich, äußerste Eindringlichkeit. »Hoch-Lord, verrate mir dein Geheimnis!«

Mhoram erschrak. »Mein Geheimnis?«

»Ein Geheimnis großer Stärke ist's. Ich brauche Kraft.«

»Wozu?«

Zuerst wand sich Trell unter dieser Frage. Aber dann ruckte sein Blick erneut in Mhorams Antlitz. »Du wünschst Schwelgenstein schadlos zu bewahren?« Wieder spie er ›schadlos‹ über seine Lippen wie Galle. Schroff wandte er sich ab und stapfte davon.

Für einen Augenblick spürte Mhoram die kalte Hand böser Vorahnungen in seinem Nacken, und er blickte Trell nach, als ob der Glutsteinmeister Staubwolken der Verhängnisträchtigkeit aufwirbelte. Doch bevor er seine Wahrnehmung vertiefen konnte, überlagerte Schwelgensteins allgegenwärtige Stimmung des Bangeseins diesen Eindruck, verschleierte ihn. Er wagte es nicht, Trell sein geheimes Wissen mitzuteilen. Auch ein Glutsteinmeister mochte dazu imstande sein, das Ritual der Schändung zu vollziehen.

Mühsam besann sich Mhoram auf seine Absichten und setzte den Weg zum Speisesaal fort.

Aufgrund der Verzögerung waren alle, die er gerufen hatte, bei seiner Ankunft bereits zur Stelle. Sie standen untätig zwischen den verlassenen Tischen der weiten, leeren Halle, sahen ihm nachgerade mit Bestürzung entgegen, als verkörpere er eine widersprüchlicherweise unheilvolle Hoffnung, ein heilsames Verderben. »Hoch-Lord«, begann sofort der Oberkoch, indem er seine Furcht mit Ärger zuschüttete, »ich kann diese nutzlosen Schafe, die als Köche verkleidet sind, keinem sinnvollen Zweck unterordnen. Die Hälfte hat mich im Stich gelassen, und der Rest will nicht ans Werk gehen. Sie fuchteln mit Messern und wollen nicht aus den Winkeln kommen, in denen sie sich verbergen.«

»Dann müssen wir ihren Mut erneuern.« Mhoram bemerkte, daß ihm das Lächeln, trotz der Sorge, die ihm Trell verursacht hatte, leichter fiel. Er betrachtete die Lords und Allholzmeister. »Spürt ihr nichts?«

Amatin nickte mit Tränen in den Augen. Trevor lächelte.

Unter ihren Füßen geschah eine Veränderung.

Noch zeichnete sie sich nur schwach ab, fast rein unterbewußt wahrnehmbar. Doch alsbald vermochten auch die Allholzmeister sie zu spüren. Ohne Wärme oder Licht erwärmte und erhellte sie ihre Herzen.

Auf einer fast außerhalb des menschlichen Wahrnehmungsvermögens befindlichen Ebene besann sich Schwelgensteins Fels darauf, daß er nicht etwa aus anfälligem Sandstein bestand, sondern aus dauerhaftem Granit.

Mhoram wußte, daß man die Veränderung nicht überall in der Festungsstadt fühlte — daß auch all die vereinten Kräfte der *Rhadhamaerl* nicht genügten, um den unheimlichen Einfluß von Satansfausts Angriff zurückzudrängen. Aber die Glutsteinmeister hatten einen Anfang gemacht. Nun konnte jeder ersehen, der die Wandlung spürte, Widerstand war noch möglich. Er ließ seine Gefährten die Standhaftigkeit des Granits für ein Weilchen auskosten. Dann leitete er den zweiten Teil seiner Verteidigungsmaßnahmen ein. Er bat Herdwart Borillar um den gesamten Bestand heilkräftigen Holzes — das *Rillinlure* —, der verfügbar war, und beauftragte die übrigen Allholzmeister damit, dem Oberkoch zu helfen. »Kocht drauflos und laßt nicht locker«, gebot er. »Die anderen Küchen liegen brach. Alle, die Speisung suchen, müssen sie hier finden.«

Borillar hegte Zweifel. »Unser Vorrat an *Rillinlure* wird in solchen Mengen von Nahrung bald erschöpft sein. Dann bleibt nichts für die künftige Zeit der Belagerung.«

»So soll und muß es sein. Es war ein Fehler, unsere Kräfte zu schonen und aufzuspalten. Gelingt's uns nicht, diese Bedrängnis durchzustehen, wird's für uns keine Zukunft geben.« Borillar zögerte noch. »Sorge dich nicht, Herdwart«, fügte Mhoram hinzu. »Nach einem solchen Einsatz von Kraft muß sogar Satansfaust rasten.«

Nach einem weiteren Augenblick des Überlegens erkannte Borillar die Weisheit in des Hoch-Lords Entscheidung. Er ging und machte sich an die Ausführung, und Mhoram wandte sich nunmehr an die übrigen Lords. »Meine Freunde, uns fällt eine andere Aufgabe zu. Wir müssen die Menschen Schwelgensteins hier versammeln, damit sie speisen und sich von neuem stärken.«

»Dann laß das Kriegsheer ausschwärmen«, riet Loerja. Der Schmerz der Trennung von ihren Töchtern war in ihrer Miene offenkundig.

»Nein. Die Furcht möchte manche dazu treiben, gewaltsam zu widerstreben. Wir müssen sie rufen, in ihnen den Wunsch wekken, zu kommen. Wir müssen unsere eigene Bedrücktheit überwinden und einen Aufruf durch die ganze Herrenhöh senden, der in seiner Wirkung einer Geistesverschmelzung gleicht, so daß die Menschen sich ermutigt fühlen, ihm zu folgen.«

»Und wer soll Schwelgenstein verteidigen, während wir uns hier betätigen?« fragte Trevor.

»Die Gefahr ist hier. Wir dürfen unsere Kräfte nicht mit nutzlosem Ausschauhalten verschwenden. Solange diese Art des Angriffs anhält, wird man keinen andersartigen Ansturm beginnen. Kommt! Vereinigt eure Kraft mit meiner! Wir, die Lords, dürfen nicht dulden, daß man so den Geist der Feste bricht.«

Mit diesen Worten entlockte er seinem Stab ein helles Feuer, das in klarem Licht lohte. Er stimmte die Flamme ab auf das Wesen des Steins und lehnte den Stab an eine Mauer, so daß ihr Lodern wie eine warmherzige Aufmunterung in den Fels drang, alle Einwohner innerhalb seiner Reichweite dazu bewog, die Häupter zu heben und sich auf den Weg zum Speisesaal zu machen.

Er spürte, daß hinter ihm Amatin, Trevor und Loerja sein Beispiel nachahmten. Ihr Lord-Feuer verstärkte das seine; ihr Verstand widmete sich derselben Aufgabe. Mit ihrer Unterstützung trieb er in weitem Umkreis die Furcht aus, setzte seine unbeugsame Überzeugung an ihre Stelle, so daß die Bestärkung, die von ihnen ganz Schwelgenstein zufloß, keinerlei Unterströmungen oder Schlacken von Verzagtheit mittrug.

Bald antworteten Menschen auf den Ruf. Hohläugig wie die Opfer gnadenloser Alpträume betraten sie den Speisesaal, nahmen vom Oberkoch und den Allholzmeistern Schalen mit dampfenden Speisen an, setzten sich an die Tische und fingen an zu essen. Und sobald sie gegessen hatten, leitete man sie unversehens in einen benachbarten Saal, wo die Lehrwarte sich zu ihnen gesellten und vor der Bedrängnis Fratze einen trotzigen Gesang anstimmten.

»Berek! Erdfreund! Der Heimat Recke, hochverwegen!
Waffenbruder gegen der Unholde Hand!
Gunst schenkt die Erde, wo sich Kühne regen,
dein Herz erschalle, Erdfreund! Heil und Segen!
Läutere von Blut, Tod und Weh das Land!«

Immer mehr Menschen kamen, angelockt von den Klängen, den Lords und der wiederentdeckten Stärke von Schwelgensteins Granit. Sie stützten einander, trugen die Kinder, schleppten ihre Freunde mit, bekämpften ihre Furcht und kamen, weil die tiefsten Regungen ihren Herzen auf Speise, Lieder, *Rillinlure* und Stein ansprachen — auf die Lords und Schwelgensteins Leben.

Nach der ersten Welle des Zustroms von Menschen begannen die Lords nacheinander Ruhepausen einzulegen, damit sie in ihren Bemühungen nicht erlahmten. Als das *Rillinlure* aufgebraucht war, entfachten die Allholzmeister besondere Feuer für die Köche, die sich wieder einfanden, und ergänzten die Bestärkung durch die Lords mit ihren eigenen Kenntnissen. Quaans Krieger gaben es auf, so zu tun, als ob sie die Wälle bewachten, und eilten herbei, um den Köchen zu helfen; sie räumten Tische ab, säuberten Töpfe und Schüsseln, brachten Vorräte aus den Lagerräumen.

Nun hatte die Stadt eine Möglichkeit gefunden, wie sie sich der Bedrohung widersetzen konnte, und neue Entschlossenheit zum Ausharren entstand. Insgesamt war es weniger als die Hälfte von Schwelgensteins Einwohnerschaft, die sich auf diese förderliche Weise mitreißen ließ. Aber sie genügte. Sie sorgten dafür, daß das Leben in der Herrenhöh weiterging, auch wenn die Luft selbst nach Bosheit stank.

Vier Tage und vier Nächte lang verließ Mhoram nicht seine Wirkungsstätte. Er ruhte und aß, um bei Kräften zu bleiben, aber er blieb bei seinem Stab an der Wand des Speisesaals. Nach einiger Zeit sah und hörte er kaum noch die Menschen, die durch den Saal wimmelten. Er richtete all seine Aufmerksamkeit auf den Stein, stellte sich völlig ein auf Schwelgensteins Schwingungen, den Pulsschlag seiner Natur und das Ringen um den Besitz seines Lebensfelsens. Er konnte beobachten — so deutlich, als stünde er auf den Zinnen des Festungsturms —, wie Satansfausts fahle Kräfte den Außenwällen näherkrochen und dann verhielten — zum Stillstand kamen, sobald die Stadt ihnen entschiedene Gegenwehr zu leisten begann. Er hörte das dunkle Stöhnen des Steins, der darum focht, sich seiner selbst zu besinnen. Er spürte die Erschöpfung der Glutsteinmeister. All diese Wahrnehmungen saugte er auf und stemmte der Übelgewalt des Verächters seinen ehernen Willen entgegen.

Und er obsiegte.

Am fünften Tag, kurz vor der Morgendämmerung, brach die Kraftballung des Andrangs, als ob eine Flutwelle auf offener See sich unterm eigenen Gewicht verlaufe. Für einen ausgedehnten Augenblick der Verdutztheit spürte Mhoram, wie unter seinen Füßen ein Frohlocken durch den Fels pochte, das er anfangs nicht begreifen konnte. Ringsherum starrten Menschen einander an, als verblüffe sie die plötzliche Entlastung vom Druck. Doch dann stürzten er und alle anderen, angetrieben von einem gemeinsamen Drang, auf die äußeren Befestigungen und schauten nach den Belagerern.

Der Erdboden unter den Wällen dampfte und bebte wie wundes Fleisch, aber das Übel, das ihn heimgesucht hatte, war fort. Überall im Feldlager sah man die Angehörigen von Satansfausts Heer vor Überanstrengung wie niedergemäht daliegen. Der Riesen-Wütrich selbst war nirgends zu erblicken. Vom einen bis zum anderen Ende erscholl über Schwelgensteins Mauern ein Ausbruch der Begeisterung über diesen Sieg. Schwache, heisere, vom Hunger matte Stimmen jubelten, weinten, schrien in rauhem Trotz, als sei die Belagerung bereits zerschlagen worden. Mhorams Blickfeld verschwamm aus lauter Erleichterung. Als er sich umdrehte, um ins Innere der Festung zurückzukehren, sah er hinter sich Loerja stehen, die vor Freude Tränen vergoß und versuchte, ihre drei Töchter alle zugleich zu umarmen. An ihrer Seite stieß Trevor Freudenschreie aus und warf eines der Mädchen in die Höhe, daß es jauchzte.

»Nun gönn dir Ruhe, Mhoram!« sagte Loerja inmitten ihrer Hochstimmung. »Überlaß die Feste unserer Obhut! Wir wissen, was zu tun ist.«

Hoch-Lord Mhoram nickte in stummem Dank und suchte müde seine Lagerstatt auf.

Aber auch dort entspannte er sich nicht, bevor er spürte, daß das Kriegsheer sich wieder in Verteidigungsbereitschaft befand, daß man in der Festungsstadt nach den am meisten von der Bedrängnis in Mitleidenschaft gezogenen Einwohnern suchte, langsam neue Ordnung in die Stadt Einkehr hielt, als ob sich ein Mammut aus einem Sumpf freikämpfte. Da erst ließ er sich vom bedächtigen Pulsschlag der steinernen Eingeweide einlullen und vom Schlaf seiner Bürden entledigen, ruhte sicher in der harten Zuversicht des Felsens.

Zum Zeitpunkt, als er am darauffolgenden Morgen erwachte, war die Herrenhöh weitmöglichst wieder im vorherigen Zustand der Kampfbereitschaft. Streitmark Quaan brachte ihm ein Morgenmahl in seine Gemächer und berichtete, während der Hoch-Lord aß, erste Neuigkeiten.

Dank seiner Ausbildung und des außergewöhnlichen Einsatzes einiger Schar- und Streitwarte hatte das Kriegsheer die Zeitspanne der Gemütsbedrückung im wesentlichen unbeschadet überstanden. Die Glutsteinmeister waren ermattet, aber wohlauf. Ein paar Lehrwarten und Allholzmeistern waren von Menschen, die in Panik verfallen waren, geringfügige Verletzungen zugefügt worden. Jene Einwohner allerdings, denen es verwehrt geblieben war, dem Ruf der Lords zu folgen, befanden sich in weniger günstiger Verfassung. Suchtrupps hatten mehrere Dutzend Tote aufgefunden, vor allem in den Wohnstätten zu ebener Erde nahe der Außenmauern. Die meisten davon waren verdurstet, manche jedoch waren durch Freunde oder Nachbarn, die vor Furcht wahnsinnig wurden, umgebracht worden. Und von jenen Hunderten sonstiger Überlebender erweckten acht bis zehn Dutzend einen unheilbar irren Eindruck.

Im Anschluß an diese Suche hatte Lord Loerja alle, die an Leib und Seele beeinträchtigt worden waren, und ebenso jene, die sich daran zu entsinnen meinten, jemanden getötet zu haben, den Heilern überantwortet. Zur Stunde leistete sie den Heilern Beistand. In jeder anderen Beziehung erholte sich die Festungsstadt rasch. Schwelgenstein hatte standgehalten.

Mhoram lauschte wortlos, dann wartete er auf weitere Äußerungen des alten Streitmarks. Aber Quaan verfiel auf einmal in gedankenschweres Schweigen, und der Hoch-Lord sah sich gezwungen, zu fragen. »Und was ist mit des Wütrichs Heer?«

»Es hat sich nicht geregt«, stieß Quaan in unvermittelter Heftigkeit hervor.

Er meldete die Wahrheit. Satansfausts Horden hatten sich im Feldlager verteilt und bewahrten eine Ruhe, die an Lähmung grenzte, als sei die Kraft, die sie sonst belebte, von ihnen gewichen.

In den nachfolgenden Tagen blieben sie im großen und ganzen so. Sie rührten sich gerade genug, um die wichtigsten Angelegenheiten des Lagerlebens zu regeln. Aus Süden und Osten trafen düstere Karren mit Nachschub ein. Dann und wann waberte ein fahriges Aufflackern von Kraftanwendung durchs Lager — halbherziges Schwingen der Peitsche, um mürrisches Unholdswesen zu bändigen. Aber niemand näherte sich der Herrenhöh auch nur auf Rufweite. Wütrich *Samadhi* zeigte sich nicht. Allein der ungebrochene Ring der Belagerung legte davon Zeugnis ab, daß man Lord Foul nicht geschlagen hatte.

Fünf, zehn, fünfzehn Tage lang lag der Feind wie ein totes Etwas rund um Schwelgenstein. Anfangs verliehen einige besonders zuversichtliche Einwohner der Stadt der Meinung Ausdruck, den Angreifern seien Schwung und Kampfgeist genommen worden. Doch Streitmark Quaan zweifelte daran, und nach einem längeren Ausblick von der Höhe des Festungsturms stimmte Mhoram seinem alten Freund zu.

Satansfaust wartete ganz einfach, um Schwelgenstein noch mehr von seinen Vorräten aufzehren zu lassen, damit seine Widerstandskraft weiter schwand, bevor er seinen nächsten Angriff begann.

Derweil die Tage verstrichen, kam Hoch-Lord Mhoram die Fähigkeit abhanden, Ruhe zu finden. Verkrampft lag er in seinen Gemächern und belauschte, wie sich die Stimmung in der Stadt allmählich von neuem verschlechterte.

Ganz langsam, Tag um Tag, verstand Schwelgenstein das ihm zugedachte Schicksal immer deutlicher. Die Riesen, die Schwelgenstein vor Jahrtausenden, zur Zeit Damelons, aus den Felsen der Berge meißelten, hatten sie unbezwingbar machen wollen; all seine Bewohner waren von Geburt an in der Überzeugung aufgewachsen, es sei gelungen, diese Absicht zu verwirklichen. Die Mauern bestanden aus Granit, die Tore galten als unzerstörbar.

Während einer Krisis konnte das fruchtbare Hochland des Tafelberges die Festungsstadt mit Nahrung versorgen. Aber des Verächters unvorhergesehener, unvorhersehbarer Winter hatte das Hochland zur Ödnis verkommen lassen, Ernten und Obst vermochten nicht zu gedeihen, Vieh und anderes Getier konnte nicht weiden, so bitter wehte der Wind. Und die Vorratslager hatten die Stadt schon seit dem natürlichen Anbeginn des Winters ernähren müssen.

Zum erstenmal in der langen Geschichte des Landes sahen Schwelgensteins Bewohner der Möglichkeit eines Hungertods entgegen.

In den ersten Tagen des Abwartens veranlaßten die Lords, daß man den Gürtel noch enger schnallte. Man minderte den täglichen Anteil jedes Einwohners, bis sich allesamt ständig hungrig fühlten. In den Küchen führte man erhöhte Strenge ein, damit es nicht zur Vergeudung von Lebensmitteln kam. Doch all diese Maßnahmen waren offensichtlich ungenügend. Viele tausend Menschen bewohnten die Stadt; selbst bei kleinsten Anteilen an der Speisung verzehrten sie insgesamt täglich große Mengen der Vorräte.

Die Hochstimmung schwand, als sickere Wasser in trockenen Wüstengrund. Zunächst machte das Warten stumpfsinnig, dann gestaltete es sich beklemmend und unheilschwanger, als hinge in der Luft ein Ungewitter, und schließlich zermürbte es das Gemüt bis zum Rande des Irrsinns. Und Hoch-Lord Mhoram sehnte zu guter Letzt den nächsten Angriff herbei. Wider einen Angriff konnte er kämpfen.

Lord Trevor begann manche seiner Pflichten zu vernachlässigen. Ab und zu vergaß er, warum er überhaupt ein Lord geworden war, vergaß den inneren Drang, der ihn trotz seines Zweifels an ihm selbst dazu bewogen hatte, Würde und Bürde eines Lords zu übernehmen; er scheute sogar alltägliche Verantwortlichkeiten, als fürchte er die unerklärlichsten Arten des Scheiterns. Seine Gemahlin Loerja blieb beharrlich am Werk, aber auch sie erweckte einen immer zerstreuteren, fast geheimnistuerischen Eindruck, während sie durch die Herrenhöh schritt. Oft hungerte sie, damit ihre Töchter mehr essen konnten. Wann immer sie den Hoch-Lord sah, betrachtete sie ihn mit sonderbarer Abneigung in ihren Augen.

So wie Loerja, entfremdete auch Amatin sich im Laufe der Zeit vom Hoch-Lord. Sobald sie sich dafür freimachen konnte, widmete sie sich fieberhafter Erforschung des Ersten und Zweiten Kreises des Wissens, arbeitete so beschwerlich an der Erschließung noch vorhandener Geheimnisse, daß ihre Stirn, wenn sie wieder an ihre allgemeinen Pflichten ging, so furchig aussah, als habe sie sie an die Tischkante gehämmert.

Etliche Allholz- und Glutsteinmeister erhoben es zur Gewohnheit, Licht mitzutragen, wohin immer sie sich begeben mochten, als müßten sie auf unbegreifliche Weise erblinden. Und am zwanzigsten Tag des Ausharrens wich Streitmark Quaan plötzlich von seinen bisherigen grundsätzlichen Entscheidungen ab; ohne sich zuvor mit den Lords zu beraten, schickte er aus der Herrenhöhe Kundschafter nach Satansfausts Heerlager aus. Keiner von ihnen kehrte wieder.

Noch immer lag des Wütrichs Heer rings um die Festung wie ein erstarrtes Gewinde von Ketten und zwängte Schwelgensteins Herz ein.

Vorm Hoch-Lord schalt Quaan sich selbst aus. »Ich bin ein Narr«, schimpfte er in allem Ernst mit sich, »ein alter Trottel. Laß mich ablösen, ehe ich töricht genug bin, um das ganze Kriegsheer in den Tod zu schicken!«

»Wer sollte dich ablösen können?« hielt der Hoch-Lord ihm nachsichtig entgegen. »Es ist des Verächters Trachten, alle Verteidiger des Landes am Ende zu Toren zu machen.«

Quaan schaute rundum, als wolle er mit seinen Augen die Eisigkeit von Schwelgensteins schwerer Prüfung ermessen. »Ihm wird Erfolg beschieden sein. Er bedarf keiner anderen Waffe als Geduld.«

Mhoram zuckte die Achseln. »Mag sein. Aber ich erachte ein solches Vorgehen als ungewiß. Lord Foul kann den Umfang unserer Vorräte nicht absehen — ebensowenig das Maß unserer Entschlossenheit.

»Aus welchem Grunde wartete er dann ab?«

Der Hoch-Lord brauchte kein Seher zu sein, um auf diese Frage zu antworten. »Wütrich *Samadhi* harrt auf ein Zeichen — vielleicht von uns, vielleicht vom Verächter.«

In düstere Erwägungen dieser Einsicht versunken, kehrte Quaan zurück an seine Aufgaben. Und Mhoram lenkte seine Aufmerksamkeit wiederum auf einen Sachverhalt, der hartnäkkig seine Besorgnis erregte. Das drittemal begab er sich auf die Suche nach Trell.

Doch wiederum vermochte er den zermarterten Glutsteinmeister nicht ausfindig zu machen. Trell mußte sich irgendwo unauffindbar versteckt haben. Mhoram fand von ihm keine Spur, bemerkte keine Emanation, und keiner der restlichen *Rhadhamaerl* hatte den hünenhaften Steinhausener in jüngster Zeit gesehen. Der Gedanke, daß Trell sich verbarg, in schädlicher Absonderung am kranken Fleisch seines Grams nagte, schmerzte Mhoram. Doch der Hoch-Lord konnte nicht die Zeit entbehren oder genug Kraft abzweigen, um alle entlegenen Winkel Schwelgensteins nach einem verbitterten Glutsteinmeister zu durchforschen. Ehe er seine dritte Suche nur oberflächlich zu beenden vermochte, mußte er sich mit einem Häuflein von Lehrwarten befassen, das in völliger Verkennung der Gegebenheiten beschlossen hatte, zum Wütrich hinauszugehen und mit ihm einen Frieden auszuhandeln. Wieder war er gezwungen, die Frage Trells, Atiarans Gemahl, zur Seite zu schieben.

Am vierundzwanzigsten Tag nahm Lord Trevor vollends von der Ausübung seiner Pflichten Abstand. Er schloß sich in seinem Arbeitszimmer ein wie ein Häftling in einer Zelle, verweigerte Nahrung und Trank. Loerja konnte nicht einmal noch seine Beachtung erregen, und als der Hoch-Lord ernst zu ihm sprach, ließ er sich lediglich zu der Äußerung herbei, er wünsche, daß seine Gemahlin und die Töchter seinen Anteil an der Speisung bekämen.

»Nun bereite sogar ich ihm Pein«, murmelte Loerja mit heißen Tränen in den Augen. »Weil ich von meinem Essen unseren Töchtern abgegeben habe, meint er, daß er ein unzulänglicher Gemahl und Vater sei, und daher wünscht er sich zu opfern.« Sie warf Mhoram einen Blick voller Verzweiflung zu, wie ein Weib, das den Preis eines Verzichts abzuschätzen versucht, dann eilte sie davon, ohne Mhoram eine Gelegenheit zur Antwort zu gewähren.

Am fünfundzwanzigsten Tag trat Lord Amatin vor Mhoram und forderte ohne Vorrede und Erklärung, daß er ihr sein Geheimnis mitteile.

»Ach, Amatin«, seufzte er, »verlangt's dich dermaßen nach Bürden?«

Sofort drehte sie ihm den Rücken zu und entfernte sich mit einer Gebrechlichkeit, als habe er sie hintergangen.

Als er den Festungsturm aufsuchte, um droben seine einsame Wache zu halten, befand er sich in trübsinniger, regelrecht beschämter Stimmung; ihm war, als hätte er sie in der Tat betrogen. Er verschwieg ihr gefahrvolles Wissen, als halte er sie für unfähig, es gleich ihm zu tragen. Doch nirgends in seinem Herzen vermochte er genug Mut zu finden, um seinen Mit-Lords den Schlüssel zum Ritual der Schändung zu überlassen. Selbiger Schlüssel war von bannhaft verführerischer Natur. Er fühlte sich von ihm bewogen, Trevor zu zürnen, den Kummer aus Loerjas Miene zu ohrfeigen, Amatins zierliche Schultern zu schütteln, bis sie ein Einsehen hatte, aus den verborgenen Kraftquellen des Himmels Feuer auf Satansfausts Haupt herabzurufen — und er versagte es ihm, offen zu sprechen.

Am siebenundzwanzigsten Tag leerte man den ersten Vorratskeller zur Gänze. Der Hauptküchenmeister und die erfahrensten Heiler meldeten Mhoram gemeinsam, daß in wenigen Tagen die schwächsten Stadtbewohner in dieser Kälte an Auszehrung zu sterben beginnen müßten.

Als er sich in seine Gemächer zur Ruhe zurückzog, war ihm selbst zu eisig, als daß er hätte schlafen können. Trotz der Wärme des Glutgesteins griff Lord Fouls Winter durch die steinernen Wälle nach ihm, als ob der unablässige, trostlose Wind genau auf seine empfindsamsten Schwingungen eingestellt sei. Er lag mit weitoffenen Augen auf seinem Lager wie ein Mensch im Fieber der Hilflosigkeit und innerster Verzweiflung.

In der nächsten Nacht schreckte ihn kurz nach der mitternächtlichen Stunde ein plötzliches Schaudern eines Gefühls von Bedrohung vom Lager, das durch die Mauern raste wie Feuer durch den Zunder der starken Erwartung, die die ganze Festung beherrschte. Er befand sich unterwegs, bevor irgend jemand ihn verständigen konnte; den Stab fest in weiß verkrampfter Faust, hastete er auf die höchsten Zinnen an der Ostseite des Hauptbaus. Er forschte nach Quaans verdrossener Wesenheit und bemerkte den Streitmark auf einem Balkon, von dem herab man Ausblick auf den Festungsturm und Satansfausts Heer besaß, das die Nacht wie verklumpter Ruß verdüsterte.

Als Mhoram sich zu ihm gesellte, deutete Quaan mit ausgestrecktem Arm, wie in Erhebung einer Anklage, gen Osten. Doch der Hoch-Lord hätte Quaans Fingerzeig nicht bedurft; der Anblick schien ihn aus der Finsternis anzuspringen wie eine grelle Scheußlichkeit mitten im Wind.

Vom Osten verlief in die Richtung Schwelgensteins ein Riß in der Wolkendecke, eine Lücke, die nord- und südwärts reichte, soweit Mhoram sehen konnte. Der Riß wirkte weit, erweiterungsträchtig, doch jenseits waren die Wolken so undurchdringlich wie bereits gewohnt.

Er ließ sich so deutlich erkennen, weil er grünes Licht verströmte, das dem von Smaragden ähnelte.

Seine Helligkeit verlieh ihm den Eindruck geschwinder Bewegung, aber er schwebte als eine langsame, unausweichbare Woge über die vom Eis verödeten Felder unterhalb des Vorgebirges heran. Das grüne Glosen seiner Schwaden rückte wie ein Leuchtzeichen des Unheils über der Erde näher, hellte zuvor unsichtbare Umrisse schlagartig überdeutlich auf, nur um sie sogleich wieder ins Dunkel zu entlassen. In gebanntem Schweigen beobachtete Mhoram, wie der Lichtschein über des Wütrichs Heer hinwegglitt, dann über die Vorhügel des Tafelbergs wanderte. Wie die Flutwelle eines Seebebens schwoll er in boshafter Geringschätzigkeit herauf zur Herrenhöh und brach auf der Festung.

Menschen schrien auf, als sie da den smaragdgründen Vollmond durch den Spalt in den Wolken mit gehässiger Scheelheit herabgrinsen sahen. Sogar der Hoch-Lord selbst schrak zurück, hob seinen Stab, als wolle er einen Alptraum verscheuchen. Für eines gräßlichen Augenblickes Dauer beherrschte Lord Fouls Mond, während der Spalt über die Festungsstadt hinwegschwebte, den klaren, abgründig sternenlosen Nachthimmel zwischen den Grenzen des Spalts wie eine unheilbare Wunde, eine Entartung der Gesetzmäßigkeiten des Himmels selbst. Smaragdgrünes Licht fiel auf alles, überschwemmte jedes Herz und tränkte jeden aufrechten Felsen Schwelgensteins in thetischer grüner Übermächtigkeit.

Dann entschwebte der Spalt in der Ferne jenseits Schwelgensteins; das kränkliche grüne Licht verschwand im Westen. Die Herrenhöh sank wie ein geborstenes Riff ins Meer einer scheinbar nicht endenwollenden Nacht.

»Melenkurion!« keuchte Quaan, als ersticke er. *»Melenkurion!«*

Erst nach und nach bemerkte Mhoram, daß er Fratzen schnitt wie ein in die Enge getriebener Wahnsinniger. Noch während ringsherum die Dunkelheit von neuem anbrach, herabzudonnern schien, erfüllt von grausigen Klängen und Lauten, vermochte er seine Gesichtszüge nicht zu entkrampfen; die Entstellung klammerte sich an sein Antlitz wie das Grinsen eines Totenschädels. Eine ausgedehnte Weile der Angespanntheit verstrich, ehe er daran dachte, durch die Nacht hinüber zu Satansfausts Heerscharen zu spähen.

Als er sich endlich zum Ausschauhalten durchgerungen hatte, erkannte er, daß das Heer sich nunmehr wieder zu regen begann. Die Horden schüttelten ihre mürrische Ruhe ab, und Gewimmel fing in ihrem Lager an, knisterte in der Dunkelheit wie neuerweckte Lust.

»Das Kriegsheer soll sich bereit machen«, befahl Mhoram, darum bemüht, ein unwillkommenes Beben in seiner heiseren Stimme zu unterdrücken. »Der Wütrich hat sein Zeichen erhalten. Nun wird er stürmen.«

Mit merklicher Anstrengung gewann Streitmark Quaan seine Fassung zurück und verließ den Balkon, begann sofort Anweisungen zu brüllen.

Mhoram preßte sich den Stab an die Brust, atmete tief und schwerfällig. Zuerst fuhr die Luft in zittrigen Atemzügen in seine Lungen, und er konnte sein Angesicht nicht von der fratzenhaften Maske befreien. Langsam jedoch lockerten sich seine Muskeln, und er lenkte seine Spannung in andere Kanäle. Seine Überlegungen richteten sich vollständig auf die Verteidigung der Herrenhöh.

Er rief die Herdwarte und die anderen Lords zu sich und erstieg den Festungsturm, um von dort aus zu beobachten, was der Wütrich *Samadhi* in die Wege leitete.

Droben konnten er und zwei erschütterte Wachen das Treiben des Wütrichs sehen. Satansfaust hielt sein Bruchstück des Weltübel-Steins zum Leuchten in die Höhe, einem Banner aus zähflüssigem Feuer vergleichbar, und die öde grüne Helligkeit enthüllte deutlich seine Gestalt, während er sich unter seinen Streitkräften zeigte, mit rauher, fremdartiger Zunge Befehle schnauzte. Ohne Hast scharten sich Urböse um ihn, bis ihre mitternachtschwarzen Leiber ihn umgaben wie ein Teich vom allerdüstersten Wasser. Anschließend ordnete er sie in zwei riesigen Keilen, einen an jeder seiner Seiten, deren Spitzen, unter seinen Schultern befindlich, auf Schwelgenstein wiesen. Im greulichen Lichtschein des Steins ähnelten die Lehrenkundigen Brocken unförmig verstofflichter, geballter Kraft von schnellem Verhängnis. Hinter ihren Keilen und seitlich davon schwärmten massenhaft andere Geschöpfe aus, als sie sich mit Richtung auf die Festung in Bewegung setzten.

Im Gefolge von des Wütrichs Feuer strebten sie zielbewußt aus dem Südosten geradewegs auf das verschlossene, verriegelte Tor am Fuß des Festungsturms zu.

Hoch-Lord Mhoram packte seinen Stab fester und versuchte, sich auf alles gefaßt zu machen, was auch immer geschehen mochte.

Er spürte, wie hinter ihm Lord Amatin und Herdwart Borillar eintrafen; kurz darauf folgte Tohrm, dann Quaan. Der Streitmark erstattete Meldung, ohne den Blick von Satansfausts Aufmarsch zu wenden.

»Ich habe zwei Scharen in den Turm befohlen. Mehr wäre nicht dienlich — sie täten sich gegenseitig behindern. Die Hälfte besteht aus Schützen. Es sind tüchtige Krieger.« Er fügte den letzten Satz hinzu, obwohl er überflüssig war, als müsse er sich selbst beruhigen. »Alle ihre Streit- und Scharwarte sind bewährte Kämpfer aus dem Krieg wider Markschänders Heer. Die Schützen verfügen über Pfeile aus *Lor-liarill.* Sie werden den Feind auf dein Zeichen hin unter Beschuß nehmen.«

Beifällig nickte Mhoram. »Gib Befehl, daß die Hälfte der Schützen den Beschuß eröffnen soll, sobald sich der Wütrich in die Reichweite ihrer Pfeile wagt! Der Rest soll auf mein Zeichen warten!«

Der Streitmark wandte sich ab, um die Anweisung übermitteln zu lassen, aber urplötzlich packte Mhoram ihn am Arm. Dem Hoch-Lord war, als schrumpfe ihm vor Kälte die Kopfhaut. »Schicke mehr Schützen auf die Befestigungen überm Hof des Güldenblattbaums!« ergänzte er seine Worte. »Sollte es Satansfaust dank irgendeines überstarken Übels gelingen, das Tor zu brechen, brauchen die Verteidiger des Turms Beistand. Und ... laß Krieger bereitstellen, um im ärgsten Falle die Laufstege zum Hauptbau zu zerstören!«

»Jawohl, Hoch-Lord.« Quaan war Kriegsmann und verstand die Notwendigkeit solcher Befehle. Er erwiderte Mhorams Geste mit festem Griff, als sei es eine Gebärde des Abschieds, dann verließ er die Höhe des Festungsturms.

»Das Tor zu brechen?« Borillar starrte den Hoch-Lord an, als verblüffe ihn allein schon der Gedanke. »Wie sollte das möglich sein?«

»Es ist unmöglich«, versicherte Tohrm rundheraus.

»Dennoch müssen wir auf alles vorbereitet sein.« Mhoram stemmte seinen Stab auf den steinernen Fußboden wie ein Banner, während er beobachtete, wie *Samadhi*-Sheol mit seinem Heer zum Sturm ansetzte.

Niemand sprach, derweil die feindlichen Haufen heranzogen. Schon trennten weniger als hundert Klafter sie noch vom Tor. Abgesehen vom dumpfen Stampfen der zahllosen Füße über den gefrorenen Untergrund, rückten sie in tiefem Schweigen näher, als beschlichen sie die Festung — oder als ob viele dieser Wesen trotz der triebhaften Gelüste, die sie anpeitschten, selber das fürchteten, was Satansfaust zu tun beabsichtigte.

Mhoram spürte, daß nur noch wenige Augenblicke blieben. Er fragte Amatin, ob sie Trevor oder Loerja gesehen habe.

»Nein.« Ihre im Flüsterton erteilte Antwort besaß einen hohlen Klang, als habe sie sich mit dem Verlassensein abgefunden.

Wenige Herzschläge später ertönte aus den oberen Stockwerken des Turms das Schwuppen von Sehnen, und ein Pfeilhagel schwirrte dem Feind entgegen. Im Finstern waren die Geschosse unsichtbar, und Satansfaust ließ sich nicht anmerken, ob er von ihnen Kenntnis nahm. Aber das Strahlen seines Stücks vom Weltübel-Stein entflammte die Pfeile und ließ sie wie Funken erdwärts trudeln, ehe sie einen Abstand von zehn Klaftern unterschritten.

Ein zweiter und noch ein Geschoßhagel hatten ebenfalls keine andere Wirkung als die vorderen Reihen von des Wütrichs Heer flüchtig zu beleuchten, in gespenstischem Grün und Orange die graulichen Erscheinungen der Anführer zu enthüllen.

Dann befahl *Samadhi* einen Halt. Die Urbösen an seinen Seiten bebten. Er raunzte seine Anweisungen. Die Keile rückten enger zusammen. Unter Knurren ordneten die Höhlenschrate und sonstigen Geschöpfe ihre Schlachtreihen, stellten sich bereit zum Sturmlauf.

Ohne Hast, jedoch auch ohne Säumen, ballte der Riesen-Wütrich die Faust, so daß aus seinem Bruchstück des Weltübel-Steins eine flimmernde Dampfwolke quoll.

Mhoram spürte, wie im Stein Gewalt anschwoll, in dicklichen Wellen von Schwingungen ihm ins Antlitz pulste.

Plötzlich zuckte aus dem Stein ein Blitz reiner Kraft und fuhr unmittelbar vor einem der Lehrenkundigen in die Erde. Der Ausbruch währte, bis Erdreich und Stein Feuer gefangen hatten, in grünen Flammen brannten, knisterten wie Brennholz. Dann lenkte Samadhi den Strahl der freigesetzten Kraft langsam in weitem Bogen über die Erde hinüber zum anderen Lehrenkundigen. Sein Kraftaufgebot hinterließ eine Furche, die glomm und schwelte, flackerte und in irdener Pein ächzte.

Als der Bogen vollendet war, umgab er Satansfaust von der einen zur anderen Seite — ein Halbkreis aus smaragdgrüner, glühender Schlacke, der vor ihm lag wie ein Zuggeschirr, das an den zwei Urbösen-Keilen befestigt war. Mhoram erinnerte sich an den Wirbel des Entsetzens, mit dem Markschänder das Kriegsheer in Doriendor Korischew angegriffen hatte, und eilte zur anderen Seite des Turms, um zum Hauptbau hinaufzurufen. »Verlaßt die Zinnen! Alle außer den Kriegern sollen Deckung suchen. Zeigt euch nicht, denn der Himmel selbst könnte euch bedrängen!« Danach kehrte er zurück zu Lord Amatin.

Drunten stießen die beiden großgewachsenen Lehrenkundigen ihre Stäbe in die beiden Enden des Bogens aus Glut. Sofort begann dämondimische Säure die Glutasche zu durchpochen. Die grünen Flammen färbten sich schwarz; sie brodelten und spritzten, lohten empor, als hätte Satansfaust im Untergrund eine Ader des Erdbluts angezapft.

Als Streitmark Quaan auf des Festungsturms Höhe zurückkehrte, hatte Mhoram mittlerweile erkannt, daß *Samadhi* keinen Wirbelsturm zusammenbraute. Die Maßnahmen des Wütrichs ließen sich mit nichts vergleichen, was er jemals zuvor gesehen hatte. Und sie dauerten länger als erwartet. Sobald sich die Urbösen mit dem Halbkreis verhaftet hatten, begann Satansfaust sich mit seinem Stein zu betätigen. Er entlockte dessen lichtem Kern ein Feuer, das auf den Erdboden strömte wie Lava und in die Schlacke des Bogens floß. Diese Kraft verband sich mit der schwarzen Flüssigkeit der Urbösen zu einem Gemisch von grauenhafter Gewaltsamkeit. Bald loderten auf der gesamten Länge des Bogens schwarzgrüne, gegabelte Flammenzungen empor in die Luft, und was da aufschoß, trug den Beobachtern in der Feste einen Eindruck von Übeltätigkeit zu, der bis in ihr Innerstes drang, als würden die granitenen Grundmauern der Vorhügel selbst angegriffen, als vermesse sich der Verächter, sogar das unentbehrliche Bein der Erde zu kränken.

Doch vorerst bewirkte diese Gewaltenballung nichts; sie wuchs lediglich immer weiter an. Feuerzungen sprangen Blitzen gleich stetig höher, vereinten sich, lohten langsam, aber sicher heller und noch übelträchtiger. Ihre Gewalttätigkeit verstärkte sich, bis Mhoram glaubte, die feinen, empfindsamen Gewebe seiner Haut und erst recht seiner Augen könnten nicht mehr davon ertragen — und dennoch mehrte sich die Heftigkeit der zusammengeballten Macht weiterhin. Als hinter Satansfausts Rükken die Morgendämmerung Blut in die Nacht zu verströmen begann, waren die verschiedenen Flammenzungen zu drei beständigen, Blitzen ähnlichen Säulen aus purer Kraft geworden, die ohne jeglichen Donner hinauf bis in die finsterste Düsternis der Wolken reichten.

Des Hoch-Lords Kehle war wie ausgedörrt; er mußte mehrmals nachdrücklich schlucken, bevor genug Feuchtigkeit seinen Gaumen benetzte, damit er wieder zu sprechen vermochte. »Herdwart Tohrm . . .« Noch immer versagte seine Stimme fast inmitten der Rede. »Der Feind wird das Tor angreifen. Er wird diese Gewalt gegen das Tor richten. Verfüge jeden Glutsteinmeister, der wagemutig genug ist, zur Verteidigung des Steins.«

Tohrm zuckte beim Klang seines Namens zusammen, dann beeilte er sich fort, als sei er froh, dem trostlosen Leuchten des Halbkreises entrinnen zu können.

Während sich über der Stätte der Belagerung graues Tageslicht ausbreitete, hüpften und zitterten die drei zusammenhängenden, blitzegleichen Kraftstränge, die vor Gewalt strotzten, wie Leuchtzeichen des Wahnwitzes, tobten empor an die stummen Wolken, rückten untereinander näher. Dahinter fing das Heer an zu lärmen, als der Druck der Spannung zu immer unerträglicherem Maß anschwoll.

Lord Amatin grub die Finger ins Fleisch von Mhorams Arm. Quaan hatte die Arme auf der Brust verschränkt und mußte äußerste Selbstbeherrschung aufbieten, um nicht zu schreien. Borillars Hände schabten wie im Fieber sein Angesicht, als könne er damit die Empfindung der Übeltätigkeit fortreiben. Sein Stab lag unbeachtet zu seinen Füßen. Mhoram hoffte für sie alle und unterdrückte seine Besorgnis.

Da schwang der Wütrich auf einmal seinen Stein und ließ dem Halbkreis mit einem Aufbrüllen noch einen Schub von Kraft einschießen.

Die drei himmelhohen Lichtstränge fuhren ineinander, wurden eins.

Unter diesem einen unheilvollen Blitzstrang begann die Erde dumpf zu beben. Schlagartig verschwand der Blitz, obwohl *Samadhi* und die Urbösen dem Glutbogen immer neue Kräfte zuführten.

Das unterirdische Grollen ging weiter; Erdstöße erschütterten den Untergrund. Innerhalb von Augenblicken wankte der Turm, als müßten seine Grundfesten bersten, um ihn zu verschlingen.

In träger, gequälter Ungeheuerlichkeit begann das Erdreich des Vorgebirges sich aufzubäumen. Verwerfungen entstanden, der Erdboden ruckte, klaffte; und aus den Rissen schoben sich steinerne Umrisse herauf. Zu seinem Entsetzen sah Mhoram die Gestalten von Menschen, Riesen und Rössern sich aus der Erde befreien. Die Gestalten waren plump, entstellt, verstümmelt; es handelte sich um steinerne Leiber, uralte versteinerte Überreste begrabener Leichname.

In Mhorams Ohren hallte aus seiner Erinnerung Asurakas von Schwelgenholz übermittelter Schrei wider. *›Er hat den alten Tod erneut heraufbeschworen.‹*

Zu Hunderten und Tausenden stiegen die steingewordenen Leichen aus dem Erdreich. Inmitten des gewaltigen Donnerns des im Bersten begriffenen Landstrichs erhoben sie sich aus ihren jahrtausendealten Gräbern und schwankten blind Schwelgensteins Torflügeln entgegen.

»Verteidigt den Turm!« schrie Mhoram dem Streitmark zu. »Aber opfert keine Leben sinnlos. Amatin! Kämpf du hier! Aber flieh, falls der Turm fällt! Ich begebe mich ans Tor.«

Aber als er sich von der Brustwehr abwandte, stieß er mit Tohrm zusammen. Tohrm grapschte nach ihm, hielt ihn fest. Doch trotz der dringlichen Eiligkeit des Hoch-Lords dauerte es einen Augenblick, ehe Tohrm ein Wort herausbrachte. »Der Stollen wird verteidigt«, quetschte er endlich hervor.

»Von wem?« hakte Mhoram barsch nach.

»Lord Trevor hat alle anderen fortgeschickt. Er und Glutsteinmeister Trell schützen die Tore.«

»Melenkurion!« entfuhr es Mhoram unterdrückt. *»Melenkurion abatha!«* Er kehrte zurück an die Brustwehr.

Drunten hatten die toten, stummen Gestalten fast den Fuß des Festungsturmes erreicht. Hunderte von Schützen überschütteten sie mit unablässigem Pfeilhagel, doch die Geschosse prallten unschädlich von den irdenen Leibern ab und fielen entflammt, aber ohne Wirkung zur Erde.

Mhoram zögerte, murmelte bei sich, versetzt in außerordentliche Fassungslosigkeit. Die Folgen dessen, daß das Gesetz des Todes gebrochen worden war, übertrafen seine schlimmsten Befürchtungen. Schon hatten sich Tausende knorriger Gestalten zusammengerottet und marschierten auf die Feste zu, und mit jedem Augenblick krochen Tausende mehr aus dem Erdboden, torkelten heran wie verlorene Seelen, dem Einfluß von Sheol-Satansfausts Macht unterworfen.

Doch da legte die erste Gestalt Hand ans Tor, und Hoch-Lord Mhoram sprang vorwärts. Er schwang seinen Stab und sandte einen Ausbruch seiner Kraft am Turm hinab, der den toten Leib traf, wo er stand. Der Einschlag des Lord-Feuers zerbrach ihn wie Sandstein, und er zerfiel zu Staub.

Unverzüglich boten er und Lord Amatin all ihre Kräfte auf. Ihre Stäbe dröhnten und lohten, ließen blaue Gewalten mit der Wucht von Hammerschlägen auf die näherrückenden Gestalten niederregnen. Jeder ihrer Schläge verwandelte Tote in Staub. Doch jeden, der zerfiel, ersetzten Dutzende neuer Auferstandener. Im ganzen Gelände zwischen dem Festungsturm und Satansfausts Feuerbogen wogte der Erdboden, wölbte sich empor, stieß immer mehr Leichname aus und vorwärts, als würden sie aus dem untersten Schlamm eines leblosen Meers heraufgepflügt. Erst erreichten sie die Torflügel einzeln, dann zehnerweise, zu zwei Dutzenden, endlich in halben Hundertschaften, und sie klumpten, häuften sich dagegen.

Durch den Stein unter seinen Füßen spürte Mhoram den gegen das Tor ausgeübten Druck wachsen. Er fühlte, wie Trevors Lord-Feuer und Trells kraftvoller, gleichsam unterirdischer Gesang die ineinander verzahnten Torflügel in ihrer Standhaftigkeit stärkten, während Hunderte, ja, Tausende der blinden, stummen Körper dagegen andrängten, sich ohne Rücksicht aufeinander gegen sie stemmten, in leblosem Grimm vorwärtsstrebten, als sei auf unvorstellbare Weise aus dem Erdreich eine Lawine emporgeschwollen. Er bemerkte das Stöhnen und Ächzen des Gegendrucks, als schabe das Bein des Turms aneinander. Und immer noch mehr Tote standen auf, klommen aus der Erde, bis ihre

Zahl der Masse von des Wütrichs Heer nicht nachzustehen schien, sie so unwiderstehlich wirkten wie eine Sturmflut. Mhoram und Amatin vernichteten sie zu Hunderten und vermochten sie doch nicht aufzuhalten.

Hinterm Hoch-Lord befand sich Tohrm auf den Knien, teilte durch seine Hände die Pein des Turms, schluchzte unverhohlen. »Schwelgenstein! Ach, Schwelgenstein, weh dir! Ach, Schwelgenstein, Schwelgenstein!«

Mhoram wandte dem Kampf den Rücken, packte Tohrm an seinem Gewand, zerrte den Herdwart auf die Füße. »Glutsteinmeister!« schnauzte er in Tohrms vor Entmutigung verzerrte Miene. »Besinne dich darauf, wer du bist! Du bist Herdwart der Herrenhöh.«

»Ich bin ein Nichts!« Tohrm weinte. »Ach! Die Erde . . .!«

»Du bist Herdwart und Glutsteinmeister. Vernimm meine Worte — ich, Hoch-Lord Mhoram, gebiete dir! Beobachte diesen Angriff — trachte danach, ihn zu durchschauen und zu begreifen. Das innere Tor muß halten. Die *Rhadhamaerl* müssen Schwelgensteins inneres Tor bewahren.«

Er verspürte eine Änderung im Verlauf des Ansturms. Satansfausts Stein schleuderte nun Blitze gegen das Tor. Amatin versuchte, dagegen Widerstand zu leisten, aber der Wütrich vereitelte ihre Bemühungen, als wären sie ohne Bedeutung. Doch Mhoram blieb bei Tohrm, richtete seine Stärke auf den Herdwart, bis sich Tohrm dem Fordern seiner Fäuste und Augen beugte.

»Wer wird den Stein beklagen, wenn nicht ich?« stöhnte Tohrm.

Mhoram unterdrückte eine Anwandlung, ihn anzubrüllen. »Keinem Harm wird gebührliche Klage widerfahren, wenn wir nicht überleben.« Im nächsten Augenblick jedoch vergaß er Tohrm, mißachtete alles außer den stummen Schreien, die ihn von den Grundfesten des Turms herauf durchdröhnten. Durch Trells schrillen Grimm und das heftige Lohen von Trevors Lord-Feuer kreischten die Torflügel vor Qual.

Das Schmettern einer gewaltigen Erschütterung ließ den Stein erzittern. Die Menschen auf dem Turm taumelten, stürzten zu Boden. Irgendwo zwischen den Wolken und der Erde erscholl ein ungeheurer Donnerschlag, Posaunenstößen des Sieges vergleichbar, als klaffe der Himmel des Daseins selbst auseinander.

Die Torflügel barsten einwärts. Halden toten Steins rumpelten in den Tunnel unterm Festungsturm.

»Verteidigt den Turm«, rief Mhoram hinüber zu Quaan und Amatin. Das Beben verlief sich, und er raffte sich auf. »Komm!« schrie er und zerrte Tohrm mit. »Ruf die Glutsteinmeister! Das innere Tor darf nicht auch brechen.« Obgleich der Turm noch bebte, nahm er den Weg zur Treppe. Aber ehe er sie hinabsteigen konnte, hörte er vielstimmiges Geschrei, Schreien von Menschen. Besorgnis mit der Stärke von heller Wut durchpeitschte das aufgewühlte Durcheinander seiner Empfindungen. »Quaan!« brüllte er, obschon der Streitmark ihn schon fast eingeholt hatte. »Die Krieger greifen an.« Erbittert nickte Quaan, als er Mhorams Seite erreichte. »Halt sie zurück! Sie können wider diese Toten nicht streiten. Schwerter vermögen nichts auszurichten.«

Gemeinsam mit Tohrm und Quaan hastete der Hoch-Lord in höchster Eile die Treppen hinab, während Amatin weiterhin Lord-Feuer von den Zinnen in die Tiefe verschleuderte.

Quaan stieg geradewegs durch den Turm abwärts, aber Mhoram nahm Tohrm mit hinaus über den Festungshof, zur Mitte des höchsten Laufstegs zwischen Hauptbau und Turm. Von dort erkannten sie, daß Trell und Lord Trevor bereits aus dem Stollen zurückgedrängt worden waren. Sie fochten gegen den langsamen, blinden Andrang der Toten um ihr Leben. Trevor bot ungewöhnlich starke Kräfte auf, wie Mhoram sie noch nie von ihm erlebt hatte, zerschmetterte die Reihen der vorderen Angreifer, zerschmiß sie fortgesetzt und geschwind zu Staub. Und Trell schwang mit beiden Fäusten ein schweres Bruchstück eines der Torflügel. Wie mit einer Keule drosch er damit dermaßen kraftvoll und wuchtig drein, daß sogar Gestalten, die noch entfernt Rössern und Riesen ähnelten, unter seinen Hieben zerfielen.

Aber die beiden Männer besaßen nichtsdestotrotz keinerlei Aussicht auf Erfolg. Schwerter und Speere blieben gegen die wandelnden Leichname wirkungslos; Dutzenden von Kriegern, die in den Tunnel und den Hof stürmten, widerfuhr das Schicksal, einfach niedergetrampelt und zermalmt zu werden, und ihre Schreie waren grausig anzuhören. Unter Mhorams Augen drängten die Toten Trell und Trevor zusehends weiter zurück, am alten Güldenblattbaum vorbei in die Richtung zum verschlossenen inneren Tor.

Mhoram rief zu den Kriegern auf den Befestigungen unter

ihm hinab, befahl ihnen, dem Hof fernzubleiben. Dann lief er hinüber zum Hauptbau und eilte die Treppen zu den untersten Stockwerken hinunter. Gefolgt von Tohrm, erreichte er das Bollwerk überm inneren Tor gerade zur rechten Zeit, um Höhlenschrate durch den Tunnel wimmeln zu sehen, die zwischen den Toten vorwärtsdrängten, um die Seitenpforten zu erstürmen, die einzigen Zugänge vom Hof zum Turm.

Eine Anzahl von ihnen fand sofort den Tod, Pfeile in Kehlen und Leibern, und die wenigen Krieger im Hof, die das Glück gehabt hatten, nicht zertreten worden zu sein, erschlugen weitere. Aber ihre dicken, schweren Wämser schützten sie vor einem Großteil der Pfeile und gegen viele Schwertstiche. Mit ihrer großen Stärke, unterstützt durch ihre Kenntnisse des Steins, warfen sie sich gegen die Pforten. Und binnen kurzem drangen größere Haufen der ungeschlachtenen Wesen durch den Stollen ein. Der Hoch-Lord sah, daß die Krieger allein *Samadhis* Geschöpfe nicht daran hindern konnten, in den Turm vorzustoßen.

Für einen fast unerträglich harten Augenblick verscheuchte er Trevor und Trell, Höhlenschrate und Krieger und wiederbelebte tote Erde vollkommen aus seinem Verstand und befaßte sich mit der Entscheidung, die er fällen mußte. Sollte Schwelgenstein noch ein lebenswichtiger Schutz verbleiben, galt es, entweder den Turm oder das innere Tor zu halten. Ohne das Tor mochte der Turm Satansfausts Zutritt zur Feste noch immer unmöglich machen und den Bewohnern die Fortsetzung des Widerstands erlauben; ohne den Turm konnte das Tor Satansfaust unverändert aussperren. Ohne das eine oder andere war Schwelgensteins Schicksal besiegelt. Doch Mhoram war dazu außerstande, um beides zu streiten, er konnte nicht an beiden Stellen gleichzeitig sein. Er mußte entscheiden, wohin er die volle Abwehrkraft der Festung verlegen wollte.

Er entschied sich für das Tor.

Nach gefaßtem Entschluß sandte er sofort Tohrm aus, damit er die übrigen Glutsteinmeister zusammenrufe. Dann schenkte er seine Aufmerksamkeit dem Gefecht im Festungshof. Er mißachtete die Höhlenschrate und widmete sich statt dessen den Toten, die den Güldenblattbaum umschlurften und Trevor und Trell rücklings gegen die Mauer des Hauptbaus abdrängten. Er rief den Kriegern ringsum zu, ihm *Clingor* zu bringen, dann ließ er Lord-Feuer auf die gesichtslosen Gestalten hinabzucken, zerdrosch sie zu Staub. Gemeinsam schufen er und Trevor eine

Gasse, durch die sich die in Not geratenen Krieger zum inneren Tor zurückziehen konnten.

Fast unverzüglich brachten Krieger Mhoram zwei *Clingor*-Stränge, befestigten sie und warfen sie hinunter zu Trevor und Trell. Während dieser kurzen Verzögerung jedoch wälzte sich auf den Schultern der Toten eine neue Welle von Höhlenschraten in den Hof und verstärkten die Angreifer vor den beiden Pforten des Turms. Mit grausigen Geräuschen, als ob Knochen brächen, rissen sie die Pforten aus den Angeln, kippten die steinernen Platten zur Seite und stürzten mit Gebrüll in den Turm; sofort traten tüchtige, tapfere Krieger ihnen entgegen, aber Schwung und Kraft der Höhlenschrate drängten sie sogleich einwärts.

Als er die Pforten aufgebrochen sah, stieß Trell einen Aufschrei zorniger Empörung aus und versuchte, die Höhlenschrate anzugreifen. Er schleuderte den *Clingor*-Strang beiseite und stemmte sich gegen die Toten, als könne er sich durch ihre Masse einen Weg hinüber zum Turm furchen, um dessen Verteidiger zu verstärken. Zuerst schufen seine granitene Keule und sein *Rhadhamaerl*-Wissen ihm Platz, und es gelang ihm, einige Schritte weit vorzudringen. Aber dann zerbrach seine Keule. Unterm übermächtigen Gewicht der Toten sank er nieder.

Trevor eilte ihm zu Hilfe. Unterstützt durch Mhorams Lord-Feuer, erreichte der Lord Trell. Eine steinerne Leiche stampfte auf seinen Fußknöchel, aber Trevor mißachtete den Schmerz, packte Trell an den Schultern, zerrte ihn frei.

Sobald er sich wieder auf die Füße hochraffen konnte, schob Trell Lord Trevor von sich und wandte sich mit den bloßen Fäusten gegen die gefühllosen Gestalten.

Trevor bemächtigte sich eines der *Clingor*-Stränge und schlang ihn sich mehrmals um den Brustkorb. Dann klammerte er sich an Trells Rücken. Die Arme unter denen Trells, legte er Trell seinen Stab quer über die Brust wie eine Schranke, dann rief er den Kriegern überm Innentor zu, sie sollten ziehen. Ohne Säumen packten zehn Krieger den Strang und zerrten die beiden Männer in die Höhe. Während Mhoram die beiden schützte, zog man sie an der Mauer empor und über die Brüstung des Bollwerks.

Mit einem knirschenden Ruck prallten die dichtgedrängten Toten gegen das innere Tor.

Inmitten des Kampfgeschreis aus dem Turm und des stummen Drucks, der unversehens gegen das Innentor schwoll, widmete Hoch-Lord Mhoram seine Aufmerksamkeit Trell und Lord Trevor.

Der Glutsteinmeister befreite sich aus Trevors Umklammerung und den hilfreichen Händen der Krieger, richtete sich auf und trat vor Mhoram, als sei es seine Absicht, dem Hoch-Lord an die Gurgel zu springen. Sein Gesicht loderte vor Erregung und Wut.

»Schadlos!« schnarrte er auf gräßliche Weise. »Der Turm verloren ... schadlos für Sheols Zwecke! Sind das deine Pläne mit Schwelgenstein?! Besser zerstörten wir's mit eigenen Händen!«

Er stieß mit seinen kraftvollen Armen um sich, um zu verhindern, daß jemand ihn anrührte, dann wandte er sich heftig ab und stapfte davon ins Innere der Festung.

Mhorams Blick glomm bedrohlich, aber er biß sich auf die Lippen, sah davon ab, dem Glutsteinmeister zu folgen. Trell hatte sein Äußerstes getan und doch scheitern müssen. Man konnte ihm keinen Vorwurf daraus machen, daß ihm seine Unzulänglichkeit zuwider war; er verdiente es, in Ruhe gelassen zu werden. Aber seine Stimme hatte geklungen, als gehöre sie einem Menschen, dessen Frieden dahin war für alle Zeit. Innerlich hin- und hergerissen, beauftragte Mhoram zwei Krieger damit, Trell im Auge zu behalten, dann kehrte er sich Trevor zu.

Der Lord lehnte rücklings an der Mauer und atmete schwer. Aus seinem verletzten Fußknöchel rann Blut; sein Antlitz war vom Dreck des Gefechts besudelt, und er bebte, als zermürbe die Mühsal des Atmens ihm die Brust. Doch er schien den Schmerz nicht zu spüren, nicht einmal seiner selbst bewußt zu sein. In seinen Augen glitzerte der Widerschein unheimlicher Wahrnehmungen. »Ich hab's gefühlt«, keuchte er, als Mhoram zu ihm trat. »Ich weiß, was es ist.« Mhoram rief, man solle einen Heiler verständigen, aber Trevor wehrte schon jeden Gedanken ab, er bedürfe des Beistands. Er wandte sich wie ein Mensch in äußerster Erregung an den Hoch-Lord. »Ich hab's gefühlt, Mhoram«, wiederholte er.

Mhoram meisterte seine Beunruhigung. »Was gefühlt?«

»Lord Fouls Macht. Die Kraft, die all das ermöglicht.«

»Der Stein ...«, begann Mhoram.

»Der Stein genügt nicht. Das Wetter ... die Schnelligkeit, mit welcher er nach der Niederlage in der Würgerkluft wieder neue, noch größere Kraft sammelte ... seine Gewalt über dies Heer, obwohl es so weit von ihm entfernt ist ... diese toten Gestalten, von ungeheurer Macht aus der Erde getrieben . . .! Der Weltübel-Stein allein ist nicht genug. Ich hab's gefühlt. Nicht einmal Lord Foul der Verächter könnte in sieben kurzen Jahren so unbesiegbar werden.«

»Was ist's dann?« erkundigte sich Mhoram mit gepreßter Stimme.

»Dieser Winter . . . das Wetter. Er beherrscht das Heer, treibt es an . . . macht Satansfaust frei, macht den Verächter selbst für andere Betätigungen frei . . . die Betätigung mit dem Stein. Das Aufbieten dieser Toten. Mhoram, entsinnst du dich an Seibrich Felswürms Gewalt übers Wetter . . . und über den Mond?« In immer stärkerer Verwunderung und Besorgnis nickte Mhoram. »Ich habe ihn gefühlt. Lord Foul hat den Stab des Gesetzes.«

Ein Aufschrei kam über Mhorams Lippen, aber er war im selben Augenblick davon überzeugt, daß Trevor recht hatte. »Wie ist das möglich? Der Stab verschwand unterm *Melenkurion* Himmelswehr mit Hoch-Lord Elena in der Tiefe.«

»Ich weiß es nicht. Vielleicht hat dieselbe Wesenheit, die Elena erschlug, den Stab nach Fouls Hort gebracht — vielleicht ist's der tote Kevin selbst, der in Fouls Namen den Stab wider uns verwendet, so daß der Verächter nicht das Wagnis eingehen muß, sich einer Macht zu bedienen, die für ihn nicht geschaffen ist. Aber ich habe den Stab gefühlt, Mhoram . . . den Stab des Gesetzes, ganz ohne Zweifel.«

Mhoram nickte, darum bemüht, die Bestürzung und Furcht zu bändigen, die in seinem Innern grenzenlosen Widerhall zu finden schienen. Der Stab des Gesetzes! Rings um ihn tobte Gemetzel; er konnte weder Zeit noch Kraft für irgend etwas anderes als die unmittelbaren Aufgaben aufwenden. Lord Foul besaß den Stab des Gesetzes! Falls er darüber eingehender nachdachte, geriet er womöglich selbst in Panik. Mit blitzenden Augen drückte er fest Trevors Schulter, um ihm ein Zeichen seiner Anerkennung und Gefährtenschaft zu geben, dann wandte er sich wieder zum Festungshof.

Für einen Augenblick tastete er sich mit seinen überfeinen Sinnen durch das Lärmen und Tosen, richtete seine Wahrnehmung mit aller Anspannung auf Schwelgensteins Lage, um sie einzuschätzen. Er stellte fest, daß Lord Amatin sich noch auf den Zinnen des Turms befand, nach wie vor ihr Lord-Feuer auf die Toten niederprasseln ließ. Ihre Kräfte ließen nach — ihr fortgesetzter Einsatz hatte längst das herkömmliche Maß ihrer Belastungsfähigkeit überschritten —, aber ließ unvermindert unregelmäßige Blitze heller Glut nach unten schießen, ins Ringen verbissen, als wolle sie den Turm bis zum letzten Herzschlag oder Atemzug verteidigen. Und ihre aufgebotenen Anstrengungen blieben in der Tat nicht vollends ohne Wirkung. Obzwar sie günstigstenfalls ein Zehntel der Leichen, die da heranwankten, zum Stehen bringen konnte, hatte sie inzwischen so viele von ihnen in Staub verwandelt, daß die Halden ihrer Reste den Zugang zum Tunnel versperrten. Nun vermochten weniger Tote sich zugleich hereinzuzwängen; Amatins Gegenwehr und die Verengung des Tunnels verlangsamte ihr Vordringen und die Vervielfachung ihres Drucks gegen das Innentor.

Doch während sie kämpfte, weitete sich das Gefecht im Turm nach oben aus, rückte ihr näher. Nur wenige Höhlenschrate benutzten noch die aufgebrochenen Pforten. Ihre eigenen Gefallenen erschwerten ihnen das Eindringen, und außerdem setzten sie sich den Pfeilen der Schützen im Hauptbau aus. Aber irgendwie gelang es dem Gegner, den Turm dennoch zu erstürmen; Mhoram hörte, wie lauter Kampflärm durch die verschachtelten Gänge und Korridore des Festungsturms immer weiter aufwärts drang. Er gab sich einen Ruck und mißachtete alles andere rundum, heftete seine gesamte Aufmerksamkeit auf den Turm. Da erkannte er durch den Schleier des Getöses — rauh gebrüllte Befehle, Klirren von Waffen, heisere Schreie von Gier und Pein, den Tumult eilig bewegter Füße — Satansfausts Vorgehen an der Vorderseite des Festungsturms. Der Wütrich schleuderte wüste Blitze aus Gewalten des Weltübel-Steins gegen die Erker und Fenster, gelegentlich auch wider Lord Amatin selbst; und im Schutz dieser Schäge lehnten seine Geschöpfe Sturmleitern an die Mauern des Turms und schwärmten durch seine Öffnungen ins Innere.

Im Stein unter seinen Füßen spürte Hoch-Lord Mhoram, wie das zweite Tor ächzte.

Rasch wandte er sich an einen Krieger, eine in verkrampfter Bereitschaft befindliche Steinhausenerin. »Geh hinüber in den Turm! Richte Streitmark Quaan aus, sobald du ihn findest, ich befehle ihm, den Rückzug aus dem Turm einzuleiten. Sag ihm, er muß Lord Amatin mitbringen! Geh!«

Die Frau entbot ihm einen flüchtigen Gruß und lief davon. Wenige Augenblicke später sah er sie auf einem Laufsteg über den Hof eilen.

Zu diesem Zeitpunkt hatte er sich bereits wieder ins Gefecht gemischt. Während Lord Trevor ihm an seiner Seite beharrlich Unterstützung leistete, erneuerte er seinen Angriff auf den irdenen Druck, der Schwelgensteins Innentor immer stärker gefährdete. Derweil unter ihm der Gegendruck der Glutsteinmeister den Fels durchzitterte, ballte er all seine Kräfte zusammen und verwendete sie zur Zerschmetterung von Toten. Ihm war nun klar, auf welches Ergebnis er hoffen mußte; er beabsichtigte, die Fliesen des Festungshofes mit soviel Staub zu bedecken, daß die blinden, unsicheren Leiber unter sich nicht länger festen Halt fänden, um vorwärtszudrängen. Trevors Hilfe beflügelte ihn zusätzlich, und er zerhieb Tote dutzend- und zweidutzendweise, bis der Stab in seinen Händen schrillte und die Luft rings um Mhoram so mit blauem Feuer aufgeladen war, daß er selbst Lord-Feuer zu verschleudern schien.

Doch während er sich schonungslos abmühte, seine Kräfte wie eine Sichel durch Satansfausts üble Ernte mähte, beließ er einen Teil seiner Aufmerksamkeit stets den Laufstegen gewidmet. Er wartete auf Quaan und Amatin.

Kurze Zeit später fiel der erste Laufsteg in die Tiefe. Die geschlagenen Reste eines Fähnleins kamen über ihn aus dem Turm geflohen, nahezu dichtauf verfolgt von Höhlenschraten. Schützen lösten einen Pfeilhagel aus, und die Höhlenschrate stürzten in den Hof. Sobald sich die Krieger in Sicherheit gebracht hatten, kappte man die Taue des Laufstegs. Die hölzerne Brücke sauste an der Seite des Hauptbaus abwärts und krachte an die Mauer des Turms.

Der furchtbare Wirrwarr des Kampfes hallte immer lauter aus dem Innern des Festungsturms. Urplötzlich zeigte sich auf einem der oberen Laufstege Streitmark Quaan. Mit durchdringenden Rufen, um sich verständlich zu machen, befahl er, außer den beiden höchsten sämtliche Laufstege zu entfernen.

»Amatin!« brüllte Mhoram zum Steitmark hinauf. Quaan nickte und rannte zurück in den Turm.

Ohne Verzögerung zerstörte man zwei weitere Laufstege; aber am dritten zauderten die Krieger. Mehrere verwundete Krieger kamen auf ihn herausgestolpert. Manche stützten einander, andere trugen Bewegungsunfähige; auf diese Weise versuchten sie, den Hauptbau zu erreichen. Aber dann kamen mehr als zwanzig vom Weltübel-Stein angepeitschte Geschöpfe wie Irrsinnige auf diesen Laufsteg gestürmt. Sie ließen sich von Pfeilen und Schwertern nicht abschrecken, warfen die Verwundeten in den Abgrund und setzten alles daran, zum Hauptbau zu gelangen.

Mit grimmiger Entschlossenheit kappten dort die Krieger die Taue.

Jeden Gegner, der sich an den Türöffnungen der zerstörten Laufstege zeigte, töteten wuchtig verschossene Pfeile oder trieben ihn in Deckung. In rascher Reihenfolge beseitigte man auch die höheren Holzbrücken. Nur zwei blieben für die Überlebenden des Kampfs um den Turm.

Mittlerweile keuchte Lord Trevor an der Seite des Hoch-Lords in der Benommenheit äußerster Erschöpfung, und auch Mhoram fühlte sich nun durch die fortwährende Belastung erheblich geschwächt. Aber er durfte sich keine Atempause erlauben. Tohrms Glutsteinmeister vermochten das Tor nicht allein zu halten.

Derweil ein Augenblick stärkster Anspannung nach dem anderen verstrich, verlor die Flamme seines Lord-Feuers an Kraft. Die Sorge um Quaan und Amatin lenkte ihn ungemein hinderlich ab. Am liebsten hätte er sie persönlich herübergeholt. Ständig kamen nun Krieger über die beiden letzten Laufstege zum Hauptbau gehetzt, und er beobachtete ihren Rückzug mit von Furcht eingeschnürter Kehle, hoffte stetig, endlich auch ihre Anführer kommen zu sehen.

Man zerstörte einen weiteren Laufsteg.

Er stellte den Kampf vollends ein, als Quaan ohne Begleitung unter der Tür zum letzten Laufsteg erschien. Quaan schrie irgend etwas zum Hauptbau herüber, aber Mhoram konnte seine Worte nicht verstehen. Mit angehaltenem Atem sah er zu, wie vier Krieger hinüber zum Streitmark liefen.

Da zeigte sich hinter Quaan eine Gestalt in blauer Robe — Amatin. Aber die beiden machten keinerlei Anstalten, sich abzusetzen. Als die Krieger drüben anlangten, begaben sich alle zusammen zurück in den Turm.

In seiner Hilflosigkeit wie gelähmt, starrte Mhoram hinauf zur verlassenen Tür, als könne seine bloße Willenskraft die beiden zurückholen. Er konnte hören, wie die Horden des Wütrichs immer weiter nach oben vorstießen.

Ein Weilchen später kamen die vier Krieger wieder zum Vorschein. Zwischen sich trugen sie Herdwart Borillar. Er hing in ihren Fäusten, als sei er tot.

Quaan und Amatin folgten ihnen. Sobald alle den Hauptbau betreten hatten, zerstörte man auch den letzten Laufsteg. Im Tosen aus dem Turm schien er lautlos zu fallen.

Ein Nebelschleier wallte durch Mhorams Blickfeld. Beiläufig bemerkte er, daß er sich schwerfällig auf Trevor stützte; er konnte nicht allein stehen, während er krampfhaft um Atem rang. Als sein Anfall von Schwäche nachließ, erwiderte er Trevors Blick und lächelte.

Wortlos widmeten sich beide von neuem der Verteidigung des Innentors.

Der Turm war verloren, aber die Schlacht noch nicht vorbei. Nicht länger von Amatins Lord-Feuer behindert, waren die Toten allmählich dazu in der Lage, sich einen Weg durch den angehäuften Staub zu pflügen. Das Gewicht ihres Andrangs nahm wieder zu. Und das Gefühl von Übelhaftigkeit, das sie durch den Fels aussandten, machte sich ebenfalls immer stärker bemerkbar. Der Hoch-Lord spürte ringsum Schwelgensteins Not anwachsen, bis sie von allen Seiten auf ihn einzudringen schien. Hätten sie es nicht so eindeutig mit diesen Leichen zu tun gehabt, er wäre zu der Auffassung gekommen, die Feste werde auch an anderen Stellen angegriffen.

Doch die gegenwärtigen Verhältnisse erforderten seine ungeteilte Aufmerksamkeit. Schwelgensteins einzige Hoffnung bestand darin, das Innentor mit Staub zu verschütten, ehe es nachgab.

Er spürte, wie in seinem Rücken Tohrm sich einfand, aber er drehte sich nicht um, bevor sich Quaan und Lord Amatin zum Herdwart gesellt hatten. Dann ließ er sein Lord-Feuer erlöschen und wandte sich den dreien zu.

Amatin stand am Rande zum Zusammenbruch. Ihre Augen waren weit geöffnet vor Pein; das Haar hing ihr in schweißigen Strähnen übers Antlitz. Ihre Stimme bebte, als sie zu sprechen anfing. »Er hat einen für mich bestimmten Blitzschlag abgefangen. Borillar ... Er ... Ich habe *Samadhis* Absicht zu spät bemerkt.«

Ein Augenblick verstrich, ehe Mhoram genug Selbstbeherrschung aufbrachte, um seine Frage zu stellen. »Ist er tot?« forschte er mit ruhiger Stimme nach.

»Nein. Die Heiler ... Er wird's überstehen. Er ist ein Allholzmeister ... kein Schwächling.« Sie sank nieder auf den Steinboden und lehnte sich rücklings an die Mauer, so matt, als seien die

Sehnen gerissen, die ihre aufrechte Haltung zu gewährleisten hatten.

»Ich hatte vergessen, daß er sich bei euch aufhielt«, bekannte Mhoram leise. »Ich schäme mich.«

»Du schämst dich?!« Das heisere Krächzen von Quaans Stimme lenkte Mhorams Aufmerksamkeit ab. Das Antlitz und die Arme des Streitmarks waren von Blut besudelt, aber er wirkte unverletzt. Er vermochte Mhorams Blick nicht zu erwidern. »Der Turm . . . verloren!« Er stieß seine Äußerungen voller Bitterkeit hervor. »Ich bin's, der Grund zur Scham hat. Kein anderer Streitmark hätte geduldet, daß . . . Streitmark Hile Troy hätte einen Weg gefunden, den Turm zu halten.«

»Dann finde du einen Weg, um uns beizustehen«, stöhnte Tohrm. »Denn das Tor wird unmöglich halten.«

Die lebhafte Verzweiflung seines Tonfalls sorgte dafür, daß sich auf dem Bollwerk sämtliche Blicke auf ihn hefteten. Tränen rannen ihm übers Angesicht, als könne er nie wieder aufhören zu weinen, und seine Hände zuckten unbewußt, als suche er inmitten der Luft irgendeine Unausdenklichkeit, etwas, das niemals brach. Und die Torflügel ächzten zu ihm herauf, als wollten sie die Begründetheit seiner Befürchtungen unterstreichen. »Wir können's nicht halten«, erläuterte er. »Ausgeschlossen. Solche Kraft! Mögen die Steine mir verzeihen. Ich bin . . . Wir sind dieser Prüfung nicht gewachsen.«

Ruckartig vollführte Quaan auf dem Absatz eine Kehrtwendung und entfernte sich zur Seite, brüllte nach Balken und Allholzmeistern, um das Tor verstärken zu lassen.

Aber Tohrm schien den Streitmark gar nicht zu hören. Sein tränenfeuchter Blick blieb auf Mhoram gerichtet. »Etwas hindert uns«, sagte er gedämpft zum Hoch-Lord. »Irgendein Übel mindert unsere Kräfte. Wir können's nicht begreifen . . . Hoch-Lord, waltet hier ein weiteres Übel? Ein anderes Übel als Gewicht und tote Gewaltsamkeit? Ich höre . . . ganz Schwelgensteins großer Fels schreit auf und spricht zu mir von Bosheit.«

Hoch-Lord Mhorams Sinneswahrnehmungen schwenkten gewissermaßen herum und stellten sich auf die Schwingungen der Grundfesten unter der Herrenhöh ein, als verschmelze er seinen Geist mit dem Stein. Er spürte das gesamte Gewicht von *Samadhis* Toten, als drücke es unmittelbar gegen ihn; er merkte, wie die Pforten seiner Seele knarrten, knackten, ruckten. Für einen Augenblick war er die Herrenhöh, einen Augenblick, der einem

Aufflammen von Hellsichtigkeit glich, nahm ihr Dasein und ihren Schmerz in sich auf, fühlte die entsetzliche Gewalt, die sie zu brechen drohte — und noch etwas anderes, das sich davon deutlich unterschied, eine gesonderte Schrecklichkeit. Als er durch den Hauptgang Füße in eiligem Lauf näher kommen hörte, wußte er, daß Tohrm eine Tatsache bemerkt hatte.

Einer der beiden Männer, die Mhoram damit beauftragt hatte, auf Trell achtzugeben, stürzte heran, blieb ruckartig stehen. Sein Angesicht war weiß vor Grauen, und er war kaum dazu imstande, durch seine Zähne ein paar Wörter zu stottern.

»Hoch-Lord, komm! Er . . .! Die Klause! Oh, hilf ihm!«

Amatin bedeckte ihr Haupt mit den Armen, als könne sie nicht noch mehr ertragen. »Ich vernehme deine Worte«, entgegnete der Hoch-Lord gefaßt. »Besinn dich darauf, wer du bist! Sprich deutlich!«

Der Mann schluckte mehrmals krampfhaft. »Trell . . . er . . . er opfert sich selbst. Er gefährdet die Klause.«

Ein heiserer Laut entfuhr Tohrm. *»Melenkurion!«* keuchte Amatin.

Mhoram starrte den Krieger an, als könne er nicht glauben, was er gehört hatte. Aber er glaubte es; er spürte die Wahrheit. Ihn bestürzte die furchtbare Erkenntnis, daß auch dies Wissen zu spät kam. Wieder hatte seine Weitsicht versagt, war es ihm mißlungen, der Not der Herrenhöh umsichtig genug zu begegnen. Er wirbelte herum, angetrieben von vielfältigen unwiderstehlichen Dringlichkeiten, wandte sich an Lord Trevor. »Wo ist Loerja?« wollte er erfahren.

Zum erstenmal seit seiner Rettung auf dem Hof geriet Trevors Tapferkeit ins Wanken. Er stand im eigenen Blut da, als ermangele es seiner Wunde an der Macht, ihm Schmerz zuzufügen, aber die Erwähnung seiner Gemahlin schmerzte ihn wie ein Makel an seinem wiedergefundenen Mut. »Sie . . .«, begann er und verstummte sofort, um mühsam zu schlucken. »Sie hat die Festung verlassen. In der vergangenen Nacht . . . ist sie mit den Kindern ins Hochland . . . um für sie ein Versteck zu finden. Damit sie sicher sind.«

»Bei der Sieben!« brauste Mhoram auf, seine Wut nicht wider Trevor, sondern das Ausmaß seines Versagens gerichtet. »Sie wird gebraucht!« Schwelgensteins Lage war verzweifelt, und weder Trevor noch Amatin befanden sich in geeignetem Zustand, den Kampf fortzusetzen. Einen Herzschlag lang war Mhoram zumute, als gäbe es aus dieser Zwickmühle keinen Ausweg, daß es ihm unmöglich sei, Entscheidungen von derartiger Tragweite für die Herrenhöh zu fällen. Aber er war Mhoram, Variols Sohn, Hoch-Lord durch Beschluß des Großrates der Lords. *›Besinn dich darauf, wer du bist!‹* hatte er zu dem Krieger gesagt. Tohrm hatte er auf ähnliche Weise ermahnt. Er war Hoch-Lord Mhoram, unfähig zum Aufgeben. Er hieb das untere Ende seines Stabs auf den Stein, so daß die eiserne Ferse klirrte, und begann von neuem entschlossen zu handeln. »Lord Trevor, vermagst du das Tor zu halten?«

Trevor hielt Mhorams Blick stand. »Keine Sorge, Hoch-Lord. Kann's gehalten werden, so werde ich's halten.«

»Wohlgesprochen.« Der Hoch-Lord kehrte dem Festungshof den Rücken. »Lord Amatin, Herdwart Tohrm — wollt ihr mir Beistand leisten?«

Zur Antwort ergriff Tohrm Amatins bereits ausgestreckten Arm und half ihr auf die Füße. Mhoram nahm den vor Furcht bleichen Krieger am Ellbogen und eilte ins Innere der Feste.

Während er durch die Korridore zur Klause strebte, forderte er den Mann auf, zu berichten, was sich ereignet hatte. »Er ... es ...« Wieder stammelte der Mann. Doch dann schien ihm Mhorams fester Griff eine gewisse innerliche Stetigkeit zu verleihen. »Die Lage war mir über, Hoch-Lord.«

»Was ist geschehen?« hakte Mhoram nochmals mit Entschiedenheit nach.

»Auf deinen Befehl sind wir ihm gefolgt. Als er sah, daß wir nicht die Absicht hatten, von ihm zu weichen, feindete er uns an. Aber seine Verwünschungen bestärkten uns in der Begründetheit deines Befehls. Wir waren entschlossen, ihn auszuführen. Dann zeigte er uns die Schulter, wie ein Mann, den's inwendig zerbrochen hat, und ging vor unseren Augen in die Klause. Dort begab er sich zur großen Glutgestein-Grube und kniete daran nieder. Wir warteten am Eingang, während er weinte, klagte und flehte. Ich spüre in meinem Herzen, Hoch-Lord, daß er auf Frieden hoffte. Aber er fand keinen Frieden. Als er wieder das Haupt hob, erblickten wir ... erblickten wir Greuel in seinem Antlitz. Er ... die Glutsteine ... Flammen schossen aus dem Glutgestein. Feuer sprang aus der Grube auf den Fußboden. Wir eilten zu ihm. Doch die Flammen verwehrten uns die Annäherung. Sie verschlangen meinen Gefährten. Da lief ich zu dir.«

Seine Worte flößten Mhorams Herz Kälte ein, aber er antwortete mit beherrschter Stimme, um der Bedrängnis und Entmutigung entgegenzuwirken, die sich in des Kriegers Miene widerspiegelten. »Er hatte den Friedensschwur gebrochen. Er verlor den Glauben an sich selbst und verfiel in Verzweiflung. Der Schatten des Grauen Schlächters ruht auf ihm.«

Der Krieger bewahrte einen Augenblick lang Schweigen. »Ich habe vernommen . . .«, begann er schließlich, setzte jedoch unsicher erneut an. »Man erzählt . . . Ist das nicht des Zweiflers Werk?«

»Mag sein. In gewisser Hinsicht ist der Zweifler selbst ein Ergebnis von Lord Fouls Treiben. Doch zum Teil ist Trells Verzweiflung auch mein Werk. Ebenso ist sie Trells eigenes Werk. Denn das ist ja die große Stärke des Schlächters, daß er's versteht, die Schwächen von uns Sterblichen wider uns zu kehren.«

Er sprach so ruhig, wie es ihm möglich war, aber noch ehe er sich der Klause auf hundert Klafter genähert hatte, spürte er bereits die Hitze der Flammen. Er hegte keinerlei Zweifel daran, daß es sich bei ihnen um den Quell jenes anderen Übels handelte, das Tohrm bemerkt hatte. Von der Beratungskammer aus verbreiteten sich in alle Richtungen heiße Wellen der Entweihung. Als er den hohen, hölzernen Flügeln des Portals zustrebte, sah er, daß sie schwelten, als müßten sie alsbald zu brennen beginnen, und die Mauern schimmerten, als sollten sie schmelzen. Er mußte um Atem ringen und sein Angesicht wider die Hitze abschirmen, noch bevor er den offenen Eingang erreichte und hinab in die Klause blickte.

In ihrem Innern wütete ein Inferno. Der Fußboden, Tische, die Sitzgelegenheiten — alles brannte mit wahnwitziger Heftigkeit, und Flammen loderten und dröhnten wie Zuckungen von Donner. Die Hitze versengte Mhorams Antlitz, brachte seine Haarspitzen zum Knistern. Er hatte Tränen wegzublinzeln, ehe er durch das Feuermeer zu dessen Mittelpunkt hinunterspähen konnte.

Dort unten stand Trell in der Grube voller Glutgestein wie das Herz einer Feuersbrunst, umwabert von Flammen, und schleuderte mit beiden Fäusten gewaltige Schwaden von Feuer empor an die Decke der Klause. Seine ganze Gestalt lohte wie eine Verkörperung der Verdammnis, während weißglühende Marter den Stein angriff, den er liebte und doch nicht zu schützen vermochte.

Die schiere Machtfülle des Vorgangs erschreckte Mhoram. Vor sich sah er den Anfang eines Rituals der Schändung. In seiner Verzweiflung war Trell selbst auf jenes Geheimnis gestoßen, das Mhoram so besorgt hütete, und er verwendete selbiges Geheimnis zum Schaden Schwelgensteins. Fiel man ihm nicht in den Arm, würden die Tore nur das erste an der Festung sein, das brach, erste und letzte Glieder einer Kette der Vernichtung, die den gesamten Tafelberg in Trümmer zerbersten lassen mochte.

Man mußte ihm in den Arm fallen. Daran gab es nichts zu rütteln. Allerdings war Mhoram kein Glutsteinmeister, besaß keine Kenntnisse, mit denen es ihm möglich gewesen wäre, der Macht entgegenzutreten, die dies Feuer nährte. Er wandte sich an Tohrm.

»Du bist ein *Rhadhamaerl!«* schrie er durchs Getöse der Glut. »Du mußt diese Flammen ersticken!«

»Sie ersticken?!« Tohrm stierte in höchstem Entsetzen in das Lodern. In seiner Entgeisterung glich er einem Menschen, der Zeuge der Verwüstung seines Allerliebsten wird. »Sie erstikken?« Er rief nicht. Mhoram las ihm die Entgegnung von den Lippen ab.

»Ich besitze keine Kraft, die sich damit messen könnte. Ich bin Glutsteinmeister des *Rhadhamaerl* — nicht die fleischgewordene Erdkraft. Er wird uns allesamt ins Verderben stürzen.«

»Tohrm!« brüllte der Hoch-Lord ihn an. »Du bist Herdwart der Herrenhöh. Du mußt diese Bedrohung abwenden, du kannst es, oder niemand!«

»Wie?« fragten Tohrms Lippen lautlos.

»Ich werde an deiner Seite bleiben! Ich werde dich mit meiner Kraft unterstützen — dir meine gesamte Macht zufließen lassen!«

Der Herdwart wandte seinen Blick furchtsam vom Innern der Klause ab und heftete ihn so mühselig, als sei es ihm bloß durch äußerste Willenskraft möglich, in die Miene des Hoch-Lords. »Wir werden verbrennen.«

»Wir werden überdauern!«

Für ein ausgedehntes Weilchen erwog Tohrm Mhorams Ansinnen. Schließlich stöhnte er auf. Er konnte nicht anders, er mußte um des Steins der Herrenhöh willen sich selbst in die Waagschale werfen. »Wenn du mich begleitest«, sagte er unhörbar ins Tosen des Feuers.

Mhoram drehte sich eilig nach Amatin um. »Tohrm und ich

gehen in die Klause. Du mußt uns wider die Flammen beschirmen. Umgib uns mit deiner Kraft — schütze uns!«

Fahrig nickte sie, strich sich eine schweißige Strähne ihres Haupthaars aus dem Antlitz. »Geht!« sagte sie matt. »Schon schmilzt die Tafel der Lords.«

Der Hoch-Lord sah, daß sie recht hatte. Unter ihren Augen zerlief die Tafel, bis sie Magma glich, strömte hinab auf die unterste Ebene der Klause und in die Grube, umgab Trells Füße.

Mhoram ballte all seine Kräfte zusammen und legte seinen Stab auf Tohrms Schulter. So wandten sie sich gemeinsam der Klause zu und warteten, während Amatin sie mit einem Schirm umwob. Sie spürten das Flechtwerk der Kraft auf ihrer Haut wie einen Mückenschwarm, aber sie hielt die Hitze fern.

Als Amatin ihnen ein Zeichen gab, stiegen sie hinab in die Klause, als ob sie in einen Feuerofen vordrängen.

Trotz des Schutzes, den Amatin ihnen bot, schlug die Hitze ihnen entgegen wie die Faust eines Wasserfalls. Tohrms Gewand begann zu schwelen. Mhoram merkte, daß auch seine Robe zu verkohlen anfing. Sämtliche Behaarung an ihren Armen und auf ihren Häuptern verdorrte. Aber der Hoch-Lord verdrängte die Hitze aus seiner Wahrnehmung; er schenkte seine ungeteilte Aufmerksamkeit seinem Stab und Tohrm. Er bemerkte, daß der Herdwart nun sang, obwohl er nichts als das dumpfe, gefräßige Brausen der Glut hörte. Er glich die Schwingungen seiner Kraft der Tonlage von Tohrms Singen an und lenkte all seine Macht hinein.

Das Toben der Flammen wich ein wenig vor ihnen zurück, während sie sich vorankämpften, und unter Tohrms Füßen zeigten sich Stellen unverbrannten Steins, mit Trittsteinen vergleichbar. Ihr Vordringen war wie das Schlagen einer Bresche in die Hölle von Trells Wüten.

Hinter ihnen jedoch schloß sich das Tosen der Feuersbrunst sofort wieder. Während sie sich vom Portal ins Innere entfernten, ließ die Wirksamkeit von Amatins Schirm nach; Abstand und Hitze verursachten eine Schwächung. Mhorams Haut glühte schmerzhaft, wo seine Robe verglomm, und solche Pein erfüllte seine Augen, daß er nicht länger zu sehen vermochte. Im Verlauf des Abstiegs ähnelte Tohrms Gesang immer mehr einem langgezogenen Heulen. Als sie die Ebene der Grube erreichten, wo auch Loriks *Krill* unverändert aus dem Stein aufragte, war sich Mhoram darüber im klaren, daß sie beide, entzog er nicht Tohrm seine Kraft und bot sie zu ihrem Schutz auf, zu Trells Füßen zu Asche werden mußten.

»Trell!« schrie Tohrm unhörbar. »Du bist Glutsteinmeister des *Rhadhamaerl!* Richte nicht so etwas an!«

Für einen Augenblick erlahmte die Wut des Infernos. Trell schaute herüber, und es hatte den Anschein, daß er sie sah, sie erkannte. »Trell!«

Doch er selbst war schon viel zusehr unter die Gewalt seines Brandopfers geraten. Er deutete mit ausgestrecktem Finger der Anklage, dann beugte er sich übers Glutgestein und schmiß ihnen zwei Armvoll Feuer entgegen.

Zugleich durchlief ein Schauder neuer Kraftzufuhr Mhoram. Amatins Schirm gewann wieder erhöhte Stärke, neue Widerstandsfähigkeit. Zwar warf die Wucht von Trells Anschlag Tohrm rücklings in Mhorams Arme, aber das Feuer fügte ihnen keinen Schaden zu. Und Amatins plötzliches Kraftfinden löste im Hoch-Lord etwas Ähnliches aus. Mit einem Ausdruck in den Augen, der dem Leuchten von Freude glich, fegte er all seine selbstauferlegten Hemmungen beiseite und griff zurück auf sein insgeheimes Verstehen der Schändung. Dies Geheimnis barg Macht — von den Lords aufgrund ihres Friedensschwurs bislang unentdeckt geblieben —, eine Art von Macht, die nicht nur zur Zerstörung benutzt werden konnte, sondern auch zur Bewahrung. Verzweiflung war nicht die einzige Empfindung, die als Schlüssel diente. Mhoram ließ seiner Leidenschaft freien Lauf und widersetzte sich so der Verwüstung der Klause.

Kraft durchströmte lebhaft seine Brust, seine Arme und den Stab. Kraft machte sogar sein Fleisch und Blut unverwundbarem Bein ähnlich. Er strotzte auf einmal vor Macht, die sich Trells Übel entgegenwerfen ließ. Und das Aufwallen seiner vervielfachten Stärke griff auch auf Tohrm über. Der Herdwart richtete sich wieder zu voller Größe auf, entfaltete die Macht seines Wissens; mit all seiner und überdies der ganzen Kraft Mhorams leistete er Trell Gegenwehr.

Einander gegenüber, fast von Angesicht zu Angesicht, vollführten die beiden Glutsteinmeister eine Vielfalt ihrer geheimen, sachkundigen Gebärden, sangen ihre wirkungsstarken *Rhadhamaerl*-Gesänge. Während das Feuer gloste, als wolle in Bälde ganz Schwelgenstein darüber zusammenbrechen, geboten sie der Glut in gegensätzlichen Bestrebungen, rangen Willen gegen Willen um die Herrschaft über das Feuer.

Mhorams Beistand gab Tohrm großen Auftrieb. Indem des Hoch-Lords Macht in jedem Wort, jedem Ton und jeder Gebärde widerhallte, gelang es ihm, der Schändung Einhalt zu gebieten. Nach einer letzten krampfhaften Anstrengung sackte Trell auf die Knie, und sein Feuer begann niederzubrennen.

Es verlief sich in der Klause wie eine im Zurückweichen begriffene Überschwemmung — anfangs langsam, dann rascher, in dem Maße, wie die Macht wich, die es entfacht hatte. Die Hitze schwand; durch die Belüftungsschächte der Festung strömte kühle, frische Luft auf Mhoram herab. Seine versengten Augen konnten wieder sehen. Einen Augenblick lang befürchtete er, aus lauter Erleichterung in Ohnmacht sinken zu müssen.

Er weinte vor Freude wie gleichermaßen aus Gram, als er zu Tohrm trat und ihm dabei half, Trell, Atiarans Gemahl, aus der Glutgestein-Grube zu ziehen. Durch nichts konnte man Trell anmerken, ob er ihre Berührung spürte, von ihrer Gegenwart irgendwie Kenntnis nahm. Mit hohlem Blick stierte er umher und murmelte bei sich mit brüchiger Stimme. »Schadlos . . . Nichts bleibt schadlos . . . Nichts . . .« Dann bedeckte er sein Haupt mit den Armen und warf sich zu Mhorams Füßen auf den Steinboden; er bebte, als müsse er schluchzen und könne es doch nicht.

Tohrm und Mhoram wechselten einen Blick. Lange schauten sie sich an und ermaßen die Bedeutung dessen, was sie gemeinsam getan hatten. Tohrms Miene hatte die Wüstheit einer gebrandschatzten Landschaft, wie ein Ort, wo man niemals wieder ein Lächeln sehen wollte. Aber seine Empfindungen waren klar und rein. »Wir werden um ihn klagen«, sagte er leise. »Die *Rhadhamaerl* werden ihn beklagen. Die Zeit ist da, um ihn zu betrauern.«

»Hoch-Lord«, rief eine erregte Stimme vom oberen Treppenabsatz. »Die Toten! Sie sind allesamt zu Staub zerfallen! Satansfausts Ansturm ist zusammengebrochen. Das Tor hat gehalten!«

Durch den Schleier seiner Tränen schaute sich Mhoram in der Klause um. Sie hatte schwere Beschädigungen erlitten. Die Tafel der Lords und die dazugehörigen Sitze waren geschmolzen, die Stufen nun unregelmäßig, und ein Großteil der vorderen Sitzreihen war verformt. Aber die Klause bestand noch. Mhoram nickte Tohrm zu. »Die Zeit ist da.«

Sein Blickfeld war so verschwommen, daß er zwei in Blau gekleidete Gestalten die Treppe herabkommen sah. Er blinzelte seine Tränen fort, und da erkannte er, daß tatsächlich neben Amatin Lord Loerja zu ihm kam.

Ihre Anwesenheit erklärte die Verstärkung von Amatins Schirm, der ihn und Tohrm gerettet hatte; Loerja mußte in jenem entscheidenden Augenblick ihre Kräfte mit Amatin vereint haben.

Als sie ihn erreichte, blickte sie ihm ernst ins Antlitz. Er forschte in ihrer Miene nach Scham oder Unbehagen, aber er sah nur Bedauern. »Ich habe meine Töchter in die Obhut des Freischülers von Glimmermere gegeben«, erklärte sie ruhig. »Vielleicht werden sie bei ihm in Sicherheit sein. Dann bin ich zurückgekehrt . . . sobald ich meinen Mut wiedergefunden hatte.«

Da erregte irgend etwas an Mhorams Seite ihre Aufmerksamkeit. Staunen kennzeichnete ihr Angesicht, und sie drängte den Hoch-Lord zum Umdrehen, so daß sein Blick auf den steinernen Tisch fiel, in dem noch das *Krill* stak.

Der Tisch war unversehrt. In seiner Mitte glomm der Edelstein des *Krill* in purem weißen Glanz, leuchtete wie Hoffnung.

»Ur-Lord Covenant ist ins Land zurückgekehrt«, hörte Mhoram jemanden sagen. Aber er nahm nicht länger wahr, was sich rings um ihn ereignete. Seine Tränen schienen alle seine Sinne abzustumpfen.

Er nahte sich dem Lichtschein des Edelsteins, streckte seine Hand aus und schloß die Faust um den Griff des *Krill*. In dessen beachtlicher Hitze fühlte er den Wahrheitsgehalt der Äußerung, die er vernommen hatte. Der Zweifler war wiedergekehrt.

Mit der Stärke seiner neuen Macht faßte er das *Krill* fester und zog es mühelos aus dem Stein. Seine Schneiden waren so scharf, daß er, als er die Waffe in der Hand hielt, ihre Schärfe sehen konnte. Seine Macht schützte ihn vor der Hitze des Edelsteins.

Er wandte sich seinen Gefährten mit einem Lächeln zu, das er auf dem eigenen Antlitz spürte wie Sonnenschein.

»Ruft Lord Trevor!« sagte er frohen Herzens. »Ich habe . . . Kenntnis von einer Macht, die ich euch mitzuteilen wünsche.«

12

Amanibhavam

Haß.

Ihm galt der einzige Gedanke in Covenants Bewußtsein. Das Gewicht all der Dinge, die er nicht gewußt hatte, erdrückte alles andere.

Haß.

Er klammerte sich an diese unbeantwortete Frage nicht weniger als an den Speer, während er über den Rand der Mulde klomm und abwärtshumpelte, aus dem Umkreis der letzten Glutasche von Piettens Feuer.

Haß.

Sein verletzter Fuß schleifte über den Erdboden, schabte die Bruchstellen seiner gesplitterten Knochen aneinander, bis ihm Schweißperlen unvorstellbarer Qual aus den Poren drangen und sofort im Winterwind gefroren. Aber er umklammerte den Schaft des Speers und schlurfte vorwärts, den Hang hinunter, den nächsten Hügel schräg hinauf. Der Wind pfiff mit schneidender Schärfe gegen seine rechte Wange, aber er schenkte ihm keine Beachtung; er wich wegen der Steilheit des Hügels allmählich immer mehr nach der rechten Seite aus, nicht etwa, weil er irgendeine Orientierung besessen hätte. Als die Windung des nächsten Hügels ihn nordwärts führte, fort von den Ebenen von Ra und seinen einzigen Freunden, folgte er auch diesem Verlauf, torkelte hangabwärts, schwankte im Wind wie eine verstümmelte Vogelscheuche, beherrscht von nur einem Gedanken:

Haß.

Atiaran, Trells Gemahlin, hatte gesagt, es läge in der Verantwortung der Lebenden, dem Opfer der Toten einen Sinn zu verleihen. Er hatte einem ganzen Land voller Tod einen Sinn zu geben. Hinter ihm lag Lena tot im eigenen Blut, einen hölzernen Stock durch den Leib gebohrt. Elena war irgendwo in den Eingeweiden des *Melenkurion* Himmelswehr begraben, infolge seiner Machenschaften und seines völligen Versagens in ihrer persönlichen Apokalypse umgekommen. Sie hatte niemals überhaupt existiert. Ranyhyn waren ausgehungert und abgeschlachtet worden. Bannor und Schaumfolger mochten tot oder in verzweifelter Situation sein. Pietten, Hile Troy, Trell und Triock gingen allesamt auch auf sein Schuldkonto. Keiner von ihnen hatte überhaupt je existiert. Sein Schmerz existierte nicht. Nichts außer der einen absoluten Frage zählte.

»Haß?« stöhnte er tief in seiner Kehle auf.

Ohne die Antwort auf diese Frage konnte nichts irgendeine Bedeutung haben. Trotz ihrer vielfältigen Tarnungen erkannte er sie nun als jene eine Frage, die sein Leben von jenem Tag an bestimmt hatte, da er erfuhr, daß das Reglement der Leprose ihn sich unterworfen hatte. Abscheu, Selbstabscheu, Furcht, Vergewaltigung, Mord, ›Lepra-Aussätziger-Unrein!‹ — das alles war ein- und dieselbe Sache. Er hinkte auf der Suche nach der Lösung dahin.

Zum erstenmal seit dem Anfang seiner Erlebnisse im Lande stand er vollkommen für sich allein.

Der Anbruch der kränklich grauen Morgendämmerung überraschte ihn auf ungefährem Wege nach Nordosten. Fiebrig hinkte er vorwärts, auf den Speer gestützt, schlotterte im Schüttelfrost des Winters. Die krankhafte Helligkeit des Morgens schien einen Teil seines Innern anzusprechen und aufzuwecken. An einer flachen Stelle der windgeschützten Seite einer Anhöhe ließ er sich niedersacken und versuchte, seine Situation neu zu beurteilen.

Der Wind johlte um ihn, als er mit kranken, starren Fingern an seinem Hosenbein zupfte. Als es ihm gelang, den Stoff zu heben, verspürte er beim Anblick der dunklen Verfärbung oberhalb seines Fußknöchels eine stumpfsinnige Verblüffung. Sein Fuß hing in schiefem Winkel am Bein, und er sah aus dem verkrusteten Blut Knochensplitter gegen die Riemen seiner Sandale ragen.

Die Verletzung sah erheblich schlimmer aus, als sie sich anfühlte. Der Schmerz machte sich dumpf in seinem Kniegelenk bemerkbar, stach schubweise sogar durch den Oberschenkel bis in seine Hüfte herauf, aber der Schmerz im Fuß selbst war durchaus erträglich. Die Kälte hatte seine beiden Füße bis zur Gefühllosigkeit erfroren. Und beide waren aufgerissen und zerschrammt und von schmerzfreien Infektionen verunstaltet wie die Füße eines Pilgers. Gleichgültig überlegte er, daß er den gebrochenen Fuß wahrscheinlich verlieren würde. Aber auch diese Möglichkeit besaß für ihn kein Gewicht; sie war nur ein weiterer Bestandteil seiner Erlebnisse und existierte ebensowenig wie alles andere.

Er hätte bestimmte Dinge in seinem eigenen Interesse tun sollen, aber er besaß nicht die entfernteste Vorstellung, um was es sich handeln mochte. Er hatte keine Ahnung von überhaupt irgend etwas, kannte nur den zentralen Drang, der ihn antrieb. Ihm fehlten Nahrung, Wärme, das Wissen, wer er war und wohin er sich unterwegs befand. Doch schon hatte er es eilig, diesen Weg fortzusetzen. Nichts außer Bewegung konnte sein Lebensblut am Zirkulieren halten — nichts außer Bewegung konnte ihn zu seiner Antwort führen.

Keine probeweise oder halbe Antwort würde seinen Drang zufriedenstellen können.

Er straffte sich, dann rutschte er aus und fiel, schrie wegen unverspürter Schmerzen unbewußt auf. Für einen Moment brüllte der Winter in seinen Ohren wie ein von Triumph erfülltes Raubtier. Sein Atem rasselte, als hätten die Klauen der Kälte ihm bereits die Luftwege und Lungen zerrissen. Aber von neuem stemmte er den Speer in die hartgefrorene Erde und richtete sich — Hand über Hand — daran auf, bis er wieder stand. Erneut schleppte er sich vorwärts.

Er kämpfte sich über den Hügel hinweg und danach bis zu einem flachen Höhenrücken, der quer auf seinem Weg lag wie eine Mauer. Seine Arme zitterten unter der Anstrengung, das eigene Körpergewicht zu tragen, und wiederholt rutschten seine Hände vom glatten Schaft des Speers ab. Der Aufstieg gab ihm nahezu den Rest. Als er oben war, keuchte die Luft in unregelmäßigen Stößen aus seinen vom Frost zermarterten Lungen, und ein eisiges Schwindelgefühl ließ die ganze Winterlandschaft vor seinen Augen von der einen zur anderen Seite schwanken. Er verschnaufte, auf den Speer gestützt. Seine Atmung verlief so mühselig, daß er meinte, der gefrorene Schweiß und Atemdampf in seinem Gesicht müßten ihn ersticken. Doch als er versuchte, die Eisschicht zu entfernen, brach sie, als sei sie ein natürlicher Schutzpanzer, verletzte seine Haut, entblößte der Kälte weitere Nerven. Also ließ er den Rest seiner Frostmaske, wo er war, stand da und keuchte, bis seine Sicht sich zu guter Letzt wieder klärte.

Die rauhe, öde Region, die vor ihm lag, war so trostlos, durch Fouls Grausamkeit in eine solche Wildnis verwandelt worden, daß er schon den bloßen Anblick kaum ertragen konnte. Von Horizont zu Horizont erstreckte sich nichts als kaltes Grau unter grauen, wie toten Wolken — nicht vom sanften, behaglichen Grau schemenhafter Dämmerung, unaufdringlicher Grautöne, die wie Trost und Zuspruch ineinander übergingen, sondern vom Grau der Freudlosigkeit und des Grams, auf paradoxe Weise zugleich stumpf und schroff und ebenso beißend grell, einem Grau, das den aschenen Überresten von Farben, Lebenssaft, Blut und Bein glich. Grauer Wind wehte Grau über graue, gefrorene Hügel; grauer Schnee sammelte sich in niedrigen Wehen in den Windschatten des grauen Geländes; graues Eis hing unter den schwarzen, brüchigen, entlaubten Ästen der Bäume, die zu seiner Linken standen, kaum sichtbar, und hemmte die graue, jämmerliche Strömung des Flusses, der rechts von ihm verlief, fast außer Sicht; graue Taubheit haftete an seinem Fleisch und auf seiner Seele. Lord Foul der Verächter war allgegenwärtig.

Da entsann er sich für eine Zeitlang an seine Absicht. Er biß seine von Frost gesäumten Zähne gegen die eisige Kälte zusammen und humpelte den Höhenzug hinunter, direkt auf den Ursprung des Winters zu. Vom Gegenwind fast geblendet, hinkte er achtlos an mehr oder weniger geschützten Stellen und zerzausten *Aliantha*-Sträuchern vorüber, erzwang sich einen Zickzackweg durch die Hügel, zog seinen starren Fuß nach wie einen Beweis der Anklage, die er gegen den Verächter zu erheben gedachte.

Doch allmählich schwand die Erinnerung ihm wieder, wich aus seinem Bewußtsein wie alles andere, ausgenommen seine fortgesetzte Begutachtung von *Haß.* Irgendein kümmerlicher Rest von Instinkt hinderte ihn daran, sich zum Fluß zu wenden, aber ansonsten fehlte ihm jeder Richtungssinn. Während der Wind immerzu gegen seine rechte Wange pfiff, arbeitete er sich langsam aufwärts, unablässig aufwärts, als könne er nur durchs Klettern überhaupt noch auf den Beinen bleiben.

Im Laufe des Vormittags fiel er stets häufiger hin. Er konnte den Speer nicht länger richtig halten; seine Hände waren zu steif, zu schwach, und ein schlüpfriger Belag aus gefrorenem Schweiß machte den Speer glitschig. Mitten im Krachen von Eis und seinen eigenen geröchelten Lauten rutschte er wiederholt aus und stürzte hin. Und nach mehreren krampfhaften Bemühungen, den Marsch zügig durchzuhalten, lag er mit dem Gesicht auf der verdorbenen Erde, während der Atem ihm durch die Kehle hechelte, und versuchte zu schlafen.

Aber nicht lange, und er machte sich erneut auf den Weg. Schlaf war nicht das, was er wollte; dafür war in dem einen zusammenhängenden Fragment seines Bewußtseins kein Platz. Mit schwerfälligem Ächzen erhob er sich auf die Knie. Dann belastete er den gebrochenen Fußknöchel so unvermittelt, als wolle er sich selbst überraschen, mit einem Teil seines Gewichts.

Der Fuß war taub genug. Schmerz stach durch den Rest des Beins, und die Belastung verdrehte den Fuß noch mehr; aber der Knöchel war gefühllos genug.

Er ließ den Speer zurück, wo er lag, richtete sich mühsam auf, wankte — und hinkte unter äußerstem Einsatz von neuem vorwärts.

Für längere Zeit setzte er seine Wanderung auf diese Weise fort, latschte auf seinem gebrochenen Fuß dahin wie eine von ungeschickten Fingern bewegte Marionette. Nach wie vor kam er oft zu Fall; ihm war, als besäße er als Füße zwei Eisklumpen, und an steilen Hängen konnte er nicht das Gleichgewicht bewahren. Und er geriet an immer schlimmere Hänge. Aus irgendeinem Grund besaß er einen Linksdrall, neigte auf unregelmäßige Art und Weise dazu, nach links abzuweichen, wo das Gelände hinauf zu schwarzen Bäumen führte; dadurch gelangte er ständig an Gefälle und Steigungen, wo er sich in seinem Zustand wie an Abgründen fühlte, obwohl ein gesunder Wanderer ihnen keine erhöhte Bedeutung beigemessen hätte. Er bewältigte die kritischen Stellen auf Händen und Knien, krallte sich dabei an jeden Halt, den der harte Boden ihm bot, wenn er aufwärtskrauchte, und Abhänge ließ er sich hilflos hinabpurzeln wie ein Verdammter, der in einen Höllenpfuhl gestoßen wird.

Nach jedem Sturz verschnaufte er im Schnee, der Länge nach ausgestreckt wie ein Büßer, und nach jeder Rast torkelte oder kroch er wieder weiter, verfolgte seine private, unabwendbare Art von Apotheose, obwohl er ihr in keiner Hinsicht gewachsen sein konnte.

Als der Tag in den Nachmittag hinüberdämmerte, fiel er immer häufiger. Und nach jedem Sturz lag er reglos da und lauschte dem Schluchzen, mit dem ihm die Luft in die Lungen fuhr und wieder hinaus, als ob mit dem Bruch seines Fußknöchels auch irgendein lebenswichtiger Knochen in ihm gebrochen sei, das Gerüst seines sonst so hartnäckigen Durchhaltevermögens, als habe ihn nun letztendlich sogar die Gefühllosigkeit im Stich gelassen, sich in irgendeiner Beziehung als nutzlos erwiesen, ihn der Gnade seiner Verletzung ausgeliefert. Mit der Zeit begann er zu glauben, daß sein Traum ihn schließlich doch umbringen werde.

Irgendwann mitten am Nachmittag glitt er aus, schlug hin,

wälzte sich herum, blieb auf dem Rücken liegen. Er vermochte keine Kraft zum Umdrehen aufzubringen. Wie ein aufgespießtes Insekt zappelte er noch einen Moment lang, dann erschlaffte er und sank in tiefen Erschöpfungsschlaf, gefangen zwischen dem ehernen Himmel und der Erde aus Erz.

Träume wühlten seine Bewußtlosigkeit auf, ließen ihm nicht einmal darin seine Ruhe. Immer wieder erlebte er, wie er Pietten mit beiden Fäusten den tödlichen Stich versetzte. Doch nun, im Traum, brachte er diesen Stich anderen Herzen bei — den Herzen Llauras, Mähnenhüter Reumuts, Elenas, Joans, jener Frau, die beim Kampf am Holzheim Hocherhaben getötet worden war, als sie ihn schützte (warum hatte er nie nach ihrem Namen gefragt?). In seinen Träumen erstach er sie alle. Sie lagen rings um ihn, scharfer Lichtschein drang aus ihren Wunden, den Noten einer fremdartigen Melodie ähnlich. Ihre Töne zerrten und zupften an ihm, bedrängten ihn — aber ehe er die Klänge richtig hören konnte, erschien vor ihm, in seinem geistigen Traum-Blickfeld, eine weitere Gestalt, die Schlagseite wie eine angeschlagene Fregatte hatte. Der Mann war in Elend und Gewalttätigkeit gehüllt. An seinen Händen klebte Blut, und in seinen Augen glitzerte die Lust zum Morden, aber Covenant konnte das Gesicht nicht erkennen. Wieder hob er das Messer, rammte es wieder mit aller Kraft in die verwundbare Brust. Erst da erkannte er: der Mann war er selbst.

Er zuckte zusammen, als habe der öde Himmel ihn getreten, warf sich herum, auf den Bauch, verbarg sein Gesicht, seine Wunde.

Als er sich auf den Schnee besann, worin er lag, raffte er sich unsicher hoch und humpelte hinaus in den Spätnachmittag.

Nicht lang, und er kam an einen Hang, der ihn überforderte. Er warf sich aufwärts, klomm und kroch so halsstarrig, wie es noch ging. Aber er war erschöpft und stark behindert. Er wich nach links aus und hinkte am Hügel entlang, suchte eine Stelle, wo der Aufstieg ihm gelingen könne, aber plötzlich merkte er, daß er unerklärlicherweise abwärtsrutschte. Als er irgendwo unten zu einem wackligen Halt kam, ruhte er verwirrt für ein Weilchen aus. Er mußte die Hügelkuppe überquert haben, ohne es zu merken. Erneut rappelte er sich auf, keuchte und ächzte, schleppte sich von neuem weiter.

Der nächste Hügel machte es ihm nicht leichter. Aber er mußte hinüber. Als er nicht mehr höher konnte, wich er wiederum nach links aus, wandte sich linksseitig aufwärts, obwohl ihm war, als nähere er sich aus irgendeinem sonderbaren Grunde damit dem Fluß.

Nach kurzer Strecke entdeckte er im Schnee eine Spur.

Ein Teil seines Innern begriff, daß er Beunruhigung verspüren müßte, aber er empfand nur Erleichterung, Hoffnung. Eine Spur, das hieß, jemand mußte hier vorbeigekommen sein, und zwar erst vor kurzem, oder der Wind hätte die Fußabdrücke bereits verweht. Und es konnte sein, daß dieser Jemand ihm half.

Er brauchte Hilfe. Er fror, hungerte, drohte zu verrecken. Unter der Kruste aus Narbengewebe und Eis blutete sein Fußknöchel immer noch. Er hatte das Unendlichkeitsmaß seines Unvermögens erreicht, seiner Handlungsunfähigkeit, den Punkt, an dem nichts mehr lief, über den hinaus er nicht glauben, nicht hoffen, sich nicht einmal vorstellen konnte, daß ein Fortdauern möglich sei, ein Weiterleben. Er brauchte den Verursacher dieser Fährte, wer oder was sie hinterlassen haben mochte, um sein Schicksal für ihn zu entscheiden.

Er folgte ihrem Verlauf nach links, abwärts in eine Senke zwischen Hügeln. Er hielt seinen Blick auf die Abdrücke unmittelbar vor seinen Füßen geheftet, weil er befürchtete, wenn er aufblicke, könne er erkennen, daß der Hinterlasser der Fährte außer Sicht sei, außerhalb seiner Reichweite. Er sah, an welchen Stellen derjenige gefallen war, Blut verloren und gerastet hatte, weitergewatschelt war. Bald erreichte er den nächsten Hügel und humpelte der Spur hinterdrein, die daran entlangführte. Er war verzweifelt — so allein und heruntergekommen wie nie zuvor bei einem Aufenthalt im Land.

Aber endlich erkannte er die Wahrheit. Als die Fährte einen Knick machte, nach links führte, wieder hangabwärts verlief, ließ es sich nicht länger leugnen, daß er seinen eigenen Spuren gefolgt war, daß er diese Fährte hinterlassen hatte, er zwischen den Hügeln, die er nicht zu überwinden vermochte, im Kreis gelaufen war.

Mit einem erstickten Stöhnen überschritt er die Grenze des Tragbaren. Die letzten Kräfte verließen ihn. Jenseits des schwarzen Abgrunds hinter seinen geschlossenen Augen glommen glitzrige Lichtlein, aber er fühlte sich dazu außerstande, noch irgend etwas darum zu geben. Er kippte hintenüber, rutschte die Anhöhe hinunter und in eine niedrige Schneewehe.

Doch sogar nach dieser Prüfung ging das Dasein weiter. Sein

Sturz entblößte etwas von Schnee. Während er hilflos dalag und keuchte, das Herz in seiner Brust zitterte, als müsse es im nächsten Moment stehenbleiben, drang ein Geruch an seine Nase. Trotz der Kälte forderte er ihm gebieterisch Beachtung ab; er stieg ihm pikant und verführerisch ins Gesicht, drängte sich mit jedem Atemzug auf, nötigte ihn zu einer Reaktion. Er stemmte sich wacklig auf seine Unterarme hoch und fegte mit tauben Fingern Schnee beiseite.

Unter der Schneewehe wuchs ein Kraut. Irgendwie steigerte sich die kraftvolle Lebensfähigkeit in dem Gewächs, sich vom Winter abwürgen zu lassen; sogar einige kleine gelbe Blüten gediehen unterm Schnee. Und der scharfe Duft nahm ihn in seinen Bann. Seine Hände eigneten sich nicht länger zum Pflücken, also klopfte er Eis von seinem Mund; dann drückte er sein Gesicht in das Kraut, riß mit den Zähnen Halme ab und verzehrte sie.

Als er das Grünzeug schluckte, schien dessen Saft ihm mit der Stärke von Wahnsinn direkt in die Muskeln zu schießen. Die Plötzlichkeit dieses Vorgangs überraschte ihn völlig unvorbereitet. Als er einen vierten Biß tun wollte, befiel ihn ein Krampf, und er krümmte sich zu einer starren Fötalhaltung zusammen, während pure Kraft durch seine Adern toste.

Im ersten Moment schrie er vor Qual. Doch dann glitt er über sein Selbst hinaus in eine öde Wildnis, wo es nichts gab außer Winter, Wind und Bosheit. Er spürte Lord Fouls widernatürliche Attacke auf einer Wahrnehmungsebene, die kein Sehen, Hören oder Fühlen war, sondern eine kompakte Kombination aller seiner Sinne. Die Nerven seiner Seele schmerzten, als wären sie all dem aschgrauen Übel entblößt worden. Und da kam ihm im Kern seiner Wahrnehmung ein Gedanke, traf ihn wie ein Stich mit dem Spieß des Winters. Er erkannte die Sache, die er nicht verstand.

Es war die *Magie.*

Die Andeutung eines Schimmers von Erkenntnis begleitete den Gedanken, verblaßte sofort wieder. Magie — unheimliche Kräfte, Theurgie. So etwas gab es nicht, konnte es gar nicht geben. Aber es war Bestandteil des Landes. Ihm jedoch verwehrt. Der Gedanke kehrte wieder, quälte ihn, als drehten grausame Hände an dem Speer in seiner Seele.

›Du bist das Weißgold‹, hatte Mhoram zu ihm gesagt. Was bedeutete das? Er verfügte über keinerlei Macht. Dies war sein Traum, aber er hatte keinen Anteil an dessen Lebenskraft. Die

Lebensenergie seines Traums war selbst ein Traum für sich. Magie. Macht. Ihm selbst entsprungen, und doch außerhalb seiner Verfügung. Das war unmöglich. Während das Schicksal des Landes im unerbittlichen Weißgoldreif seines Eherings versiegelt war, blieb er dazu außerstande, sich selbst zu helfen.

Gepackt von einer ansatzweisen Überzeugung, in der Prophetie und Wahnsinn sich ununterscheidbar vereinten, machte er sich über diesen Widerspruch her und versuchte ihn aufzunehmen, zu verinnerlichen, in seinem Innern zu einer Einheit zu schmieden.

Aber da zerstob die keimhafte Einsicht in einem grellen Funkenflug fremdartigen Geflimmers. Er merkte, daß er auf den Füßen stand, ohne zu wissen, wie er sich erhoben hatte. Das Leuchten umtanzte ihn, umgaukelte seinen Kopf wie eine lautlose Melodie. Das wilde Licht des Grünzeugs, das er verzehrt hatte, spielte in seinen Adern und Muskeln, verliehen Kälte und Entkräftung den Rang von abgehärmten Priestern, die einem ungeheiligten Opfer beiwohnten. Er lachte angesichts seiner unermeßlichen Untauglichkeit. Die Dümmlichkeit seiner Bemühungen, allein zu überleben, amüsierte ihn plötzlich.

Er würde den Tod eines Leprakranken sterben.

Sein Gelächter schwoll in ihm zu schrill hinausgekreischter Albernheit empor. Er torkelte dahin, humpelte, fiel, raffte sich auf und hinkte weiter, und auf diese Weise folgte er der Musik in die Richtung der finsteren Bäume.

Er lachte jedesmal, wenn er niedersackte, völlig unfähig, die insgeheime Lustigkeit seiner Not zu mäßigen; die starrgefrorene Qual, die in seinem Fußknöchel schabte, entlockte ihm schrilles Gelächter, das Schreien ähnelte. Aber obwohl er nun ungeduldig aufs Ende wartete, nach jedem verwerflichen Frieden des Nichtseins nur so gierte, ließ er sich weiter von dem hellen Glitzern leiten. Indem das Gefunkel sich unablässig näherte und wich, ihn zum Mitkommen drängte, ihm vorausschwebte wie mit weißlichem Schmelz überzogene Blütenblätter aus Ambra, bewog es ihn nach jedem Sturz zum abermaligen Aufstehen und Fortsetzen des Weges zum Waldrand.

Nach einer Weile gelangte er zu der Auffassung, die Bäume sängen ihm etwas vor. Die Leuchterscheinungen, die durch die Luft tanzten, umschwirrten ihn in fremdartigen Intervallen, wie feuchter, blaugrüner Glanz eines Holzgesangs. Aber er konnte sie weder sehen noch hören; nur der ruhelosen Kraft in seinen

Adern waren sie offenbar. Als er in seiner Wildheit nach ihnen grapschte, als ob sie *Aliantha* seien, verstreuten sie sich außerhalb seiner Reichweite, lockten ihn nach jedem Sturz von neuem ihnen nach, bis er sich zwischen den ersten vom Winter geschwärzten Baumstämmen befand.

Indem er sich einen verwundenen Weg durch den Waldrand suchte, spürte er ein unvermutetes Nachlassen der Kälte. Hinter ihm wich das Tageslicht vom aschgrauen Himmel, und voraus lag nichts als das düstere Holz der Waldestiefen. Aber mit dem Anbruch der Nacht schien der Winter, statt stärkere Wirkung zu zeigen, an Härte zu verlieren. Er schlurfte weiter und stellte fest, daß die Schneedecke um so dünner war, je weiter er zwischen die Bäume vordrang. An einigen Stellen sah er sogar Laub, lebendige Blätter. Sie klammerten sich grimmig an die Zweige, und die Bäume stützten einander, das Geäst miteinander verflochten, einer auf des anderen Schulter gelehnt wie stämmige, breitrückige, mit schwarzen Wunden bedeckte Kameraden, die sich gemeinsam auf den Beinen hielten. Die Fährten von Getier verzierten die immer dünnere Schneeschicht mit oberflächlichen Schnörkeln, die vor seinen Augen verschwammen, wenn er versuchte, ihrem Verlauf zu folgen. Und auch die Luft erwärmte sich merklich.

Ganz allmählich breitete sich rings um ihn ein trübes Licht aus. Einige Zeitlang fiel es ihm nicht auf, und er kam nicht dazu, sich darüber Gedanken zu machen, worum es sich handeln könnte; er geisterte wie ein Wrack zwischen dem Flitter des Waldes dahin, und ihm entging, wie sich der gespenstisch fahle Helligkeitsschein erweiterte. Aber als ein feuchter Strang von Moos sein Gesicht streifte, schrak er auf und nahm seine Umgebung schlagartig wieder wahr.

Die Baumstämme glommen schwach, als sei auf rätselhafte Weise Mondschein vom blinden Himmel in den Wald versetzt worden. Sie umdrängten ihn in dichten Beständen, langgezogenen Gehölzen, bildeten Gassen aus seidenweichem Glanz; an allen Seiten umgaben sie ihn wie weiße Augen, beobachteten ihn. Und überall in ihren Ästen hingen verschlungene, ineinander verwobene Vorhänge, baumelten Schwaden von feuchtem, schwarzen Moos.

Da befiel ihn in seinem Wahnsinn Furcht wie mit einem Aufschrei uralter Waldeswut, dem ungerächten Hinschlachten von Bäumen entsprungen; er wandte sich zur Flucht. Mit verzweifel-

tem Aufheulen schlug er das Moos zur Seite und versuchte fortzulaufen. Aber bei jedem Schritt knickte sein Fußknöchel unter ihm um. Und die Musik behielt ihn in ihrem Bann. Ihre vorherige Verlockung steigerte sich zu einem Befehl, schwang ihn gegen seinen Willen herum, so daß seine Panik, sein Fluchtversuch, ihn noch tiefer zwischen Bäume, Moos und Lichtschein jagte. Er besaß keinerlei Gewalt über sich. Die Kraft aus dem Gras, das er verzehrt hatte, wütete in ihm wie Gift; die Glanzlichter durchtanzten ihre blaugrünen Intervalle, führten ihn. Er floh wie ein Gehetzter, prallte und torkelte gegen Baumstämme, verhedderte sich im Moos, raufte sich vor Entsetzen die Haare. Tiere sprangen ihm fluchtartig aus dem Weg, während er mit lautem Geheul dahinpreschte, und in seinen Ohren hallten die trostlosen Rufe von Eulen wider.

Bald war er erschöpft. Sein Fleisch konnte nicht mehr. Als sein Heulen sich in seiner Kehle in heiseres Kreischen besessener Raserei verwandelte, flatterte aus dem Astwerk plötzlich ein großer, haariger Falter herab, trudelte unberechenbar näher — kaum kleiner als ein Kormoran, schien es Covenant — und prallte gegen ihn. Der Zusammenstoß warf ihn auf die Erde wie einen Haufen nutzloser Knochen. Zuerst schlug er matt um sich. Aber er schaffte es nicht, wieder zu Atem zu kommen, sich zusammenzureißen, aufzuraffen. Nach flüchtigen Zuckungen erschlaffte er am warmen Untergrund und ergab sich dem Wald.

Für eine Weile schwebte der Helligkeitsschein über ihm, als sei er erstaunt über seine plötzliche Bewegungslosigkeit. Dann entfernte sich das Licht zwischen den Bäumen und verschwand in der Tiefe des Waldes, ließ ihn zurück, umfangen von traurigen Träumen.

Während er schlief, begannen die Bäume immer stärker zu schimmern, bis sie mit ihrem Glanz nach ihm greifen zu wollen schienen, nach einer Möglichkeit suchten, um ihn aufzusaugen, den Waldboden von ihm zu reinigen, ihn aus dem Blickfeld ihres altersgrauen Zorns zu tilgen. Aber ihr Leuchten fügte ihm keinen Schaden zu. Nicht lange, und in Zweigen und Moos regte sich federleichtes Huschen. Diese Geräusche schienen die Bäume in die Schranken einer mit Groll erfüllten Unempfänglichkeit zu verweisen; ihre Drohhaltung fand ein Ende, als ein Schwarm von Spinnen haufenweise auf Covenants reglose Gestalt herabzufallen begann.

Gelenkt von Glanzlichtlein, wimmelten die Spinnen auf ihm

umher, als suchten sie nach einer entscheidenden Stelle, um ihm dort ihre Bisse beizubringen. Aber statt ihn zu beißen, sammelten sie sich an seinen Verletzungen; gemeinsam fingen sie an, überall, wo er Wunden aufwies, ihre Gewebe zu spinnen.

Binnen kurzem waren seine beiden Füße dick mit perlgrauen Gespinsten umhüllt. Das Bluten seines Fußknöchels kam zum Stillstand, weiches Schutzgewebe bedeckte die aus der Bruchstelle ragenden Knochensplitter. Zwei Dutzend Spinnen belegten seine durchfrorenen Wangen und die Nase mit Schichten ihrer Fäden, während andere seine Hände umwickelten, wieder andere seine Stirn — obwohl daran keine offene Wunde erkennbar war — mit Spinngeweben bedeckten. Danach verschwanden sie so flink, wie sie sich eingefunden hatten.

Covenant schlief weiter. In unregelmäßigen Abständen bebte er in seinen Träumen, aber jeweils nur ein paar Sekunden lang; die meiste Zeit jedoch lag er still da, so daß sein unruhiger Pulsschlag sich allmählich mäßigte, das hilflose Winseln aus seinen Atemzügen wich. In seinen grauen Gespinsten sah er aus wie ein Trümmerstück in einem Kokon, worin etwas neu erstehen sollte.

Erheblich später im Laufe der Nacht rührte er sich und bemerkte — noch mit geschlossenen Lidern —, daß die hellen Glanzlichter wieder auf ihn herabstarrten. Er befand sich noch längst nicht wieder bei vollem Bewußtsein, aber die Töne jener fremdartigen Melodie weckten ihn weit genug, daß er durchs Gras Füße näher schlurfen hören konnte.

»Ach, Erbarmen«, seufzte gleich darauf über ihm die Stimme einer alten Frau, »Erbarmen. Das wird nun aus Frieden und Stille. Jeden Gedanken an solches Werk hatte ich schon aufgegeben ... und das wird nun aus meiner Altersruhe. Erbarmen.« Hände strichen ihm den weichen Belag von Stirn und Gesicht. »Ja, ich seh's ... das ist der Grund, warum mich der Wald in meiner Zurückgezogenheit gestört hat. Verwundet ... von der Kälte übel dran. Und er hat *Amanibhavam* gegessen. Ach, Erbarmen! Wie zudringlich muß sich die Welt gebärden, wenn so ein Ding selbst Morinmoss beschäftigt. Nun, das Gras hat das Leben in ihm festgehalten, wie schädlich es ansonsten auch sein mag. Aber mir mißfällt's, was für Gedanken sich ihm ansehen lassen. Er wird eine schwere Prüfung für mich sein.«

Covenant hörte die Worte, wenngleich sie nicht ins kalte Zentrum seines Schlafs vordrangen. Er versuchte die Augen zu öffnen, aber sie blieben geschlossen, als fürchteten sie das, was sie sehen mochten. Die Hände der Alten flößten ihm, während sie ihn nach weiteren Verletzungen abtastete, Abscheu ein; dennoch blieb er reglos liegen, wie in tiefstem Schlummer, gekettet an verrückte Träume. Er verfügte über keine Willenskraft, um sich widersetzen zu können. Also lag er nur in seinem eigenen Innern auf der Lauer, verbarg sich vor ihr, bis er aufspringen, sie niederschlagen und sich befreien konnte.

»Erbarmen«, murmelte sie vor sich hin, »Erbarmen, führwahr. Übel dran von der Kälte, ein gebrochener Geist. Ich habe diese Art des Wirkens aufgegeben. Woher soll ich nun dafür die Kraft nehmen?« Dann entblößten ihre derben Finger seine linke Hand, und sie keuchte auf. *»Melenkurion!* Weißgold? Ach, bei der Sieben! Wie ist eine solche Bürde ausgerechnet zu mir gelangt?«

Die Notwendigkeit, seinen Ring vor ihr zu schützen, näherte ihn weiter der vollen Bewußtseinsklarheit. Er vermochte seine Hand nicht zu bewegen, nicht einmal die Faust um den Ring zu schließen; folglich versuchte er, sie abzulenken.

»Lena«, röchelte er durch gesprungene Lippen, ohne zu wissen, was er redete. »Lena? Lebst du noch?«

Mühselig schlug er die Augen auf.

13

Die Heilerin

Noch machte der Schlaf seine Sicht undeutlich; zunächst sah er nichts als das zusammengedrängte, mißmutige Glimmen der Baumstämme. Aber sie gefährdete seinen Ring. Es galt, sein Weißgold eifersüchtig zu hüten. Schlaf oder kein Schlaf, er beabsichtigte nicht, es abzugeben. Er strengte sich an, um seinem Blick einen Fokus zu verleihen, bemühte sich darum, sein inneres Versteck weit genug zu verlassen, um ihre Aufmerksamkeit zu fesseln.

Dann strich eine behutsame Bewegung ihrer Hand die Spinnweben von seiner Stirn, und er stellte fest, daß er sie sehen konnte.

»Lena?« krächzte er nochmals.

Sie war eine lehmig-dunkle Person mit Haar, das geflochtenem braunen Gras glich, und einem alten Gesicht, das sich durch unregelmäßige, grobe Umrisse auszeichnete, als sei es unfachmännisch aus Ton geformt worden. Die Kapuze eines zerlumpten, braungrünen Umhangs bedeckte ihren Kopf. Und ihre Augen waren so braun wie weicher Schlamm, von einem unerwarteten und suggestiven Braun, als ob die Ablagerungen irgendeiner persönlichen Hingabe ihre Augäpfel füllten, ihre Pupillen verwischten — als wäre der schwarze, runde Nexus zwischen ihrem Verstand und der äußeren Welt etwas, das sie im Austausch für die seltene, fruchtbare Lehmerde der Macht hingegeben habe. Doch ihr Blick enthielt kein Selbstvertrauen, keine Sicherheit, während sie ihn betrachtete; das Leben, das ihre Augen gestaltet hatte, lag längst hinter ihr. Nun war sie alt und ängstlich. Ihre Stimme raschelte wie das Knistern von uraltem Pergament, als sie »Lena?« zurückfragte.

»Lebst du noch?«

»Ob ich . . .? Nein, ich bin nicht deine Lena. Sie ist tot — falls deine Erscheinung ein gewisses Maß an Wahrheit verrät. Erbarmen.«

›Erbarmen‹, wiederholte er lautlos.

»Das ist die Wirkung des *Amanibhavam.* Vielleicht hast du, als du's verzehrtest, dein Leben gerettet — aber sicherlich ist dir geläufig, daß es für dich Gift ist, eine zu starke Speisung für menschliches Fleisch.«

»Lebst du noch?« fragte er erneut, Verschlagenheit in der Kehle. Er tarnte sich auf diese Weise, verstellte jenen Teil seiner selbst, der das Versteck und den Schlaf verlassen hatte, um den Ring zu schützen. Nur der beeinträchtigte Zustand seiner Gesichtszüge verhinderte, daß er über seine eigene Schlauheit grinste.

»Vielleicht nicht«, seufzte sie. »Aber schweigen wir davon. Du weißt ohnehin nicht, wovon du sprichst. Du bist infolge der Kälte übel dran und umnachtet vom Gift ... und ... und irgendein weiteres Übel steckt in dir, das ich nicht begreife.«

»Wieso bist du nicht tot?«

Sie beugte ihr Gesicht dicht auf seines herab. »Hör mir zu!« setzte sie ihre Erklärungen fort. »Ich weiß, die Hand der Wirrnis ruht auf dir — dennoch, lausche meinen Worten! Hör zu und vernimm meine Worte! Du bist in die Tiefen des Waldes von Morinmoss geraten. Ich bin ... eine Heilerin, eine Freischülerin, die sich der Tätigkeit des Heilens verschrieben hat. Ich werde dir helfen — weil du in Not bist und weil das Weißgold anzeigt, daß im Lande große Dinge geschehen ... und weil der Wald seine Stimme erhob, um mich zu dir zu rufen, obschon mir auch das wahrhaft unbegreiflich ist.«

»Ich habe gesehen, wie er dich getötet hat.« Das heisere Gekrächz von Covenants Stimme klang nach Entsetzen und Gram, aber tief in seinem Innern freute er sich diebisch über seine Klugheit.

Sie hob den Kopf wieder von seinem Gesicht, zeigte ansonsten jedoch keine Reaktion auf das, was er geäußert hatte. »Ich bin«, sagte sie, »aus ... aus meinem Leben an diese Stätte gegangen, weil des Waldes ruheloser Schlummer sich mit meiner überlangen Sehnsucht nach Abgeschiedenheit traf. Ich bin Heilerin, und Morinmoss duldet mich. Doch nun spricht er zu mir ... Große Dinge, in der Tat. Ach, Erbarmen. In meinem Herzen spüre ich, daß selbst der Koloß ... Doch ich schweife ab. Seit vielen Jahren hause ich hier. Ich bin's gewöhnt, ausschließlich zu meinem eigenen Vergnügen zu sprechen.«

»Ich hab's gesehen.«

»Vernimmst du meine Worte nicht?«

»Er hat dich mit einem hölzernen Stock erstochen. Ich habe das Blut gesehen.«

»Erbarmen! Ist dein Leben so gewalttätig? Doch schweigen wir auch davon. Du vernimmst meine Worte nicht — zu stark bist du dem Amanibhavam verfallen. Aber Gewalttätigkeit oder nicht, ich muß dir beistehen. Nur gut, daß meine Augen ihre Aufgaben noch nicht vergessen haben. Ich sehe, daß du zu schwach bist, um mir ein Leid anzutun, was immer auch deine Absichten sein mögen.«

›*Zu schwach*‹, wiederholte er insgeheim. Was sie sagte, stimmte; er war zu schlaff, um zum Schutze seines Eherings bloß die Hand zur Faust zu ballen. »Bist du zurückgekommen«, keuchte er, »um mich zu verfolgen? Mich anzuklagen?«

»Sprich, wenn du mußt!« sagte sie mit rauher Stimme. »Doch ich kann dir nicht lauschen. Ich muß ans Werk gehen.« Mit gedämpftem Ächzen richtete sie sich auf und entfernte sich mit steifgliedrigen Bewegungen.

»Das ist es«, schwafelte er weiter, angetrieben von seinem grotesken inneren Frohsinn. »Das ist es, nicht wahr? Du bist zurückgekommen, um mich zu quälen. Es genügt dir nicht, daß ich ihn getötet habe. Ich habe ihm das Messer ins Herz gerammt, aber das genügt dir nicht. Du willst mir noch mehr Schmerz zufügen. Du möchtest, daß ich beim Gedanken an all die Dinge, an denen ich schuld bin, verrückt werde. Ich habe Lord Foul die Dreckarbeit abgenommen, und jetzt kommst du, um mich zu quälen. Du und dein Blut! Wo warst du, als es noch einen Unterschied ausgemacht hätte, was mit mir passiert? Warum hast du nicht gleich nach der Vergewaltigung versucht, sie mir heimzuzahlen? Warum hast du bis jetzt gewartet? Hättest du mir schon damals heimgezahlt, was ich angestellt habe, vielleicht wäre ich früher darauf gekommen, was hier eigentlich los ist. All dieser Großmut . . .! Das war grausam. O Lena! Mir war überhaupt nicht klar, was ich da machte, ich hab's selber erst kapiert, als es zu spät war, zu spät, ich konnte gar nichts dagegen tun. Worauf wartest du noch? Martere mich! Ich benötige Schmerz.«

»Du benötigst Nahrung«, murmelte die Heilerin in einem Tonfall, als verursache er ihr Widerwillen. Mit einer Hand packte sie mit bemerkenswert unwiderstehlichem Griff sein Kinn und schob ihm mit der anderen zwei, drei Schatzbeeren in den Mund. »Schluck auch die Kerne! Sie werden dich zusätzlich stärken.«

Er wollte die *Aliantha* ausspucken, aber ihr fester Zugriff zwang ihn trotz seiner gegenteiligen Absicht zum Kauen. Ihre andere Hand strich an seiner Kehle entlang, bis er schluckte. Dann fütterte sie ihn mit weiteren Beeren. Bald hatte sie ihn dazu gebracht, mehrere Mundvoll zu essen. Er spürte, wie Nährkraft ihm zufloß, aber aus irgendeinem Grund schien sie eher seinem so tiefen Schlummer zuträglich zu sein, nicht seiner Gerissenheit. Kurze Zeit später konnte er sich nicht länger auf das besinnen, was er vorhin geredet hatte. Der Schimmer der Bäume erfüllte ihn mit widerwilliger Schlaftrunkenheit. Als die Heilerin ihn aus dem Gras hob, war er weder dazu imstande, sich zu wehren, noch sich zu fügen.

Während sie vor Anstrengung schnaufte, zerrte sie seine schlaffe Gestalt in die Höhe, bis er in halb aufrechter Haltung in ihren Armen hing. Dann lehnte sie ihn gegen ihren Rücken, seine Arme über ihre Schultern geworfen, und packte seine Oberarme wie die Griffe eines Gepäckstücks. Seine Füße schleiften nach; er baumelte von ihren knochigen Schultern. Aber sie trug sein Gewicht, schleppte ihn wie einen leblosen Sack tiefer in die fahle weiße Nacht von Morinmoss.

Während er döste, beförderte sie ihn mühselig immer weiter in die geheimnisvollen Tiefen des Waldes. Und als sie das Gebiet des Waldrandes verließen, gelangten sie in wärmere Luft, angenehmere Verhältnisse — einen Waldlandstrich, in dem Lord Fouls Winter den Frühling nicht im Keim zu ersticken vermocht hatte. Man sah in immer ausgedehnteren Bereichen immer mehr Blattwerk und sogar Vogelnester im Geäst; immer mehr Moos, Gras und kleines Waldgetier ließen sich zwischen den Bäumen bemerken. Der Geist des Trotzes beherrschte diese Gegend — widerstand der Kälte, nährte das Wachstum, bekräftigte Morinmoss' naturgemäßen Drang nach Knospen, frischen Säften und Erwachen. Es schien, als seien die uralten Forstwärtel zurückgekehrt und hätten mit sich das einstige Wissen des Waldes um sich selbst wiedergebracht.

Doch selbst in seinem entlegenen Herz konnte Morinmoss den Einfluß des Verächters nur abschwächen, ihn nicht völlig aufheben. Die Temperaturen stiegen bis über den Gefrierpunkt, aber nicht höher. Die Blätter hatten nicht die Üppigkeit wie in einem richtigen Frühling; ihr Wuchs war dünn und von dunklem, bitterem Grün statt vom Hellgrün frühjährlicher Pracht. Die Tiere trugen das Winterfell auf Gliedmaßen, die für einen wahren Frühling viel zu abgezehrt waren. Falls tatsächlich ein Forsthüter in den Wald von Morinmoss zurückgekehrt sein sollte, fehlte es ihm unverkennbar an der Tüchtigkeit seiner einstigen Vorgänger.

Nein, es war wahrscheinlicher, daß der monolithische Koloß

am Wasserfall seinen düsteren Schlummer abgeschüttelt und eine Hand zur Verteidigung des Waldes erhoben hatte. Und als noch größer durfte die Wahrscheinlichkeit gelten, daß Caerroil Wildholz aus seinem weitläufigen Einflußbereich in der Würgerkluft herüberwirkte, über die Entfernung hinweg tat, was er konnte, um den alten Wald von Morinmoss zu bewahren.

Nichtsdestoweniger war bereits die Schwächung des Winters für die Bäume von großem Nutzen, und ebenso den Bewohnern des Waldes. Dadurch blieb vieles am Leben, was sonst zu den ersten Dingen gezählt hätte, die dem Untergang verfallen wären, als Lord Foul den Frühling aufhielt. Unter anderen war dies einer der Gründe, denen es zu verdanken war, daß nun die Freischüler-Heilerin mit Covenant auf dem Rücken durch den Wald stapfte. Der Geist des Trotzes hatte sie und ihn nicht bloß geduldet; er hatte aktiv eingegriffen und sie zu ihm geschickt. Sie konnte sich nicht widersetzen. Obwohl sie alt war und Covenant als fürchterlich schwere Last empfand, sorgte sie dafür, daß sie durchhielt, indem sie Feuchtigkeit aus den Gehängen von Moos saugte, und sie trottete unter ihm rastlos zu ihrer Behausung inmitten der anderen Geheimnisse des Waldes.

Der Glanz der Bäume war in trübe, graue Dämmerung übergegangen, als ihre Wanderung vor einer niedrigen Höhle am Fuß eines Berges endete. Sie schob das Moos zur Seite, das den engen Eingang bedeckte wie ein Vorhang, bückte sich und zerrte Covenant hinter sich in die bescheidene einzige Kammer ihres Heims.

Die Höhle war klein. Sie war kaum hoch genug, um zu erlauben, daß sie sich in der Mitte zu voller Körpergröße aufrichtete, und die ovale Bodenfläche durchmaß an der breitesten Stelle nicht mehr als viereinhalb Meter. Aber für eine einzelne Person war sie ein behagliches Heim. Mit dem weichen Lehm ihrer Wände und der Brettstatt aus aufgehäuftem trockenen Laub bot sie Komfort genug, sie war warm, schützte vorm Winter. Und wenn kein Licht aus anderen Quellen kam, erhellten die Baumwurzeln, die Wände und Decke zusammenhielten, ihr Inneres mit geisterhaftem, filigranartigem Glanz. In der unterirdischen Abgesichertheit bedeutete das kleine Kochfeuer für den Wald keine Gefahr.

Außer der heruntergebrannten Glutasche, die die Heilerin noch an einer Seite der Höhle vorfand, verfügte sie über einen Topf mit Glutgestein. Erschöpft streckte sie Covenant auf der Lagerstatt aus, öffnete den Topf und benutzte die Hitze des Glutgesteins, um das Feuer von neuem zu entfachen. Dann setzte sie sich mit ihren steifen, alten Knochen auf den Erdboden und ruhte für geraume Zeit aus.

Der Vormittag war fast zur Hälfte verstrichen, als ihr Feuer zu erlöschen drohte. Mit einem trockenen Seufzen stand sie auf, schürte die Glut und bereitete sich ein warmes Mahl. Sie aß, ohne Covenant einen Blick zu widmen. Er befand sich in keiner Verfassung für feste Nahrung. Sie hatte die Mahlzeit ausschließlich für sich zubereitet und allein aufgegessen, weil es nötig war, daß sie neue Kräfte sammelte, denn ihre besondere Gabe des Heilens erforderte Stärke — soviel Stärke, daß sie die Reserven ihres Mutes erschöpfte, noch ehe sie in mittlere Jahre gekommen war, und ihre Tätigkeit aufgab, um sich für den Rest ihrer Tage im Wald von Morinmoss auszuruhen. Jahrzehnte — ob vier oder fünf, das wußte sie nicht länger — waren vergangen, seit sie sich von allem zurückgezogen hatte; und im Laufe dieser Zeit war sie in Frieden und Abgeschiedenheit zwischen den Jahreszeiten des Waldes zu Hause gewesen, davon überzeugt, die Prüfungen ihres Lebens seien ausgestanden.

Doch jetzt hatte sogar Morinmoss selbst sich gerührt und dafür gesorgt, daß ihre Arbeit sie einholte. Deshalb brauchte sie Stärke. Sie zwang sich dazu, eine ausgiebige Mahlzeit einzunehmen; danach gönnte sie sich nochmals Ruhe.

Zu guter Letzt fühlte sie sich gehalten, mit ihrer Aufgabe zu beginnen. Sie stellte den Topf mit den Glutsteinen in eine Nische der Wand, so daß der freundliche gelbe Lichtschein gleichmäßig auf Covenant fiel. Er schlief noch immer, das bereitete ihr eine gewisse Erleichterung; sie wollte weder seine irrsinnigen Reden hören noch sich mit seinem Widerstand auseinandersetzen müssen. Aber erneut flößte der Umfang seines Krankseins ihr Furcht ein. Irgend etwas, das knochentief saß, hatte ihn im Griff, etwas, das sie nicht erkennen und ebensowenig begreifen konnte. In seiner Unvertrautheit erinnerte er sie an ihre alten Alpträume, in denen sie sich selbst, mit Versuchen, den Verächter zu heilen, in äußerstes Entsetzen gestürzt hatte.

Den akuten Bruch seines Fußknöchels verstand sie; seine von der Kälte angegriffenen, zerschlagenen Füße und Hände lagen innerhalb ihres Erfahrungsbereichs, und sie sah, daß sie womöglich ganz von selbst heilen mochten, hielt der Mann sich während einer längeren Erholungszeit anständig warm; Wangen,

Nase und Ohren, die geplatzten Lippen mit der seltsamen Narbe an der einen Seite sowie seine unsauber abgeheilte Stirn bedeuteten für sie keine größere Herausforderung. Anders stand es allerdings mit dem Schaden, den das *Amanibhavam* seinem Geist zugefügt haben mußte. Selbst im Schlaf traten unter der Wirkung des Krauts seine Augen so kraß und fiebrig aus den Höhlen hervor, daß sie sogar durch die Lider jedes Zucken und Rukken sah, das seine wüsten Träume verursachten; es verkniff ihm die Stirn zu einem ungeheuerlichen Runzeln des Zorns oder der Qual; es ließ seine Hände in unbeholfenen Fäusten erstarren, so daß sie ihm, selbst wenn sie kühn genug gewesen wäre, das Weißgold nicht hätte abnehmen können. Und noch eine ganz andere Sache war seine eigentliche Krankheit. Sie erhaschte flüchtige Einblicke in die Art und Weise, wie sie mit seinem Wahnsinn zusammenhing. Sie fürchtete sich davor, diese Erkrankung mit ihren Kräften anzutasten.

Um sich zu beruhigen, sang sie in gedämpftem Brummen ein altes Lied.

»Wenn's am End ums Letzte geht,
hab' ich wenig Macht:
darf mich Gefäß nur nennen.
Ich halt den Bein-Saft meiner selbst
und seh das Mark verbrennen.

Wenn's am End ums Letzte geht,
hab' ich wenig Kraft:
bin Gerät nur immerdar.
Ich wirk ihr Werk, in ihren Händen
bin ich nur ein Narr.

Wenn's am End ums Letzte geht,
hab' ich wenig Leben:
bin ich nur eine Tat,
vollbracht, solang die Kühnheit währt,
bin nur eine Saat.«

Während sie sich bemühte, ihre Zaghaftigkeit zu meistern, traf sie ihre Vorbereitungen. Zunächst kochte sie eine dünne Brühe, zu deren Zubereitung sie heißes Wasser und ein staubfeines Pulver verwendete; letzteres entnahm sie einem ledernen Beutel, der zu ihren wenigen Habseligkeiten gehörte. Diese Brühe flößte sie Covenant ein, ohne ihn zu wecken. Sie vertiefte seinen Schlaf, gaben seiner besinnungslosen Ruhe eine solche Festigkeit, daß er nicht einmal aufgewacht wäre, ginge es jetzt um sein Leben. Als er schließlich völlig außerstande dazu war, sie bei ihren Maßnahmen zu behindern, begann sie ihn seiner Kleidung zu entledigen.

Langsam, indem sie das eigene Zögern benutzte, um die Gründlichkeit ihrer Vorbereitungen zu gewährleisten, zog sie ihm sämtliche Kleidungsstücke aus und wusch ihn vom Kopf bis zu den Füßen. Nachdem sie Spinngewebe, Dreck, alten Schweiß und verkrustetes Blut abgewaschen hatte, untersuchte sie ihn mit ihren Händen, tastete ihn vorsichtig ab, um sich des Umfangs seiner Leiden zu vergewissern. Dies Verfahren brauchte Zeit, aber für ihren unzulänglichen Mut ging es viel zu schnell.

Unverändert säumig, kramte sie aus dem Sortiment ihrer Habseligkeiten eines ihrer wenigen besonders kostbaren Besitztümer — ein langes, äußerst kunstfertig gewobenes Gewand aus einem Gewebe, das ebenso leicht war wie haltbar, leicht zu tragen, aber gleichzeitig warm. Es war ihr vor Jahrzehnten von einem berühmten Weber im Holzheim Hocherhaben geschenkt worden, weil sie sein Leben mit eigenem hohen Einsatz gerettet hatte. Die Erinnerung an diese Dankbarkeit war ihr sehr wertvoll, und sie hielt das Gewand für lange Zeit in den Händen, die vom Alter zitterten. Jetzt war sie alt, alt und allein; sie brauchte keine feinen Kleider mehr. Ihr abgerissener Umhang diente gut genug, sowohl als Alltagstracht als auch zum Totenhemd. Mit freundlichem Blick in den lehmigen Augen nahm sie das Gewand und bekleidete damit Covenant.

Die Mühe, die es kostete, seine schlaffe Gestalt zu bewegen, beschleunigte ihren Atem, und sie ruhte sich anschließend wieder aus, murmelte aus alter Gewohnheit vor sich hin. »Ach, Erbarmen, Erbarmen. Das ist Werk für Junge . . . für Junge. Ich ruhe und ruhe, aber ich werde nicht wieder jung. Ach, reden wir nicht davon. Ich habe mich nicht auf der Suche nach Jugend in den Wald von Morinmoss begeben. Ich bin hier, weil's mir am Herz für mein Wirken ermangelte. Habe ich's denn noch nicht wiedergefunden . . . nach all dieser Zeit? Ach, aber die Zeit ist kein Heiler. Der Leib wird alt . . . und nun versklavt ein grausiger Winter die Welt . . . und das Herz erneuert sich nicht. Erbarmen, Erbarmen! Mut gehört den Jungen, und ich bin alt . . . alt. Aber zweifelsfrei, große Dinge sind im Gange ... groß und gräßlich. Weißgold! Bei der Sieben! *Weißgold!* Und dieser Winter ist des Verächters Schandtat, aber Morinmoss widersteht. Ach, schreckliche Zwecke werden verfolgt ... Die Bürde dieses Mannes ist mir durch einen schrecklichen Zweck auferlegt worden. Ich kann mich nicht ... darf mich nicht verweigern. Darf's nicht! Ach, Erbarmen, aber ich habe Furcht. Ich bin alt ... habe gar keinen Grund zur Furcht ... nein, ich fürchte den Tod nicht. Aber den Schmerz. Den Schmerz. Erbarmen ... hab' Erbarmen mit mir, mir fehlt's an Mut für dieses Werk.« Doch Covenant lag auf ihrer Lagerstatt wie eine unabweisbare Forderung, geformt aus gebrochenen Knochen, Blut und Seele, und nach einem kurzen Nickerchen besann sie sich wieder. »Na, auch das muß ich beiseite tun. Auch das Klagen ist kein Heiler. Ich muß davon lassen und mein Werk verrichten.«

Steif erhob sie sich und suchte das entfernte Ende der Höhle auf, wo ihr Brennholz lagerte. Selbst jetzt hoffte sie noch, es werde sich herausstellen, daß sie davon zuwenig besaß; dann wäre es notwendig, den Wald nach herabgefallenen Ästen und Zweigen abzusuchen, bevor sie sich an die Hauptaufgabe machen konnte. Aber der Holzstapel war hoch genug. Sie vermochte sich nicht einzureden, daß er weitere Verzögerungen rechtfertigte. Sie brachte einen Großteil des Vorrats zum Feuer und stellte sich darauf ein, den Anfang mit ihrer Prüfung zu machen.

Als erstes nahm sie den Topf mit dem Glutgestein aus der Nische über Covenant und schob ihn in die Mitte des Feuers, so daß Wärme und Lichtschein der Glutsteine das Feuer ergänzten und verstärkten. Dann begann sie, beim bloßen Gedanken an das, was sie tun mußte, schon ins Keuchen zu verfallen, das Feuer kräftiger zu entfachen. Sie schürte es, nährte es mit trockenem, hartem Holz, bis die Flammen an die Höhlendecke hinaufloderten und ihre Hitze auf die Stirn der alten Heilerin Schweiß trieb. Und als das gedämpfte Brausen der Lohe gleichmäßig die Luft durchzüngelte, die Moosvorhänge am Höhleneingang im Luftzug flattern ließ, nahm sie erneut den Beutel mit dem Pulver zur Hand, mit dem sie die Brühe zubereitet hatte. Als sie im Innern des Beutels die Faust ballte, zögerte sie noch einmal, als sei mit dem nächsten Schritt eine unwiderrufliche Einlassung verbunden. »Ach, Erbarmen«, seufzte sie mit brüchiger Stimme. »Ich muß daran denken ... dran denken, daß ich allein zur Stelle bin. Niemand wird ihn behandeln . . . nur ich bin da. Ich muß das Werk von zweien vollbringen. Aus diesem Grunde pflegen Einsiedler nicht zu heilen. Aber ich muß das Werk tun.«

Sie schnaufte vor Aufregung über die eigene Waghalsigkeit und warf eine kleine Menge des Pulvers ins hochlodernde Feuer.

Sofort begann die Glut sich zu verändern. Die Flammen flakkerten nicht herab, sondern brannten stiller, setzten ihre Energie in eine weniger sichtbare Form um. Ihre Färbung wandelte sich von Orange, Rot und Gelb zu Braun, einem Braun, das sich stetig noch dunkler färbte, als entsprängen die Flammen keinem Holz, sondern zähem Lehm. Und während die Helligkeit des Feuers nachließ, breitete sich in der Höhle ein kräftiger Duft aus. Für die Heilerin roch es nach frisch aufgebrochener Erde, in die gesät werden sollte — roch es lebhaft nach dem Nahen von Knospen, Sprößlingen und Frühling, nach der Fruchtbarkeit grünen Lebens, das in gesundem Erdreich aufgekeimt war; inmitten dieses braunen Dufts hätte sie in Selbstvergessenheit sinken, Lord Fouls Winter, den Kranken und alle Pein vergessen können. Doch er war lediglich ein Bestandteil ihrer Arbeit. Durch die Liebe zu alldem, was dieser Duft ausdrückte, blieb sie an Covenants Seite gebannt. Dort verwurzelte sie sozusagen ihre Füße, dann widmete sie letztmals einen Moment der genauen Überlegung, um sich restlos darüber im klaren zu werden, was sie zu tun beabsichtigte.

Um sein Gesicht sowie die Hände und Füße brauchte sie sich nicht zu kümmern. Sie besaßen für seine Genesung keine entscheidende Bedeutung. Und die Krankheit seines Geistes war zu komplex und vielschichtig, als daß man sich damit befassen konnte, bevor er wieder körperlich in ausreichend guter Verfassung war, um die Strapaze der Heilung durchhalten zu können. Folglich richtete sie ihren lehmigen Blick auf seinen gebrochenen Knöchel.

Als sie sich auf diese Verletzung konzentrierte, wurde der Feuerschein noch dunkler, satter, noch kraftvoller und bestimmter, bis er die gleiche Farbe besaß wie der Schimmer ihrer Augen zwischen ihrem Gesicht und Covenants Knöchel. Der gesamte Rest der Höhle verschwand in Düsternis; bald darauf herrschte nur noch im Bereich des Bindeglieds, den ihr aufmerksamer Blick zwischen ihr und Covenants Schmerz schuf, eine gewisse Helligkeit. Sie glomm zwischen den beiden, verband sie, vereinte nach und nach die Gegensätze von Heilungsbedürftigkeit und Heilkraft. Mitten in der Wärme und dem Geruch des Feuers ergab sich ein Zustand der Verschmelzung, als ob sie ein Wesen seien, entschlackt von aller Trennung, vervollständigt.

Blind und zittrig, als sei sie ihrer selbst nicht länger bewußt, lenkte sie ihre Hände auf den Knöchel, erkundete ihn mit ihrer Berührung, bis sie Beschaffenheit und Winkel des Bruchs in ihrem Unterbewußtsein präzis kannte. Danach zog sie ihre Hände zurück.

Ihre Kraft ordnete sie sich unter, ließ ihr sich selbst überlassenes Fleisch durchsichtig wirken, jeder Bedeutung beraubt; sie verwandelte sich in ein willenloses Werkzeug ihrer Aufgabenstellung, Anker und Quell des Bandes, das sie eins mit seiner Wunde machte.

Sobald das Band stark genug war, zog sie sich von Covenant zurück. Ohne Willen oder Besinnung beugte sie sich vor und hob den glatten, schweren Stein auf, den sie als Stößel verwendete; willenlos und ohne sich dessen bewußt zu sein, hielt sie ihn in beiden Händen wie ein gewichtiges Geschenk, als böte sie ihn Covenant an. Dann hob sie den Stein über ihren Kopf.

Sie blinzelte, und das Band aus tiefbraunem Glanz bebte.

Mit aller Kraft schwang sie den Stein abwärts und schlug ihn gegen den eigenen Knöchel. Die Knochen brachen wie trockenes Holz.

Schmerz durchstach sie — eine Pein wie vom Splittern von Seelen, ihrer und seiner Seele. Sie schrie auf und stürzte, sackte kraftlos am Erdboden zusammen.

Zeit verstrich, für sie erfüllt mit ausgedehnter Qual, die jede andere Tür ihres Geistes verriegelte und verrammelte. Sie lag am Boden, während das Feuer zu düsterer Asche niederbrannte, der Frühlingsduft in der Höhle zu Staub verkam, die geisterhaften Fasern des Wurzelgeflechts leuchteten und später fahler glommen. Nichts existierte für sie, nur der eine durchdringende Augenblick, in dem sie Covenants Schmerz Paroli bot — die eine Sekunde, in der sie allen Schmerz, seinen und ihren, auf sich genommen hatte. Die Nacht verging, kehrte wieder; immer noch lag sie verkrümmt da. Ihr Atem fauchte heiser zwischen ihren welken Lippen, und ihr Herz flatterte am Rande des Stillstands. Wäre sie lange genug zu Bewußtsein gekommen, um sich fürs Sterben entscheiden zu können, sie hätte es bereitwillig und freudig vorgezogen. Aber der Schmerz verfuhr mit ihr nach Lust und Laune, bis er alles war, was sie noch von Leben oder Tod wußte.

Schließlich kam ihr der Gedanke, daß es, als sie jünger war, nie so schlimme Formen angenommen hatte. Die alten Kräfte waren nicht ganz von ihr gewichen, aber nicht einmal ihre schwersten Prüfungen waren derartig hart ausgefallen. Durst und Hunger zermarterten ihren Körper. Auch das war früher nicht so gewesen. Wo waren die Leute, die auf sie achtgeben sollten — die ihr zumindest Wasser hätten einflößen sollen, damit sie nicht verdurstete, bevor der Schmerz nachließ? Wo waren die Familienmitglieder oder Freunde, die ihr die Kranken und Verletzten brachten, die mit Freuden alles taten, um sie bei ihrer Heilertätigkeit zu unterstützen?

Mit der Zeit führten diese Fragen dahin, daß sie sich daran erinnerte, allein zu sein, daß sowohl sie als auch der Kranke keinerlei Beistand hatten. Er war während der ganzen Dauer ihrer Prüfung ebenfalls ohne Essen und Wasser geblieben; und wenn ihre Kräfte auch nicht versagt haben mochten, keinesfalls befand er sich in der Verfassung, um diesen Entzug aushalten zu können. Er konnte trotz alledem gestorben sein, was sie für ihn durchgemacht hatte.

Mit einer Anstrengung, die ihren alten Körper vor Entkräftung zum Schlottern brachte, erhob sie sich vom Erdboden.

Auf Händen und Knien verschnaufte sie, röchelte schwerfällig. Sie mußte die schwächlichen Überreste ihrer selbst zusammenraffen, ehe sie sich dem Kranken wieder widmete. Falls er tot war, oblagen ihr schaurige Aufgaben. Sie müßte sich durch des Verächters Winter schleppen, um den Weißgoldring den Lords in Schwelgenstein zu bringen. Und sie würde mit der Tatsache, daß ihr Schmerz der Schmerz des Scheiterns gewesen war, leben müssen. Diese Aussichten erschreckten sie.

Doch zugleich wußte sie, daß selbst diese weitere kurze Verzögerung den Unterschied ausmachen konnte. Sie stöhnte laut, während sie aufzustehen versuchte.

Doch ehe sie die Beine unter sich bekam, näherte sich von der Lagerstatt unsichere Bewegung. Ein Fuß trat sie zurück an den Boden. Der Kranke humpelte an ihr vorbei und drängte sich durch den Moosvorhang nach draußen, während sie mit ausgebreiteten Gliedern hinsackte.

Der Überraschungseffekt des Gewaltaktes war ihr unangenehmer als der Tritt selbst; der Mann war viel zu schwach, um ihr ernsthaft etwas antun zu können. Und seine Gewalttätigkeit weckte wieder einiges von ihrer Energie. Indem sie derbe Flüche hervorkeuchte, richtete sie sich mit steifen Gliedmaßen auf und hinkte ihm hinterdrein.

Kaum sechs Meter vom Höhleneingang entfernt holte sie ihn ein. Der fahle, glänzende Blick der Baumstämme hatte seine Flucht gebremst. Er schwankte hin und her, ein Wimmern der Furcht in seiner Kehle, als seien die Bäume wilde Bestien, die ihm auflauerten.

»Du bist von Übeln befallen«, sagte die Heilerin zu ihm, aus Müdigkeit sehr leise. »Verstehst du ansonsten nichts, so sieh zumindest das ein. Kehr zurück auf die Bettstatt!«

Er drehte sich wacklig um. »Du willst mich umbringen.«

»Ich bin Heilerin. Ich töte nicht.«

»Du verabscheust Aussätzige und willst mich alle machen.« In seinem verhärmten Gesicht quollen die Augen auf irre Weise hervor. »Du existierst nicht einmal.«

Sie konnte erkennen, daß die Erschöpfung seinen vom *Amanibhavam* und seiner unbegreiflichen Krankheit verursachten Wahnzustand noch verstärkte; beide beherrschten ihn mit solcher Gewalt, daß sie sich gar nicht länger voneinander unterscheiden ließen. Und sie war ihrerseits zu schwach, um ihn gütlich bändigen zu können; sie durfte keine Kraft für Worte oder Sanftmuft vergeuden, die bei ihm nichts bewirkten. Statt dessen trat sie bloß dicht vor ihn hin und rammte ihm starre Finger in seine Magengrube.

Als er unter ersticktem Ächzen ins Gras fiel, ging sie zum nächststehenden *Aliantha*-Strauch.

Er befand sich ganz in der Nähe des Höhleneingangs, aber sie war so extrem erschöpft, daß sie beinahe wieder zusammensank, ehe es ihr gelang, ein paar Schatzbeeren zu pflücken und zu essen. Sobald sie sie jedoch geschluckt hatte, kam deren Kraftfülle ihr schnell zu Hilfe. Ihre Beine erhielten neue Standfestigkeit. Einen Moment später war sie bereits dazu in der Lage, die Kerne zur Seite zu werfen und weitere Beeren zu pflücken.

Als sie die Hälfte aller reifen Früchte gegessen hatte, pflückte sie auch den Rest davon und nahm ihn für Covenant mit. Er versuchte, ihr auf allen vieren zu entwischen, aber sie drückte ihn nieder und zwang ihn zum Essen. Anschließend trat sie zu einem umfangreichen Gehänge von Moos, das nahebei baumelte, trank ausgiebig von seiner schweren grünen Nässe. Danach fühlte sie sich erfrischt und gestärkt, auf jeden Fall genug, um den Kranken zurück in die Höhle zu schleifen, ihn dort so lange zu bändigen, bis sie ihn mit einer Prise ihres eigentümlichen Pulvers in neuen Schlaf versetzt hatte.

Unter anderen Umständen hätte sie ihn wegen der Panik bemitleidet, die in ihm anschwoll, als er sich wieder in Hilflosigkeit versinken fühlte. Aber sie war zu müde — stak zu sehr voller Grausen vor der Arbeit, die ihr noch bevorstand. Sie wußte nicht, wie sie ihn trösten sollte, und deshalb verzichtete sie auf jeden derartigen Versuch. Als er von neuem in unruhigem Schlummer lag, murmelte sie über ihm bloß »Erbarmen!«, ehe sie sich abwandte.

Am liebsten hätte sie gleichfalls geschlafen, aber sie war allein und mußte die Last aller sonstigen Fürsorge selbst tragen. Während sie aufgrund der Lahmheit ihrer alten Gelenke stöhnte, entfachte sie mit ihrem Glutgestein ein neues Feuer und machte sich daran, für sich und den Kranken eine Mahlzeit zuzubereiten.

Sie untersuchte seinen Knöchel, während sich das Essen erwärmte. Gleichgültig nickte sie, als sie feststellte, daß der Knöchel genauso heil war wie ihrer. Schon verblaßten die hellen Narben. Bald würden die Knochen so gesund und stark sein, als wären sie nie gebrochen gewesen. Sie wünschte, während sie die Resultate ihrer Macht betrachtete, sie könne daran Freude empfinden. Doch die Fähigkeit, an den Ereignissen ihrer Quälerei Freude zu haben, war ihr bereits vor Jahrzehnten abhanden gekommen. Sie wußte genau, hätte sie, als sie jung war, über die Konsequenzen ihrer Entscheidungen volle Klarheit besessen, sie wäre niemals in die Versuchung geraten, am Ritus der Freischüler-Weihe teilzunehmen, wäre nie dem Bann der geheimen Macht erlegen, die in ihrem Innern nach Entfaltung gedrängt hatte.

Aber dem Einfluß der Macht konnte man sich nicht so leicht entziehen. Man kannte ihren Preis nicht wirklich, bis man ihn zahlen mußte, und inzwischen diente die Macht nicht länger ihrem Besitzer. Mittlerweile war ihr Besitzer ihr Diener geworden. Keine Flucht, kein Friede und keine Zurückgezogenheit vermochten dann noch den Preis herunterzuschrauben. Dann machte das Heilen nicht länger Freude. Angesichts der Arbeit, die sie nun noch zu leisten hatte, die hier in Gestalt einer schweren Heimsuchung vor ihr lag, verspürte sie so wenig Befriedigung, wie sie eine Wahl besaß.

Aber sie ging erneut ans Kochen, kehrte dem Jammer den Rücken. »Schweigen wir davon«, murmelte sie dumpf. »Schweigen wir davon. Wie auch immer, es muß fein säuberlich getan werden ... ohne Makel.« Zumindest bedeutete die Arbeit, die es noch zu erledigen galt, zur Abwechslung eine völlig andere Art von Qual.

Als die Mahlzeit fertig war, aß sie, fütterte Covenant und flößte ihm abschließend mehr von der einschläfernden Brühe ein, damit er nicht noch einmal aufstand und zu Gewalttätigkeiten schritt. Dann legte sie Asche ans Feuer, hüllte sich fest in ihren abgeschabten Umhang und bettete sich altersschwach zum Schlafen, gegen den Haufen Laub gelehnt, der sich bis vor kurzem als ihr Lager bewährt hatte.

An den folgenden Tagen ruhte sie, behandelte Covenants Wahnsinn und versuchte, sich auf ihren einstigen Mut zu besinnen. Seine Not ließ ihr Herz sich in ihrem alten Busen aufbäumen. Selbst in seinem Schlummer sah sie ihm an, daß seine eingefleischten Martern seinen Verstand fraßen. Indem seine Körperkräfte wiederkehrten, verlor ihr Schlaftrunk allmählich an Wirkung, konnte die Ruhelosigkeit seines von Träumen aufgewühlten Schlafs nicht länger mäßigen. Er begann mit den Armen um sich zu schlagen und fiebrig wirres Zeug zu brabbeln, ganz wie ein Mensch, der im Durcheinander eines Alptraums gefangen ist. In unerwarteten Momenten entstanden in seinem Ring weiße Leuchterscheinungen der Leidenschaft; und wenn der Blick der Heilerin sie zufällig voll erfaßte, schienen sie sie zu durchdringen wie eine Stimme des Elends, sie anzuflehen, ihr Werk zu vollenden.

Der Wald selbst gab seiner Sorge Ausdruck. Seine Stimmung bedrängte sie wie eine Forderung, erlegte ihr sein Verlangen so unmißverständlich auf, wie er sie anfangs zum Eingreifen gezwungen hatte. Sie begriff nicht, wieso Morinmoss soviel an diesem Mann lag; sie spürte nur seine Anteilnahme, als ob Autorität zur Warnung mit der Hand ihre Wange streife. Er mußte geheilt werden. Und zwar rechtzeitig, sonst würde die innere Substanz seines Wesens so verderben, daß ihre Verfassung jede Wiederherstellung ausschloß.

Dadurch kam ihr schließlich wieder der Zeitablauf zu Bewußtsein; aus der Helligkeit im Schimmer der Bäume erahnte sie, daß irgendwo hinter den undurchdringlichen Wolken ein Mond seine Bahn zog, sich auf eine neue Phase der Macht des

Verächters vorbereitete. Sie zwang sich dazu, ihr Zögern Stück um Stück zu überwinden, sich wieder mit ihrer Arbeit zu befassen.

Schließlich ließ sie das Feuer zum zweitenmal hoch emporlodern und legte ihr besonderes Pulver bereit. Während das harte Holz zu brennen begann, stellte sie sowohl Wasser als auch Essen in die Wandnische über Covenants Kopf, so daß er nicht lange danach zu suchen brauchte, falls er früher als sie das Bewußtsein zurückerlangte. Sie befand sich in fatalistischer Stimmung und bezweifelte, daß sie überleben würde. »Erbarmen«, murmelte sie, als das Feuer hochlohte. »Erbarmen!« Sie sprach das Wort aus, als ersuche sie sich selbst um seine Gunst.

Bald erfüllten die Flammen ihre Höhle mit Helligkeit und Wärme, röteten die verwitterte Haut ihrer Wangen. Die Zeit war gekommen; sie spürte, wie die Kraft sie durchdrang wie ein Liebhaber, sonderbar gebrechlich und doch herrisch, begierig auf die Chance, sich nochmals zu nähern und sie zu nehmen — begierig und doch seltsam unzulänglich, als mangle es nun an Voraussetzungen, um dem zu genügen, was in der Erinnerung noch von alten Gelüsten existierte. Für einen Moment ließ ihr Blut sie im Stich; Schwäche suchte all ihre Muskeln heim, so daß der Lederbeutel ihren Fingern entfiel. Aber sie bückte sich, um ihn aufzuheben, schob ihre zittrige Hand hinein und warf das Pulver ins Feuer, als sei diese Geste ihr bester annäherungsweiser Ausdruck von Mut.

Als der kräftige Duft des Pulvers seine Arme ausbreitete, alle Luft im Innern der Höhle umarmte, begann zugleich die langsame Umformung des Feuerscheins, und sie trat neben Covenants Kopf, unterdrückte das Beben ihrer Knie. Sie betrachtete seine Stirn mit ihrem bräunlichen Blick, während Wärme und Helligkeit des Feuers in Konsonanz mit ihrer Konzentration übergingen, und wiederum überschritt sie die Grenzen der eigenen Willenskraft und verwandelte sich ins bloße Gefäß, ins Werkzeug ihrer Macht. Ringsum verdüsterte sich die Höhle, als das satte, lehmige Licht sein Band zwischen ihren Augäpfeln und deren verschwommenen Pupillen einerseits und seinem kranken, irrsinnigen Geist andererseits wob. Und Covenant krampfte sich zusammen, Anspannung packte ihn — seine Augen stierten unheimlich, Stränge traten an seinem Hals heraus, an seinen Fingern die Knöchel weiß hervor —, als ob schon die Tatsache ihrer Heilkraft seiner Seele Furcht einjage.

Sie schlotterte, als sie die Hände ausstreckte, ihre Handteller flach auf den geballten Donner seiner Stirn legte.

Im nächsten Moment zuckte sie zurück, als habe sie sich an ihm verbrannt. »Nein!« schrie sie voller Grauen. Entsetzen durchflutete sie, brachte sie ins Schwimmen. »Du verlangst zuviel!« Tief in ihrem Innern rang sie um die Rückgewinnung ihrer Willenskraft, versuchte die Macht zu verdrängen, sich ihr zu verweigern, zu sich selbst zurückzukehren, um nicht untergehen zu müssen. »Das kann ich nicht heilen!« Aber der Wahnsinn des Mannes griff auf sie über, als besäße er Fäuste und habe sie bereits an den Handgelenken gepackt. Unter Geheul der Hilflosigkeit befaßte sie sich erneut mit ihm, senkte ihre Handflächen wieder auf seine Stirn.

Der ganze Schrecken schoß in ihr empor, überschwemmte sie, bis er mit einem Kreischen über ihre Lippen schwappte. Aber sie konnte nicht aufhören. Sein Wahnsinn durchbrodelte sie, während sie darin versank, sich verzweifelt dagegen wehrte, das zu erblicken, was an seinen Wurzeln lag. Und als er sie schließlich zwang, sie dazu nötigte, ihn anzusehen, das hämische Übel an seiner Quelle, da wußte sie, sie war erledigt. Sie riß ihre versengten Hände von Covenants Stirn und begann in rasender Hast, wie besessen, in ihren Besitztümern zu kramen.

Sie kreischte noch immer, als sie auf ein langes, steinernes Küchenmesser stieß, es überstürzt ergriff, die Spitze über Covenants verwundbares Herz erhob.

Er lag unter dem Messer wie ein von Leprose verunstaltetes Opfer.

Aber ehe sie das Leben in ihm abstechen, seine unreine Qual vom Tod läutern lassen konnte, umschwirrte sie ein Schwarm von blaugrünen, mit weißlichem Schmelz überzogenen Lichtern, die durch die Luft gaukelten wie Musik. Sie fielen auf sie wie Tau, blieben an ihr haften wie eine feuchte Melodie, ließen ihre Hand erstarren; sie umschlangen ihre Kraft und ihre Pein, hielten alle Dinge in ihr fest, bis ihr verkrampfter, stummer Aufschrei verebbte. Sie hielten sie umfaßt, bis sie unterm Druck der Dinge zerbrach, die nicht umfaßt werden konnten. Dann ließen sie sie hinsinken.

Mit einem Schillern, als bezeugten die Bäume Trauer, sangen sie sich selbst davon.

14

Nur jene, die hassen

Covenant erwachte zum erstenmal eine Nacht und einen Tag später. Aber er blieb im Stupor des notwendigen Genesungsschlafs und raffte sich nur wegen seines fürchterlichen Durstes kurz aus der Horizontalen hoch. Als er sich auf dem Lager aus Laub aufsetzte, entdeckte er in Kopfhöhe in einer Nische einen Krug mit Wasser. Er nahm einen langen Zug, dann sah er außerdem eine Schale mit Obst und Brot in der Nische. Er aß etwas, trank nochmals, schlief danach wieder ein, sobald er sich erneut auf den warmen, trockenen Blättern ausgestreckt hatte.

Beim nächstenmal dämmerte er inmitten des alten, schwachen Dufts seines Lagers aus dem Schlummer empor. Als er die Augen öffnete, konnte er infolge eines trüben Schimmers von Tageslicht an die von Wurzelgeflecht durchsetzte Decke einer Höhle blicken. Er drehte den Kopf, ließ seinen Blick an den erdenen Wänden entlangschweifen, bis er den von Moos verhangenen Höhleneingang bemerkte, der dies bißchen Licht einließ. Er wußte nicht, wo er war, wie er an diesen Ort geraten sein oder wie lange er geschlafen haben mochte. Aber seine Unkenntnis scherte ihn nicht. Er hatte den Zustand ständiger Furcht überwunden. Dank der Kraft unbekannter Dinge, die hinterm Schleier seiner Abgeschiedenheit verborgen lagen, war er ganz sicher, daß er keinen Grund zur Furcht besaß.

Dies Gefühl war in ihm die einzige Emotion. Er war ruhig, gelassen, irgendwie hohl — leer und deswegen aller inneren Unruhe enthoben —, als hätte dieselbe Läuterung oder Apotheose, die ihn vom Schrecken erlöste, auch alle anderen Leidenschaften in ihm ausgelöscht. Einige Zeitlang konnte er sich nicht einmal daran erinnern, was für Leidenschaften das eigentlich gewesen waren; zwischen ihm und seiner Vergangenheit gab es nichts als Schlaf und einen ausgeglühten Abgrund ungewöhnlicher Furcht.

Da bemerkte er erstmals den noch schwachen Geruch nach Tod in der Luft. Aber er bedrängte ihn nicht, und er reagierte nicht sofort darauf. Während er ihn zur Kenntnis nahm, sich überzeugte, reckte er seine vom Schlaf steifen Muskeln, erkundete die Spannkraft ihrer Wiederbelebung. Was ihn auch an diesen Ort gebracht hatte, es mußte schon so lange her sein, daß selbst sein Körper es allem Anschein nach schon vergessen hatte. Dennoch bereitete der Sachverhalt seiner Erholung ihm wenig Befriedigung. Er akzeptierte ihn mit vollkommener, aber inhaltsloser Selbstsicherheit, die auf Ursachen beruhte, die ihm uneinsichtig blieben.

Als er sich bereit fühlte, schwang er die Beine seitwärts vom Lager und setzte sich auf. Sofort sah er die alte, bräunliche Frau verkrümmt am Boden liegen. Sie war tot, auf den Lippen einen erstarrten Aufschrei, im blicklosen Lehm ihrer Augen einen Ausdruck von Geborstenheit. Er kannte sie nicht — er betrachtete sie in dem Bemühen, sich an sie zu erinnern, ohne daß ihm bloß eingefallen wäre, er hätte sie schon einmal gesehen —, aber irgendwie vermittelte sie ihm den vagen Eindruck, daß auch sie für ihn gestorben sei.

Jetzt reicht's! sagte er sich trübsinnig. Andere Erinnerungen begannen an die Oberfläche seines Bewußtseins zu treiben wie lebloser Abfall und Strandgut seines Lebens. *So was darf nie mehr vorkommen.*

Einen Moment lang begutachtete er das unvertraute weiße Gewand, dann zog er den Stoff zur Seite, um sich seinen Fußknöchel anzuschauen.

Er war gebrochen, dachte er in inhaltsleerer Überraschung. Er konnte sich daran erinnern, daß er ihn sich gebrochen hatte; er erinnerte sich daran, mit Pietten gerungen zu haben, gefallen zu sein — ihm fiel ein, daß er Piettens Speer als Krücke benutzt hatte, bis der Bruch in der Kälte fror. Doch jetzt zeigten sich keinerlei Spuren eines Bruchs. Er erprobte den Fuß am Boden, erwartete halb, die Unversehrtheit werde sich als Illusion erweisen. Er stand auf, hüpfte vom einen auf das andere Bein, setzte sich wieder hin. Während er dumpf *»Hölle und Verdammnis, Hölle und Verdammnis!«* murmelte, unterzog er sich seiner ersten VBG seit vielen Tagen.

Wie er dabei feststellte, befand er sich in weit besserer Verfassung, als er es für möglich gehalten hatte. Die Schäden, die er seinen Füßen zugefügt hatte, waren so gut wie völlig behoben. Seine hageren Hände ließen sich mühelos ballen, obwohl sie dürrer als je zuvor waren und der Ehering locker an seinem Ringfinger baumelte. Bis auf eine leichte Taubheit in den Fingerkuppen, seinen Ohren und der Nase hatte er sich auch von den Frostschäden erholt. Seine Knochen staken voller tiefreichender Wärme, die ihn in Schwung hielt.

Andere Dinge dagegen waren unverändert. Seine Wangen fühlten sich so starr wie immer an. Auf seiner Stirn wölbte sich der Knoten einer schlecht verheilten Narbe; sie war gegen Berührungen empfindlich, als sei sie unter der Haut, an seinem Schädel, noch entzündet. Und sein Leiden fraß sich noch immer unerbittlich in den Nerven seiner Hände und Füße aufwärts. Seine Fingerspitzen ließen sich in den Handflächen, wenn er sie hineindrückte, nicht spüren, und nur die Oberseiten seiner Füße und die rückwärtigen Bereiche seiner Fersen waren noch empfindsam. So war die Grundbedingung seiner Existenz unangetastet geblieben. Das Gesetz der Leprose war ihm eingeprägt, eingekerbt mit dem kalten Meißel des Todes, als bestünde er aus Marmor oder Dolomitgestein, nicht aus Bein, Fleisch und Menschsein.

Aus diesem Grund war er im hohlen Mittelpunkt seiner sonst so bemerkenswerten Heilung der Alte geblieben. Er war Aussätziger, und daher durfte er sich den Risiken von Leidenschaften nicht aussetzen.

Als er nochmals die Tote betrachtete, erinnerte er sich an das, was er getan hatte, ehe ihn der Winter um sein Selbst brachte; er war mit dem Vorsatz von Haß und Zerstörung nach Osten unterwegs gewesen, zu Fouls Hort. Nun kam ihm sein Vorsatz wie heller Wahnsinn vor. Es war eine Verrücktheit gewesen, sich allein gegen den Winter aufzulehnen, geradeso wie es sich bei dem Gedanken um eine Schnapsidee gehandelt hatte, er könne den Verächter am Schlafittchen packen. Der Weg seiner Vergangenheit schien mit Leichen gepflastert zu sein, Opfer der Vorgänge, die ihn zu jenem Entschluß verleiteten — des Prozesses der Manipulation, womit Lord Foul ihn zum letzten, zum unheilbringenden Fehler einer direkten Konfrontation verleiten wollte. Und das Resultat dieses Fehlers wäre der totale Sieg des Verächters.

Jetzt sah er klarer. Die Tote hatte ihn irgendeine Art von Weisheit gelehrt. Er konnte den Verächter aus demselben Grunde nicht herausfordern, aus welchem er sich nicht allein durch den Winter des Verächters zu schlagen vermochte: das waren unmögliche Zielsetzungen, und sterbliche Menschen, die Unmögliches zu verwirklichen suchten, gingen nichts anderem entgegen als dem eigenen Untergang. Nicht allzu fern auf seinem Lebensweg erwartete ihn das Ende eines Lepraleidenden, ihm zugedacht, aufgenötigt durch die Gesetzmäßigkeiten seines Leidens.

Und wenn er sich mit Undurchführbarkeiten abhetzte, würde er seine Reise zu diesem Ende nur beschleunigen. Dann wäre das Land vollends verloren.

Da begriff er, daß sein Unvermögen, sich auf das zu besinnen, was ihn an diesen Ort gebracht hatte, was ihm hier widerfahren war, als großer Segen gelten konnte, eine so eindeutige Gnade, daß er zunächst echtes Erstaunen empfand. Plötzlich verstand er wenigstens zum Teil, wieso Triock von der *Gnade* neuer Gelegenheiten gesprochen hatte — und warum sich Triock weigerte, ihn bei seinen Absichten unmittelbar zu unterstützen. Er verdrängte diese Absichten aus seinen Überlegungen und schaute sich in der Höhle nach seinen Kleidungsstücken um.

Er sah sie aufgehäuft an einer Höhlenwand liegen, aber schon im folgenden Moment entschied er sich dagegen, sie wieder anzuziehen. Ihm war, als repräsentierten sie seine Teilhaberschaft an etwas, das er nun lieber ungeschehen sähe. Und dies weiße Gewand war für ihn so etwas wie ein Geschenk der Toten, Bestandteil und zugleich Symbol ihres größeren Opfers. Er nahm es in stiller und trauriger Dankbarkeit an.

Aber er hatte bereits damit begonnen, seine Sandalen umzuschnallen, als er merkte, wie greulich sie nach Krankheit stanken. Während der Tage des Marschierens hatte das Leder den Schweiß seiner Entzündungen aufgesaugt, und nun war es ihm widerwärtig, Dinge von solcher Unreinlichkeit zu tragen. Er warf die Sandalen zurück auf den Haufen seiner übrigen unausstehlich gewordenen Kleidung. Barfuß war er in diesen Traum gelangt, und er wußte, er würde barfuß und mit geschundenen Fußsohlen wieder daraus verschwinden, ganz egal, wie sehr er sich auch bemühen mochte, sich zu schonen. Trotz seiner wiedererwachten Vorsicht zog er es vor, sich keine Sorgen um seine Füße zu machen.

Der schwache Geruch des Todes in der Luft wies ihn darauf hin, daß er nicht in der Höhle bleiben konnte. Er raffte das Gewand und durchquerte gebückt den Zugang, um zu schauen, ob sich erkennen ließ, wo er sich befand.

Draußen unter den grauen Wolken des Tages bereitete ihm der Anblick des Waldes eine weitere Überraschung. Er erkannte den Wald von Morinmoss wieder; er hatte seine Gehölze schon einmal durchmessen. Seine ungenauen Kenntnisse der Geographie des Landes vermittelten ihm eine ungefähre Vorstellung davon, wo er war, aber ihm blieb völlig unklar, was ihn in diese Gegend verschlagen hatte. Der letzte Gegenstand in seiner Erinnerung war der langsame Tod von Lord Fouls Winter.

Hier war vom Winter wenig zu sehen. Die schwarzen Bäume lehnten aneinander, als seien sie für alle Zeiten im ersten, längst angegrauten Silberstreif des Frühlings verwurzelt und darin haften geblieben; aber die Luft war eher frisch als bitter, und am freien Erdboden zwischen den Baumstämmen wuchs reichlich Gras. Er schnupperte die Düfte des Waldes, während er über seine aller Vernunft nach unbegründete Zuversicht nachdachte, und ein Weilchen später kam er zu der Überzeugung, daß er auch Morinmoss nicht zu fürchten brauchte.

Als er sich umwandte, um in die Höhle zurückzukehren, hatte er zumindest über die ersten Umrisse seines neuen Weges, den er beschreiten wollte, Klarheit gewonnen.

Er sah davon ab, die Frau zu begraben; ihm standen keine geeigneten Werkzeuge zur Verfügung, und er hatte keine Lust, den Wald durchs Aufreißen seines Erdreichs womöglich zu verdrießen. Er trug ihr Gewand und zeigte damit einen gewissen Respekt, aber ihm fiel darüber hinaus nichts ein, um ihr irgendeine Geste zu erweisen. Er hätte sich sogar gerne für das entschuldigt, was er tat — was er getan hatte —, doch er war dazu außerstande, sich noch Gehör bei ihr zu verschaffen. Schließlich bettete er sie auf ihr Lager, legte ihre starren Glieder zurecht, so gut es sich machen ließ, um ihr ein wenig letzte Würde zu verleihen. Dann kramte er aus ihrem Besitz einen Sack hervor und packte an Lebensmitteln hinein, was er finden konnte.

Zu guter Letzt trank er das restliche Wasser und ließ den Krug stehen, um Last zu sparen. Mit einer Anwandlung von Bedauern ließ er auch den Topf mit Glutgestein zurück; er wußte, daß Wärme ihm unterwegs gelegen käme, aber er verstand mit Glutgestein nicht umzugehen. Das Messer, das seltsamerweise mitten auf dem Fußboden lag, rührte er nicht einmal an, weil er die Nase voll von Messern hatte. Er dachte an Lena und küßte sanft die kalte, runzlige, erdbraune Wange der Toten. Dann verließ er die Höhle mit einem Achselzucken, murmelte »Erbarmen!«, als sei das Wort ein aus ihrem Opfer gewonnener Talisman.

Er schritt in den Tag seiner neuen Einsichten hinaus.

Er zögerte nicht, was die Wahl der Richtung betraf. Aus seiner früheren Erfahrung wußte er, daß Morinmoss' Terrain eine allgemeine Neigung vom Nordwesten zum Südosten aufwies, hinunter zu den Ebenen von Ra. Aufgrund dessen folgte er dem Gefälle, den Sack auf der Schulter, das Herz leer — gelassen, weil Entbehren es ausfüllte, wie bei einem Menschen, der vor der Aussicht einer farblosen Zukunft kapituliert hatte.

Noch ehe er drei Kilometer weit gewandert war, begann das Tageslicht aus der Luft zu weichen, und der Abend fiel von den Wolken herab wie Regen. Aber Morinmoss persönlich erhellte ihm den Weg. Und nach seiner ausgedehnten Erholung hatte er kein Bedürfnis nach Schlaf. Er verringerte sein Tempo, um sich bewegen zu können, ohne die dunklen Gehänge von Moos anzufassen, und marschierte weiter, während der Wald rings um ihn Ruhelosigkeit entwickelte, nervös flimmerte. Das uralte Unbehagen, die halbbewußte Erinnerung an Erbitterung und maßlose Verstümmlung, war nicht gegen ihn gerichtet — die dauerhaft schlechte Laune der Bäume schien vielmehr regelrecht zu weichen, wo er vorüberstrebte, ihm den Weg freizugeben —, aber nichtsdestotrotz spürte er es, hörte es im Wind raunen, als atme Morinmoss durch zusammengebissene Zähne. Covenants Sinne blieben beschnitten, dumpf vom Winter, ebenso wie vor der Krise mit Pietten und Lena, doch er konnte wahrnehmen, daß der Wald ihn duldete. Morinmoss bemerkte ihn und befleißigte sich in seinem Namen einer außergewöhnlichen Toleranz, machte eine Ausnahme.

Da fiel ihm ein, daß auch die Würgerkluft ihn in Ruhe gelassen hatte. Er erinnerte sich an Caerroil Wildholz und seinen Schüler wider Willen. Obwohl er sich geduldet sah, obwohl er Durchlaß erhielt, murmelte er den hellen, schimmernden Baumstämmen »Erbarmen!« zu, bewegte sich noch umsichtiger vorwärts, vermied alles, was den Bäumen Grund zum Ärger sein mochte.

Seine Vorsicht bremste sein Tempo erheblich, und als die Morgenfrühe anbrach, befand er sich noch immer in allgemein südöstlicher Richtung mitten im Wald. Aber er näherte sich allmählich wieder dem Einflußbereich des Winters. Kälte durchzog die Luft, die Bäume standen kahler. Das Gras war nackter Erde gewichen. Durch die Düsternis konnte er voraus die ersten schmalen Streifen von Schnee erkennen. Und als die morgendliche Dämmerung in den miesen Tag floß, da begann er zu merken, was für ein Geschenk das weiße Gewand wirklich war. Durch seine Leichtigkeit ließ es sich bequem tragen, aber der besondere Stoff machte es gleichzeitig warm und behaglich, so daß es ihn vorm harschen Wind schützte. Er hielt es für ein besseres

Geschenk als jedes Messer, jeden Stab oder *Orkrest*-Stein und war daher heilfroh, es um seinen Leib zu haben.

Sobald das Glimmen der Bäume dem Tageslicht gewichen war, legte er eine Pause ein und aß. Aber er brauchte wenig Rast, und nach einem kärglichen Mahl stand er auf und zog weiter. Der Wind begann ihn böig zu umwehen, Windstöße trafen ihn. Nach weniger als einem Kilometer verließ er die letzten Ausläufer der schwarzen Deckung des Waldes und wanderte hinaus in Fouls ungeminderte Bosheit.

Die Wildnis aus Schnee und Kälte, auf die seine stumpfen Sinne trafen, wirkte tatsächlich unverändert. Vom Waldrand aus fiel das Gelände weiterhin allmählich ab, durchsetzt vom Gewirr der flachen Höcker urzeitlicher Hügel, bis es an den matten Fluß grenzte, der kümmerlich nach Nordosten floß. Und über diesem gesamten Ausblick übte der Winter sein graues Werk der Verderbnis aus. Der gefrorene Erdboden sackte unter der unablässigen Schleifwirkung des Windes und dem Gewicht der Schneeverwehungen immer mehr in sich zusammen, bis er wie unwiderrufliche Trostlosigkeit oder Apathie aussah, einer Entartung von Muttererde und beabsichtigtem Sprießen ähnelte. Trotz des weißen Gewandes und seiner wiedererlangten Kräfte spürte Covenant die schneidende Schärfe der Kälte, und er krümmte sich zusammen, als laste die ganze Bürde des Landes auf seinen Schultern.

Einen Moment lang spähte er mit feuchten Augen in den Wind, um eine Richtung zu wählen. Ihm war unbekannt, wo er sich im Verhältnis zu den Untiefen aufhielt, durch die er den Fluß überquert hatte. Aber er war unerschütterlich davon überzeugt, daß er sich in Reichweite der Wanderlust-Furt befand, die an der Nordgrenze der Ebene von Ra lag. Falls seine Erinnerung an die Suche nach dem Stab des Gesetzes ihn nicht trog, mußte die Furt dort unten innerhalb seines Blickfeldes sein.

Er stemmte sich in den Wind und stapfte barfüßig über die mißhandelte Erde dahin, strebte zur Furt, als sei sie das Tor seiner veränderten Absicht.

Aber die Entfernung war größer, als sie von der Höhenlage des Waldes aus gewirkt hatte; ferner behinderten Wind, Schnee und Hänge sein Vorwärtskommen. Die Mittagszeit war angebrochen, bevor er den letzten Höhenrücken westlich der Furt erreichte.

Als sein Blick über die Kuppen des Höhenzuges hinausschweifte und hinunter zum Flußübergang glitt, sah er zu seiner Überraschung am Ufer einen Mann stehen.

Die Kapuze eines Steinhausener-Mantels verbarg das Gesicht des Mannes, aber er schaute Covenant entgegen, die Arme verschränkt, als warte er schon seit geraumer Zeit mit Ungeduld auf die Ankunft des Zweiflers. Vorsicht bewog Covenant dazu, sich zu ducken und in Deckung zu gehen. Aber der Mann winkte ihm fast augenblicklich lebhaft zu, rief etwas in Tönen herüber, die wie die Verzerrung einer Stimme klangen, die Covenant eigentlich hätte erkennen müssen. »Komm, Zweifler! Es mangelt dir an Geschick zum Verbergen oder Fliehen. Über eine Länge hinweg habe ich dich kommen sehen.«

Covenant zögerte, obwohl er sich in seiner hohlen Selbstsicherheit keineswegs fürchtete. Einen Moment später zuckte er die Achseln und strebte zur Furt. Als er den Hang hinabstieg, hielt er seinen Blick auf den Wartenden gerichtet und suchte nach irgendeinem Hinweis auf die Identität des Mannes. Zuerst vermutete er, der Mann könne Teil seiner vergessenen Erlebnisse im Wald und in der Höhle jener Frau sein — ein Bestandteil, den er möglicherweise nie völlig zu begreifen oder richtig zu würdigen vermochte. Aber da erkannten seine Augen das Muster, das in die Schultern des Steinhausener-Mantels gestickt war: ein Muster, das aus gekreuzten Blitzen bestand.

»Triock!« schnaufte er unterdrückt. *Triock?*

Im Laufschritt überquerte er den harten Untergrund, lief zu dem Mann, packte ihn an den Schultern. »Triock.« Eine lästige Einschnürung seiner Kehle bewirkte, daß seine Stimme gepreßt klang. »Triock? Was machst du hier? Wie bist du hergekommen? Was ist passiert?«

Während Covenant seine Fragen hervorkeuchte, wandte der Mann sein Gesicht ab, so daß die Kapuze seine Miene verdunkelte. Seine Hände fuhren empor an Covenants Handgelenke, rissen Covenants Hände von seinen Schultern, als wäre ihre Berührung für ihn giftig. Mit unmißverständlichem Nachdruck stieß er Covenant zurück. Aber als er sprach, klang sein unfreundlicher Tonfall fast nach Gleichgültigkeit.

»Nun denn, Ur-Lord Covenant, Zweifler und Weißgoldträger!« Er zählte die Titel mit sarkastischem Unterton auf. »Du bist in so vielen Tagen nicht weit gelangt. Hast du wohlgeruht in Morinmoss?«

Covenant starrte ihn an und massierte sich die Handgelenke;

Triocks Groll hinterließ in ihm ein Gefühl des Gebranntseins, wie ein Rückstand von Säure. Der Schmerz löste eine Anwandlung von Zweifeln aus, aber er erkannte unter der Kapuze Triocks Profil.

In seiner Verblüffung fiel ihm kein Grund für die Feindseligkeit des Steinhauseners ein. »Was ist passiert?« wiederholte er verunsichert. »Hast du Kontakt zu Mhoram erhalten? Hast du den Freischüler ausfindig gemacht?«

Triock hielt sein Gesicht unverändert abgewandt. Aber seine Finger verkrampften und krümmten sich wie Klauen, gierten nach Gewalt. Da gesellte sich eine Aufwallung von Trauer zu Covenants Verwirrung. »Hast du Lena gefunden?«

»Ich bin dir gefolgt«, sagte Triock mit der gleichen schroffen Kaltschnäuzigkeit, »weil ich deinen Absichten nicht traute ... und deinen Begleitern nicht. Ich sehe, ich bin keinem Wahn erlegen.«

»Hast du Lena gefunden?«

»Dein Schlag wider den Verächter, mit dem du dich im voraus rühmst, kommt an Gefährten und ebenso an Zeit teuer zu stehen. Was hat den Riesen von deiner Seite gelockt? Hast du ihn ...« — er grinste gehässig — »bei den abartigen Vergnügungen Morinmoss' zurückgelassen?«

»Lena?« beharrte Covenant mit schwerer Zunge.

Triocks Hände zuckten hoch in sein Gesicht, als wolle er sich die Augen ausreißen. Seine Handflächen ließen seine Stimme dumpf und irgendwie vertrauter klingen. »Ein Dorn im Leib. An ihrer Seite ein erschlagener Mann.« Heftiges Zittern befiel ihn. Doch er ließ die Hände urplötzlich wieder sinken und bediente sich erneut des Tonfalls morbider Unbekümmertheit. »Vielleicht wirst du von mir verlangen, dir zu glauben, daß sie sich gegenseitig umgebracht haben?«

»Es war meine Schuld«, sagte Covenant in hohlem Gram. »Sie hat versucht, mich zu schützen. Danach habe ich ihn getötet.« Er spürte die Unvollständigkeit seiner Angaben. »Er wollte meinen Ring«, fügte er hinzu.

»So ein Narr!« brauste Triock unvermittelt auf. »Glaubte er, ihm würde erlaubt, ihn zu behalten?!« Aber er gab Covenant keine Gelegenheit zu einer Entgegnung. »Und der Riese?« erkundigte er sich nochmals und wieder ruhiger.

»Wir sind überfallen worden. Er ist zurückgeblieben ... dadurch konnten Lena und ich fliehen.«

Ein rauhes Lachen fauchte aus Triocks Zähnen. »Getreu bis zum Ende«, meinte er spöttisch. Im nächsten Moment schüttelte ihn ein wildes Schluchzen, als habe er die Selbstbeherrschung schlagartig verloren — als habe ein wüster Kummer die Fesseln gesprengt, die ihm Zurückhaltung aufzwangen. Aber unverzüglich griff er zurück auf seinen Sarkasmus. »So war's denn wohlgetan«, höhnte er mit einem Zähneblecken, »daß ich die Furt aufgesucht habe.«

»Wohlgetan?« meinte Covenant leise. »Triock, was ist mit dir passiert?«

»Wohlgetan, fürwahr.« Der Mann schniefte, als unterdrücke er Tränen. »Du hast viel Zeit an jener Stätte des Harms und der Verführung verloren. Mit jedem Tag, der verstreicht, wächst des Verächters Macht. Mit Härte bindet er . . .« Im Schatten seiner Kapuze fletschte er die Zähne. »Thomas Covenant, dein Werk darf nicht länger hinausgezögert werden. Ich bin gekommen, um dich nach Ridjeck Thome zu bringen.«

Eindringlich musterte Covenant den Mann. Ein Moment verging, während er in seinen eigenen hohlen Kern hinablauschte und sich seiner Selbstsicherheit vergewisserte. Dann richtete er seine gesamte Aufmerksamkeit auf Triock, versuchte angestrengt, sein beschränktes Sehvermögen über seine Grenzen, seine Oberflächlichkeit hinaus zu erweitern, um sich einen Eindruck von Triocks Innenleben zu verschaffen. Aber der Winter und Triocks Erregungszustand vereitelten seine Bemühungen. Er sah das abgewandte Gesicht, die starre Anspannung und Verkrampftheit der klauenhaften Finger, das Entblößen weißer, feuchter Zähne, die Aufgewühltheit, aber er vermochte sie nicht zu durchdringen. Der Steinhausener befand sich in einer Verfassung stärkster Seelenqual. »Triock«, sagte Covenant voller Mitgefühl und Bestürzung, zugleich wie zur Selbstverteidigung, »du mußt mir erzählen, was passiert ist.«

»Muß ich?«

»Ja.«

»Drohst du mir? Wirst du, falls ich mich weigere, die wilde Magie wider mich aufbieten?« Triock duckte sich wie in echter Furcht, und eine merkwürdige Grimasse der Feigheit kräuselte seine Lippen wie Zuckungen. Aber dann hob er ruckartig die Schultern und kehrte Covenant den Rücken, wandte sich direkt in den Wind. »So frag!«

Drohen? fragte Covenant stumm Triocks eingezogene Schultern. *Nein. Nein. Ich möchte nicht, daß wieder irgend etwas schiefgeht. Ich habe genug Unheil angerichtet.*

»Frag!«

»Hast du . . .?« Er konnte die Wörter kaum durch seine verengte Kehle quetschen. »Hast du den Freischüler gefunden?«

»Ja.«

»Hat er Verbindung mit Mhoram aufgenommen?«

»Nein.«

»Warum nicht?«

»Er war unzulänglich.«

Die Bitterkeit der barschen Antworten vermischte sich mit der Bitterlichkeit des Windes.

»Triock«, konnte Covenant bloß wiederholen, »was ist geschehen?«

»Dem Freischüler mangelte es an Kraft, um mit dem *Lomillialor* umzugehen. Er nahm's mir fort, aber er selbst vermochte ihm nicht zu genügen. Jeurquin und Quirrel sind umgekommen . . . wieder gingen Gefährten dahin, während du säumst und zauderst!«

Beide dahin. »Ich habe nicht . . . Wie hast du mich gefunden?«

»Soviel kostbares Blut vergossen, Covenant. Wann wird's dich endlich sättigen?«

Mich sättigen? — Triock! Die Frage kränkte ihn, aber er nahm sie hin. Er hatte schon längst jedes Recht verloren, sich über irgend etwas, das Triock äußerte, zu empören. »Wie hast du mich gefunden?« erkundigte er sich mit Mühe noch einmal.

»Indem ich wartete. Wohin hättest du sonst gehen können?«

»Triock . . .« Covenant sprach nun mit der Stimme seiner inneren Gelassenheit. »Triock«, sagte er, »schau mich an!«

»Ich wünsche dich nicht anzuschauen.«

»Schau mich an!«

»Ich kann deinen Anblick nicht ertragen.«

»Triock!« Covenant legte dem Mann eine Hand auf die Schulter.

Augenblicklich wirbelte Triock herum und schlug ihm ins Gesicht.

Der Hieb fiel nicht sonderlich stark aus; Triock fuhr zusammen, als wolle er seinen Arm mitten im Schwung noch aufhalten. Aber als der Schlag Covenant traf, kam es zu einer energetischen Eruption, und Covenant taumelte einige Schritte weit rückwärts und fiel hin. Ein heftiger Schmerz wie von Säure brannte auf seiner Wange, stach in seinen Augen. Er sah kaum noch, wie Triock sich duckte, umwandte und die Flucht ergriff, dann aber plötzlich sich zusammenriß und stehenblieb, im Abstand von zehn bis zwölf Metern wartete, als rechne er damit, Covenant werde ihm einen Speer in den Rücken schleudern.

Der Schmerz dröhnte wie ein Schall schwarzen Wassers durch Covenants Schädel, aber er zwang sich dazu, sich aufzusetzen, seine heiße Wange zu mißachten. »Ich werde Fouls Hort nicht aufsuchen«, sagte er ruhig.

»Nicht?« Die Verblüffung bewirkte, daß Triock herumfuhr, sich Covenant zuwandte.

»Nein.« Auf ungewisse Weise fühlte sich Covenant selbst von seiner Eindeutigkeit überrascht. »Ich gehe über den Fluß ... Ich werde versuchen, mit den Ramen in den Süden zu ziehen. Kann sein, daß sie ...«

»Das *wagst* du?!« heulte Triock auf. Er schien vor Wut platzen zu müssen, aber er kam nicht näher. »Du hast mich meine Liebe gekostet! Meine Gefährten! Mein Heim! Mein ganzes Leben lang hast du jedes frohe Antlitz zerstört! Und nun sagst du, du willst das eine Versprechen verleugnen, das all das wiedergutzumachen vermöchte? Zweifler! Wähnst du, ich würde dich für einen solchen Verrat nicht töten?«

Covenant zuckte die Achseln. »Töte mich, wenn's dir Spaß macht! Es bedeutet keinen Unterschied.« Der Schmerz in seinem Gesicht hinderte ihn in seiner Konzentrationsfähigkeit, aber nichtsdestoweniger gewahrte er den inneren Widerspruch hinter Triocks Drohung. Furcht und Wut hielten sich in dem Steinhausener die Waage, als besäße er eine gespaltete Persönlichkeit, deren Hälften zwischen Flucht und Angriff wählen sollten und nicht konnten, weil sie in ihrem gegensätzlichen Drang einander aufhoben. Irgendwo zwischen diesen Widersachern stak jener Triock, an den sich Covenant erinnerte. Er widerstand dem Brausen in seinem Kopf und versuchte, um bei Triock Verständnis zu wecken, eine Erklärung abzugeben.

»Die einzige Möglichkeit, daß du mich umbringen könntest, besteht dann, wenn ich in meiner Welt sterbe. Du hast mich ja gesehen ... als du mich rübergeholt hast. Vielleicht kannst du mich töten. Aber wenn ich tatsächlich sterbe, spielt es keine Rolle, ob du mich tötest oder nicht. Irgendwie komme ich dann eben um. Das ist so mit Träumen. Aber ehe du dich zu irgend etwas entschließt, laß mich klarstellen, warum ... warum ich nicht nach Fouls Hort möchte.« Mühsam stand er auf. Am liebsten wäre er zu Triock gegangen, um dem Mann aufmerksam ins Gesicht zu blicken, aber Triocks gegensätzliche Emotionen hielten ihn auf Distanz.

»Ich bin nicht gerade ein Unschuldslamm. Das ist mir völlig klar. Ich habe ja gesagt, es war meine Schuld, und dabei bleib' ich. Aber ich habe nicht *allein* die Schuld. Lena und Elena, Atiaran ... die Riesen, Ranyhyn, Ramen und Bluthüter ... und du ... das alles ist nicht meine alleinige Schuld. Ihr alle habt selbst Entscheidungen getroffen. Lena traf ihre Entscheidung, als sie beschloß, mich davonkommen zu lassen, nachdem ... ich sie vergewaltigt hatte. Atiaran fällte einen eigenen Entschluß, als sie sich dafür entschied, mir dabei zu helfen, nach Schwelgenstein zu gelangen. Es war Elenas freier Wille, als sie vom Erdblut getrunken hat. Auch du hast eigene Entschlüsse gefällt ... du hast es vorgezogen, deinen Friedensschwur zu halten. Nichts davon ist ausschließlich meine Schuld.«

»Du sprichst, als gäb's uns nun doch«, knurrte Triock erbittert.

»Was meine Verantwortung angeht, gibt's die tatsächlich, ja. Ich habe keine Gewalt über meine Alpträume. Ein Teil von mir — dieser Teil, den du jetzt reden hörst — ist Opfer, genau wie ihr. Bloß weniger unschuldig. Aber Foul hat das alles so eingefädelt. Er — oder jener Teil von mir, der träumt — hat alles vom Anfang an so eingerichtet. Er hat mich manipuliert, und inzwischen weiß ich endlich auch, wie. Er will diesen Ring ... er will die Herrschaft über die wilde Magie. Und er weiß — *weiß!* —, wenn er mich dahin bringt, daß ich mich schuldig, verantwortlich und elend genug fühle, werde ich versuchen, ihn auf eigenem Boden zu schlagen ... unter von ihm diktierten Bedingungen. Aber so einen Kampf kann ich nicht gewinnen. Ich weiß nicht, wie ich's könnte. Genau deshalb will er, daß ich's versuche. Auf diese Weise bekäme er alles in die Hand. Und ich würde enden wie jeder andere Selbstmörder.

Sieh mich an, Triock! Sieh mich an! Du kannst mir ansehen, daß ich krank bin. Ich bin Lepraleidender. Das ist mir so deutlich aufgeprägt, daß jeder es sehen kann. Und Leprakranke ... sie begehen nur zu leicht Selbstmord. Sie brauchen nur die Regeln des Überlebens außer acht zu lassen. Diese Regeln verlangen einfache, egoistische, bewußt praktizierte Vorsicht. Foul hat bisher verflucht gute Arbeit geleistet, um sie mich vergessen zu lassen

— deshalb kann's sein, daß du jetzt dazu in der Lage bist, mich umzubringen, falls dir daran was liegt. Aber wenn ich noch eine Chance habe, besteht meine einzige Möglichkeit, sie wahrzunehmen, in der Rückbesinnung darauf, wer ich bin — der lepröse Thomas Covenant. Ich muß diese unmögliche Schnapsidee, wiedergutmachen zu wollen, was ich angestellt habe, völlig verwerfen. Ich muß alle Schuld, alle Verpflichtungen, oder was immer es sein mag, was unter das fällt, das ich als Verantwortlichkeit bezeichnet habe, auf mich nehmen. Ich muß die Bemühungen aufgeben, mich in den Zustand der Schuldlosigkeit zurückversetzen zu wollen. Das ist undurchführbar. Es nur zu versuchen, bedeutet Selbstmord. Und Selbstmord ist der einzige hundertprozentig sichere Weg, auf dem Lord Foul den Endsieg erringen kann. Anders kommt er nicht an die wilde Magie, und es ist denkbar, daß er irgendwo und irgendwie an etwas gerät, das ihm den Garaus machen kann. Und deshalb ... dehalb suche ich Fouls Hort nicht auf. Statt dessen werde ich etwas tun, das einfach, egoistisch und für mich ebenso praktisch wie vorsichtig ist. Ich werde auf mich aufpassen, genau wie ein Lepraleidender es tun sollte. Ich gehe in die Ebenen ... falls ich irgendwo die Ramen finde. Sie werden mich mitnehmen. Die Ranyhyn ... die Ranyhyn sind wahrscheinlich schon in den Süden unterwegs, um sich in den Bergen zu verstecken. Die Ramen werden mich mitnehmen. Mhoram weiß nicht, daß ich hier bin, also wird er auch nichts von mir erwarten. Bitte hab' ein Einsehen, Triock! Mein Jammer um dein Schicksal ... er wird kein Ende haben. Ich habe Elena geliebt, ich liebe das Land. Aber solang's mir gelingt, am Leben zu bleiben, wie ein Lepraleidender es halten sollte — solange kann Foul nicht endgültig siegen. Solange hat er nicht gewonnen.«

Triock nahm seine Erläuterungen über den Abstand hinweg scheel zur Kenntnis. Anscheinend verpuffte seine Wut, aber an ihre Stelle trat durchaus kein Verständnis. Vielmehr erlangte eine Mischung aus Schläue und Verzweiflung die Oberhand über seinen Wunsch, zu fliehen, und seine Stimme wies einen halb hysterischen Anflug von Schleimscheißigkeit auf, als er wirr antwortete: »Komm, Zweifler ... triff so einen Entschluß nicht überhastet! Laß uns in aller Ruhe darüber sprechen. Laß mich dazu Stellung nehmen ...« Er schaute umher, als erhoffe er sich irgendeine Unterstützung, dann schwatzte er weiter. »Du bist hungrig und müde. Der Wald hat dich hart geprüft ... ich seh's dir an. Laß uns hier eine Zeitlang rasten. Wir schweben nicht in

Gefahr. Ich werde ein Feuer entfachen . . . dir eine Mahlzeit zubereiten. Wir müssen uns über deine Entscheidung unterhalten, solange sie noch widerrufen werden kann.«

Warum? hätte Covenant ihn zu gern gefragt. *Wodurch hast du dich so verändert?* Aber er kannte schon zu viele mögliche Erklärungen. Und Triock machte sich unverzüglich, als wolle er etwaigen Fragen ausweichen, ans Brennholzsuchen. Die Gegend auf dieser Seite der Wanderlust-Furt war früher einmal waldig gewesen, und es dauerte nicht lang, bis er einen großen Haufen von abgestorbenem Reisig und sonstigem Holz gesammelt und im Schutz eines Hügels unweit der Furt aufgestapelt hatte. Und während der ganzen Zeit hielt er sein Gesicht von Covenant abgewandt.

Als er mit der Menge des angeschleppten Brennholzes zufrieden war, kauerte er sich vor dem Stapel hin, die Hände verborgen, als wolle er aus irgendeinem obskuren Grund Covenant nicht sehen lassen, wie er das Feuer anzündete. Sobald sich im Holzstapel Flammen ausbreiteten, ließ er sich auf der anderen Seite des Feuers nieder und winkte Covenant in die Wärme.

Covenant kam der Aufforderung ganz gerne nach. Sein Gewand konnte trotz allem nicht die Kälte aus seinen Händen und Füßen fernhalten; einem Lagerfeuer konnte er kaum widerstehen. Ebensowenig konnte er sich Triocks Wunsch verschließen, seinen Entschluß noch einmal mit ihm zu diskutieren. Seine Schuld gegenüber Triock war groß — er durfte damit nicht leichtfertig verfahren. Er setzte sich in der warmen Wohltat des Feuerscheins hin, Triock genau gegenüber, und sah wortlos zu, wie der Steinhausener ein Mahl zubereitete.

Während dieser Tätigkeit brabbelte Triock in einem Ton vor sich hin, der Covenant sonderbar mißbehagte. Triocks Bewegungen wirkten umständlich, als versuche er, bei der Zubereitung des Essens irgendwelche esoterischen Gebärden zu verheimlichen. Er mied Covenants Blick, aber jedesmal, wenn Covenant fortschaute, konnte er spüren, wie Triocks Blick ihn verstohlen streifte und gleich wieder zur Seite ruckte. Es überraschte ihn regelrecht, als Triock schließlich von neuem den Mund aufmachte. »So hast du deinen Haß nun aufgegeben.«

»Aufgegeben . . .?« In solchen Begriffen hatte er über diese Angelegenheit noch nicht nachgedacht. »Kann sein. Ich halte so was für keine gute Lösung. Ich meine, davon abgesehen, daß das Gesetz der Leprose solchen Dingen ohnehin keinen Spielraum läßt. Haß, Erniedrigung, Rache — wenn ich mich von ihnen in Beschlag nehmen lasse, unterlaufen mir jedesmal Fehler. Ich riskiere mein Leben. Und genauso steht's mit der Liebe, wenn du die Wahrheit wissen willst. Aber ganz davon abgesehen, ich glaube nicht, daß ich Foul auf so eine Weise schlagen kann. Ich bin ein Mensch. So kann ich nicht hassen ... für immer, so wie er. Und ...« Er zwang sich dazu, eine neue Einsicht unumwunden auszusprechen. »Und mein Haß ist nicht pur. Er hat einen Makel, weil ein Teil von mir statt ihn stets mich selbst haßt. Immer.«

Triock schob einen Tontopf mit dicker Suppe zum Kochen in die Glut. »Haß ist die einzige Lösung«, meinte er dann, und seine Stimme klang nach unheimlicher Festigkeit seiner Überzeugung. »Schau dich an! Gesundheit, Liebe, Pflicht — all das ist zuwenig wider diesen Winter. Nur jene, die hassen, sind unsterblich.«

»Unsterblich?«

»Sicherlich. Alle anderen ereilt am Ende der Tod. Wie anders sollten der Verächter und ... und seine Wütriche überdauern, wenn nicht durch Haß?« Er sprach von den Wütrichen, als grause ihm vor ihnen, und in dem rauhen, schroffen Ton, in welchem er das Wort ›Haß‹ aussprach, besaß es eine beachtliche Bandbreite von leidenschaftlichen und gewalttätigen Bedeutungen, als wäre es in der Tat das eine Wort der Wahrheit und Transzendenz.

Der Geruch der Suppe drang an Covenants Nase. Er merkte, er war wirklich hungrig — und sein innerer Gleichmut besaß sogar die Bereitschaft, über Triocks kuriose Redensarten hinwegzugehen. Er streckte die Beine aus, stützte sich auf einen Ellbogen. »Haß«, seufzte er leise, reduzierte das Wort auf handhabbare Dimensionen. »Ist das eine Lösung, Triock? Ich glaube ... ich glaube, ich habe diese ganze Sache — Traum, Wahnerlebnis, Tatsache, ganz egal, wie du's nennen willst — mitgemacht, das alles durchgemacht ... auf der Suche nach einer guten Antwort auf den Tod. Aufbegehren, Vergewaltigung ... Lächerlichkeit ... Liebe ... Haß? Ist sie das? Ist das deine Antwort?«

»Mißversteh mich nicht«, erwiderte Triock. »Ich hasse nicht den Tod.«

Covenant blickte für einen Moment ins Tanzen der Flammen und ließ sich vom Wohlgeruch der Suppe an tiefen, sicheren, leeren Frieden erinnern. »Und was haßt du?« wollte er wissen, als sei die Frage das Schlußwort einer Litanei.

»Ich hasse das Leben.«

Hastig füllte Triock Suppe in Schüsseln. Als er eine davon ums Feuer Covenant reichte, zitterte seine Hand. »Hältst du das für ungerechtfertigt?« schnauzte er jedoch verärgert los, sobald er sich wieder hinter den Flammen unter seine Kapuze geduckt hatte. »Du, Zweifler?«

Nein. Nein. Covenant fühlte sich dazu außerstande, den Vorwurf in Triocks Stimme zurückzuweisen. *Haß mich, soviel du willst,* atmeten seine Gedanken ins Knistern des Feuers und den Dampf der Suppe. *Ich will nicht, daß noch irgend jemand für mich Opfer bringt.* Ohne aufzuschauen, begann er zu essen.

Die Suppe schmeckte nicht unangenehm, hatte jedoch einen Beigeschmack, der störte und durch den ihm irgendwie das Schlucken schwerfiel. Doch sobald er einen Mundvoll geschluckt hatte, fühlte er sich erwärmt und ermutigt. Allmählich begann sich in seinem Innern Schläfrigkeit zu verbreiten. Einige Augenblicke später empfand er vage Überraschung angesichts der Tatsache, daß er die Schüssel bereits geleert hatte.

Er stellte sie beiseite und streckte sich auf den Rücken aus. Ihm war, als lodere das Feuer nun heißer und höher, so daß er nur noch flüchtige Ausblicke auf Triock erhaschte, der ihn durch das Wallen, Flackern und Knacken der Flammen wachsam beobachtete. Er fing schon an zu dösen, als er Triock plötzlich durch den feurigen Schleier zwischen ihnen sprechen hörte. »Zweifler, warum ziehst du's nicht vor, deinen Weg nach Fouls Hort fortzusetzen? Du glaubst doch gewiß nicht, daß der Verächter deinen Rückzug dulden wird — nachdem er sich so sehr darum bemüht hat, dich zu der Herausforderung zu verleiten, von der du geredet hast.«

»Es dürfte ihm nicht passen, daß ich mich verpisse, klar«, sagte Covenant ebenso hohl wie überzeugt. »Aber ich gehe davon aus, daß er zuviel zu tun hat, um mich dran hindern zu können. Und wenn ich ihm diesmal durch die Finger schlüpfen kann, wird er mich in Ruhe lassen ... wenigstens für eine Weile. Ich habe ... ich habe schon verdammt viel zu seinem Nutzen angestellt. Jetzt will er bloß noch das Weißgold von mir. Solange ich ihn damit nicht bedrohe, wird er mir meine Ruhe gönnen, während er mit den Lords kämpft. Und danach wird's zu spät sein. Dann bin ich schon so weit weg, wie die Ranyhyn mich bringen können.«

»Aber was ist mit diesem ... diesem Schöpfer ...?« Triock spie das Wort nahezu aus. »Von dem's heißt, auch er habe dich auserwählt? Hat er keine Macht über dich?«

Die Schläfrigkeit bestärkte Covenant lediglich in seinem Selbstvertrauen. »Ich schulde ihm nichts. Er hat mich ausgewählt ... ich habe weder ihn ausgeguckt noch irgend etwas in dieser Richtung gewollt. Wenn ihm nicht gefällt, was ich mache, dann soll er sich einen anderen Dussel suchen.«

»Aber was ist mit all jenen Menschen, die für dich gelitten und das Leben verloren haben?« Triocks Ärger kehrte wieder, die Wörter kamen abgehackt über seine Lippen, als wären sie Bilder mit Bedeutungen von großer Tragweite, die er von den Wänden einer Halle der Geschenke tief in seinem Innern reiße. »Wie willst du ihrem Opfer den Sinn geben, den's verdient? Wenn du die Flucht ergreifst, sind sie in einen zwecklosen Tod gegangen.«

Ich weiß, seufzte Covenant stumm in die grellen Flammen und den Wind. *Wir alle sind ohne Zweck, tot oder lebendig.* Er mußte sich anstrengen, um gegen den Schlaf, der ihn zu überwältigen drohte, noch deutlich zu sprechen. »Aber welchen Sinn gebe ich ihrem Opfer, wenn ich Selbstmord begehe? Sie wären mir kaum dankbar dafür, wenn ich etwas fortwerfe — das sie soviel gekostet hat. Solang ich lebe ...« Er verlor den roten Faden seiner Gedanken, fand ihn wieder. »Solang ich lebe, lebt auch das Land weiter.«

»Weil es dein Traum ist!«

Ja. Unter anderem auch aus diesem Grund.

Covenant durchlebte einen Moment vollkommener Stille, ehe ihm verspätet die Heftigkeit von Triocks letzter Äußerung auffiel. Er straffte sich mühselig etwas und spähte durch das Feuer matt hinüber zu dem Steinhausener. »Warum ruhst du dich nicht aus?« murmelte er, weil ihm nichts anderes in den Sinn kam. »Wahrscheinlich war es ziemlich anstrengend für dich, auf mich zu warten.«

»Ich habe das Schlafen aufgegeben.«

Covenant gähnte. »Red keinen Unsinn! Wofür hältst du dich? Für einen Bluthüter?«

Zur Antwort lachte Triock angespannt wie ein Tau kurz vorm Reißen.

Der Laut vermittelte Covenant das Gefühl, daß irgend etwas nicht stimmte, daß er nicht so unwiderstehlich müde sein dürfte. Er müßte genug Kraft haben, um Triocks Seelenpein verantwortungsbewußt zu begegnen. Aber er konnte kaum noch die Augen offenhalten. »Warum gibst du's nicht zu?« meinte er, während er sich das starre Gesicht rieb. »Du sorgst dich, ich könnte mich davonschleichen, sobald du den Blick von mir wendest.«

»Ich habe nicht die Absicht, dich noch einmal aus den Augen zu lassen, Thomas Covenant.«

»So was . . . so was würde ich dir nicht antun.« Covenant blinzelte und merkte, daß seine Wange am harten Erdboden ruhte. Er konnte sich nicht entsinnen, zusammengesunken zu sein. *Wach auf!* sagte er sich ohne Überzeugungskraft. Der Schlaf schien aus dem Grau des Himmels über ihn herzufallen. »Ich weiß noch immer nicht, wie du mich gefunden hast«, nuschelte er. Aber er schlief, ehe der Klang seiner Stimme seine eigenen Ohren erreichte.

Ihm war zumute, als sei er nur einen Moment lang ohne Besinnung gewesen, als er auf halb unterbewußter Ebene eine Finsternis gewahrte, die aus dem Winter auf ihn eindrang, untergründlich wie der Tod. Dagegen wirkten schwache, fremdartige Lichtlein aus Musik, die er erkannte, ohne sich ihrer zu entsinnen. Sie erregten einen schwächlichen, flüchtigen Eindruck, wie Stimmen, die aus großer Entfernung riefen. Sie umgaukelten ihn wie eine Melodie aus blaugrünen Intervallen, doch er konnte sie weder sehen noch hören. Aber sie blieben beharrlich; sie zupften an ihm, sangen zu ihm, flehten ihn um Rückkehr ins Bewußtsein an. Durch seinen verständnislosen Stupor tanzten sie eine blinde, wortlose Warnung vor Gefahr.

Er hat mich betäubt, hörte er zu seiner eigenen Verwunderung sich selbst innerlich murmeln. *Hölle und Verdammnis! Dieser Verrückte hat mich betäubt.* Er entdeckte keinen vernünftigen Sinn in dieser Auffassung. Wie war er zu so einer Schlußfolgerung gelangt? Triock war ein ehrlicher Mensch, in seiner Trauer offen und großmütig — ein Mann, der sich an Gnade und Frieden orientierte, obwohl ihn das teuer zu stehen kam.

Er hat mich betäubt!

Woher stammte diese Überzeugung? Mit tauben Fingern tastete sich Covenant durch seine Besinnungslosigkeit, während ein halsstarriges Gefühl des Bedrohtseins sein Herz gepackt hielt. Finsternis und Unheil krochen auf ihn zu. Jenseits seines Schlafs — hinter der bläulichgrünen Musik — konnte er, wie er meinte, noch immer Triocks Lagerfeuer brennen sehen.

Wie hat er das Feuer angezündet? Wie hat er mich gefunden?

Das aufdringliche Geflimmer versuchte unverdrossen, ihm Dinge zu erzählen, ohne daß er sie hören konnte. Triock war eine

Gefahr. Triock hatte ihn betäubt. Er mußte aufstehen und fliehen. Irgendwohin fliehen. In den Wald fliehen.

Er rappelte sich in eine Sitzhaltung hoch, riß die Augen auf. Er sah das herabgebrannte Lagerfeuer in der letzten, leblosen Helligkeit des Abends. Der Winter umfauchte ihn gallig. Er konnte das Bevorstehen von Schneefall riechen; schon ließen sich am Rande des Feuerscheins ein paar erste Schneeflocken sehen. Triock saß ihm mit überkreuzten Beinen gegenüber, musterte ihn aus glühenden Scheußlichkeiten von Augen.

In der Luft vor Covenant tanzten schwache blaugrüne Lichter, Fragmente eines unhörbaren Liedes, das schrill war aus beharrlichem Drängen: *Flieh! Flieh!*

»Was bedeutet das?« Er versuchte, die lästigen Hände des Schlafs abzustreifen. »Was treiben sie?«

»Schick sie fort!« antwortete Triock mit einer Stimme voller Furcht und Widerwillen. »Sorg dafür, daß sie verschwindet! Er hat nicht länger Einfluß auf dich.«

»Was ist das?« Covenant erhob sich umständlich, stand wacklig da, nur mit Mühe dazu imstande, die Panik in seinen Muskeln zu mäßigen. »Was ist hier los?«

»Das ist eines Forstwärtels Stimme.« Triock sprach ohne Nachdruck, aber jeder Laut seiner Betonung verriet Abscheu. Er sprang auf und balancierte sein Körpergewicht aus, als wolle er, falls Covenant tatsächlich floh, sofort zur Verfolgung ansetzen. »Die Würgerkluft hat Caer-Caveral nach Morinmoss gesandt. Aber er kann dich nicht holen. Ich kann . . .« Seine Stimme bebte. »Ich kann's nicht dulden.«

»Holen? — Dulden?« Die Bedrohtheit umklammerte Covenants Herz fester, bis er keuchte. Irgend etwas in ihm, woran er sich nicht zu entsinnen vermochte, riet ihm eindringlich, den Lichtern zu vertrauen. »Du hast mich betäubt!«

»Damit du nicht fliehst!« Triock war vor Furcht weiß und starr zusammengekrampft, und er stammelte über verzerrte Lippen. »Er drängt dich, mich zu vernichten. Sein Einfluß geht nicht weit über Morinmoss hinaus, aber er . . . Das Weißgold . . .! Ach . . .!« Urplötzlich verfiel seine Stimme in schrilles Keifen. »Treib kein Spiel mit mir! Ich kann nicht . . .! Vertilge mich und hab's vollbracht! Ich kann's nicht länger ertragen!«

Sein Gezeter überlagerte Covenants eigenes Unbehagen. Seine Beunruhigung wich, und er bedauerte den Steinhausener. »Dich vertilgen?« meinte er heiser durch das Gaukeln der Lichter. »Weißt du nicht, daß du von mir nichts zu befürchten brauchst? Kapierst du nicht, daß ich keine gottverdammte Ahnung habe, wie ich das ... das Weißgold verwenden könnte? Ich kann dir nichts antun, selbst wenn das mein größter Herzenswunsch wäre.«

»Was?!« heulte Triock auf. »Noch immer nicht? Habe ich dich umsonst gefürchtet?«

»Umsonst«, stöhnte Covenant.

Unter seiner Kapuze stierte Triock ihn an wie vom Donner gerührt, dann warf er den Kopf in den Nacken und fing zu lachen an. Boshafte Heiterkeit kläffte aus seinen Zahnreihen hervor, ließ die lautlose Musik erzittern, als verabscheue sie ihn ebenso wie er sie. »Machtlos!« Er heulte nun vor Gelächter. »Beim Mutwillen meines Meisters! Machtlos!«

Mit wüstem Gekicher kam er auf Covenant zu.

Sofort huschte das stumme Lied wie ein Funkenflug zwischen ihn und Covenant. Aber nun ging Triock gegen die Lichter vor. »Fort!« knurrte er. »Auch du wirst noch dafür büßen müssen.« In derbem Zugriff packte er mit jeder Faust ein Glanzlicht. Ihr Aufheulen durchflimmerte die Luft, als er sie zwischen seinen Fingern zermalmte.

Mit einem Klirren wie von geborstenem Kristall verschwand der Rest der Musik.

Covenant wankte, als sei er einer unsichtbaren Stütze beraubt worden. Er hob die Hände, als Triock näher kam, taumelte rückwärts. Der Mann berührte ihn jedoch nicht. Statt dessen stampfte er einmal mit dem Fuß auf den Erdboden. Unter Covenant bäumte sich die Erde auf und streckte ihn zu Triocks Füßen nieder.

Da warf Triock seine Kapuze zurück. Sein Gesicht war ein Trümmerfeld zerstörter Möglichkeiten, gebrochenen Glaubens und zerrütteter Liebe, aber hinter den Gesichtszügen glomm sein Schädel von bleicher Bösartigkeit. Die Tiefe seiner Augen war so schwarz wie die Nacht, und er bleckte die Zähne, als giere er nach dem Geschmack von Fleisch. »Nein, Kriecher«, spottete er mit hämischem Grinsen. »Ich werde dich kein zweitesmal schlagen. Die Zeit für den Mummenschanz ist vorüber. Täte ich dir nun etwas an, mein Meister wollte wohl ungnädig die Stirn über mich runzeln.«

»Meister?« röchelte Covenant.

»Ich bin der Wütrich *Turiya,* auch Herem oder Blutschinder ge-

nannt, und zugleich bin ich Triock.« Er lachte auf groteske Art und Weise. »Dies Tarnfleisch hat mir wohlgedient, wenngleich ›Triock‹ an diesem Dienst keine Freude hat. Schau mich an, Kriecher! Ich bedarf nicht länger dieser Gestalt und ihrer Gedanken, um mich vorzustellen. Du bist machtlos. Ach, dieser Scherz ist gar zu köstlich. So lerne mich nun kennen, wie ich bin. Ich war's, der an der Wasserkante die Riesen erschlug ... ich war's, der den Freischüler tötete, als er danach trachtete, diesen Narren Mhoram zu verständigen ... ich bin's, der nun das Weißgold erbeutet hat! Brüder! Ich werde zur Rechten des Meisters sitzen und mit ihm über den Kosmos herrschen!«

Während seiner Prahlereien langte er unter seinen Mantel und brachte den *Lomillialor*-Stab zum Vorschein. »Siehst du's?« schnauzte er, indem er ihn Covenant vors Gesicht hielt. »Hehres Holz. Ich spei' drauf! Die Wahrheitsprobe kann sich mit mir nicht messen.« Er nahm den Stab zwischen beide Hände, als wolle er ihn zerbrechen, und rief darüber hastig rauhe Worte. Der Stab flammte auf, loderte einen Moment lang in roter Qual und zerfiel zu Asche. »Damit habe ich das Zeichen deiner Unterwerfung gegeben«, schnob der Wütrich Covenant gehässig an, »wie's mir geboten worden ist. Schnauf deinen letzten Atem rascher, Kriecher! Nur Augenblicke verbleiben dir noch.«

Covenants Muskeln zitterten, als bebe unter ihm noch der Boden, aber er riß sich zusammen, raffte sich auf. Er fühlte sich vor Entsetzen wie gelähmt, völlig hilflos. Doch im Hintergrund seines Bewußtseins suchte er krampfhaft nach irgendeinem Ausweg. »Der Ring«, keuchte er. »Warum nimmst du dir den Ring nicht einfach?«

In Triocks Augen zuckte schwarzes Interesse auf. »Tätest du ihn mir geben?«

»Nein!« Covenant dachte in seiner Verzweiflung, daß Caer-Caverals Lied womöglich zu ihm zurückkehrte, um ihm zu helfen, falls es ihm gelang, Triock jetzt zu irgendeinem Kraftakt zu verleiten.

»Dann will ich dir verraten, Kriecher, daß ich mir den Ring nicht nehme, weil meines Meisters Gebot zu stark ist. Es ist nicht sein Wunsch, daß ich solche Macht besitze. In anderen Zeiten hat er uns nicht mit solcher Härte gebunden, und es stand uns frei, seinem Willen auf unseren verschiedenartigen Wegen zu dienen. Doch er gebietet, und ... ich gehorche.«

»Versuch's doch ruhig, ihn dir zu nehmen«, keuchte Covenant.

»Du kannst selbst Herrscher des Universums werden. Warum soll er ihn haben?«

Für einen Moment glaubte er, in Triocks Miene so etwas wie Bedauern erkennen zu können. »Weil das Gesetz des Todes gebrochen worden ist«, maulte ihn der Wütrich dennoch an. »Er ist nicht allein. Selbst gegenwärtig ruhen Augen der Obacht auf mir — Augen, denen man sich nicht zu entziehen vermag.« Sein scheeles Lauern der Gier kehrte wieder. »Vielleicht wirst du sie sehen, bevor du stirbst — bevor mein Bruder und ich dir bei lebendigem Leibe das Herz herausreißen und es zum Klang deines letzten Seufzers verzehren.«

Er lachte roh, und wie zur Antwort verdichtete sich die Dunkelheit rings um das Lagerfeuer. Der Abend schwärzte sich wie eine Zusammenballung von Bosheit, straffte den Ring aus Finsternis, und verstohlene Gestalten entstanden, kamen näher. Covenant hörte ihre Füße über den kalten Untergrund wieseln. Er fuhr herum und sah sich von Urbösen umstellt.

Als ihre augenlosen Gesichter seinen beklommenen Blick spürten, zögerten sie eine Sekunde lang. Ihre weiten, feuchten Nüstern bebten, als sie in der Luft nach Anzeichen von fremder Energie schnupperten, nach Zeichen wilder Magie. Dann stürmten sie vorwärts und überwältigten ihn.

Fahlrote Klingen wirbelten über seinem Kopf, als berste der Himmel. Doch statt ihn zu stechen, preßte man sie mit der flachen Seite an seine Stirn. Rote Wogen des Entsetzens schwappten über ihn hinweg. Einmal schrie er auf, dann erschlaffte er im Griff der Urbösen.

15

›Lord Mhorams Sieg‹

Die Anstrengung, tote Leiber aus der Erde erstehen zu lassen und gegen Schwelgenstein aufzubieten, hatte *Samadhi*-Satansfaust erschöpft, bis er diesen Einsatz von Kraft nicht länger durchhalten konnte. Er hatte gesehen, wie seine Höhlenschrate auf der Höhe des Festungsturms das Banner des Hoch-Lords vom Fahnenmast rissen. Er wußte, daß er mit diesem Angriff die Absicht seines Meisters wenigstens zum Teil verwirklicht hatte. Solange seine Streitkräfte den Turm besetzt hielten, das Innentor der Festung durch gewaltige Mengen an Sand zugeschüttet war, der Winter das Hochland oberhalb von Schwelgensteins Tafelberg verwüstete — solange waren die Lords und alle Menschen in der Feste dem sicheren Untergang geweiht. Sie konnten sich innerhalb der Steinwälle nicht für alle Zeit ernähren. Und wenn alles nichts half, wußte der Riesen-Wütrich, brauchte er sich bloß in Geduld zu schicken, um die ganze große Festung in ein einziges Grab, eine riesige stinkende Gruft zu verwandeln. Daher ließ er seine Toten getrost zu Staub zerfallen.

Aber es wurmte ihn, daß es nicht gelungen war, auch das Innentor zu brechen, und er hechelte nach Genugtuung, obwohl es ihm gegenwärtig an Kräften mangelte, um selbst die Mauern zu bestürmen. Er war ein Wütrich und lechzte trotz der sterblichen Schranken des Riesenleibes, den er bewohnte, in unersättlichem Maße nach Blut. Und andere Umstände mahnten ihn ebenso zum Handeln. Er spürte im Wind unerbittliche Nötigung, ein Drängen, das kein Versagen duldete, wie geringfügig oder am Ende bedeutungslos es auch sein mochte.

Als die Leichen zerfielen, befahl Satansfaust seinem seit langem zurückgehaltenen Heer den Sturm.

Mit einem Aufbrüllen, das die Luft zum Zittern brachte, wild von den aus dem Fels gehauenen Wällen widerhallte, sich an den Zinnen brach wie eine wilde Jagd von Fängen, Klauen und blutgierigen Klingen, griffen die Horden des Verächters an. Sie schwärmten durch die Vorhügel wie eine schrille graue Flut und warfen sich gegen Schwelgenstein.

Die ersten Angriffswellen bestanden aus Lord Fouls mit seinem Weltübel-Stein gezeugten Geschöpfen — nicht etwa, weil sie wider Wälle und Befestigungen aus Granit besonders tüchtig gewesen wären, sondern aufgrund ihrer Entbehrlichkeit. Das Heer des Wütrichs umfaßte zweimal hunderttausend solcher Mißgeburten, und täglich trafen mehr ein, zogen von Fouls Hort durch die Mittlandebenen zur Stätte der Entscheidungsschlacht. *Samadhi* benutzte sie, um die Verteidigung der Festungsstadt zu schwächen, verschließ sie, um seine Höhlenschrate und Urbösen zu schonen. Tausende entarteter Menschenwesen fielen mit Pfeilen, Speeren und Wurfspießen in den Leibern, aber viele, viele Tausende folgten. Und dahinter kamen Teile seiner Streitmacht, die wußten, wie man Schwelgenstein ernstlich schaden konnte.

Nicht lange, und der Ansturm lief mit voller Wucht. Steinkundige, zu heller Wut angefeuerte Höhlenschrate fanden geschickt Halt am Stein, schwangen sich auf die untersten Befestigungswerke. Machtvolle Urbösen-Keile verschleuderten ihre schwarze Säure, um droben die Brustwehren von Verteidigern freizufegen, erklommen dann auf starken hölzernen Leitern, gebracht von anderen Geschöpfen, die Mauern. Innerhalb kurzer Zeit bestürmte man Schwelgenstein auf ganzer Länge der Süd- und Nordseite.

Aber die Riesen, von denen Schwelgenstein in verflossenen Zeiten gebaut worden war, hatten gegen derartige Angriffe ausgezeichnet vorgesorgt. Selbst die untersten Befestigungen befanden sich hoch überm Erdboden, und sie konnten, um Angreifern das Vordringen in die Stadt zu verwehren, abgeriegelt werden; zusätzlich ließen sie sich von höher in der Mauer befindlichen Befestigungen verteidigen. Und Streitmark Quaan hatte das Kriegsheer Jahr für Jahr ausgebildet und auf genau so eine Art von Ansturm vorbereitet. Sobald der Alarm durch die ganze Stadt lärmte, ergriff man die lange genug eingeübten Abwehrmaßnahmen. Krieger unterbrachen zweitrangige Tätigkeiten und eilten auf die Zinnen; man stellte sich in Ketten auf, um die oberen Befestigungswerke ununterbrochen mit Pfeilen und anderen Waffen zu versorgen; mehrere zusammengefaßte Fähnlein säuberten jeweils untere Befestigungen im Gegenstoß von Höhlenschraten und Urbösen. Lehrwarte, Allholz- und Glutsteinmeister griffen ein. Die Lehrwarte stemmten sich dem Ansturm mit machtvollen Liedern entgegen, während die Allholzmeister die Sturmleitern der Angreifer entzündeten und die Glutsteinmeister die Mauern selbst wider die Kräfte der Höhlenschrate verstärkten.

Während Quaan von einem Erker hoch an den Mauern aus die

Schlacht befehligte, erkannte er bald, daß seine Krieger diesen Ansturm abwehren könnten, wären sie dem dreißigmal stärkeren Gegner nicht zahlenmäßig so unterlegen gewesen, wäre nicht beim Kriegsheer jedes einzelne Leben so kostbar, jedes Leben im Dienste des Wütrichs so bedeutungslos. Doch das Kriegsheer war eindeutig unterlegen; es brauchte Unterstützung. Gelegentlich erhielt er unvollständige Berichte aus der Klause — Nachrichten von Feuer, Machtanwendung und zuletzt unendlicher Erleichterung —, und schließlich schickte er einen zur Eile angehaltenen Boten, um die Lords zu Schwelgensteins Hilfe zu rufen.

Der Bote traf Hoch-Lord Mhoram in der Klause an, aber Mhoram ließ sich von Quaans Gesuch nicht zum Handeln bewegen. Sein Geist nahm es nur beiläufig zur Kenntnis, er hielt es behutsam, aber entschieden von sich fern. Als er einen Wächter dem Boten erläutern hörte, was sich in der Klause zugetragen hatte, entzog er dem Verlauf des Kampfes seine Aufmerksamkeit vollends — verdrängte jeden Gedanken an die gegenwärtige Gefahr aus seinem Bewußtsein, vertiefte sich in die geistige Verschmelzung der Lords.

Sie saßen am verunstalteten Fußboden rings um die Grube mit Glutgestein, ihre Stäbe vor sich auf dem Stein — Trevor und Loerja zur Linken Mhorams, rechts von ihm Amatin. In Mhorams Händen, die zitterten, funkelte das *Krill* in heißer Bestätigung der Wiederkunft des Weißgoldes. Doch er sah den Lichtschein fast gar nicht; seine Augen waren von der Hitze versengt, und Tränen der Erleichterung, die schier nicht versiegen wollten, blendeten ihn. Durch das stumme Band der Geistesverschmelzung spendete er nach allen Seiten Stärke, vermittelte Wissen, das ihn schwerer gedrückt hatte, als ihm selbst bewußt gewesen war; er teilte den anderen Lords mit, wieso es ihm gelungen war, das *Krill* aus seinem steinernen Sockel zu lösen, und warum es sein verwundbares Fleisch nicht verbrannte.

Er spürte, wie Amatin vor seinen Mitteilungen zurückschrak, wie Trevor unter einer Pein erbebte, die nur teilweise seine Verletzung erzeugte, fühlte Loerja sich über seine Mitteilungsbereitschaft freuen, als begrüße sie irgendeine neue Waffe. Er gab sich selbst hin, um ihnen Aufschluß zu verschaffen; er zeigte ihnen seine Überzeugtheit, seine Erkenntnisse, seine Kraft. Und er hielt in seinen Händen den Beweis, so daß sie nicht zweifeln konnten. Während dieser Beweis inmitten der verwüsteten

Klause leuchtete, verfolgten sie seine Darlegung der Entwicklungen, die ihm das geheime Wissen offenbarte, und sie teilten mit ihm das Grausen, welches ihn dazu bewogen hatte, es zu verschweigen.

Schließlich stellte Lord Amatin die Frage laut. Sie war zu bedeutungsschwer für Stille; sie bedurfte des lauten Aussprechens, damit Schwelgenstein selbst sie vernehmen konnte. Amatin schluckte schwerfällig, ehe Wörter von ihren Lippen in den Raum der Klause trieben, dessen Wohlklang ungemindert war. »Also verhält's sich dermaßen . . . Wir selbst sind's, die . . . So viele Geschlechterfolgen hindurch haben die Lords selbst sich die Aneignung der Macht von Kevins Lehre unmöglich gemacht?«

»Ja, Lord«, bestätigte Mhoram leise, aber im Bewußtsein dessen, daß jeder in der Klause ihn hören konnte.

»Der Friedensschwur hat verhindert . . .«

»Ja, Lord.«

Für die Dauer eines Augenblicks erzitterte ihr Atem. »Dann sind wir verloren.«

Mhoram spürte die Einsamkeit und Zerrissenheit, denen ihre Stimme Ausdruck verlieh, und stand gleichsam in seinem Innern auf, umgab seine Schultern mit der gebieterischen Würde seiner Lordschaft. »Nein.«

»Ohne Macht sind wir verloren«, widersprach sie. »Ohne den Friedensschwur können wir nicht sein, wer wir sind, und daher sind wir verloren.«

»Thomas Covenant ist zurückgekehrt«, gab Loerja zu bedenken.

Schroff verwarf Amatin auch diese Hoffnung. »Dennoch. Entweder besitzt er keine Macht, oder seine Macht verstößt wider den Friedensschwur, mit dem wir immerzu danach gestrebt haben, dem Lande zu dienen. Folglich sind wir verloren.«

»Nein«, wiederholte der Hoch-Lord. »Wir sind keineswegs verloren. Wir — wir und Ur-Lord Covenant — müssen die Weisheit finden, die's uns ermöglicht, sowohl Frieden als auch Macht zu handhaben. Wir müssen uns dessen bewußt bleiben, wer wir sind, sonst werden wir verzweifeln, so wie Kevin Landschmeißer verzweifelte, und in der Schändung enden. Doch ebenso müssen wir dies Wissen der Macht anwenden, sonst vermögen wir uns nicht mit äußerstem Aufgebot für das Land einzusetzen. Vielleicht werden die Lords der Zukunft Kevins Lehre den Rücken kehren müssen — mag sein, sie müssen eine eigene Lehre erarbeiten, eine Lehre, die sich weniger zu Zwecken der Zerstörung eignet. Uns bleibt keine Zeit, um danach zu forschen. In Erkenntnis der Gefährlichkeit dieser Macht müssen wir uns um so mehr an sie klammern, damit wir nicht zu Verrätern am Lande werden.«

Seine Worte schienen die Klause mit Läuten zu erfüllen. »Du rätst uns zu Dingen«, sagte nach einer Weile des Schweigens kummervoll Amatin, »die zueinander im Widerspruch stehen, empfiehlst uns, beides zu wahren, beides zu bewältigen. So ein Rat ist leicht erteilt.«

Wortlos versuchte der Hoch-Lord, ihr seine Ahnung davon zu vermitteln, wie dieser Widerspruch sich meistern, nutzreich vereinbaren lassen könne; er ließ ihrem Geist freimütig seine Liebe zum Lande, zu Schwelgenstein und zu ihr einfließen. »Das mag durchführbar sein«, sagte plötzlich Lord Trevor bedächtig, und da lächelte sie. »Ich habe etwas erlebt, das sich dahin auslegen läßt. Das geringe Maß an Kraft, worüber ich gemeinhin verfüge, kehrte zu mir zurück, als der Herrenhöh Not meine Furcht vor der Feste Schicksal überstieg.«

»Furcht«, wiederholte Loerja wie zur Zustimmung.

»Furcht oder Abscheu«, ergänzte Mhoram.

Einen Augenblick später begann Amatin in stummer Einsicht leise zu weinen. Unterstützt von Loerja und Trevor, gürtete Mhoram sie mit Mut und bestärkte sie, bis ihr Grauen vor ihrer eigenen Gefährlichkeit, ihrer Fähigkeit zur Schändung des Landes, von ihr wich. Dann legte der Hoch-Lord das *Krill* beiseite und tat seine Augen wieder der Klause auf.

In trüber Verschwommenheit erblickte er Herdwart Tohrm und Trell. Noch immer krampfte sich Trell bis in sein Innerstes zusammen, scheute die Schrecklichkeit dessen, was er getan hatte. Und Tohrm hielt ihm das Haupt, litt im Gram eines *Rhadhamaerl* die Seelenmartern mit, die einen Glutsteinmeister wider geliebten Stein wenden konnten. Beide blieben stumm, und Mhoram betrachtete sie, als trüge er die Schuld an Trells Mißgeschick.

Doch ehe er etwas zu äußern vermochte, betrat ein zweiter Bote Streitmark Quaans die Klause und erbat Gehör. Als der Hoch-Lord den Blick hob und ihn ansah, wiederholte der Bote Quaans eindringliches Gesuch um Beistand.

»Alsbald«, beschied ihn Mhoram mit einem Seufzen. »Alsbald.

Richte meinem Freund aus, daß wir eingreifen werden, sobald wir dazu imstande sind. Lord Trevor ist verwundet. Ich bin . . .« Mit knapper Geste verwies er auf sein versengtes Haupt. »Lord Amatin und ich, wir brauchen Speisung und Ruhe. Und Lord Loerja . . .«

»Ich werde gehen«, fiel Loerja ihm entschlossen ins Wort. »Ich habe noch nicht so, wie ich's tun müßte, für Schwelgenstein gefochten.« Sie wandte sich an den Boten. »Führ mich an den Ort der ärgsten Bedrängnis, dann überbringe Streitmark Quaan des Hoch-Lords Bescheid.« Mit zuversichtlichen Bewegungen, als hätte die neue Entdeckung von Macht ihre düstersten Zweifel behoben, erstieg sie die Treppe und folgte dem Krieger zum Südwall der Festung.

Als sie ging, schickte sie die Wachen, um Heiler verständigen und Essen bringen zu lassen. Die übrigen Lords blieben für eine kurze Weile allein, und Tohrm nahm diese Gelegenheit wahr, um Mhoram zu fragen, was mit Trell geschehen solle.

Mhoram betrachtete die beschädigten steinernen Sitzreihen ringsum, als versuche er, den Umfang seines Scheiterns an Trell auszuloten. Er besaß darüber Klarheit, daß ganze Geschlechter von *Rhadhamaerl* Mühe darauf verwenden müßten, um der Beratungskammer zumindest in gewissem Maße wieder zur Unbeschadetheit zu verhelfen, und Tränen machten von neuem sein Blickfeld verschwommen, als er Tohrm antwortete. »Die Heiler müssen sich ihm widmen. Vielleicht vermögen sie seinem Geist Genesung zu schenken.«

»Was sollte das nutzen? Wie soll das Wissen er um das ertragen, was er getan hat?«

»Wir müssen ihm helfen, es zu ertragen. Ich muß ihm helfen. Wir müssen ein jegliches Heilen versuchen, ganz gleich, wie mühselig es sein mag. Und ich, der an ihm gescheitert bin, kann mich der Bürde seiner Not nun keinesfalls verschließen.«

»An ihm gescheitert?« meinte Trevor. Der Schmerz seiner Verwundung hatte bewirkt, daß ihm das Blut aus dem Antlitz wich, aber der hohe Mut, der ihn dazu beflügelt hatte, einen so großen Anteil zur Verteidigung der Festung zu leisten, war unverändert vorhanden. »In welcher Beziehung? Du hast seine Verzweiflung nicht verursacht. Hättest du ihm mißtraut, es wäre nichts anderes bewirkt worden als für ihn eine Vertiefung seines Kummers. Mißtrauen — rechtfertigt sich allemal aus sich selbst.«

Mhoram nickte. »Und ich habe mißtraut . . . habe allen mißtraut. Ich habe Wissen verschwiegen, obschon ich wußte, daß ich falsch handelte, als ich schwieg. Es ist ein Glück, daß daraus kein größerer Schaden entstanden ist.«

»Doch du konntest nicht verhindern . . .«

»Mag sein. Mag sein, er hätte, wäre mein Wissen ihm zuteil geworden, die Gefahr erkannt, vielleicht . . . vielleicht hätte er die Kraft gefunden, sich auf sich selbst zu besinnen . . . sich daran zu erinnern, daß er Glutsteinmeister des *Rhadhamaerl* ist, ein Liebhaber des Steins.«

Barsch pflichtete Tohrm ihm bei. Sein Mitgefühl für Trell veranlaßte ihn zu einer vorwurfsvollen Haltung. »Du bist in die Irre gewandelt, Hoch-Lord.«

»Ja, Herdwart«, stimmte Mhoram ihm mit tiefem Sanftmut in der Stimme zu. »Ich bin, wer ich bin . . . ein Mensch und Sterblicher . . . Ich habe . . . viel zu lernen.«

Tohrm blinzelte merklich und neigte sein Haupt. Die Verkrampftheit seiner Schultern sah nach Groll aus, aber Mhoram hatte gemeinsam mit dem Herdwart eine Prüfung durchgestanden, und er verstand ihn besser.

Einen Augenblick später kamen mehrere Heiler in die Klause geeilt. Sie brachten zwei Tragbahren mit; auf einer trugen sie behutsam Trell fort. Lord Trevor trugen sie auf der anderen hinaus, indem sie sich anmaßend über seinen Einspruch hinwegsetzten. Tohrm entschwand zugleich mit Trell. Bald darauf waren Mhoram und Amatin allein mit dem Krieger, der ihnen Speise brachte, und einem Heiler, der den Verbrennungen des Hoch-Lords sachte eine lindernde Salbe auftrug.

Sobald Mhorams Verwundungen behandelt worden waren, entließ er den Heiler und ebenso den Krieger. Er wußte, daß Amatin mit ihm zu sprechen wünschte, und daher machte er ihr den Weg frei, bevor er zu essen begann. Erst danach widmete er sich der Nahrung. Er aß aufgrund seiner Ermattung langsam und bedächtig, haushaltete mit seinen Kräften, auf daß er, wenn er fertig war, wieder mit neuem Eifer an seine Aufgaben gehen könne.

Lord Amatin fügte sich zunächst seinem Schweigen, schien sich beim Essen sogar der Schnelligkeit seiner Kaubewegungen unterzuordnen, als sei sein Beispiel im Angesicht einer bislang ungeahnten Gefahr die einzige verläßliche Stütze. Mhoram spürte, daß Amatin infolge ihrer langen Jahre der Beschäftigung mit Kevins Kreisen des Wissens ganz besonders unvorbereitet auf das war, was er offenbart hatte; ihr Vertrauen auf die Lehre der Alt-Lords war übers Maß groß gewesen. So bewahrte er Schweigen, während er aß; und auch danach blieb er still, ruhte aus, während er darauf wartete, daß sie ausspräche, was ihr Herz bedrückte.

Aber ihre Frage lautete anders als vermutet, als sie sie endlich äußerte. »Hoch-Lord«, sagte sie mit andeutungsweisem Nicken, das dem *Krill* galt, »wenn Thomas Covenant ins Land zurückgekehrt ist — wer hat ihn herübergerufen? Wie ist diese Herrufung vollzogen worden? Und wo hält er sich auf?«

»Amatin . . .«, begann Mhoram.

»Wer außer dem Verächter könnte so etwas bewerkstelligen?«

»Es gibt . . .«

»Und sollte es kein Werk Lord Fouls sein, wo befindet sich Thomas Covenant? Wie soll er uns helfen, wenn er nicht hier ist?«

»Er wird uns nicht helfen.« Mhoram verlieh seiner Antwort Nachdruck, um dem Schwall ihrer Fragen Einhalt zu gebieten. »Wenn in ihm Hilfe zu finden ist, so wird's Hilfe für das Land sein, nicht Hilfe für uns, wider diese Belagerung. Es gibt andere Stätten, an denen er dem Lande dienen kann . . . ja, und ebenso gibt's andere, die ihn herbeigerufen haben können. Wir und Lord Foul sind nicht allein mächtig. Der Schöpfer selbst mag eingegriffen haben, um das Unheil vom Lande abzuwenden.«

Ihre waisenhaften Augen erforschten ihn, suchten den Quell seiner Gelassenheit ausfindig zu machen. »Mir ermangelt dein Glaube an diesen Schöpfer. Selbst wenn so ein Wesen lebt, das Gesetz, welches die Erde bewahrt, schließt aus, daß . . . Heißt es nicht in den Sagen, wenn der Schöpfer den Bogen der Zeit bräche, um seine Hand auf die Erde zu legen, müßten der Bogen und alle Dinge ein Ende nehmen, und der Verächter wäre frei?«

»So heißt es«, bestätigte Mhoram. »Und ich zweifle daran nicht. Doch der Untergang jeglicher Schöpfung mag übers Haupt des Schöpfers kommen. Unsere Aufgaben sind für uns mehr als genug. Wir brauchen uns nicht mit den Bürden von Gottheiten abzuplagen.«

Amatin seufzte. »Du sprichst mit innerer Überzeugung, Hoch-Lord. Wollte ich dergleichen aussprechen, es klänge nur zungenfertig.«

»Dann schweig davon. Ich spreche nur von dem, was mir Mut

macht. Du bist ein anderer Mensch und hast eine andere Art von Mut. Bleibe nur stets dessen eingedenk, daß du ein Lord bist, ein Diener des Landes — entsinne dich der Liebe, die dich zur Übernahme deines Amtes bewogen hat, und verzage nicht.«

»So sei's, Hoch-Lord«, antwortete sie und musterte ihn eindringlich. »Dieser Macht jedoch, welche die Schändung ermöglicht, trau' ich nicht. Ich werd's nicht wagen, mich damit abzugeben.«

Ihr Blick lenkte seine Aufmerksamkeit von neuem auf das *Krill.* Der weiße Edelstein lohte wie ein Leuchtzeichen des Widerspruchs, einer Verheißung von Leben und Tod zugleich. Langsam streckte er seine Hand aus und berührte den Griff. Aber seine Verklärung war vorüber, und die Hitze des *Krill* veranlaßte ihn zum Zurückziehen der Hand.

Er lächelte verzerrt. »Ja«, sagte er leise, als spräche er zu der Klinge, »ein großes Wagnis geht damit einher. Ich bin zutiefst besorgt.«

Bedächtig zog er ein Tuch aus seinem Gewand; vorsichtig wickelte er das Krill hinein und legte es zur Seite, um es beizeiten an einen Ort bringen zu lassen, wo die Lehrwarte sich seiner Erforschung widmen konnten. Dann blickte er auf und sah, daß auch Amatin zu lächeln versuchte.

»Komm, Schwester Amatin«, sagte er mitten in ihre mühsame Tapferkeit, »wir haben in unserem Tun schon zu lange gesäumt.«

Zusammen begaben sie sich wieder ins Getümmel des Abwehrkampfes, und gemeinsam mit Lord Loerja riefen sie aus ihren Stäben Feuer und schleuderten es hinab auf des Verächters Horden, um sie zurückzuwerfen.

Spät am Nachmittag gesellte sich Trevor zu ihnen, obwohl er humpelte und einen Verband trug. Zu diesem Zeitpunkt hatte Schwelgenstein bereits die größte Wut von Satansfausts Angriff überstanden. Die Lords hatten dem Kriegsheer die erforderliche Verstärkung zukommen lassen. Unter Quaans beharrlicher Anleitung und sicherer Befehlserteilung wehrten die Krieger den Ansturm ab. Wo immer die Lords eingriffen, ließen die Verluste unter den Verteidigern nach, bis fast gar keine mehr auftraten, während sich die Verluste der Angreifer gewaltig erhöhten. In diesem Verlauf des Ringens vermochten die Urbösen ihre Kräfte nicht wirksam einzusetzen. Infolge dessen stifteten die Lords unter den Höhlenschraten und anderen Geschöpfen fürchterliches

Verderben. Noch ehe der verhangene Tag matt in die Nacht überging, rief der Wütrich *Samadhi* seine Streitkräfte zurück.

Aber diesmal gönnte er der Festung keine Ruhe. Kurz nach dem Anbruch der Dunkelheit veranlaßte er neue Angriffe. Im Schutze der eisigen winterlichen Schwärze stießen Urböse vor, um flüssige Gewalten auf die Befestigungswerke zu schleudern, und in ihrem Gefolge setzten dichtgedrängte Haufen von Geschöpfen mit Leitern und Schutzschilden schwerpunktmäßig zum Sturm an. Verflogen waren die Blindwütigkeit des zuvorigen Ansturms, die unüberlegte Wildheit des Versuchs, die ganze Festung in einem Angriff zu überrennen. An ihre Stelle traten genaue Abstimmung und Zielsicherheit. Während sie vor Gier knurrten, ordneten sich die Horden der Aufgabe unter, Schwelgenstein möglichst schnell so wirksam wie möglich zu schwächen.

Auch an den darauffolgenden Tagen ließ die Kampftätigkeit nicht nach. Satansfaust hielt die Angriffe in gewissen Grenzen, damit seine Verluste nicht die Anzahl von Streitern überstiegen, die fortwährend eintrafen, aber er setzte die Verteidiger unbarmherzig unter ständigen Druck, gewährte den Kriegern keine Gelegenheit zum Verschnaufen. Trotz Quaans ernster Bemühungen, die Scharen und Fähnlein reihum zur Verteidigung einzusetzen, so daß jede Einheit in bestimmten zeitlichen Abständen neue Kräfte sammeln konnte, ermüdete das Kriegsheer immer nachhaltiger — und matte Krieger kamen leichter ums Leben. Und es gab für die Gefallenen keinen Ersatz.

Doch immerhin brauchte das Kriegsheer die Last des Kampfes nicht allein zu tragen. Glutstein- und Allholzmeister standen ihm bei. Menschen ohne dringliche Aufgabenbereiche — ihres Heims beraubte Bauern und Hirten, Künstler, auch ältere Kinder — übernahmen Hilfstätigkeiten; sie versorgten die Krieger mit Pfeilen und anderen Waffen, hielten Wache, halfen als Boten aus. Auf diese Weise befreiten sie zahlreiche Fähnlein für den Kampf oder das Ausruhen. Und die Lords schritten ein, wann immer Quaan sie um Beistand ersuchte. Sie handelten machtvoll und rissen mit; in ihrer unterschiedlichen Art fochten sie mit der harten Stärke von Menschen, die sich zur Schändung fähig wußten und nicht die Absicht hegten, sich zu diesem äußersten aller Mittel treiben zu lassen.

So hielt die Herrenhöh stand. Im Ringen, das Tag um Tag währte, fiel ein Fähnlein ums andere; die Nahrungsvorräte schrumpften; die Bestände der Heiler an Kräutern und Breien schwanden. Die Belastungen zeichneten die Angesichter der Menschen, nahmen ihnen das behagliche weiche Fleisch, bis ihre Schädel von nichts zusammengehalten zu werden schienen als Druck und Spannung. Aber Schwelgenstein schützte seine Einwohner, und sie widerstanden.

Zunächst widmeten die Lords all ihre Anstrengungen dem Kampf. Gefühlsmäßig bewahrten sie Abstand zu ihrem gefahrvollen Wissen. Sie boten ihre Kräfte im Gefecht und in den alltäglichen Aufgaben der Verteidigung auf, statt die Natur ihres allerletzten Hilfsmittels zu erforschen. Aber nachdem die Düsternis fortgesetzter Angriffe sechs Tage lang ihren Schatten auf die Herrenhöh geworfen hatte, bemerkte Hoch-Lord Mhoram, daß er dem Augenblick mit Sorge entgegensah, an dem Satansfaust sich zu einem anderen Vorgehen entschließen mochte — sobald der Wütrich und sein Meister bereit waren, um Weltübel-Stein und Stab des Gesetzes von neuem gegen Schwelgenstein aufzubieten. Und in der siebten Nacht beunruhigten verschwommene Träume seinen Schlaf, die wie ein Abklatsch seiner früheren alptraumhaften Geschichte wirkten. Immerzu war ihm, als könne er irgendwo in den Tiefen seiner Seele einen Freischüler schreien hören. Er erwachte schweißüberströmt und begab sich eilends ins Hochland, um zu schauen, ob dem Freischüler vom Glimmermere-See etwas zugestoßen sei.

Der Freischüler befand sich in Sicherheit und war wohlauf, genauso wie Loerjas Töchter. Aber Mhoram fühlte keine Erleichterung. Im Mark seines Beins war ein Frösteln wie ein Nachhall des Winters zurückgeblieben. Er hegte die feste Überzeugung, daß irgendwo jemand peinvoll getötet worden war. Er straffte sich wider sein Grausen vor der Bedrohung und rief die anderen Lords zu einer Beratung zusammen, in welcher er erstmals die Frage aufwarf, wie man ihr neuerworbenes Wissen gegen den Verächter anwenden könne.

Seine Frage löste bei allen stummes Unbehagen aus. Amatin starrte den Hoch-Lord aus geweiteten Augen an, Trevor zuckte zusammen, Loerja betrachtete ihre Hände — und Mhoram empfand die Gereiztheit ihres Gebarens, als ob sie ihm laut die Gegenfrage stellten: *Glaubst du, wir sollten die Tat Kevin Landschmeißers nachvollziehen?* Doch er wußte, daß sie keine derartige Anschuldigung zu erheben gedachten. Er wartete, und schließlich ergriff Loerja das Wort. »Als du die Klause gerettet hast . . . da kämpftest du wider ein anderes Übel. Wie könntest du diese Macht, einmal entfesselt, in der Gewalt behalten?«

Mhoram kannte keine Antwort.

»Wir besitzen nichts«, fügte gleich darauf Trevor hinzu, »womit wir eine solche Macht zu lenken vermöchten. Ich spüre in meinem Herzen, daß unsere Stäbe nicht genügen. Sie sind zu schwach, um Kräfte von diesem Umfang zu steuern. Uns mangelt's am Stab des Gesetzes, und ich weiß kein anderes Werkzeug, das einer solchen Aufgabe gerecht werden könnte.«

»Und außerdem«, ergänzte Amatin in scharfem Tonfall, »war dies Wissen, in das du Vertrauen zu setzen wagst, sogar Hoch-Lord Kevin, Loriks Sohn, weit über. Es erhöhte nur den Schaden, den seine Verzweiflung bewirkte. Ich habe ... ich habe mein ganzes Leben der Erkundung seiner Lehre verschrieben, und ich spreche die Wahrheit. Solche Macht bedeutet nichts als einen Fallstrick und einen Wahn. Sie kann nicht beherrscht werden. Besser ist's, im Namen des Friedens zu sterben, als mit einem derartigen Unheil einen Tag des Überdauerns zu erkaufen.«

Wiederum wußte Mhoram keine Antwort. Er konnte nicht einmal die Gründe nennen, die ihn zu seiner Fragestellung bewogen. Nur die frostige Vorahnung in seinen Knochen trieb ihn dazu, sagte ihm, daß irgendwo im Lande, weit entfernt von Schwelgenstein, unbekannte Schrecken umgingen. »Befürchtest du«, erkundigte sich Amatin grimmig, »Ur-Lord Covenant könne doch noch die Schändung betreiben?« Und da konnte er nicht leugnen, daß diese Sorge ihn plagte.

Die Beratung endete ohne irgendeinen Beschluß, und die Lords widmeten sich wieder der Verteidigung der Feste.

Der Kampf tobte mit unverminderter Heftigkeit weiter. Nochmals vier Tage lang schwangen die Lords ihre Stäbe mit aller Kraft und Geschicklichkeit, deren sie fähig waren; das Kriegsheer wuchs über seine Erschlaffung hinaus, als sei es unbesiegbar; und auch alle anderen Menschen in Schwelgenstein befleißigten sich der äußersten Mühe, um Höhlenschrate, Urböse und Gezücht des Weltübel-Steins von den Mauern fernzuhalten. Satansfaust aber ließ nicht locker. Er betrieb die Angriffe, als wären Verluste ohne Bedeutung, verschliß seine Wesen scharenweise, um der Stadt irgendeinen Schaden zuzufügen, wie gering er auch ausfallen mochte. Aber die Gesamtheit all dieser Schädigungen erlegte der Herrenhöh für ihre Standhaftigkeit einen mit jedem Tag furchtbareren Preis auf.

Im Laufe des fünften Tages blieb Mhoram dem Kampfgeschehen fern, um die Zustände in der Stadt in Augenschein zu nehmen. Streitmark Quaan begleitete ihn, und als sie gesehen hatten, wie verhängnisvoll gering die Vorräte geworden waren, wie hoch die Zahl der Toten war, da blickte Quaan Mhoram geradewegs in die Augen und wandte sich an ihn mit einem Beben in der rauhen Stimme. »Wir werden fallen. Selbst wenn der Wütrich fortan keinen Finger mehr wider uns erhebt, wir werden dennoch unterliegen.«

Mhoram hielt dem Blick seines alten Freundes stand. »Wie lange vermögen wir noch auszuhalten?«

»Dreißig Tage ... höchstens. Mehr nicht. Vierzig ... wenn wir den Kranken, Verwundeten und Schwachen von nun an Nahrung verweigern.«

»Wir werden niemandem, in dem noch Leben ist, die Speisung versagen.«

»Dann also dreißig Tage. Weniger, falls sich der Widerstand der Krieger erheblich schwächt und sie zulassen, daß der Feind eine Bresche in die Mauern schlägt.« Sein Mut schien zu schwinden, er senkte den Blick. »Hoch-Lord, läuft alles nun darauf hinaus? Ist das Ende nah ... für uns ... für das Land?«

Mhoram legte eine feste Hand auf Quaans Schulter. »Nein, mein Freund. Wir sind keineswegs am Ende. Und der Zweifler ... Vergiß nicht Thomas Covenant.«

Die Nennung des Namens belebte Quaans Kriegerhärte neu. »Ich vergäße ihn zu gerne, könnte ich's nur. Er wird ...«

»Hab acht, Streitmark!« unterbrach ihn Mhoram in ruhigem Ton. »Sei nicht voreilig mit Voraussagen von Verhängnissen. Es ruhen in der Erde Geheimnisse, von denen wir nichts ahnen.«

»Vertraust du ihm noch immer?« fragte Quaan nach einem Weilchen des Schweigens mit leiser Stimme.

Der Hoch-Lord säumte nicht mit seiner Antwort. »Ich vertraue darauf, daß Verächtertum nicht die Summe des Lebens ist.«

Quaan sann abgründigen Blicks über diese Entgegnung nach, als wolle er ihren Quell entdecken. In seiner Miene zeichnete sich ein Widerspruch oder eine Bitte ab; aber ehe er sprechen konnte, kam ein eilender Bote und rief ihn hinaus ins Kampfgeschehen. Sofort verabschiedete er sich vom Hoch-Lord und eilte davon.

Einen Augenblick lang schaute Mhoram dem hageren Rücken Quaans nach, dann machte er sich auf, um den Heilern einen Besuch abzustatten. Er wünschte zu erfahren, welche Fortschritte man mit Trell, Atiarans Gemahl, erzielt habe.

In der von gedämpftem Stöhnen erfüllten Halle, welche die Heiler für Hunderte von der Behandlung bedürftigen Männern und Frauen als Krankensaal hergerichtet hatten, fand Mhoram den hünenhaften Glutsteinmeister auf einer Matte fast in des Saales Mitte jämmerlich ausgestreckt wie ein menschliches Wrack. Ein wütiges Hirnfieber zerrüttete ihn. Zu Mhorams eisigem Entsetzen sah er aus wie die Verkörperung des Schicksals aller Opfer Covenants — wie eine entfleischte Zukunft, die dem Lande auflauerte. Des Hoch-Lords Hände bebten bei diesem Anblick. Er bezweifelte, daß er es ertragen könnte, Zeuge einer solchen unentrinnbaren Verwüstung zu werden.

»Anfangs haben wir ihn an die Wand gelegt«, erklärte ein Pfleger unterdrückt, »so daß er Stein nahe sei. Aber er schrak voller Grauen davor zurück. Deshalb haben wir ihn an diese Stelle gebettet. Sein Zustand bessert sich nicht ... aber zumindest hat er zu schreien aufgehört. Alle Versuche, um weitergehenden Beistand zu leisten, bleiben ergebnislos.«

»Covenant wird wiedergutmachen«, antwortete Mhoram kaum vernehmlich, als habe der Pfleger von anderen Angelegenheiten gesprochen. »Er muß.«

Er zitterte noch, als er sich abwandte, um im Ringen, das Schwelgenstein galt, Erleichterung seines Grams zu finden.

Am folgenden Tage änderte *Samadhi* sein Vorgehen. Ein Haufen von Höhlenschraten schlich sich im Schutze der Dunkelheit an und erklomm eines der wichtigsten Befestigungswerke, und als sich Krieger ihnen entgegenwarfen, legten zwei in der Finsternis zu Füßen der Mauer verborgene Urbösen-Keile über das Befestigungswerk Wehrfeuer, ans eine ebenso wie ans andere Ende, und schnitten auf diese Weise die Krieger ab, verhinderten sowohl ihren Rückzug als auch jeden Versuch, sie freizukämpfen. Zwei Fähnlein gerieten auf diese Weise in Bedrängnis, und die Höhlenschrate und Urbösen schlachteten die Krieger ab, bevor es Lord Amatin gelang, eines der Wehrfeuer zu brechen.

Gleichzeitig ging der Gegner an mehreren Stellen der Festung ebenso vor.

Streitmark Quaan mußte den Verlust von mehr als achtmal zwanzig Kriegern hinnehmen, ehe er den Zweck dieser Art des Angriffs verstand. Sie hatte nicht zum Zweck, ins Innere Schwelgensteins vorzudringen, sondern vielmehr stand dahinter die Absicht, Verteidiger zu töten.

Daher sahen sich die Lords dazu gezwungen, die Hauptlast der Abwehr dieser Anschläge zu tragen; bei einem Wehrfeuer handelte es sich um eine Kraftanwendung, gegen welche einzuschreiten nur sie das Vermögen besaßen. Diese Angriffe gingen weiter, solange Finsternis den Urbösen die unbeobachtete Annäherung ermöglichte, und für diese Zeitspanne erhielten die Lords keinerlei Ruhe. Und als der Morgen heraufdämmerte, wechselte Sheol-Satansfaust wieder über zu seiner vorherigen Taktik.

Nach vier solchen Nächten befanden sich Mhoram und seine Gefährten am Rande vollkommener Erschöpfung. Jedes Wehrfeuer verlangte zweien von ihnen eine schwere Anstrengung ab; ein Lord allein konnte dem Werk von sechs bis zehn Dutzend Urbösen nicht rasch genug entgegenwirken. Infolgedessen sah Amatin schließlich bleich und hohläugig aus wie eine Leidende; Loerjas einst derbe Muskeln schienen auf einmal an ihren Knochen zu baumeln wie ein schlaffes Geflecht der Vergänglichkeit; und Trevors Augen erschraken nachgerade über alles, was sie erblickten, als fühle er sich sogar in den tiefsten und sichersten Räumlichkeiten der Festung von Unholden umlauert. Mhoram war zumute, als laste auf seinem Herzen ein großes Elend wie eine gewaltige Bürde. Alle spürten die Trefflichkeit von Quaans trostlosen Voraussagen wie einen üblen Vorgeschmack, und sie begannen an seiner Übelträchtigkeit zu verkümmern.

Während eines kurzen Weilchens benommenen Halbschlafs in jener vierten Nacht geschah es, daß der Hoch-Lord sich selber »Covenant, Covenant . . .!« murmeln hörte, als wolle er den Zweifler an ein Versprechen erinnern.

Am nächsten Morgen kamen alle Angriffe zum Erliegen. Der Wind blies in einer Stille, welche der Ruhe offener Gräber glich, nach Schwelgenstein hinein. Alle die Geschöpfe hatten sich ins Heerlager zurückgezogen, und während ihres Ausbleibens bebte und keuchte Schwelgenstein als Ganzes wie ein gequälter Sträfling in der Verschnaufpause zwischen den Auspeitschungen.

Mhoram nutzte die Gelegenheit zum Essen, aber er schob sich achtlos Nahrung in den Mund, ohne sie zu sehen, ohne sie zu schmecken. Im Hintergrund seiner Gedanken versuchte er die restliche Dauer seines Durchhaltevermögens abzuschätzen. Dennoch sprang er sofort auf, als ein Bote zu ihm gehastet kam und vermeldete, Wütrich *Samadhi* nahe sich der Festung allein.

Beiderseits durch Reihen von Bogenschützen gegen jegliche Anschläge der Gegner, die den Festungsturm besetzt hielten, verläßlich abgesichert, begaben sich Mhoram und die übrigen Lords auf einen der hohen Balkone in der Nähe der östlichen Ecke der Feste und zeigten sich Satansfaust.

Der Riesen-Wütrich näherte sich mit höhnischem Gebaren, lässigem Wiegeschritt der Selbstsicherheit und einer Andeutung von Geringschätzigkeit in der Art und Weise seines Auftretens. Seine große Faust hielt sein Bruchstück des Weltübel-Steins, das in der kalten Luft frostig dampfte. Er verharrte knapp außerhalb der Pfeilschußweite, grinste scheel zu den Lords empor und fing in röchelnden Lauten an zu rufen: »Heil, ihr Lords! Ich entbiete euch meinen Gruß! Seid ihr wohlauf?«

»Wohlauf!« knirschte Quaan gepreßt. »Er mag nur fünf Schritte näher kommen, und er soll sehen, wie ›wohlauf‹!«

»Mein Meister ist besorgt um euch«, krächzte *Samadhi* drauflos. »Er fürchtet, ihr könntet unter dieser unnötigen Auseinandersetzung begonnen haben zu leiden.«

Bei dieser Frechheit glitzerte es in den Augen des Hoch-Lords. »Dein Meister lebt zu keinem anderen Zweck, als anderen Leid zu bringen. Möchtest du uns glauben machen, er habe seine Schlechtigkeit überwunden?«

»Er ist erstaunt und bekümmert über euren Widerstand. Seht ihr noch immer nicht ein, daß er allein in dieser mißratenen Welt das eine Wort der Wahrheit ist? Er ist die alleinige Macht — das einzige Recht. Der Erdenschöpfer ist ein Wesen voller Verachtung und Grausamkeit. Das wissen alle, die nicht aus Torheit verblendet sind. Und alle, die im Antlitz der Wahrheit keine Feiglinge sind, wissen sehr wohl, daß Lord Foul die einzige Wahrheit ist. Haben eure Leiden euch nichts gelehrt? Hat Thomas Covenant euch nichts gelehrt? Gebt auf, ich rat's euch! Entledigt euch eures widersinnigen, selbstauferlegten Elends — ergebt euch! Ich schwöre euch, daß ihr im Dienste Lord Fouls keinen geringeren Platz als ich einnehmen werdet.«

Trotz seines hämischen Hohns besaß die Stimme des Wütrichs eine absonderliche Überzeugungskraft. In seinen Worten wirkte die Macht des Steins, zwang die Zuhörer in ihren Bann. Mhoram spürte, während *Samadhi* sprach, daß diese Reden sogar seine Widerstandskraft vom Fleisch fallen ließen und das Gebein dem Winter entblößten. Seine Kehle schmerzte vom Geschmack einer Sehnsucht nach Abdankung, und er mußte schwerfällig schlucken, ehe er eine Antwort erteilen konnte.

»*Samadhi*-Sheol . . .!« Seine Stimme kratzte; er schluckte nochmals und legte seine ganze abgemagerte Entschiedenheit in seine Stimme. »*Samadhi*-Sheol! Du spottest uns, aber wir lassen uns nicht verspotten. Wir sind nicht blind — wir sehen die Greuel, die sich hinter deinen Verführungskünsten verbergen! Heb dich hinfort, Sklave Lord Fouls! Nimm dein Heer der Entartung und Entstellung mit dir — kehr um zu deinem Meister! Er hat dir Leiden aufgenötigt — laß ihn sich daran ergötzen, solang er's noch kann. Schon derweil wir noch hier stehen, sind die Tage seiner Macht gezählt. Sei versichert, wenn sein Ende über ihn kommt, wird er nichts tun, um dein erbärmliches Dasein zu bewahren! Scher dich fort, Wütrich! Ich verspüre kein Interesse an deinen billigen Schmähungen.«

Er hoffte, der Wütrich werde sich aus Wut zur Unachtsamkeit hinreißen lassen, etwas tun, das ihn in die Reichweite der Bogenschützen brachte. Aber Satansfaust stieß nur ein Lachen aus. Er wandte sich ab, grölte in wüstem Vergnügen und brüllte einen Befehl, der seine Streitkräfte erneut zum Angriff vorwärts trieb.

Auch Mhoram drehte sich um, wandte sich grämlich seinen Mit-Lords zu. Aber ihre Aufmerksamkeit galt nicht ihm. Sie widmeten sich einem soeben eingetroffenen Boten, der vor ihnen stand und schlotterte. Vor Grausen ausgebrochener Schweiß schimmerte trotz der Kälte auf seinem Angesicht, und die Stränge in seiner Kehle waren vor Entsetzen erstarrt, so daß er keinen Ton hervorbrachte. Wortlos griff er unter sein Gewand, holte einen in ein Tuch gewickelten Gegenstand heraus. Seine Hände zitterten, als er ihn enthüllte.

Nach einem Augenblick fieberhafter Spannung zeigte er das *Krill* vor.

Sein Edelstein war so leblos wie der Tod.

Mhoram glaubte, er höre Keuchen, Aufstöhnen, Schreie, aber er war nicht sicher. Das Ausmaß der Bedrohung durchdröhnte seine Ohren wie eine Flut und machte alle anderen Geräusche ununterscheidbar. Er riß das *Krill* an sich. Während er es entgeistert anstarrte, fiel er auf die Knie, sackte nieder, als habe er sich in diesem Augenblick die Beine gebrochen. Mit aller Dringlichkeit, zu welcher die Not ihn befähigte, bohrte er seinen Blick in den Edelstein, darum bemüht, noch irgendeinen Funken von Leben darin zu entdecken. Aber das Metall in seinen Händen war kalt, die Schneiden der Klinge waren wie abgestumpft. Blinder, glanzloser Winter erfüllte selbst die fernsten Tiefen des Edelsteins.

Die Hoffnung der wilden Magie war dahin. Covenant war fort.

Nun begriff Mhoram, warum der Wütrich gelacht hatte.

»Mhoram?«

»Hoch-Lord . . .«

»Mhoram!«

Zurufe erreichten ihn, flehten um Kraft, baten, forderten. Er mißachtete sie. Er schüttelte die unsichtbaren Hände der Geistesverschmelzung ab, die nach seinem Geist tasteten. Die Prophetie seiner ärgsten Befürchtungen hatte sich bestätigt. Ihm war nichts geblieben, womit er Bitten zu beantworten vermocht hätte.

»Ach, Hoch-Lord!«

Tränen und Verzweiflung spiegelten sich in allem wider, womit man nun an ihn herantrat, aber er besaß nichts, um noch eine einzige Antwort geben zu können.

Nur in beiläufiger Verwaschenheit merkte er, daß er sich erhob und das *Krill* wieder dem Boten aushändigte. Er wollte es aus seinem Blickfeld entfernt haben, als sei es ein Verräter, aber diese Empfindung erfaßte nur einen entlegenen Teil seines Innenlebens. Mit dem Rest seiner selbst raffte er sich die dünne, blaue Robe um den Leib, als sei er töricht genug, noch zu glauben, sie könne ihn vor der Kälte schützen, und verließ den befestigten Balkon wie ein Schlafwandler. Das kurze, steife Haar, das ihm seit dem Brand in der Klause nachgewachsen war, verlieh ihm ein leicht schwachsinniges Aussehen. Menschen folgten ihm, jammerten, forderten, aber er behielt seinen wie hölzernen Schritt bei, blieb ihnen voraus, auf daß er nicht die Not in ihren Mienen sehen müsse.

Er verwendete keinen Gedanken darauf, wohin er strebte, bis er eine Gabelung des Gangs erreichte. Dort warf ihn das Gewicht der fälligen Entscheidung fast von neuem auf die Knie — nach links und hinab in die Festung, oder nach rechts und hinauf ins Hochland des Tafelbergs. Er wandte sich nach rechts, weil er ahnte, er könnte die unbeabsichtigten Anschuldigungen Schwelgensteins nicht ertragen — und weil er bereits wußte, daß er keine Wahl hatte.

Als er die Steigung des ausgedehnten Gangs zu erklimmen begann, blieben die Menschen hinter ihm zurück, ließen ihn gehen. Er hörte sie flüstern.

»Er begibt sich zum Freischüler ... dem Deuter der Träume.«

Aber das war keineswegs seine Absicht; er hatte einem Orakel keine Fragen zu stellen. Orakel waren für Menschen, deren zweideutige Gesichte einen Unterschied ausmachen konnten, aber die einzigen Dinge, die für Hoch-Lord Mhoram, Variols Sohn, noch einen Unterschied bedeuten mochten, waren solche, die ihm Mut einflößten.

Wie betäubt vor Entsetzen kletterte er empor in den Wind, der mit Sichelschärfe über die offene Weite des Tafelbergs fegte. Durch sein eisiges Heulen, das auf- und niederschwoll, hörte er den Kampfeslärm des Ansturms, der sich an den Wällen der Festung brach, indem sich Wellen um Wellen von Angreifern wie Brecher gegen eine trotzige, letztendlich aber doch zerbrechliche Klippe warfen. Aber er ließ den Lärm hinter sich zurück; er war nur ein Wahrzeichen, eine Zusammenfassung von des ganzen Landes scheußlichem Verhängnis. Ohne Thomas Covenant ...! Weiter wagte Mhoram nicht einmal zu denken.

Er entfernte sich durch kahle Hügel von Schwelgenstein, kam an den Fluß und wanderte nordwärts an ihm entlang, in seinem Herzen einen Abgrund, wo eigentlich des Landes Überleben hätte eingeschreint sein müssen. So mußte sich, befand er, Kevin Landschmeißer gefühlt haben, als Lord Foul den Kurash Plenethor besetzt hatte und alle Maßnahmen außer der Schändung keinerlei Aussichten boten. Er wußte nicht, wie er diesen Schmerz sollte erdulden können.

Nach einiger Zeit stand er durchgefroren im Wind auf einem Hügel oberhalb des Glimmermere-Sees. Drunten erstreckten sich die köstlichen, mit Kraft gesegneten Wasser des Sees trotz der Flegeleien des Windes vollkommen frei von Kräuseln. Obwohl der Himmel darüber grau war wie die Asche des Weltuntergangs, schien die Erinnerung an Sonnenschein in ihm nachzuschimmern. Er spiegelte die Hügel und die fernen Berge makellos wider, und in der klaren Tiefe konnte man die unermeßlich abgründigen, felsigen Hänge sehen.

Mhoram besaß darüber Klarheit, was er zu tun hatte; es mangelte ihm nicht an Verstehen, sondern an Mut. Die letzten Anforderungen der Treue lagen in seinem Innern vor ihm ausgebreitet, mitten in seinem Grausen, wie die Karte eines Landstrichs, der nicht länger bestand. Als er, starr vor Kälte, hinab zum See wankte, geschah es, weil er sich sonst nirgendwo hinwenden konnte. Glimmermere enthielt Erdkraft. Er legte am Ufer seinen Stab ab, entledigte sich seiner Kleidung und stürzte sich in den See, hoffte darauf, er werde für ihn bewirken, was er allein nicht für sich zu bewirken vermochte.

Obschon er längst fast gefühllos war vor Kälte, schien das Wasser sein gesamtes Fleisch zu verbrennen, ihn aus seiner Benommenheit zu schrecken wie eine Verbrühung seiner Nerven. Er hatte mit seinen Gedanken keineswegs beim Schwimmen geweilt, als er sich ins Wasser warf, aber die Kraft, die Glimmermere innewohnte, löste in ihm bestimmte Handlungen aus. Er arbeitete sich empor an die Oberfläche. Mit einem halb gebrüllten Keuchen kam er zum Vorschein, ruderte für ein Weilchen, um in der eisigen Kälte wieder atmen zu können, dann schwamm er wieder zum Ufer, an die Stelle, wo er Kleidung und Stab zurückgelassen hatte.

Er stieg den Abhang hinauf, fühlte sich vor Eisigkeit, als stünde er in Flammen, aber er erlegte sich den Zwang auf, nackt zu bleiben; der Wind verwandelte das Wasser an seinen Gliedmaßen in Eis und trocknete ihn. Danach erst schlang er sich hastig wieder die Robe um die Schultern, drückte den Stab an seine Brust, so daß dessen Wärme ihn erwärmte, wo er dessen am meisten bedurfte. Einige Zeit verstrich, bis sich sein fiebriges Frösteln mäßigte, und unterdessen rang er um Gefaßtheit, darum bemüht, sein Herz wider die Hindernisse und Unannehmlichkeiten zu stärken, die seiner harrten.

Er mußte etwas vollbringen, das getrost als unmöglich gelten konnte. Er mußte *Samadhi*-Satansfaust erschlagen.

Zu diesem Zweck brauchte er Beistand.

Er schob grimmig alle seine bisherigen Bedenken beiseite und griff zurück auf den einzigen noch vorhanden Quell von Hilfe — die einzigen Helfer, deren Treue sich mit seiner Hilfsbedürftigkeit vergleichen ließ. Er hob eine kalte Hand an die Lippen und stieß drei schrille Pfiffe aus.

Der wüste Wind schien die Pfeiftöne augenblicklich zu zerfleddern, zu verwehen. Inmitten einer Umgebung, wo für gewöhnlich Widerhall erscholl, verklangen seine Pfiffe, ohne daß sie Schwingungen zurückwarf, ohne Antwort; der Wind fegte sie hinweg, als wolle er Mhorams Absicht vereiteln, gedächte er zu verhindern, daß jemand ihn hörte. Nichtsdestoweniger bot Mhoram all sein Vertrauen auf, erklomm den Hang, um von der Höhe des Hügelkamms herab Ausschau zu halten. Anspannung beherrschte ihn, dem Entweder/Oder der Verzweiflung gleich, aber er spähte in die Richtung der westlichen Berge, als kenne sein Herz weder Zweifel noch Furcht.

Lange Augenblicke verstrichen, die seine Sinne bis zum äußersten schärften, bis er aus den Bergen eine mattbraune Bewegung sich nähern sah. Da erhob sich seine Seele trotz ihrer Bürde, und er straffte sich, stand aufrecht da, während der Wind in seinen Ohren fauchte, so daß seine Haltung des Ranyhyns würdig sei, der sich auf seinen Ruf einfand.

Das Warten gefror ihm fast das Blut in den Adern, aber schließlich erreichte der Ranyhyn die Hügellandschaft rings um Glimmermere und wieherte zum Gruß.

Mhoram stöhnte bei seinem Anblick auf. Um seinem Ruf folgen zu können, mußte der Ranyhyn die Ebenen von Ra vor etlichen Dutzend Tagen verlassen haben — mußte Satansfausts Horden geradewegs durch die Mittlandebenen davongelaufen sein, bis ins Westlandgebirge, um sich dort einen pfadlosen Weg durch den Winter der hohen Gipfel in den Norden zu suchen, wo die Ausläufer der Bergkette ostwärts abbogen und im Tafelberg Schwelgensteins endeten. Die langwierige Prüfung des Wegs durch die Berge hatte den großen Hengst überaus stark beeinträchtigt. Das Fleisch hing ihm schlaff über den schroff sichtbaren Rippen, er schwankte mit Schmerzen auf geschwollenen Gelenken daher, und sein Fell glich einem abgewetzten Lumpen. Dennoch erkannte Mhoram den Ranyhyn und hieß ihn mit aller Hochachtung willkommen, deren seine Stimme Ausdruck verleihen konnte.

»Heil, Drinny, stolzer Ranyhyn! Ach, wie wacker getan! Würdiger Sohn einer würdigen Mutter! Schweif des Himmels, Mähne der Welt, ich bin . . .« Ein Überschwang von Gefühl verengte seine Kehle, und er beschloß seine Begrüßung im Flüsterton. »Ich bin geehrt.«

Drinny trabte dem Hoch-Lord tapfer entgegen, doch sobald er Mhoram erreichte, senkte er mit einem Beben den Kopf auf des Hoch-Lords Schulter, als brauche er diese Stütze, um auf den Beinen zu verbleiben. Mhoram tätschelte ihm den Hals, flüsterte ihm Worte des Lobes und der Ermutigung ins Ohr, streichelte das von Eis verklumpte Fell. Sie standen beieinander, als ob sie sich gegenseitig in ihren unterschiedlichen Arten der Schwachheit Versprechen gäben. Dann folgte Mhoram dem Drängen von

Drinnys unvergänglichem Stolz, indem er sich auf des Ranyhyn Rücken schwang. Er wärmte das große Roß mit seinem Stab und ritt langsam, aber voller Entschlossenheit, zurück nach Schwelgenstein.

Der Ritt brauchte seine Zeit — die Mitgenommenheit von Drinnys Muskeln, sein schmerzhaftes, mattes Wanken machten ihn zu einer mühseligen Quälerei. Während er durch die Hügel hinabritt, kehrte auch Mhorams Mattigkeit wieder, erinnerte er sich seiner Schwäche, seiner Beklommenheit der Furcht. Aber er setzte seine Füße auf den geraden Weg seines Glaubens; er hatte nun seinen Ranyhyn zwischen den Knien und verpflichtete sich seinem Entschluß, nicht zurückzuweichen. Drinny war seinem Ruf gefolgt. Indem seine Überlegungen einen Zustand annahmen, der ein wenig Glimmermeres Klarheit ähnelte, schmiedete er seine Pläne.

Schließlich hinkte sein Roß in den breiten Stollen, der hinunter in die Herrenhöh führte. Das Klappern der Hufe hallte gedämpft von der Decke und den Wänden aus glattem Fels wider — hallte wider und eilte dem Hoch-Lord voraus wie eine gemurmelte Ankündigung seiner Wiederkunft. Bald bemerkte er, wie die Stimmen der Festungsstadt die Kunde von seiner Rückkehr verbreiteten, überall bekanntgaben, daß er auf dem Rücken eines Ranyhyn wiederkehrte. Menschen ließen ihre Arbeit liegen und eilten zur Hauptstrecke des Tunnels, um ihn zu sehen. Sie säumten seinen Weg, murmelten beim Anblick des Ranyhyn aus Verwunderung oder Kummer, flüsterten eindringlich untereinander, als sie den Ausdruck zusammengeballter Drohung erblickten, der in Mhorams Augen glitzerte. Er ritt in die Feste hinab, als trüge ihn ein leiser Strom von Staunen und Hoffnung.

Nachdem er ein paar hundert Klafter weit durch die wichtigsten Verkehrswege Schwelgensteins geritten war, sah er voraus die anderen Oberhäupter der Stadt versammelt — die Lords Trevor, Amatin und Loerja, Streitmark Quaan, die beiden Herdwarte Tohrm und Borillar. Sie erwarteten ihn, als hätten sie sich zu seiner Ehrung zusammengefunden. Als der Ranyhyn vor ihnen verhielt, entboten sie dem Hoch-Lord und seinem Roß — in Ermanglung von Worten für das, was sie empfanden — einen stummen Gruß.

Einen ausgedehnten Augenblick lang betrachtete, musterte er sie. In ihrer Verschiedenartigkeit waren sie ausnahmslos abgehärmt, in Bedrängnis, vom Kampf beschmutzt. Besonders Quaan wirkte stark in Mitleidenschaft gezogen. Sein derbes, altes Antlitz war längst gewohnheitsmäßig zu einer finsteren, knotigen Miene verkniffen, als hielte nur die Verkrampfung ständigen kriegerischen Sinnens noch die Bestandteile seines Wesens beieinander. Und auch Amatin erweckte den Eindruck, dicht am Rande der Verzweiflung zu stehen; die Zierlichkeit ihres Körpers schien an der Standfestigkeit ihres Gemüts zu zehren. Borillars Angesicht war voller Tränen, wie Mhoram wußte, dem Verlust Thomas Covenants entsprungen. Trevor und Loerja stützten einander, als könne jeder von ihnen für sich allein unmöglich aufrecht bleiben. Von allen zeigte nur Tohrm Ruhe, und seine Ruhe war die Gefaßtheit eines Menschen, der seine persönliche Krisis bereits durchgestanden hatte. Für ihn konnte nichts Schlimmeres mehr kommen als des Steines Schändung, die er in der Klause erlebt hatte — erlebt und gemeistert. Die anderen begegneten Mhoram mit den denkbar stärksten Ausdrücken von Hoffnung und Grauen, Spannung und Ratlosigkeit in ihren Angesichtern — mit Mienen, die Aufklärung darüber erflehten, was seine Rückkunft auf einem Ranyhyn zu bedeuten habe.

Er erwiderte ihren stummen Gruß mit einem Nicken, ließ sich schwerfällig von Drinnys Rücken rutschen und trat ein oder zwei Schritte näher. Er gab ihnen auf der einzigen Ebene Antwort, für die er noch Kraft aufbringen konnte — der Ebene seiner Hoch-Lordschaft. Zwar sprach er leise, aber seine Stimme klang in ihrer Bedrohlichkeit heiser. »Vernehmt meine Worte! Ich bin Mhoram, Variols Sohn, Hoch-Lord durch des Großrates Beschluß. Ich habe meine Entscheidung gefällt. Vernehmt sie und gehorcht! Streitmark Quaan, der Ranyhyn Drinny bedarf der dringlichsten Pflege. Er braucht Futter und heilsame Fürsorge — er muß schnellstens wieder zu Kräften gebracht werden. Binnen kurzem werde ich ihn von neuem reiten. Lords, Herdwarte, Streitmark — Schwelgensteins Festungsturm muß zurückgewonnen werden. Die Tore der Feste sind freizulegen. Sorgt für Eile. Streitmark, laß die Pferde des Kriegsheers bereitstellen. Bereite alle berittenen Krieger zur Schlacht vor, dazu soviel Fußkrieger, wie du für angemessen hältst — bereite sie vor, um wider *Samadhi*-Satansfaust ins Feld zu ziehen. Wir werden den Schlag führen, sobald der Weg nach draußen frei ist.«

Er sah ihnen an, daß seine Befehle ihnen den Atem verschlugen, daß die irrsinnige Vorstellung, das Heer des Wütrichs anzugreifen, sie entsetzte. Aber er half ihnen nicht darüber hinweg, lieferte ihnen keinen Zuspruch. Er hoffte, daß er, wenn der Zeitpunkt für den sicheren Tod anbrach, den sein Vorhaben ihm bringen mußte, Männer und Frauen zurücklassen konnte, die sich selbst bewiesen hatten, daß sie auch der ungewöhnlichsten Bedrängnis entgegenzutreten verstanden — Führer, die gelernt hatten, daß sie dazu imstande waren, ohne ihn zurechtzukommen. Aber er durfte ihnen keine Erklärungen für seine Befehle verweigern.

»Meine Freunde«, sprach er weiter, und die Rauheit seiner Stimme durchzog seinen Tonfall wie eine Spur von Asche, »das Leuchten des *Krill* ist erloschen. Ihr wißt, was das bedeutet. Thomas Covenant hat das Land verlassen. Oder er ist dem Tode verfallen . . . oder um seinen Ring beraubt worden. In der letztgenannten Möglichkeit liegt unsere einzige Hoffnung. Wenn der Zweifler noch lebt — und solange die wilde Magie nicht gegen uns aufgeboten wird —, können wir darauf hoffen, daß es ihm gelingt, seinen Ring zurückzugewinnen. In dieser Hoffnung müssen wir handeln. Sie ist klein — aber in so ungeheuerlicher Notlage ist jede Hoffnung klein. Wir müssen handeln. Es ist unsere Aufgabe, Blut und Unheil statt in Verzweiflung in Sieg umzuwandeln. Ohne Zweifel weiß der Verächter bereits, daß Ur-Lord Covenant das Weißgold verloren hat — falls es nicht ganz aus dem Lande verschwunden oder von seinen Schergen erbeutet worden ist. Daher mag's sein, daß seine Überlegungen eine gewisse Zeitlang nicht uns gelten. Und während dieser Frist können wir auf einen Erfolg wider den Wütrich *Samadhi* hoffen. Und sollte Lord Foul bemüht sein, zu verhindern, daß der Zweifler seinen Ring wiedererlangt, so mag's sein, daß wir Ur-Lord Covenant aus der Ferne Beistand leisten, indem wir den Verächter zwingen, seine Aufmerksamkeit erneut uns zu widmen.« Die flehentliche Entgeisterung, welche die Mienen seiner Gefährten verzerrte, mutete ihm fast zuviel zu. Er legte seinen Arm um Drinnys Hals und fuhr mit seinen Darlegungen fort, als spräche er zu dem Ranyhyn. »Dieser mein Entschluß steht unabänderlich fest. Wenn's sein muß, werde ich allein wider Satansfaust ausreiten. Aber es muß getan werden!«

Endlich fand Amatin genug Kraft zum Sprechen. *»Melenkurion!«* keuchte sie. *»Melenkurion abatha!* Mhoram, hat du vom Schicksal Trells, Atiarans Gemahl, nichts gelernt . . .? Nichts aus dem Schicksal der Bluthüter, nichts aus jenem Kevin Landschmeißers selbst? Du legst's selber darauf an, ein Schänder zu werden! Das ist die Art und Weise, wie wir lernen, zu zerstören, was wir lieben.«

Hoch-Lord Mhorams Entgegnung wies alle Schärfe auf, die sein hohes Amt ihm gestattete. »Streitmark, ich werde mich von keinem einzigen Krieger begleiten lassen, der dies Wagnis nicht aus freiem Willen auf sich nimmt. Du wirst dem Kriegsheer mitteilen, daß der Glanz von Loriks *Krill* erloschen ist.«

Es verlangte ihn danach, in die Mitte seiner Gefährten zu treten und sie zu umarmen, an sich zu drücken, ihnen irgendwie zu zeigen, wie sehr er sie liebte und seinerseits ihrer bedurfte. Aber er kannte sich; er wußte, er wäre vollauf außerstande dazu, sie zurückzulassen, hätten sie nicht vorher sich selbst und ihm ihre Unabhängigkeit dadurch bewiesen, daß sie sich allein, von sich aus, seinen überaus harten Anforderungen stellten. Sein eigener Mut wankte viel zu heikel am Rande des Versagens; er benötigte irgendein Beweismittel ihrer Handlungsfähigkeit von ihnen, als Ansporn, um den geraden Weg beschreiten zu können, den seine Treue ihm wies. Also beschränkte er sich darauf, Drinny einen Augenblick lang fest zu drücken, dann machte er auf dem Absatz kehrt und begab sich ungnädig in seine Gemächer.

Die folgenden Tage brachte er allein zu, versuchte zu ruhen – erforschte sein Inneres nach irgendeinem Hilfsmittel, das ihn dazu befähigen mochte, die Undurchführbarkeit und Sinnlosigkeit seiner Entscheidung zu ertragen. Aber seine Seele war wie von Fieber gepackt. Die Grundfesten seiner Gelassenheit, die ihn so lange mit Festigkeit gewappnet hatte, schienen sich nunmehr gelockert zu haben. Ob er auf seiner Bettstatt lag oder aß, durch seine Räume stapfte oder Nachforschungen betrieb, immerzu fühlte er im Herzen der Feste eine große Leere, dort, wo das Feuer des *Krill* lodern hätte müssen. Zuvor war ihm nicht klar gewesen, wie sehr jener weiße Glanz ihn gelehrt hatte, auf den Zweifler zu vertrauen. Sein Erlöschen stellte ihn von Angesicht zu Angesicht mit nutzlosem Tod, Tod für ihn, für Drinny, für jeden, der ihm in die Schlacht zu folgen wagte – Tod, dessen einzig sicheres Ergebnis die Verkürzung von Schwelgensteins Überdauern sein mochte. So verbrachte Mhoram längere Zeitspannen auf Händen und Knien am Fußboden, lauschte in den Fels, darauf bedacht, zu spüren, wie man seine Befehle aufnahm.

Die Maßnahmen des Kriegsheers konnte er ohne Schwierigkeiten verfolgen. Man machte die paar hundert Pferde fertig, die im Innern der Festung in Ställen untergebracht waren. Der

Schichtdienst war umgestellt worden, so daß jene, die sich dem Hoch-Lord anzuschließen beabsichtigten, sich zuvor erholen und vorbereiten durften. Infolgedessen verteilte sich jedoch die Last, *Samadhis* fortgesetzte Angriffe abzuwehren, auf weniger Schultern. Alsbald schlich sich in die Verteidigung eine fiebrige Überhastetheit ein, die Mhorams eigener Fieberhaftigkeit gleichkam. Seine Anweisungen beschleunigten den unausweichlichen Niedergang des Kriegsheers in den Zustand von Wahnwitz und Verzweiflung. Er biß wider diese schmerzliche Einsicht die Zähne zusammen und forschte an anderen Örtlichkeiten der Stadt nach den Lords.

Er stellte fest, daß Lord Amatin sich in die Abgeschiedenheit von der Lehrwarte Bücherei zurückgezogen hatte, wogegen Trevor, Loerja und Herdwart Tohrm sich im Sinne seiner Absichten betätigten. Lord Trevor und Tohrm begaben sich hinab in eine der kaum jemals benutzten Höhlen unmittelbar unterm Festungsturm. Dort vereinten sie ihr Wissen zu einem Ritus, der jenem bedrohlich ähnelte, mit welchem Trell die Klause verwüstete, und sandten durch den Fels einen Schwall von Hitze empor in die Räume des Turms. Diese Hitze schürten sie einen vollen Tag lang, setzten sie gegen den Feind ein, bis die Höhlenschrate und anderen Geschöpfe den Turm zu verlassen begannen.

Und als die unteren Stockwerke geräumt waren, führte Lord Loerja mehrere Fähnlein zum Angriff. Unter Ausnutzung der Dunkelheit sprangen sie vom Hauptbau hinab in den Sand, durchquerten den Festungshof und drangen in den Turm ein, um sich den Weg nach oben zu erkämpfen. Als der Morgen des dritten Tages dämmerte, hatten sie den Sieg errungen. Man schlug behelfsmäßige Laufstege über den Hof, und einige Hundertschaften von Bogenschützen eilten hinüber, um den wiedererrungenen Turm zu sichern.

Ihr Erfolg erfüllte Mhoram mit genug Stolz, um seinen Kummer für einige Zeit zu lindern. Er bezweifelte, daß man den Turm länger als ein, zwei Tage halten konnte, aber diese Frist würde reichen, falls man seine übrigen Befehle ebenso zuverlässig ausführte.

Im Laufe des dritten Tages begab sich auch Amatin zurück an die alltäglichen Aufgaben. Sie hatte die Zwischenzeit mit der eindringlichen Erforschung gewisser arkaner Bestandteile des Zweiten Kreises verbracht, in die selbst Hoch-Lord Mhoram sich nie hinreichend vertieft hatte, und darin waren jene Riten und Beschwörungen, an denen ihr lag, in der Tat zu entdecken gewesen. Gerüstet mit diesem Wissen, suchte sie die Bollwerke unmittelbar überm Festungshof auf, machte auf dem Stein unheimliche Zeichen und Schnörkel, vollführte sonderbare Gesten, sang Lieder in der vergessenen Sprache der Alt-Lords — und unter ihr teilten sich langsam die sandigen Überreste der zerfallenen Toten. Sie wichen weit genug zurück, um das Öffnen der Torflügel zu erlauben, weit genug beiseite, um einem Heer zu ermöglichen, zu Schwelgenstein hinauszureiten.

Diese Errungenschaft und die damit vollbrachte Leistung lockte sogar Mhoram zum Zuschauen aus seinen Gemächern herbei. Sobald Amatin fertig war, brach sie in seinen Armen zusammen, doch er war so stolz auf sie, daß Erleichterung seine Besorgnis um sie überwog. Nachdem die Heiler ihm versichert hatten, sie werde sich, so man ihr die erforderliche Ruhe gönne, bald erholen, beließ er sie in ihrer Obhut und begab sich zu den Ställen, um Drinnys Verfassung in Augenschein zu nehmen.

Er fand einen Ranyhyn vor, der kaum noch jenem mitgenommenen, abgeschlafften Hengst ähnelte, der ihn nach Schwelgenstein hineingetragen hatte. Gutes Futter und sachkundige Pflege hatten in Drinnys Augen das Licht wiedererweckt, sein Fleisch wiederhergestellt, seinen Muskeln neue Geschmeidigkeit verliehen. Er tänzelte und wieherte Mhoram zu, als wolle er dem Hoch-Lord zeigen, daß er bereit sei.

Solche Dinge verjüngten Mhoram, gaben ihm neuen Schwung. Ohne noch zu zögern, teilte er Streitmark Quaan mit, daß er am nächsten Morgen wider den Wütrich ausreiten werde.

Doch spät am Abend kam Lord Amatin, während Trevor, Loerja und Quaan eine ganze Reihe besonders hitziger, wütiger Angriffe zerschlugen, in Mhorams Gemächer. Amatin sprach kein Wort, aber ihre schwächliche, heruntergekommene Erscheinung griff ihm ans Herz. Die Mühen der letzten Zeit hatten sie irgendwie dauerhaft geschädigt; indem sie sich so übers Maß anstrengte, hatte sie all ihre schutzreichen Hilfsmittel aufgebraucht, war nun Nöten und Wahrnehmungen ausgesetzt, zu deren Bewältigung ihr nun sowohl die Willenskraft als auch das Vermögen ermangelten. Diese Verwundbarkeit verlieh ihr einen Anschein von Niedergeschlagenheit, als sei sie gekommen, um sich Mhoram zu Füßen zu werfen.

Wortlos hob sie dem Hoch-Lord ihre Hände entgegen. Sie hielten Loriks *Krill.*

Er nahm ihn, ohne seinen Blick von ihrer Miene zu wenden. »Ach, Schwester Amatin«, sagte er leise, »du solltest dir Schonung zuteil werden lassen. Du hast sie verdient . . .«

Doch eine Zuckung des Elends rings um ihre Augen brachte ihn zum Verstummen. Er senkte seinen Blick, zwang sich dazu, ihn auf das *Krill* zu richten.

Tief in dem Edelstein sah er schwache Schimmer von Smaragdgrün.

Ohne etwas zu sagen, drehte sich Amatin um und ließ Mhoram mit dem Wissen allein, daß sich Covenants Ring in der Macht des Verächters befand.

Als Mhoram am nächsten Morgen seine Gemächer verließ, sah er aus wie ein Mann, der die ganze Nacht hindurch vergeblich der eigenen Verdammung Widerstand geleistet hat. Seine Schritte waren jeglicher Überzeugung entblößt; er regte sich, als lösten sich in seinem Leibe die Knochen voneinander, würden sie krumm. Und aus seinem Blick war die gefährliche Verheißung entschwunden, hatte seine Augen stumpf und mit beklommenem Ausdruck zurückgelassen. Er trug das *Krill* unter seiner Robe und spürte Lord Fouls kränklich-grünen Zugriff sich stetig festigen. Bald würde die Kälte des Grüns, so wußte er, sein Fleisch zu versengen beginnen. Doch er war längst darüber hinaus, um von derlei Gefährdungen noch Kenntnis zu nehmen. Er schleppte sich vorwärts, als sei er drauf und dran, ein Greuel zu begehen, vor dem ihm selbst schauderte.

In der großen Vorhalle, die eine kurze Strecke weit hinterm noch geschlossenen Innentor Schwelgensteins lag, stieß er zu den bereitgestellten Kriegern. Sie waren in Fähnlein eingeteilt, so daß er auf einen Blick schätzen konnte, ihre Zahl betrug rund zweitausend, eine Schar zu Pferd und vier Scharen Fußkrieger — ein Drittel der Überlebenden des Kriegsheers. Ihr Anblick brachte ihn nahezu zum Verzagen; er hatte nicht damit gerechnet, die Verantwortung für so viele Tote übernehmen zu müssen. Aber die Krieger begrüßten ihn mit vielstimmigem, wackeren Jubelruf, und er nötigte sich dazu, ihnen zu antworten, als begäbe er sich voller Zuversicht an ihre Spitze. Dann schritt er, insgeheim geplagt von Gram, zur Vorderseite, wo ihn Drinny erwartete.

Bei dem Ranyhyn befanden sich auch die Lords und Streitmark Quaan, aber er eilte an ihnen vorüber, weil er sich nicht dazu in der Lage fühlte, ihre Blicke zu erwidern, und versuchte aufzusteigen. Doch seine Muskeln ließen ihn im Stich; er war vor Grausen halb gelähmt und vermochte sich nicht hoch genug emporzuschwingen, um auf Drinnys Rücken zu gelangen. Er zitterte, stand dicht davor, laut aufzuschreien, klammerte sich an das Roß, um Halt zu haben, und rang innerlich um jene Gefaßtheit, die stets sein größter Kraftquell gewesen war.

Aber er schaffte den Sprung auf Drinnys Rücken nicht; das Roß war plötzlich viel zu hoch für ihn. Er sah sich genötigt, um Hilfe zu ersuchen. Aber ehe er ein Wort durch seine zusammengeschnürte Kehle quetschen konnte, bemerkte er hinter sich Streitmark Quaan, spürte Quaans Hand auf seiner Schulter. »Hoch-Lord, dies waghalsige Unternehmen wird Schwelgenstein schwächen.« Die Stimme des alten Streitmarks klang aus Eindringlichkeit barsch. »Ein Drittel des Kriegsheers ... zweitausend Leben vertan. Warum, Hoch-Lord? Bist du wie Kevin Landschmeißer geworden? Wünschst du nun das zu zerstören, was du liebst?«

»Nein!« Mhoram antwortete nur im Flüsterton, weil die Enge seiner Kehle ihm mehr an Lautstärke verweigerte. Mit seinen Händen flehte er Drinny um Stärkung an. »Ich habe nicht ... ich habe nicht vergessen, daß ich der Hoch-Lord bin. Der Weg, den die Treue vorschreibt, ist klar. Ich muß ihn beschreiten ... eben weil's nicht der Weg der Verzweiflung ist.«

»Du wirst uns Verzweiflung bringen ... wenn du scheiterst.«

Mhoram hörte den Schmerz in Quaans Stimme; er unterwarf sich dem Erfordernis einer Antwort. Er vermochte sich Quaans Not nicht zu verschließen; er war zu schwach, aber er konnte sich nicht verweigern. »Nein. Lord Foul ist's, der Verzweiflung lehrt. Sie ist leichter zu lernen als Mut.« Langsam wandte er sich um, erwiderte erst Quaans Blick, dann auch die Blicke der anderen Lords. »Viel leichter zu lernen«, bekräftigte er. »Deshalb können die Prediger von Verzweiflung und Haß niemals über die Bosheit obsiegen.«

Aber seine Antwort vertiefte Quaans Pein lediglich. Weißliche Knoten des Mißbehagens traten in seiner verkrampften Miene hervor. »Ach, mein Hoch-Lord«, stöhnte er mit brüchiger Stimme auf. »Warum säumst du dann? Warum hast du Furcht?«

»Weil ich sterblich bin und schwach. Der Weg ist nur klar — jedoch nicht sicher. Vormals in meinem Leben war ich Seher und

Orakel. Nun ... nun ersehne ich ein Zeichen. Ich wünschte, ich hätte noch Gesichte.«

Er sprach mit schlichten Worten, doch augenblicklich wuchsen seine Sterblichkeit und Schwäche schier über seine Standhaftigkeit hinaus. Tränen machten sein Blickfeld verschwommen. Die Bürde war von einer Schwere, daß er sie unmöglich allein tragen konnte. Er breitete seine Arme aus und sank in die Umarmung seiner Mit-Lords.

Ihre geistige Verschmelzung griff auf ihn über, erfaßte ihn in der Woge ihrer gemeinsamen Sorge. Umfangen von ihren Armen und Gedanken, spürte er, wie ihre Zuneigung sein Gemüt besänftigte, ihn tränkte wie Wasser nach langem Durst, seinen Hunger stillte. Während der gesamten bisherigen Belagerung hatte er ihnen von seiner Stärke gegeben, und nun gaben sie ihm davon zurück. In ruhiger Schüchternheit erneuerte Lord Trevor sein verkrüppeltes Gefühl des Durchhaltewillens im Dienst am Lande — eine Gnade, die nicht von jenem kam, der diente, sondern von der Kostbarkeit der Dinge, denen er seine Dienste erwies. Lord Loerja teilte mit ihm ihre tiefverwurzelte Veranlagung zum Schutzgewähren, ihre Fähigkeit, für Kinder in den Kampf zu ziehen — für geliebte Menschen, die sich nicht selber verteidigen konnten. Und Amatin gab ihm, obwohl sie selbst an Gebrechlichkeit litt, die klare, wirrnisfreie Gesamtheit ihrer erarbeiteten Erkenntnisse, ihres Lehren-Wissens — ein außerordentliches Geschenk, das sie ihm, losgelöst von ihrem Argwohn gegenüber Gefühlen, um seinetwillen machte.

In einer solchen geistigen Verschmelzung mußte er sich schlichtweg zu erholen beginnen. Erst jetzt schien wieder Blut durch seine Adern zu fließen; seine Muskeln entkrampften sich; seine Knochen erinnerten sich ihrer Härte. Tief in seinem Innern eignete er sich die Gaben der anderen Lords an, und umgekehrt teilte er mit ihnen alle seine Einsichten, die ihm seine Entscheidung aufgezwungen hatten. Dann ruhte er in ihrer Zuneigung aus und ließ sich davon mit Ruhe erfüllen.

Sein Schmachten nach dem Erlebnis der Geistesverschmelzung schien nachgerade bodenlos zu sein, aber nach einer Weile unterbrach eine durchdringende Stimme die Verbindung, in der soviel sonderbare Erregung mitschwang, daß keiner der Lords ihr seine Beachtung verweigern konnte. Eine Wache kam in die Vorhalle gestürmt, lärmte um Aufmerksamkeit, und die Frau schrie: »Der Wütrich wird angegriffen!«, als die Lords sich ihr zuwandten. »Sein Heer ... das Heerlager ... wird angegriffen. Von Wegwahrern! Sie sind wenige ... wenige nur ... aber der Wütrich hat an jener Seite keine Schanzen, und sie haben bereits großen Schaden angerichtet! Er hat seine Scharen von Schwelgensteins Mauern zurückgerufen, um sich der Wegwahrer zu erwehren.«

Hoch-Lord Mhoram wirbelte herum, befahl den Kriegern volle Bereitschaft, als er sich in Bewegung setzte. Er hörte Streitmark Quaan seine Befehle brüllend wiederholen. Die beiden wechselten einen Blick, der dem Wütrich Böses verhieß, dann sprang Quaan auf sein Pferd, einen zähen Hengst, der aus den Bergen stammte. An einer Seite sah Mhoram zwischen den Kriegern Herdwart Borillar aufsteigen. Zuerst wollte er Borillar befehlen, wieder abzusteigen; Herdwarte waren keine Kriegsleute. Doch da besann er sich darauf, wieviel Hoffnung Borillar Thomas Covenant entgegengebracht hatte, und ließ dem Herdwart seinen Willen.

Loerja befand sich schon unterwegs in den Turm, um dort die Verteidigung zu verstärken, damit die Krieger dazu imstande seien, sicher ins Innere Schwelgensteins zurückzukehren. Trevor war zum Tor gegangen. Nur Amatin stand noch da und sah die wiedererwachte Drohung in Mhorams Augen glitzern. Kurz drückte sie ihn zum Abschied. »Man möchte meinen«, merkte sie leise an, »die Wegwahrer hätten eine gleichartige Entscheidung getroffen.«

Mhoram vollführte eine markige Kehrtwendung und sprang mühelos auf Drinnys Rücken. Der Ranyhyn wieherte; helle Laute des Trotzes und Stolzes hallten wider. Als die riesigen Torflügel auswärts schwangen, in den Festungshof, trieb Mhoram Drinny in leichtem Galopp hinaus.

Die Krieger schlossen sich ihm an, und an ihrer Spitze ritt Hoch-Lord Mhoram in die Schlacht.

Binnen weniger Augenblicke ritt er durchs Innentor, den Festungshof, worin steile Ufer aus Sand und Erde seinen Weg säumten, und den geraden Tunnel unterm Turm. Drinny streckte sich unter ihm und legte sich ins Zeug wie in höchstem Frohlokken, schwelgte in seiner wiederhergestellten Gesundheit, in der Freiheit des Laufens, der Witterung der nahen Schlacht. Als Mhoram durch die geborstenen Reste des Außentors sprengte, hatte er zu den Kriegern bereits einen gewissen Abstand gewonnen.

Außerhalb des Tors ließ er Drinny eine Drehung vollführen, nahm sich die Zeit, einen Blick zurück auf die schier himmelhohe Feste zu werfen. Er sah die Krieger im Turm nicht, aber er spürte ihre Anspannung hinter den Bollwerken und Fenstern. Der schroffe Felsen des Turms, hinter dem sich Schwelgensteins Hauptteil erhob wie der Bug eines riesenhaften Schiffes, erwiderte seinen Blick mit granitener Standfestigkeit, als wäre er eine Prophetie der alten Riesen — Sinnbild der dunklen Erkenntnis, daß Sieg und Niederlage menschliche Begriffe waren, die in der Sprache der Berge keine Bedeutung besaßen.

Dann kam die Reiterschar, gleichfalls in leichtem Galopp, aus dem Schlund des Festungsturms, und Mhoram wandte sich dem Feind zu. Erstmals sah er *Samadhis* Heer, wie es sich zu ebener Erde dem Blick darbot. Es umgab ihn in der trostlosen Winterlandschaft wie der schwarze Reif eines Würgeisens, in das er vorzeitig den Hals gesteckt hatte. Flüchtig erinnerte er sich an andere Kämpfe — Kiril Threndor, Unheilswinkel, Doriendor Korischew —, und sie dünkten ihn nun wie die Spiele von Kindern, bloße Schatten, vorausgeworfen vom Ringen, das heute bevorstand. Aber er verdrängte alle solche Empfindungen aus seinem Gemüt, richtete seine Aufmerksamkeit ungeteilt auf die Bewegungen, die sich voraus in den Vorhügeln beobachten ließen.

Wie die Wache gemeldet hatte, strömten Schwelgensteins Belagerer aufgebracht zurück ins Feldlager. Es lag nur ein paar hundert Klafter weit entfernt, und Mhoram konnte deutlich erkennen, warum *Samadhis* Streitkräfte zurückgerufen worden waren. Ein dichter Keil von zehn- bis fünfzehnmal zwanzig Wegwahrern bedrängte den Riesen-Wütrich.

Nicht Satansfaust selbst galt ihr Stoß, obwohl er sie in Person mit wüsten grünen Gewalten bekämpfte. Der Schlag der Wegwahrer richtete sich gegen die ungeschützten rückwärtigen Bereiche des Feldlagers, um die Nahrungsvorräte zu vernichten. Schon hatten sie etliche der großen, langen Tröge voll von jenem Aas und der blutigen Maische, wovon Lord Fouls Geschöpfe sich zu ernähren pflegten, restlos eingeäschert: und während sie die Ausbrüche von Satansfausts Stein abwehrten, so gut es ging, entzündeten sie weitere Vorräte, verwandelten in hellem Auflodern gewaltige Halden von zerhacktem, toten Fleisch in Asche.

Aber hätten sie auch nur dem Wütrich allein gegenübergestanden, sie wären ohne Aussicht auf ein Davonkommen gewesen. Mit seiner Riesen-Stärke und dem Stück vom Weltübel-Stein —

unterstützt durch den Stab des Gesetzes — hätte er zehn- oder fünfzehntausend Wegwahrer zurückschlagen können. Und überdies stand ihm ein ganzes Heer zur Verfügung. Hunderte von Urbösen befanden sich schon fast in Kampfentfernung. Tausende anderer Geschöpfe stürmten aus allen Richtungen zum Schauplatz der Auseinandersetzung. Die Niederlage der Wegwahrer war lediglich eine Frage kurzer Zeit.

Dennoch fochten sie unverdrossen weiter, widerstanden *Samadhis* smaragdgrüner Übelgewalt mit überraschender Hartnäkkigkeit. Wie die Urbösen waren sie Dämondim-Abkömmlinge — Meister einer dunklen, machtvollen Lehre, an die kein Lord je gerührt hatte. Und offenkundig hatten sie die siebenundvierzig Jahre, seit sie sich verborgen hielten, nicht ungenutzt verstreichen lassen. Sie hatten sich darauf eingestellt, der Bosheit zu trotzen. Mit Geraunze ungewöhnlicher Worte der Macht und nachdrücklichen Gesten wiesen sie die Anschläge des Wütrichs ab und vernichteten fortgesetzt jeden Trog, jede Anhäufung von Fraß, welche in ihre Reichweite gerieten.

All das überschaute Hoch-Lord Mhoram nahezu mit einem Blick. Der harsche Wind glühte auf seinem Antlitz, ließ seine Augen brennen, aber er stieß seinen Blick, um sehen zu können, wie eine Lanze durch die Schleier der Verschwommenheit. Und da erkannte er, daß er und seine Krieger aufgrund des Angriffs der Wegwahrer von Satansfaust und seinem Heer noch nicht bemerkt worden waren.

»Streitmark«, rief er forsch, »wir müssen den Wegwahrern zu Hilfe eilen. Gib deine Befehle!«

Rasch erteilte Quaan den Berittenen und den Scharwarten der vier Fußscharen, während das für den Ausfall bereitgestellte Aufgebot aus dem Tunnel quoll, barsche Anweisungen. Unverzüglich bezogen jeweils hundert Reiter an des Hoch-Lords Seiten Aufstellung. Die restlichen zweihundert Berittenen reihten sich dahinter auf. Ohne Aufenthalt drangen die Fußkrieger im Laufschritt vorwärts.

Mhoram tätschelte Drinny und ritt in gemäßigtem Galopp durch die Vorhügel geradewegs auf den Wütrich zu.

In einigen hinteren Teilen des Feldlagers erspähte man die Reiter, noch ehe sie ein Drittel der Entfernung zurückgelegt hatten. An allen Seiten erschollen heisere Schreie der Warnung; Urböse, Höhlenschrate und vom Weltübel-Stein geschaffene Menschenwesen warfen sich wie eine unregelmäßige Flutwelle, soweit sie nicht schon den Befehl erhalten hatten, dem Riesen-Wütrich beizustehen, den Kriegern entgegen. Aber die Verwirrung rings um die vorgedrungenen Wegwahrer verhinderte, daß die Streitkräfte in Satansfausts unmittelbarer Umgebung das Warngeschrei hörten. Der Wütrich wandte nicht das Haupt. Schwelgensteins Gegenangriff kam fast über ihn, bevor er die Gefahr bemerkte.

Auf der letzten Strecke brüllte Quaan einen neuen Befehl, und die Reiter verfielen in vollen Galopp. Mhoram blieb genug Zeit, um sich einen letzten Überblick der Lage zu verschaffen. Die um *Samadhi* gescharten Streitkräfte waren unvermindert von den Wegwahrern beansprucht. Noch lange Augenblicke trennten des Wütrichs Verstärkungen von ihm. Wenn Quaans Krieger den ersten Schlag hart genug führten, schnell genug zu den Wegwahrern durchzubrechen vermochten, konnte es den unberittenen Scharen gelingen, ihnen so lange den Rücken zu decken, daß es möglich wäre, den Wütrich ernstlich anzugehen und danach den Rückzug anzutreten. Auf diese Weise mochte sogar eine ganze Anzahl von Kriegern überleben und nach Schwelgenstein zurückkehren.

Mhoram trieb Drinny zu einer Geschwindigkeit an, die bewirkte, daß er zu den ersten Reitern zählte, die unter Satansfausts völlig verblüffte Horden sprengten.

Der Zusammenprall erfolgte mit solcher Wucht, daß selbst der Hoch-Lord ums Haar den Halt verlor. Pferde stürzten sich ins Gewühl, schlugen mit ihren Hufen um sich. Schwerter fuhren nieder wie eherne Blitze. Kreischen von Überraschung, Wut und Schmerz schrillte durch die Luft, als ungeordnete Reihen von Geschöpfen unterm ersten Anprall zusammenbrachen. Die Krieger drängten ihre Pferde vorwärts und erzwangen ihren Weg in die Richtung zum Wütrich.

Aber zwischen ihnen und Satansfaust wimmelten Tausende von Geschöpfen umher. Obwohl sich ihre Haufen in äußerster Verwirrung befanden, genügte ihre bloße Zahl, ihre dichte Masse, um das Vordringen der Krieger rasch zu verlangsamen.

Sobald er das merkte, gab Quaan neue Befehle. Auf seine Anordnung kehrten die Krieger an Mhorams Seiten ihre Stoßrichtung auswärts und schufen eine Gasse für die Reiter hinterm Hoch-Lord. Sofort preschten diese Fähnlein vorwärts. Als sie Mhoram einholten, rief er die Gewalt seines Stabes wach. Blaues Feuer waberte ihm voraus wie eine übergroße Lanzenspitze, die den Wall von Feinden aufbrach, während er die zweite Welle der

Berittenen tiefer ins Gewoge von des Wütrichs Heerscharen führte.

Für ein Weilchen glaubte er an die Möglichkeit eines Erfolgs. Die Krieger rund um ihn hieben geschwind eine breite Bresche durch die gegnerischen Reihen. Voraus kehrte Satansfaust den Wegwahrern den Rücken, um der neuen Gefahr entgegenzutreten. Der Wütrich heulte Befehle, um Ordnung in seine Heerhaufen zu bringen, lenkte seine Streitkräfte gegen die Krieger, stapfte wutentbrannt einige weiträumige Schritte auf sie zu. Mhoram sah den Abstand schrumpfen. Er ließ sein Lordfeuer fürchterlich wüten, um den Widersacher zu erreichen, ehe die ungezählte Menge der feindlichen Übermacht den Schwung des Reiterangriffs brach.

Doch da gerieten die Reiter an ernsten Widerstand. Ein Haufe von Höhlenschraten hatte genug Zeit gefunden, den Befehlen des Wütrichs Gehorsam zu leisten; sie hatten sich quer zum Pfad der Krieger aufgereiht, ihre starken, schaufelartigen Arme ineinandergehakt, stemmten sich fest in den Untergrund. Als die Reiter zu ihnen vorstießen, prallten sie mit ungeheurer Wucht gegen dies Hindernis aus Höhlenschraten.

Die Körperkräfte der Höhlenschrate waren so groß, daß ihre Kette standhielt. Pferde brachen zusammen. Reiter stürzten, sowohl vor als auch hinter den lebenden Wall. Der Ansturm der Reiter kehrte sich wider sie selbst, als die nachfolgenden Pferde zwischen die vorderen Tiere stolperten und stampften.

Nur Mhoram blieb auf Drinnys Rücken. Im allerletzten Augenblick spannte Drinny alle Kräfte an und sprang, überwand die Sperre mühelos in weitem Satz, trat selbst im Sprung Höhlenschraten die Schädel ein.

Gemeinsam mit jenen Kriegern, die hinter die Kette von Höhlenschraten geschleudert worden waren, sah Mhoram Urböse sich zu einem dichtgestaffelten Keil zusammenrotten.

Die Höhlenschrate trennten ihn von der Hauptmasse seiner Scharen. Und der Zusammenbruch des Reiterangriffs gab *Samadhis* Geschöpfen die Gelegenheit zum Gegenstoß. Ehe es Quaan gelang, wirksame Maßnahmen gegen die Höhlenschrate einzuleiten, mußten seine Krieger, wo sie gerade standen, um ihr Leben kämpfen.

Mhoram ließ Drinny auf der Stelle kreisen und erkannte, daß er von seinen Reitern keine weitere Hilfe erwarten durfte. Aber wenn er umdrehte und die Absperrung der Höhlenschrate selbst zerschlug, fanden die Urbösen unterdessen die Zeit, ihren Keil zu vervollständigen; die Reiter wären ihnen unbarmherzig ausgeliefert.

Ohne Zögern ließ er die Krieger in seiner unmittelbaren Nähe gegen die Höhlenschrate einschreiten. Dann schleuderte er den Urbösen einen Blitz seines Lordfeuers entgegen.

Er war nur ein einzelner Mann wider mehrere Hundert dieser schwarzen, klobigen Wesen. Doch er hatte das Geheimnis von Hoch-Lord Kevins Lehre entschlüsselt; er kannte nun das Bindeglied zwischen Macht und Leidenschaft; er besaß mehr Kraft denn jemals zuvor. Indem er alle Gewalt aufbot, die sein Stab verkraften konnte, vernichtete er die Ansammlung gleich einem Rammbock, zerschmetterte und verstreute Urböse, als schüfe er ein Trümmerfeld. Während Drinny unter ihm ausschlug, um sich trat und zudrosch, hielt er den Stab mit beiden Fäusten und schwang ihn rundum, ließ ihn schaurige Glut verfauchen, die dröhnte wie blauer Zorn des von Wolken verbannten Himmels, und toste wie ein vulkanischer Ausbruch von grauenhafter Gewalt, der alles erschütterte wie ein Erdbeben. Und die Urbösen fielen in der Tat, als sei der Himmel auf sie herabgebrochen, sie brachen in Schwaden zusammen, als bäume sich fürwahr unter ihnen die Erde auf. Er sengte sich seinen Weg durch ihre Mitte wie ein Titan und hielt nicht inne, ehe er die Tiefe einer flachen Mulde zwischen den Hügeln erreichte.

Dort ließ er den Ranyhyn beidrehen und erkannte, daß er die Verbindung zu seinen Scharen vollends verloren hatte. Die Reiter waren zurückgeworfen worden; angesichts einer unüberwindbaren Übermacht hatte Quaan sie wahrscheinlich wieder mit den Fußscharen vereint, um ihre Kampfkraft zusammenzufassen und einen Versuch zu unternehmen, den Hoch-Lord zu retten.

Am jenseitigen Rand der Mulde stand Satansfaust und stierte auf Mhoram herab. Er hielt seinen Stein erhoben, und sein Riesen-Gesicht spiegelte die irre Lust des Wütrichs am Zerstören und Morden wider. Aber er wandte sich ab, ohne anzugreifen, verschwand hinter der Anhöhe, als habe er entschieden, die Wegwahrer seien eine ernstere Bedrohung als Hoch-Lord Mhoram.

»Satansfaust!« schrie Mhoram. »*Samadhi*-Sheol! Kehr um und stell dich zum Kampf! Bist du eine Memme, daß du jedes Wagnis scheust?!«

Während er dem Wütrich nachrief, gab er Drinny seine Fersen zu spüren und jagte den Ranyhyn zur Verfolgung Satansfausts vorwärts. Doch im selben Augenblick, da er seine Aufmerksamkeit nach oben richtete, taten sich die überlebenden Urbösen gegen ihn zusammen. Statt sich zurückzuziehen und einen neuen Keil aufzustellen, gingen sie kurzentschlossen gegen ihn vor. Er konnte nicht den Stab schwingen; begierige schwarze Hände griffen nach ihm, packten ihn an den Armen, krallten sich in seine Robe.

Drinny leistete Gegenwehr, aber lediglich mit dem Ergebnis, daß man den Hoch-Lord von seinem Rücken zerrte. Mhoram stürzte und verschwand unter einem Haufen mörderischer schwarzer Leiber.

Blutrote Dämondim-Klingen bedrohten ihn. Aber ehe einer der unheimlichen Dolche sein Fleisch verwunden konnte, erzeugte er einen Ausbruch von Gewalt, der die Urbösen nach allen Seiten davonschleuderte. Im Handumdrehen stand er wieder auf den Beinen, schwang seinen Stab, erschlug jedes Lebewesen, das sich in seine Nähe wagte, hielt dabei fieberhaft nach seinem Roß Ausschau.

Der Ranyhyn war bereits außerhalb seiner Reichweite aus der Mulde abgedrängt worden.

Plötzlich war Mhoram allein. Die letzten Urbösen flohen, ließen ihre Toten und Sterbenden zurück. Eine unheilvolle Stille löste sie ab, in welcher Mhoram schier das Blut in den Adern gefrieren wollte. Entweder war die Schlacht schon vorüber, oder der schaurige Wind trug sämtliche Geräusche von ihm fort; er vernahm nichts außer der leisen, grausamen Stimme von Lord Fouls Winter und seine eigenen heiseren Atemzüge.

Das schlagartige Ausbleiben jeglichen Lärms und Tumults brachte auf irgendeine sonderbare Weise auch ihn zum Schweigen. Er wollte Quaan rufen, aber er konnte sich gegen das Grauen in seiner Kehle nicht behaupten; er hatte die Absicht, nach Drinny zu pfeifen, doch er war dazu außerstande, die gräßliche Ruhe zu brechen. Zu sehr war er vom Gefühl des Bedrohtseins überwältigt.

Im nächsten Augenblick begriff er, daß er in des Wütrichs Falle stak. Er begann zu laufen, entfernte sich dabei weiter von den eigenen Scharen, schlug die Richtung zu den Wegwahrern ein, in der Hoffnung, damit den Gegner zu überraschen und die Falle zu vereiteln.

Aber der Feind hatte sie schon vollauf geschlossen und konnte nicht mehr übertölpelt werden. Bevor er ein Dutzend Klafter zurückgelegt hatte, kamen rings um den gesamten Rand der Mulde Geschöpfe in Sicht. Hunderte von ihnen ließen sich zugleich blicken; sie verharrten und glotzten ihm scheel entgegen, scharrten in gierigem Eifer am Erdboden, seiberten beim Vorgeschmack seines Blutes und seiner Knochen. Der Wind trug ihre kehligen Laute viehischer Lust zu ihm herab, als verleihe er dem Lebensgeist des Winters Ausdruck.

Er stand gegen sie allein.

Er kehrte zurück in die Mitte der Mulde, suchte hastig rundherum nach einer Lücke oder schwachen Stelle in den Haufen, die ihn umstellten. Doch er sah nichts dergleichen. Und obwohl er mit seiner überfeinen Sinneswahrnehmung durch die Luft tastete, so weit er dazu imstande war, entdeckte er nirgendwo Anzeichen seiner Scharen; falls noch Krieger lebten, noch fochten, so entzogen Dichte und Ausmaß der Umzinglung sie seinen Sinnen.

Als er die Unausweichlichkeit seines Schicksals erkannte, wich er in sein Inneres zurück, trat den Rückzug in sein Selbst an, als sei das ein Fluchtweg. Dort blickte er dem Ende all seiner Hoffnungen und all seines Dienstes am Lande ins Antlitz und stellte fest, daß seine narbige, greuliche Fratze ihn nicht länger schreckte. Er war ein Streiter, zum Zwecke geboren, für das Land zu kämpfen. Solang es etwas gab, für das er kämpfen konnte, blieb er jedem Schrecken gewachsen. Und es gab etwas; solang er lebte, brannte zumindest eine Flamme der Liebe zum Lande noch. Dafür konnte er kämpfen.

Seine Lippen verzerrten sich zu einem unbeschreiblichen, unvorstellbar bedrohlichen Lächeln; die Glut stillen, inneren Triumphs leuchtete aus seinen Augen. »So kommt nur!« schrie er. »Wenn euer Meister ein solcher Feigling ist, daß er nicht selbst gegen mich anzutreten wagt, dann kommt und verrichtet für ihn das schmutzige Werk! Ich wünsche euch kein Übel, aber wenn ihr mich herausfordert, ist euch der Tod gewiß!«

Etwas in seiner Stimme hielt sie für ein Weilchen auf. Sie zauderten, wimmelten unbehaglich durcheinander. Doch fast unverzüglich schloß sich der Griff ihrer Bösartigkeit wieder um sie wie zwei Kiefer. Auf einen rauhen Befehl stürmten sie von allen Seiten herab wie eine Lawine und auf ihn los.

Er wartete nicht auf sie. Indem er sich in die Richtung wandte, wohin Satansfaust entschwunden war, warf er sich ihnen entgegen, in der Absicht, den Wütrich zu verfolgen, so weit ihn seine Kräfte trugen. Aber im letzten Augenblick zupfte irgendeine Ahnung oder Eingebung an ihm, lenkte ihn ein wenig abseits. In der veränderten Richtung prallte er mit dem dortigen Teil der Lawine von Leibern zusammen.

Das einzige, was nunmehr noch seine Gewalt einschränkte, war sein Stab selbst. Das Holz war von Menschen geschaffen worden, die Kevins Lehre nicht verstanden hatten; es war nicht darauf eingestellt, derartige Kräfte durch seine Länge zu leiten, wie Mhoram nun hindurchschießen ließ. Aber der Hoch-Lord kannte kein Maß für irgendwelche Rücksichtnahmen. Er zwang den Stab dazu, über die eigene Begrenztheit hinauszuwachsen, schwang ihn, während er von angestauter Macht zuckte und knisterte, wider die Bedränger und wütete unter ihnen. Seine Flamme gedieh zu einer weißglühenden Lohe, heiß wie ein Schmelzofen; ihr Schillern und Gleißen mähte seine Widersacher nieder wie eine Sichel aus Sonnenfeuer.

Binnen weniger Herzschläge füllte ihre geradezu unüberschaubare Menge sein gesamtes Blickfeld aus, schloß alles außer ihrem dunklen Andrang von seiner Wahrnehmung aus. Er sah nichts anderes, spürte nichts anderes als breite Wellen mißgestalteter Unholde, die danach trachteten, ihn zu verderben, und er nahm von nichts Kenntnis als ihrer wüsten Blutgier und seiner blauen, feurigen Leidenschaft. Obgleich sie sich zu Dutzenden und Hunderten auf ihn stürzten, widerstand er ihnen, drosch sie nieder, schmiß sie beiseite. Indem er durch ihre Leichen watete wie durch die See des Todes selbst, bekämpfte er sie mit Ingrimm in den Adern, Unbeugsamkeit im Gebein und grenzenlosem Triumph in den Augen.

Doch sie waren ihm über. Zu viele waren sie. Jederzeit mochte einer von ihnen ihm das Schwert in den Rücken rammen, und sein Kampf wäre ausgestanden. Durch das wilde Getöse des Ringens hörte er einen hohen, fremdartigen Siegesschrei, aber er war sich kaum dessen bewußt, ihn selbst ausgestoßen zu haben.

Da erspähte er unvermutet durch eine flüchtige Bresche in den Reihen seiner Angreifer die Helligkeit eines Feuers. Sie erlosch sofort wieder, verschwand so völlig, als hätte es sie nie gegeben. Aber Mhoram hatte erkannt, um was es sich handelte. Er stieß erneut einen Schrei aus und begann dorthin vorzudringen. Ohne auf Gefahr von rückwärts zu achten, mähte er in die Lawine der Gegner vor ihm eine Gasse. Dann sah er den Feuerschein nochmals.

Er entsprang der Glut eines Allholzmeisters.

Am Rande der Geländemulde fochten Herdwart Borillar und die letzten Wegwahrer gemeinsam gegen Mhorams Bedränger. Borillar setzte seinen Stab wie eine feuerspeiende Keule ein, und die Wegwahrer unterstützten ihn mit den ihnen eigenen Kräften. Zusammen unternahmen sie den aussichtslosen Versuch, den Hoch-Lord freizukämpfen.

Bei ihrem Anblick drohte Mhoram zu erschlaffen; er sah ungeheuerliche Scheusale näher rücken, um sie zu zermalmen, und die Erkenntnis der Gefahr, in der sie schwebten, hemmte ihn in den eigenen Anstrengungen. Aber sogleich riß er sich zusammen, kämpfte sich entschlossen weiter in ihre Richtung, setzte seinen Stab ein, bis er in seinen Fäusten kreischte.

Zuviel Geschöpfe tummelten sich zwischen ihm und seinen Helfern; es gelang ihm nicht, sie noch rechtzeitig zu erreichen. Während er sich unermüdlich durch einen glitschigen Strom von Blut vorwärts pflügte, sah er, wie sie Borillar erschlugen, sah auch, wie der Feind den Rest der Wegwahrer aufsplitterte, zersprengte. Angesichts der Unmöglichkeit, ihnen beizustehen, sank er fast nieder.

Aber sie hatten mit ihrem Tod an dieser Stelle die Haufen des Gegners ungemein stark gelichtet. Und durch diese geschwächte Stelle kam nun der Ranyhyn Drinny, stieß und schlug sich den Weg zurück zu seinem Reiter vollends frei.

Seine ungestüme Schnelligkeit trug ihn hinab in die Mulde. Er durchbrach Trauben von Geschöpfen, sprang über welche hinweg, keilte andere beiseite. Ehe sie sich zusammentun und wirksam gegen ihn vorgehen konnten, hatte Drinny den Hoch-Lord erreicht.

Mhoram sprang auf den Rücken des Ranyhyn. Aus dieser vorteilhaften Höhe verschleuderte er weiter seine Kräfte auf die Häupter seiner Widersacher, während Drinny nach allen Seiten ausschlug und den Hang erklomm. Innerhalb weniger Augenblicke überquerten sie den Rand der Bodenmulde und preschten hinaus in das freiere Gelände ringsherum.

Als er Drinny von neuem antrieb, erhaschte Mhoram einen Ausblick auf seine restliche Gefolgschaft. Die Krieger hatten sich um Quaan geschart und kämpften sich in des Hoch-Lords Richtung vorwärts. Immer wieder griffen die Reiter an und brachen die feindlichen Reihen auseinander, und sofort drängten die Fußkrieger nach, um den Einbruch zu nutzen. Aber sie waren ringsum weithin und vollkommen eingeschlossen — eine kleine Insel der Tapferkeit inmitten der See von Satansfausts Heer. Ihr Vordringen gestaltete sich fürchterlich zäh und mühselig, ihre Verluste waren entsetzlich. Hoch-Lord Mhoram wußte nur ein wirksames Mittel, um ihnen zu helfen, und er lenkte Drinny ohne Zögern vorwärts, um es anzuwenden. Gemeinsam nahmen sie von neuem die Verfolgung Satansfausts auf.

Der Wütrich *Samadhi* befand sich nur fünfzig Klafter weit von ihnen entfernt. Er stand auf einer Anhöhe, von der herab er seine Streitkräfte anleiten konnte. Und er war allein; er hatte alle seine Scharen an verschiedenen Schwerpunkten in den Kampf geworfen. Er ragte von der Erhebung auf wie ein Denkmal des Hasses und der Vernichtung, lenkte seine Haufen mit der Macht des grünen Übels.

Während er seinen Stab bereithielt, trieb Mhoram den Ranyhyn geradewegs in die Zähne des Winters — auf *Samadhi* zu. Als nur noch wenige Pferdelängen ihn von seinem Widersacher trennten, rief er ihm seine Herausforderung entgegen.

»Melenkurion abatha! Duroc minas mill khabaal!«

Mit aller Macht, die ihm zu Gebote stand, schleuderte er einen Ausbruch von Lordfeuer wider des Wütrichs Schädel und seine gehässige Fratze.

Satansfaust wehrte den Schlag ab, als sei er nicht der Rede wert; geringschätzig saugte er mit seinem Stein Mhorams blaue Glut mitten aus der Luft, dann verschoß er seinerseits einen Blitz, der so geladen war mit kalter smaragdgrüner Gewalt, daß er die Luft versengte, sobald er sie zu durchzischen begann.

Mhoram spürte die darin zusammengeballte Kraft, war sich darüber im klaren, daß er ihn töten würde, falls er ihn traf. Aber Drinny wich mit einem übergangslosen, geschmeidigen Seitensprung aus, der in krassem Gegensatz zum starken Schwung seines Galopps zu stehen schien. Der Blitz verfehlte Mhoram, krachte statt dessen auf die Geschöpfe nieder, die den Hoch-Lord verfolgten, erschlug sie ohne Ausnahme.

Das verschaffte Mhoram die kurze Frist, derer er bedurfte. Er lenkte Drinny wieder in die ursprüngliche Richtung, hielt den Stab über der Schulter bereit. Bevor *Samadhi* einen neuen Blitz schleudern konnte, kam der Hoch-Lord über ihn.

Indem er Drinnys ganze Schnelligkeit, alle Kraft seines Körpers und all die aufgewühlte Leidenschaft seiner Liebe zum Lande aufbot, schwang er den Stab. Der Hieb traf Satansfaust voll auf die Stirn.

Die Erschütterung warf Mhoram von Drinnys Rücken wie ein verdorrtes Blatt im Wind. Der Stab barst beim Aufprall, flog in Splittern auseinander, und Mhoram stürzte inmitten eines flüchtigen Sprühregens aus hölzernen Bruchstücken zur Erde. Er war wie gelähmt. Hilflos rollte er ein paar Ellen weit über den Untergrund, vermochte sich nicht festzuhalten, nicht einmal um Atem zu ringen. Für einen Augenblick schwand ihm die Besinnung, dann begann sein Bewußtsein Pein zu empfinden, so wie sein Leib Schmerz zu verspüren begann. Seine Hände und Arme waren jetzt völlig gefühllos, betäubt von der Macht, die sie durchtobt hatte.

Doch selbst in seiner Benommenheit blieb ihm Raum für gelindes Staunen über das, was ihm gelungen war.

Sein Hieb hatte Satansfaust ins Wanken gebracht, ihn rücklings niedertorkeln lassen. Der Riesen-Wütrich war auf der anderen Seite der Anhöhe hinabgestürzt.

Mit einem Aufkeuchen fing Mhoram wieder an zu atmen. Stiche wiedergekehrten Gefühls durchfuhren seine Arme; der Schmerz brachte sein Blickfeld zum Flimmern. Er versuchte, sich zu bewegen, und schließlich gelang es ihm, sich auf die Seite zu wälzen. Seine Hände baumelten verkrümmt an seinen Handgelenken, als seien sie verkrüppelt, aber er bewegte Schulter und Ellbogen, drehte sich in Bauchlage, dann stemmte er sich auf den Unterarmen empor, bis er auf die Knie gelangte. Danach verschnaufte er erst einmal, während das Leben in seine Gliedmaßen zurückkehrte, sich bis in seine Finger bohrte.

Das Geräusch schwerer Schritte, schwerer Atemzüge veranlaßte ihn zum Aufblicken.

Über ihm stand *Samadhi*-Sheol.

Blut rann Satansfaust von der Stirn in die Augen, doch statt ihn zu blenden, schien es noch seine wüste Erbitterung zu verstärken. Seine Lippen waren zu einer Verkrampfung wilder Freude verzerrt; eine Wut, die an irrsinnige Verzückung grenzte, schimmerte aus seinem feuchten Zähneblecken. Im ineinander verklammerten Griff seiner Fäuste leuchtete und dampfte sein Stück des Weltübel-Steins, als stünde er am Rande der Entstofflichung.

Langsam erhob er den Stein über Mhorams Haupt wie eine Axt.

Wie gebannt, wie versteinert — hilflos wie ein Schlachtopfer — sah Mhoram über sich das unabwendbare Ende schweben.

In der Ferne konnte er Quaan ebenso wild wie nutzlos »Mhoram, Mhoram!« brüllen hören. Nahebei stieß Drinny, noch am Erdboden ausgestreckt, ein Stöhnen aus und versuchte aufzustehen. Sonst schien überall nur Stille zu herrschen. Die ganze Schlacht schien — gleichsam mitten im Streich — unterbrochen worden zu sein, auf daß sämtliche Beteiligten Mhorams Hinrichtung zuschauen dürften. Und Mhoram konnte nichts anderes tun, als da knien und bedauern, daß so viele Leben geopfert worden waren, nur damit er nun ein solches Ende fand.

Doch als im folgenden Augenblick die Veränderung in der Luft auftrat, geschah es mit so eindringlicher Plötzlichkeit, wühlte so auf, erzeugte solche Schauder unterschiedlichster Art, daß Mhoram war, als reiße sie ihn regelrecht auf die Füße. Satansfaust erstarrte, ehe er seinen Hieb führen konnte, stierte fassungslos hinauf an den Himmel, dann ließ er die Fäuste sinken und fuhr herum, schrie rohe Verwünschungen zum östlichen Horizont.

Während dieses Augenblicks konnte Mhoram bloß schnaufen und ächzen. Er vermochte seinen Sinnen nicht zu glauben, der Berührung der Luft auf seinem von Kälte gepeinigten Gesicht keinen Glauben zu schenken. Er meinte, er könne etwas wahrnehmen, das dem menschlichen Dasein verlorengegangen war.

Da raffte sich Drinny auf, wankte auf gespreizten Beinen, hob den Kopf und wieherte wie zur Bestätigung der entstandenen Veränderung. Der Laut klang gepreßt und schwächlich, aber er beflügelte Mhorams Herz wie Trompetenschall des Sieges.

Wie er, Satansfaust und sämtliche Kämpfer da standen und staunten, kam der Wind zum Erliegen. Er strauchelte, schlotterte und flatterte in der Luft umher, schien dann leblos auf die Erde niederzusinken.

Zum erstenmal, seit Lord Fouls widernatürlicher Winter ausgebrochen war, wehte kein Wind. Irgendeine Unterstützung, irgendein Rückhalt war *Samadhi*-Satansfaust entzogen worden.

Mit einem Aufheulen der Wut wirbelte der Wütrich wieder zu Mhoram herum. »Narr!« zeterte er, als habe der Hoch-Lord einen Ruf des Frohlockens ausgestoßen. »Das war nur eine von vielen Waffen! Ich werde dennoch deines Herzens Blut bis zur Neige trinken!« Er taumelte unter der eigenen übermächtigen Hitzigkeit seines Grimms und hob von neuem die Fäuste, um den unheilvollen Schlag zu führen.

Doch nun spürte Mhoram das Feuer, das unter seiner Robe auf seiner Haut brannte. In einer Aufwallung äußerster Erregung begriff er, worum es sich handelte, erfaßte gefühlsmäßig, was es bedeutete. Als der Stein über seinem Haupt am höchsten Punkt schwebte, teilte er mit einem Ruck seine Robe und packte Loriks *Krill*.

Der Schmuckstein loderte in seiner Hand wie ein weißglühendes Brandeisen. Bis zum Überströmen war der Edelstein erfüllt vom Widerhall wilder Magie; er fühlte die Schärfe der Waffe bis in den Griff hinein. Die Waffe war stark genug, um jedwede Macht zu verkraften.

Mhorams Blick begegnete dem Blick Satansfausts. Er sah Schrecken und Zögern die Wut *Samadhi*-Sheols eindämmen, des Wütrichs uralte Bösartigkeit und die überlegene Selbstsicherheit, die auf seinem Stein beruhte, zurückgedrängt werden.

Bevor Satansfaust etwas dagegen unternehmen konnte, sprang Hoch-Lord Mhoram auf und bohrte ihm das *Krill* tief in die Brust.

Der Wütrich kreischte vor Qual auf. Er fuchtelte mit den Armen, während Mhoram an der Klinge hing, die aus seiner Brust ragte, als fände er nichts, um daran seine Empörung, sähe er nirgendwo eine Möglichkeit, seine schrankenlose Entrüstung auszutoben. Dann sackte er auf die Knie.

Mhoram stemmte seine Füße in den Untergrund und packte das *Krill* noch fester. Durch den Brennpunkt der Klinge jagte er alle seine Gewalt immer tiefer ins Herz des Riesen-Wütrichs

Doch *Samadhi* starb nicht. Angesichts des Todes fand er einen Weg, sich ihm zu widersetzen. Seine beiden Fäuste hielten den Stein umklammert, nur eine Elle oberhalb von Mhorams Genick. Mit aller steinharten körperlichen Kraft seiner Riesengestalt begann er den Brocken zu drücken.

Wilde Kräfte dampften und pochten darin wie die Schläge eines Herzens aus Eis — eines Herzens, das krampfhaft arbeitete, wummerte und bebte, um eine Krisis durchzustehen. Mhoram fühlte diese Schläge bis in sein Rückgrat dröhnen. Sie bewahrten Satansfausts Leben, während sie zugleich die Kräfte zu ersticken versuchten, die durch das *Krill* tosten.

Aber Mhoram ertrug den Schmerz und ließ nicht locker; er

lehnte sein ganzes Gewicht gegen die Klinge, die in heller Lohe stand, bohrte sie immer tiefer zwischen die wesentlichen Stränge von *Samadhis* leiblichem Dasein. Allmählich schien Mhorams Fleisch zu verschwinden, zu verblassen, als verwandle die Leidenschaft ihn in ein Wesen aus purer Kraft, aus vom Stofflichen ungebundenen Geist und unbeugsamem Willen. Der Stein hämmerte gegen seinen Rücken wie immer wuchtigere Schwälle eines Wasserfalls, und Satansfausts Brust wogte in schweren, ungleichmäßigen, blutigen Atemstößen gegen seine Hände.

Dann rissen jene Lebensstränge.

Als sein Pulsen die Grenzen der Beherrschbarkeit sprengte, zerbarst der Brocken des Weltübel-Steins, verfiel der Vernichtung in einem Ausbruch, der Mhoram und Satansfaust in schier unentwirrbarem Knäuel die Anhöhe hinunterschleuderte. Der Knall erschütterte sogar die Erde, riß eine gewaltige Bresche in das Schweigen überm Schlachtfeld. Ein träger Augenblick fassungsloser Stille erfüllte die Luft, wich dann dem Schreckensgeheul von des Verächters Heer.

Gleich darauf preschten Streitmark Quaan und die restlichen Überlebenden seiner Reiterschar an den Fuß des Hügels. Quaan sprang vom Pferd und an des Hoch-Lords Seite.

Mhorams Robe hing in Fetzen um seine von Blut und Dreck besudelte Gestalt; die Kräftefreisetzung hatte seine Kleider fast völlig verbrannt. Seie Hände, noch an das *Krill* geklammert, waren so schwer versengt, daß nur schwarze Fleischbrocken noch an den Knochen zu kleben schienen. Vom Haupt bis zu den Füßen erregte er den Eindruck von Zermarterung und Zerbrochenheit. Aber er lebte noch, atmete noch zaghaft schwach.

Furcht, Müdigkeit, Verunsicherung, das alles fiel von Quaan ab, als sei es bedeutungslos. Er nahm das *Krill,* umhüllte es, schob es unter seinen Gürtel, dann hob er den Hoch-Lord behutsam und doch geschwind auf seine Arme. Einen Augenblick lang spähte er umher. In der Nähe sah er Drinny, der Kopf und Mähne schüttelte, um seine Benommenheit abzustreifen, eine Folge des heftigen Kraftausbruchs. Er sah des Verächters Heer in höchster Verwirrung und der Umnachtung des Blutrauschs durcheinanderwimmeln. Er hoffte, es werde ohne die Führung und die Beherrschung durch den Wütrich auseinanderlaufen. Doch dann beobachtete er, daß die Urbösen sich sammelten, den Befehl über zunächst die Geschöpfe in ihrem Umkreis übernahmen, die Haufen in eine neue Ordnung zu zwingen begannen.

Trotz des Hoch-Lords Gewicht lief Quaan und sprang mit äußerster Behendigkeit auf Drinnys Rücken. »Zurück!« brüllte er seinen Kriegern zu. »Weicht zurück in die Feste! Der Graue Schlächter hat die Herrschaft nicht verloren!« Er ließ Drinny die Fersen spüren und ritt den Ranyhyn in vollem Galopp den offenen Toren Schwelgensteins entgegen.

16

Koloß

Die Finsternis wies Lücken auf, in denen Covenant verschwommen bemerkte, daß man ihm ranziges Gesöff einflößte. Trotz des schalen Geschmacks war es nahrhaft; seine Überwinder hielten ihn am Leben. Zwischen diesen Unterbrechungen jedoch minderte nichts seine Beraubung um alles, seinen Verlust von allem, was er hätte begreifen oder erkennen können. Er war von sich selbst abgeschnitten. Der grelle zinnoberrote Nagel von Pein, den die Urbösen in seine Stirn getrieben hatten, pfählte seine Identität, sein Gedächtnis, sein Wissen und sein Bewußtsein. Er befand sich am Nullpunkt — war gefangen, besiegt, wehrlos —, und nur dieser eiserne Stab in seiner Stirn stand zwischen ihm und der letzten Gefühllosigkeit des Endes.

Als er die Besinnung wiederzuerlangen begann, reckte er sich ihr infolgedessen entgegen wie ein halb begrabener Leichnam, darum bemüht, das Gewicht zu beseitigen, das ihn in die bereitwillig ausgebreiteten Arme des Grabes drückte. Aus dem Abgrund des Winters sickerte Kälte in sein Inneres. Sein Herz hämmerte; ein Beben packte ihn wie ein Anfall. Seine Hände klaubten sinnlos in gefrorenem Dreck.

Dann warfen rohe Fäuste ihn auf den Rücken. Eine scheußliche Visage zeigte sich, verschwand wieder. Irgend etwas prallte auf seine Brust. Die Wucht des Hiebs brachte ihn zum Aufkeuchen. Doch irgendwie half er ihm; er befreite ihn aus den Klauen drohender Hysterie. Das Atmen fiel ihm auf einmal leichter. Einen Moment später bemerkte er, daß er mit dem Hinterkopf immer wieder auf den Erdboden schlug. Mit einer Willensanstrengung beendete er diese Bemühungen, den Kopf zu heben. Er konzentrierte sich, versuchte zu sehen.

Er wollte sehen, ihm lag daran, irgendeinen Ausweg aus der Vollständigkeit seines Verlorenseins zu finden. Und seine Augen waren offen — sie mußten offen sein, oder er wäre nicht dazu imstande gewesen, die schemenhafte Erscheinung wahrzunehmen, die über ihm herummaulte. Dennoch konnte er sie nicht deutlich erkennen. Seine Augen waren trocken, aber wie beschlagen; er sah nichts als Kälte und rings um das dichtere Grau der unfreundlichen Fresse ein allgemeineres, verwascheneres Grau verschmiert.

»Auf, Covenant!« knurrte eine rauhe Stimme. »In diesem Befinden bist du von keinem Nutzen.«

Ein weiterer Hieb warf ihm den Kopf zur Seite. Er zuckte schlaff wie ein nasser Sack. Durch den Schmerz in seiner Wange starrte er in den eisigen Wind. Mühselig blinzelte er die Trockenheit seiner Augen fort, und Tränen begannen seine Blindheit in Formen und Raum aufzulösen.

»Auf, sag ich!«

Covenant war, als kenne er die Stimme, aber ihm fiel nicht ein, wem sie gehörte. Doch es fehlte ihm an Kraft, um den Kopf zu wenden und noch einmal hinzuschauen. Er blieb am eiskalten Untergrund liegen und zwinkerte, bis sein Blick einen Brennpunkt in einer hohen, monolithischen Faust aus Stein fand und darauf haftete.

Sie stand vielleicht zwanzig Meter von ihm entfernt und ragte ungefähr zwölf Meter hoch empor — eine Säule aus Obsidian, erhoben auf einem Sockel naturwüchsigen Felsens, oben zu einer knorrigen Ballung stummen Trotzes verknotet. Dahinter sah er gar nichts; sie stand vor einem Hintergrund aus Wolken, als habe man sie am Rande der Welt errichtet. Zuerst kam sie ihm vor, als sei sie ein Gegenstand, der voller Macht stak, ein Wahrzeichen der Erdkraft womöglich, auf- oder hingestellt, um eine Grenze gegen den Einfluß des Bösen zu kennzeichnen. Doch indem sich sein Blickfeld klärte, machte der Stein zusehends einen matten, schläfrigen, leblosen Eindruck; noch während er ihn anblinzelte, wirkte er zuletzt so tot wie irgendein beliebiger Felsklotz. Falls es darin noch Leben gab, besaß er nicht länger die Augen, um es zu sehen.

Langsam kehrten in Bruchstücken auch seine übrigen Sinne wieder. Er merkte, daß der Wind in räuberischer Art und Weise an ihm vorüberfegte, wie ein Fluß, der durch Stromschnellen schoß; und entfernt ertönte ein dunkles, dumpfes Dröhnen, wie das Donnern eines Wasserfalls.

»Auf!« wiederholte die barsche Stimme. »Muß ich dich besinnungslos prügeln, um dich zu wecken?!«

Abartiges Gelächter erscholl nach dieser Äußerung, als habe es sich um einen besonders gelungenen Scherz gehandelt.

Unerwartet packten rohe Fäuste ihn am Gewand und zerrten ihn vom Boden hoch. Er war noch zu schwach, um das eigene Gewicht selbst zu tragen, zu schwach, um nur den Kopf zu heben. Er lehnte sich an den Brustkorb des Mannes und keuchte vor Mühsal, versuchte mit untauglichen Fingern, sich an den Schultern des Kerls festzuhalten.

»Wo . . .?« röchelte er endlich hervor. »Wo . . .?«

Wieder verhöhnte ihn das Gelächter. Zwei unkenntliche Stimmen lachten über ihn.

»Wo?« schnauzte der Mann. »Thomas Covenant, du bist in meiner Gewalt. Das ist das einzige *Wo,* das noch zählt.«

Angestrengt hob er den Kopf und starrte jämmerlich in Triocks finstere Miene.

Triock? Er versuchte, den Namen auszusprechen, aber seine Stimme verweigerte ihm den Dienst.

»Du hast alles vernichtet, das mir jemals kostbar war. Darüber denke nach, Zweifler . . .« — er versah die Anrede mit einem Abgrund von Verachtung —, »solltest du überdies wissen wollen, *wer* du bist.«

Triock?

»Jeder deiner Atemzüge enthält Mord und Erniedrigung. Ah! Du stinkst danach.« Ein Zucken des Abscheus verkrampfte Triocks Miene, und er ließ Covenant zurück auf den Boden sakken.

Covenant fiel inmitten neuer sarkastischer Erheiterung schwerfällig hin. Ihm war noch immer viel zu benommen zumute, als daß er seine Gedanken hätte zusammennehmen können. Triocks Widerwille wirkte auf ihn wie ein Befehl; er lag ausgestreckt da, die Augen geschlossen, versuchte sich selbst zu riechen.

Es stimmte. Er stank nach Lepra. Die Krankheit in seinen Händen und Füßen roch schlecht, verströmte einen fauligen Geruch von einer Stärke, der in keinem vernünftigen Verhältnis zur körperlichen Ausdehnung des Leidens stand. Was das hieß, war unmißverständlich. Der Schmutz in seinem Innern, die Verpestung seines Fleisches, breitete sich von neuem aus — griff um sich, als wäre er ein Seuchenherd, als sei zuletzt sogar sein Körper zur Kränkung der fundamentalen Gesundheit des Landes geworden. In gewisser Hinsicht war das eine noch schwerere Verletzung des Landes als der Winter des Verächters — oder dieser Gestank konnte als Krönung des üblen Windes gelten, als Höhepunkt von Lord Fouls Absichten. Diese seine Absichten würden ihre Vervollständigung erhalten, sobald seine Krankheit zum Bestandteil des Windes geworden war, wenn Eis und Leprose gemeinsam die letzte Lebenskraft des Landes auslöschten.

Da verstand er in urplötzlicher intuitiver Aufwallung sein Gefühl des Beraubtseins. Er erkannte die Art seines Verlusts. Ohne zwecks Bestätigung seiner Einsicht hinschauen zu müssen, spürte er, daß man ihm seinen Ring abgenommen hatte; er fühlte sein Fehlen wie eine Wunde.

Die Machenschaften des Verächters waren komplett. Die Zwänge und Ausflüchte, die Covenants Erlebnisse im Lande bestimmt hatten, trugen jetzt ihre Frucht. Wie ein vom Weltübel-Stein deformierter Baum trug er nun die Frucht dieses seines ausweglosen Endes. Die wilde Magie befand sich nun unter Lord Fouls Einfluß.

Eine Anwandlung von Gram überwältigte Covenant. Die Ungeheuerlichkeit des Verderbens, das er übers Land gebracht hatte, flößte ihm Entsetzen ein. Seine Brust krampfte sich vor Kummer zusammen, er krümmte sich, den Tränen nah.

Aber ehe er seiner Pein irgendwie Erleichterung verschaffen konnte, ging Triock erneut auf ihn los. Der Steinhausener packte ihn an den Schultern seines Gewands und schüttelte ihn, bis ihm schier die Knochen klapperten. »Wach auf!« schnob Triock bösartig. »Deine Zeit ist kurz. Meine Zeit ist auch kurz. Ich gedenke keine Zeit zu vergeuden.«

Einen Moment lang war Covenant zu allem außerstande; Umnachtung, Fassungslosigkeit und Trauer lähmten ihn. Doch dann erzeugte Triocks genüßliche Gewalttätigkeit Funken im vergessenen Zunder von Covenants altem Groll. Ärger ließ ihn aufzukken, gab ihm die Gewalt über seine Muskulatur zurück. Er wand sich in Triocks Zugriff, stemmte ein Bein und einen Arm auf die Erde. Triock ließ ihn los, und er rappelte sich wacklig auf, schnaufte mühsam. »Hölle und Verdammnis! Rühr mich nicht an, du ... du Wütrich!«

Kaum stand Covenant aufrecht, da trat Triock vor ihn und schleuderte ihn mit einem wuchtigen Hieb erneut der Länge nach in den Dreck. »Ich bin kein Wütrich!« brüllte er, als er über Covenant stand, in äußerstem Zorn. »Ich bin Triock, Thulers Sohn! Der Mann, der Lena, Atiarans Tochter, geliebt hat! Der Mann, der an die Stelle des Vaters für Elena trat, Lenas Tochter, weil du sie im Stich gelassen hast! Du vermagst dich über keine Prügel zu beschweren, die ich dir zu verabreichen beliebe!«

Daraufhin hörte Covenant wieder Gelächter, aber er konnte nach wie vor nicht erkennen, woher es kam. Triocks Hieb steigerte den Schmerz in seiner Stirn zur Qual; das Ausmaß der Folter beeinträchtigte sein Gehör. Aber als das Ärgste vorüber war, hatte er den Eindruck, daß sein Sehvermögen sich zu guter Letzt vollends klärte. Er zwang sich dazu, den Blick in Triocks Gesicht zu heben und es aufmerksam zu mustern.

Der Mann war wieder verändert. Die seltsame Kombination von Abscheu und Gier, Zorn und Furcht war gewichen; er erweckte nicht länger den Eindruck, als setzte er das eigene Unbehagen raffiniert zur Tarnung ein. An die Stelle dieser Verzerrungen war eine unerhörte Erbitterung getreten, ein Zorn, den keine der vorherigen Beschränkungen noch mäßigte. Er war er selbst — und doch nicht er selbst. Die frühere Inständigkeit seines Blicks — die ausbalancierte Last seiner langen Bekanntschaft mit der Bitternis — war von unverhohlener Leidenschaft abgelöst worden. Nun waren seine Brauen überm Nasenrücken zu einem Knoten der Gewalttätigkeit zusammengerutscht; die jämmerlichen Kummerfalten an seinen Augenwinkeln waren so schroff wie tiefe Narben geworden; seine Wangen verkrampften sich in stets neuen Grimassen. Doch irgend etwas in den Augen selbst widerstrebte dem Fokus seiner Wut. Seine Augäpfel waren glasig, irgendwie milchig, wie von Katarakten durchsetzt, und sie pochten von nutzloser Eindringlichkeit. Er sah aus, als sei er im Erblinden begriffen.

Sein Anblick ließ Covenants eigenen Ärger unangebracht wirken, verfehlt. Vor ihm stand eines seiner Opfer. Er besaß keine Rechtfertigung für Ärger. »Triock!« stöhnte er, weil ihm nichts anderes einfiel. »Triock . . .!«

Der Steinhausener blieb stehen, gab ihm eine Chance zum Aufstehen, dann kam er, sobald Covenant wieder auf den Füßen stand, bedrohlich näher.

Covenant wich ein, zwei Schritte zurück. Er mußte irgend etwas sagen, irgend etwas, das Triocks Erbitterung schwächen oder bremsen konnte. Aber seine Gedanken taugten nichts; sie kreisten, wirbelten ergebnislos durcheinander, tasteten, klaubten sinnlos, als seien sie durchs Abhandenkommen des Rings verstümmelt worden. Triock drosch von neuem auf ihn ein. Er wehrte die Schläge mit den Unterarmen ab, verhinderte zumindest, daß er nochmals zu Fall kam. Worte — er brauchte Worte!

»Hölle und Verdammung!« brülte er, da er noch immer nichts anderes zu entgegnen wußte. »Was ist aus deinem Friedensschwur geworden?«

»Er ist tot«, knurrte Triock heiser. »Er ist an einem hölzernen

Dorn in seinem Bauch gestorben!« Er schlug unermüdlich zu, brachte Covenant ins Wanken. »Das Gesetz des Todes ist gebrochen, aller Friede ist dahin!«

Covenant erlangte das Gleichgewicht wieder und wich weiter zurück. »Triock!« keuchte er. »Ich habe sie nicht umgebracht. Sie ist umgekommen, als sie mir das Leben rettete. Sie wußte, daß alles meine Schuld ist, aber trotzdem wollte sie mich retten. Sähe sie jetzt, was du hier machst, sie würde auch gegen dich vorgehen. Was hat der Wütrich mit dir angestellt?« Der Steinhausener trat in bedächtiger Gefährlichkeit näher. »Das ist doch nicht deine Art!« schimpfte Covenant. »Du hast dein ganzes Leben dem gewidmet, zu beweisen, daß so was nicht deine Art ist!«

Plötzlich sprang Triock vor und packte Covenant an der Gurgel. Seine Daumen drückten gegen Covenants Luftröhre. »Du hast nicht gesehen«, schnarrte er, »was ich gesehen habe!«

Covenant leistete Widerstand, aber Triocks Stärke war er nicht gewachsen. Seine Finger krallten und kratzten, aber ohne Erfolg. Der Atemmangel begann in seinen Ohren zu sausen.

Triock nahm eine Hand von Covenants Kehle, ballte sie nachdrücklich zur Faust und rammte sie mitten auf Covenants Stirn. Covenant torkelte haltlos rückwärts, wäre ums Haar wiederum gestürzt. Aber Hände fingen ihn von hinten ab, rissen ihn hoch, stellten ihn auf die Füße — Hände, die bei der Berührung brannten wie Säure.

Er schrak vor ihnen zurück, fuhr herum, um zu schauen, wer ihn derartig versengen konnte. Frisches Blut rann ihm von der mißhandelten Stirn in die Augen, behinderte seine Sicht, aber er wischte es mit tauben Fingern weg, starrte die beiden Gestalten an, die ihn festgehalten hatten.

Sie lachten ihn einmütig aus. Laut für Laut sprudelte ihre Erheiterung hervor, als seien sie nur eine Person, ertönte in sonderbarer Konsonanz; sie klang wie die Lustigkeit *einer* Stimme, die aus *zwei* Kehlen drang. Sie waren Ramen.

Er sah sie beide innerhalb derselben Sekunde, erblickte sie, als seien sie von einem Punktstrahler des Grauens in schwärzester Mitternacht plötzlich enthüllt worden. Er erkannte in ihnen zwei von Mähnenhüter Kams Seilträgern, Lal und Whane. Doch sie hatten sich verändert. Sogar sein unzureichendes Sehvermögen konnte die in ihnen vollzogene Änderung erkennen, die vollständige Umstülpung des Wesens, die sie beherrschte. Geringschätzung und Lüsternheit hatten ihren früheren, gesunden

Geist ertränkt. Nur die Zuckungen von Unbehagen, die bisweilen ihre Gesichter verzerrten, die übertriebene Gewalttätigkeit ihrer ganzen Ausstrahlung lieferten einen Hinweis darauf, daß sie einmal ganz anders gewesen waren als jetzt.

»Unser Freund Triock hat die Wahrheit gesprochen«, sagten sie wie aus einem Mund, und die unharmonische Gleichzeitigkeit ihrer Stimmen verspottete sowohl Covenant als auch Triock. »Unser Bruder weilt nicht bei uns. Er wirkt an der Zerstörung Schwelgensteins. Doch Triock befindet sich an seiner Stelle ... für einige Zeit. Für kurze Zeit. Wir sind *Turiya* und *Moksha,* auch Herem und Jehannum genannt. Wir sind gekommen, um uns am Untergang der Dinge zu ergötzen, die wir hassen. Du bist für uns ein Nichts, Kriecher ... Zweifler.« Wieder lachten sie, als seien sie ein Herz und eine Seele, die ihrer Verachtung durch zwei Kehlen Ausdruck verliehen. »Aber du ... du und unser Freund Triock ... ihr heitert uns auf, während wir warten.«

Aber Covenant hörte sie kaum. Schon einen Moment, nachdem er begriffen hatte, was mit ihnen geschehen war, sah er etwas anderes, etwas, das ihn den Wütrichen gegenüber fast gleichgültig machte. Ein kurzes Stück hinter Whane und Lal standen zwei weitere Personen.

Jene beiden Menschen, die wiederzusehen es ihn, seit er in Morinmoss sich selbst wiedergefunden hatte, am meisten verlangte: Salzherz Schaumfolger und Bannor.

Ihr Anblick war ein einziger Horror. Über seine älteren Narben verstreut, wies Schaumfolger eine ganze Anzahl neuer Kampfspuren auf, und Bannors silbriges Haar und Faltengesicht waren merklich stärker gealtert. Doch das alles war neben der gräßlichen Tatsache bedeutungslos, daß sie sich nicht im geringsten rührten.

Sie wandten Covenant nicht einmal das Gesicht zu. Sie waren gelähmt, starr wie Stein und hilflos, gefangen in einer Tasche aus grüner Energie, die sie umwaberte wie eine Korona, sie gemeinsam umschlossen hielt. Sie wirkten so reglos, als verböte das leuchtende Smaragdgrün ihnen sogar Pulsschlag und Atmung.

Und selbst wenn sie Covenant angeschaut hätten, sie wären nicht dazu in der Lage gewesen, ihn zu sehen. Ihre Augen ähnelten denen Triocks, nur waren sie noch viel stärker beschlagen. Hinter der weißen Blindheit, die ihre Augäpfel verschleierte, waren Pupillen und Regenbogenhäute nur in ganz schwachen Umrissen erkennbar.

Bannor! schrie Covenant innerlich auf. *Schaumfolger! Was ist geschehen? Was hat man euch angetan?*

Während sein Körper haltlos hin und her schwankte, kauerte er sich innerlich zusammen. Er bedeckte den Kopf mit den Händen, wie um sich gegen einen Axthieb zu schützen.

Das Schicksal Bannors und Schaumfolgers versetzte ihm einen unerträglichen Schock. Er konnte nicht länger aushalten. Er wankte, wo er stand, als bäume sich unter ihm die Erde auf.

Da fiel Triock erneut über ihn her. Der Steinhausener beugte ihn hinab in den Dreck. »Du hast nicht gesehen«, keuchte er wutentbrannt, »was ich gesehen habe. Du weißt nicht, was du getan hast.«

Schwach, ohne Ring und in elender Gemütsverfassung, wie Covenant war, hörte er Triock dennoch, hörte die überwältigende Leidenschaftlichkeit, mit der ihm Triock entgegenschleuderte, daß er das Schlimmste noch immer nicht wußte, sich noch nicht dem Schlimmsten gegenübersah. Und diese Mitteilung machte unversehens einen Unterschied aus. Sie stieß ihn hinunter in die Tiefen unter seiner Furcht, an einen Ort seines Innenlebens, den weder Gefangennahme noch Grauen anzutasten vermocht hatten. Sie stieß ihn zurück in jenen Zustand der Ruhe, den ihm Morinmoss geschenkt hatte. Ihm war, als erinnere er sich an einen ihm vorübergehend entzogen gewesenen Teil seines Ichs. In dem Wald war irgend etwas in ihm anders geworden, irgend etwas, das man ihm nicht wieder nehmen konnte. Er nahm es fest in den Griff, schwelgte in seinem Geschenk.

Einen Moment später hob er den Kopf, als tauche er aus einem tiefen Strom der Qual empor. Er war zu schwach, um sich mit Triock herumzuschlagen; er hatte seinen Ring verloren; Blut sikkerte ihm aus seiner verletzten Stirn in die Augen. Aber er war seiner Furcht nicht länger ausgeliefert.

Er blinzelte hastig, um sein Blickfeld zu klären. »Was ist mit ihnen passiert?« keuchte er hinauf zu Triock.

»Du hast's nicht gesehen!« brüllte Triock. Wieder hob er die Faust, um sie dem Zweifler ins Gesicht zu dreschen. Aber ehe er zuhauen konnte, verhinderte es eine leise Stimme mit nur einem Wort.

»Halt!« Triock fuchtelte, versuchte den Hieb doch noch anzubringen. »Ich habe dir deine Zeit gewährt. Nun wünsche ich ihn von meinem Wirken in Kenntnis zu setzen.«

Das Gebot bremste Triock; er vermochte nicht zuzuschlagen.

Zittrig ließ er von Covenant ab, fuhr dann wild herum und deutete heftig hinüber zu der steinernen Säule. »Da!« brüllte er.

Covenant raffte sich hoch, wischte sich die Augen.

Zwischen ihm und der hohen steinernen Faust stand — *Elena!*

Sie trug etwas, das aussah wie leuchtend-grüner Velours, und strahlte den Stolz einer Königin aus. Eine Aura von smaragdgrünem Schimmer schien sie in Schwaden zu umwallen; und als sie lächelte, funkelte ihre ganze Erscheinung wie ein Haufen Edelsteine. Auf den ersten Blick verdeutlichte sie, ohne diesem Anspruch irgendeinen Nachdruck verleihen zu müssen, daß sie Herrin der Situation war; die Wütriche und Triock verhielten sich zu ihr wie Untertanen vor ihrer Lehnsherrin.

In der rechten Hand hatte sie einen langen Stab. Er war an beiden Enden mit Metall geschient und dazwischen mit geschnitzten verschnörkelten Runen und Symbolen der Theurgie verziert.

Der Stab des Gesetzes!

Aber das Wunder seines Vorhandenseins bedeutete Covenant nichts im Vergleich zum Mirakel von Elenas Rückkehr. Er hatte sie geliebt und verloren. Ihr Tod von den Händen des toten Kevin Landschmeißers hatte seinen zweiten Aufenthalt im Land beendet. Doch nun stand sie vor ihm, kaum zehn Meter entfernt. Sie lächelte.

Ein Schauder der Freude durchfuhr ihn. Die Liebe, die sein Herz fortwährend gequält hatte, seit sie gefallen war, schwoll nun in ihm empor, bis er meinte, er müsse zerspringen. But strömte aus seinen Augen wie Tränen. Die Freude schnürte ihm die Kehle zu, so daß er kein Wort herausbrachte. Halb blind, halb von Tränen geblendet, schüttelte er seine Verdutztheit ab und ging auf sie zu, als wolle er sich vor ihr niederwerfen und ihre Füße küssen.

Ehe er die Hälfte des Abstands überwunden hatte, vollführte sie mit dem Stab eine knappe Bewegung, und sofort traf ihn ein Energieblitz. Er prellte ihm die Luft aus den Lungen, warf ihn mit Händen und Füßen auf den harten Erdboden.

»Nein«, sagte sie leise, fast nachsichtig. »Alle deine Fragen sollen beantwortet werden, bevor ich dich erschlage, Thomas Covenant, Ur-Lord und Zweifler . . . Geliebter.« Auf ihren kalten Lippen widersprach das Wort ›Geliebter‹ seinem Sinn. »Aber du wirst mich nicht anrühren. Du wirst dich nicht nähern.«

Ein gewaltiges Gewicht schien auf Covenants Schultern zu ruhen, drückte ihn an den Boden.

Er schnappte nach Atem, aber als es ihm gelang, Luft in seine Lungen zu keuchen, bekam sie ihm, als atme er reinen Pesthauch ein. Die Atmosphäre ringsum stank nach ihrer Gegenwart. Sie verpestete die Luft wie Aas. In einem Umfang, der ihn weit in den Schatten stellte, stank sie genau wie er, stank ... nach ... Lepra!

Er zwang sich dazu, den Kopf zu heben, starrte sie, während er röchelte, unter der überströmenden Kluft seiner Stirnwunde an.

Mit einem Lächeln, das einem hämischen oder scheelen Grinsen ähnelte, streckte sie ihre linke Hand aus und öffnete sie, so daß er in der Handfläche seinen weißgoldenen Ehering liegen sehen konnte.

Elena! Er würgte stumm. *Elena!* Er fühlte sich, als ob ihn unbarmherzige Tatsachen mit ihrem Gewicht zermalmten. Ebenso flehentlich wie aussichtslos versuchte er, sich nach ihr zu strekken, aber sie lachte nur gleichgültig, als führe er zu ihrem Vergnügen eine schlechte Posse der Tölpelhaftigkeit auf.

Ein längerer Moment verstrich, ehe sein Grausen so weit nachließ, daß er sie deutlich sehen konnte, und während er in seiner Fassungslosigkeit auf der Erde herumkroch, schimmerte sie vor ihm so unnahbar wie eine Seele aus purem Smaragd. Langsam jedoch normalisierte sich seine Sicht. Wie ein wiedergeborener Phoenix war sie in grüner Lieblichkeit erblüht. Doch in irgendeiner Beziehung erinnerte sie ihn an das Gespenst Kevin Landschmeißers — an einen Geist, den Befehle von unabweisbarer Grausamkeit aus seinem friedlosen Grab gezerrt hatten. Ihr Gesichtsausdruck war so ruhig, wie Macht es bewirken konnte; sie strahlte Triumph und Dekadenz aus. Aber ihre Augen waren vollkommen glanzlos, dunkel. Sie sahen aus, als wäre die Zweigleisigkeit, die Fehlgerichtetheit ihres Blicks vollständig auf den jenseitigen Pol umgeschlagen, fort von allen wahrnehmbaren Dingen rundum. Sie schien nicht zu sehen, wo oder wer sie war, was sie tat; ihr Blick war völlig auf etwas anderes geheftet, auf das Geheimnis, das sie vorwärtstrieb.

Sie war zur Dienerin des Verächters geworden. Während sie da mit dem Stab des Gesetzes und dem Ring in ihren Händen stand, bannten Lord Fouls Augen sie wie die Augen einer Schlange.

In ihrer verunstalteten Schönheit sah Covenant das Schicksal des ganzen Landes voraus. Es würde seine Ansehnlichkeit behalten, damit Lord Foul seine Verhunzung noch raffinierter auskosten könnte — und es würde krank bis ins Mark sein.

»Elena«, röchelte er, verstummte sofort, würgte infolge ihres Gestanks. »Elena. Schau mich an!«

Mit einer geringschätzigen Kopfbewegung kehrte sie ihm den Rücken, trat ein oder zwei Schritte näher zur steinernen Säule. »Triock«, befahl sie unbekümmert, »beantworte des Zweiflers Fragen. Ich wünsche nicht, daß er in Unwissenheit verharrt. Seine Verzweiflung wird für den Meister ein vortreffliches Geschenk sein.«

Sofort trat Triock vor, stellte sich so hin, daß Covenant ihn sehen konnte, ohne sich gegen das Gewicht stemmen zu müssen, das ihn niederhielt. Die finstere Miene des Steinhauseners war unverändert, kein Muskel, keine Falte seiner Vehemenz waren gelindert, aber seine Stimme wies nun einen seltsamen Unterton von Traurigkeit auf. Er begann forsch, als habe er eine Anklageschrift zu verlesen. »Du hast gefragt, wo du bist. — Du befindest dich am Landbruch. Hinter dir liegen der Wasserfall des Landwanderers und die nördlichsten Gegenden des Südlandrückens. Vor dir steht der Koloß am Wasserfall.«

Covenant begleitete diese Informationen mit Keuchen, als behinderten sie seine stoßweisen Bemühungen, zu atmen.

»Mag sein, die Lords . . .« — Triock fauchte das Wort voller Wut oder Verzweiflung — »haben zu dir vom Koloß gesprochen. In längst vergangenen Zeiten verlieh er der Macht des Einholzwaldes Ausdruck, um dessen Widersacher, die drei Wütriche, aus dem Oberland fernzuhalten. Seit Jahrtausenden jedoch ist der Koloß nunmehr stumm geblieben — seit Menschen den Geist des Waldes brachen. Doch dir mag aufgefallen sein, daß *Turiya* und *Moksha* vom Stein Abstand bewahren. Solange noch ein Forstwärtel in den Resten des Waldes lebt, kann des Kolosses Gewalt nicht gänzlich mißachtet werden. Daher bleibt er ein Dorn im Fleisch von des Verächters Herrschaft. Nun ist's Elenas Absicht, den Stein zu zerstören.« Hinter Covenant grunzten die beiden Wütriche bei dieser Vorstellung in freudiger Erwartung. »Bislang war's ihr unmöglich. Seit dem Anbeginn dieses Krieges hat Elena mit dem Stab des Gesetzes hier gestanden und die Heerscharen des Meisters gestärkt. Mit des Stabes Macht hat sie dem Lande diesen Winter auferlegt, dadurch den Meister befreit für andere Werke der Kriegführung. Dieser Standort ist für sie ausgewählt worden, damit sie zur Stelle und bereit sei, falls der Koloß erwache, oder um ihn, falls nicht, zu zerstören. Doch er hat ihr bisher widerstanden.« Die Härte seiner Stimme klang fast nach Groll gegen Elena. »Es ist noch Erdkraft in ihm. Aber mit dem Stab des Gesetzes und überdies der wilden Magie wird sie nunmehr ihre Aufgabe erfüllen können. Sie wird des Kolosses Trümmer von der Klippe stürzen. Und wenn du gesehen hast, daß kein noch so uraltes Bollwerk, wie unverderbt und voller Erdkraft es auch immer sein mag, einem Diener des Meisters standhalten kann — dann wird Elena, Fouls Gemahlin, dich erschlagen, wo gerade du in deiner Verzweiflung auf den Knien liegst. Sie wird uns alle erschlagen.« Mit einem Rucken seines Kopfs wies er hinüber zu Bannor und Schaumfolger.

In schauriger Einmütigkeit lachten die Wütriche. Covenant wand sich unter dem Druck, der ihn am Erdboden festhielt. »Wie denn nur?«

Seine Frage konnte verschiedenerlei bedeuten, aber Triock verstand ihn. »Weil das Gesetz des Todes gebrochen worden ist!« schnauzte er. Wut durchloderte seine Stimme; er vermochte sie nicht länger zu mäßigen. Er sah Elena zu, während sie anmutig zum Koloß trat, sich darauf vorbereitete, ihn zu stürzen, und seine Stimme dröhnte ihr nach, als trachte er trotz des Zwangs, den sie auf ihn ausübte, irgendwie danach, ihr Vorhaben zu vereiteln. Offenbar wußte er um die Nötigung, war er sich darüber im klaren, was mit ihm geschah, und dies Wissen marterte ihn. »Gebrochen worden!« wiederholte er fast brüllend. »Als sie die Macht des Gebots anwendete, um Kevin Landschmeißer aus dem Grabe zu holen, da brach sie das Gesetz, welches das Leben vom Tode trennt. Damit machte sie's dem Meister möglich, sie selbst vom Tode zurückzurufen — und mit ihr den Stab des Gesetzes. Daher ist sie nun seine Dienerin. Und in ihren Händen ist der Stab sein Werkzeug — nie täte er ihn eigenhändig benutzen, denn daraufhin müßte er das Schicksal Seibrich Felswürms teilen. So ist's nun dahin gekommen, daß jedes Gesetz nach seinem Willen gebeugt wird. Schau sie dir an, Thomas Covenant! Sie ist unverändert. In ihrem Innern lebt noch der Geist von Lenas Tochter. Selbst in diesem Augenblick, da sie sich an ihr Werk der Zerstörung begibt, erinnert sie sich an das, was sie einst war, und verabscheut, was sie ist.« Sein Brustkorb wölbte sich und wogte, als ersticke er an seiner Verbitterung. »Das ist des Meisters Art.

Sie ist wiedererweckt worden, auf daß sie an der Verwüstung des Landes teilhabe — des Landes, das sie liebt!«

Er verhielt sich nicht länger so, als spräche er zu Covenant; er schleuderte den Klang seiner Stimme nach Elena, als sei das der einzige Teil von ihm, der ihr noch Widerstand leisten konnte. »Elena, Fouls Gemahlin ...« — er sprach die Bezeichnung in höchstem Grauen aus —, »besitzt nun das Weißgold. Sie ist ein besserer Diener des Meisters als jeder Wütrich. In den Händen von *Turiya* oder *Moksha* müßte diese Macht Aufbegehren erzeugen. Mit wilder Magie zu Gebote wollte jeder Wütrich den Meister zu stürzen versuchen, wann immer es machbar wäre, und im Thronsaal zu Ridjeck Thome einen neuen Thron errichten. Elena jedoch wird nicht aufbegehren. Sie wird die wilde Magie nicht verwenden, um sich zu befreien. Sie ist von den Toten zurückgerufen worden, und ihr Dienst ist rein!«

Er schäumte das Wörtchen *›rein‹* hervor, als sei es die scheußlichste Beleidigung. Doch sie stand eindeutig über ihm, war sicher in ihrer Macht und ihrem Triumph. Sie lächelte nur ansatzweise, amüsiert durch sein Schimpfen, und setzte ihre Vorbereitungen fort.

Sie trat vor den Monolithen, Covenant und Triock den Rücken zugewandt. Er ragte über ihr auf, als wolle er im nächsten Moment kippen und sie zerschmettern, aber ihr ganzes Benehmen schloß jedes Vorhandensein von Gefahr aus. Mit dem Stab und dem Ring war sie jeder Macht im Lande überlegen. In strahlender Machtfülle hob sie ihre Hände, reckte den Stab des Gesetzes und den Weißgoldring in die Höhe. Die Ärmel rutschten von ihren Armen. Exaltiert und mit einem Jauchzen rauschhafter Siegesgewißheit stimmte sie einen Gesang an, der ihre Attacke gegen den Koloß am Wasserfall einleitete.

Ihr Gesang tat Covenants Ohren weh, steigerte die Qual seiner Hilflosigkeit. Er konnte ihre Absicht nicht dulden, aber ebensowenig verhindern; ihr Gebot hielt ihn auf den Knien wie Ketten der Demütigung. Obwohl nur ein Dutzend Meter sie von ihm trennten, konnte er sie nicht erreichen, nicht gegen ihr Vorhaben einschreiten.

Seine Gedanken rasten wie verrückt, suchten nach Alternativen. Er durfte die Zerstörung des Kolosses nicht zulassen. Er mußte irgendeinen Ausweg finden.

»Schaumfolger!« krächzte er verzweifelt. »Ich weiß nicht, was mit dir passiert ist ... ich habe keine Ahnung, wie's mit dir steht.

Aber du mußt dich wehren! Du bist ein Riese! Du mußt sie aufhalten! Versuch sie aufzuhalten! Schaumfolger! Bannor!«

Die Wütriche reagierten auf sein Flehen mit höhnischem Gelächter. »Du bist ein Tor, Thomas Covenant!« schnauzte Triock, ohne den Blick von Elena zu wenden. »Sie können dir nicht helfen. Zwar sind sie zu stark, um gemeistert zu werden — wie ich gemeistert worden bin —, aber andererseits sind sie zu schwach, um ihre eigenen Herren zu bleiben. Deshalb hat sie die beiden mit der Macht des Stabes gefangengesetzt. Der Stab des Gesetzes unterdrückt jegliches Aufbäumen. Damit ist bewiesen, daß das Gesetz der Bosheit nicht widerstehen kann. Wir alle sind unwiderruflich unterworfen.«

»Du nicht!« widersprach Covenant mit Nachdruck. Er stemmte sich gegen den Druck auf ihm, bis er befürchtete, seine Lungen würden platzen, aber es gelang ihm nicht, sich freizumachen. Ohne seinen Ring fühlte er sich verkrüppelt, als seien ihm Arme und Beine amputiert worden. Ohne ihn wog er in der Waagschale, die das Schicksal des Landes beeinflußte, weniger als nichts. »Du nicht!« röchelte er noch einmal. »Ich hör's dir an, Triock! Du! Dich fürchtet sie nicht ... dich hat sie nicht so im Gewahrsam! Triock! Halt sie auf!«

Wieder lachten die Wütriche. Aber diesmal hörte Covenant, daß ihre Stimmen gepreßt klangen. Er kämpfte unverdrossen gegen seine Gefangenschaft, und er schaffte es, den Kopf weit genug zu drehen, daß er Whane und Lal sah.

Noch immer bewahrten sie sicheren Abstand vom Koloß. Keiner von beiden machte irgendwelche Anstalten, Covenant zu behindern oder Elena zu unterstützen. Beide kicherten weiter, als seien sie völlig außer sich geraten. Aber es war unübersehbar, daß sie Mühe hatten. Ihre Lippen waren weiß und verspannt; vor Anstrengung perlte ihnen Schweiß über die Gesichter. Mit allem lange überlieferten Stolz rangen die Ramen in ihnen darum, sich zu befreien.

Und hinter ihnen kämpften nun auch Schaumfolger und Bannor wieder um Freiheit. Irgendwie hatten die beiden genug Kraft aufgebracht, um sich ein bißchen zu bewegen. Schaumfolgers Kopf war gesenkt, eine Hand auf sein Gesicht gepreßt, als versuche er, seinen Schädel zu verformen. Bannors Finger regten sich an seinen Seiten wie Klauen; sein Gesicht war verzerrt, zeigte die Zähne. Mit der Kraft der Verzweiflung widersetzten sie sich Elenas Einfluß.

Ihre Qual machte auf Covenant einen furchtbaren Eindruck — fürchterlich und hoffnungslos. Wie die Ramen befanden sie sich außerhalb der Möglichkeiten dessen, was sie tun konnten. Druck ging von ihnen aus wie Strahlung, so deutlich spürbar, daß Covenant sich sorgte, ihre Herzen würden versagen. Und sie besaßen absolut keine Aussicht auf Erfolg. Die Macht des Stabes wuchs, um jede noch so außergewöhnliche Anstrengung ihrer Opferbereitschaft abzuwürgen.

Ihre Chancenlosigkeit schmerzte Covenant mehr als die eigene. Er war Untauglichkeit gewohnt, ihr angepaßt, Bannor und Schaumfolger dagegen nicht. Der Anblick ihrer krassen Unterlegenheit ließ ihn vor Jammer fast aufschreien. Er hätte ihnen am liebsten zugerufen, sie möchten aufhören, ehe sie sich um den Verstand brachten.

Doch in der folgenden Sekunde durchfuhr ihn eine Aufwallung neuer Hoffnung, als er begriff, was sie taten. Sie wußten, daß sie sich nicht aus der energetischen Tasche befreien konnten, indem sie versuchten, sie zu zerreißen. Sie hatten es auf etwas anderes abgesehen. Elena schenkte ihnen keinerlei Aufmerksamkeit; sie konzentrierte sich voll auf die beabsichtigte Vernichtung des Kolosses. Infolgedessen übte sie auf ihre Gefangenschaft keinen aktiven Einfluß aus. Sie hatte ihre Zwangsgewalt ganz einfach in der Luft belassen und ihr und den Gefangenen den Rücken gekehrt.

Schaumfolger und Bannor nahmen diese Gewalt mit ihren Anstrengungen in Anspruch, verbrauchten sie — versuchten sie aufzubrauchen. Während der Riese und der Bluthüter um ihre Befreiung rangen, all ihre persönlichen Kräfte gemeinsam einsetzen, ruckte Triocks Kopf von der einen zur anderen Seite, er schlotterte wie in einem Schüttelfrost der Leidenschaft, schnappte mit den Kiefern, als versuche er, der Luft Brocken von Herrschaft auszureißen. Dann näherte er sich Lena.

Die Wütriche unternahmen nichts, um ihn zurückzuhalten. Sie waren außerstande dazu; der Widerstand der Ramen gewährte ihnen keinen Handlungsspielraum.

Triock mußte sich beim Gehen abmühen, als drohten ihm die Knochen zu brechen, und er jammerte unterwegs in flehentlichem Tonfall immer wieder »Elena? — Elena?« Aber er bewegte sich vorwärts; Schritt um Schritt schleppte er sich zu ihr.

Covenant beobachtete ihn in einer Folter der Spannung. »Halt!« sagte sie streng, ehe Triock ihr auf Armeslänge nahe kam.

Triock blieb stehen, schwankte in einem wahren Sturm widerstreitender Emotionen hin und her. »Wagst du noch einen Schritt wider meinen Willen«, schalt sie barsch, »reiße ich dir das Herz aus deinem erbärmlichen alten Leib und verfüttere es an Herem und Jehannum, so daß du sie's verschlingen siehst und mich anflehst, sterben zu dürfen.«

Triock weinte jetzt, geschüttelt von hartnäckigem Schluchzen. »Elena? Elena?«

Ohne ihn nur anzusehen, fing sie wieder mit ihrem Gesang an.

Doch im nächsten Moment erregte schlagartig etwas anderes ihre Aufmerksamkeit, veranlaßte sie dazu, sich mit einem Ruck vom Koloß abzuwenden. Ihr Gesicht wandte sich fuchsteufelswild nach Westen. Verblüffung und Ärger verzerrten ihre Gesichtszüge. Einen Moment lang starrte sie in sprachloser Entrüstung in die Richtung der fernen Störung.

Dann schwang sie den Stab des Gesetzes. »Die Lords schlagen zurück!« heulte sie wütend auf. *»Samadhi* wird bedroht. Sie *wagen's . . .!«*

Covenant sperrte Mund und Ohren auf, als sie ihn auf diese Weise informierte, ihr Wissen um die Belagerung Schwelgensteins offenbarte. Aber ihm blieb keine Zeit, um sich näher damit auseinanderzusetzen. »Fouls Blut!« tobte sie. »Zerschmeiß sie, Wütrich!« Im Stab ballten sich ungeheure Energien zusammen, schwollen an, bereiteten sich darauf vor, über die Entfernung hinweg zu *Samadhi*-Sheols Unterstützung abgestrahlt zu werden.

In diesem Moment vernachlässigte sie ihre Einflußnahme auf die Leute rings um sie.

Die Blindheit fiel Bannor und Schaumfolger wie Schuppen von den Augen. Sie wankten, torkelten, begannen sich zu bewegen. Die Wütriche versuchten zu reagieren, aber sie konnten gegen den Widerstand der Ramen, deren Körper sie bewohnten, nicht schnell genug handeln.

Covenant spürte, wie der Druck auf seinem Rücken nachließ. Sofort wälzte er sich beiseite und aus seinem Wirkungsbereich. Er sprang auf die Beine und wollte sich auf Elena stürzen.

Aber nur Triock war ihr nahe genug, um ihren Fehler ausnutzen zu können. Mit einem wilden Schrei hieb er beide Fäuste auf ihre linke Hand.

Seine Hände fuhren durch ihr geisterhaftes Fleisch und trafen den Ring. Die Plötzlichkeit des Hiebs überraschte sie und schleuderte den Reif aus ihren Fingern. Er flog in hohem Bogen beiseite.

Sofort hechtete Triock hinterdrein, bekam ihn in die Hand, warf ihn in dem Augenblick, als er der Länge nach schwer auf die Erde klatschte, Covenant zu.

Elena griff unverzüglich ein. Ehe Triock sich zur Seite werfen konnte, stieß sie mit dem Stab nach ihm, traf ihn mitten in den Rücken. Energie durchflammte ihn, zerschmetterte seine Wirbelsäule.

Nahezu im gleichen Bewegungsablauf schwang sie den Stab wieder in die Höhe, nahm ihn in einen kampfbereiten Griff, während sie Covenant entgegenwirbelte.

Fast verfehlte er, als sie ihm entgegenfuhr, den Ring. Er rollte an einer Seite an ihm vorbei, aber er rutschte auf dem Bauch seitwärts und schlug eine Hand auf ihn, grapschte ihn sich, bevor Elena es verhindern konnte. Den Ehering fest in der Faust, machte er sich auf ihren Angriff gefaßt.

Einen Moment lang maß sie ihn, doch dann entschied sie, für ihn keine Kräfte zu verschwenden. Ein kurzer Wink mit dem Stab setzte Bannor und Schaumfolger wieder vollkommen gefangen, unterdrückte die Rebellion der Ramen. Dann gab sie ihre Kampfbereitschaft auf, als sei sie überflüssig. Sie verhielt sich gleichgültig, obwohl ihre Stimme noch vor Ärger zitterte. »Der Ring wird ihm nichts nutzen«, sagte sie. »Er versteht seine Macht nicht zu wecken. Herem, Jehannum — ich überlasse ihn euch.«

In greulicher Übereinstimmung schnoben die Wütriche vor Befriedigung. Beide kamen langsam auf ihn zu. Er befand sich zwischen ihnen und Elena.

Um seinen Ehering möglichst nicht noch einmal zu verlieren, schob er ihn zurück an seinen Ringfinger. Er war abgemagert; seine Finger waren dünn, und der Ring baumelte unverläßlich um den Ringfinger, als müsse er jeden Moment wieder abrutschen. Aber er hatte ihn niemals nötiger gebraucht. Er ballte die Faust und wich vor der Annäherung der Wütriche zurück.

Insgeheim hegte er die Auffassung, daß Triock nicht tot sein konnte. Triock hatte ihn ins Land geholt; sobald der Steinhausener starb, würde er aus dem Land verschwinden. Doch sicherlich blieben Triock nur noch wenige Augenblicke. Ohne zu wissen, wie eigentlich, wollte Covenant diese kurze Frist so gut wie möglich nutzen.

Er wich vor den Wütrichen zurück, näherte sich zugleich Elena. Sie stand achtlos neben dem Koloß, schaute zu. Hämische Freude und Ärger beherrschten ihr Mienenspiel zu gleichen Teilen. Die Wütriche kamen langsam, Schritt für Schritt, immer näher, begierig die Arme ausgestreckt, voller Sarkasmus, mit dem sie ihm empfahlen, seine Gegenwehr aufzugeben und sich dem raschen Ende in ihren Klauen auszuliefern.

Sie kamen heran; er wich zurück. Elena blieb stehen, wo sie stand, verwehrte ihm jeden Zugriff. Sein Ring lag leblos um seinen Finger, als sei er nur ein Ding aus Metall und Zwecklosigkeit, sonst nichts — ein Talisman, der in seinen Händen keine Bedeutung besaß. Eine immer stärkere Flut des Aufbegehrens erfüllte sein Inneres mit nutzlosen Flüchen. *Hölle und Verdammnis! Hölle und Verdammnis! Hölle und Blut!*

Ganz impulsiv, ohne zu begreifen, wieso er eigentlich dazu kam, kreischte er plötzlich in den grauen Wind hinaus. »Forsthüter! Hilf mir!«

Sofort loderte eine Stichflamme aus der geballten, wuchtigen Faust des Kolosses. Einen Moment lang, während Herem und Jehannum aufheulten, leuchtete der Monolith in grünlichem Feuer — doch das Grün der Glut glich der Farbe von Blättern und kräftigem Gras, hatte nichts zu tun mit dem Smaragdgrün von Lord Fouls Weltübel-Stein. Herbe Düfte nach Fruchtbarkeit durchknisterten die Luft wie ein schlagartiger Ausbruch von Frühling.

Urplötzlich schossen zwei grelle Blitze aus der Flamme, zuckten auf die Wütriche nieder. In einem schillernden Chaos von Funken und reiner Energie schlugen die Blitze in die Oberkörper Lals und Whanes. Die Gewalt des Monolithen lohte in ihre Herzen, bis das vergängliche Fleisch der Ramen eingeäschert war, zerpulvert zu einem Nichts. Dann verpufften die Blitze, die Flamme erlosch. Herem und Jehannum waren fort.

Die plötzliche Explosion und das ebenso abrupte Verschwinden der Glut brachte Covenant restlos außer Fassung. Er vergaß die Gefahr und stierte benommen geradeaus. Die Ramen waren tot. Seiner Nichtsnutzigkeit war neues Blut, waren weitere Leben geopfert worden. *Nein!* wollte er aufschreien. *Nicht!*

Sein Instinkt warnte ihn. Er duckte sich, und der Stab des Gesetzes fuhr über seinen Kopf hinweg.

Er tat einen Satz, drehte sich um, rang ums Gleichgewicht. Elena kam auf ihn zu. Sie hielt den Stab mit beiden Händen. Ihr

Gesicht zeigte eine mörderische Grimasse. Sie hätte ihn mit der Macht des Stabes auslöschen können, ihn zerschmettern, wo er stand, indem sie ihre energetischen Gewalten gegen ihn aufbot. Aber sie war nun zu blindwütig, um auf diese Weise zu kämpfen. Sie wollte ihn mit körperlicher Gewalt erschlagen, ihn mit der Kraft ihrer eigenen Arme zu Tode prügeln. Als er sich ihr zuwandte, vollführte sie eine Gebärde in die Richtung Schaumfolgers und Bannors, ohne nur hinzuschauen, und die beiden sackten zusammen wie Marionetten, fielen aufs Gesicht, lagen still. Dann hob sie den Stab über ihren Kopf wie eine Axt und ließ ihn auf Covenant niedersausen.

Mit einer verzweifelten Armbewegung wehrte er den Stab ab, so daß er nicht seinen Kopf, sondern lediglich die Schulter traf. Die Wucht des Schlags schien seine gesamte rechte Körperseite zu lähmen, aber er grapschte mit der linken Hand nach dem Stab, bekam ihn zu packen, hinderte sie daran, ihn zurückzuziehen und einen neuen Hieb zu führen.

Blitzartig wechselte sie die Art ihres Griffs um den Stab und warf ihr Gewicht auf das Holz, um seine Verteidigung gegen ihn selbst auszunutzen. Durch Druck auf seine Schulter brachte sie ihn auf die Knie nieder.

Er stützte sich mit dem tauben Arm auf den Erdboden und versuchte, weiter Widerstand zu leisten, wieder auf die Füße zu gelangen. Aber er war zu schwach. Sie änderte die Richtung des ausgeübten Drucks, so daß der Stab direkt gegen seine Kehle drückte. Er mußte sich mit beiden Händen gegen ihn stemmen, um zu verhindern, daß Elena ihm den Kehlkopf zerquetschte. Langsam, fast ohne Mühe, beugte sie ihn hintenüber.

Dann lag er schließlich am Boden. Er setzte all seine ungenügenden Kräfte gegen sie ein, aber er war für sie kein Gegner. Sie preßte ihm den Atem ab. Seine blutigen Augen pochten in ihren Höhlen, während er in Elenas Wildheit hinaufstarrte.

Ihr Blick haftete auf ihm, als sei er die Nahrung für den abartigsten Hunger ihrer kranken Seele. Er glaubte darin den Verächter vor Triumph und Verachtung sabbern sehen zu können. Und doch spiegelten ihre Augen noch etwas anderes wider. Triock hatte die Wahrheit gesagt. Hinter der Wüstheit ihres Blicks konnte er den letzten, unbesiegbaren Kern ihres Wesens erahnen, der aus Abscheu gegen die eigenen Handlungen schluchzte.

Es fehlte ihm an Kraft, um sich gegen sie zu behaupten. Hätte er sie hassen, Wut gegen Wut setzen können, vielleicht wäre er dann zu einem krampfhaften Aufbäumen imstande gewesen, einem letztmaligen Aufbegehren, um ihr ein oder zwei zusätzliche Augenblicke des Lebens abzutrotzen. Aber er war nicht dazu in der Lage. Sie war seine Tochter; er liebte sie. Er hatte sie so gewiß, als wäre er seit jeher bewußt ein Diener des Verächters gewesen, dahin gebracht, wo sie jetzt stand. Sie war drauf und dran, ihn umzubringen, und er liebte sie. Ihm blieb nur noch eins übrig: zu sterben, wenigstens ohne sich selbst die Treue zu brechen.

Er verwendete seinen letzten Atem, seinen letzten Widerstandswillen, um ihr entgegenzuröcheln: »Du existierst ja nicht einmal!«

Seine Äußerung entflammte ihren Zorn wie eine endgültige Verleugnung. Für einen Moment lockerte sie den Druck, während sie in wahnwitziger Erbitterung all ihre Stärke, alle Kräfte und dazu die gesamte Macht des Stabes sammelte, um nun mit einem einzigen Stoß das Ärgernis seines Daseins gründlich auszutilgen. Sie tat einen tiefen Atemzug, als atme sie unermeßliche Gewalten ein, dann rammte sie ihr Körpergewicht, ihre Muskelkraft und ihre ganze Macht, ihre ganze von Foul geschenkte Existenz selbst, mit dem Stab gegen seine Kehle.

Doch seine Hände umklammerten ebenfalls noch den Stab. Sein Ring berührte das Holz. Als ihre Energie das Weißgold berührte, brach die wilde Magie aus wie ein entpfropfter Vulkan.

Die Gewalttätigkeit des Ausbruchs betäubte augenblicklich alle seine Sinne. Aber keine Flamme, keine Druckwelle erfaßte ihn; die Detonation fuhr durch den Stab, voll gegen Elena gerichtet.

Sie warf ihn nicht von ihm; es handelte sich nicht um so eine Art von Macht. Doch sie durchtoste den mit Runen geschnitzten Stab wie Sonnenfeuer, brachte den Stab Faser um Faser zum Bersten, als sei sein Gesetz nichts als ein schäbiges Reisigbündel. Ein scharfes Reißen ließ die Atmosphäre weithin erbeben, und sogar der Koloß schien vor der freigesetzten Energie zurückweichen zu wollen.

Der Stab des Gesetzes verwandelte sich in Elenas toten Händen in Asche.

Sofort sackte der Wind aus der Höhe herab, als habe der Ausbruch wilder Magie ihn wie ein Pfeil in die Brust getroffen. Mit Böen, Schlottern und stummen Schreien flatterte er sozusagen zur Erde, nahm ein Ende, als wäre der grausame Dämon des Winters mit einem einzigen Böllerschuß aus der Luft verscheucht worden.

Ein energetischer Wirbel schoß um Elena empor, erhob sich wie ein zerstörerischer Strudel mit ihr in der Mitte. Ihr Tod holte sie ein; sein Gesetz, das sie gebrochen hatte, verbot ihr das Leben erneut. Während Covenant zusah — wie versteinert und fassungslos, fast geblendet durch das Schauspiel seiner Rettung —, begann sie sich aufzulösen. Partikel um Partikel verschwand ihre Erscheinung im Energiewirbel, zerstob ins Nichts. Aber mitten in dieser Zersetzung und ihrem Verschwinden verlor sie das Übel ihrer verlängerten Existenz, blieb ihr einen Moment lang genug stoffliche Solidität für einen letzten Schrei.

»Covenant«, rief sie wie eine einsame Stimme der Trostlosigkeit. »Geliebter! Führ einen Schlag für mich!«

Dann war sie fort, heimgekehrt ins Reich des Todes. Der Energiestrudel verblaßte, zeigte sich immer fahler, bis er inmitten stiller Luft verschwand.

Covenant war allein mit seinen Opfern.

Unbeabsichtigt, durch Hilfsmittel, über die er keine Kontrolle besaß, hatte er sich gerettet — und geduldet, daß man seine Freunde niedermachte. Er fühlte sich geläutert, gebrechlich, bar jeglichen Sieges, als habe er die Frau, die er liebte, vorsätzlich und eigenhändig umgebracht.

So viele Menschen hatten sich geopfert.

Er wußte, daß Triock noch lebte, also raffte er sich umständlich auf und schlurfte zu dem niedergestreckten Steinhausener hinüber. Triocks Atem rauschte in seiner Kehle wie Blut; er würde bald tot sein. Covenant setzte sich auf die Erde und hob Triock so weit an, daß der Kopf des Mannes in seinem Schoß ruhte.

Triocks Gesicht war von der Gewalt, die ihn gefällt hatte, fürchterlich verunstaltet worden. Seine verkohlte Haut schälte sich stellenweise vom Schädel, seine Augen waren versengt. Aus dem schlaffen, schwarzen Loch seines Mundes stiegen schwache Rauchwölkchen, wie im Verwehen begriffene Schwaden seiner zum Aushauchen verurteilten Seele.

Covenant hielt Triocks Kopf mit beiden Armen und fing an zu weinen. Nach einer Weile spürte der Steinhausener anscheinend irgendwie, wer ihn hielt. Er bemühte sich, durch den nahen Tod, der ihm die Kehle zudrückte, zu sprechen. »Covenant . . .«

Seine Stimme war kaum vernehmlich, aber Covenant bekämpfte seine Tränen, um antworten zu können. »Ich höre dich.«

»Du hast keine Schuld. Sie war ... befleckt von Geburt an.«

Das war das äußerste vorstellbare Maß der Barmherzigkeit. Nach einem letzten Aufwallen blieb der Atem aus. Covenant hielt Triock, obwohl er wußte, daß es in ihm nicht länger Pulsschlag oder Leben gab.

Er begriff, daß Triock ihm verziehen hatte. Der Steinhausener konnte nichts dafür, daß dies sein Geschenk ihm keinen Trost spendete. Zu allem anderen war Covenant auch für den Makel von Elenas Geburt verantwortlich. Sie war die Tochter eines Verbrechens gewesen, das niemals wiedergutgemacht werden konnte. Infolgedessen vermochte er jetzt nichts anderes noch zu tun, als dazusitzen und Triocks Kopf in seinem Schoß zu halten, dem sich nun keine Antwort mehr geben ließ, und weinen, während er auf die Beendigung seines Aufenthalts im Lande wartete, das Ende, das ihn des Landes enthob.

Aber das Ende kam nicht. In der Vergangenheit hatte er jedesmal aus dem Lande zu verschwinden begonnen, sobald sein Herbeirufer starb; doch diesmal blieb er an Ort und Stelle. Ein Moment um den anderen verstrich, aber er blieb. Allmählich erkannte er, daß er diesmal nicht wieder hinüberwechselte, daß er aus Gründen, die er nicht verstand, seine Chance nicht verlor.

Er mußte sich mit Elenas Schicksal nicht abfinden. Das letzte Wort war nicht gesprochen — noch nicht.

Als Bannor und Schaumfolger sich regten, stöhnten, die Besinnung wiederzuerlangen begannen, zwang er sich ebenfalls zu weiterem Handeln. Mit bedächtiger Vorsicht entfernte er seinen Ehering vom Ringfinger und steckte ihn an den Zeigefinger seiner Halbhand, um die Wahrscheinlichkeit zu verringern, daß er abrutschte.

Dann erhob er sich inmitten all seines Grams und Bedauerns, auf Gliedmaßen, die alles tragen zu können schienen, und hinkte hinüber zu seinen Freunden, um ihnen zu helfen.

17

Die Verwüsteten Ebenen

Bannor erholte sich rascher als Schaumfolger. Trotz seines fortgeschrittenen Alters stak noch die Zähigkeit der *Haruchai* in ihm; nachdem Covenant ihm eine Zeitlang den Nacken und die Handgelenke massiert hatte, schüttelte er seine Benommenheit ab und verfiel fast im Handumdrehen in seine gewohnte Wachsamkeit. Er erwiderte Covenants tränennassen Blick mit seiner charakteristischen Leidenschaftslosigkeit; dann kümmerten sie sich gemeinsam um den Riesen, um für ihn zu tun, was sie konnten.

Schaumfolger lag in einem Fieber des Grausens am Erdboden und stöhnte vor sich hin. Zuckungen entblößten seine Zähne, und seine wuchtigen Hände droschen ziellos auf seiner eigenen Brust umher, als wolle er sich von irgendeinem verhängnisvollen Mal des Makels befreien. Allem Anschein nach schwebte er in der Gefahr, sich selber irgendeinen Schaden zuzufügen. Daher setzte sich Bannor am Kopf des Riesen auf die Erde, stemmte seine Füße auf Schaumfolgers Schultern und packte seine Arme, mit denen er blindlings fuchtelte, an den Handgelenken. Während Bannor die Arme des Riesen festhielt, hockte sich Covenant auf Schaumfolgers Brustkorb und verabreichte dem verzerrten Gesicht eine Reihe von Ohrfeigen.

Nach einem Moment der Gegenwehr stieß Schaumfolger ein Brüllen aus. Er wand sich wild, wuchtete Bannor über Covenants Kopf, warf den Zweifler von seiner Brust und sprang mit einem Keuchen auf die Beine. Covenant zog sich aus der Reichweite von Schaumfolgers gefährlichen Fäusten zurück. Aber während der Riese noch blinzelte und schnaufte, besann er sich, erkannte seine Freunde. »Covenant?« quetschte er heraus, als befürchte er, die beiden seien Wütriche. »Bannor?«

»Schaumfolger!« japste Covenant mit erstickter Stimme. Tränen der Erleichterung rannen ihm über die abgezehrten Wangen. »Du bist in Ordnung.«

Langsam entkrampfte sich Schaumfolger, als er seine Freunde gesund und unüberwunden sah. »Stein und See!« stieß er aus Verblüffung hervor, schauderte beim Atemholen zusammen. »Ach! Meine Freunde . . . habe ich euch einen Harm getan?«

Covenant vermochte nicht zu antworten; sein erneuertes Weinen überschwemmte seine Stimme. Er blieb, wo er stand, ließ den Riesen seine Tränen sehen; er besaß keine andere Möglichkeit, um dem Riesen zu zeigen, was er empfand. Einen Moment später antwortete Bannor an seiner Stelle. »Wir sind wohlauf — soweit das Wohlbefinden gehen mag. Du hast uns nicht verletzt.«

»Und das ... das Gespenst Hoch-Lord Elenas? Der Stab des Gesetzes? Wie kommt's, daß wir noch leben?«

»Fort.« Covenant rang um Selbstbeherrschung. »Vernichtet.«

Schaumfolgers Miene war voller Mitgefühl. »Ach, mein Freund, nein«, seufzte er. »Sie ist nicht vernichtet. Die Toten können nimmermehr vernichtet werden.«

»Ich weiß. Das weiß ich.« Covenant biß die Zähne aufeinander, preßte die Arme um seinen Oberkörper, bis er den Höhepunkt seiner schmerzlichen Emotionen überwunden hatte. »Sie ist halt tot ... wieder tot. Aber der Stab ... er ist vernichtet worden. Durch wilde Magie.« Halb fürchtete er die Reaktion seiner Freunde auf diese Auskunft. »Ich hab's nicht getan«, fügte er deshalb hastig hinzu. »Es ging nicht von mir aus. Sie ...« Er verstummte. Er hatte gehört, wie Mhoram zu ihm sagte: *›Du bist das Weißgold.‹* Wie sollte er jetzt noch sicher sein, was sein Werk war und was nicht?

Aber seine Enthüllung erzeugte in Bannors gleichgültigen Augen nur ein schwaches Aufglimmen. Die *Haruchai* hatten Waffen immer für unnötig gehalten, sogar für schädlich. Die Zerstörung des Stabes war für Bannor eher ein Anlaß zur Zufriedenheit als zum Bedauern. Und Schaumfolger tat die Erklärung gleichgültig ab, als wäre sie im Vergleich zum Leid seines Freundes unwichtig. »Ach, Covenant, Covenant«, stöhnte er. »Wie vermagst du nur auszuhalten? Wer kann solche Dinge ertragen?«

»Ich bin Aussätziger«, gab Covenant zur Antwort. Es überraschte ihn selbst, sich die Bezeichnung ohne Bitterkeit aussprechen zu hören. »Ich kann alles aushalten. Weil ich's nicht fühle.« Er zeigte nachdrücklich seine kranken Hände vor, weil seine Tränen der Äußerung so kraß zu widersprechen schienen. »Das hier ist alles nur ein Traum. Es betrifft mich nicht. Ich bin ...« Er schnitt eine Grimasse, erinnerte sich des Wahns, der Elena dazu verleitet hatte, das Gesetz des Todes zu brechen. »Ich bin gefühllos.«

Daraufhin wässerten Tränen Schaumfolgers abgründige Augen. »Und du bist ungemein tapfer«, sagte er mit breiiger Stimme. »Du bist mir über.«

Angesichts des Kummers, der den Riesen plagte, fing Covenant fast wiederum an zu weinen. Aber er riß sich zusammen, indem er an die Fragen dachte, die er stellen, an die Dinge, die er sagen mußte. Er wollte Schaumfolger zulächeln, aber seine Wangen waren zu steif. Daraufhin hatte er das Gefühl, beim Begehen eines fortwährenden Versagens erwischt worden zu sein, gewohnheitsmäßigem Reaktionsmangel. Er war froh, sich abwenden zu können, als Bannor ihre Aufmerksamkeit auf das Wetter lenkte.

Bannors Hinweis rief das Fehlen des Windes in sein Bewußtsein. Während seiner Auseinandersetzung mit Elena war ihm der Wechsel kaum aufgefallen. Doch nun konnte er die Ruhe der Atmosphäre spüren wie einen handfesten Heilungsprozeß. Lord Fouls eisige Raserei war vorüber, zumindest für einige Zeit. Und ohne den Wind, der sie dahingetrieben hatte, schwebte die graue Wolkendecke düster und hohl am Himmel wie ein Sarg ohne Leichnam.

Infolgedessen fühlte sich die Luft jetzt wärmer an. Halb rechnete Covenant damit, schon Matsch am Erdboden zu sehen, als auf diese Weise Tauwetter einsetzte, er erwartete halb, auf der Stelle den Frühling emporblühen zu sehen. In der sanften Stille erreichte das Geräusch des Wasserfalls ihn nun mit aller Deutlichkeit.

Bannors Wahrnehmungen gingen weiter; er spürte etwas, das Covenant zunächst nicht auffiel. Nach einem Weilchen führte er Covenant und Schaumfolger zum Koloß, um ihnen zu zeigen, was er bemerkt hatte.

Aus dem Obsidian-Monolithen drang eine sachte Wärmestrahlung.

Diese Wärme enthielt das Versprechen eines wirklichen Frühling; sie roch nach Sprößlingen und grünem Gras, nach *Aliantha,* Moos und lehmiger Walderde. Unter diesem Einfluß fühlte sich Covenant zur Entspannung fähig. Er schob Jammer, Furcht und alle ungelösten Probleme beiseite und setzte sich matt nieder, lehnte sich dankbar mit dem Rücken an den Stein und seine besänftigende Ausstrahlung.

Schaumfolger suchte die Umgebung ab, bis er den Sack mit dem Proviant fand, den er aus dem Ramen-Schlupfwinkel mitgenommen hatte. Er holte Verpflegung und seinen Topf mit Glutgestein heraus. Gemeinsam verzehrten er, Bannor und Covenant unter der Faust des Kolosses stumm eine Mahlzeit, als nähmen sie an einer Kommunion teil — als brächten sie dem Stein für seine Wärme und seinen Schutz eine Ehrung dar. Sie hatten keine andere Möglichkeit, ihren Dank auszudrücken.

Covenant war hungrig; tagelang war nichts außer Dämondim-Brühe in seinen Magen gelangt. Aber er aß die Nahrung und wärmte sich in sonderbarer Demut, als habe er sie nicht verdient, stünden sie ihm nicht zu. Insgeheim wußte er, daß die Vernichtung des Stabes dem Land nicht mehr als einen kurzen Zeitgewinn einbrachte, einen zeitweiligen Aufschub des letztendlichen Triumphs des Verächters. Und nicht einmal dieser Aufschub war sein Verdienst. Der Reflex, der das Weißgold ausgelöst hatte, war eindeutig so unbewußt, so unbeabsichtigt aufgetreten, als wäre es im Schlaf geschehen. Und wieder war sein Schuldkonto mit fremdem Leben belastet worden. Diese Einsichten waren es, die ihn demütigten. Er aß und wärmte sich im Hinblick auf die Arbeit, die noch zu tun blieb, die kein anderes Wesen im Land ihm abnehmen konnte.

Als das frugale Mahl beendet war, begann er seine Freunde zu fragen, wie sie zum Koloß gelangt seien.

Bei der Erinnerung daran zog Schaumfolger den Kopf ein. Er überließ es Bannors Wortkargheit, zu berichten. Während Bannor erzählte, säuberte und behandelte der Riese Covenants Stirn.

Mit knappen Sätzen erläuterte Bannor, daß es den Ramen dank der entschiedenen Hilfe des Riesen gelungen war, den Überfall auf ihren Unterschlupf abzuwehren. Aber der Kampf verlief lang und verlustreich, und die Nacht verstrich, bevor Bannor und Schaumfolger sich auf die Suche nach Covenant und Lena machen konnten.

»Urböse!« schnob Schaumfolger angesichts von Covenants Verletzung. »Das wird nicht heilen. Sie drücken ihren Gefangenen ihr Mal auf.«

Die Mähnenhüter stellten zur Unterstützung der Suche lediglich zwei Seilträger ab, nämlich Whane und Lal. Denn im Laufe der Nacht hatte eine Veränderung die Ranyhyn erfaßt. Zur Freude und Überraschung der Ramen hatten die großen Rösser damit begonnen, sich in den Süden abzusetzen, in die Sicherheit der Berge. Sofort schlossen die Ramen sich ihnen an. Nur ihre Mischung aus Ehrfurcht und Sorge um den Ring-Than bewog sie dazu, Bannor und Schaumfolger überhaupt Verstärkung mitzugeben.

Also brachen die vier zur Suche auf. Aber zuviel Zeit war bereits verlorengegangen; Wind und Schnee hatten jede Fährte verwischt. Sie fanden südlich der Wanderlust-Furt nicht mehr weiter und entdeckten keine Spur von Covenant. Schließlich zogen sie die Schlußfolgerung, daß er dank irgendeines anderen Beistands weiter ostwärts gelangt sein müsse. Zusammen traten die vier, so schnell es ging, den Weg zum Wasserfall des Landwanderers an.

Rudel von *Kresch* und Haufen von Marodeuren machten diesen Weg gefährlich und verlangsamten ihr Vorankommen, und die vier befürchteten, Covenant habe schon Tage vor ihnen das Oberland verlassen.

Doch als sie sich dem Koloß näherten, begegneten sie einer Truppe von Urbösen, begleitet vom Wütrich Herem in Triocks Körper. Mit Schrecken sahen die vier, daß diese Horde den Zweifler mittrug, ausgestreckt wie ein Toter.

Die vier griffen an und erschlugen die Urbösen. Aber sie konnten nicht verhindern, daß Herem Verstärkung rief. Ehe sie ihn zu überwinden, Covenant herauszuhauen und den Ring in Gewahrsam zu nehmen vermochten, erschien auf diesen Ruf die tote Elena mit dem Stab des Gesetzes. Sie überwältigte die vier mühelos. Dann überließ sie Herem den Körper Whanes, um Triocks Leid zu erhöhen. Als Jehannum dazustieß, bemächtigte er sich Lals. Den Rest wußte Covenant.

Von Lena hatten Bannor und Schaumfolger nichts gehört oder gesehen. Sie hatten keine Ahnung davon, was Covenants Ankunft am Landbruch verzögert hatte.

Als Bannor wieder schwieg, stöhnte Schaumfolger in zornigem Ekel auf. »Stein und See! Sie hat mich unrein gemacht. Ich muß ein Bad nehmen — ich werde ein ganzes Meer brauchen, um diese Besudelung abzuwaschen.«

Bannor nickte. »Ich ebenso.«

Aber keiner der beiden rührte sich vom Fleck, obwohl der Landwanderer in der Nähe war, hinter einer niedrigen Hügelkette. Covenant wußte, sie hielten sich zu seiner Verfügung; anscheinend spürten sie, wie sehr er sie brauchte. Und sie hatten ihrerseits ihm Fragen zu stellen. Doch er fühlte sich unvorbereitet aufs Aussprechen der Dinge, die er zu sagen hatte. »Triock hat mich ins Land geholt«, meinte er nach einer Weile ziemlich verlegen, »und nun ist er tot. Wieso bin ich trotzdem noch hier?«

Schaumfolger musterte ihn einen Moment lang. »Vielleicht liegt's daran«, sagte er, »daß das Gesetz des Todes gebrochen ist — möglich, daß selbiges es war, das dich zuvor stets beim Tode deines Herbeirufers aus dem Lande fortsandte. Oder vielleicht ist's darauf zurückzuführen, daß auch ich an deiner Herrufung beteiligt war.«

Ja, seufzte Covenant bei sich. Seine Verpflichtung gegenüber Triock war kaum geringer zu bewerten als das, was er Schaumfolger schuldete.

Er konnte sich nicht länger vor der Verantwortung drücken; er zwang sich dazu, den beiden zu schildern, was sich mit Lena ereignet hatte.

Seine Stimme klang teilnahmslos, als er über sie sprach — über eine alte Frau und ihr blutiges, grabloses Ende, das sie ereilte, weil sie sich in ihrer Wirrheit an den Mann klammerte, der ihr ohnehin schon genug Leid gebracht hatte. Und ihr Tod war nur eine weitere Tragödie in ihrer Familie. An erster und letzter Stelle hatten deren Mitglieder unter ihm zu leiden gehabt: der Glutsteinmeister Trell, Atiaran — Trells Gemahlin —, Hoch-Lord Elena, Lena selbst — er hatte sie allesamt ins Unglück gestürzt. So etwas mußte ihn verändern, aus ihm einen anderen Menschen machen. Das ermöglichte es ihm, nachdem er seine eigenen zwischenzeitlichen Erlebnisse berichtet hatte, eine weitere Frage zu äußern.

»Schaumfolger . . .« Er versuchte, sich so schonungsvoll wie möglich zu erkundigen. »An sich geht's mich nichts an. Aber Pietten hat einiges Schreckliches über dich gesagt. Oder er wollte diese Sachen schrecklich darstellen. Er hat gesagt . . .« Aber er brachte es nicht fertig, auch auszusprechen, was er meinte. Ganz egal, wie er es äußerte, es würde nach einer Anklage klingen.

Der Riese stieß einen Seufzer aus, und seine ganze Haltung ermattete. Er betrachtete seine gefalteten Hände, als stäke irgendwo in ihrer Verzahnung von Sanftheit und Schlächtertum ein Rätsel, das er nicht zu entwirren vermochte; aber er wich der gestellten Frage nicht mehr aus. »Pietten sagte, ich hätte meinesgleichen im Stich gelassen — daß die Riesen der Wasserkante bis zum letzten Kindlein von den Händen des Wütrichs *Turiya* starben, weil ich sie verließ. Und es ist wahr.«

Schaumfolger! stöhnte Covenant innerlich auf. *Mein Freund!* Trauer schwoll in ihm empor, so daß er beinahe wieder zu weinen anfing.

»Vielerlei Dinge sind an jenem Tag in Herzeleid dem Untergang verfallen«, bemerkte Bannor zerstreut.

»Ja.« Schaumfolger zwinkerte, als versuche er, Tränen zu unterdrücken, doch seine Augen waren trocken, öde wie eine Wildnis. »Ja, viele Dinge. Ich hatte darunter die geringste Bedeutung. Ach, Covenant, wie soll ich's dir nur erzählen? Die Zunge kennt keine Worte, die lang genug wären für diese Geschichte. Kein Wort kann all die Liebe zu einem verlorenen Heimatland ausdrücken, all den Kummer eines geschwächten Samens, oder das ganze Maß des Stolzes — des Stolzes auf die Zuversicht ... jene Zuversicht, die unsere einzige Antwort auf das Aussterben war, das uns drohte. Wir hätten unseren Niedergang nicht ertragen können, wäre uns nicht unser Stolz erhalten geblieben. Und so war mein Volk ... die Riesen ... und auf meine Weise auch ich ... die Riesen waren erfüllt von Entsetzen ... mit einem Grausen, so tief, daß er das Mark in ihrem Bein lähmte ... als sie sich um ihren Stolz beraubt sahen ... ihnen entrissen wie morsche Segel im Wind. Angesichts dessen verzagten sie. Sie sahen das Omen ihrer Hoffnung auf die Rückkehr in die Heimat — die drei Brüder — vom Zeichen ihrer Zuversicht durch nur einen kleinen Streich von des Verächters Bosheit für sie zum größten Übel gedeihen. Wer im Lande konnte darauf hoffen, einem Riesen-Wütrich zu widerstehen? So waren die Heimatlosen zum Werkzeug der Zerstörung dessen geworden, dem sie stets die Treue bewahrt hatten. Und vor Entsetzen über die Nichtigkeit all ihrer Zuversicht und Treue, ihre Torheit langer Jahrhunderte eitlen Stolzes, verfielen sie in einen Bann. Ihr Schaudern beließ in ihrem Innern keinen Platz für Überlegungen, Widerstandswillen, Entscheidungen. Statt sich den Folgen ihres Scheiterns zu stellen ... statt das Wagnis einzugehen, daß noch mehr von ihnen zu des Seelenpressers Knechten würden ... zogen sie ... zogen sie's vor, sich erschlagen zu lassen. Auch ich ... ich war auf meine Weise gleichfalls entsetzt. Aber ich hatte schon gesehen, was sie bis zu jenem Augenblick nicht gesehen hatten. Ich hatte gesehen, wie ich selbst zu dem geworden bin, was ich haßte. So war ich allein unter meinem gesamten Volk nicht überrascht. Es war jedoch nicht der Gedanke an Riesen-Wütriche, der mich entsetzte. Vielmehr war's ... war's unser Volk selbst, das mir Entsetzen einflößte. Ach! Stein und See! Mir grauste vor ihnen. Ich bestürmte sie — ich lief durch Herzeleid wie eine finstere Flutwelle des Wahnsinns, heulte über ihre Entsagung, wütete im Bestreben, im feuchtgewordenen Zunder ihrer Herzen doch noch einen Funken von Widerstandswillen zu entfachen. Aber sie ... sie legten ihre Werkzeuge beiseite, löschten die Feuer, bereiteten ihre Heime vor wie zur Auswanderung ...« Plötzlich brach seine gebändigte Leidenschaft sich in einem Aufschrei Bahn. »Mein Volk! Ich konnt's nicht ertragen! Ich floh's, während Abscheu mein Herz zusammenkrampfte — ich floh die Meinen, bevor die Übermäßigkeit ihrer Ermattung mich mit in ihr Unheil ziehen konnte. Deshalb kam's dahin, daß man sie in der Tat erschlug. Ich, der ich allein noch dazu fähig war, dem Wütrich entgegenzutreten, ließ sie in der tiefsten Schwärze ihrer Not ohne Beistand.« Dazu außerstande, sich länger zurückzuhalten, stand er schwerfällig auf. Seine rauhe, gequälte Stimme rasselte heiser in der Kehle. »Ich bin unrein. Ich muß ... mich waschen.«

Indem er mühsam eine aufrechte Haltung beibehielt, wandte er sich um und schlurfte zum Fluß.

Die Hilflosigkeit von Covenants Schmerz schlug in Ärger um. »Wenn du ein Wort des Vorwurfs zu ihm sagst«, meinte er mit einer Stimme zu Bannor, die selbst zitterte, »ich schwöre dir, dann werde ich ...«

Aber da nahm er sich zusammen. Er hatte Bannor in der Vergangenheit schon zu häufig Ungerechtigkeiten zugemutet; der Bluthüter hatte sich schon vor langem eine anständigere Behandlung verdient. Doch Bannor zuckte nur die Achseln. »Ich bin ein *Haruchai«,* sagte er. »Auch wir sind nicht ohne Fehl. Die Verderbnis hat viele Angesichter. Der Vorwurf besitzt eine verführerischere Miene als andere, aber nichtsdestoweniger ist er nur eine Maske des Verächters.«

Seine Entgegnung veranlaßte Covenant dazu, ihn aufmerksam zu mustern. Irgend etwas stand zwischen ihnen, das niemals ganz ausgeräumt worden war, weder auf dem Galgenhöcker noch im Versteck der Ramen. Es besaß den Anschein des üblichen Bluthüter-Argwohns, aber als er Bannor in die Augen sah, ahnte Covenant, daß es sich um eine größere Angelegenheit handeln mußte. »Auch Haß und Vergeltung«, ergänzte Bannor ohne besondere Betonung, »sind solche Masken.«

Covenant fühlte sich vom Umfang, in dem der Bluthüter gealtert war, stark betroffen. Sein Verfall hatte sich beschleunigt. Seine Haare waren vom gleichen Silber wie seine Brauen; seine Haut besaß ein welkes Aussehen, als habe sie zu verwittern angefangen; und seine Falten wirkten sonderbar fatal, als habe der Tod schon Furchen in seine Erscheinung gefressen. Seine gleichmäßige Leidenschaftslosigkeit jedoch machte den gleichen unerschütterlichen Eindruck wie immer. Er sah nicht aus wie ein Mann, der von seiner den Lords geschworenen Treue Abstand genommen hatte.

»Ur-Lord«, erkundigte er sich gleichmütig, »was gedenkst du zu beginnen?«

»Ich?« Covenant gab sich alle Mühe, so ruhig zu sein wie der Bluthüter, aber er konnte Bannors Alterungsprozeß nicht ohne Bedauern zur Kenntnis nehmen. »Ich habe noch Arbeit zu erledigen. Ich muß nach Fouls Hort.«

»Zu welchem Zweck?«

»Um ihn an seinem Treiben zu hindern.«

»Auch Hoch-Lord Elena trachtete danach, ihm in den Arm zu fallen. Das Ergebnis hast du gesehen.«

»Ja.« Covenant nahm Bannors Äußerung hin. Aber er ließ sich davon nicht beirren. »Ich werde eine bessere Lösung als sie finden.«

»Beruht diese deine Entscheidung auf Haß?«

Covenant beantwortete die Frage mit aller Offenheit. »Ich weiß es nicht.«

»Warum gehst du dann?«

»Weil ich muß.« Sein Muß besaß alles Gewicht einer unausweichlichen, zwangsläufigen Notwendigkeit. Die Flucht, die er sich ausgemalt hatte, als er Morinmoss verließ, führte zu nichts. Die Notlage des Landes hielt ihn fest wie ein Geschirr. »Ich habe so vieles falsch gemacht. Ich muß versuchen, das alles wieder in Ordnung zu bringen.«

Bannor dachte einen Moment lang darüber nach. »Weißt du nunmehr«, fragte er dann unverblümt, »wie du von der wilden Magie Gebrauch machen kannst?«

»Nein«, antwortete Covenant. »Und gleichzeitig ja.« Er zögerte, nicht, weil er an seiner eigenen Auskunft zweifelte, sondern weil er Bedenken dagegen verspürte, seine Erkenntnis laut auszusprechen. Aber sein Gespür für das, was zwischen ihm und Bannor ungeregelt geblieben war, hatte größere Klarheit angenommen; mehr als Mißtrauen oder Vertrauen stand auf dem Spiel. »Ich habe keine Ahnung, wie ich sie bewußt einsetzen, irgend etwas damit bewirken kann. Aber ich weiß, wie sie sich auslösen läßt.« Gleichgültig erinnerte er sich daran, wie Bannor ihn dazu gebracht hatte, Hoch-Lord Prothall dabei zu helfen, die Feuerlöwen des Donnerbergs zu rufen. »Wenn ich den Weltübel-Stein in die Finger kriege . . . dann kann ich wirken.«

»Der Stein macht verderbt.« Die Stimme des Bluthüters klang hart.

»Ich weiß.« Ihm war völlig klar, was Bannor meinte. »Ich weiß. Deshalb muß ich ihn ja bekommen. Darum dreht sich hier ja alles . . . buchstäblich alles. Deshalb hat Foul mich manipuliert. Darum hat Elena . . . darum hat sie getan, was sie getan hat. Deshalb hat Mhoram mir Vertrauen geschenkt.«

Bannor ließ nicht locker. »Wird's eine neue Schändung geben?«

Covenant mußte um verstärkte Fassung ringen, ehe er antworten konnte. »Ich hoffe nicht. Ich möcht's jedenfalls nicht.«

Wie zur Antwort erhob sich der Bluthüter. »Ur-Lord Covenant«, sagte er, während er düster auf den Zweifler herabschaute, »ich werde dich für diesen Zweck nicht begleiten.«

»Nicht?« meinte Covenant im Tonfall eines Protests. Insgeheim hatte er fest auf Bannors Begleitung gezählt.

»Nein. Ich diene nicht länger Lords.«

»Also hast du dich endgültig dafür entschieden«, fragte Covenant schroffer als eigentlich beabsichtigt, »ihnen den Rücken zu kehren?«

»Nein.« Bannor wies die Unterstellung glatt zurück. »Was ich an Beistand leisten kann, soll geleistet werden. Ich will alles Wissen der Bluthüter über die Verwüsteten Ebenen, Kurash Quellinir und die Glutasche mit dir teilen. Ridjeck Thome jedoch, die Heimstatt der Verderbnis . . . dorthin werde ich nicht gehen. Immer war's der tiefstempfundene Wunsch der Bluthüter, den Verächter an seiner Wohnstatt zu bekämpfen, den reinen Dienst gegen reine Verderbtheit zu setzen. Dies Trachten hat ins Verhängnis geführt. Ich habe solcher Bestrebungen entsagt. Mein rechter Platz ist nun bei den Ranyhyn und den Ramen, in der Zurückgezogenheit der Berge.«

Covenant war, als könne er hinterm ausdruckslosen Tonfall der Worte irgendeinen Gram hören — eine Trauer, die in ihm auf eben jene Weise Kummer auslöste, wie der Anblick dieses Mannes immer Kummer in seinem Innern zu erzeugen pflegte. »Ach, Bannor . . .« Er seufzte. »Schämst du dich so sehr für das, was du einmal warst?«

Bannor hob bei dieser Frage die Brauen, als käme sie der

Wahrheit nah. »Ich empfinde keine Scham«, widersprach er entschieden. »Doch betrübt's mich, daß so viele Jahrhunderte vonnöten waren, um uns die Grenzen unseres Wertes zu lehren. Wir gingen zu weit, sowohl in unserem Stolz als auch unserer Torheit. Sterbliche sollten um keines Dienstes willen Weiber, Schlaf und Tod aufgeben — oder die Fratze ihres letztendlichen Versagens wird zu gräßlich sein, als daß sie ihren Anblick zu ertragen vermöchten.« Er schwieg, als zögere er. »Hast du vergessen«, beschloß er dann seine Ausführungen, »daß Hoch-Lord Elena in ihrem letzten ›Markkneterei‹-Bildwerk unsere Angesichter wie ein und dasselbe dargestellt hat?«

»Nein.« Bannor hatte Rührung in ihm hervorgerufen. Seine Antwort war Versicherung und Versprechen zugleich. »Ich werde es nie vergessen.«

Bedächtig nickte Bannor. »Auch ich muß mich waschen«, sagte er dann und entfernte sich zum Fluß, ohne sich nur einmal umzuschauen.

Einen Moment lang sah Covenant ihm nach, dann legte er seinen Kopf zurück, lehnte ihn an den warmen Fels des Kolosses und schloß seine wunden Augen. Er wußte, daß es sich empfahl, seinen Aufbruch nicht weiter hinauszuschieben, daß er mit jeder Minute, die er länger wartete, die Risiken erhöhte. Lord Foul würde ohne Zweifel herausfinden, was passiert war; er mußte die unerwartete Vernichtung des Stabes gespürt haben und würde nachforschen, bis er die Ursache erfuhr, vielleicht sogar, indem er Elena nochmals vom Tode zurückholte, damit sie seine Fragen beantworte. Dann würde er Vorbereitungen gegen den Zweifler treffen, Fouls Hort besser denn je zuvor bewachen lassen; Spähtrupps würden losziehen. Jede Verzögerung konnte die Niederlage bedeuten. Aber Covenant war noch nicht bereit. Er hatte noch ein weiteres Bekenntnis abzulegen — die letzte und härteste Wahrheit, die er seinen Freunden gestehen mußte. So saß er da und nahm die Wärme des Kolosses auf wie eine Stärkung, während er auf Bannors und Schaumfolgers Rückkehr wartete. Er wollte keine Bürde irgendeiner Unehrlichkeit mittragen, wenn er den Ort von Triocks Tod verließ.

Bannor blieb nicht lange fort. Er und Schaumfolger kamen triefnaß wieder, um sich in der Wärme des Steins zu trocknen. Schaumfolger hatte seine Gefaßtheit wiedergefunden. Er fletschte hinter seinem steifen, durchnäßten Bart die Zähne, als könne er es kaum erwarten, sich auf den Weg zu machen — als sei er dazu imstande, ihn sich durch ein Meer von Widersachern zu bahnen, um jede Chance eines Schlags gegen den Verächter zu nutzen. Und Bannor stand mürrisch an der Seite des Riesen. Sie waren einander trotz der unterschiedlichen Körpergröße ebenbürtig. Beide erwiderten sie Covenants Blick, als er zu ihnen aufschaute. Für einen Moment fühlte er sich merkwürdig hin- und hergerissen zwischen ihnen, als repräsentierten sie die entgegengesetzten Pole seines Dilemmas.

Aber noch seltsamer als diese Zerrissenheit war das Selbstvertrauen, das ihn zugleich damit erfüllte. In diesem flüchtigen Augenblick schien er erstmals wirklich zu erkennen, wo er eigentlich stand. Während dieses Eindrucks befreite er sich von aller Furcht, allem Zögern und aller Unsicherheit. »Da gibt's noch etwas«, sagte er zu beiden Freunden gleichzeitig, »noch eine Sache, die ich euch erzählen muß.«

Er starrte den leblosen Reif seines Eherings an, weil er ihre Reaktionen nicht sehen wollte, bevor er mit seiner Geschichte fertig war, während er schilderte, wie Hoch-Lord Mhoram ihn nach Schwelgenstein geholt, wie er sich zu bleiben geweigert hatte.

Er sprach so kurz und bündig wie möglich, ohne sein damaliges Wissen der Bedrohtheit Schwelgensteins zu verkleinern, ohne die Gefahr für das kleine Mädchen herunterzuspielen, zu dessen Rettung er Mhorams Bitte ausgeschlagen hatte, und ebenso, ohne die Hysterie zu beschönigen, in der er diese Entscheidung fällte. Aber er merkte, während er davon erzählte, daß er die Entscheidung nicht bereute. Anscheinend stand sie in gar keinem Zusammenhang mit irgendwelcher Reue, irgendwelchem Willen; er hätte sich schlichtweg gar nicht anders entschließen können. Das Land dagegen hatte offenkundig viele Gründe, um darüber Bedauern zu verspüren — zahllose Gründe, denn jedes verlorene Leben war so ein Grund, jeder Tag, um den der Winter länger gedauert hatte, nur weil er sich und seinen Ring nicht Mhoram verfügbar machte. Er erläuterte Bannor und Schaumfolger, was er getan hatte, damit man ihm wenigstens keine Unaufrichtigkeit nachsagen konnte.

Als er fertig war, blickte er auf. Zunächst erwiderte weder Bannor noch Schaumfolger seinen Blick; auf ihre verschiedenartige Weise wirkten sie von dem aufgewühlt, was sie gehört hatten. Doch schließlich schaute Bannor Covenant wieder an. »Eine Entscheidung, die teuer zu stehen kommt, Zweifler«, sagte er mit ruhiger Stimme. »Viel Unheil hätte sich abwenden lassen . . .«

Schaumfolger unterbrach ihn. »Teuer zu stehen! Hätte!« Ein heftiges Grinsen verzerrte seine Lippen, warf Echos aus seinen tiefsitzenden Augen. »Ein Kind ist gerettet worden! Covenant ... mein Freund ... selbst so verkommen wie ich bin, höre ich Freude aus einer solchen Wahl. Deine Tapferkeit ... Stein und See! Sie verblüfft mich.«

Bannor blieb unbeeindruckt. »So nenn's denn Tapferkeit. Dennoch kommt's teuer zu stehen. Das Land wird noch viele, viele Jahre lang unter den Folgen zu leiden haben, was immer auch das Ergebnis deines Weges nach Fouls Hort sein wird.«

»Ich weiß«, sah sich Covenant erneut zu erwidern gezwungen. Er wußte es mit schrecklicher Lebhaftigkeit. »Ich konnte nichts anderes tun. Und ... ich war nicht bereit. Jetzt bin ich bereit ... oder bereiter ...« *Ich werde,* dachte er, *nie ganz bereit sein. Es ist einfach unmöglich, bereit zu so etwas zu sein.* »Möglicherweise kann ich jetzt etwas schaffen, was ich zu dem Zeitpunkt nicht tun konnte.«

Bannor blickte ihm noch einen weiteren Moment lang in die Augen, dann nickte er nachdrücklich. »Wirst du nun aufbrechen?« fragte er ausdruckslos. »Die Verderbnis wird eine Hatz nach dir veranstalten.«

Covenant seufzte und rappelte sich auf. »Ja.« Er nahm von der behaglichen Nähe des Kolosses ungern Abschied. »Bereit oder nicht, wir müssen weiter.«

Er trat zwischen Bannor und Schaumfolger, und sie führten ihn auf den äußersten Hügel überm Landbruch, an eine Stelle, von wo aus er die Klippe hinab Ausblick über die Verwüsteten Ebenen hatte.

Der Abgrund schien Covenant entgegenzuspringen, als habe er unterhalb des Hügels im Hinterhalt gelegen — unvermittelt schaute er über die Kante sechshundert Meter tief hinunter—, aber er packte beiderseits seine Freunde an den Armen und atmete tief durch, um sein Schwindelgefühl zu überwinden. Nach einem Weilchen meisterte er die Plötzlichkeit des Anblicks und begann Details zu erkennen.

Zu Füßen des Hügels, rechts von ihrem Standort, schoß der Landwanderer durch eine letzte Stromschnelle abwärts und ergoß sich dann mit Wucht über den Rand des Landbruchs in die Tiefe. Der Tumult seines Dröhnens war von vielschichtiger Klangfülle. In diesem Abschnitt war die Klippe auf zerklüftete Weise vier- bis fünffach abgestuft, so daß der Wasserfall über all

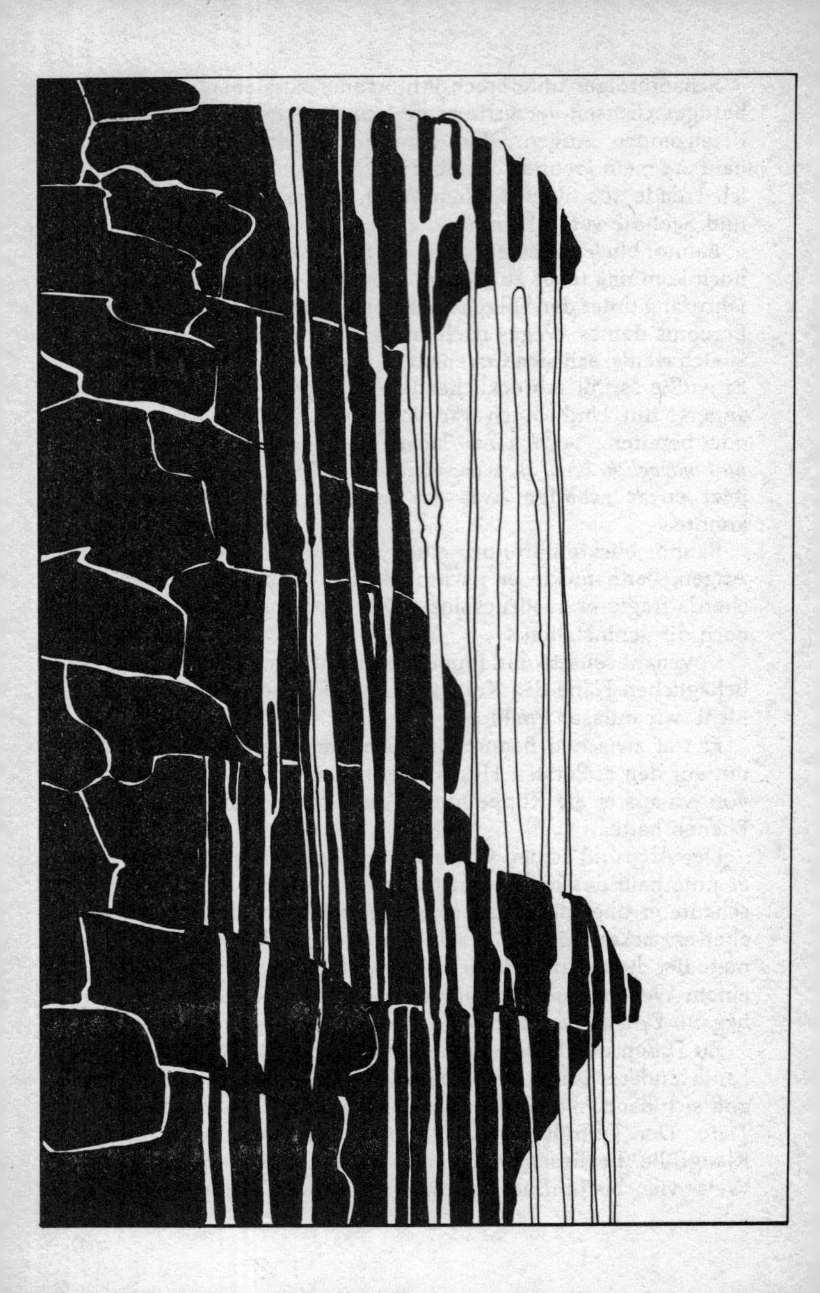

diese Stufen zugleich hinunterbrauste und es seinem Rauschen an Harmonie fehlte. Unterm Wasserfall bog er in südöstlicher Richtung ab, strömte in die unbehebbare Ödnis der Verwüsteten Ebenen.

»Dort beginnt des Flusses Heimsuchung«, erläuterte Bannor. »Dort geht der Landwanderer über in die Trümmerschwemme und fließt verpestet zum Meer. Er ist voller trüber, greulicher Wasser, untauglich zu jedwedem Gebrauch, außer durch seine ebenbürtig mißlichen Bewohner. Aber er weist euch für eine Zeitlang den Weg. Er versieht euch für eine weite Strecke durch diese gefahrvollen Ebenen mit einem Pfad. An ihm entlang werdet ihr in den Süden der Kurash Quellinir gelangen. Dir . . .« — er nickte Schaumfolger zu — »ist bekannt, daß die Verwüsteten Ebenen ein ausgedehntes Ödland rings um die Vorhügel von Ridjeck Thome sind, wo Fouls Hort an Fouls Bucht ins Meer hinausragt. Innerhalb dieser Einöde liegen die Kurash Quellinir, die Zerspellten Hügel. Manche sagen, diese Hügel seien durch eines Berges Bersten entstanden — andere wiederum, die Schlacken und Abfälle von der Verderbnis Grotten, zu Zwecken der Kriegführung verwendet, Öfen und Bruthöhlen seien für ihre Entstehung verantwortlich. Welchen Umständen sie auch ihr Dasein zu verdanken haben mögen, sie sind ein Irrgarten, dazu geeignet, die Annäherung eines jeden Gegners zu behindern. Und innerhalb dieser Hügel liegt Gorak Krembal — die Glutasche. Von einer Meeresklippe zur anderen schützt sie in der Gegend der Vorhügel die Wohnstatt der Verderbnis mit Lava, damit niemand diese Richtung nehme und den einen torlosen Schlund von Fouls Hort erreiche. Der Verderbnis Geschöpfe legen den Weg von und nach Ridjeck Thome durch unterirdische Stollen zurück, die überall zwischen den Kurash Quellinir an geheimen Stellen münden. Doch ich spüre in meinem Herzen, daß es euch nicht dienlich sein wird, eine solche Annäherung zu wagen. Ich bezweifle nicht, daß es einem Riesen gelingen mag, inmitten jenes Irrgartens einen selbigen Stollen ausfindig zu machen. Auf diesem Wege stehen euch all die Heerhaufen der Verderbnis zur Abwehr entgegen. Ihr könnt nicht durch. Ich werde euch daher einen Pfad durch die Zerspellten Hügel an deren südlichem Rande weisen. Die schmalste Stelle der Glutasche ist dort, wo sich die Lava durch eine Rinne in den Klippen ins Meer ergießt. Ein Riese mag dort eine Möglichkeit zur Überquerung finden.« Er sprach, als beschriebe er den bequemsten Pfad für eine Bergwanderung, nicht den Weg zum Verderber der Bluthüter. »Auf diese Weise mag's sich ergeben, daß ihr Ridjeck Thome zu überraschen vermögt.«

Schaumfolger merkte sich all diese Informationen und nickte. Dann hörte er aufmerksam zu, während Bannor ihm die Route durch die Kurash Quellinir in allen erdenklichen Einzelheiten erklärte. Covenant versuchte, ebenfalls zu lauschen, aber seine Aufmerksamkeit schweifte immer wieder ab. Ihm war, als höre er den Landbruch nach ihm rufen. Das ständig drohende Schwindelgefühl störte seine Konzentrationsfähigkeit. *Elena,* flüsterte er bei sich. Er rief sich ihr Bild vor sein geistiges Auge, weil er hoffte, es könne ihm Kraft geben. Aber die smaragdgrüne Ausstrahlung ihres Schicksals ließ ihn zusammenzucken und aufstöhnen.

Nein! trotzte er dem Drohen des Schwindels. *Es muß nicht so sein. Das ist mein Traum. Ich kann etwas dagegen tun.*

Schaumfolger und Bannor betrachteten ihn befremdet. Seine Finger krallten sich schwächlich, aber hartnäckig an sie. Er konnte seinen Blick nicht vom Wasserfall abwenden. Der Fall schien ihn anzuziehen wie die Verlockung des Todes.

Er nahm einen tiefen Atemzug, zwang sich dazu — nachgerade Finger um Finger —, seine Freunde loszulassen. »Laßt uns losziehen«, nuschelte er. »Noch mehr Warterei kann ich nicht aushalten.«

Der Riese schulterte den Proviantsack. »Ich bin bereit zum Aufbruch«, entgegnete er. »Unsere Vorräte sind kärglich bemessen — aber wir können zu nichts Zuflucht nehmen. Wir müssen darauf hoffen, im Unterland *Aliantha* zu finden.«

Ohne den Blick vom Wasserfall zu nehmen, wandte sich Covenant an Bannor. Er konnte von dem Bluthüter nicht verlangen, daß er seine Entscheidung änderte. »Wirst du Triock begraben?« meinte er statt dessen verlegenheitshalber zu ihm. »Er hat ein anständiges Grab verdient.«

Bannor nickte. »Ich werde noch etwas tun«, sagte er dann. Mit einer Hand langte er unter sein kurzes Gewand und holte die zerschrammten, geschwärzten Metallschienen hervor, die vom Stab des Gesetzes übriggeblieben waren. »Ich werde diese Reste nach Schwelgenstein bringen. Wenn meiner Zeit Ende naht, will ich in die Bergheimat der *Haruchai* zurückkehren. Auf dem Wege dorthin werde ich Schwelgenstein einen Besuch abstatten — sollte es die Lords noch geben und die Herrenhöh noch stehen. Ich weiß nicht, welcher Wert noch in diesem Eisen schlummern mag, doch vielleicht werden die Überlebenden dieses Krieges davon einen Nutzen haben.«

Danke, flüsterte Covenant stumm.

Bannor steckte die metallenen Endstücke wieder weg, dann verbeugte er sich knapp vor Covenant und Schaumfolger. »Haltet nach Beistand Ausschau, wohin ihr auch geht«, riet er. »Nicht einmal in den Verwüsteten Ebenen ist die Verderbnis vollauf Meister.« Ehe jemand etwas erwidern konnte, drehte er sich um und stapfte in die Richtung zum Koloß. Als er hinter der Hügelkuppe verschwand, sagte sein Rücken ihnen so deutlich wie ein gesprochenes Wort, daß sie ihn nie wiedersehen würden.

Bannor! stöhnte Covenant innerlich auf. *War es so schlimm?* Er fühlte sich beraubt, verlassen, ihm war zumute, als sei ihm die Hälfte aller Unterstützung entzogen worden.

»Sachte, mein Freund«, ermahnte Schaumfolger ihn leise. »Er hat der Vergeltung den Rücken gekehrt. Für ihn sind zweitausend und mehr Jahre des puren Dienstes verderbt worden — und dennoch zieht er's vor, dafür keine Rache anzustreben. Solche Entschlüsse werden nicht leichthin gefällt. Vergeltung — ach, mein Freund, Vergeltung ist der süßeste aller dunklen süßen Träume.«

Covenant bemerkte, daß er schon wieder den Wasserfall anstarrte. Der vielschichtige Sturz des Flusses in die Tiefe besaß eine Süße eigener Art. Er schüttelte sich. »Hölle und Verdammnis!« Die Hohlheit seiner Flüche schien bloß zu seiner Verfassung zu passen. »Gehen wir jetzt, oder gehen wir nicht?«

»Wir gehen.« Covenant fühlte den Blick des Riesen, aber er verzichtete darauf, ihn zu erwidern. »Covenant . . . Ur-Lord . . . es ist nicht vonnöten, daß du den Abstieg durchleidest. Schließ deine Augen, und ich werde dich tragen. So wie von Kevinsblick hinab.«

Covenant hörte die eigene Antwort kaum. »Das ist schon lange her.« Das Schwindelgefühl schien um seinen Kopf ein Kreiseln zu erzeugen. »Ich muß das für mich selbst durchstehen.« Für einen Augenblick ließ er in seinem Durchhaltewillen nach, und er sank beinah auf die Knie. Während die Anziehungskraft an seinem Bewußtsein zerrte und zupfte, begriff er, daß er einwärts mußte, nicht davon fort, daß die einzige Möglichkeit, das Schwindelgefühl zu meistern, darin bestand, seine Mitte zu finden. Irgendwo im Zentrum des Strudels mußte ein Angelpunkt sein, ein Kern der Stabilität. »Klettere bloß voraus ... damit du mich im Notfall auffangen kannst.« Nur am Mittelpunkt des Wirbels konnte er festen Halt finden.

Schaumfolger musterte ihn mit sichtlichen Bedenken, dann strebte er näher zum Wasserfall und an den Rand der Klippe. Während Covenant ihm hinterdreinhumpelte, trat er an die Felskante und spähte abwärts, um die günstigste Stelle für den Abstieg zu suchen, dann schwang er sich über die Kante hinab außer Sicht.

Einen Moment lang stand Covenant am Abgrund des Landbruchs und schwankte. Der Schlund der Tiefe klaffte schier unendlich von einer Seite zur anderen; er lockte ihn an wie Erleichterung vom Delirium. Der Ausweg schien so leicht zu sein. Indem der Schwindel wuchs, verstand er immer weniger, wie er ihm widerstehen können sollte.

Aber das Anschwellen ließ seinen Pulsschlag in der wunden Stirn hämmern. Er schlang sich um diesen Schmerz wie um die eigene Achse und merkte, daß die verführerische Panik, die die Kluft in ihm erzeugte, infolgedessen nachließ. Die bloße Hoffnung, das Schwindelgefühl könne ein festes Zentrum besitzen, schien ihre Selbsterfüllung zu bewirken. Der Wirbel blieb bestehen, aber sein Griff um ihn verlor an Stärke, wich zurück in den Hintergrund. Langsam verebbte das Wummern in seiner Stirn.

Er stürzte nicht.

Er fühlte sich schwach wie ein ausgehungerter Strafgefangener, kaum dazu imstande, das eigene Gewicht zu tragen. Trotzdem kniete er am Rande des Landbruchs nieder und schob seine Beine über die Kante. Mit den Armen an den Rand geklammert, den Bauch dagegen gedrückt, begann er blindlings mit den Füßen nach Halt zu tasten. Gleich darauf kroch er an der Felswand abwärts, der Tiefe den Rücken zugekehrt, als handle es sich um den Abgrund seiner persönlichen Zukunft.

Der Abstieg beanspruchte viel Zeit, aber er gestaltete sich nicht besonders schwierig. Auf dem ganzen Weg hinab, in jedem Abschnitt der schroffen Klippe, schützte ihn Schaumfolger. Selbst die steilen Wände waren genügend durch Simse und Spalten sowie robustes Gesträuch und Gestrüpp aufgelockert, um die Klippe in ihrer gesamten Höhe passierbar zu machen. Es fiel dem Riesen nicht schwer, einen Weg zu finden, den Covenant bewältigen konnte, und sobald Covenant ein gewisses Maß an Selbstvertrauen gewonnen hatte, war er dazu imstande, das letzte Stück hinunter in die Vorhügel unter geringer Aufsicht zu überwinden.

Als er schließlich wieder auf ebener Erde stand, schleppte er seine strapazierten Nerven geradewegs zum See unterhalb des Wasserfalls und warf sich ins eiskalte Wasser, um den angesammelten Schweiß seiner Furcht abzuwaschen.

Während Covenant badete, füllte Schaumfolger seinen Wasserkrug und trank ausgiebig aus dem See. Möglicherweise war hier das letzte genießbare Wasser, das sie finden konnten. Dann öffnete der Riese für Covenant den Topf mit dem Glutgestein. Als der Zweifler sich zum Trocknen zurechtsetzte, fragte er Schaumfolger, wie lange ihre Nahrungsmittelvorräte reichen würden.

Der Riese schnitt eine Grimasse. »Zwei Tage. Drei oder vier, falls wir ein bis zwei Tagesmärsche weit innerhalb der Verwüsteten Ebenen *Aliantha* finden. Aber wir sind von Fouls Hort weit entfernt. Selbst wenn wir des Seelenpressers Scharen geradewegs entgegenziehen wollten, wir hätten, ehe er unsere Speisung überflüssig macht, drei oder vier Tage ohne Verpflegung durchzustehen.« Dann lächelte er. »Doch man pflegt zu behaupten, daß der Hunger ein großer Lehrmeister ist. Mein Freund, auf dieser Wanderung harrt unser ein wahrer Schatz an Weisheit.«

Covenant schauderte zusammen. Er besaß mit Hunger seine Erfahrungen. Und nun lag vor ihm die Möglichkeit endgültigen Verhungerns; seine Stirn war wieder wund; und er würde eine lange, lange Strecke barfuß zurücklegen müssen. Eine um die andere vergegenwärtigte er sich die Bedingungen seiner Rückkehr in ein eigenes Leben. »Ich habe Mhoram mal äußern hören«, meinte er mißmutig, »Weisheit reiche bloß bis unter die Haut. Oder was Ähnliches. Das dürfte bedeuten, Lepraleidende sind die weisesten Menschen der Welt.«

»Fürwahr?« fragte der Riese. »Bist du weise, Zweifler?«

»Wer weiß? Wenn ja — dann wird Weisheit überschätzt.«

Daraufhin grinste Schaumfolger breit. »Vielleicht wird sie das . . . mag sein, sie wird's. Mein Freund, wir sind die zwei weisesten Herzen im Lande — wir zwei, die wir waffenlos und ohne irgendein Unterpfand an den Busen des Verächters selbst ziehen. Mag sein, Weisheit ist wie Hunger. Vielleicht ist's ein ungemein feinsinnig Ding — aber wer möchte freiwillig daran teilhaben?«

Trotz des Ausbleibens von Wind war die Luft noch winterkalt. Am steinigen Ufer des Sees ballten sich Ansammlungen von Eis, wo die Gischt des Wasserfalls gefroren war, und Schaumfolgers Atem bildete in der naßkalten Luft feuchte Dunstwolken. Covenant brauchte Bewegung, um sich erwärmen zu können, seinen Mut zu bewahren. »Nicht gerade feinsinnig«, knurrte er, »aber nützlich. Komm!«

Schaumfolger packte sein Glutgestein weg, schwang sich den Sack wieder über die breite Schulter und führte Covenant vom Landbruch fort und am Fluß entlang.

Die Nacht gebot ihnen Einhalt, nachdem sie erst drei oder vier Kilometer zurückgelegt hatten. Aber zu diesem Zeitpunkt lagen die Vorhügel und die letzten Bereiche des einmal unverwüstet gewesenen Flachlandes, das sich einst, vor ganzen Erdzeitaltern, von den Südlichen Einöden bis in den Norden erstreckte, zur Sarangrave-Senke und dem Lebensverschlinger, dem Großen Sumpf, hinter ihnen. Sie befanden sich in den Gehölzen, die die Trümmerschwemme säumten.

Graue, brüchige, abgestorbene Büsche und Bäume — Pappeln, Lärchen, einst schöne Tamarisken — erhoben sich aus dem trockenen Lehm beiderseits des Stroms, ragten aus Boden auf, der einmal zum Flußbett gehört hatte. Aber die Trümmerschwemme war vor Jahrzehnten oder womöglich schon Jahrhunderten geschrumpft, hatte an ihren beiden Flanken teils fruchtbaren Schlamm hinterlassen, eine Lehmerde, in der ein Sortiment besonders zäher Bäume und Hölzer sich eine karge Existenz errangen, bis Lord Fouls widernatürlicher Winter ihnen gänzlich den Garaus bereitet hatte. Während Dunkelheit sich in die Luft stahl, als ob sie aus dem Untergrund emporstiege, verwandelten sich die Bäume in gespenstische Gestalten bedrohlicher Warnung und Abschreckung, die das Gehölz nahezu undurchdringlich zu machen schienen. Covenant fand sich mit der Notwendigkeit ab, hier ein Nachtlager aufzuschlagen, obwohl der trockene Lehm einen aufdringlichen, miefigen Modergeruch nach Alter verströmte, und der Fluß im Dahinfließen ein Glitschgeräusch erzeugte wie aus einem matschigen Hinterhalt. Er wußte, daß er und Schaumfolger sicherer wären, marschierten sie bei Nacht, aber er war müde und bezweifelte, daß der Riese einen Weg durch die von Wolken umschlossene Finsternis finden könne.

Später bemerkte er jedoch, daß der Fluß eine gewisse Helligkeit abgab, vergleichbar mit dem schwachen Glanz von Grünspan; die gesamte Wasseroberfläche glomm träge. Das Licht entstammte allerdings nicht dem Wasser selbst, sondern elektrischen Zitteraalen, die in der Strömung hin und her flitzten. Sie erweckten einen unmäßig gierigen Eindruck, und ihre Kiefer strotzten nur so von Zähnen. Doch sie ermöglichten es ihm und Schaumfolger, den Marsch fortzusetzen.

Auch im faszinierend geisterhaften Lichtschein der Aale kamen sie nicht wesentlich vorwärts. Die Zerstörung des Stabes hatte das Gleichgewicht von Lord Fouls Winter durcheinandergebracht; ohne den Wind, der ihnen Zusammenhalt verliehen hatte, schlafften die geballten Kräfte der Wolken ab. In der tieferen Eisigkeit der Finsternis vergossen sie Regen vom blinden Himmel. Bald schüttete es in Strömen aus dem entkräfteten Zugriff der Wolken, prasselte senkrecht aufs Unterland herab, als sei das Himmelsgewölbe geborsten. Unter diesen Umständen konnte Schaumfolger den Weg freilich nicht finden. Er und Covenant hatten keine Wahl, als sich im Lehm aneinanderzukauern und zu wärmen, während des Wartens zu versuchen, zu schlafen.

Mit dem Tagesanbruch hörte der Regen auf; Covenant und Schaumfolger zogen in der verwaschenen Helligkeit der Morgenfrühe weiter an der Trümmerschwemme entlang. Im Laufe des Tages entdeckten sie die allerletzten *Aliantha;* während ihres Vordringens in die Verwüsteten Ebenen erwies sich die Erde immer mehr als zu unfruchtbar für Schatzbeeren. Das Paar ernährte sich mit kärglichen Rationen der schwindenden Vorräte. Gegen Abend brach der Regen von neuem aus, durchnäßte die beiden, bis die flaue Feuchtigkeit ihnen bis ins Mark gedrungen zu sein schien.

Am folgenden Tag erspähte sie auf einer Lichtung im grauen Gehölz ein Adler. Er kreiste zweimal dicht über ihren Köpfen, dann schwang er sich davon, kreischte zum Hohn: »Schaumfolger! Sippenverächter!«, wie eine Stimme aus dem Totenreich.

»Sie sind hinter uns her«, sagte Covenant.

»Ja«, stieß Schaumfolger heftig hervor. »Sie werden auf uns Jagd machen.« Er suchte sich einen glatten Stein, so groß wie Covenants beide Fäuste, und nahm ihn mit, um ihn nach dem Adler zu werfen, falls er zurückkehrte.

An diesem Tag ließ dieser sich aber nicht wieder blicken, jedoch am nächsten Tag — nach einem wolkenbruchartigen Sturzregen, der auf die Ebenen herunterrauschte, als sei die Wolkendecke überm Land ein übergeschwapptes Meer — zog Lord Fouls Vogel zweimal, am Vor- und am Nachmittag, über ihnen seine Kreise. Beim erstenmal verspottete er sie, bis Schaumfolger alle Steine verschleudert hatte, die sich in der Nähe finden ließen, dann stieß er herab, um geringschätzig »Sippenverächter!« und »Kriecher!« zu krächzen.

Das zweitemal hielt Schaumfolger einen Stein verborgen. Er wartete, bis der Adler sich herunterschwang, um sie zu verhöhnen, dann warf er den Stein mit fürchterlicher Gewalt. Der Adler kam davon, indem er die schlimmste Wucht mit den Flügeln abfing, aber er torkelte nur noch durch die Luft, als er die Flucht ergriff, kaum dazu imstande, eine gewisse Mindesthöhe zu bewahren.

»Wir müssen uns sputen«, knurrte Schaumfolger. »Dieser üble Vogel hat zweifelsfrei die Verfolger in unsere Richtung geleitet. Sie können nicht fern sein.«

So schnell Covenant es mit seinen gefühllosen, geschundenen Füßen konnte, brach er sich durchs dürre Gehölz Bahn.

Sie blieben weitmöglichst unter der Deckung von Bäumen, um gegen eine erneute Ausspähung durch Vögel vorzubeugen. Diese Vorsicht setzte ihr Tempo leicht herab, aber das größte Hemmnis ihres Marsches war eindeutig Covenants Schwächlichkeit. Seine Verletzung und die Prüfung, die ihm am Koloß widerfahren war, schien in ihm irgendein grundlegendes Beharrungsvermögen erschöpft zu haben. In den kalten, nassen Nächten fand er wenig Schlaf, und er spürte, daß die Geringfügigkeit der Rationen ihn allmählich aushungerte. In verbissenem Schweigen latschte er Meile um Meile dahin, als sei die Furcht vor den Verfolgern der einzige Sachverhalt, der ihn weiter vorwärts trieb. Und an diesem Abend verzehrte er im Grünspanleuchten des Aallichts den allerletzten Rest von Schaumfolgers Proviant.

»Was jetzt?« murmelte er ratlos, als er alles gegessen hatte.

»Wir müssen uns begnügen. Es gibt nichts mehr.«

Ach, Hölle und Verdammnis! stöhnte Covenant insgeheim. Lebhaft erinnerte er sich daran, was ihm im Wald hinter der Haven-Farm passiert war, als seine selbstauferlegte Kasteiung ihn hysterisch gemacht hatte. Die Erinnerung erfüllte ihn mit kaltem Grausen.

Dies Grausen wiederum rief andere Erinnerungen herauf — Gedanken an Joan, seine Ex-Frau, und seinen Sohn Roger. Er verspürte den Drang, Schaumfolger von ihnen zu erzählen, als wären sie Geister, die er austreiben könnte, indem er einfach über sie die richtigen Dinge zur richtigen Person sagte. Aber ehe er die geeigneten Worte fand, lenkte die erste Attacke der Verfolger seine Überlegungen ab.

Ohne Vorwarnung kam auf der Südseite der Trümmerschwemme eine Rotte affenartiger Kreaturen aus dem Gehölz gepoltert. Stumm wie das Nahen eines Alptraums brachen sie aus dem spröden Holz, schwärmte durch das Aalleuchten. Sie sprangen am flachen Ufer ins Wasser und schwammen durch den Fluß auf ihre Opfer zu.

Entweder kannten sie die Gefahr nicht, oder sie hatten sie vergessen. Ohne einen Laut oder Schrei verschwanden sie allesamt unter einem plötzlichen, wüsten Brodeln blaugrünen Schillerns. Keine kam wieder zum Vorschein.

Sofort setzten Covenant und Schaumfolger den Weg fort. Solange das Zwielicht währte, brachten sie einen möglichst großen Abstand zum Ort des versuchten Überfalls hinter sich.

Kurze Zeit später setzte erneut Regen ein. Er stürzte auf sie herab wie der Zusammenbruch eines Berges und machte die ganze Nacht undurchdringlich. Sie sahen sich zum Halten gezwungen. Sie rückten unterm unzureichenden, laublosen Dach eines Baums zusammen wie ausgesetzte Kinder, versuchten zu schlafen und hofften, die Verfolger könnten sie in diesem Wetter nicht einholen.

Nach einer Weile döste Covenant. Er dämmerte an den wahren Tiefen des Schlafs dahin, als Schaumfolger ihn wachrüttelte.

»Horch!«

Covenant vermochte nichts zu hören als das fortgesetzte Prasseln des Regens. Das Gehör des Riesen war schärfer. »Die Trümmerschwemme schwillt. Eine Flut kommt.«

Indem sie sich vorwärts tasteten wie Blinde, sich einen Weg gegen den Widerstand unsichtbarer Bäume und Sträucher erzwangen, durch Wasser wateten, das ihnen bereits bis über die Fußknöchel reichte, bemühten sie sich, aus dem Gehölz auf höhergelegenen Grund zu steigen. Nach langwierigen Anstrengungen konnten sie das frühere Flußbett verlassen. Aber das Wasser stieg weiter, das Gelände dagegen nicht. Schließlich konnte Covenant auch durch den Regen das dunklere Brausen der Flut hören; sie schien über ihnen durch die Nacht heranzuschwellen. Er stapfte knietief durch schlammiges Wasser und sah keine Möglichkeit, sich davor zu retten.

Aber Schaumfolger zerrte ihn weiter. Einige Zeit später gerieten sie in eine durch Erosion geschaffene Rinne. Ihre Wände waren schlickig, und das Wasser floß durch ihren Verlauf herab wie Treibsand, doch der Riese kannte kein Zögern. Er befestigte Covenant mit einem kurzen *Clingor*-Strang an sich und stemmte ihnen den Weg durch die Rinne aufwärts.

Covenant klammerte sich für eine Strecke an Schaumfolger, die meilenlang zu sein schien. Aber immerhin merkte er, daß sie nun aufwärts gelangten. Nach oben hin verengte sich die Rinne. Schaumfolger half ihm mit seinen großen Händen beim Aufstieg.

Als sie einen weiten Abhang betraten, auf dem das Wasser kaum noch ihre Füße überspülte, verschnauften sie. Erschöpft sank Covenant in den Matsch. Der Regen ließ nach, und Covenant schlief benommen ein; sein Schlaf dauerte, bis aus dem Osten ein neuer kalter, grauer Tag die Wolkendecke heller zu verschmieren begann.

Zu guter Letzt rieb er sich die Verkrustungen der Müdigkeit aus den Augen und setzte sich auf. Belustigt betrachtete Schaumfolger ihn. »Ach, Covenant«, meinte der Riese, »was sind wir für ein Paar! Du bist so schmutzig und traurig anzuschauen . . . Und mein Aussehen, dünkt mich, hat sich auch nicht verschönert.« Er zeigte seine ganze Verdrecktheit vor. »Wie lautet deine Meinung?«

Für einen Moment wirkte Schaumfolger so heiter und unbesorgt wie ein Kind beim Spiel. Dieser Anblick berührte Covenant seltsam. Wie lange war es her, daß er den Riesen zuletzt lachen gehört hatte? »Wasch dir das Gesicht!« empfahl er mit soviel Humor, wie er aufbringen konnte. »Du siehst ja lachhaft aus.«

»Du ehrst mich«, entgegnete Schaumfolger. Aber er lachte nicht. Als seine Erheiterung schwand, wandte er sich ab und spritzte ein bißchen Wasser in sein Gesicht, um es notdürftig zu säubern.

Covenant folgte seinem Beispiel, obwohl er zu matt war, um sich schmutzig zu fühlen. Zum Frühstück trank er aus dem Krug drei Züge Wasser, dann erhob er sich wacklig auf die Füße.

In der Ferne konnte er ein paar Baumwipfel aus dem breiten, braunen Schwall der Flut ragen sehen. Mehr war vom Gehölz beiderseits der Trümmerschwemme nicht mehr sichtbar.

Auf der anderen Seite der Überschwemmung, in der Richtung, die er und Schaumfolger nun nehmen mußten, lag eine langgestreckte Hügelkette. Die Kuppen türmten sich schichtweise immer höher empor, bis sie fast so hoch wie Berge wirkten, und ihre zerklüfteten Hänge machten einen derartig trostlosen, öden Eindruck, als seien ihre Wurzeln selbst bereits vor Äonen abgestorben.

Die Aussicht entlockte ihm ein Stöhnen. Sein überanstrengtes Fleisch sträubte sich. Aber es blieb keine Wahl; das flache Gelände längs der Trümmerschwemme war nicht länger begehbar.

Mit nichts zur Stärkung als kargen Wasserrationen machten er und der Riese sich ans Klettern.

Die Steigung war weniger schroff, als sie ausgesehen hatte. Wäre Covenant gesund und normal ernährt gewesen, sie hätte ihm keine Schwierigkeiten bereitet. Aber in seinem ausgemergelten Zustand konnte er sich die Hänge kaum aus eigener Kraft hinaufschleppen. Die entzündete Wunde an seiner Stirn schmerzte wie eine an seinem Schädel eingehakte Last, die ihn beim Hinaufsteigen stark behinderte. Die stickige, feuchte Luft schien seine Lungen zu verstopfen. Von Zeit zu Zeit passierte es ihm, daß er merkte, er lag der Länge nach zwischen Steinen, ohne sich daran erinnern zu können, gefallen zu sein.

Doch mit Schaumfolgers Unterstützung hielt er durch. Noch spät am selben Tag überquerten sie die Höhe des Hügelkamms und begannen den Abstieg.

Seit sie die Umgebung der Trümmerschwemme verlassen hatten, waren keine Anzeichen weiterer Verfolger feststellbar gewesen.

Am nächsten Morgen, nach einem dermaßen schweren und widerlich ranzigen Regen, als seien die Wolken selbst zum vollkommenen Stillstand gekommen, verließen sie auch die Hügel. Während Covenants abgehärmtes Fleisch sich an den Hunger gewöhnte, entwickelte er mehr Zähigkeit — er war nicht gerade kräftiger, aber weniger klapprig. Er bewerkstelligte den Abstieg ohne Zwischenfall, und vom Höhenzug aus schlugen er und Schaumfolger eine allgemein ostwärtige Richtung ein, hinaus in die Weite der öden Landschaft.

Nach der Mittagsrast, trübselig und ohne Essen zugebracht, gelangten sie an eine unheimliche Wildnis von Dornengesträuch. Es bedeckte die ganze Ausdehnung eines weitflächigen Tieflands. In einer Breite von gut einer Meile standen leblose Dornensträucher mit armdicken Ästen und grauen, eisenharten Dornen ihnen im Weg. Die ganze weite Senke ähnelte einem verwucherten Obstgarten, in dem man scharfe Spitzen und Haken züchtete, um daraus Waffen zu machen; die Dornbüsche standen in krummen Reihen, als habe man sie so gepflanzt, um sie pflegen und die schaurige Ernte einbringen zu können. Da und dort sah man Lücken zwischen den heckenähnlichen Reihen, aber aus der Entfernung konnte Covenant nicht ihre Ursache erkennen.

Schaumfolger mochte das Tal ungern durchqueren. An beiden Seiten umgrenzte höheres Gelände die dornige Ödnis, und die kahlen Sträucher boten keinerlei Deckung; dort unten konnte man sie jederzeit leicht ausspähen. Doch wieder besaßen sie keine Wahl. Die Wildnis erstreckte sich sehr weit nach Norden wie auch in den Süden. Um die Dornen zu umgehen, hätten sie viel Zeit opfern müssen — Zeit, in der sie der Hunger überwältigen mochte, Verfolger sie einholen konnten.

Während er bei sich murmelte, hielt Schaumfolger über das gesamte Umland Ausschau, so weit sein Auge reichte, und versuchte, irgendwelche Anzeichen von Verfolgung zu erspähen. Dann führte er Covenant den letzten Hang hinunter und zwischen die Dornen.

Drunten stellten sie fest, daß die untersten Äste der Sträucher sich eineinhalb bis zwei Meter überm Boden befanden. Covenant konnte weitgehend aufrecht zwischen den gewundenen Reihen dahinmarschieren, aber Schaumfolger mußte sich ständig unter den Gewächsen ducken oder sogar in die Hocke gehen, um zu vermeiden, daß das stacheldrahtartige Dornengeranke ihm Oberkörper, Kopf und Gesicht aufriß. Falls er sich zu schnell bewegte, riskierte er Verletzungen. Infolgedessen kamen sie nur gefährlich langsam durch diese Wildnis voran.

Unter ihren Füßen bedeckten hoch Staub und Sand den Boden. Der gesamte Regen der vergangenen Nächte hatte dies Tal allem Anschein nach überhaupt nicht betroffen. Der leblose Dreck lag unter den Wolken, als könnten nicht einmal jahrelange Ströme von Regen seinen uralten Durst stillen. Die Schritte der zwei Wanderer wirbelten derartige Staubwolken auf, daß sie ihnen den Atem verschlugen, ihre Lungen füllten, in ihren Augen brannten — und der Staub stob himmelwärts, verriet ihre Anwesenheit so deutlich wie ein Rauchzeichen.

Nach kurzer Zeit kamen sie an eine der Lücken inmitten der Dornengewächse. Zu ihrer Überraschung entdeckten sie, daß es sich um eine Schlammgrube handelte. In einem kleinen Tümpel brodelte feuchter Lehm. Ganz im Gegensatz zu all dem toten Staub ringsherum schien dies Loch von irgendeiner Art glitschigen Lebens zu strotzen, obwohl es genauso kalt war wie die Winterluft. Covenant wich davor zurück, als gehe davon eine Gefahr aus, und eilte durch die Dornen weiter, so schnell Schaumfolger mithalten konnte.

Sie hatten die halbe Strecke zum Ostrand des Tals geschafft, als sie hinter sich in der Ferne heiseres Geschrei vernahmen, das anzeigte, daß man sie bemerkt hatte. Sie fuhren herum und sahen zwei große Horden von Menschengeschöpfen an verschiedenen Stellen aus den Hügeln herabstürmen. Die beiden Banden vereinten sich, während sie durch die Dornen herüberrannten, zum Angriff übergingen, nach dem Blut ihrer Opfer heulten.

Covenant und Schaumfolger drehten sich um und flohen.

Covenant lief mit einer Kraft, die ihm die Furcht verlieh. In der ersten Hast des Ausreißens blieb in seinem Bewußtsein für nichts Raum als die Anstrengung des Laufens, das Abstrampeln seiner Beine und Lungen. Doch kurz darauf merkte er, daß Schaumfolger zurückblieb. Die Notwendigkeit, sich ständig zu ducken und zu bücken, drosselte die Geschwindigkeit des Riesen erheblich; er konnte seine langen Beine nicht in voller Wirksamkeit ausnutzen, wollte er sich nicht an den Dornen auf die fürchterlichste Weise den Kopf verletzen. »Flieh!« rief er Covenant zu. »Ich halte sie auf!«

»Ausgeschlossen. Vergiß es!« Covenant verlangsamte den Schritt, um den Riesen aufholen zu lassen. »Wir stecken zusammen in diesem Schlamassel.«

»Flieh!« wiederholte Schaumfolger und fuchtelte eindringlich mit dem Arm, als wolle er den Zweifler vor sich hertreiben.

Statt einer Antwort blieb Covenant bei seinem Freund. Er hörte das wüste Gebrüll der Verfolger, als ob sie ihm bereits im Nacken hingen, aber er wich nicht von Schaumfolgers Seite. Er hatte schon zu viele Menschen verloren, die für ihn wichtig gewesen waren.

Urplötzlich schlitterte Schaumfolger zu einem Halt. »Geh, sag ich! Stein und See!« Seine Stimme klang nach Zorn. »Glaubst du, ich könnt's ertragen, dein Trachten um meinetwillen scheitern zu sehen?«

Covenant wirbelte herum, blieb stehen. »Vergiß es!« keuchte er noch einmal. »Ohne dich bin ich zu nichts imstande.«

Schaumfolger wandte sich um und schaute den Verfolgern entgegen. »Dann mußt du die Mittel und Wege deines Weißgoldes nun ausfindig machen. Es sind der Gegner zu viele.«

»Nicht, wenn du dich beeilst! Hölle und Verdammnis! Wir können sie noch immer abhängen.«

Der Riese drehte sich wieder Covenant zu. Für einen Moment spannten sich seine Muskeln, um ihn von neuem vorwärts zu tragen. Doch da erstarrte er plötzlich; mit einem Ruck hob er den Kopf. An Covenant vorbei spähte er durch die Zweige aufgeregt in die Ferne.

Neue Furcht packte Covenant. Er drehte sich um, schaute in die Richtung von Schaumfolgers Blick.

Am Osthang des Tals befanden sich Urböse. Sie eilten in großer Zahl herab in die Wildnis, als sei es ihre Absicht, darin auszuschwärmen, aber dann fanden sie sich zu drei Keilformationen zusammen. Covenant konnte sie durch das Gewirr der Dornenranken deutlich erkennen. Als die Keile unten anlangten, verharrten sie, und die Lehrenkundigen schwangen ihre Stäbe. Auf der ganzen Länge des Ostrands der Wildnis setzten sie das tote Gesträuch in Brand.

Die Dornen fingen augenblicklich Feuer. Mit einem Brausen loderten Flammen empor, breiteten sich über die Äste in Windeseile von einem zum anderen Strauch aus. Jeder Strauch verwandelte sich in eine Fackel, die den Nachbarn entzündete. Innerhalb von ein paar Momenten schnitt ein Wall von Feuersbrunst Covenant und Schaumfolger vom Osten ab.

Schaumfolgers Blick ruckte zwischen dem Feuer und den Verfolgern, die mit Geheul näher kamen, hin und her, und unter den wuchtigen Brauen glomm ein Glosen aus seinen Augen, das an die Tollwut von äußerster Kampfeslust erinnerte. »Eine Falle!« brüllte er, als ob die Ausweglosigkeit ihrer Situation ihn auf die Palme brächte. Aber sein Grimm besaß eine andere Bedeutung. »Doch sie irren sich. Ich bin durch Feuer wenig verwundbar. Ich kann durchbrechen und sie angreifen!«

»Leider bin ich durch Feuer verwundbar«, erwiderte Covenant benommen. Er beobachtete das Anschwellen der Wut des Riesen mit einer Übelkeit starker Spannung in der Magengegend. Er wußte, wie seine Reaktion nun eigentlich ausfallen müßte. Schaumfolger war weit besser als er dazu in der Lage, den Verächter zu bekämpfen. ›Nimm meinen Ring und hau ab!‹ müßte er jetzt sagen. ›Du kannst an den Urbösen vorbeigelangen. Du kannst eine Möglichkeit finden, um den Ring zu gebrauchen.‹ Aber seine Kehle weigerte sich, diese Worte auszusprechen. Die Sorge, Schaumfolger könne ihm seinen Ehering abfordern, nagte mit aller Heftigkeit an seinem Innern, beflügelte ihn zu hastiger Suche nach einer Alternative. »Kannst du durch so was wie Treibsand schwimmen?« krächzte er. Der Riese starrte ihn an, als habe er eine völlig unbegreifliche Äußerung getan. »Die Schlammgruben! Wir könnten uns in einer von ihnen verstekken ... bis das Feuer vorüber ist. Falls du zu verhindern imstande bist, daß wir ersaufen.«

Unverändert starrte Schaumfolger ihn an. Covenant befürchtete, der Riese habe sich schon in eine zu große Wut hineingesteigert, um noch zu erfassen, was man zu ihm sagte. Doch im nächsten Moment riß sich Schaumfolger zusammen. Mit einer enormen Willensanstrengung unterdrückte er sein Verlangen nach Kampf. »Ja!« fuhr er auf. »Komm!« Sofort hastete er geduckt in die Richtung zum Feuer.

Sie liefen in höchster Eile, um nahe beim Feuer einen Tümpel voller brodelndem Lehm zu finden, ehe die Angreifer sie erreichten. Covenant hatte große Sorge, es könne bereits zu spät sein; er konnte sie sogar schon durch das wilde Brausen des Flammenmeers grölen hören. Aber die Glut fraß sich mit furchtbarer Geschwindigkeit näher. Die Kreaturen befanden sich noch mehrere hundert Meter weit hinter ihnen, als er in die Hitzewelle der Flammen prallte und seitwärts torkelte, ihr auswich, um einen der Tümpel zu suchen.

Er fand keinen. Der Schwall von Hitze brannte in seinen Augen, blendete ihn halb. Er war viel zu nah am Feuer. Es fraß sich durch die Sträucher auf ihn zu wie eine die Welt verschlingende Bestie. Er rief nach Schaumfolger, aber im Wüten der Feuersbrunst war seine Stimme so gut wie gar nicht zu hören.

Da packte ihn der Riese am Arm, zerrte ihn mit. Indem er zusammengekauert wie ein Krüppel rannte, strebte Schaumfolger zu einem Tümpel direkt unterhalb der Flammenwand hinüber. Die Zweige und Dornen in nächster Nähe der Grube flammten bereits in heißen orangefarbenen Blüten, als seien sie vom Feuer zu neuem Leben erweckt worden.

Schaumfolger sprang in den Schlamm.

Durch seinen Schwung versanken sie bis über die Köpfe darin, aber die gewaltige Kraft seiner Beine brachte sie wieder an die Oberfläche. Die immer stärkere Hitze schien ihnen augenblicklich die Gesichter zu versengen. Aber Covenant fürchtete den Schlamm viel mehr. Einen Moment lang schlug er wie ein Rasender um sich, dann besann er sich darauf, daß Gezappel das

Verhalten war, mit dem man am schnellsten versank. Er unterdrückte seine instinktive Panik, zwang sich zur Lockerung seiner Gliedmaßen. Er spürte, wie Schaumfolger hinter ihm das gleiche tat. Nur ihre Köpfe schauten noch aus dem Schlamm.

Sie versanken nicht. Während sie im Tümpel trieben, loderte das Feuer über sie hinweg, und für einige lange Augenblicke brannte Schmerz in Covenants Gesicht, wie er da im nassen Lehm hing, kaum zu atmen wagte. Als sich das Feuer weiterfraß, fühlte er, wie seine krasse Hilflosigkeit sich noch verstärkte.

Wenn das Feuer sich entfernt hatte, würden er und Schaumfolger im Schlick treiben und zusehen müssen, wie sie sich so gut wie eben möglich gegen drei Keile von Urbösen verteidigen konnten, ohne auch nur die Arme zu bewegen.

Er versuchte, einen tüchtigen Atemzug zu nehmen, um Schaumfolger etwas zuzurufen. Aber während er noch einatmete, packten Hände tief im Schlamm seine Fußknöchel und zogen ihn hinab.

18

Der Verderbte

Verzweifelt strampelte er, versuchte an die Oberfläche zurückzugelangen. Aber der Schlamm beschränkte seine Bewegungsfreiheit, hemmte jede Anstrengung, und die Hände um seine Fußknöchel zerrten ihn rasch tiefer. Er versuchte, Schaumfolger zu ertasten, aber umsonst. Er war bereits, spürte er, weit unter der Oberfläche der Schlammgrube.

Erbittert hielt er die Luft an. Sein halsstarriger Lebenstrieb veranlaßte ihn zum Trotzen, obwohl er wußte, daß er aus dieser kalten Tiefe nie wieder nach oben zurückkehren konnte. Gegen den Widerstand des Schlamms beugte er den Oberkörper, grapschte mit den Händen an seinen Beinen entlang, um die Finger zu finden, die ihn hielten. Aber es gelang ihm nicht, sie zu finden. Sie zogen ihn abwärts — er spürte ihren nassen Griff um seine Knöchel —, aber seine Hände berührten nichts, wo die fremden Fäuste sein müßten, sein mußten.

In dieser extremen Notsituation war ihm, als könne er einen Moment lang im Weißgold ein Pulsieren bemerken. Aber die Wahrnehmung vermittelte ihm keinerlei Macht, kein Machtbewußtsein, und sobald er sich darauf zu konzentrieren versuchte, schwand sie.

Die Luft in seinen Lungen begann sich zu verbrauchen. Rote Stränge von Licht durchschnitten die Innenseiten seiner Lider. *Doch nicht so!* fing er innerlich wild zu schreien an. *Doch nicht so!*

Im nächsten Moment bemerkte er eine Richtungsänderung. Während seine Lungen zu bersten drohten, zerrten die Hände ihn in die Horizontale, dann plötzlich aufwärts. Mit einem klammen Schmatzgeräusch hoben sie ihn aus dem Schlamm an schale, von Schwärze erfüllte Luft.

Mit krampfhaftem Keuchen begann er wieder zu atmen. Die Luft war muffig und widerlich wie in einer feuchten Gruft, aber sie bedeutete Leben, und er schnappte mit wahrer Gier danach. Für einen ausgedehnten Moment machte ihn das rote Wetterleuchten seines Gehirns für die Dunkelheit ringsum blind. Doch sobald sich seine Atmung zu einem matten Japsen beruhigt hatte, wischte er sich den Schlick aus den Augen und blinzelte umher, versuchte festzustellen, wo er sich befand.

Die Schwärze rundum war undurchdringlich.

Er lag auf feuchtem Lehm. Als er sich regte, berührte seine linke Schulter eine lehmige Wand. Er erhob sich auf die Knie und streckte die Hände in die Höhe; eine Armeslänge über seinem Kopf konnte er die Decke fühlen. Anscheinend hielt er sich in irgendeinem unterirdischen Hohlraum unterhalb der Schlammgrube auf.

»Er kann nicht sehen«, sagte breiig eine Stimme nah an seinem Ohr. Sie klang mickrig und furchtsam, aber er fuhr vor Überraschung zusammen, schrak zurück und rutschte keuchend näher zur Wand.

»Das ist gut«, bemerkte eine andere zittrige Stimme. »Er könnte uns etwas antun.«

»Es ist nicht gut. Macht für ihn Licht.« Diese Stimme wirkte resoluter, aber auch sie bebte vor Beunruhigung.

»Nein!« — »Nein, nein!« Covenant konnte bei diesem Protest acht oder zehn Sprecher unterscheiden.

»Wenn wir nicht beabsichtigen, ihm zu helfen«, sagte die gefaßtere Stimme, »hätten wir ihn nicht retten sollen.«

»Er könnte uns etwas antun.«

»Es ist noch nicht zu spät. Ertränkt ihn!«

»Nein.« Die beherrschtere Stimme bekam Nachdruck. »Wir haben uns für dies Wagnis entschieden.«

»Ach! Wenn der Erschaffer erfährt . . .«

»Wir haben uns entschieden, sag ich! Zu retten und dann zu töten — das wäre wahrlich eine Erschaffer-Schandtat. Besser wär's, er täte uns etwas an. Ich werde . . .« Furchtsam zögerte die Stimme. »Ich werde selbst Licht machen, wenn's sein muß.«

»Haltet euch bereit!« Mehrere Sprecher riefen durcheinander, als schlügen sie gegen Covenant Alarm.

Einen Moment später hörte er ein seltsames, schlüpfriges Geräusch, als zöge jemand einen Stock durch Matsch. Ein trüber, roter Glanz, dem Steinlicht ähnlich, entstand etwa einen Meter vor seinem Gesicht.

Das Licht ging von einer grotesken Lehmgestalt aus, die am Boden der unterirdischen Kammer stand. Sie war ungefähr sechzig Zentimeter hoch und kam ihm vor wie eine von den ungeübten Händen eines Kindes geformte Tonfigur. Er konnte plumpe Glieder erkennen, vage, mißratene Gesichtszüge, aber keine Augen, Ohren, keinen Mund, keine Nase. Rötliche Schlammtaschen in dem braunen Etwas glommen trüb und verbreiteten schwache Helligkeit.

Covenant stellte fest, daß er sich am Ende eines Tunnels befand. In der Nähe war ein Schlammtümpel mit brodelndem Schlick, über dem sich Wände, Boden und Decke vereinten und den Hohlraum umschlossen. Aber in der entgegengesetzten Richtung führte der Tunnel in ausgedehntes Dunkel. Und dort, am Rande des Lichtscheins, standen ein Dutzend oder mehr solcher untersetzter Lehmgestalten, genau wie jene vor Covenant.

Sie rührten sich nicht, blieben stumm. Sie wirkten leblos, als seien sie von jener Kreatur, die — was für eine es auch gewesen sein mochte — den Tunnel geschaffen hatte, zurückgelassen worden. Aber es gab sonst nichts und niemanden im Tunnel, der gesprochen haben könnte. Covenant starrte die klumpigen Gestalten an und überlegte, was er seinerseits sagen könne.

Unvermittelt begann der Schlammtümpel regelrecht zu sieden. Direkt vor Covenant hüpften weitere Lehmgestalten aus dem Schlamm und zogen an zwei großen Füßen. Die Gestalt mit dem Licht wich eilig weiter zurück in den Tunnel und machte Platz. Im Handumdrehen hatten diese Gestalten Schaumfolger aus dem Tümpel gezerrt, dann flohen sie aus seiner Reichweite und gesellten sich zum Rest, der bislang stumm Covenant beobachtet hatte.

Schaumfolgers Riesenlungen hatten ihn ausreichend mit Luft versorgt; er brauchte keine Verschnaufpause, um sich zu erholen. Trotz der Enge warf er sich sofort herum und kroch auf die lehmigen Gestalten zu, in der Kehle ein Knurren, Wut in den Augen, eine wuchtige Faust bereits erhoben.

Unverzüglich erlosch das einzige Licht. Inmitten schriller Schreie der Furcht schlitterten die Schlammwesen durch den Tunnel davon.

»Schaumfolger!« rief Covenant eindringlich. »Sie haben uns gerettet!«

Er hörte den Riesen verharren, schwer und heiser atmen. »Schaumfolger!« wiederholte er. »Riese!«

Schaumfolger atmete einige Augenblicke lang tief durch. »Mein Freund?« fragte er dann. In der Finsternis klang seine Stimme gepreßt, zu voll mit unterdrückten Emotionen. »Bist du wohlauf?«

»Wohlauf?« Für einen Moment fühlte sich Covenant am Rande der Hysterie schwanken. Aber er nahm sich zusammen. »Sie haben mir nichts getan. Schaumfolger, ich glaube, sie haben uns gerettet.«

Der Riese schnaufte noch eine Zeitlang vor sich hin, während er um Selbstbeherrschung rang. »Ja«, stöhnte er zu guter Letzt. »Ja. Nun habe ich sie gelehrt, uns zu fürchten.« Er richtete seine Stimme in die Ferne des Tunnels. »Ich bitte euch, vergebt mir! Ihr habt uns in der Tat gerettet. Ich bin wenig mäßig — ja, ich erzürne rasch, viel zu leicht. Doch ihr habt, ohne es zu beabsichtigen, mein Herz bedrückt. Ihr habt meinen Freund von meiner Seite gerissen und mich verlassen. Ich befürchtete, er sei tot — und Verzweiflung kam über mich. Der Bluthüter Bannor riet uns, nach Hilfe auszuschauen, wohin wir auch gehen. Doch — Narr, der ich war! — ich schaute nicht so nah an des Seelenpressers Wohnstatt danach aus. Als ihr dann auch mich geholt habt, kannte ich nicht länger einen klaren Gedanken, sondern nur noch Zorn. Ich erflehe eure Vergebung.« Aus der Finsternis antwortete ihm nichts als hohles Schweigen. »Ach, hört mich an!« rief er fast flehentlich. »Ihr habt uns vor der Hand des Verächters gerettet. Laßt uns nunmehr nicht im Stich!«

Das Schweigen dehnte sich aus; dann brach man es. »Verzweiflung ist Erschaffer-Werk«, sagte eine Stimme. »Nicht darin bestand unsere Absicht.«

»Traut ihnen nicht!« Andere Stimmen riefen dazwischen. »Sie sind hart.«

Aber ein Schlurfen unförmiger Füße kam Covenant und Schaumfolger näher, und unterwegs leuchteten mehrere der Lehmgestalten auf, so daß Helligkeit den Tunnel erfüllte. Die Kreaturen rückten vorsichtig näher, blieben jedoch ein ganzes Stück weit außerhalb der Reichweite des Riesen. »Auch wir bitten um Verzeihung«, sagte der Anführer so fest, wie er überhaupt konnte.

»Ach, darum braucht ihr nicht zu bitten«, gab Schaumfolger zur Antwort. »Mag sein, ich bin im Erkennen meiner Freunde ein wenig langsam — doch sobald ich sie erkannt habe, besitzen sie nicht länger irgendeinen Grund, mich zu fürchten. Ich bin Salzherz Schaumfolger, der . . .« — er schluckte, als drohe die Äußerung ihn zu ersticken — ». . . der letzte Riese von der Wasserkante. Dieser mein Freund hier ist Thomas Covenant, Ur-Lord und Weißgoldträger.«

»Wir wissen's«, entgegnete der Anführer der Matschwesen. »Wir haben von euch vernommen. Wir sind *Jheherrin — Aussat Jheherrin Befylam.* Des Erschaffers Hort kennt kein Geheimnis, das die *Jheherrin* nicht vernommen haben. Von euch ist geredet worden. Man hat Pläne wider euch geschmiedet. Die *Jheherrin* haben sich beraten und beschlossen, euch zu helfen.«

»Sollte der Erschaffer davon erfahren«, winselte hinter dem Anführer eine Stimme, »sind wir verloren.«

»Das ist wahr. Falls er von unserer Hilfe ahnt, wird er uns nicht länger dulden. Wir fürchten um unser Leben. Aber ihr seid seine Widersacher. Und die Sagen verheißen . . .«

Unvermittelt verstummte der Anführer und wandte sich ab, um mit den anderen *Jheherrin* zu reden. Fasziniert beobachtete Covenant, wie sie untereinander flüsterten. Aus einigem Abstand sahen sie alle gleich aus, aber bei längerer Begutachtung stellte sich heraus, daß sie so unterschiedlich waren wie Tonfiguren von den Händen verschiedener Kinder. Sie wichen in Größe, Umrissen, Färbung, Ängstlichkeit und Tonfall voneinander ab. Doch ihnen allen war ein seltsames Aussehen nach Unfestigkeit gemeinsam. Bei ihren Bewegungen bauchten sie sich aus, wölbten sich und schwabbelten, als halte nur eine ganz dünne Haut von Oberflächenspannung ihre Körper zusammen — als könne jeder Kratzer oder Hieb sie in einen amorphen, nassen Lehmbrocken verwandeln. Nach einer kurzen Besprechung drehte der Anführer sich wieder um. Seine Stimme zitterte, als ob die eigene Verwegenheit ihm die größten Sorgen bereite. »Warum seid ihr gekommen? Ihr habt's gewagt . . . Zu welchem Zweck?«

»Es ist unser Wille«, antwortete Schaumfolger mit genug Grimm, daß die *Jheherrin* ihm glauben konnten, »Lord Foul den Verächter zu vernichten.«

Covenant zuckte bei dieser unumwundenen Absichtserklärung zusammen. Aber er konnte sie nicht leugnen. Wie sonst hätte sich beschreiben lassen, was er vorhatte?

Die *Jheherrin* diskutierten nochmals. »Das ist unmöglich«, meinten sie schließlich mit der Überstürztheit äußerster Beunruhigung. »Kommt mit uns!«

Die Plötzlichkeit dieser Aufforderung gab ihr den Klang eines Befehls, obwohl die Stimme des Anführers viel zu stark zitterte, um irgendeine Autorität zu besitzen. Covenant fühlte sich zum Widerspruch angehalten, nicht, weil er dagegen, mit den *Jheherrin* zu gehen, irgendwelche Bedenken hegte, sondern weil er wissen wollte, warum sie diese Aufgabe für undurchführbar hielten. Aber sie kamen ihm mit der Schnelligkeit ihres Abgangs zuvor; ehe er eine Frage zu äußern vermochte, war die Hälfte der Lichter erloschen, der Rest im Aufbruch begriffen.

Schaumfolger zuckte die Achseln und winkte Covenant voraus in den Tunnel. Covenant nickte. Mit einem Ächzen der Müdigkeit schloß er sich den *Jheherrin* an.

Sie entfernten sich mit unvermuteter Geschwindigkeit. Bei jedem Schritt schwabbelten und wabbelten sie, halb gingen, halb flossen sie durch den Tunnel dahin. Covenant konnte nicht mithalten. In seinem niedergekauerten Körper begannen die Lungen die muffige Luft als qualvoll stickig zu empfinden, und seine Füße gerieten im glitschigen Lehm wiederholt ins Rutschen. Schaumfolger folgte noch langsamer; die niedrige Decke zwang ihn zum Kriechen. Doch ein paar *Jheherrin* blieben weit genug zurück und leiteten sie durch die Biegungen und Abzweigungen des Tunnels. Und es dauerte nicht lange, bis dieser sich erweiterte. Die Decke rückte höher, Anzahl und Verzweigtheit der Kreuzungen nahmen zu. Bald konnte Covenant aufrecht gehen, Schaumfolger in bloß noch geduckter Haltung. Daraufhin gelangten sie schneller vorwärts.

Sie waren ziemlich lang unterwegs. Mit aller Geschwindigkeit, derer Covenant fähig war, durcheilten sie unübersichtliche Ansammlungen von Abzweigungen und Kreuzungsanlagen, wo Tunnel dicht an dicht — wie Waben — die Erde durchzogen, und auf dem Weg sahen sie flüchtig weitere Kreaturen, die alle in die gleiche Richtung hasteten; sie stapften durch so dicken, feuchten Schlamm, daß Covenant sich kaum hindurchkämpfen konnte, durch schimmernde Kohlenflöze, die das Steinlicht der *Jheherrin* gräßlich widerspiegelten, und legten zweifellos einige Kilometer zurück. Aber Covenants Geschwindigkeit war nicht allzu nennenswert, und im Laufe der Zeit verringerte sie sich stetig noch mehr. Seit zwei Tagen war er schon ohne Nahrung, seit etwa zehn Tagen ohne ausreichenden Schlaf. Der verkrustete Schlamm an seiner Stirn pochte wie Fieber. Und die Taubheit in seinen Händen und Füßen — die Gefühllosigkeit, die nicht mit der Kälte im Zusammenhang stand — breitete sich aus.

Trotzdem latschte er weiter. Er machte sich keine Sorgen um Verstümmelungen; in seiner fortwährenden Ermattung hatte diese Gefahr des Aussätzigendaseins für ihn längst ihren Schrekken und damit ihre Macht über ihn verloren. Füße, Kopf, Hunger — er stellte sich den Bedingungen für seine Rückkehr in die eigene Welt, war dazu bereit, sie zu erfüllen. Nicht die Furcht vor der Lepra trieb ihn an. Seine Motivation war anderer Art.

Immerhin besserten sich allmählich die Umstände ihrer unterirdischen Wanderung. Fels löste den Lehm der Tunnel ab; sie gelangten mit der Zeit in frischere, reinere Luft; die Temperatur pendelte sich auf eine gemäßigte Höhe ein. Solche Kleinigkeiten halfen Covenant beim Durchhalten. Und sobald ihm einmal die Kräfte zu schwinden drohten, ermöglichten Schaumfolgers Fürsorge und Zuspruch es ihm, sich wieder aufzurappeln. Er marschierte Kilometer um Kilometer, als wolle er versuchen, seinen Füßen auf dem nackten Fels die störende Taubheit auszutreiben.

Zuletzt verfiel er in eine Art von Halbschlaf. Er schenkte seiner Umgebung, den Führern oder seiner Erschöpfung keine Beachtung mehr. Er spürte nicht, wie Schaumfolger ihm dann und wann eine Hand auf die Schulter legte, um ihn zu lenken. Als er sich plötzlich in einer großen, von Steinlicht erhellten Höhle sah, in der es von Kreaturen wimmelte, starrte er benommen umher, als könne er sich überhaupt nicht vorstellen, wie er sich an diesen Ort verirrt hatte.

Die Mehrzahl der Wesen bewahrten von ihm und Schaumfolger sicheren Abstand, aber ein paar schleppten sich näher, brachten Schüsseln mit Wasser und Essen. Sie strotzten bei ihrer Annäherung geradezu vor instinktiver Furcht. Nichtsdestotrotz wagten sie sich nahe genug heran, um ihnen die Schüsseln anzubieten.

Covenant wollte annehmen und zugreifen, doch der Riese hielt ihn zurück.

»Ach, *Jheherrin*«, sagte Schaumfolger in förmlichem Ton, »eure Gastfreundschaft ehrt uns. Könnten wir nur diese Ehrung erwidern, indem wir sie entgegennehmen. Aber wir sind anders als ihr — unser Dasein ist von anderer Natur. Eure Speisen müßten uns, statt uns eine Stärkung zu sein, Schaden zufügen.«

Seine Äußerungen weckten Covenant ein wenig mehr auf. Er schaute in die Schüsseln und erkannte, daß Schaumfolger recht hatte. Das Essen hatte ein Aussehen wie angerührter Mergel und roch nach alter Fäule, als sei jahrhundertelang Aas darin eingelegt gewesen.

Das Wasser dagegen war sauber und frisch. Schaumfolger nahm es mit einer Verbeugung des Dankes an, trank ausgiebig davon und reichte es Covenant weiter.

Erst jetzt fiel Covenant auf, daß Schaumfolgers Proviantsack in der Dornwüste zurückgeblieben war.

Das Gluckern kalten Wassers in seinen leeren Eingeweiden

befreite ihn noch deutlicher von seiner Dösigkeit. Er trank die Schüssel leer, kostete die Reinheit des Wassers aus, als befürchte er, nie wieder solche Reinheit genießen zu dürfen. Als er das Gefäß den *Jheherrin* wiedergab, die unter Schlottern warteten, bemühte er sich redlich, Schaumfolgers Verneigung nachzuahmen.

Danach erst begann er sich einen genaueren Überblick der Situation zu verschaffen. In der Höhle befanden sich bereits mehrere Hundert dieser Wesen, und dauernd trafen weitere ein. Wie die *Jheherrin,* die ihn gerettet hatten, wirkten sie allesamt, als bestünden sie aus lebendem Schlamm. Sie besaßen groteske Formen, wie Monster, die man wegen ihrer Monstrosität lächerlich gemacht hatte; ihnen fehlten jegliche für Covenant erkennbare Sinnesorgane. Irgendwie überraschte es ihn jedoch gelinde, daß es von ihnen mehrere verschiedene Typen gab. Über die kurzen, untersetzten Gestalten hinaus, die er zuerst kennengelernt hatte, waren zwei bis drei tierähnliche Arten unterscheidbar, die noch jämmerlicher mißlungen aussahen, als hätte jemand aus Tonerde Pferde, Wölfe oder Höhlenschrate zu formen versucht, dazu eine Gruppe merkwürdig schlangenhafter, bauchiger Kriechgeschöpfe.

»Schaumfolger?« murmelte er. In ihm regte sich eine grausige Ahnung. »Was sind das für Wesen?«

»Sie bezeichnen sich selber in der Sprache der Alt-Lords«, erwiderte Schaumfolger bedächtig, als streife er mit seiner Auskunft eine gefährliche Angelegenheit, »je nach ihrer Gestalt. Jene, die uns gerettet haben, sind die *Aussat Befylam* der *Jheherrin.* Andere *Befylam,* die du hier siehst ...« — er deutete auf die Kriechgeschöpfe — »... sind *Fael Befylam ...«* — er zeigte auf die Höhlenschraten ähnlichen Gestalten — »... und *Roge Befylam.* Ich habe unterwegs einige ihrer Reden mitangehört.« Weiter ging er jedoch nicht in seinen Erklärungen.

Covenant empfand angesichts der Richtung seiner Vermutungen Ekel. »Was sind sie?«

Unterm Schlamm, der sein Gesicht verdreckte, verkrampfte sich Schaumfolgers Kiefermuskulatur. »Richte deine Frage an sie«, entgegnete er mit einer Stimme, die leicht bebte. »Laß sie von sich sprechen, wenn sie's wollen.« Er schaute in der Höhle umher und mied Covenants Blick.

»Wir werden sprechen«, ergriff eine schroffe, heisere Stimme das Wort. Ein *Fael Jheherrin Befylam* kroch ihnen um ein kurzes

Stück näher. Er schlappte mit seinen Bewegungen wie ein nasser Sack über den Felsboden, und als er verharrte, lag er da und atmete schwer, japste wie ein gestrandeter Fisch. In jedem Wogen und Bibbern seines langen Körpers stritten Entschlossenheit und Furcht miteinander. Doch Covenant verspürte keinen Abscheu. Er fühlte sich überwältigt von Mitleid für sämtliche *Jheherrin.* »Wir werden sprechen«, wiederholte das Kriechwesen. »Ihr seid hart — ihr bedroht uns alle.«

»Sie werden uns vertilgen«, wimmerten etliche Stimmen.

»Aber wir haben beschlossen, Hilfe zu gewähren.«

»Doch nicht einmütig«, riefen andere Stimmen.

»Wir haben uns entschieden. Ihr seid ... Es heißt in den Sagen ...« Verwirrt verstummte das Kriechwesen. »Wir nehmen das Wagnis auf uns.« Dann erfüllte eine Aufwallung von Elend die Stimme. »Wir flehen euch an ... kehrt euch nicht wider uns.«

»Wir werden den Jheherrin niemals vorsätzlich ein Leid zufügen«, versicherte Schaumfolger mit gleichmäßiger, fester Stimme. Aus sämtlichen Bereichen der Höhle antwortete ein Schweigen, als brächte man ihm nichts als Unglauben entgegen. »So sprich denn«, riefen schließlich ein paar Stimmen im Ton matter Selbstaufgabe. »Wir haben uns entschieden.«

Das Kriechwesen riß sich einigermaßen zusammen. »Wir werden sprechen. Wir haben uns entschieden. Weißgoldmensch, du fragst, was wir sind. Wir sind die *Jheherrin* ... die Weichen ... Erschaffer-Werk.« Während das Wesen sprach, pulsierte das Steinlicht der Höhle wie vor Kummer. »Tief in der Weitläufigkeit seiner Wohnstatt wirkt der Erschaffer seine Werke und züchtet Heerscharen. Er nimmt lebendes Fleisch, lebendiges Fleisch jener Art, wie ihr's kennt, und beeinflußt es mit seiner Macht, erschafft Kraft und Bosheit, die ihm, seiner eigenen Macht und Bosheit, zu dienen haben. Doch sein Werk verläuft nicht immer nach seinen Wünschen. Bisweilen zeichnen die Ergebnisse sich statt durch Kraft durch Schwäche aus. Bisweilen sind seine Schöpfungen blind ... oder verkrüppelt ... oder Totgeburten. Solche Erzeugnisse wirft er in einen großen, feurigen Schlicksee, um sie zu vernichten.« Schwingungen erinnerten Entsetzens erfüllten die Höhle. »Doch dieser Pfuhl besitzt seine eigene Art von Macht. Wir sterben nicht. Unter Qualen verwandeln wir uns in *Jheherrin* ... in Weiche. Wir werden verändert. Fort aus den Tiefen der Grube kriechen wir ...«

»Kriechen wir«, wiederholten Stimmen.
»In lichtlosen Löchern, sogar aus dem Gedächtnis des Erschaffers verloren . . .«
»Verloren.«
». . . fristen wir unser Leben.«
»Leben.«
»Von den Tümpeln des Dornengartens bis zu den Wällen von des Erschaffers Hort selbst wandern wir in Lehm und Furcht dahin, suchen . . .«
»Suchen.«
». . . lauschen . . .«
»Lauschen.«
». . . warten.«
»Warten.«
»Die Oberfläche der Erde ist uns verwehrt. Ließen wir uns vom Sonnenlicht berühren, müßten wir zu Staub zerfallen. Und wir vermögen nicht zu graben . . . wir können keine neuen Tunnel graben, um diese Stätten zu verlassen. Wir sind weich.«
»Verloren.«
»Und wir wagen's nicht, des Erschaffers Grimm zu erregen. Wir leben unter seiner Duldung . . . er beliebt unsere Abscheulichkeit zu belächeln.«
»Verloren.«
»Wir behalten die Umrisse dessen bei, was wir einst waren. Wir sind . . .« Die Stimme erbebte, als befürchte sie, für diese Kühnheit augenblicklich bestraft zu werden. »Wir sind keine Diener des Erschaffers«. Hunderte von *Jheherrin* keuchten vor Bestürzung.
»Viele unserer Tunnel grenzen an die Gänge des Erschaffers. Wir suchen die Mauern auf und lauschen. Und wir hören . . . Der Erschaffer hat für uns keine Geheimnisse. Wir vernahmen seine Feindschaft wider euch, seine gegen euch gerichteten Pläne. Im Namen unserer Sagen besprachen wir uns und fällten eine Entscheidung. Wir beschlossen, jeden Beistand zu gewähren, der sich vorm Erschaffer verheimlichen läßt.«
Als das Kriechwesen verstummte, bewahrten auch alle anderen *Jheherrin* Schweigen; sie beobachteten allem Anschein nach Covenant, während er bei sich zu klären versuchte, wie er reagieren sollte. Ein Teil von ihm hätte jetzt am liebsten geweint, die ungeschlachten Geschöpfe umarmt und Tränen vergossen. Aber seine Absicht zwang ihn zu einer starren, harten Haltung. Er

merkte, daß er sich nicht zur Ebene der Sanftmütigkeit hinabbeugen konnte, ohne zu zerbrechen. *Lord Fouls Vernichtung,* knurrte er lautlos. *Ja!* »Aber ihr . . .«, setzte er barsch zu einer Erwiderung an. »Einige von euch haben behauptet, es sei unmöglich. Es wäre undurchführbar.«

»Undurchführbar«, wimmerte das Kriechwesen. »Des Erschaffers Gänge unter den Kurash Quellinir werden bewacht. Die Kurash Quellinir selbst sind ein Irrgarten. Die Feuer der Gorak Krembal schützen des Erschaffers Hort. Unter seinem Dach wimmelt's von Bösem und Geschmeiß. Wir haben's gehört. Der Erschaffer hat keine Geheimnisse.«

»Dennoch habt ihr uns geholfen.« Die Stimme des Riesen klang nachdenklich. »Ihr habt des Erschaffers Zorn gewagt. Das habt ihr nicht aus einem geringfügigen Grunde gemacht.«

»Das ist wahr.« Der Sprecher erregte den Eindruck, als fürchte er, was Schaumfolger als nächstes sagen würde.

»Sicherlich vermögt ihr uns noch auf andere Art und Weise Beistand zu gewähren.«

»Ja . . . ja. Vom Gorak Krembal sprechen wir nicht . . . dort gibt's nichts. Aber wir kennen die Wege und Stege der Kurash Quellinir. Und . . . und auch in des Erschaffers Hort . . . gibt's etwas, das . . . Aber . . .« Der Sprecher verstummte, schwieg.

»Aber solche Hilfe ist nicht der Grund für die Unterstützung, welche ihr uns bereits habt zuteil werden lassen«, konstatierte Schaumfolger mit fester, ruhiger Stimme. »Ich bin nicht taub, *Jheherrin,* und nicht blind. Eine andere Veranlassung hat euch dazu bewogen, dies Wagnis auf euch zu nehmen.«

»Die Sage . . .«, röchelte der Sprecher. Doch dann schlängelte er sich davon, um mit den Kreaturen hinter ihm zu beraten. Eine Diskussion aus eindringlichem Geflüster entwickelte sich, während deren Verlauf Covenant versuchte, seine Ahnung einer bevorstehenden Krise im Griff zu behalten und sich davon nicht in Panik bringen zu lassen. Aus irgendeinem obskuren Grund hoffte er, die Kreaturen würden sich weigern, über ihre Legenden zu reden.

»Sprecht!« sagte jedoch mit deutlichem Vorsatz Schaumfolger, als das Kriechwesen sich ihnen wieder zuwandte.

Eine Stille der Furcht schien die Höhle mit Echos zu erfüllen. »Wir werden sprechen«, sagte das Kriechwesen, und sofort war die Luft von einem Chor kreischender Stimmen erfüllt. Mehrere Dutzend *Jheherrin* ergriffen die Flucht, weil sie sich nicht dazu imstande fühlten, das Wagnis mitzuerleben. »Wir müssen's. Es gibt keinen anderen Weg.«

Das Kriechwesen kam noch um ein Stückchen näher, erschlaffte dann schlabbrig am Felsboden und keuchte, als leide es an Atemnot. Doch im nächsten Moment hob es seine zittrige Stimme und fing an zu singen. Es sang in einer fremdartigen Sprache, die Covenant nicht verstand, und die Höhen fielen aus lauter Furcht so unsicher aus, daß er nicht einmal eine Melodie heraushören konnte. Trotzdem spürte er — mehr durch die Art, wie die *Jheherrin* lauschten, als durch den Gesang selbst — etwas vom kraftvollen Gehalt des Liedes, der Anziehungskraft, die es auf die Kreaturen ausübte. Ohne irgend etwas zu verstehen, fühlte er sich gerührt.

Es handelte sich um ein kurzes Lied, als hätten lange Zeitalter des Grauens oder Mißbrauchs es auf sein bloßes Gerüst heruntergebracht. »Nun die Sage«, kündete der Sprecher, sobald er damit fertig war, matt an. »Die einzige Hoffnung der *Jheherrin* — der einzige Bestandteil unseres Lebens, der kein Erschaffer-Werk ist, der einzige Sinn. Es heißt, daß die entfernten Vorfahren der *Jheherrin,* die Nichterschaffenen, selbst Erschaffer gewesen sein sollen. Doch sie waren nicht unfruchtbar, wie er's ist — wie wir's sind. Sie besaßen keinen Anlaß, mit fremdem Fleisch zu züchten. Aus ihren Leibern kamen Junge, die ihrerseits aufwuchsen und Junge hervorbrachten. So erfuhr die Welt eine fortwährende Erneuerung in Festigkeit und Erfrischung. Solche Dinge sind unvorstellbar. Aber die Erschaffer waren voller Makel. Manche waren schwach, andere blind, wieder andere unbesonnen. In ihrer Mitte kam der Erschaffer zur Welt, ohne Samen und erbittert, und sie vermochten nicht zu erkennen und zu fürchten, was unter ihnen geschah. Daher verfielen sie seiner Macht. Er machte sie zu seinen Gefangenen und sperrte sie in die entlegenste Tiefe seines Horts, und dort begann er mit ihnen sein Werk, Heere zu erschaffen. Wir sind die letzten Abkömmlinge jener mit Makel behafteten Unerschaffenen. Die letzten Reste ihres Lebens sind in uns erhalten geblieben. Zur Strafe für ihren Makel sind wir dazu verurteilt, in Elend, steter Wachsamkeit und ewiger Furcht durch die Gänge der Erde zu kriechen. Unser Erbe heißt Furcht, denn der Erschaffer könnte uns mit einem Wort austilgen, die wir hier im Schatten seiner Wohnstatt leben. Aber um unserer einzigen Hoffnung willen sind wir wachsam. Denn es heißt, einige Unerschaffene seien noch frei vom Zugriff des

Erschaffers — erzeugten noch immer Junge aus ihren eigenen Leibern. Es heißt, daß zur rechten Zeit ein Nachkomme geboren werden soll, der ohne Makel ist — ein Sprößling von vollkommener Reinheit, der dem Erschaffer und seinem Schaffen Trotz bieten kann ... der ohne Furcht ist. Es heißt, dieser Reine werde mit Zeichen der Macht zum Hort des Erschaffers gezogen kommen. Es heißt, er werde die *Jheherrin* erlösen ... falls er sie für würdig befindet ... daß er dem Erschaffer ihre Befreiung von Furcht und Schlamm abtrotzen wird, wenn ... wenn ...« Das Kriechwesen vermochte nicht weiterzusprechen. Seine Stimme sank herab und ging in dumpfes Schweigen über, und die ganze Höhle lechzte nach einer Antwort, um den Abgrund des Jammers damit zu füllen.

Aber Covenant konnte sich nicht auf diese Ebene hinabbeugen, ohne zu zerbrechen. Er spürte die gesamte Aufmerksamkeit der *Jheherrin* auf sich gerichtet. Er fühlte, wie sie ihn stumm ›Bist du der Reine?‹ fragten, ihn zu erforschen versuchten. ›Wenn wir dir helfen, wirst du uns dann erlösen?‹ Doch er konnte ihnen nicht die Antwort geben, die sie sich wünschten. Ihr lebender Tod verlangte von ihm Wahrheit, keine falschen Hoffnungen.

Mit vollem Bewußtsein verzichtete er auf ihren Beistand. Seine Stimme war rauh; als er sprach, klang sie nach Verdrossenheit. »Seht mich an! Ihr kennt die Antwort. Unter all diesem Dreck bin ich krank ... leidend. Und ich habe viel verschuldet ... ich bin nicht rein. Ich bin verderbt.«

Ein letzter Pulsschlag von Schweigen folgte seiner Absage — ein letzter Moment der Stille, während die sehnsüchtige, zittrige, hoffnungsvolle Erwartung ringsum zerstob. Dann gellte ein Aufkreischen der Verzweiflung durch die vielfältigen Reihen der *Jheherrin.* Sofort erlosch jegliches Licht. Die Kreaturen schwappten in Bewegung, heulten in der Finsternis wie trostlose Gespenster. Schaumfolger packte Covenant, um ihn gegen einen Angriff zu schützen. Aber die Kreaturen griffen nicht an. Die *Jheherrin* flohen. Das Geräusch ihrer Regungen durchrauschte die Höhle wie ein lauter Wind der Verlorenheit und verlief sich innerhalb kurzer Zeit. Bald herrschte wieder Stille, fiel matt vor Covenants und Schaumfolgers Füße wie leere Totenhemden, Reste eines geschändeten Grabes.

Covenants Brust bebte von trockenen Zuckungen, als wollten Schluchzer hervorbrechen, aber er paßte sich mit einer krampfhaften Anstrengung dem Schweigen an. Er durfte sich nicht beugen; er würde zerbrechen, unterwarf er die innere Anspannung seiner Entschlossenheit einer solchen Belastung. *Foul!* zeterte er insgeheim. *Foul! Du bist allzu grausam.*

Er fühlte die Hand des Riesen in einer Geste der Ermutigung auf seiner Schulter. Er hätte gern irgendwie reagiert, vor allem auf irgendeine Weise die unerbittliche Zwangsläufigkeit seiner Entschlossenheit erklärt. Aber ehe er sprechen konnte, schien das Schweigen zusammenzufließen und sich im Klang leisen Weinens zu konzentrieren.

Es schwoll an, während er lauschte. Einsam und jämmerlich erhob es sich aus der Dunkelheit wie unstillbare Trauer, brachte die Hohlheit der Luft zum Pochen. Er verspürte den Wunsch, zu demjenigen zu gehen, der da weinte, ihn irgendwie zu trösten. Doch kaum regte er sich, fand derjenige die Kraft, um ihn mit einem von Trostlosigkeit geprägten Vorwurf zurückzuhalten. »Verzweiflung ist Erschaffer-Werk.«

»Verzeihung«, stöhnte Covenant. »Wie hätte ich euch belügen können?« Er suchte nach einer vernünftigen Antwort, hatte eine Eingebung. »Aber die Sage ist deswegen unverändert. Ich habe damit nichts zu tun. Ich bestreite eure Würdigkeit nicht. Ihr seid würdig. Ich bin . . . ich bin bloß nicht der Reine. Er ist halt noch nicht gekommen. Ich stehe mit eurer Hoffnung in keinem Zusammenhang.«

Er erhielt keine Antwort. Schluchzen verbreitete Schmerz in der Luft. Einmal enthemmt, konnte der alte, ungelinderte Jammer sich nicht wieder mäßigen. Doch einen Moment später entstand ein Glimmen von Steinlicht. Covenant sah vor sich das Kriechwesen, das für die *Jheherrin* den Sprecher gemacht hatte.

»Kommt«, sagte es weinerlich. »Kommt!« Es schlotterte vor Gram, als es sich abwandte und zum Ausgang der Höhle kroch.

Covenant und der Riese folgten ihm, ohne zu zögern. In der Gegenwart des Kummers der Kreatur fügten sie sich stumm in das, was immer sie mit ihnen vorhaben mochte.

Sie führte die beiden zurück ins Tunnelsystem — aber nicht in die Richtung, aus der sie in die Höhle gelangt waren, sondern durch eine verworrene Reihe von Tunneln aufwärts. Bald waren die Felswände wieder kalt, und die Luft begann schwach nach Schwefel zu riechen. Kurz darauf — kaum einen halben Kilometer von der Höhle entfernt — hielt ihr Führer.

Sie bewahrten respektvollen Abstand zu der Kreatur und warteten, während sie versuchte, ihr Schluchzen einigermaßen zu bändigen. Ihr Winden des Körpers im trüben Steinlicht war traurig anzusehen, aber sie unterdrückten ihre Emotionen, warteten. Covenant war dazu bereit, dem Geschöpf nachgerade unbegrenzt Zeit zu lassen. Geduld war allem Anschein nach alles, was er den *Jheherrin* bieten konnte.

Aber das Wesen ließ sie nicht allzu lange warten. Es würgte seine Trauer nieder und begann mit erstickter Stimme zu sprechen. »Dieser Tunnel . . . mündet in die Kurash Quellinir. Bei jeder Gabelung . . . nehmt die Richtung zum Feuer. Ihr müßt einen Gang des Erschaffers durchqueren. Er wird bewacht. Dahinter nehmt jede Abzweigung, die fort vom Feuer führt. Ihr werdet zur Gorak Krembal gelangen. Man kann nicht hindurch . . . aber ihr müßt's. Jenseits ist der Stein von des Erschaffers Hort. Sein Schlund wird bewacht, hat aber kein Tor. Drinnen wimmelt's . . . Aber es gibt Geheimgänge . . . der Erschaffer hat Geheimgänge, die seine Diener nicht benutzen. An des Horts Schlund ist eine Pforte. Man kann sie nicht sehen. Ihr müßt sie finden. Drückt einmal auf die Mitte der Oberschwelle. Ihr werdet viele geheime Gänge und Verstecke finden.« Das Kriechwesen wandte sich ab und wabbelte zurück, durch den Tunnel davon. Sein Licht flakkerte und erlosch, ließ Covenant und Schaumfolger im Dunkeln stehen. »Versuch zu glauben«, stöhnte die Kreatur aus der hohlen Ferne des Tunnels, »du seist rein.« Danach entschwanden die Laute ihrer Trauer, und das Wesen war fort.

Nach einem ausgedehnten Moment des Schweigens berührte Schaumfolger Covenants Schulter. »Mein Freund, hast du aufmerksam gelauscht? Er hat uns wertvollen Beistand erwiesen. Erinnerst du dich an alles, was er gesprochen hat?«

Covenant hörte Endgültigkeit aus dem Tonfall des Riesen. Aber er war zu sehr mit der eigenen inneren Anspannung seiner Absichten beschäftigt, um sich zu fragen, was dieser Ton bedeuten mochte. »Du wirst dich daran erinnern«, entgegnete er leise, aber mit fast barscher Entschiedenheit. »Ich verlass' mich auf dich. Du bringst mich dorthin, basta!«

»Mein Freund . . . Zweifler . . .«, begann der Riese unsicher, verstummte dann, ließ unausgesprochen, was er zu sagen gehabt haben mochte. »So folge mir!« Er lenkte Covenant an der Schulter. »Wir werden tun, was wir zu tun vermögen.«

Sie erklommen die Steigung des Tunnels. Er führte durch zwei scharfe Biegungen und stieg dann plötzlich noch ganz erheblich steiler an, verengte sich außerdem gleichzeitig. Bald nötigte der

Winkel der kalten, steinernen Steigung Covenant auf Hände und Füße nieder. Schaumfolger, der hinter ihm vernehmlich schnaufte, half ihm ab und zu mit einem leichten Schubs nach, und Covenant krauchte und schleppte sich aufwärts, kämpfte sich voran, während der Fels immer enger zusammenrückte.

Dann endete der Tunnel vor einer kalten Wand. Covenant tastete mit seinen gefühllosen Händen umher. Er fand keine Öffnungen, aber er vermochte keine Decke festzustellen. Als er nach oben schaute, sah er, weit über seinem Kopf, außerhalb seiner Reichweite, ein düsteres Fenster aus rotem Licht.

Während sie sich aneinanderpreßten, konnten er und Schaumfolger am Ende des Tunnels beide aufrecht stehen. Das trübe Loch befand sich im Bereich von Schaumfolgers langen Armen. Vorsichtig hob er Covenant hoch und zwängte ihn oben durchs Fenster. Covenant kletterte hinaus in einen senkrechten Felsspalt. Er kroch über den Felsboden weiter und spähte um die Ecke in eine Öffnung, die in einen kurzen Gang ohne Dach führte. Seine Wände bestanden aus nacktem Felsgestein und waren einige Meter hoch. Er wirkte, als sei er durch den rohen, schwarzen Vulkanfelsen mit einer riesigen Fräse geschrammt worden — ein Durchgang, der sinnlos zwei kahle Wände voneinander trennte. Doch während Covenants Augen sich den Lichtverhältnissen anpaßten, vermochte er an beiden Enden des Gangs Gabelungen zu unterscheiden.

Das trübe Licht kam vom nächtlichen Himmel. An einer Seite, über einer der Felswände, glomm ein düster roter Glanz — der Schein eines fernen Feuers. Die Luft war verräuchert und schweflig; wäre es nicht zu kalt gewesen, hätte Covenant gemutmaßt, sie befänden sich bereits in der Nähe der Glutasche.

Sobald er sich dessen vergewissert hatte, daß der Gang leer war, rief er gedämpft nach Schaumfolger. Mit einem Ruck schob der Riese Kopf und Schultern durch die Öffnung in den Felsspalt, dann wand er sich vollends heraus. Einen Moment später stand er an Covenants Seite.

»Das sind die Kurash Quellinir«, flüsterte er, während er Umschau hielt, »die Zerspellten Hügel. Wenn ich mich nicht ganz und gar täusche, sind wir weitab von jenem Pfad, den uns Bannor gewiesen hat. Ohne den Beistand der *Jheherrin* hätten wir alle Mühe gehabt, unseren Weg zu finden.« Dann winkte er Covenant, damit er ihm folge. »Bleib hinter mir! Sollten wir entdeckt werden, muß ich wissen, wo du bist.«

Er huschte so geschmeidig vorwärts, als sei er ausgeruht und verspüre große Lust zum Versteckspielen, und schlug die Richtung auf den Feuerschein ein; Covenant humpelte auf bloßen, gefühllosen Füßen hinterdrein. Dicht vorm Ende des Gangs preßten sie sich vorsichtig an die Wand. Covenant hielt den Atem an, während Schaumfolger um die Ecke lugte. Im nächsten Augenblick gab der Riese ein Zeichen. Sie hasteten beide in den angrenzenden Gang, nahmen die Abzweigung mit dem roten Glanz darüber am Himmel.

Dieser zweite Gang war länger als der vorherige. Und danach verlief ihr Weg immer verwundener, verschlungener; sie gerieten in Gegenrichtung, bogen wieder und wieder ab und um, wanden sich durch den schwarzen, schroffen Fels wie gemarterte Schlangen. Binnen kurzem verlor Covenant völlig die Orientierung. Ohne die Hinweise des *Jheherrin* hätte er ständig die Versuchung verspürt, die Richtung zu korrigieren, anscheinmäßiges Abirren zu berichtigen. Wieder einmal sah er ein, wie sehr sein Überleben vom Anfang an von anderen Leuten abgehangen hatte. Atiaran, Elena, Lena, Bannor, Triock, Mhoram, die *Jheherrin* — ohne sie wäre er nicht vom Fleck gekommen, hätte er nicht das geringste zustande gebracht. Als Gegenleistung für seine Brutalität, seinen Grimm, seine verstockte Unverbesserlichkeit hatten sie ihn am Leben gehalten, diesem Leben einen Sinn verliehen. Und nun war er vollkommen von Salzherz Schaumfolger abhängig. Für einen Lepraleidenden war das kein besonders gutes Omen.

Unter der Vorherrschaft verhängnisvoller Vorzeichen schleppte er sich weiter. Seine Wunde glich einer Last, unter der er nicht länger den Kopf aufrecht zu tragen vermochte; der Schwefelgeruch schien seine Lungen auszutrocknen. Mit der Zeit begann er sich benommen und abgestumpft zu fühlen, als irre er umnachtet umher.

Dennoch bemerkte er hinter einer scharfen Biegung eines Korridors eine plötzliche Aufhellung. Sie war flüchtig — wie das Öffnen und Schließen einer Tür —, aber sie weckte schlagartig seine Wachsamkeit. Er begleitete die Beine des Riesen wie ein Schatten, als sie sich der Biegung näherten.

Von jenseits der Biegung hörten sie kehlige Stimmen. Covenant zuckte beim Gedanken an Verfolger zusammen, faßte sich jedoch sofort wieder. Den Stimmen fehlte es an der Hast oder Verstohlenheit einer Verfolgung.

Schaumfolger schob den Kopf um die Ecke, und darunter kauerte sich Covenant zusammen, um gleichfalls nachzuschauen.

Der Gang mündete in einen weiten, freien Platz, den zwei kleine Steine schwach mit Steinlicht erhellten, einer neben jedem Zugang zum Platz. An der jenseitigen Wand, ziemlich genau auf halber Strecke zwischen den beiden Steinen, stand eine schaurige, düstere Bande halbmenschlicher Kreaturen. Covenant zählte zehn davon. Sie hielten Speere, standen in lockerer oder müder Haltung herum und sprachen mit gedämpften, rauhen Stimmen miteinander. Schließlich kehrten sich fünf von ihnen zur Wand. Der Stein öffnete sich, so daß rotes Licht herausfiel. Covenant erspähte hinter der Öffnung einen langen Stollen. Die fünf Kreaturen traten ein, und der Fels schloß sich hinter ihnen. Die steinerne Pforte fügte sich so glatt und fugenlos in den Fels, daß kein Spalt, kein Lichtschimmer die Existenz des Stollens verriet.

»Ablösung der Wache«, flüsterte Schaumfolger. »Ein Glück, daß uns der Lichtschein gewarnt hat.«

Nachdem die Pforte zugefallen war, bezogen die Wächter in der Dunkelheit der Felswand Aufstellung, wo sie kaum zu sehen waren, und bewahrten fortan Schweigen.

Covenant und Schaumfolger wichen ein kurzes Stück weit von der Ecke zurück. Gegensätzliche Gefühle bewegten Covenant; einerseits konnte er sich nicht vorstellen, wie sie an den Wachen vorbeigelangen sollten, doch andererseits scheute er in seiner Ermüdung die Aussicht, nochmals durch das Labyrinth zu irren und einen anderen Zugang zu suchen. Schaumfolger dagegen kannte kein Zögern. Er senkte den Mund an Covenants Ohr. »Bleib verborgen!« wisperte er grimmig. »Sobald ich rufe, lauf über den Platz und kehre der Glutasche den Rücken! Hinter der ersten Biegung wart auf mich!«

Beunruhigung pochte in Covenants Schädel. »Was hast du vor?«

Der Riese grinste. Aber sein von Dreck dunkles Gesicht spiegelte keinerlei Heiterkeit wider; seine Augen glitzerten begehrlich. »Ich werde, glaube ich, diesen dem Erschaffer-Werk entsprungenen Geschöpfen ein oder zwei Hiebe versetzen.« Ehe Covenant irgendwie reagieren konnte, kehrte er zur Ecke zurück.

Mit beiden Händen tastete Schaumfolger die Wand ab, bis er

einen herausragenden Steinbrocken fand. Es kostete seine gewaltigen Muskeln eine kurze Anstrengung, dann löste sich der Brocken, und er hielt ihn in den Fäusten.

Er spähte für einen kurzen Moment auf den Platz, dann warf er den Stein. Er fiel mit lautem Gepolter in den jenseitigen Gang.

Ein Wächter brüllte dem Rest eine Anweisung zu. Die Posten packten ihre Speere und liefen in die Richtung des Lärms.

Schaumfolger ließ ihnen einen Moment lang Zeit. Dann stürmte er los.

Covenant sprang zur Ecke, sah Schaumfolger die Wachen angreifen. Sie schauten genau in die entgegengesetzte Richtung. Schaumfolgers lange Beine überwanden den Abstand zu ihnen mit einem halben Dutzend lautloser Sätze. Sie sahen ihn nur noch flüchtig, bevor er über sie herfiel wie ein Bergrutsch.

Es handelte sich um große, kraftvolle Krieger. Er aber war ein Riese. Er war ihnen weit überlegen. Zudem hatte er sie überrascht. Ein Hieb, zwei, drei Hiebe — in rascher Folge drosch er drei von ihnen nieder, brach ihre Schädel oder Rippen, ging auf den vierten los.

Die Kreatur wich zurück, versuchte ihren Speer zu benutzen. Schaumfolger riß ihr den Speer aus den Händen und schlug dem Wächter mit einem Streich des hölzernen Schafts den Schädel ein.

Doch das dauerte einen Augenblick zu lang. Es ermöglichte dem fünften Wächter, den Eingang zum Stollen zu erreichen. Die Pforte sprang auf. Licht leuchtete heraus. Der Wächter floh durch den hellen, steinernen Rachen der Felsen.

Schaumfolger wirbelte zu der Öffnung herum. Er wog den Speer in der Rechten. In seiner Faust wirkte er kaum größer als ein Pfeil, aber er schwang ihn über die Schulter wie einen Spieß und schleuderte ihn dem letzten Wächter hinterdrein.

Ein erstickter Schmerzensschrei hallte aus dem Stollen.

Der Riese fuhr erneut herum, wandte sich Covenant zu. »Vorwärts!« schnauzte er. »Lauf!«

Covenant bewegte die Füße, vom Drängen des Riesen angetrieben, setzte sich in Bewegung; aber er konnte nicht rennen, seine Beine nicht zu schneller Fortbewegungsart zwingen. Der Anblick seines Freundes hielt ihn zurück. Schaumfolger stand mit Blut an den Händen in der Helligkeit des Steinlichts, das aus dem Stollen drang, und grinste. Wilde Freude verunstaltete seine groben Gesichtszüge; helles Vergnügen glitzerte rötlich aus seinen Augenhöhlen.

»Schaumfolger?« meinte Covenant leise, als kratze ihn der Name in der Kehle. »Riese?«

»Geh!« rief der Riese, dann wandte er sich zum Stollen. Mit einer schwungvollen Armbewegung knallte er die steinerne Pforte zu.

Covenant verharrte im Halbdunkel und blinzelte, schaute zu, wie Schaumfolger die drei Speere, die noch herumlagen, an sich riß, damit zur Pforte ging und die Speerspitzen in die Spalten rammte, um sie zu verkeilen.

Als das getan war, kehrte er der Felswand den Rücken. Da erst bemerkte er, daß Covenant ihm nicht gehorcht hatte. Sofort stürzte er zum Zweifler und packte ihn am Arm. »Narr!« schnauzte er und drehte Covenant in die Richtung zum jenseitigen Gang. »Willst du meiner spotten?« Aber seine Hand war vom Blut schlüpfrig. Sie glitt ab, und infolgedessen torkelte Covenant wuchtig gegen den Fels.

Covenant sackte an der Felswand zusammen, rang nach Atem, keuchte. »Schaumfolger . . . was ist bloß aus dir geworden?«

Schaumfolger trat zu ihm, packte ihn an den Schultern und schüttelte ihn. »Spotte meiner nicht! Solche Taten begeh ich für dich.«

»Treib dergleichen nicht für mich«, widersetzte sich Covenant. »Für mich machst du das nicht.«

Mit einem Knurren hob der Riese Covenant hoch. »Du bist töricht, falls du wähnst, wir könnten auf irgendeine andere Weise überleben.« Er trug den Zweifler unterm Arm davon wie ein aufsässiges Kind und eilte in der Richtung zur Glutasche zurück ins Labyrinth.

Nun schlug er an jeder Abzweigung die Gegenrichtung zum roten Glanz am Himmel ein. Covenant wand sich in seinem Griff und verlangte, hinuntergelassen zu werden; doch Schaumfolger kam der Aufforderung erst nach, sobald er drei Biegungen und mehrere Zickzackstrecken durcheilt hatte. Dann blieb er stehen und stellte Covenant wieder auf die eigenen Füße.

Covenant wankte, errang das Gleichgewicht. Er wollte den Riesen beschimpfen, Erklärungen verlangen. Aber er brachte kein Wort heraus. Wider Willen brachte er statt dessen für Salzherz Schaumfolger Verständnis auf. Der letzte Heimatlose hatte Schläge ausgeteilt, die sich nicht abwenden ließen; Covenant konnte nicht vorgeben, ihn nicht zu verstehen. Trotzdem lehnte sich sein Herz dagegen auf. Er mußte für seine eigene Notsituation eine andere Lösung finden.

Ein Moment verstrich, ehe er die Geräusche hörte, die mittlerweile Schaumfolgers Aufmerksamkeit beanspruchten. Aber dann erfaßte er sie — ein entferntes, dumpfes Dröhnen, als stoße man mit einem Rammbock gegen Stein. Er erriet, um was es sich handelte; die Kreaturen des Verächters versuchten, die steinerne Pforte des Stollens aufzubrechen, um den Eindringlingen ins Labyrinth zu folgen. Im nächsten Moment hörte er ein heftiges Bersten und Geschrei.

Der Riese legte eine Hand auf seine Schulter. »Komm!«

Covenant verfiel in einen Laufschritt, um das Tempo Schaumfolgers mithalten zu können. Gemeinsam durcheilten sie die Gänge.

Sie gaben nunmehr alle Vorsicht auf und unterließen jeden Versuch, dem vorzubeugen, was vor ihnen liegen mochte. An jeder Verzweigung des Irrgartens wandten sie sich vom immer stärkeren roten Glanz ab, und in jeder Biegung und Zickzackstrecke kamen sie dem Feuer näher, gelangten sie tiefer in die qualmige, schweflige Luft der Gorak Krembal. Covenant spürte nun die Hitze in der Luft, eine trockene, stickige Luft wie in der windlosen Ödnis einer Wüste. Als sie zunahm, begann ihm Schweiß in Rinnsalen über den Rücken zu laufen. Sein Atem röchelte heiser, während er durch den rauhen Fels vorwärts hastete, unverdrossen lief. In unregelmäßigen Abständen konnte er von den Felswänden der Kurash Quellinir das Rufen ihrer Verfolger widerhallen hören.

Wenn er stolperte, hob der Riese ihn auf und trug ihn jedesmal ein Stück weit. Das geschah immer häufiger. Seine Übermüdung und Entkräftung wirkten auf ihn wie eine Reihe von Schwindelanfällen. Bei seinen Stürzen prellte er sich wiederholt, bis er sich vom Kopf bis zu den Füßen vor lauter blauen Flecken geschwollen und taub fühlte.

Als er die Glutasche erreichte, geschah der Wechsel seiner Umgebung so urplötzlich, daß er ums Haar der Länge nach hinfiel. Im einen Moment trottete er noch durch ein ausblickloses Gangsystem, im nächsten Augenblick stand er an ihrem Ufer.

Er lief in die Hitze und Helligkeit der Lava und blieb schlagartig stehen. Die Hügellandschaft endete unvermittelt; er stand an so etwas wie einem Uferstreifen aus lebloser Asche, ungefähr zehn Meter breit, und dahinter brodelte ein roter Strom geschmolzenen Gesteins dahin. Unter der einförmigen Kuppel der Nacht schwang sich die Glutasche zu beiden Seiten in weiten Bogen in die Ferne, bis sie außer Sicht verschwand. Sie brodelte und kochte, jagte funkenreich Fontänen von Lava und Schwefelwolken hoch in die Luft empor, strudelte vielfach, als ob sie nicht flösse, sondern auf der Stelle siede. Aber sie erzeugte keinen Laut; Covenant erblickte sie mit Stille in den Ohren, als wäre er auf einmal taub geworden. Ihm war zumute, als verschmore ihm das Fleisch auf den Knochen, müsse er an heißem Schwefel ersticken, aber die Lava schwappte mit unheimlicher Lautlosigkeit durch sein Blickfeld, als könne man von ihr gar nichts vernehmen, als sei sie nur die Manifestation eines Alptraums, unmöglich lebhaft und zugleich unreal.

Zunächst beherrschte sie sein Blickfeld völlig, schien sich vom aschenen Strand bis an die fernsten Grenzen des Horizonts zu erstrecken. Aber als er die Nässe, die das Wallen der Hitze in seinen Augen erzeugte, fortgeblinzelt hatte, sein Ausblick weniger verwaschen war, da erkannte er, der Lavastrom war keine fünfzig Meter breit. Allerdings konnte er auf der anderen Seite nichts als einen schmalen Streifen Asche erspähen. Das heiße, rote Leuchten ließ alles andere in den Schatten zurückweichen, hüllte es in Dunkelheit, so daß die Nacht jenseits des Lavastroms so schwarz und abgründig wirkte wie das aufgesperrte Maul der Hölle.

Angesichts dieser Aussicht, bei dem Gedanken, daß jenseits dieser unpassierbaren Glut ebenso unnahbar wie mörderisch Fouls Hort stand, stöhnte er auf. Die Glutasche war unüberwindbar. Hier zerfielen alle seine Vorsätze und der Sinn seiner Qualen zu nichts. Da riß das Echo von lauten Stimmen ihn herum. Er erwartete, Kreaturen aus dem Labyrinth schwärmen zu sehen.

Das Krakeelen verstummte, als die Verfolger in einen weniger resonanten Teil des Irrgartens vordrangen. Aber sie konnten unmöglich weit entfernt sein. »Schaumfolger«, rief Covenant, und trotz seiner Bemühungen, sie in der Gewalt zu behalten, klang seine Stimme vor Furcht brüchig. »Was machen wir jetzt?«

»Vernimm meine Worte!« entgegnete Schaumfolger. Ein Fieber der Dringlichkeit hatte ihn heimgesucht. »Wir müssen hinüber — bevor man uns sieht. Solltest du gesehen werden — sollte der Seelenpresser erfahren, daß du die Glutasche überquert hast —, wird er dich drüben hetzen lassen. Dann wird er dich ergreifen.«

»Überqueren?« Covenant starrte ihn fassungslos an. »Ich?«

»Werden wir nicht gesehen, wird er nicht ahnen, was wir getan haben. Er wird wähnen, du seist andernorts im Irrgarten. Dann wird er dich dort suchen lassen, nicht im Vorland von Ridjeck Thome.«

»Das überqueren? Bist du verrückt? Wofür hältst du mich?« Covenant vermochte nicht zu glauben, was er hörte. In der Vergangenheit hatte er unterstellt, Schaumfolger und er könnten die Glutasche irgendwie, auf diesem oder jenem Weg, überwinden, aber bei dieser Annahme hatte er sich keinen derartigen Lavastrom rund um Fouls Bau vorgestellt, war er sich der tatsächlichen Gewaltigkeit des Hindernisses nicht bewußt gewesen. Nun begriff er seine Einfalt. Er war sicher, träte er der Lava noch zwei Schritte näher, müßte seine Haut zu verkohlen beginnen.

»Nein«, erwiderte Schaumfolger. Seine Stimme war heiser von Verhängnissen. »Ich habe vielmehr danach getrachtet, mich vorzubereiten. Es mag sein, daß ich hiermit das lange Unheil meines Lebens ausgleichen kann, bevor ich sterbe. Mein Freund, ich werde dich hinübertragen.« Unverzüglich hob er Covenant in die Höhe und setzte ihn auf seine breiten Schultern.

»Laß mich herunter!« forderte Covenant. »Zum Teufel, was machst du da?«

Der Riese wandte sich dem feurig verflüssigten Gestein zu. »Atme nicht!« befahl er grob. »Meine Kraft wird dir helfen, die Hitze zu ertragen, aber wenn du atmest, wird die Glut dir die Lungen versengen.«

»Verdammnis, Riese! Laß mich hinab! Du wirst uns umbringen!«

»Ich bin der letzte Riese«, schnauzte Schaumfolger. »Ich gebe mein Leben hin, wie's mir beliebt.«

Ehe Covenant noch ein Wort äußern konnte, lief Schaumfolger den aschenen Strand hinunter zum Lavastrom der Glutasche.

Am äußersten Rande des Aschestreifens sprang er mit gewaltigem Schwung auf das geschmolzene Gestein hinaus. Sobald seine Füße die Lava berührten, begann er mit all seiner enormen Kraft eines Riesen zum anderen Ufer zu laufen.

Das rasche Eintauchen in die Hitze brachte Covenant fast ums Bewußtsein. Er hörte etwas wie ein fernes Geheul, aber mehrere Augenblicke vergingen, bis er merkte, daß es aus seiner eigenen Kehle kam. Das Feuer blendete ihn, löste in seinem Blickfeld

alles in wüster Rotglut auf. Die Hitze fraß an ihm, als reiße sie ihm das Fleisch von den Knochen.

Aber sie tötete ihn nicht. Vom Riesen floß ihm irgendeine Art von Feuerbeständigkeit zu. Und an seiner Halbhand pochte sein Ehering, als absorbiere er die Pein, lindere die Folter seines Fleischs.

Er spürte, wie Schaumfolger unter ihm einsank. Die Lava war dicker, zähflüssiger als Schlamm oder Treibsand, aber mit jedem Schritt sank der Riese tiefer. Als seine langen, weiträumigen Schritte die Hälfte des Stroms überquert hatten, stand er bis über die Oberschenkel in der Lava. Aber er hielt aus. Covenant spürte seine Qual durch die Schultern des Riesen. Trotzdem stapfte Schaumfolger weiter vorwärts, straffte jede Sehne bis weit über die äußersten Grenzen ihrer Belastbarkeit hinaus, um das jenseitige Ufer zu erreichen.

Covenant hörte auf zu jammern, um den Atem anzuhalten, obwohl er unter Schaumfolgers Schmerzen schlimmer litt als unter der Hitze der Lava. Er versuchte mit seinem Geist das Weißgold zu ertasten, ihm irgendwelche Kräfte zu entziehen und damit dem Riesen zu helfen. Aber er konnte nicht feststellen, ob er dabei Erfolg hatte oder nicht. Die rote Glut behinderte alle seine Wahrnehmungen. Nach zwei weiteren Schritten war Schaumfolger bis zur Taille eingesunken. Er packte Covenants Fußknöchel und stemmte ihn empor, so daß der Zweifler auf seinen Schultern stand. Covenant wankte auf diesem unsteten Sockel, doch Schaumfolgers Griff um seine Fußknöchel war eisenhart, hielt ihn aufrecht.

Noch zwei Schritte, und die Lava reichte bis zu Schaumfolgers Brust. Er meisterte seinen Schmerz für einen Augenblick weit genug, um Covenant über die stumme Glut etwas zuzukeuchen. »Gedenke der *Jheherrin!*« Dann begann er zu schreien, als die rote geschmolzene Qual sein Durchhaltevermögen überstieg.

Covenant konnte nichts sehen, nicht feststellen, wie weit sie inzwischen waren; er schwankte über der Lava hin und her, hielt die Luft an, unterdrückte sein Verlangen, in Schaumfolgers schreckliche Schreie einzustimmen. Der Riese strebte weiter, stemmte sich mit seinen gemarterten Beinen vorwärts, als trete er Wasser.

Aber schließlich verharrte er widerwillig. Schwere und Schmerzhaftigkeit der Lava, die ihn umgab, brachten ihn zum Stehen. Er konnte nicht weiterwaten.

Mit einer letzten, fürchterlichen Anstrengung streckte er sich aufwärts, bog den Oberkörper zurück, sammelte alle seine Kräfte in den Schultern. Er schleuderte Covenant mit einer Wucht, die ihm die Arme auszukugeln schien, ans andere Ufer.

Einen Moment lang flog Covenant in hohem Bogen durch den feurigen Schein der Glut, krampfte sich in Erwartung plötzlicher Pein der Einäscherung zusammen.

Er fiel eineinhalb Meter jenseits der Glut auf tote Asche. Die Halden gaben mit einem Knirschen unter ihm nach, linderten den Aufprall. Er schnappte nach Luft, wälzte sich herum, raffte sich auf die Knie hoch. Seine Augen waren blind von Tränen; er sah nichts. Mit gefühllosen Fingern wischte er sich Feuchtigkeit aus den Augen, blinzelte heftig, versuchte seinen Blick zu klären.

Zehn oder mehr Meter weit draußen in der Lava sah er noch eine Hand Schaumfolgers aus der Glut ragen. Für einen Moment klaubte sie aussichtslos in der Luft umher, als wolle sie an den Schwefeldünsten einen Halt finden. Dann folgte sie dem Riesen in die geschmolzenen Tiefen.

Schaumfolger! schrie Covenant stumm. Er bekam zuwenig Atem, um laut schreien zu können. *Schaumfolger!*

Wie im Grimm schwallte ihm Hitze entgegen. Und durch das Lohen der Glut drang gedämpftes Rufen herüber — das Lärmen der nahen Verfolger.

›Bevor man uns sieht‹, erinnerte sich Covenant. Schaumfolger hatte das für ihn getan, damit man ihn nicht sah — damit Foul nicht merkte, daß er die Glutasche überquert hatte. Am liebsten wäre er hier auf den Knien geblieben, bis er vor Hitze und Trauer verging, aber er erhob sich mühselig auf die Füße.

Schaumfolger! Mein Freund!

Mit lahmen Gliedern torkelnd, kehrte er der Lava den Rücken, als sei sie das Grab all seiner Opfer, und er schlurfte davon in die Finsternis.

Nach kurzer Strecke überquerte er einen niedrigen, kahlen Hügel und sackte in die dahinter befindliche schmale Rinne. Sofort begrub ihn ein Erdrutsch von Erschöpfung, und er ergab sich dem Schlaf. Für lange Zeit lag er in seiner ureigensten Nacht und träumte von unmöglichem Sonnenschein.

19

Ridjeck Thome

Er erwachte mit einem ätzenden Geschmack von Schwefel im Mund und Asche in seinem Herzen. Zuerst vermochte er sich nicht darauf zu besinnen, wo er war; er kannte den unfruchtbaren Untergrund nicht, worauf er lag, das Kratzen der Schwefelschwaden in seinem Hals und der sonnenlose Himmel waren ihm unbegreiflich; er konnte sich nicht an die Ursache seiner Einsamkeit erinnern. Wie sollte jemand so vereinsamt sein und noch immer atmen? Aber nach einiger Zeit begann er durch den schwefligen Gestank den Geruch von Schweiß und Krankheit zu bemerken. *Schweiß,* brabbelte er bei sich. *Lepra.* Alles fiel ihm wieder ein.

Gebrechlich setzte er sich in der Geländerinne auf, lehnte den Rücken an eine ihrer spröden Wände und versuchte seine Situation zu erfassen.

Seine Gedanken hingen wie Fetzen von den Rahen seines Verstandes, zerrissen von einem Sturm der Entkräftung und des Verlusts. Er wußte, daß er hungerte. *Völlig richtig,* sagte er sich. *So war das.* Seine Füße waren zerschunden, übersät mit Kratzern, und seine Stirn schmerzte, als habe man ihm einen Nagel hineingehauen. *Völlig richtig. So war das.* Doch seine verdreckte Haut war nicht verbrannt, und sein total verschmutztes Gewand zeigte keinerlei Schäden durch Hitzeeinwirkung. Für eine Weile saß er reglos da und versuchte zu begreifen, wieso er noch lebte.

Schaumfolger mußte ihn gegen die Hitze geschützt haben, indem er irgendeine Kraft an ihn abgab, auf ähnliche Art, wie die Riesen Schiffe und Boote antrieben, indem sie mit ihren Kräften die Güldenfahrt-Ruder beeinflußten. Er schüttelte den Kopf über Schaumfolgers Tapferkeit. Er hatte keine Ahnung, wie er ohne die Hilfe eines Freundes weiterkommen sollte.

Aber er vergoß um den Riesen keine Tränen. Ihm war tränenlos zumute. Er war ein Aussätziger und hatte mit Freude oder Trauer absolut nichts zu schaffen. *Nichts,* versicherte er sich unverblümt. Die Krisensituation am Koloß hatte ihn über sich selbst hinaus gefordert und angefeuert, ihm Reaktionen entlockt, die er eigentlich nicht kannte. Nun spürte er, daß er in seinen Zustand wesensgrundsätzlicher Gefühllosigkeit zurückgekehrt war, zum maßgeblichen Prüfstein seiner Existenz. Er war fertig damit, derartig vorzugeben, er sei mehr, als er wirklich war. Aber sein Werk war nicht getan. Er mußte weiter, die Konfrontation mit dem Verächter suchen — um den Zweck, für den er hier war, zu erfüllen, wenn es sich irgendwie machen ließ. Noch waren nicht alle Voraussetzungen für seine Entlassung aus dem Land erfüllt. Wohl oder übel mußte er der Gier Lord Fouls nach dem Weißgold ein Ende bereiten.

Und er mußte es so tun, wie Bannor und Schaumfolger es getan hätten — leidenschaftslos und doch leidenschaftlich, durch Kampf und doch kampflos, beides gleichzeitig —, weil er mehr als einen Grund erfahren hatte, um den Verächter aufs Korn zu nehmen. Im Geist umgeben von all seinen Opfern, sah er, daß nur ein gangbarer Ausweg ihm noch offenstand.

Diese Lösung bestand aus dem Sieg über das Böse.

Nur indem er Lord Foul überwand, konnte er all den Leben einen Sinn verleihen, die in seinem Namen geopfert worden waren, und zugleich sich selbst bewahren, die unwiderrufliche Tatsache, wer er war.

Thomas Covenant. Zweifler. Aussätziger.

Bedächtig betrachtete er seinen Ring. Er baumelte locker um seinen abgezehrten Finger — matt, silberfarben, rätselhaft. Covenant stöhnte auf und rappelte sich hoch.

Er wußte nicht, wieso er sich auch nach Schaumfolgers Tod noch immer im Land befand, und es war ihm gleichgültig. Wahrscheinlich lag die Erklärung irgendwie darin, daß das Gesetz des Todes gebrochen worden war. Der Verächter brachte alles zustande. Covenant fühlte sich zu glauben bereit, daß in Lord Fouls Domäne alle Gesetzmäßigkeiten, die ansonsten auf der Erde zu herrschen pflegten, keine Gültigkeit besaßen.

Er schleppte sich auf der anderen Seite der Rinne hinauf. Er hatte keine Vorbereitungen zu treffen, sich nicht mit Vorräten, Plänen und sonstigen Hilfsmitteln zu befassen — es gab keinen Grund, warum er nicht sofort einfach an seine Aufgabe gehen sollte. Denn je länger er wartete, um so schwächer würde er werden.

Als er sich der Hügelkuppe näherte, hob er den Kopf und hielt Ausschau. Ihm bot sich der erste Ausblick auf Fouls Hort.

Ungefähr einen Kilometer entfernt stand er auf einem zerklüfteten, kahlen, flachen Gelände aus toter Erde und leblosem Stein, einem Ort, der schon so lange verwüstet und abgestorben war, daß er selbst die Möglichkeit von Leben längst vergessen hatte.

Von der Höhe des Hügels herab — der letzten Erhebung zwischen ihm und Fouls Hort — erkannte Covenant, daß er sich am Fuß der Landzunge Ridjeck Thomes befand. An beiden Seiten seines Standorts, jeweils mehrere hundert Meter entfernt, endete der Erdboden an senkrechten Klippen, die sich einander immer mehr näherten, indem sie ins Meer hinausragten, bis sie an der Spitze der Landzunge zusammenliefen. In der Ferne hörte er Wellen gegen die Klippen branden, und weit jenseits ihrer Ränder konnte er die düsteren, graugrünen Wasser der See erspähen.

Aber er widmete der Landschaft wenig Aufmerksamkeit. Fouls Hort selbst zog seinen Blick an wie ein Magnet. Aufgrund all dessen, was ihm schon über Lord Fouls Wohnsitz zu Ohren gekommen war, hatte er bereits vermutet, daß ein Großteil davon unterirdisch lag, und nun sah er, daß seine Annahme stimmte. Die Landzunge stieg an ihrer Spitze zu einem hohen Felsen an, und darauf stand Fouls Hort. Zwei gleichartige Türme, hoch und schlank wie Minarette, ragten mehrere hundert Meter weit empor in die Luft, und zwischen ihnen klaffte zu ebener Erde das finstere, offene Loch des einzigen Eingangs. Sonst war vom Heim des Verächters nichts sichtbar. Von Turmfenstern herab konnte Lord Foul — oder seine Wächter — nicht nur über die Landzunge ausschauen, sondern bis über die Glutasche, sogar bis über die Zerspellten Hügel hinaus, aber der gesamte Rest seiner Anlagen — die Bruthöhlen, Lagerräume, Laboratorien, Kasernen, der Thronsaal — mußten sich unter der Erde befinden, aus dem Fels gehauen sein, zugänglich nur durch den einen Eingang und die unter den Kurash Quellinir verborgenen Stollen.

Covenant blickte über die Landzunge aus; und die dunklen Fenster der Türme stierten blind zurück wie seelenlose Augen, leer und verabscheut. Zunächst war er ganz einfach von dem Anblick gebannt, vor Faszination, so nah an einem solchen Ziel zu sein, wie versteinert. Doch als diese Anwandlung schwand, begann er sich zu fragen, wie er den Hort erreichen sollte, ohne von Wachen gesehen zu werden. Er bezweifelte, daß die Türme so verlassen waren, wie sie wirkten. Bestimmt ließ der Verächter keinen Weg zu seinem Bau unbeobachtet, unbewacht. Und wenn er bis zum Anbruch der Dunkelheit wartete, um sich von ihr verbergen zu lassen, mochte er über eine Klippe oder in einen Felsspalt stürzen.

Er dachte einige Zeitlang über das Problem nach, ohne eine

Lösung zu finden. Schließlich entschied er, daß er jede Chance wahrnehmen mußte. Die Aussichten standen jetzt nicht mehr oder weniger unmöglich als bisher immer schon. Und das Gelände, das er zu durchqueren hatte, war aufgeworfen und schroff, übersät mit Schlackengruben, Aschenhalden, Rissen; auf weiter Strecke der Entfernung würde er genug Deckung haben.

Er machte sich auf den Weg, indem er in die Bodenrinne zurückkehrte und ihrem Verlauf südwärts folgte, bis sie sich hinab zur Klippe zu neigen anfing. Er konnte das Meer nun deutlich sehen und hören, obwohl der übermächtige Schwefelgestank unverändert jeden Salzgeruch in der Luft überlagerte; aber er schenkte ihm nur Beachtung, um die Gefahr der Klippe im Augenmerk zu behalten. Von der Stelle aus, wo die Neigung begann, klomm er wieder in die Höhe und spähte in die Runde, um das nächstliegende Terrain zu begutachten.

Zu seiner Erleichterung sah er weitere Rinnen, Löcher und Mulden. Vom Fuße des Hügels verliefen sie wie ein Netzwerk von Narben der Verwitterung über diesen Bereich des Flachlands. Wenn er sich in dies Netzwerk hineinpfuschen konnte, ohne erspäht zu werden, war er ein ganzes Stück weit sicher.

Grimmig beglückwünschte er sich zur Verdrecktheit seines Gewandes, das sich dadurch den verblichenen Farbtönen des Untergrunds gut anpaßte. Einen Moment lang nahm er allen Mut zusammen, festigte sein Gemüt. Dann lief er los, taumelte den letzten Abhang hinunter und wälzte sich in den nächstbesten Erdspalt, plumpste hinab.

Er war zu flach, um Covenant eine aufrechte Gangart zu erlauben, aber indem er abwechselnd kroch und geduckt dahinschlich, gelang es ihm, sich ins Gewirr der Klüfte sozusagen einzufädeln. Nach einer Weile kam er zügiger voran.

Jenseits der Hitze der Glutasche war die Luft kalt und klamm wie die Ausdünstung einer modrigen Gruft; trotz seines Gewandes schien sie ihn zu durchtränken, bis der Schweiß auf seiner Haut wie Eis brannte, an seinen karg bemessenen Körperkräften zu zehren. Der Boden war hart, und wenn er kriechen mußte, fühlten seine Knie dumpfe Übel durch den Fels pulsieren. Abgründiger Hunger wütete schmerzhaft in Covenants Innerem. Aber er setzte seinen Weg fort.

Hinter den Rinnen und Geländemulden kam er für eine Zeitlang noch schneller vorwärts, indem er zwischen Schlackengruben und Aschenhaufen entlanghumpelte. Danach jedoch gelangte er an einen ebenen Geländestreifen ohne jede Deckung, mit nichts als Rissen und Spalten. Aus manchen hörte er das Donnern der See; aus anderen, die anscheinend mit der Belüftung von Fouls Hort zusammenhingen, drangen Schübe verbrauchter Luft. Er mußte offen über diese Fläche robben, bisweilen durch Erdspalten rennen, die dafür groß genug waren, und gelegentlich, benommen vor Furcht, über Risse springen, die seine Richtung kreuzten. Als er endlich am Fuß des zerklüfteten, erhöhten Felsens anlangte, von dem die beiden Türme emporragten, fiel er in die Deckung eines Felsbrockens und blieb erst einmal außer Atem liegen, schlotterte in der feuchten Kälte, fürchtete den Lärm von Wachen.

Aber er hörte keinen Alarm, keinen Laut, keinerlei Geräusche, die anzeigten, daß man es auf ihn abgesehen hatte — nichts außer den eigenen heiseren Atemzügen, dem fiebrigen Pochen seines Blutes, dem Dröhnen der Brandung. Entweder war er unbemerkt geblieben, oder die Wachen bereiteten gerade einen Hinterhalt vor. Er bot alle restliche Kraft auf und begann durchs Gestein aufwärts zu klettern.

Beim Klettern schwanden seine Kräfte immer spürbarer. Schwäche umnebelte sein Gehirn wie ein Schwindelgefühl, nahm seinen tauben Händen die Fähigkeit zum Zupacken, seinen Beinen das Stehvermögen. Doch er schleppte sich dahin. Immer wieder verharrte er, während sein Herz fast aussetzte, weil er irgendein Poltern von Steinen oder Rascheln von Kleidung gehört hatte — oder gehört zu haben glaubte —, das allem Anschein nach bezeugte, daß man ihn umlauerte. Trotz allem zwang er sich dazu, den Weg fortzusetzen. Benommen, schwach, allein, zittrig, verwundbar — er befand sich in einem Ringen, das er begriff. Viel zu weit war er schon gegangen, um noch einen Gedanken ans Aufgeben zu verschwenden.

Er war mittlerweile so hoch nach droben vorgedrungen, daß er sich nur noch selten etwaigen Blicken von der Höhe der Türme völlig entziehen konnte. Aber der Blickwinkel mußte für jeden Wächter an den Fenstern ziemlich ungünstig sein. Infolgedessen machte er sich, während er die letzten Strecken der Steigung hinaufkletterte und -keuchte, weniger Sorgen um die Deckung. Er brauchte seine gesamte Aufmerksamkeit, seine ganzen restlichen Kräfte, bloß um Hände und Füße zu bewegen, seinen Körper vorwärtszuschleppen, aufwärts.

Zu guter Letzt näherte er sich der Felskuppe. Indem er durch eine Lücke zwischen zwei Felsklötzen spähte, verschaffte er sich den ersten genaueren Überblick auf den Zugang von Fouls Hort.

Der Eingang war glatt und symmetrisch, makellos, tadellose Arbeit. Die runde Öffnung verlief durch ein wuchtiges Bollwerk aus behauenem Stein, eine glattgeschliffene, wie geschmirgelte Befestigung, die den Zugang überwölbte, als führe er in eine geweihte Gruft. Der Glanz des Steins spiegelte den bewölkten Himmel haargenau wider, reflektierte das unaufgelockerte Grau der eigenen Brustwehr.

Vor dem Eingang stand eine Gestalt von der Größe eines Riesen. Sie besaß drei Köpfe und drei Augenpaare, so daß sie in sämtliche Richtungen ausblicken konnte, sowie drei stämmige Beine, deren Dreibein Standfestigkeit verlieh. Die drei Arme waren in ständiger Bereitschaft erhoben. Jeder hielt ein schimmerndes Schwert und war mit dicken Lederbändern geschützt. Der Oberkörper war mit einem langen, ledernen Wams bewehrt. Zuerst sah Covenant keine Anzeichen dafür, daß die Gestalt überhaupt lebte; doch da zwinkerte sie, lenkte seine Aufmerksamkeit auf ihre eitergelben Augen. Deren Blicke schweiften unablässig über die Hügelkuppen, suchten nach Eindringlingen und Widersachern. Als sie die Lücke streiften, durch die Covenant beobachtete, zuckte er zurück, als sei er gesehen worden.

Doch falls die Gestalt ihn erspäht hatte, ließ sie sich nichts anmerken. Nach einem Moment des Abwartens entkrampfte sich Covenant. Der Wächter beaufsichtigte hier offenbar nichts anderes auf der ganzen Landzunge als nur den unmittelbaren Umkreis des Eingangs zu den unterirdischen Höhlen; der gesamte Weg, den Covenant von der Glutasche bis an diese Stelle zurückgelegt hatte, befand sich außerhalb des Gesichtsfelds der Gestalt. Daher war er sicher, wo er sich im Augenblick verbarg. Aber wenn er Fouls Hort betreten wollte, mußte er an dem Wächter vorbei.

Allerdings besaß er keine Vorstellung davon, wie er das schaffen sollte. Er konnte nicht mit der Kreatur kämpfen. Ihm fiel keine Möglichkeit ein, um sie zu übertölpeln. Und je länger er auf irgendeine Eingebung wartete, um so mehr wuchsen seine Furcht und Schwäche.

Statt zu bleiben, wo er sich befand — und bis er womöglich vor Grausen völlig gelähmt war —, robbte er auf dem Bauch durch die Felsbrocken zur Befestigung, bis unmittelbar an eine Seite des Eingangs. Hinter der Brustwehr direkt unter und zwischen den beiden Türmen verborgen, riß er sich zusammen, um seine Atmung zu beruhigen, und versuchte, genug Mut für das einzige Vorgehen zu sammeln, das für ihn denkbar war — über die Brüstung in den Eingang zu springen und zu versuchen, dem Wächter davonzulaufen. Er war der Gestalt nun so nahe, daß er die Überzeugung verspürte, sie könne seinen Schweiß riechen, das Trudeln seiner Benommenheit und das mühsame Hämmern seines Herzschlags hören.

Doch er vermochte sich nicht zu rühren. Unter den Türmen fühlte er sich vollkommen entblößt, obwohl er sich gewiß außerhalb des Sichtbereichs der Fenster befand; trotzdem brachte er es nicht fertig, nun zu handeln. Er hatte Furcht. Sobald er sich zeigte — sobald der Wächter ihn sah —, mußte Fouls Hort gewarnt sein. Schaumfolgers gesamte Anstrengungen und sein Opfergang, alle Hilfe der *Jheherrin* wären im Handumdrehen vertan. Er stünde allein gegen die ganze Verteidigung Ridjeck Thomes.

Hölle und Verdammnis! fluchte er insgeheim. *Komm, Covenant, los! Du bist Aussätziger — inzwischen müßtest du das alles längst gewohnt sein.*

Fouls Hort war ausgedehnt. Wenn es ihm gelang, den Wächter abzuhängen, konnte er der Gefangennahme möglicherweise für einige Zeit entgehen, vielleicht sogar die Geheimtür finden, von der die *Jheherrin* geredet hatten. Dies *Wenn* war nicht anders als jedes vorherige. Er war gefangen zwischen den Schwächen seiner Sterblichkeit und unabweisbaren Notwendigkeiten; längst war ihm die Fähigkeit abhanden gekommen, Kosten zu ermessen und Chancen abzuwägen.

Er stemmte seine Hände auf den Stein, atmete einen Moment lang tief durch.

Bevor er eine weitere Bewegung tun konnte, prallte etwas auf ihn, drückte ihn nieder. Er wehrte sich, aber eine eisenharte Umklammerung hielt seine Arme auf dem Rücken fest, Gewicht lastete auf seinen Beinen. Vor Wut und Furcht wollte er aufschreien. Eine Hand preßte sich auf sein Gesicht.

Er war hilflos. Der Angreifer konnte ihm mit einem kurzen Ruck das Kreuz brechen. Aber die Hände sorgten bloß dafür, daß er ruhig blieb — sicherten ihre Gewalt über ihn, warteten darauf, daß er sich entspannte, sich unterwarf.

Mit einer Anstrengung seiner Willenskraft ließ er seine Muskeln erschlaffen. Die Hand wich nicht von seinem Mund, aber die andere Faust drehte ihn rasch auf den Rücken.

Er schaute in das freundliche, saubere Gesicht Salzherz Schaumfolgers auf.

Der Riese machte eine Geste, die ihn zur Ruhe ermahnte, dann gab er ihn frei.

Sofort schlang Covenant seine Arme um Schaumfolgers Hals, drückte ihn, klammerte sich um seinen starken Nacken wie ein Kind. Eine Freude wie ein Sonnenaufgang wusch alle Finsternis aus seinem Innern fort, beflügelte ihn zu neuer Hoffnung wie die helle, klare Dämmerung eines neuen Tages.

Schaumfolger erwiderte die Umarmung einen Augenblick lang, dann löste er sich von Covenant und entfernte sich mit äußerster Vorsicht. Covenant folgte, obwohl seine Augen dermaßen voller Tränen waren, daß er nicht sah, wohin er sich bewegte. Der Riese führte ihn vom Bollwerk auf die andere Seite eines der beiden Türme. Dort waren sie vorm Wächter versteckt, und das Grollen der Brandung übertönte ihre Stimmen. »Ich bitte dich, vergib mir«, sagte Schaumfolger leise und mit frohem Lächeln. »Ich hoffe, ich habe dir keinen Harm getan. Ich habe nach dir Umschau gehalten, aber dich nirgendwo gesehen. Als du die Brustwehr erklommen hattest, konnte ich nicht rufen, ohne die Aufmerksamkeit von Fouls Zögling zu erregen. Und ich fürchtete, du könntest in deiner Überraschung unsere Gegenwart unbeabsichtigt enthüllen.«

Covenant bändigte seine Tränen. »Dir vergeben?« meinte er; seine Stimme zitterte vor Freude und Erleichterung. »du hast mich so erschreckt, daß ich fast den Verstand verloren habe.«

Schaumfolger lachte gedämpft, kaum dazu imstande, die eigene Heiterkeit zu mäßigen. »Ach, mein Freund, es erfreut mich ungemein, dich wiederzusehen. Ich fürchtete, dich in der Glutasche verloren zu haben ... fürchtete, du seist gefangengenommen worden ... fürchtete ... Ach! Tausendfache Furcht hatte ich um dich!«

»Ich dachte, du wärst tot.« Covenant schluchzte einmal, beherrschte sich, errang seine Fassung wieder. Nachdrücklich wischte er sich die Augen, so daß er den Riesen näher betrachten konnte.

Schaumfolger wirkte nachgerade wunderbar gesund. Er war nackt — seine Kleidung war im Feuer der Glutasche vernichtet worden —, und vom Kopf bis zu den Füßen sahen Fleisch und

Haut gut und rein aus. Die vorherige Gequältheit seines Blicks war durch wohlgemute Heiterkeit und Gelassenheit abgelöst worden; in den tiefen Höhlen leuchteten die Augen von stummem inneren Lachen. Die alabasterne Stärke seiner Gliedmaßen erinnerte an Marmor; und abgesehen von ein paar frischen Kratzern, die er sich geholt haben mußte, während er von der Glutasche zum Hort schlich, waren alle, auch seine ältesten Narben vergangener Kämpfe verschwunden, ausgetilgt von einem Feuer, das ihn bis ins Mark seiner Knochen geläutert zu haben schien. Nichts an ihm erlaubte die Schlußfolgerung, daß er Qualen durchlitten hatte.

Dennoch empfing Covenant einen gewissen Eindruck von Pein, transzendentem Schmerz, der den Riesen in seinem grundsätzlichen Wesen verändert haben mußte. Irgendwie hatte Schaumfolger in der Glutasche seine allergräßlichsten Leidenschaften über ihren apokalyptischen Höhepunkt hinausgebracht.

Covenant stärkte sich ein bißchen mit Meeresluft. »Ich dachte«, wiederholte er, »du wärst tot.«

Die Wohlgelauntheit des Riesen blieb unvermindert. »Ich ebenso. Dies Ergebnis ist für mich fürwahr erstaunenswert, genauso wie für dich. Stein und See! Ich hätte beschworen, ich stürbe! Covenant, über eine Welt, in der solche Dinge geschehen können, vermag der Verächter nie und nimmer vollauf zu obsiegen.«

Das stimmt, sagte sich Covenant. *In dieser Art von Welt.* »Aber wie . . .?« fragte er laut. »Wie hast du das geschafft? Was ist passiert?«

»Ich bin mir nicht gänzlich sicher. Mein Freund, ich glaube, du dürftest nicht das *Caamora* der Riesen vergessen haben, das rituelle Feuer des Grams. Gewöhnliches Feuer schadet dem Fleisch von Riesen nicht. Der Schmerz läutert, aber die Glut verbrennt es nicht. Auf diese Weise fanden die Heimatlosen von Zeit zu Zeit Erleichterung von der Zügellosigkeit ihrer Herzen. Ferner . . . wird's dich überraschen, zu vernehmen, daß ich glaube, deine wilde Magie hat mich in gewissem Maße unterstützt. Ehe ich dich von meinen Schultern schleuderte, fühlte ich . . . wie eine seltsame Macht mir Stärke vermittelte, so wie ich mit dir meine Kraft teilte.«

»Hölle und Verdammnis!« Covenant starrte den mattsilbernen Reif um seinen Finger an. Wieder erinnerte er sich an Mhorams

Behauptung: *›Du bist das Weißgold.‹* Aber er konnte noch immer nicht verstehen, was der Hoch-Lord gemeint haben mochte.

»Und ... und überdies«, fügte der Riese hinzu, »walten Geheimnisse in der Erde, die sich Lord Foul, Satansherz und Seelenpresser, nicht einmal erträumt. Die Erdkraft, die einst sprach, um Berek Halbhand zum Erdfreund zu machen, ist auch heute nicht stumm. Mag sein, sie spricht mit anderer Zunge ... vielleicht haben die Menschen, die auf der Erde hausen, nur vergessen, wie sich mit ihr Umgang pflegen läßt ... aber sie ist nicht erloschen. Die Erde könnte nicht bestehen, enthielte sie nicht genug an Wohl, um solchen Erzübeln wie dem Weltübel-Stein die Stirn bieten zu können.«

»Kann sein«, sann Covenant. Er hörte die eigene Stimme kaum. Der Gedanke an seinen Ring hatte in ihm eine völlig andere Kette von Überlegungen ausgelöst. Er nahm sie nur ungern zur Kenntnis, mochte nicht darüber sprechen, aber schließlich zwang er sich dazu. »Bist du ... bist du sicher, daß du nicht ... wiedererweckt worden bist ... wie Elena?«

Ein Ausdruck trat ins Gesicht des Riesen und hellte es auf, als wolle er lauthals zu lachen anfangen. »Stein und See! Das klingt fürwahr ganz nach dem Zweifler!«

»Bist du sicher?«

»Nein, mein Freund.« Schaumfolger lachte unterdrückt. »Ich bin nicht sicher. Ich weiß es nicht, und es schert mich auch nicht. Ich bin nur froh, daß ich nochmals eine Gelegenheit erhalten habe, dir Beistand leisten zu dürfen.«

Covenant verdaute Schaumfolgers Antwort bedächtig, bis er wußte, wie er darauf reagieren sollte. Er bemühte sich, dem guten Willen des Riesen nicht nachzustehen. »Dann laß uns was unternehmen«, sagte er, »solange wir noch dazu imstande sind.«

»Ja.« Langsam kennzeichnete Ernst Schaumfolgers Miene, aber dadurch verringerte sich nicht seine Ausstrahlung von Überschwenglichkeit und Schmerz. »Das müssen wir. Mit jedem Aufenthalt verliert man im Lande mehr Leben.«

»Ich hoffe, du hast einen Plan.« Covenant versuchte, seine Beunruhigung zu unterdrücken. »Ich würde sagen, dieser Wächter wird uns bestimmt nicht einfach so durchlassen, auch wenn wir ihn noch so nett fragen.«

»Ich habe diese Schwierigkeit erwogen.« In Umrissen legte Schaumfolger das Resultat seiner Überlegungen dar.

Covenant dachte einen Moment lang nach. »Das ist alles ganz schön«, meinte er dann. »Aber was, wenn sie wissen, daß wir kommen? Wenn sie schon auf uns lauern ... drinnen?«

Der Riese schüttelte den Kopf und erklärte, er habe eine Zeitlang in den Stein der Türme gelauscht. Er hatte nichts gehört, was auf eine Falle zu schlußfolgern erlaubte, nicht einmal irgend etwas, das darauf verwies, daß überhaupt irgend jemand sich in den Türmen aufhielt. »Vielleicht bezweifelt Seelenpresser, daß man sich ihm auf diesem Wege überhaupt nahen könne. Womöglich ist dieser Wächter die einzige Wache. Wir werden's bald erfahren.«

»Ja, bald«, murrte Covenant. »Bloß sind mir Überraschungen zuwider. Man weiß nie, wann eine einem den ganzen Tag verdirbt.«

»Vielleicht werden wir nunmehr dazu in die Lage versetzt«, sagte Schaumfolger mit breitem Grinsen, »dem Unheilbringer ein gerüttelt Maß seines Unheils zurückzubringen.«

Covenant nickte. »Das will ich doch hoffen.«

Gemeinsam schlichen sie zurück in die Nähe des Eingangs, dann trennten sie sich. Covenant befolgte die Anweisungen des Riesen und kroch durch das Geröll und die Felsbrocken, versuchte der Vorderseite des Eingangs möglichst nahe zu kommen, ohne bemerkt zu werden. Er ließ außerordentliche Vorsicht walten und beschrieb bei der Annäherung einen weiten Bogen. Als er die günstigste Stelle erreicht hatte, befand er sich noch immer gut vierzig Meter von der Befestigung entfernt. Dieser Abstand bereitete ihm Sorge, aber er sah keine Alternative. Es ging nicht darum, sich am Wächter vorbeizuschleichen; er hatte ihn nur abzulenken.

Los, Covenant, los, komm! schalt er erbittert mit sich. *Zieh die Sache durch! Hier haben Feiglinge nichts zu suchen.*

Er nahm einen tiefen Atemzug, verfluchte sich noch einmal, als sei dies seine letzte Gelegenheit, und trat aus seiner Dekkung.

Sofort spürte er, wie der Blick des Wächters ruckte und sich auf ihn heftete, aber er versuchte, nicht darauf zu achten, bemühte sich, den Weg zum Eingang mit einem Benehmen zurückzulegen, das wenigstens entfernt Unbefangenheit ähnelte. Die Hände auf dem Rücken gefaltet, pfiff er unmelodisch durch die Zähne vor sich hin und spazierte drauflos, als rechne er ernsthaft damit, Fouls Hort ohne größere Umstände betreten zu dürfen.

Er mied den starren Blick des Wächters. Er empfand diesen Blick als durchdringend heiß genug, um seine Absichten zu durchschauen, ihn zu entlarven. Er bekam vor lauter Widerwillen eine Gänsehaut. Aber als er das Geröll verließ und den glatten Stein vorm Eingang betrat, zwang er sich dazu, aufzublicken und die Gestalt anzusehen.

Unwillkürlich stockten seine Schritte, sein Gepfeife verstummte. Die gelbe Übelträchtigkeit in den Augen des Wächters erfüllte ihn mit Grausen und Bestürzung. Diese Augen schienen alles von ihm zu kennen, von seiner Haut bis zur Seele, und zugleich alles, was sie kannten, mit äußerster Geringschätzung zu betrachten. Für einen Sekundenbruchteil befürchtete Covenant, dies Wesen könne der Verächter in Person sein. Aber er wußte es besser. Wie so viele der Marodeure, die er gesehen hatte, bestand dies Geschöpf aus mißbrauchtem Fleisch — war es ein Opfer von Lord Fouls Betätigung mit dem Weltübel-Stein. Und seine Haltung bezeugte Unsicherheit.

Indem er großspurig tat, näherte sich Covenant dem Eingang, bis er fast in der Reichweite der Schwerter war, die der Wächter in Bereitschaft hielt. Dort blieb er stehen, musterte die Gestalt einen Moment lang mit vorsätzlicher Umständlichkeit. Als er sie von den Köpfen bis zu den Füßen begafft hatte, erwiderte er erneut ihren eindringlichen Blick. »Verrat Foul nicht, daß ich hier bin!« sagte er dann mit aller Frechheit, zu der er sich in der Lage fühlte. »Ich möchte ihn überraschen.«

Mit den beiden letzten Wörtern holte er blitzartig die Hände vom Rücken. Indem er den Ring am Zeigefinger seiner rechten Hand entblößte, sprang er vorwärts, als wolle er den Wächter mit einem Ausbruch wilder Magie angreifen.

Der Wächter zuckte in Abwehrhaltung. Für einen Augenblick wandten sich alle drei Köpfe Covenant zu.

Im selben Moment schwang sich Schaumfolger überm Eingang vom Dach des Bollwerks.

Der Wächter befand sich außerhalb seiner unmittelbaren Reichweite; aber als er unten landete, hechtete er vorwärts, wälzte sich unter ihn, riß ihm die Beine unterm Leib weg. Er stürzte in einem Wirrwarr von Gliedmaßen und Klingen nieder.

Sofort warf sich Schaumfolger rittlings auf ihn. Er war so groß wie der Riese und möglicherweise erheblich stärker, überdies bewaffnet. Aber Schaumfolger hieb so gewaltig mit den Fäusten zu, drückte ihn so wirksam mit seinem Körpergewicht an den Boden, daß der Wächter keine entschiedene Gegenwehr leisten konnte. Nach einem wuchtigen Schlag Schaumfolgers — mit beiden Fäusten in den Nacken — erschlaffte er.

Eilig ergriff der Riese eines der Schwerter, um ihn zu enthaupten.

»Schaumfolger!« legte Covenant sein Veto ein.

Schaumfolger erhob sich von der besinnungslosen Gestalt, drehte sich nach Covenant um, das Schwert mit einer Faust umklammert. »Töte ihn nicht.«

»Das Geschöpf wird, wenn's erwacht, den ganzen Hort auf uns hetzen«, sagte der Riese, von der Anstrengung leicht außer Atem. Seine Miene war grimmig, aber nicht wild.

»Es hat genug Mord und Totschlag gegeben«, erwiderte Covenant schwerfällig. »Ich habe die Nase voll.«

Einen Moment lang erwiderte Schaumfolger Covenants Blick. Dann warf er den Kopf zurück und begann zu lachen.

Plötzlich fühlte sich Covenant ganz schwach, so froh war er; fast gaben unter ihm seine Knie nach. »So ist es besser«, murmelte er erleichtert. Er lehnte sich an eine Wand des Eingangs und verschnaufte, erfreute sich unterdessen an der Heiterkeit des Riesen.

Gleich darauf beherrschte sich Schaumfolger wieder. »Nun wohl, mein Freund«, sagte er gelassen. »Der Tod dieses Geschöpfs würde uns Zeit verschaffen — wertvolle Zeit, in der wir unser Werk zu vollbringen und sodann zu entfliehen vermöchten. Aber Flucht war nie unser vordringliches Sinnen.« Er ließ das Schwert neben den hingestreckten Wächter fallen. »Wenn ihre Besinnungslosigkeit uns dazu verhilft, unser Ziel zu verwirklichen, ist uns zur Genüge geholfen. Mag die Flucht sich selbst den Weg erkämpfen.« Er lächelte verzerrt. »Doch spüre ich in meinem Herzen«, ergänzte er, »daß mir mit diesem Wams wohlgedient sein dürfte.« Er beugte sich über den Wächter, nahm ihm das Kleidungsstück ab und benutzte es, um die eigene Nacktheit zu umhüllen.

»Da hast du recht«, sagte Covenant mit einem Seufzen. Er beabsichtigte keine Flucht. »Aber es ist sowieso nicht nötig, daß du ums Leben kommst. Hilf mir bloß diese Geheimtür finden — dann sieh zu, daß du dich verdrückst!«

»Ich soll dich im Stich lassen?« Schaumfolger rückte das Wams, das ihm nicht besonders paßte, um seinen Leib zurecht, auf dem Gesicht einen Ausdruck des Widerwillens. »Wie könnte ich diesen Ort denn überhaupt verlassen? Ich werde keine nochmalige Durchquerung der Glutasche wagen können.«

»Spring ins Meer ... schwimm weg! Ich habe keine Ahnung.« In Covenant verstärkte sich das Gefühl von Dringlichkeit; sie konnten es sich nicht leisten, am Eingang zu Fouls Hort herumzustehen, zu debattieren. »Bloß mach mich nicht für dich verantwortlich!«

»Im Gegenteil«, erwiderte der Riese gleichmütig. »Ich bin's, der verantwortlich für dich ist. Ich bin dein Herbeirufer.«

Covenant zuckte zusammen. »In dieser Beziehung habe ich keine Sorge.«

»Das gilt auch für mich«, entgegnete der Riese mit einem Grinsen. »Aber mir mißfällt dies Reden vom Im-Stich-Lassen. Mein Freund ... ich bin mit derlei Angelegenheiten vertraut.«

Ernst sahen sie einander an; im Blick des Riesen erkannte Covenant so deutlich, als werde es laut ausgesprochen, daß er für seinen Freund gar keine Verantwortung übernehmen konnte, keine Entscheidungen für ihn zu treffen vermochte. Er konnte nur Schaumfolgers Hilfe annehmen und dafür dankbar sein. Kummervoll stöhnte er auf, als er sich das Ergebnis vergegenwärtigte, das sich absehen ließ. »Dann wollen wir gehen«, sagte er in niedergeschlagener Stimmung. »Ich kann das alles nicht noch viel länger durchhalten.«

Zur Antwort nahm der Riese seinen Arm, stützte ihn. Seite an Seite wandten sie sich zum finsteren, höhlenartigen Schlund des Eingangs. Seite an Seite drangen sie in die Düsternis von Fouls Hort ein.

Zu ihrer Überraschung wich die Dunkelheit, sobald sie einen seltsamen Schleier von Verschwommenheit durchquert hatten. Dahinter sahen sie sich am schmalen Ende einer eiförmigen Halle. Vom einen bis zum anderen Ende war sie kühl erhellt, als ob in den Wänden grünes Eis aus den polaren Meeren leuchtete; die ganze Räumlichkeit wirkte, als müsse sie jeden Moment in eisige Flammen aufgehen.

Unwillkürlich verharrten die beiden und sahen sich um. Die Symmetrie der Halle und die Bearbeitung des Steins waren perfekt. An der breitesten Stelle mündeten gleichartige Aufgänge zu den beiden Türmen, und der Fußboden auf der anderen Seite neigte sich und ging in tadellosem Schwung in eine weite Wendeltreppe über, die hinab ins Gestein der Erde führte. Überall erstreckten sich die steinernen Flächen und grenzten aneinander, ohne Fugen, Risse oder Verbindungsstellen aufzuweisen; die Halle war im Fels so glatt, gleichmäßig und makellos, so bar jeglicher Zierde, jeder Eigentümlichkeiten und auch ohne Fehler und Mängel geschaffen worden, als sei die Idealvorstellung ihres Architekten in einwandfreiem Stein verwirklicht worden, ohne daß Hände, die fehlgreifen, oder Hirne, die mißverstehen konnten, daran mitgewirkt hatten. Offensichtlich handelte es sich nicht um die Arbeit von Riesen; es mangelte an allem, was die absolute Exaktheit der Formgebung gestört hätte, es fehlte jeder Ausdruck der für die Riesen typischen Begeisterung fürs Detail. Vielmehr schien dies Werk jede Kunst und Geschicklichkeit Sterblicher zu übertreffen. Es war widernatürlich perfekt.

Covenant starrte rundum. Während Schaumfolger, sobald er das anfängliche Erstaunen überwunden hatte, die seitlichen Wände nach der verborgenen Tür abzusuchen begann, welche von den *Jheherrin* erwähnt worden war, schlenderte Covenant in die Mitte der Halle, näherte sich, obgleich wie ziellos, der großen Wendeltreppe. Hier hauste alte Magie, von Haß und Gier gehätschelte Kraft; man konnte sie im Licht spüren, das fahl war wie ein Totenhemd, in der scharfen, kalten Luft, der Vollkommenheit der Wände. Dieser feurig-eisige Ort war Lord Fouls Zuhause, Stätte und Grundstein seiner Machtfülle. Die ganze seelenlose Behausung zeugte von seiner Oberhoheit, seiner uneingeschränkten, unantastbaren Herrschaft. Schon diese leere Halle allein machte alle seine Gegner zu Mücken und Knirpsen. Covenant erinnerte sich daran, irgendwo gehört zu haben, Foul werde nie überwunden sein, solange Ridjeck Thome stand. Er glaubte es.

Als er das breite Spiralgebilde der Wendeltreppe erreichte, stellte er fest, daß ihr offener Mittelschacht, der wie ein großer Brunnen aussah, sich im Abwärtslauf nach und nach ins Innere der Landzunge schraubte. Die Treppe als solche war breit genug für fünfzehn bis zwanzig Personen nebeneinander. Ihre korkenzieherhafte Tiefe lenkte seinen Blick in das helle Loch in der Mitte, bis er sich so weit über den Rand beugte, wie es überhaupt ging, ohne abzustürzen; und die Symmetrie ihres Gewindes verlieh dem Aufwallen seines Schwindelgefühls Auftrieb, seiner irrationalen Liebe zum und Furcht vorm Fallen.

Aber er hatte das Geheimnis des Schwindels ergründet und fiel nicht. Sein Blick erkundete die Treppe. Und im nächsten Moment sah er etwas, das die gefährliche Faszination brach.

Lautlos eilte eine große Horde von Urbösen aus der Tiefe herauf.

Er wich zurück. »Es wäre besser, du findest die Tür ziemlich bald«, rief er Schaumfolger zu. »Sie kommen.«

Schaumfolger unterbrach seine Begutachtung der Wände nicht. »Sie ist sorgsam verborgen«, meinte er gedämpft, während er den Stein mit Händen und Augen erforschte, nach irgendeinem Anzeichen eines versteckten Zugangs absuchte. »Ich weiß nicht, wie's möglich ist, Stein so eine Beschaffenheit zu geben. Mein Volk war in dieser Kunstfertigkeit nicht unbewandert, aber es hätte von solchen Wänden nicht einmal zu träumen vermocht.«

»Es hatte zuviel mit Alpträumen zu schaffen«, knirschte Covenant. »Find sie! Diese Urbösen sind wieselflink.« Er entsann sich des Wesens, das in den Katakomben unterm Donnerberg seinen Sturz verursacht hatte. »Sie können Weißgold riechen«, fügte er hinzu.

»Ich bin ein Riese«, gab Schaumfolger zur Antwort. »Die Steinmetzkunst liegt meinem Volk im Blut. Diese Pforte kann mir nicht verborgen bleiben.«

Da fanden seine Hände eine Fläche der Wand, die sich hohl anfühlte. Rasch untersuchte er diesen Ausschnitt genauer, ermittelte seine Ausdehnung, obwohl sich der makellosen Wand keinerlei Anzeichen einer Tür anmerken ließen.

Als er die Maße des Zugangs so genau wie möglich festgestellt hatte, drückte er einmal auf die Mitte der Oberschwelle.

Der Umriß der Oberschwelle zeigte sich an der glatten Wand in grünem Glimmen. Gleich darauf flimmerten darunter die Umrisse von Türpfosten, als seien sie erst in dieser Sekunde im Fels erschaffen worden, und zwischen ihnen schwang die Tür geräuschlos einwärts.

Schaumfolger rieb sich zufrieden die Hände. »Ganz wie du befohlen hast, Ur-Lord«, sagte er mit leisem Lachen und winkte Covenant, er möge ihm durch die Tür vorausgehen.

Covenant schaute noch einmal hinüber zur Wendeltreppe, dann hastete er in die kleine Kammer jenseits des Eingangs. Schaumfolger kam nach, duckte sich infolge der Niedrigkeit der Decke. Sofort schloß er die Tür wieder, sah zu, wie sie sich in eigenschaftslosen Stein zurückverwandelte. Dann überholte er Covenant und betrat den Gang hinter der Kammer.

Der Gang war so hell und kalt wie zuvor die Halle. Schaumfolger und Covenant konnten sehen, daß er steil nach unten führte, direkt in die unterirdischen Felsentiefen der Landzunge. Covenant hoffte, während er nach vorn spähte, er werde auf diesem Wege hingelangen, wohin er wollte, mußte; er war zu schwach, um auf der Suche nach seiner Bestimmung durch den gesamten Hort zu schleichen.

Keiner von beiden sprach; ihnen lag daran, nicht zu riskieren, daß die Urbösen sie hörten. Schaumfolger sah Covenant an, zuckte die Achseln und schritt den Tunnel hinunter.

Die niedrige Decke zwang Schaumfolger zu einer geduckten Gangart, aber er eilte so schnell vorwärts, wie er konnte. Und Covenant hielt mit, indem er sich einfach an den Rücken des Riesen lehnte und die Schwerkraft seine schlaffen Beine vom einen in den nächsten Schritt schwingen ließ. Wie Zwillinge, zwei Brüder, trotz aller Unterschiede durch eine gemeinsame Nabelschnur der Notwendigkeit miteinander verbunden, schlurften und krochen sie durch den Stein von Ridjeck Thome.

Beim Hinabsteigen fiel Covenant mehrmals hin. In der Beengung des Gangs verstärkten sich sein Gefühl der Dringlichkeit, seine Furcht; aber statt angefeuert zu werden, war ihm immer entkräfteter zumute, er war so matt, als sei er bereits unterlegen. Fahle Eisigkeit durchtränkte ihn, sickerte in seine Knochen wie das Feuer einer absoluten Kälte, umfing ihn, bis er sich darin sonderbar behaglich fühlte — behaglich und schläfrig, als käme er wie ein erschöpfter Wanderer endlich daheim an, dürfe sich bald wieder am eigenen Herd ausstrecken. Dann und wann erhielt er flüchtige Eindrücke vom Geist dieser Stätte, der kompromißlosen Tadellosigkeit, die der unersättlichsten und räuberischsten Bösartigkeit Auftrieb und Stütze gab. In dieser Atmosphäre verwandelten sich Verachtung und Behagen in ein und dasselbe. Fouls Hort war die Domäne eines Wesens, das Perfektion liebte — eines Wesens, das jedes Leben verabscheute, nicht weil es irgendeine Gefahr für seine Existenz sein könnte, sondern weil seine Gebrechen und Vergänglichkeit die grundlegende Leidenschaft seines Daseins beleidigten. In den kurzen Augenblicken derartiger Einsichten pflegten Covenants taube, gequälte Füße auf dem Stein fehlzutreten, so daß er der Länge nach gegen Schaumfolgers Rücken sackte.

Aber das Paar setzte seinen Weg fort und gelangte schließlich ans Ende des Tunnels. Er mündete in eine Anzahl unmöblierter, schmuckloser Wohnräume — auf krasse Weise exakt und symmetrisch —, in denen nichts darauf verwies, daß sie jemals bewohnt gewesen waren oder überhaupt irgendwann einmal bewohnt werden sollten. Dennoch schimmerte überall das kalte, grüne Licht, und die Luft war so kalt, als sei sie durchsetzt mit unsichtbaren Eiskristallen. Schaumfolgers Schweiß bildete in seinem Bart smaragdene Klümpchen, und trotz seiner normalen Immunität gegenüber den Temperaturverhältnissen zitterte er.

Hinter diesen Räumen fanden sie eine Reihe von Treppen, über die sie hinunter in kahle Säle, leere Kavernen — groß genug, um darin die fürchterlichsten Übel auszubrüten — und verlassene Arenen gelangten, in denen ein Redner einer vieltausendköpfigen Menge hätte die Ohren volldröhnen können. Auch hier ließ sich keine Spur irgendeiner Bewohnheit erkennen. Dieser gesamte Teil des Horts war ausschließlich Lord Fouls privatem Gebrauch vorbehalten; keine Urbösen oder sonstigen Lebewesen hielten sich darin auf, hatten sich je darin aufgehalten. Schaumfolger geleitete Covenant zügig durch all diese Perfektion. Sie blieben in Abwärtsrichtung, strebten immer nur abwärts, suchten jene tiefsten Tiefen, in denen Lord Foul, wie man erwarten durfte, den Weltübel-Stein aufbewahrte. Und rund um sie nahm das steinalte Übel von Ridjeck Thome mit jeder tieferen Ebene stets ein bedrückenderes, quälenderes Gewicht an. Mit der Zeit war es Schaumfolger zu kalt, um noch zu zittern; und Covenant wankte an seiner Seite dahin, als verhindere nur noch der beharrliche Wunsch, die kälteste Örtlichkeit im Hort zu finden, den Punkt absoluten Frosts, daß er auf der Stelle einschlief.

Der Instinkt, der sie bei jeder entsprechenden Gelegenheit weiter nach unten führte, trog nicht. Allmählich begann Schaumfolger den Standort des Steins zu spüren; die Ausstrahlung dieses Erzübels begann für seine überreizten Nerven spürbar zu werden.

Schließlich kamen sie in einer leeren Höhle auf einen Treppenabsatz, der an einer Wand endete. Dort entdeckte Schaumfolger eine weitere Geheimtür. Er öffnete sie auf gleiche Weise wie die erste Tür und trat geduckt hindurch in einen hohen, runden Saal. Sobald Covenant über die Schwelle getaumelt war, schloß Schaumfolger die Tür und begab sich wachsam zur Mitte des Saals.

Wie alle anderen Räumlichkeiten, die der Riese zuvor hier gesehen hatte, fehlte es auch dieser an jeglichen Eigenschaften, ausgenommen ihre Ausgänge. Er zählte acht große Portale, ringsum in haargenau gleichen Abständen angelegt, einander vollkommen gleich, jedes mit schweren steinernen Torflügeln verschlossen. Nirgendwo ringsherum konnte er Leben spüren, hinter keinem der Portale irgendwelche Aktivitäten feststellen. Aber alle seine Nerven zerrten schrill in die Richtung des Weltübel-Steins.

»Dort«, sagte Schaumfolger im Flüsterton und deutete auf ein Portal. »Dort ist der Thronsaal von Ridjeck Thome. Dort hütet der Seelenpresser den Weltübel-Stein.« Ohne seinen Freund anzuschauen, ging er zu dem Portal hinüber, legte seine Hände an den Stein, um sich seiner Wahrnehmung zu vergewissern. »Ja«, flüsterte er. »Da ist er.« Grausen und Erregung rangen in ihm miteinander. Mehrere Augenblicke verstrichen, bis er merkte, daß von Covenant keine Antwort kam. Er stemmte sich gegen die Torflügel, um ihre Stärke ermessen zu können. »Covenant, mein Freund«, sagte er über die Schulter, »das Ziel ist nah. Bewahre deinen Mut noch ein Weilchen länger. Ich werde diese Pforte aufbrechen. Sobald ich das vollbracht habe, mußt du sogleich in den Thronsaal laufen. Eile zum Stein, ehe irgendeine Macht eingreift.« Noch immer gab Covenant keine Antwort. »Zweifler! Wir stehen dicht vorm Ziel. Nun verzage nicht!«

»Du brauchst sie nicht aufzubrechen«, sagte Covenant mit schauderhafter Stimme.

Schaumfolger wirbelte herum, entfernte sich mit einem Satz vom Portal.

Der Zweifler stand mitten im Saal. Er war nicht allein.

Vor ihm stand ein Urbösen-Lehrenkundiger, rotzte aus geweiteten Nüstern. In seinen Händen hielt er Eisen und Ketten.

Entsetzt sah Schaumfolger, wie er die Eisen um Covenants Handgelenke schloß. An der Kette führte er den Zweifler zum Portal in den Thronsaal.

Der Riese begann sich seinem Freund zu nähern. Aber Covenants furchtbarer Blick brachte ihn zum Stehen. In den dunklen, ausgehungerten, Quetschungen ähnlichen Höhlen von Covenants Augen sah er etwas, auf das er keine Antwort wußte. Der Zweifler versuchte, ihm etwas mitzuteilen, irgend etwas, wofür er keine Worte besaß. Schaumfolger hatte jene Wunde genau untersucht, die Covenant von anderen Urbösen beigebracht worden war, aber vermochte sich keine Tiefe von Elend vorzustellen, die einen Mann dazu bewegen konnten, sich einem Dämondim-Abkömmling zu ergeben.

»Covenant!« begehrte er auf.

Doch Covenant wandte seinen Blick vorsätzlich vom Riesen ab — bohrte ihn noch einmal mit äußerster Eindringlichkeit in Schaumfolgers Augen, ehe er fortruckte und dabei den Blick des Riesen mitriß.

Wider Willen drehte sich Schaumfolger um und sah gegenüber, am anderen Ende des Saales, einen anderen Riesen stehen. Der Riese hatte die Fäuste in die Hüften gestemmt und grinste wüst. Schaumfolger erkannte ihn sofort; er war einer jener drei Brüder, die den Wütrichen zum Opfer gefallen waren. Seine gemarterte Seele war, wie zuvor jene Elenas, vom Tode zurückgerufen worden, um dem Seelenpresser zu dienen.

Bevor Schaumfolger irgendwie handeln konnte, öffnete sich das Portal zum Thronsaal und schloß sich hinter Covenant wieder.

Gleichzeitig sprangen alle anderen Portale auf, und vom Weltübel-Stein geschaffene Monster schwärmten in den Saal.

20

Der Zweifler

Schaumfolger fuhr herum und sah sich umstellt. Dutzende von Geschöpfen hatten den Saal betreten; ihre Zahl reichte aus, um ihn zu überwältigen, ihn unter ihrem bloßen Gewicht zu begraben, sollten sie es vorziehen, ihn nicht mit ihren Waffen zu erschlagen. Aber sie griffen nicht an. Sie verteilten sich ringsum an den Wänden, drängten sich in dichten Trauben an den Portalen zusammen, um jede Flucht zu verwehren. Dann bewahrten sie Ruhe und warteten ab. Sobald die Portale hinter ihnen wieder zugefallen waren, standen sie geduckt und vorgebeugt da, als würden sie sich nur zu gern auf ihn stürzen und in Stücke hauen. Doch sie überließen ihn dem toten Riesen.

Schaumfolger wandte sich wieder dem Gespenst zu.

Es kam langsam näher, verhöhnte ihn mit gehässigem Grinsen. »Sei gegrüßt, Schaumfolger«, grölte er. »Sippenverächter! Gefährte! Ich bin gekommen, um dir meinen Glückwunsch auszusprechen. Du hast dem Meister wohlgedient. Nicht damit zufrieden, unser Volk zur Zeit seines Unheils im Stich gelassen zu haben, so daß unser ganzes Geschlecht vom Antlitz des Landes vertilgt werden konnte, hast du nunmehr diesen Kriecher und sein nutzloses Weißgold in die Hände des Verächters, Satansherzens und Seelenpressers geliefert. Ach, wohlgetan! Ich entbiete dir meinen Gruß und lobpreise dich, Gefährte!« Das letzte Wort stieß er hervor, als sei es die allerschlimmste Kränkung. »Ich bin Blutschinder. Ich war's, der in Herzeleid jeden Riesen erschlug, Erwachsene wie Kinder gleichermaßen. Schau die Früchte deines Daseins, Sippenverächter! Schau und verzweifle!«

Schaumfolger wich um einige Schritte zurück, aber sein Blick erschrak nicht einen Herzschlag lang vor dem toten Riesen.

»Vergeltung!« schnob Blutschinder spöttisch. »Ich seh's in deiner Miene. Du denkst nicht ans Verzweifeln — du bist zu blind, um zu erkennen, was du getan hast. Beim Meister! Du gedenkst nicht einmal deines verachtenswerten Freundes. Du sinnst in deinem Herzen auf Vergeltung, Gefährte! Du siehst mich und glaubst, wenn schon alles andere in deinem Leben mißraten ist, müßtest du zumindest nun dazu imstande sein, für all deinen Verlust Vergeltung zu erzwingen. Für dein Verbrechen! Sippenverächter, ich seh's dir an. Es ist deines Herzens sehnlichster

Wunsch, mich mit deinen bloßen Händen zu zerreißen, Glied um Glied. Narr! Schau ich aus wie jemand, der dich fürchtet?«

Während er dem Blick des Gespenstes standhielt, schätzte Schaumfolger seine Position ein, maß die Entfernungen ringsum. Blutschinders Worte übten auf ihn durchaus ihre Wirkung aus. Er ersah in ihnen die Süße der Rache. Er kannte die Wut des Tötens, die jämmerliche, unwillkürliche Freude am Zermalmen von Fleisch mit den Fäusten. Wie in wilder Bereitschaft regte er sich unruhig, spannte die knotige Macht seiner Muskeln zum Sprung.

»Dann versuch's!« fügte der tote Riese hinzu. »Laß der Lust, die dich erfüllt, getrost freien Lauf! Wähnst du, du könntest dich wider mich behaupten? Bist du so verblendet? Es gibt nichts, das dir noch Rechtfertigung verleihen könnte. Würdest du genug Blut vergießen, um das Land vom Osten bis in den Westen zu überschwemmen, du vermöchtest dich nicht vom Übel freizuwaschen! Schwachkopf! Einfältiger Tor! Hielte der Meister dich nicht im Zaume, du tätest sein Werk so flugs für ihn verrichten, daß er kein Vergnügen daran fände. So komm, Gefährte! Versuch's! Ich bin bereits getötet worden. Wie willst du mich erneut erschlagen?«

»Ich werd's auf meine Art und Weise versuchen«, brummte Schaumfolger unterdrückt. Der überflüssige Hohn des Gespenstes hatte ihm verraten, was er wissen mußte. Die Geschöpfe ringsum hätten ihn jederzeit umbringen können — doch sie warteten, während Blutschinder ihn zu provozieren versuchte. Daher versprach sich der Seelenpresser noch etwas von ihm; also lebte Covenant noch, war noch unüberwunden. Vielleicht hoffte Lord Foul, Schaumfolger selbst auf den Zweifler hetzen zu können.

Aber Schaumfolger hatte das *Caamora* der Glutasche überlebt. Er machte sich bereit, den gesamten Körper angespannt. Doch als er urplötzlich sprang, tat er es nicht, um Blutschinder zu attakkieren. In einer gewaltigen Anstrengung stieß er sich mit aller Kraft seiner Beine ab und warf sich auf die Kreaturen vorm Eingang zum Thronsaal.

Erschreckt durch die Plötzlichkeit seines Angriffs, duckten sie sich unwillkürlich. Kopfüber flog er mit gekreuzten Unterarmen über sie hinweg und prallte mit seiner ganzen Wucht gegen die Torflügel.

Sie waren nicht geschaffen worden, um einem solchen Aufprall zu widerstehen. Mit dem scharfen Bersten brechenden Steins schwangen sie heftig einwärts.

Schaumfolger stürzte in einem Hagel steinerner Bruchstücke und Splitter nieder, schlug einen Purzelbaum und sprang im Thronsaal von Ridjeck Thome wieder auf die Füße.

Die Räumlichkeit war nichts anderes als ein weiter, runder Saal wie jener, den er gerade verlassen hatte, wies jedoch weniger Ausgänge auf und besaß eine höhere Decke, als sei letzteres erforderlich, um die immense Machtfülle zu beherbergen, die darin wohnte. Schaumfolger gegenüber befand sich der große Thron selbst. Auf einer flachen Erhebung an der jenseitigen Wand war alter, schauerlicher Fels aufgerichtet worden und bot dem Verächter einen Sitzplatz in der Form zweier aufgerissener Kiefer, deren wüste, krumme Zähne entblößt waren, um zuzupacken und zu reißen. Sie und der Sockel waren als einzige steinerne Gegenstände, die Schaumfolger bisher in Fouls Hort gesehen hatte, nicht durch perfekte Bearbeitung, völlige Glätte gekennzeichnet. Der Stein wirkte grotesk, verkümmert und verkrüppelt durch das seit Äonen getragene Gewicht von Lord Fouls Bosheit. Er sah aus wie eine Prophetie oder ein Vorgeschmack des letztendlichen Verhängnisses für all den makellosen Fels Ridjeck Thomes.

Direkt davor war der Weltübel-Stein in den Fußboden eingelassen.

Der Weltübel-Stein war weniger groß, als Schaumfolger es erwartet hatte; er war anscheinend weder so groß noch so schwer, als daß er ihn nicht hätte auf die Arme heben können. Doch seine Strahlung traf ihn wie der Hieb einer ungeheuren Faust. Er war keineswegs ungewöhnlich hell — die Helligkeit im Thronsaal war nur geringfügig stärker als andernorts im Hort —, aber er lohte in seiner Einfassung wie eine Materialisation der absoluten Kälte. Er pulsierte wie ein vom Wahnsinn beherrschtes Herz, sandte unbezähmbares Flackern und Aufflammen von Energie aus, verstrahlte heftig seine Macht der Verderbtheit. Schaumfolger prallte in seinen Glanz und blieb schlagartig stehen, als könne er bereits spüren, wie das frostige Smaragdgrün seine Haut in Eis verwandelte.

Einen Moment lang starrte er den Stein an, bestürzt über dessen Gewalt. Doch dann gewahrten seine wie benommenen Sinne eine andere Macht im Thronsaal. Im Vergleich zur Stärke des Weltübel-Steins erregte sie einen merkwürdig verhaltenen Eindruck. Doch sie war nur subtiler, heimtückischer, nicht schwächer. Als Schaumfolger ihr seine Aufmerksamkeit widmete, wußte er bereits, daß es sich dabei um den Meister des Weltübel-Steins handeln mußte.

Lord Foul.

Er erspähte den Verächter weniger dank seines Augenlichts, als durch das feine Unterscheidungsvermögen seines Spürsinns. Lord Foul war vornehmlich unsichtbar, obwohl er in der Luft eine vom Blick undurchdringbare Trübung erzeugte, dem aufrechten Schatten eines Menschen ähnlich — einem Schatten der Ab- statt der Anwesenheit, der anzeigte, wo er sich befände, wäre er körperlich gegenwärtig —, und rings um ihn befand sich ein glitzernder Halbschatten aus Grün. Er roch von weitem nach Rosenöl.

Er stand neben dem Stein, dem Portal und dem Riesen den Rücken zugekehrt. Und vor ihm, Schaumfolger zugewandt, war Thomas Covenant.

Die beiden waren allein; sobald Covenant abgeliefert war, hatten die Urbösen den Thronsaal verlassen.

Covenant schien sich der Ketten, die seine Handgelenke fesselten, nicht bewußt zu sein. Allem Anschein nach leistete er überhaupt keine Art von Widerstand. Er litt bereits am letzten Stadium des Hungers und Frierens. Qual kräuselte seine eingesunkenen Wangen wie ranziger Schweiß; sein verhärmter, trostloser Blick erwiderte den des Verächters, als habe sich die Macht Lord Fouls in der scheußlichen Wunde an seiner Stirn festgekrallt.

Keiner von beiden schenkte Schaumfolgers lautstarkem Eindringen Beachtung; unter Ausschluß alles anderen konzentrierten die zwei sich vollkommen aufeinander. Ein Wortwechsel oder etwas Ähnliches, das Schaumfolger versäumt hatte, mußte zwischen ihnen stattgefunden haben. Aber er sah das Resultat. Genau in dem Moment, als er seine Aufmerksamkeit auf Lord Foul und Covenant richtete, hob der Verächter einen von grünem Halbschatten umgebenen Arm und schlug Covenant auf den Mund.

Mit einem Aufbrüllen stürmte Schaumfolger vorwärts, um seinem Freund zu helfen.

Ehe er zwei Sätze weit gesprungen war, wälzte sich durch das aufgesprengte Portal eine wahre Lawine von Kreaturen und fiel über ihn her. Die Übermacht überrollte ihn, drückte ihn auf den

Fußboden, hielt seine Gliedmaßen fest. Er focht wild und mit außerordentlichem Einsatz, aber seine Gegner waren stark und zu zahlreich. Sie überwältigten ihn im Handumdrehen. Sie schleiften ihn zur Seitenwand und umwickelten ihn dort mit Ketten von solcher Schwere, daß er sie unmöglich zerbrechen konnte. Als die Kreaturen von ihm abließen und aus dem Thronsaal hasteten, war er hilflos.

Der tote Riese befand sich nicht unter ihnen. Er hatte seinem Zweck bereits gedient oder ihn verfehlt; er war unter die Reihen der Toten zurückgescheucht worden.

Man hatte Schaumfolger an einer Stelle angekettet, von der aus er Lord Foul und Covenant sehen konnte, so daß sie ihren Konflikt mit ihm als Zuschauer austragen würden.

Sobald die Kreaturen fort waren, wandte sich der Verächter erstmals Schaumfolger zu. Als sich der flimmrige grüne Halbschatten ihm zugedreht hatte, sah er die Augen des Verächters. Sie waren der innerhalb seiner Aura einzig und allein sichtbare Teil Lord Fouls.

Er besaß Augen wie Reißzähne, faulig und gelb — Fänge von so vehementer Bösartigkeit, daß sie Schaumfolgers Stimme einzufrieren schienen, die Ermutigung, die er Covenant hatte zurufen wollen, in seiner Kehle erstickten.

»Schweig!« gebot Lord Foul gehässig, »oder ich röste dich vor deiner Zeit.«

Schaumfolger gehorchte willenlos. Er schnappte nach Luft, als würge er an Eiswürfeln, und sah mit auswegloser Leidenschaft in der Kehle zu.

Die Augen des Verächters zwinkerten befriedigt. Er widmete seine Aufmerksamkeit wieder Covenant.

Lord Fouls Hieb hatte Covenant von den Füßen geworfen, so daß er nun auf den Knien lag, in einer Gebärde äußerster Hoffnungslosigkeit mit den gefesselten Händen das Gesicht bedeckte. Seine Finger schienen absolut ohne Gefühl zu sein; sie preßten wie taub und blind gegen sein Gesicht, zum Betasten seiner Wunde so ungeeignet wie tote Stöckchen, nicht einmal dazu imstande, die Feuchtigkeit seines Blutes zu spüren. Aber er merkte, wie sein Leiden an seinen Nerven fraß, als ob Lord Fouls Nähe es verstärkte und beschleunigte, den unfühlbaren Verfall wahrnehmbar machte; und er wußte, daß seine Lepra sich nun rasant ausbreitete, der zerbrechliche Halt gebrochen worden war, von dem sein Leben abhing. Die Krankheit tastete sich wie mit

Tentakeln der Untauglichkeit in seine Seele vor, wie die Wurzeln eines Baumes im Felsen nach Rissen suchten, nach Spalten, in denen der Stein zum Bersten gebracht werden konnte. Er war so matt und schwach, wie ein Alptraum es überhaupt bewirken durfte, ohne sein Herz völlig zum Stillstand zu bringen.

Aber als er seine blutbesudelten Hände senkte, als das rasche Gift von Fouls Berührung seine Lippe in solchem Maße hatte schwarz anschwellen lassen, daß er selbst sie nicht länger anzufassen vermochte, als er wieder zum Verächter aufblickte — da war er nicht hoffnungslos. Er war ungeschlagen.

Verfluchter Scheißkerl! grollte er bei sich. *Verdammter Mistkerl! So einfach ist das alles nicht.*

Mutwillig schloß er die Finger um den Ring.

Die Augen des Verächters loderten vor Wut, aber Lord Foul beherrschte sich diesmal. »Komm, Zweifler!« sagte er in höhnischem, väterlichem Tonfall. »Verlängere diese Unerfreulichkeiten nicht unnötig. Du weißt, daß du mir nicht widerstehen kannst. Ich allein, nur auf mich gestellt, bin dir bereits unermeßlich überlegen. Und zudem besitze ich den Weltübel-Stein. Ich kann den Mond in seiner Bahn zerschmettern, ich kann die ältesten Toten aus ihren tiefen Gräbern holen, ich vermag Verderben nach meinem Belieben zu verbreiten. Ich kann jede einzelne Faser deines Wesens aus der Verankerung rupfen und die Scherben deiner Seele über die Himmel verstreuen.«

Dann tu's doch! trotzte Covenant insgeheim.

»Aber ich will Nachsicht walten lassen. Es ist nicht meine Absicht, dir Schaden zuzufügen. Du brauchst nur deinen Ring in meine Hand zu legen, und alle deine Martern werden ein Ende haben. Das ist ein geringer Preis, den du entrichten sollst, Zweifler.«

So einfach ist das nicht.

»Und es liegt in meiner Macht, dich reich zu belohnen. Sollte dir daran liegen, an meiner Herrschaft übers Land teilzuhaben, ich werde es dir vergönnen. Du wirst feststellen, daß ich kein unangenehmer Herrscher bin. Sollte es dein Wunsch sein, das Leben deines Freundes Schaumfolger zu bewahren, so will ich keine Einwände erheben — obwohl er mich herausgefordert hat.« Schaumfolger wand sich in seinen Ketten, wollte eine Absage erteilen, aber er konnte nicht sprechen. »Wenn du Gesundheit wünschst, auch sie kann und will ich dir geben. Schau!«

Er winkte mit einem halbschattigen Arm, und ein Kräuseln

verzerrter Wahrnehmungen durchlief Covenants Sinne. Schlagartig strömte wieder Gefühl in seine Hände und Füße; augenblicklich erwachten seine Nerven zu neuem Leben. Indem sie neu erblühten, fiel sein gesamtes Unwohlsein von ihm ab — aller Schmerz und Hunger, alle Schwäche —, er schien es abzustreifen wie eine Schlangenhaut. Sein Körper schien vor triumphhaftem Leben zu jauchzen.

Er blieb ungerührt. Er fand seine Stimme wieder, quetschte leise Wörter durch die Zähne. »Gesundheit ist nicht mein Problem. Du bist derjenige, der Lepraleidende lehrt, sich selbst zu verabscheuen.«

»Kriecher!« schnauzte Lord Foul. Ohne Übergang war Covenant plötzlich wieder leprös und ausgehungert. »Du liegst vor mir auf den Knien! Ich werde dafür sorgen, daß du um das jämmerlichste Fetzlein Leben winselst. So, Lepraleidende verabscheuen sich selbst?! Das ist klug von ihnen. Ich werde dich das ganze wahre Ausmaß von Haß und Abscheu lehren!«

Einen Moment lang loderte der ganze unstillbare Haß des Verächters aus seinen fauligen Augen auf Covenant herab, und er machte sich auf eine neue Gewalttätigkeit gefaßt. Doch da begann Lord Foul zu lachen. Er strahlte buchstäblich Verachtung aus, sein geringschätziges Lachen erschütterte die Luft im Thronsaal mit einem Geräusch, als rieben große Felsklötze aneinander, so daß sogar der harte Stein des Fußbodens so nachgiebig wie Matsch wirkte. »Du liegst hier vor mir wie ein Toter, Kriecher«, sagte er, als sein Gelächter verstummt war. »Dir ermangelt's an Leben wie irgendeinem beliebigen Leichnam. Dennoch trotzt du mir. Du schlägst Gesundheit, Herrschaft, sogar Freundschaft aus. Das weckt mein Interesse . . . ich will Nachsicht zeigen. Ich werde dir Zeit gewähren, auf daß du klüger abwägen und von deinem Wahnsinn ablassen kannst. Sag mir, warum du so von törichtem Starrsinn strotzt!«

Covenant zögerte nicht. »Weil du mich ankotzt.«

»Das ist kein Grund. Viele Menschen wähnen, sie besäßen Verursachung, mir Widerwillen entgegenzubringen, weil sie zu memmenhaft sind, um Dummheit, Tollheit, Anmaßung und Dienstbarkeit zu verachten. Damit vermagst du mich nicht zu beirren. Sag, Kriecher, warum?«

»Weil ich das Land liebe.«

»Oh, wahrlich?!« spottete Lord Foul. »Ich kann nicht glauben, daß du so dümmlich bist. Das Land ist nicht deine Welt — es besitzt keinen Anspruch auf dein vernachlässigbares Maß an Treue. Vom Anfang an hat's dich mit Forderungen gequält, die du nicht erfüllen, mit Ehrungen gehänselt, die du nicht erwerben konntest. Du stellst dich vor mir dar als ein Mann, der treu bis in den Tod für eine läppische Schrulle der Gewandung oder einen Brauch des Tafelns sein will . . . treu zu schmutzigen Gewändern und Staub. Nein, Kriecher. Damit überzeugst du mich nicht. Noch einmal, sag an, warum?« Er sprach das ›warum‹ aus, als könne er mit diesen zwei Silben das ganze Gefüge von Covenants Dickköpfigkeit zum Einsturz bringen.

Das Land ist schön, sagte sich Covenant. *Du bist häßlich.* Für ein Weilchen fühlte er sich zu schwach zum Antworten. Aber schließlich äußerte er eine Entgegnung:

»Weil ich zweifle.«

»So?« rief der Verächter in diebischem Vergnügen. »Noch immer?« Sein Lachen drückte nichts aus als vollkommene Verachtung. »Kriecher, du bist über jedes erdenkliche Maß hinaus bemitleidenswert. Fast fühle ich mich versucht, dich doch an meiner Seite zu belassen. Du wärst ein prachtvoller Hofnarr, um mir meine Bürden zu erleichtern.« Nichtsdestotrotz setzte er seine Versuche fort, Covenant zu belehren. »Wie ist's möglich, daß du hassen oder lieben kannst, während du zugleich zweifelst?«

»Es geht.«

»Wie ist es möglich, an dem zu zweifeln, was man haßt oder liebt?«

»Es geht halt.«

Erneut lachte Lord Foul. »Trügen mich meine Ohren? Glaubst du fürwahr — nachdem mein Erzfeind alles unternommen hat, was in seiner Macht steht —, noch immer, daß dies ein Traum ist?«

»Jedenfalls ist es nicht real. Aber das ist unwichtig. Das spielt keine Rolle.«

»Was sonst, Kriecher?«

»Das Land. Und du.«

Wieder lachte der Verächter. Aber seine Heiterkeit währte diesmal nur kurz und fiel reichlich giftig aus; er machte einen beunruhigten Eindruck, als gäbe es etwas in Covenant, das sich seinem Begriffsvermögen entzog. »Das Land und dein Zweifel«, höhnte er hämisch. »Du arme, abgeirrte Seele! Du kannst nicht beides haben. Sie schließen einander aus.«

Aber Covenant wußte es besser; nach allem, was er durchgemacht hatte, wußte er es besser. Nur indem er beide erkannte, beide Pole des Widerspruchs akzeptierte, sie beide unangetastet ließ, im Gleichgewicht, konnte er beiden Bestand verleihen, sowohl sich selbst als auch das Land bewahren, nur indem er sich, statt zwischen ihnen zu lavieren, mit ihnen bewegte, konnte er den Punkt erreichen, wo sich die Parallelen seines unauflöslichen Dilemmas trafen. Den Kern des Paradoxons. Dort lag der Grund verborgen, warum so etwas wie das Land ihm widerfuhr. Deshalb hielt er den Mund, während er in den eigenschaftslosen Schatten, die smaragdgrüne Aura und die unermeßliche Macht des Verächters aufblickte. *Nein,* knirschte er jedoch in seinem Innern, *keineswegs, Foul. So einfach ist das nicht. Wäre das so einfach, hätte ich es schon längst herausgefunden.*

»Aber ich werde deiner töpelhaften Redensarten überdrüssig«, schwadronierte Lord Foul einen Moment später weiter. »Meine Geduld ist nicht unbegrenzt. Und es gibt noch andere Fragen, die ich dir zu stellen wünsche. Die Frage deines Eindringens in mein Haus will ich zur Seite schieben. Das ist eine unbedeutende, leicht aufklärbare Angelegenheit. Auf eine mir unbekannte Weise hast du das blöde Vieh, das mir zu Diensten steht, in die Irre geführt, so daß ich zweimal unwahre Meldungen über deinen Tod erhielt. Doch lassen wir das. Ich werde diesen Schwachsinnigen die Seelen selbst vom Gerippe reißen und so die Wahrheit erfahren. Doch beantworte mir diese Frage, Kriecher.« Er trat näher zu Covenant, und der eindringliche, gespannte Ton seiner Stimme verriet Covenant, daß der Verächter nun endlich auf des Pudels Kern zu sprechen kam. »Die wilde Magie ist kein Bestandteil deiner Welt. Sie widerspricht deinem Zweifel. Wie vermagst du diese Kraft zu nutzen, wenn du gar nicht an sie glaubst?«

Darin entdeckte Covenant die Ursache von Lord Fouls bisheriger Nachsicht. Der Verächter hatte sich die Zeit genommen, Covenant auszufragen, statt ihm einfach die Finger von der Hand zu hacken, um an den Ring zu gelangen, weil er — Lord Foul — befürchtete, Covenant könne die wilde Magie insgeheim gemeistert haben — seine dadurch gewonnene Macht zurückhalten, den Tod in den Verwüsteten Ebenen, den Kurash Quellinir und der Glutasche riskiert, sich gefangennehmen lassen haben, um den Verächter zu überraschen Lord Foul an einer schwachen oder ungewissen Stelle zu packen.

Foul hatte seine Gründe für diese Sorge. Der Stab des Gesetzes war vernichtet. In der ersten Sekunde dachte Covenant, er könne Fouls Spannung irgendwie ausnutzen, um sich aus der Patsche zu winden. Aber er sah ein, daß er das nicht konnte. Im eigenen Interesse, um seine Standhaftigkeit nicht durch den alten Makel seiner Janusköpfigkeit zu beeinträchtigen, sagte er die Wahrheit.

»Ich habe keine Ahnung, wie ich sie verwenden könnte.« Seine Stimme kollerte plump über die verquollenen Lippen. »Ich weiß nicht, wie ich sie beschwören kann. Aber ich weiß, daß sie im Land eine Realität ist. Ich weiß, wie sie sich auslösen läßt. Ich weiß, wie ich diesen ganzen verdammten Kühlschrank über deinen Ohren zusammenstürzen lassen kann.«

Weder zweifelte der Verächter daran noch veranlaßte ihn diese Auskunft zum Zögern. »Nichts wirst du auslösen!« brüllte er und schien sich dabei in Covenants Blickfeld auszudehnen. »Ich habe genug von deiner Aufsässigkeit! Du bist ein Lepraleidender, sagst du?! Ich werde dir Lepra zeigen!«

Wie eine Million wahnwitziger Wespen begann Energie Covenant zu umschwirren. Vor ihm schwoll die trübe Schattengestalt des Verächters greulich an, bis Covenant daneben einem Zwerg glich, ebenso Schaumfolger, bis er sogar den Thronsaal überragte; er füllte die Luft aus, den Saal, den gesamten Hort. Covenant fühlte sich in ihre Tiefe stürzen. Er schrie um Hilfe, aber keine Hilfe kam. Wie ein vom Blitz getroffener Vogel trudelte er abwärts. Die Geschwindigkeit seines Falls brauste in seinen Ohren, als wolle sie sein Inneres nach außen kehren. Ihm war, als könne er den Fels, auf dem er zerschellen würde, in unbeschreiblich ferner Tiefe unter sich spüren.

»Verehre mich«, nölte eine von Rosenöl schwüle Stimme durch die Leere, »und ich werde dich retten!«

Alberne Lust am Schrecken befiel Covenant. Ein schwarzer Wirbelwind schleuderte ihn hinab, als hätten sich alle Gewalten des Himmels vereint, um ihn am unzerbrechlichen Granit seines Schicksals zu zerschmettern. Tückische Verzweiflung kreischte auf seinen Verstand ein, verlangte Einlaß, versuchte ihn zu überwältigen wie das selbstmörderische Paradoxon des Schwindels. Aber er hielt sich an sein Selbst, weigerte sich. Er war Leprakranker; das Land war nicht real. Dies war nicht seine Todesart.

Mit aller lächerlichen Kraft seines Arms ballte er die Faust um seinen Ring.

Beim Aufprall dröhnte Schmerz mit der Wucht einer Detonation durch seinen Schädel. Eine Weißglut von Pein fegte und heulte ihm durch den Kopf, zerriß ihn wie Klauen, die räuberisch das Gewebe seines Gehirns zerfleischten. Foul ritt auf der Qual wie auf dem Kamm einer Flutwelle, darum bemüht, die Düne seiner Willenskraft zu überschwemmen oder wegzuspülen. Aber Covenant war zu gefühllos zum Nachgeben. Seine Hände und Füße waren taub, starr; seine Stirn stand längst außerhalb jeder weiteren Schädigung; die schwarze Schwellung in seiner Lippe war ihm schon zu lange vertraut. Die grausige grüne Kälte vermochte die Steifheit seiner Knochen nicht zu beugen. Sein Widerstand glich der Beharrung einer Totenstarre.

Lord Foul versuchte, mit ihm zu verschmelzen, in ihn einzudringen. Der Versuch zeichnete sich durch verführerische Attraktivität aus — bot Erleichterung vom Schmerz, Befreiung von der langwierigen Unruhe, die er fälschlich sein Leben genannt hatte. Aber er war dagegen in einem Umfang gewappnet, der kein Abweichen gestattete, keine Aufgabe. Er war Thomas Covenant, Zweifler und Leprakranker. Er blieb unzugänglich.

Unvermittelt verfiel seine Qual der Finsternis. Leid, Verwundung, Bedrängnis, Not, alles verwandelte sich in Asche und verwehte in luftlosem Wind. An ihre Stelle trat seine eigene Gefühllosigkeit, sein unwiderruflicher Mangel an Empfindung. Er stellte fest, daß er in dem großen, lichtlosen Abgrund sich selbst sehen konnte.

Er stand im Nichts, umgeben vom Nichts; er stierte wie in stupider Begriffsstutzigkeit seine Hände an.

Anfangs wirkten sie normal. Sie waren dürr wie Stöcke, und die beiden fehlenden Glieder seiner Rechten bereiteten ihm ein Gefühl des Verlusts, der Unvollständigkeit und Verstümmelung, das ihn zum Aufstöhnen brachte. Aber sein Ring war intakt; er hing locker an seinem Zeigefinger, ein silberfarbener Reif von einer Vollkommenheit und Unausweichlichkeit, als besäße er eine Bedeutung.

Aber während er hinschaute, begannen auf seinen Händen dunkle blaurote Flecken zu erscheinen — auf seinen Fingern, den Oberseiten der Knöchel, den Ansätzen seiner Handteller. Langsam breiteten sie sich aus und fingen an zu eitern; wie Blasen schwollen sie leicht an, dann gingen sie auf und enthüllten unter seiner Haut Abszesse. Flüssigkeit sickerte aus den Wunden, während sie sich vergrößerten und um sich griffen. Bald waren seine Hände bedeckt von Entzündungen.

Sie entwickelten Wundbrand, Fäulnis; der widerwärtige Gestank lebendig verwesenden Fleischs entströmte ihnen wie die Ausdünstung eines gefräßigen Schwamms, ekelhaft und grausam. Und unter den Infektionen begannen sich die Knochen seiner Finger zu verkrümmen. Entmarkt, angegriffen von Fäule, verzerrt von Bändern mit abgestorbenen Nerven, fortgesetzt von ihnen gestreckt, dauerhaft aneinandergekrallt, bogen sich die Knochen, brachen, erstarrten in schiefen Winkeln. In ihrem Verrotten, das das Leiden ihnen aufnötigte, unterwarfen sich seine Hände der Selbstverstümmelung. Dann begann die schwarze, abartige Schwellung des Gangräns sich an seinen Handgelenken aufwärtszufressen.

Die gleiche Drangsal, die gleiche entzündete, unkontrollierbare Verspannung von Muskeln und Sehnen — durchs Verkommen seiner Nerven jeder willensmäßigen Beeinflussung entzogen —, beugten seine Unterarme, bis sie wahrhaft grotesk an den Ellbogen baumelten. Dann begann Eiter wie Schweiß aus den entzündeten Poren seiner Oberarme zu sickern. Als er sein Gewand zur Seite hob, sah er, seine Beine waren bereits bis an die Knie krumm geworden.

Dieser Anschlag seelischer Grausamkeit entsetzte ihn, begrub ihn unter Elendigkeit und Selbstabscheu. Er war in seine eigene Zukunft gekleidet, ins Ergebnis seines Leidens — das Ende der Straße, welches jeder Leprakranke erreichte, der sich nicht früh genug freiwillig umbrachte oder so hart um sein Leben kämpfte, daß er es behielt. Er sah genau das, was ihn ursprünglich zu dem festen Vorsatz bewogen hatte, zu überleben, genau das, was er vor all den langen Monaten im Leprosorium gesehen hatte, und nun war es über ihn gekommen, virulent und unheilbar. Seine Leprose war zu voller Scheußlichkeit ausgewuchert, und ihm war nichts geblieben, wofür sich noch zu kämpfen gelohnt hätte.

Nichtsdestotrotz befand er sich damit im eigenen Zuständigkeitsbereich. Er kannte die Lepra mit der Intimität eines Liebhabers; er wußte, daß sie nicht so schnell so schlimm werden konnte. Was mit ihm passierte, war nicht real. Und was es darstellte, war nicht alles, woraus er bestand. Dies tückische, faulige Verwesen war nicht die Gesamtsumme seines Wesens. Trotz allem, was die Ärzte geredet hatten — allem zum Trotz, was er selbst in sich sah —, war er mehr als das, mehr als nur ein Lepraleidender.

O nein, Foul! japste er innerlich. *So einfach ist das alles nicht.*

»Tom«, rief eine kummervolle Stimme. »Tom!« Sie war ihm vertraut — eine Stimme, die ihm einst so geläufig gewesen war, die er geschätzt hatte wie Gesundheit. »Gib auf! Siehst du denn nicht, was du uns antust?«

Er schaute auf und sah vor sich Joan stehen. Sie hatte ihren kleinen Sohn auf den Armen, Roger, und streckte ihm das Kind halb entgegen, wie ein Opfer. Beide wirkten so, wie er sie — vor ach so langer Zeit! — zuletzt gesehen hatte; Joans Gesicht zeigte jenen Ausdruck zwiespältigen Grams, die Miene, mit der sie ihn um Verständnis dafür angefleht hatte, daß für sie bereits feststand, sie mußte ihn verlassen. Doch unerklärlicherweise war sie nackt. Sein Herz begann in seinem Innern zu weinen, als er die verlorene Liebe ihrer Lenden sah, die Ablehnung ihrer Brüste, den ihm versagten Schatz ihres Gesichts.

Während er sie anstarrte, fingen blaurote Flecken an, sich unter ihrer Haut abzuzeichnen. Auf ihren Brüsten begannen Abszesse zu eitern; die Krankheit träufelte aus ihren Brustwarzen Ausfluß wie Muttermilch.

Auf ihren Armen heulte Roger auf die kläglichste Weise. Als Joan das hilflose Kind seinem Vater zudrehte, sah Covenant, daß Rogers Augen bereits glasig und mit Katarakten gezeichnet waren, von der Leprose halb blind. Zwei trübe magentarote Flecken verunreinigten seine Wangen.

Foul! kreischte Covenant inwendig. *Das kannst du nicht machen!*

Dann sah er hinter Joan andere Gestalten näher kommen. Mhoram war dabei; Lena und Atiaran waren unter ihnen; ebenso Bannor und Hile Troy. Mhorams ganzes Gesicht war zu gelber Verwesung und wulstigen Krebsgeschwülsten geworden; seine Augen schrien aus dem Leprabefall, als versänke er in einem Schlick der übelsten Greuel. Lena war das gesamte Haar ausgefallen, und ihre kahle Kopfhaut strotzte von eitrigen Pusteln. Atiarans Augen verschwanden hinter milchiger Blindheit. Die groteske Verunstaltung von Bannors Gliedmaßen machte ihn vollständig zum Krüppel. Troys augenloses Gesicht bestand bloß noch aus einer krausen Masse von Wundbrand, als sei ihm das Gehirn im Schädel in Eiter zerlaufen.

Und hinter diesen Gestalten wiederum näherten sich noch mehr jener Menschen, die Covenant im Lande kennengelernt hatte. Alle waren todkrank, heimgesucht von weit fortgeschrittener Leprose und gräßlich anzuschauen. Und dahinter drängten sich noch viele, viele mehr, zahllose Opfer — alle Menschen des Landes, von dem Leiden befallen und ihm elendig ausgeliefert, sich selber zum Ekel geworden, so verkommen, als hätte Covenant unter ihnen eine Seuche von akut ansteckendem Charakter verbreitet.

Bei diesem Anblick riß in ihm endgültig etwas entzwei. Die Wut über ihre Qualen quoll in ihm empor wie Lava. Vulkanischer Zorn, so lange unterm Gewicht seiner vielfältigen Prüfung begraben gewesen, sandte heftige, feurige Leidenschaft in schubweisen Ausbrüchen hinaus in die Leere.

Foul! brüllte er innerlich. *Foul! Das kannst du doch nicht machen!*

»Ich werde es tun«, kam die höhnische Antwort. »Ich tu's!«

Hör auf!

»Gib mir den Ring!«

Niemals.

»Dann erfreu dich an dem, woran du die Schuld trägst. Schau! Ich habe dir Gefährten gegeben. Der einsame Lepraleidende hat die Welt nach seinem Ebenbilde geschaffen, damit er nicht länger allein ist.«

Ich werde das nicht zulassen!

Zynisch lachte der Verächter. »Du wirst mir Beistand erweisen, ehe du verreckst.«

»Niemals! Verfluchter Lump! Niemals!«

Wut beflügelte Covenant — eine Wut, so heiß wie Magma. Ein Rausch von Lepra schwang ihn über alle seine Grenzen hinaus. Er schenkte den Opfern, die sich ohne Zahl vor ihm aufreihten, einen letzten Blick. Dann begann er um seine Freiheit zu kämpfen wie ein Wiedergeborener, der sich bemüht, seine alte Haut abzustreifen.

Er schien im Nirgendwo abgründiger Leere zu stehen, aber er besaß darüber Klarheit, daß sein materieller Körper unverändert am Fußboden des Thronsaals kniete. Mit einer wilden Willensanstrengung verwarf er alle Sinneseindrücke, all den Schein, der ihn daran hinderte, zu erkennen, wo er sich wirklich befand. Zittrig, mit ruckartigen Bewegungen, raffte er seine verhärmte Gestalt auf die Füße hoch. Die Augen in seinem realen Körper waren noch blind, noch unter Lord Fouls Einfluß. »Ich seh' dich, Foul«, knirschte er dennoch erbittert hervor. Er brauchte keine Augen. Mit seinen steifen Wangen konnte er die Emanationen von Macht ringsum spüren.

Er tat drei torkelnde Schritte, spürte dabei, wie Foul plötzlich näher stürzte, eilig versuchte, ihn aufzuhalten. Bevor der Verächter eingreifen konnte, hob er die Hände und fiel mit den Fäusten auf den Weltübel-Stein.

Im selben Moment, als sein Ehering den Stein berührte, entstand in seinen Händen ein Hurrikan von Macht. Ausbrüche grünen und weißen Feuers schossen in die Luft empor, erschütterten sie wie Donnerschläge. Der Schemen von Lord Fouls Feindseligkeit zerfledderte augenblicklich und verwehte. Covenant merkte, daß er am Fußboden lag und aus seiner Halbhand ein Tornado aus Energie in die Höhe wirbelte.

Er wuchtete sich empor, kam wieder auf die Füße. Mit einem kurzen Anspannen seiner Arme befreite er seine Handgelenke von den Eisen und Ketten, als seien sie nur ein Gespinst.

Auf der anderen Seite des Steins duckte sich Fouls halbschattige Erscheinung und ging in Kampfbereitschaft. Die fauligen Augen des Verächters loderten in heller Raserei, als wolle er ihren Blick bis in Covenants Herz bohren. »Narr!« heulte er schrill. »Ich bin's, der hier herrscht! Kriecher! Ich allein bin dein rechtmäßiger Herr und Meister — und ich gebiete über den Stein! Ich werde dich vernichten. Und du wirst mich nicht einmal antasten können.«

Während er herumschrie, schleuderte er ein Flackern von Energie nach Covenants Hand, und das Lohen schoß tief ins Innere des Rings. Inmitten seines stürmischen Rasens widerfuhr dem Weißgold eine Veränderung. Kaltes Übel tränkte das Metall, zwängte sich in den Ring, bis das Silber ganz von Grün beschmutzt war. Wieder fühlte sich Covenant aus dem Thronsaal stürzen.

Ohne Übergang befand er sich auf dem Kevinsblick. Er stand wie ein Titan auf der steinernen Plattform, und mit seinem unheilvollen Reif allein brachte er ein neues Ritual der Schändung übers Land. Vor ihm welkte alles Heile und Gesunde dahin. Hole Güldenblattbäume splitterten und barsten. Blumen starben. *Aliantha* wurden kahl und verfielen zu Moder. Erde verwandelte sich in Staub. Flüsse trockneten aus. Steinhausen und Holzheime brachen nieder. Hunger und Heimatlosigkeit erwürgten jeden Schatten von Leben, der seinen Fuß auf die Erde setzte. Er war der Lord einer Verheerung, die vollkommener war als jede andere, einer absolut unwiderruflichen Verwüstung.

Niemals!

Mit einer wütenden Aufwallung seiner Willenskraft jagte er

das Grün aus seinem Ring und kehrte zurück in den Thronsaal. Sein Ehering war wieder makellos silbern, und der gewaltige Wind seiner Macht war in seiner Wildheit jedem smaragdgrünen Machtanspruch überlegen.

Fast hätte er gelacht. Der Weltübel-Stein vermochte ihn nicht zu verderben; er war bereits so grundlegend krankhaft, daß keine Verderbnis es noch verschlimmern konnte.

»Du hast deine Chance gehabt«, schnauzte er den Verächter an. »Du hast deine dreckige Macht benutzt. Jetzt bin ich dran. Du kannst mich nicht aufhalten. Du hast zu viele Gesetze des Daseins gebrochen. Und ich stehe außerhalb aller Gesetze. Sie beherrschen die wilde Magie nicht — und mich nicht. Aber die wilde Magie hätte mich aufhalten können, nur sie. Du hättest sie gegen mich verwenden können. Jetzt bin ich am Zug — es ist mein Wille, der den Unterschied ausmacht.« Er keuchte mühsam; er bekam zuwenig Luft für die ganze Ungeheuerlichkeit seiner Leidenschaft. »Ich bin Aussätziger, Foul. Ich kann alles durchstehen.«

Da griff der Verächter ihn an. Foul legte seine Hände auf den Weltübel-Stein, vereinte seine Kräfte mit dem Pulsieren des Herzens seiner Gewalt. Er sandte Covenant grüne energetische Ausbrüche entgegen.

Sie suchten Covenant heim wie der Einsturz eines Berges, trafen ihn wie Tonnen von geborstenem Stein. Zuerst gelang es ihm nicht, den Fokus des Rings auf sie zu richten, und er taumelte unter dem Anprall rückwärts. Doch da bemerkte er seinen Fehler. Damit hatte er versucht, die wilde Magie wie ein Werkzeug oder eine Waffe einzusetzen, wie einen Gegenstand, den man zur Hand nehmen und anwenden mußte. Aber Hoch-Lord Mhoram hatte zu ihm gesagt: *›Du bist das Weißgold.‹* Es handelte sich um nichts, worüber sich verfügen ließ, das man gut oder schlecht benutzen konnte, je nach dem Grad der Fertigkeit oder Ungeschicklichkeit. Nunmehr erwacht, war sie ein Teil von ihm geworden, ein Ausdruck seiner selbst. Er brauchte dafür keinen Brennpunkt, er mußte nicht zielen; sie wohnte in seinem Fleisch und Bein, erhob sich aus seiner Leidenschaft.

Mit einem Aufschrei schlug er die Attacke zurück, zerspellte sie zu einer Million Tröpfchen lauen Fiebers.

Lord Foul ging unverdrossen erneut gegen ihn vor. Kraft sprang Covenant an, die zwischen ihnen die Luft zum Gefrieren brachte, mit dem Ziel, den weißen, windlosen Sturm des Rings zu unterbrechen. Ihr Zweikampf wetterleuchtete durch den Thronsaal wie ein irrsinniges Wüten von Blitzen, weißen und grünen Eruptionen, während ihre Kräfte aufeinanderprallten, sich wechselseitig verzehrten, als wären alle Unwetter der Welt losgebrochen.

Die schiere Gewaltigkeit des Angriffs bedrohte Covenant, schien wie ein Erdrutsch die Grundlagen seiner Entschlossenheit unter ihm wegziehen zu müssen. Macht war ihm unvertraut, Kampf ungewohnt. Aber sein enthusiastisches Eintreten für Leprakranke, für das Land und die Opfer der Bosheit hielt ihn aufrecht. Und sein Zweifel befähigte ihn zum Erforderlichen. Er wußte genauer, als jeder Einwohner des Landes es jemals begreifen konnte, daß Lord Foul sich keineswegs durch Unschlagbarkeit auszeichnete. In dieser Manifestation besaß die Bosheit keine absolute Realität von Existenz. Die Menschen des Landes mußten angesichts der Bosheit scheitern, weil sie von ihrer Wirklichkeit überzeugt waren. Covenant war es nicht. Er ließ sich nicht beeindrucken; er zweifelte daran, zum Straucheln verurteilt zu sein. Für ihn war Lord Foul nur ein ausgelagerter Teil von ihm selbst — kein Unsterblicher, keine Gottheit. Ein Sieg lag im Bereich des Möglichen.

Also warf er sich mit Herz und Seele, mit Blut und Bein ins Ringen. Er dachte gar nicht an die Gefahr einer Niederlage; sein persönlicher Preis war irrelevant. Lord Foul drängte ihn zurück, bis er an die Mauer stieß, wo sich Schaumfolger befand. Das Tosen des Weltübel-Steins erzeugte rings um ihn nachgerade eine Katastrophe, entriß der Luft jedes noch so geringfügige Restchen Wärme, überschüttete ihn mit großen, fahlen Schloßen des Hasses. Aber er gab nicht auf. Die wilde Magie war leidenschaftlich und unergründlich, weit wie der Bogen der Zeit und tief wie die Erde — pure Energie, nur eingeschränkt durch die Grenzen seines Willens. Und sein Wille gewann an Stärke, erhob sein Haupt, erblühte auf den kraftstrotzenden Säften des Zorns. Mit jedem Moment, der verging, konnte er der Attacke des Verächters ebenbürtiger widerstehen.

Bald war er dazu imstande, selbst offensiv zu handeln. Er erzwang sich den Weg von der Wand fort, stapfte wie mit unermeßlicher Stärke ausgestattet durch das Unwetter auf seinen Gegner zu. Weiße und grüne Stichflammen verbrannten die Luft; Detonationen wüstester Blitzschläge schmetterten gegeneinander. Lord Fouls feurige Kälte und Covenants Gewitter hingen sich an der Gurgel, zerrissen sich gegenseitig, erneuerten sich und zerplatzten wieder. Covenant meinte, die Gewalt der Auseinandersetzung müsse Ridjeck Thome bestimmt einreißen. Aber der Hort blieb bestehen; der Thronsaal hielt stand. Nur Covenant und Lord Foul schwankten im Donnergrollen des Sturms der Gewalten.

Unerwartet gelang es Covenant, Lord Foul vom Weltübel-Stein zurückzudrängen. Unverzüglich loderte seine eigene Glut noch höher empor. Ohne direkten Kontakt war die Kontrolle des Verächters über sein smaragdgrünes Übel weniger vollkommen. Seine Bemühungen gestalteten sich rasereiartiger, hektisch. Ungemeisterte Kraftausbrüche brachten den Thron ins Wanken, brachen unregelmäßige Steinbrocken aus der Decke, spalteten den Erdboden. Foul schrie nun in einer Covenant unverständlichen Sprache.

Der Zweifler nahm die Gelegenheit wahr. Er drängte vorwärts, überhäufte den Verächter mit heftigen Böllern und Blitzen wilder Magie, dann begann er zwischen Lord Foul und dem Stein plötzlich einen energetischen Wall zu errichten. Lord Foul kreischte auf und versuchte wie besessen, wieder zum Stein zu gelangen. Aber es war zu spät. Im Handumdrehen schloß Covenants Kraft Foul rundum ein.

Mit allem Ingrimm machte sich Covenant daran, den erzielten Vorteil auszunutzen. Er hieb zu wie ein Falke, drückte seine Kraft um den Verächter zusammen wie eine Faust. Mit roher weißlicher Gewalt fing er an, Fouls Halbschatten zu zersetzen.

Lord Fouls Aura reagierte mit schrillem Jaulen und Funkenschauern. Sie war widerstandsfähig, zäh; sie wehrte Covenants vernichtenden Blitze ab, als wären sie bloß Knallfrösche. Aber er ließ sich nicht dauerhaft abweisen. Das Flimmern seiner wilden Magie verschoß Strahlen und Blitze aus Energie auf das smaragdgrüne Glitzern der Aura, bis ein besonders gewaltiger Schlag sie durchdrang.

Sie zerbrach mit einem Bersten, das den Thronsaal erschütterte wie ein Erdbeben. Stoßwellen brandeten gegen Covenants Kopf, hämmerten gegen seinen wunden, fiebrigen Schädel. Aber er klammerte sich an seine Macht, ließ in seinem Willen nicht locker.

Der gesamte Halbschatten ging in Flammen auf wie eine Haut aus grünem Zunder, und indem er aufflammte, zerstob er, fiel in Fetzen, sank in glutheißen Streifen zusammen.

Lord Foul der Verächter begann in Covenants energetischer Umklammerung leibhaftig zu erscheinen. Ganz allmählich, in feinen Schattierungen, nahm er materielle Gestalt an, wechselte von körperlicher Abwesenheit zu stofflicher Gegenwart über. Langsam zeigten sich makellos geformte Gliedmaßen, pur wie Alabaster — ein altes, ehrwürdiges, löwenhaftes Haupt, herrisch gekrönt und bärtig von wallendem weißen Haar, ein prachtvoll gekleideter, stattlicher Leib, wuchtig breit von Stärke. Nur seine Augen blieben unverändert, zeigten keine Anzeichen einer merklichen Verfestigung, Verstofflichung; sie bedrohten Covenant unablässig wie mit Gift benetzte Fänge.

Als seine Materialisierung abgeschlossen war, faltete Lord Foul die Arme auf der Brust. »Nun siehst du mich fürwahr, Kriecher«, sagte er schroff. Sein Ton zeugte in keiner Hinsicht von Furcht oder Unterlegenheit. »Glaubst du etwa, du hättest mich überwunden? Narr! Lange vor der Kindheit deiner Welt bin ich schon über deine lächerlichen Weisheiten oder Überzeugungen hinausgewachsen. Ich sag's dir unumwunden, Kriecher — Verachtung äußersten Ausmaßes ist die einzige wahre Frucht aller Erfahrungen und Einsichten. Wenn die Zeit gekommen ist, wirst du nicht anders handeln als ich. Du wirst lernen, die Wesen, die dich umgeben, zu geringschätzen — sie für all die kleinen Frechheiten zu verachten, die sie ihre Liebe, ihren Glauben, ihre Hoffnungen und ihre Treue heißen. Du wirst einsehen, daß es einfacher ist, sie zu lenken, statt nachsichtig mit ihnen zu sein — leichter und erfreulicher. Du wirst ein Abklatsch dessen sein, was ich bin — ein Verächter ohne Mut zur Verachtung. Nur zu, Kriecher! Vernichte mein Werk, wenn's sein muß . . . erschlage mich, wenn du's kannst — aber mach ein Ende! Ich bin deiner geistlosen Mißverständnisse überdrüssig.«

Wider Willen fühlte sich Covenant betroffen. Lord Fouls herrschaftliche Miene, seine Würde, die Resignation — das alles sprach ihn stärker an, als Flüche oder Widerstand ihn beeindruckt hätten. Covenant sah ein, daß er noch Antworten finden mußte, trotz allem, was er bereits durchgemacht hatte.

Aber ehe er reagieren konnte, die Emotionen und Anwandlungen in Worte fassen, die Lord Fouls Äußerungen in ihm hervorriefen, brach ein unvermutetes Krachen die Stille des Thronsaals. Hinter seinem Rücken sprang in der Luft ein riesiges unsichtbares Tor auf; starke Wesenheiten in schrecklichem Grimm bezogen hinter ihm Aufstellung. Die Wütigkeit ihrer Emanationen lockerte ums Haar seinen konzentrierten energetischen Griff um Lord Foul.

Er nahm alle Willenskraft zusammen, machte sich auf einen Schock gefaßt und drehte sich um.

Er blickte zu riesigen Gestalten auf, solchen wie jener, die er in der Höhle des Erdbluts unterm *Melenkurion* Himmelswehr gesehen hatte. Sie ragten über ihn auf, schaurig und machtvoll; er schien sie nicht im Thronsaal, sondern vielmehr durch den Fels zu sehen.

Sie waren die Geister der toten Lords. Er erkannte Kevin Landschmeißer, Loriks Sohn. Neben Kevin standen zwei weitere eindrucksvolle Männer, und er wußte intuitiv, das waren Lorik Übelzwinger und Damelon Riesenfreund. Prothall, Osondrea sowie zwei Dutzend anderer Männer und Frauen, denen Covenant nie begegnet war, deren Namen er nie gehört hatte, waren dabei. Auch Elena, Lenas Tochter, befand sich unter ihnen. Und dahinter erhob sich über allen anderen hinaus eine weitere, einzelne Gestalt, ein Mann mit dominanter Persönlichkeit, heißen prophetischen Augen und einer Halbhand: der Erdfreund Berek, der Lord-Zeuger.

»Erschlag ihn!« riefen sie allesamt mit einer einzigen Stimme, die wie ein Donner des Abscheus klang — einer Stimme der Empörung, die Covenant bis ins Mark seiner Knochen erschütterte. »Es liegt in deiner Macht. Schenke seinen hinterhältigen Lügen keine Beachtung. Im Namen aller Erde und jeglichen Wohlergehens, erschlag ihn!«

Die Eindringlichkeit ihrer Leidenschaft überflutete ihn, erfüllte ihn mit ihrem tiefen Verlangen. Sie waren geschworene Verteidiger des Landes. Ihre tiefste Liebe galt dessen Herrlichkeit. Doch auf die eine oder andere Art und Weise hatte Lord Foul sie alle bezwungen, sie alle in ihre Gräber entschwinden sehen, während er überdauerte und weiterwütete. Sie haßten ihn mit einer Flamme des Hasses, neben der Covenants individueller Groll, wie es den Anschein hatte, unmöglich bestehen konnte.

Doch statt ihn zum Gehorchen zu bewegen, wusch ihre Vehemenz seine Wut fort, brachte seine Kampfgewalt zum Erlöschen. Seine Aufgewühltheit verließ ihn, wich der Trauer um sie alle — einer so großen Trauer, daß er kaum Beherrschung zu bewahren, kaum Tränen zu unterdrücken vermochte. Sie hatten von ihm Gehorsam verdient; sie besaßen ein Recht auf seinen Zorn. Aber ihre Forderung verlieh endlich seinen Intuitionen Klarheit. Er erinnerte sich an Schaumfolgers zeitweilige Lust am Töten. Er mußte noch etwas erledigen, aber es ließ sich nicht mit Zorn bewerkstelligen. Wut war bloß zum Kämpfen geeignet, zur Gegenwehr. Nun konnte sie genau das unmöglich machen, worauf er es die ganze Zeit lang abgesehen hatte.

Er antwortete den Lords mit vom Kummer kloßiger Stimme. »Ich kann ihn nicht töten. Wenn man ihn zu töten versucht, überlebt er jedesmal. Er kehrt um so stärker wieder. Von dieser Art ist das Böse nun einmal. Ich kann ihn nicht töten.«

Seine Antwort raubte ihnen die Fassung. Für einen Moment durchlief sie ein Beben der Verblüffung und Bestürzung. »Du willst ihn am Leben lassen?« fragte Kevin in höchstem Entsetzen.

Covenant wußte keine direkte Entgegnung, vermochte ihnen nicht direkt zu antworten. Aber er hielt sich an den geraden Weg seiner Intuition. Zum erstenmal, seit sein letztendliches Duell mit dem Verächter begonnen hatte, wandte er sich Salzherz Schaumfolger zu.

Der Riese stand an die Wand gekettet da und beobachtete das Geschehen mit dem lebhaftesten Interesse. Das Blut an seinen Handgelenken und Fußknöcheln verriet, wie hartnäckig er versucht hatte, sich loszureißen, und sein Gesicht wirkte, als sei es von all den Dingen, die mitanzusehen er gezwungen gewesen war, ausgewrungen worden. Im wesentlichen war er jedoch unverletzt, vornehmlich unversehrt. Tief in seinen höhlenähnlichen Augen begriff er allem Anschein nach Covenants Dilemma. »Du hast wohlgetan, mein Freund«, sagte er leise, als Covenant seinen Blick erwiderte. »Ich vertraue dir, ganz gleich, welche Wahl dein Herz trifft.«

»Es gibt keine Wahl«, schnaufte Covenant, der nur mit größter Mühe die Tränen zurückhalten konnte. »Ich werde ihn nicht töten. Er käme bloß zurück. Das will ich mir nicht aufs Haupt laden. Nein, Schaumfolger . . . mein Freund. Der Rest liegt bei dir. Bei dir — und ihnen.« Er nickte hinüber zu den gespenstisch fahlen Erscheinungen der Lords. »Freude ist in den Ohren, die hören. Entsinnst du dich? Du hast mir das gesagt. Jetzt kann ich dir Freudiges erzählen. Also sperr die Ohren auf! Ich habe den Verächter geschlagen — dies eine Mal! Das Land ist gerettet — vorerst! Ich schwör's! Nun möchte ich . . . Schaumfolger!« Gegen seinen Willen machten Tränen seine Sicht verschwommen. »Ich möchte, daß ihr lacht! Freut euch! Bringt ein bißchen Freude in dies verdammte Loch! Lacht!« Er fuhr herum, schnauzte die Lords an. »Hört ihr mich? Schert euch nicht um Foul! Heilt euch selbst!«

Für einen ausgedehnten Moment, der seinen Willen beinahe brach, ertönte im Thronsaal kein Laut. Lord Fouls Blick loderte seinen Überwinder geringschätzig an; die Lords verharrten fassungslos, ohne Verständnis. Schaumfolger hing in seinen Ketten, als sei seine Bürde zu schwer, als daß er sie tragen könnte.

»Helft mir!« schrie Covenant.

Langsam begann er sich mit seiner Bitte Gehör zu verschaffen. Irgendeine Prophetie in seinen Worten drang zu den Herzen derer vor, die ihn hörten. Mit einer gräßlichen Anstrengung fing Salzherz Schaumfolger, der letzte Riese, an zu lachen.

Zuerst stieß er furchtbare Laute aus; indem er sich in seinen Ketten wand, knirschte Schaumfolger das Lachen hervor wie Flüche. Doch auf dieser Ebene vermochten die Lords darin einzustimmen. Gedämpft richteten sie Aufwallungen spöttischen Zorns, höhnischen Hasses gegen den geschlagenen Verächter. Aber während sich Schaumfolger zum Lachen zwang, entkrampften sich seine Muskeln. Die Einschnürung seiner Brust und Kehle lockerte sich, als bliese ein reinlicher Wind des Humors alle Asche von Wut und Schmerz aus seinen Lungen. Bald möchte sich tatsächlich etwas wie Freude, etwas wie wirkliche Erheiterung, in seiner Stimme bemerkbar.

Die Lords reagierten darauf. Indem es an Aufrichtigkeit gewann, wirkte Schaumfolgers Gelächter zusehends ansteckender; es riß die grimmigen Gespenster mit. Ihr verbissener Haß begann zu erweichen. Echte Heiterkeit packte sie, entwickelte Schwung, während sie unter ihnen um sich griff. Schaumfolger empfing neue Belustigung von ihnen, und sie begannen immer mehr seine Freude mit ihm zu teilen. Innerhalb von Augenblikken fielen aller Spott und Hohn von ihnen ab. Sie lachten nicht länger, um ihrer Abneigung gegen Lord Foul Ausdruck zu verleihen; sie lachten überhaupt nicht länger über ihn. Zu ihrer eigenen Überraschung lachten sie allein aus unvermischter Freude am Lachen, um der reinen Befriedigung und emotionalen Überschwenglichkeit der Heiterkeit willen.

Lord Foul krümmte sich bei diesen Klängen. Er versuchte, weiterhin zu trotzen, doch er war dazu außerstande. Mit einem Schrei von Pein und Wut bedeckte er sein Gesicht und begann sich zu verändern. Jahre schienen von seiner Gestalt abzuschmelzen. Sein Haar dunkelte, der Bart versteifte sich; mit erstaunlicher Schnelligkeit verjüngte sich Foul. Und zur gleichen Zeit verlor er an Festigkeit, an seiner Stofflichkeit. Mit jeder gewichenen Altersspanne schrumpfte und verblaßte sein Körper. Bald war er ein Jugendlicher und gleichzeitig kaum, noch sichtbar. Aber damit endete der Prozeß der Veränderung nicht. Vom Jugendlichen verjüngte er sich zum Kind, während er verschwand, verlor er stets noch mehr an Alter. Einen Moment lang war er ein lautstarkes Kind, heulte seine uralte Enttäuschung hinaus. Dann verging er vollends.

Während sie lachten, erblaßten auch die Erscheinungen der Lords. Sobald der Verächter bezwungen war, kehrten sie in ihre natürlichen Gräber zurück — Geister, die der Tatsache, daß man das Gesetz des Todes gebrochen hatte, zu guter Letzt doch noch etwas anderes als nur Martern abgerungen hatten. Covenant und Schaumfolger waren allein.

Covenant weinte nun hemmungslos. Die Anstrengungen seiner Prüfung holten ihn ein. Er fühlte sich zu gebrechlich, um bloß den Kopf zu heben, zu schwach, um weiterleben zu können. Aber er hatte noch immer etwas zu tun. Er hatte geschworen, das Land sei gerettet. Nun mußte er diese Rettung sichern.

»Schaumfolger?« greinte er. »Mein Freund . . .?« Er flehte den Riesen nur mit dem Klang seiner Stimme um Verständnis an; er hatte keine Kraft, um auszusprechen, was er tun mußte.

»Fürchte nicht um mich«, antwortete Schaumfolger. Sein Tonfall zeugte von seltsamem Stolz, als habe Covenant ihn auf irgendeine Weise ungewöhnlich geehrt. »Thomas Covenant, Ur-Lord und Zweifler, tapferer Weißgoldträger — mich verlangt's nach keinem anderen Ende. Vollbringe, mein Freund, was zu vollbringen ist! Ich habe Frieden gefunden. Ich habe eine wundervolle Geschichte miterleben dürfen.«

In der Blindheit seiner Tränen nickte Covenant. Schaumfolger war dazu in der Lage, seine eigenen Entscheidungen zu fällen. Mit nichts als dem kurzen Aufflackern eines Gedankens zerbrach er Schaumfolgers Ketten, damit der Riese, falls ihm doch daran liegen sollte, zumindest zu fliehen versuchen konnte. Dann verwandelte sich Covenants ganzes Wissen um seinen Freund in Asche.

Während er benommen über den Fußboden schlurfte, bot er alle Mühe auf, um sich einzureden, daß er seinen Ausweg gefunden hatte. Die Antwort auf den Tod bestand darin, ihn zu nutzen, statt ihm zum Opfer zu fallen — ihn zu meistern, indem man dafür sorgte, daß er Zwecken, Überzeugungen diente. Das war keine gute Lösung. Aber es war der einzige Ausweg, den er sah.

Er orientierte sich mit den Nerven seines Gesichts und langte nach dem Weltübel-Stein, als wäre er die Frucht vom Baum der Erkenntnis von Leben und Tod.

Als er ihn berührte, erwachte die ermattete Macht seines Rings von neuem. Immense rot-grüne Flut brodelte in einer Feuersäule empor, schoß aus Stein und Ring wie eine so große Felsspitze, daß sie den Himmel durchstoßen zu können schien. Als er ihre Gewalt durch die angeschlagene Hülle oder Hülse seines Wesens tosen fühlte, wußte er, daß er sein Feuer gefunden hatte, das Feuer, für welches er reif war wie Herbstlaub oder ein schlechtes Manuskript. Im Herzen des Wirbelsturms, seiner Säule aus Kraftentfaltung, kniete er am Weltübel-Stein nieder und schlang die Arme um ihn, wie ein Mensch, der mit offenen Armen seine Opferung willkommen heißt. Frisches Blut aus seiner gifterfüllten Lippe rann ihm übers Kinn, troff ins Grün und verdampfte.

Mit jedem Moment erzeugte die Vereinigung der beiden Kräfte mehr Gewalt. Der Weltübel-Stein pulste in Covenants Armen wie ein lebloses und unbeugsames Herz des Grimms, bemühte sich in geistlosem, automatenhaftem Reflex, ihn zu vernichten, statt vernichtet zu werden. Er konnte die Verderbnis nicht ausmerzen, aber vielleicht wenigstens ihr verderbenbringendes Werkzeug zerstören; ohne es würde jedes etwaig am Leben gebliebene Überbleibsel des Verächters ganze Zeitalter länger brauchen, um seine verlorene Macht wiederzugewinnen. Covenant umarmte den Stein, gab sich selbst seinem Feuer hin, strebte mit den letzten Fetzen seines Willens danach, ihn auseinanderzureißen.

Das grünweiße, weißgrüne Unheil schwoll an, bis es den Thronsaal ausfüllte, es wuchs, bis es durch den Stein aus den Eingeweiden Ridjeck Thomes emporbarst. Wie mörderisch gegenseitig in ihre Kehlen verkrallte Kämpfer schossen und lohten Smaragdgrün und Silber aufwärts, kreiselten umeinander mit Geschwindigkeiten in die Höhe, denen nicht zusätzlich geschützter Granit keinesfalls widerstehen konnte. Die Grundfesten der Landzunge erbebten in weitläufigen, gequälten Erschütterungen. Wälle rutschten in die Schräge; große Teile von Dekken stürzten ein; leichterer Stein schmolz und floß davon wie Wasser.

Dann durchfuhr ein Ruck den ganzen Hort. Breite Risse spalteten die Böden, fuhren die Wände hinauf wie in haltloser Flucht. Die Landzunge selbst begann als Ganzes zu zittern und zu knarren. Dumpfe Detonationen fegten große Wolken von Trümmern aus den Spalten und Klüften. Die Glutasche begann mit unruhigem Gesprudel zu hüpfen. Die Türme neigten sich einander zu wie Weiden in räuberischem Wind.

Mit einem Knall, der sogar die See aufwühlte, flog die Mitte der gesamten Landzunge in die Luft. Inmitten eines Hagels von Felsbrocken, von Bestandteilen des Horts, die so groß waren wie Häuser und Dörfer, durchklaffte ein Spalt die keilförmige Klippe vom Sockel bis zur Höhe. Zur Begleitung von verheerendem Donnern und Grollen kippten die entzweigeborstenen Hälften in schwerfälliger, monumentaler Qual auseinander und ins Meer.

Sofort wogte aus dem Osten der Ozean in die entstandene Bresche, und aus dem Westen ergoß sich Lava hinein. Ihr Andrang verschleierte den Hexenkessel von Ridjeck Thomes Sturz, das Wüten von See und Stein und Glut, deren Zorn selbst den Himmel zu erschüttern drohte, mit Dampf und feurigem Zischen — verschleierte alles außer der Gewalt, die im Herzen der Zerstörung leuchtete.

Sie war grün und weiß — wüst, wild —, schwoll mit Enormität ihrer Apokalypse entgegen.

Aber das Weiß herrschte immer stärker vor und obsiegte schließlich.

21

Das Ende

Auf diese Weise erfüllte Thomas Covenant sein Versprechen.

Danach lag er für lange Zeit in einem behaglichen Grab des Vergessens; umhüllt von vollständiger Erschöpfung, schwebte er durch Finsternis — das verbindungslose Niemandsland zwischen Leben und Tod. Er fühlte sich effektiv tot, wie ein Toter aller Sinneseindrücke beraubt. Aber sein Herz schlug weiter, als sei es zu dumm oder uneinsichtig, um mit dem Pochen aufzuhören, auch wenn es nicht länger Grund dazu besaß. Schwächlich und unsicher verlieh es seinem Leben weiterhin Bestand.

Und tief in ihm — an einem irgendwo verborgenen Ort, gut geschützt, im Innersten der harten beinernen Kapsel seines Schädels — war ein Bewußtsein seiner selbst geblieben. Diese wesentliche Eigenschaft hatte ihn noch nicht verlassen, obwohl sie allmählich in die warme, weiche Erde seines Grabes zu versikkern schien.

Er wollte Ruhe; er hatte Ruhe verdient. Aber die Befreiung, die diesen gegenwärtigen, so trüben Frieden gebracht hatte, war zu kostspielig gewesen. Er konnte sich nicht damit abfinden.

Schaumfolger ist tot, murmelte er stumm.

Es gab keine Flucht vor der Schuld. Keine Lösung gab auf alles Antwort. Solange es ihm noch zu leben gelingen würde, konnte er nicht völlig reingewaschen werden.

Er nahm keineswegs an, daß er es schaffte, noch lange zu leben. Aber irgend etwas in ihm führte die Diskussion halsstarrig weiter. Es war nicht deine Schuld, sagte es. Du hast ihm seine Entscheidungen nicht abnehmen können. Über einen gewissen Punkt hinaus ist dein Verantwortungsgefühl nur eine kompliziertere Form des Selbstmords.

Er erkannte das Argument an. Aus seiner Erfahrung wußte er, daß Leprakranke dem Untergang geweiht waren, sobald sie sich dafür, daß sie sich Leprose zugezogen hatten, schuldig zu fühlen begannen, sobald sie die Verantwortung für ihre Erkrankung übernahmen. Vielleicht waren Schuld und Sterblichkeit, die Grenzen des Körperlichen, am Ende ein und dasselbe — schlichte Tatsachen des Lebens, unabweisbar, taub gegenüber jedem Protest. Nichtsdestotrotz, Schaumfolger war dahin, unwiderruflich tot. Covenant würde ihn nie wieder lachen hören.

»Dann finde Frieden in deiner anderweitigen Schuldlosigkeit«, sagte eine Stimme aus der Dunkelheit. »Du hast deine Aufgabe nicht von dir aus gewählt. Du hast sie nicht aus freiem Willen auf dich genommen. Sie ist dir aufgenötigt worden. Die Schuld liegt bei jenem, der dich erwählt hat, und derjenige hat dich ohne dein Wissen und ohne deine Zustimmung ausgewählt.«

Covenant brauchte nicht zu fragen, wer da sprach; er erkannte die Stimme. Sie gehörte dem alten Bettler, dem er vor seinem ersten Aufenthalt im Lande begegnet war — dem Alten, der ihn gedrängt hatte, seinen Ehering zu behalten, der ihm ein Stück Papier zukommen ließ, auf dem die Grundfrage der Ethik geschrieben stand.

»Du mußt deiner Sache sehr sicher gewesen sein«, erwiderte er matt.

»Sicher? O nein. Es war ein großes Wagnis — waghalsig für die Welt, die ich geschaffen habe, gefährlich sogar für mich. Hätte mein Widersacher die wilde Magie des Weißgolds errungen, es wäre ihm möglich gewesen, sich von der Erde zu lösen — sie zu vernichten und sich gegen mich zu wenden. Nein, Thomas Covenant, ich habe alles gewagt, als ich mein Vertrauen in dich setzte. Mir waren die Hände gebunden. Ich vermag die Erde nicht anzurühren, um sie zu verteidigen, ohne dadurch zu zerstören, was ich zu bewahren wünsche. Nur ein Ungebundener konnte darauf hoffen, meinem Gegner zu widerstehen, darauf hoffen, die Erde zu retten.«

Covenant hörte in der Stimme Sympathie, Respekt, sogar Dankbarkeit. Aber er war nicht überzeugt. »Ich war nicht frei. Es war nicht meine Wahl.«

»Oh, aber frei warst du — frei von Überredungsversuchen meinerseits, von meiner Macht, meinem Wunsch, dich zu meinem Werkzeug zu machen. Habe ich nicht gesagt, das Wagnis war groß? Ohne Wahl hast du die Macht der Wahl erhalten. Ich erwählte dich für das Land aus, nahm jedoch davon Abstand, dich darauf zu drängen, im Lande meinen Zwecken zu dienen. Dir stand's frei, Land und Erde, Zeit und ebenso alles andere zu verdammen, hättest du's gewünscht. Nur durch ein solches Wagnis konnte ich mir erhoffen, die Unantastbarkeit meiner Schöpfung zu bewahren.«

Inmitten seiner Finsternis zuckte Covenant die Achseln. »Trotzdem war ich nicht frei. Diese Sängerin . . . die mich Berek genannt hat. Die Osterheil-Veranstaltung. Das Kind mit dem

Schlangenbiß. Vielleicht hast du mir im Land Freiheit gelassen, aber in meinem eigenen Leben hast du herumgepfuscht.«

»Nein«, widersprach die Stimme ruhig. »An diesen Zufällen hat meine Hand nicht mitgewirkt. Hätte ich nur die geringste Kleinigkeit unternommen, um dich zu beeinflussen, wärst du mein Werkzeug geworden — und damit nutzlos. Ohne Freiheit hättest du meinen Feind nicht überwinden können, nicht ohne Unabhängigkeit, ohne den Fortbestand deiner ureigensten Treue. Nein, es war bereits eine zu große Tollkühnheit, daß ich ein einziges Mal zu dir gesprochen habe. Aber ich habe in keiner anderen Beziehung eingegriffen.«

Die Vorstellung, daß es ihm vollkommen freigestanden hatte, das Land in den Untergang zu stürzen, mißbehagte Covenant. Er war so nahedran gewesen, es zu tun! Für eine Weile sann er still bei sich, lotete das Risiko aus, das der Schöpfer eingegangen war. »Was hat dich zu der Erwartung veranlaßt«, erkundigte er sich dann, »ich werde nicht einfach zusammenklappen . . . einfach aufgeben und verzweifeln?« Die Stimme antwortete unverzüglich. »Verzweiflung ist ein Gefühl wie jedes andere. Es ist die *Gewohnheit* des Verzweifelns, die zum Verhängnis führt, nicht die Verzweiflung als solche. Du warst ein Mensch, der sich mit Gewohnheiten und Verzweiflung bereits zur Genüge auskannte — mit dem Gesetz, das sowohl rettet und verdammt. Die Kenntnis deiner Krankheit hat dich weise gemacht.«

Weise, sagte sich Covenant. Weisheit. Er konnte nicht begreifen, warum sein unvernünftiges Herz noch weiterschlug.

»Überdies warst du auf diese Weise selbst ein Schöpfer. Du hattest bereits nachgeschaut, inwiefern ein Schöpfer dazu unfähig sein kann, seiner Schöpfung Heil zu bringen. Oftmals ist's diese Unfähigkeit, die seine Schöpfung das Verzweifeln lehrt.«

»Und was ist mit dem Schöpfer? Warum verzweifelt er nicht?«

»Warum sollte er? Wird die Bürde der Welt, die seine Schöpfung ist, ihm zu groß, so kann er eine andere erschaffen. Nein, Thomas Covenant.« Die Stimme lachte leise und traurig. »Gottheiten und Schöpfer sind zu machtvoll und zugleich zu machtlos, um zu verzweifeln.«

Ja, sagte sich Covenant. Aber dann fügte er — fast schon gewohnheitsmäßig — hinzu: So einfach ist das alles nicht. Er wünschte, die Stimme verschwände, ließe ihn in seinem Vergessen allein. Doch obwohl Stille herrschte, wußte er, sie hatte ihn nicht verlassen. Er trieb für eine Weile neben ihr dahin, bevor er sich zu einer Frage aufraffte. »Was möchtest du?«

»Thomas Covenant . . .« Die Stimme klang sanft. »Mein unwilliger Sohn, ich möchte dir ein Geschenk machen — ein Zeichen meiner Dankbarkeit geben, für die's mir an Worten mangelt. Deine Welt nimmt ihren Lauf, so wie meine, nach bestimmten Gesetzen. Und nach allen Arten von Gesetzen stehe ich in deiner Schuld. Du hast meine Erde am Rande des Zerfalls gerettet. Ich könnte dir vielmals Dutzende von Geschenken machen und meine Schuld doch nicht begleichen.«

»Ein Geschenk?« seufzte Covenant. Nein. Er konnte sich nicht erniedrigen, indem er den Schöpfer um die Heilung von der Leprose bat. Er wollte das Angebot gerade ablehnen, da befiel ihn plötzlich Erregung. »Rette den Riesen!« sagte er. »Rette Schaumfolger!«

»Nein, Thomas Covenant«, erwiderte die Stimme mit unnachgiebigem Bedauern. »Das kann ich nicht. Habe ich dir nicht gesagt, ich müßte den Bogen der Zeit zerbrechen, streckte ich meine Hand hindurch, um sie auf die Erde zu legen? Ganz gleich, wie groß meine Dankbarkeit ist, ich kann im Lande, auf dieser Erde, für dich nichts tun. Wäre das mir gegeben, ich hätte meinem Widersacher niemals gestattet, soviel Unheil anzurichten.«

Covenant nickte; er erkannte die Gültigkeit der Antwort. »Dann gibt es nichts«, meinte er nach einem Zeitraum von Leere, »was du für mich tun kannst. Ich habe Lord Foul ins Gesicht gesagt, daß ich an ihm zweifle. Ich zweifle auch an dir. Ich hatte die Chance einer wahnsinnig wichtigen Wahl. Das reicht. Ich brauche keine Geschenke. Geschenke sind zu einfach . . . ich kann mir so was nicht leisten.«

»Ach, aber du hast's verdient, daß . . .«

»Ich habe gar nichts verdient.« Schwacher Ärger regte sich in ihm. »Du hast mir keine Gelegenheit gelassen, mir irgend etwas zu *verdienen.* Du hast mich ohne meine Einwilligung oder Duldung ins Land versetzt — sogar ohne mein Wissen. Alles, was ich wußte, war der Unterschied zwischen Gesundheit und — Krankheit. Na, mir hat's gereicht. Aber darin liegt kein besonderes Verdienst.«

»Verurteile die Schöpfer der Welten nicht übereilt«, wandte die Stimme mit gedämpfter Bedächtigkeit ein. »Wirst du jemals eine Geschichte schreiben können, für die keine ihrer Gestalten Vorwürfe gegen dich erheben könnte?«

»Ich will's versuchen«, antwortete Covenant. »Ich werd's versuchen.«

»Ja«, sagte die Stimme leise. »Vielleicht ist's für dich genug. Doch um meiner selbst willen möchte ich dir ein Geschenk machen. Bitte erlaub's mir.«

»Nein.« Covenants Weigerung fiel eher müde als zänkisch aus. Er konnte sich nichts anderes vorstellen, das er annehmen würde.

»Ich kann dich ins Land zurückbringen. Du könntest den Rest deines Lebens gesund und in höchsten Ehren verleben, wie es einem großen Helden zusteht.«

»Nein.« Erbarmen. Das könnte ich nicht aushalten. »Es ist nicht meine Welt. Ich gehöre nicht dorthin.«

»Ich kann dich lehren, zu glauben, daß deine Erlebnisse im Lande Wirklichkeit gewesen seien.«

»Nein.« So einfach ist das nicht. »Davon müßte ich bloß verrückt werden.«

Wieder schwieg die Stimme für einige Zeit. »Nun gut«, sagte sie dann in aus Bedauern scharfem Ton. »Hör mich an, Covenant, bevor du nochmals ablehnst! Folgendes muß ich dir mitteilen. Als die Eltern des Kindes, das du gerettet hast, deine Tat begriffen, versuchten sie, dir zu helfen. Du warst verletzt und vom Hunger geschwächt. Die Anstrengungen, die es dich kostete, das Kind zu retten, beschleunigte die Ausbreitung des Gifts in deiner Lippe. Dein Zustand war ernst. Deshalb brachten sie dich zur Behandlung in ein Krankenhaus. Zu dieser Behandlung gehört etwas, das die Heiler deiner Welt ein ›Schlangenserum‹ nennen. Dies ›Schlangenserum‹, Thomas Covenant, ist aus dem Blut von Pferden hergestellt. Dein Körper scheut es ... du bist, wie man sagt, ›allergisch‹ gegen dies ›Schlangenserum‹ aus Pferdeblut. Dein Körper wehrt sich mit aller Heftigkeit dagegen. In deinem schwachen Zustand kannst du nicht überleben. In diesem Augenblick stehst du an der Schwelle zu deinem wirklichen Tode. Thomas Covenant, hör mich an!« Die Stimme verhauchte Mitgefühl. »Ich kann dir das Leben erhalten. In dieser Zeit der Not kann ich deinem bedrängten Fleisch die Kraft geben, derer es bedarf, um zu überdauern.«

Eine Zeitlang antwortete Covenant nicht. Irgendwann in seiner halbvergessenen Vergangenheit hatte er einmal gehört, daß manche Menschen allergisch gegen das bei Klappernschlangenbissen erforderliche Serum waren. Die Ärzte in der Klinik hätten ihn wohl genauer untersuchen sollen, ehe sie ihm eine volle Dosis verabreichten; aber wahrscheinlich war er schon in so tiefem Schock gewesen, daß keine Zeit geblieben war für umfangreiche Voruntersuchung. Für einen Moment erwog er die Möglichkeit, unter ihrer Obhut zu sterben, als eine Art von Rache.

Aber er verwarf diese Idee, trotzte dem Selbstmitleid, das dahinter stak. »Ich glaube, ich würde lieber überleben«, murmelte er. »So möchte ich nicht sterben.«

Die Stimme verriet ein Lächeln. »Es ist gewährt. Du wirst leben.«

»Ich werd's glauben«, entgegnete Covenant im Zwang seiner Gewohnheit, »wenn ich's sehe.«

»Du wirst es sehen. Aber zuvor sollst du noch etwas anderes sehen. Du hast um dies Geschenk nicht gebeten, doch ich will's dir machen, ob du's wünschst oder nicht. Ich habe deine Zustimmung nicht eingeholt, als ich dich fürs Land auserwählte, und ich verzichte auch nun auf deine Zustimmung.«

Bevor Covenant Einspruch erheben konnte, spürte er, daß die Stimme ihn bereits verlassen hatte. Wieder war er in der Finsternis allein. Das Vergessen schaukelte ihn so behaglich dahin, daß er seinen Entschluß zum Überleben beinahe bereute. Doch dann begann sich rings um ihn irgend etwas zu verändern, Schattierungen entstanden. Ohne Sehvermögen, Gehör oder Tastsinn zu besitzen, gewahrte er auf einmal Sonnenschein, leise Stimmen, einen sanften, warmen Wind. Er schaute wie von einem hohen Hügel herab über den Glimmermere-See aus.

Die klaren Wasser des Sees reflektierten den Himmel in tiefem, blankem Azurblau, und der Wind roch ein wenig nach Frühling. Die Hügel rings um Glimmermere trugen die Narben von Lord Fouls widernatürlichem Winter. Aber schon begann aus dem von Kälte versengten Erdboden Gras zu sprießen, und ein paar widerstandsfähige Frühlingsblumen schwankten wacker im Wind. Die Flächen bloßer Erde hatten ihr Aussehen grauer, froststarrer Leblosigkeit verloren. Die Heilung des Landes hatte ihren Anfang gemacht.

Hunderte von Menschen waren um den See versammelt. Covenant erspähte Hoch-Lord Mhoram. Er schaute ostwärts über den Glimmermere aus. Er trug keinen Stab. Seine Hände waren dick verbunden. Zu seiner Linken standen die Lords Trevor und Loerja mit ihren Töchtern, rechts von ihm war Lord Amatin zu sehen. Sie alle wirkten aufrichtig froh, aber Mhorams heiter-

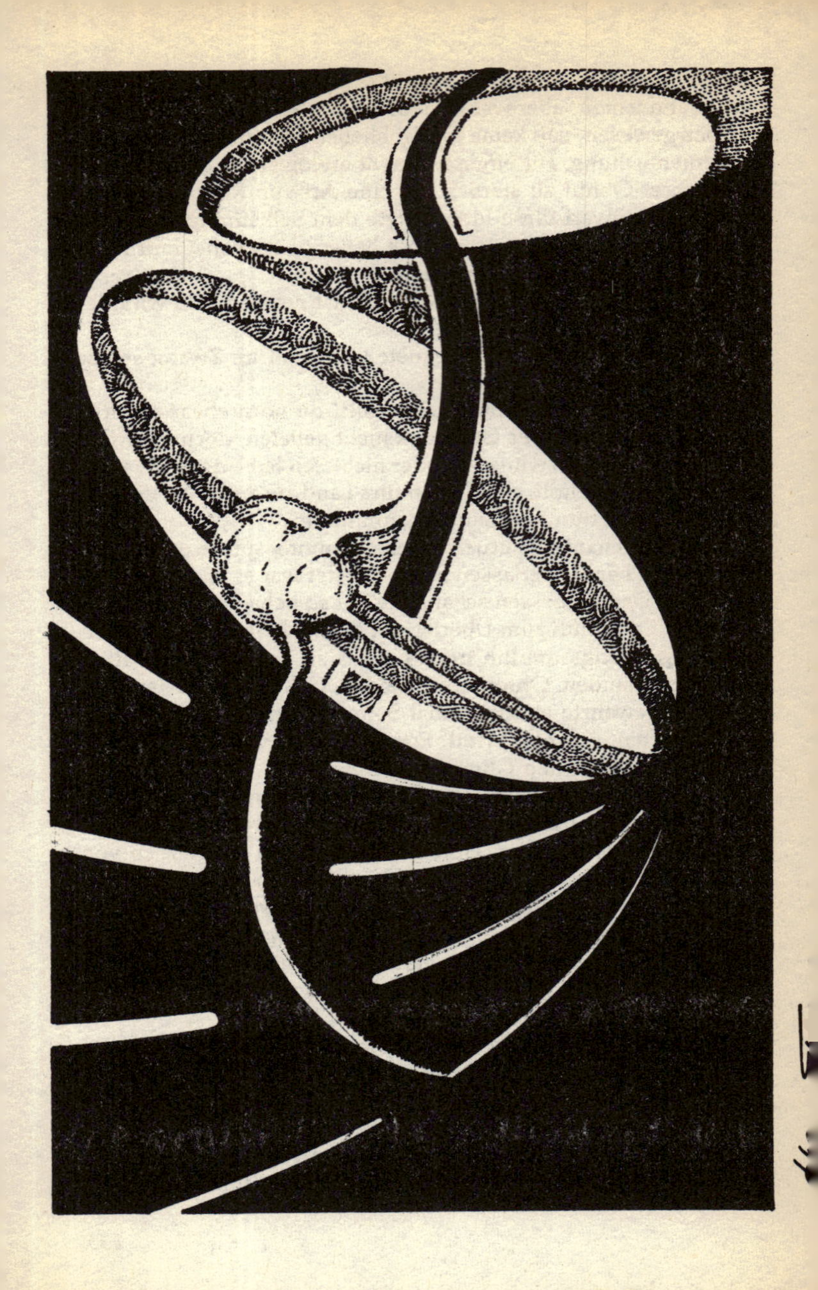

gelassener Blick leuchtete am stärksten und bezeugte den Sieg des Landes am ausdrucksvollsten.

Hinter den Lords standen Streitmark Quaan und Herdwart Tohrm — Quaan mit den Scharwarten seines Kriegsheers, Tohrm mit den Allholz- und Glutsteinmeistern der Herrenhöh. Covenant sah, daß Trell, Atiarans Gemahl, sich nicht darunter befand. Intuitiv begriff er, was das bedeutete: Trell hatte sein persönliches Dilemma zur Lösung vorangetrieben, war entweder tot oder fort. Wieder mußte der Zweifler einsehen, daß er seiner Schuld nichts entgegenhalten konnte.

Überall rund um den See hatten sich hinter den Lords Lehrwarte und Krieger aufgereiht. Und hinter diesen wiederum standen die Überlebenden Schwelgensteins — Bauern, Viehhirten, Pferdewärter, Köche, Künstler, Handwerker, Kinder und Eltern, Alte und Junge — all die Menschen, die ausgeharrt hatten. Es waren wenige, aber Covenant wußte, daß sie genügten; sie würden dazu in der Lage sein, das Werk des Wiederaufbaus zu bewältigen. Während er zuschaute, rückten sie um Glimmermere enger zusammen und verfielen in Schweigen. Hoch-Lord Mhoram wartete, bis sie alle ruhig waren und aufmerksam. Dann erhob er seine Stimme. »Menschen des Landes«, rief er mit Festigkeit, »wir sind zusammengekommen, um das Leben zu feiern. Ich habe kein langes Lied zu singen. Noch bin ich schwach, und keiner von uns ist stark. Aber wir leben. Das Land ist bewahrt worden. Das wahnwitzige Toben und die Flucht von Lord Fouls Heerscharen zeigen an, daß ihn sein Ende ereilt hat. Der heftige Widerhall in Loriks *Krill* hat uns angezeigt, daß zwischen Weißgold und Weltübel-Stein gekämpft worden und das Weißgold siegreich geblieben ist. Das ist Grund genug zum Feiern. Genug? Meine Freunde, es wird für uns und unsere Kinder mehr als genug sein, für das ganze gegenwärtige Zeitalter des Landes. Zum Zeichen dafür habe ich nun das *Krill* an den Glimmermere gebracht.« Er griff unter seine Robe und holte die Waffe heraus. Ihr Edelstein zeigte keine Spur von Licht, von Belebtheit. »Wir ersehen aus ihm, daß Ur-Lord Thomas Covenant, Zweifler und Weißgoldträger, in seine Welt, die einen solchen Helden zu unserem Vorteil hervorgebracht hat, zurückgekehrt ist. Das verhält sich, wie's sein muß, wenngleich mein Herz sein Scheiden bedauert. Doch habt keine Furcht, er könne jemals für uns verloren sein. Haben die alten Sagen uns nicht verheißen, Berek Halbhand werde wiederkehren? Und hat sich diese Verheißung nicht in des Zweiflers Gestalt erfüllt? Solche Verheißungen werden nicht sinnlos gemacht. Meine Freunde, Menschen des Landes — einmal wandte sich Thomas Covenant an mich mit der Frage, warum wir der Lehre Hoch-Lord Kevin Landschmeißers so ergeben seien. Und nunmehr, in diesem Krieg, haben wir gelernt, wie gefahrvoll diese Lehre wahrhaft ist. Wie das *Krill* ist sie eine zweischneidige Waffe, sowohl geeignet zur Zerstörung als auch zur Bewahrung. Sie gefährdet unseren Friedensschwur. Ich bin Mhoram, Variols Sohn, Hoch-Lord durch Beschluß des Großrates der Lords. Ich erkläre, daß wir uns vom heutigen Tag an keiner Lehre unterwerfen werden, die dem Frieden entgegenwirkt. Wir werden nach eigenem, von uns selbst errungenen Wissen streben — danach trachten und forschen, bis wir eine Lehre besitzen, in welcher der Friedensschwur und die Erhaltung des Landes gemeinsam vorhanden sind. Vernehmt meine Worte, Menschen des Landes! Wir werden der Erdfreundschaft auf neue Weise dienen.«

Als er seine Ansprache beendete, hob er das *Krill* und warf es hoch empor. Es flog in hohem Bogen durch den Sonnenschein, blitzte und funkelte dabei einen Moment lang, fiel dann in der Mitte Glimmermeres aufs Wasser. Sobald es in das krafterfüllte Wasser klatschte, flammte es einmal auf, lohte ein Gleißen weißer Glorie in die Tiefen des Sees. Dann war es für immer verschwunden. Hoch-Lord Mhoram beobachtete, wie sich die Wellen glätteten. Anschließend vollführte er eine ausholende Geste des Ausrufs, und alle Menschen rings um Glimmermere fingen feierlich an zu singen.

»Heil, Zweifler! Verheißung und ihr Hüter,
Unbeschworene Wahrheit, des Bösen Verbanner,
Ur-Lord Übelender, Bewahrer des Lebens,
Heil, Covenant!
Hartfäustiger Magier der wilden Magie,
Der Ur-Erde Weißgold Diener und Lord —
Dein ist die Macht, die Bewahrung schafft.
Singt, Menschen des Landes,
Stimmt an die Huldigung!
Hebt Ehr und Ruhm empor bis an der Tage Ende,
Haltet rein die errungene Wahrheit!
Heil, Zweifler!
Covenant, heil!«

Sie reckten ihre Stäbe, Schwerter und Hände in die Höhe, scheinbar ihm entgegen, und Tränen verwuschen sein Blickfeld. Die Tränen schwemmten Glimmermere aus dem Brennpunkt seiner Augen, bis er bloß noch ein Flecken Helligkeit vor seinem Gesicht war. Er mochte den See nicht verlassen. Er versuchte, seine Sicht zu klären, in der Hoffnung, der See möge nicht fort sein. Aber dann kamen ihm die Tränen zu Bewußtsein. Statt seine Wangen zu benetzen, rannen sie aus den Augenwinkeln hinab zu seinen Ohren und auf den Hals. Er lag bequem auf dem Rükken. Als sein Blick sich wieder akkommodierte, adjustierte wie durchs Gewinde eines Objektivs, stellte er fest, daß der Helligkeitsfleck vor ihm nichts anderes war als das Gesicht eines Mannes. Der Mann betrachtete ihn für einen ausgedehnten Moment, dann wich er zurück in einen oberflächlichen Schleier aus Licht. Nach und nach erkannte Covenant, daß glänzende horizontale Stangen an beiden Seiten sein Bett eingrenzten. Sein linkes Handgelenk war an einer davon festgebunden, damit er die Nadel in seiner Vene nicht abschütteln konnte. Die Nadel war durch einen Klarsichtschlauch mit einer IV-Flasche verbunden. Die Luft wies einen Anklang von Geruch nach Infektionsmitteln auf.

»Ich würd's nicht glauben, könnte ich's nicht mit eigenen Augen sehen«, sagte der Mann. »Das arme Schwein wird tatsächlich durchkommen.«

»Deshalb habe ich Sie geholt, Doktor«, sagte eine Frau. »Können wir nicht irgend etwas unternehmen?«

»Unternehmen?« schnauzte der Arzt.

»Ich mein's ja nicht so«, wehrte die Frau ab. »Aber er ist ein Aussätziger! Seit Monaten geht er den Leuten im Ort auf die Nerven. Niemand weiß, was man mit ihm machen soll. Einige andere Schwestern verlangen ... sie wollen für seine Pflege Überstundenbezahlung. Und schauen Sie ihn sich doch an. In was für einem Zustand ist er! Ich meine einfach, es wäre für alle viel besser, wenn so jemand ... wenn er ...«

»Das reicht.« Der Mann war merklich verärgert. »Schwester, sollte ich noch einmal derartige Redensarten von Ihnen hören, fliegen Sie. Dieser Mann ist krank. Wenn Sie keine Lust haben, Kranken zu helfen, wär's besser, Sie schauten sich nach einer ganz anderen Art von Betätigung um.«

»Ich hab's nicht so gemeint«, schmollte die Krankenschwester, als sie das Zimmer verließ.

Nachdem sie gegangen war, verlor Covenant den Arzt für einige Zeit aus dem Blickfeld; er schien im intensiven Schleier der Helligkeit aufzugehen. Covenant versuchte, sich ein Bild von seiner Situation zu machen. Auch sein rechtes Handgelenk war festgebunden, so daß er im Bett lag wie gekreuzigt. Aber dieser Umstand hinderte ihn nicht daran, die wesentlichsten Tatsachen seiner selbst zu ermitteln. Seine Füße waren taub und kalt. Im gleichen Zustand waren seine Finger — gefühllos, eisig. Seine Stirn schmerzte fiebrig. Seine Lippe war von ihrer Schwellung straff und heiß.

Er mußte der Schwester beipflichten; er befand sich in mieser Verfassung.

Dann sah er den Arzt wieder in seiner Nähe. Er war jung und zornig. Ein anderer Mann betrat das Zimmer, ein älterer Arzt, in dem Covenant jenen erkannte, der ihn während seines vorigen Aufenthalts im Krankenhaus behandelt hatte. Im Gegensatz zum Jüngeren trug dieser Arzt keine weiße Klinikjacke, sondern einen Anzug. »Ich hoffe«, sagte er beim Hereinkommen, »Sie haben mich mit gutem Grund gerufen. Ich verzichte ungern für irgend jemand auf meinen Kirchgang — vor allem zu Ostern.«

»Das hier ist eine Klinik«, murrte der Jüngere, »keine blödsinnige Heilsveranstaltung. Selbstverständlich habe ich einen guten Grund.«

»Was ist los mit Ihnen? Ist er tot?«

»Nein. Ganz im Gegenteil — er wird überleben. Eben war er noch in allergischem Schockzustand und drauf und dran, zu sterben, weil sein Körper zu schwach, infiziert und vergiftet war, um Widerstand leisten zu können — und jetzt . . . Puls kräftig, Atmung ruhig, Pupillenreaktionen normal, Hauttönung besser. Ich will Ihnen sagen, was das ist. Das ist ein gottverdammtes Wunder, nichts anderes.«

»Kommen Sie, kommen Sie, hören Sie auf!« sagte der Ältere gereizt. »Ich glaube nicht an Wunder . . . und Sie glauben auch nicht an so was.« Er warf einen Blick auf das Krankenblatt, dann horchte er Covenants Herz und Lungen persönlich ab. »Vielleicht ist er bloß zäh.« Er beugte sich dicht über Covenants Gesicht. »Mr. Covenant«, sagte er, »ich weiß nicht, ob Sie mich hören können. Wenn ja, ich habe Neuigkeiten für Sie, die für Sie wichtig sein dürften. Gestern habe ich mit Megan Roman gesprochen — Ihrer Rechtsanwältin. Sie hat gesagt, daß der Gemeinderat beschlossen habe, die Haven-Farm doch nicht in den neuen Landschaftsnutzungsplan einzubeziehen. Daß Sie das kleine Mädchen so selbstlos gerettet haben ... das hat ein paar Leute ein bißchen beschämt. Es ist heikel, einem Helden sein Heim wegzunehmen. Um ehrlich zu sein, ich muß sagen, Megan hat sich dabei für Sie eines kleinen Tricks bedient. Sie ist eine resolute Anwältin, Mr. Covenant. Sie dachte sich, der Gemeinderat würde es sich zweimal überlegen, Sie zu enteignen, wenn er weiß, daß eine Zeitschrift mit bundesweiter Verbreitung eine ergreifende Schicksalsgeschichte über den bekannten Autor, der Kinder vor Klapperschlangen rettet, veröffentlichen wird. Keinem Politiker ist an Schlagzeilen wie ›Gemeinde verfemt ihren Helden‹ gelegen. Auf jeden Fall, Sie werden die Haven-Farm behalten können.« Der Ältere entfernte sich; einen Moment später hörte Covenant, wie er sich an den anderen Arzt wandte. »Sie haben mir noch nicht gesagt, was Sie so auf die Palme gebracht hat.«

»Nichts weiter«, entgegnete der Jüngere, als die beiden das Krankenzimmer verließen. »Bloß hat eine unserer Florence Nightingales vorgeschlagen, wir sollten ihm den Rest geben.«

»Wer war das? Ich werde dafür sorgen, daß die Pflegepersonalleitung ihre Versetzung veranlaßt. Irgendwie werden wir dafür sorgen, daß er eine ordnungsgemäße Behandlung erhält.«

Ihre Stimmen entschwanden, ließen Covenant im Bett allein.

Ein Wunder, dachte er benommen. Genau das war es.

Er war ein kranker Mann, ein Opfer von Hansens Krankheit. Aber er war kein Aussätziger — nicht *nur* ein Aussätziger. Das Gesetz seiner Krankheit war ihm in großen, unübersehbaren Buchstaben in die Nerven seines Körpers gebrannt; aber er war *mehr* als ein Aussätziger. Zu guter Letzt hatte er das Land doch nicht im Stich gelassen. Er besaß ein Herz, das noch Blut pumpen konnte, und Knochen, die noch sein Gewicht zu tragen vermochten; er hatte sich selbst.

Thomas Covenant: Zweifler.

Ein Wunder.

Trotz des starren Schmerzes in seiner Lippe lächelte er in das leere Zimmer. Er fühlte das Lächeln auf seinem Gesicht und war sich seiner sicher.

Er lächelte, weil er lebte.